KB079635

템스강의 작은 서점

템스강의 작은 서점

프리다 쉬베크 장편소설 심연희 옮김

187

BOKHANDELN PÅ RIVERSIDE DRIVE

OPEN

STORY

STORY

RIVER
SIDE
BOOK
SHOP

열림원

이 서점의 모든 곳을 눈에 담자,
그녀의 내면에 고요함이 가득해졌다.
이 서점은 특별한 장소였고, 그녀에겐 진정한 집처럼 느껴졌다.
먼지투성이 구석구석까지도 모두 사랑하게 되었다.

차례

일러두기

1. 이 책은 Frida Skybäck의 Bokhandeln på Riverside Drive(Louise Bäckelin Förlag, 2018)를 우리말로 옮긴 것으로, 독일어판(Hanna Granz 옮김, Insel Verlag, 2019)을 원본으로 했다.
2. 본문의 각주는 모두 옮긴이 주이다.
3. 원서에서 이탤릭체로 강조한 부분은 고딕체로 옮겼다.

『댈러웨이 부인』의 예쁜 개정판 표지네. 사라가 보면 분명히 좋아하겠어. 아주 잠깐, 마르티니크는 이런 생각을 떠올렸다가 곧바로 정신을 차렸다. 그리고 조심스럽게 책등을 쓰다듬고는 책을 품에 꼭 안았다.

사라가 세상을 떠난 지 아직 한 달도 채 안 된 터라, 마르티니크는 친구가 아직도 살아 있는 것처럼 여길 때가 종종 있었다. 길 가다 본 빵집에서 사라가 참 좋아하는 크랜베리 스콘을 보면 사 갈까 싶다가, 잠시 후에야 현실을 떠올리고는 그만두는 식이었다.

마르티니크는 서점의 떡갈나무 계산대 뒤에 놓인 의자에 깊숙이 몸을 기대고 앉았다. 남편인 폴은 그녀를 위로하며 말했다. 이러는 게 지극히 정상이라고, 뇌는 친한 사람의 죽음에 적응할 시간이 필요하다고. 좋은 마음으로 한 설명이라는 건 안다. 그러나 들으면 들을수록 새록새록 절망만 더해질 뿐이다.

마르티니크는 책상에 있던 잡지로 부채질을 했다. 후덥지근한 늦여름 공기 탓에 시원하기는커녕 쥐어짠 걸레처럼 찝찝하기만 했다. 딸아이 앤절라가 음악을 너무 크게 틀어놓는 바람에 밤잠은 늘 반토막이 났다. 그러다 아침이 되면 평소보다 일찍 일어나 조카 셋을 학교에 데려다주어야 했다. 애들 엄마인 마샤가 테니스 교습을 받는데, 그걸 절대로 미룰 수가 없기 때문이란다. 마르티니크는 관자놀이를 꾹꾹 눌렀다. 세상에 누가 아침 8시에 테니스 교습 받을 생각을 하는 거야?

마르티니크는 귀 뒤로 머리카락을 넘기고는 한숨을 쉬었다. 폴은 마르티니크가 마샤에게 휘둘리고 있다고 여겼다. 마르티니크에게 너무 부담이 될까 봐 걱정하는 걸 테지만 마르티니크는 마샤의 청을 거절할 수가 없었다. 남편인 리처드와의 이혼이 너무나 심한 상처가 되었기에, 마샤는 정신을 완전히 놓아버리지 않으려면 이런 테니스 교습이라도 받아야 했다. 게다가 리처드의 불륜 상대가 아이들을 봐주던 보모였던 터라, 마샤는 그 뒤로 새로운 보모를 들일 마음의 준비가 되지 않았다. 이런 상황에서 마샤가 유일하게 믿을 사람은 마르티니크뿐이었다.

마르티니크는 커다란 노르웨이숲 고양이를 슬쩍 바라보았다. 고양이는 알파벳 A부터 K까지의 실용서가 꽂힌 애비게일 서가 옆 가장 좋아하는 자리에서 은회색 털을 핥고 있었다.

지금 차를 타고 집으로 가서 TV를 켜놓고 와인 한 병 마시면 딱 좋겠건만. 스펜서를 크리켓 훈련장에서 집으로 데려다주겠다고 약속해놓았다. 그래야 마샤가 스털링과 에디슨을 데리고 훈련장까지 운전할 필요가 없을 테니까. 이럴 때마다 폴은 언제나 묻곤 했다. 마샤가 운전기사를 보내면 되는 일 아니냐고. 이혼하면서 위자료를 잔뜩 받아 백만장자가 되었으니, 막히는 퇴근 시간에 런던을 절반이나 횡단해 운전해달라고 마르티니크에게 요청하지 말고 차라리 운전기사를 고용하는 게 훨씬 쉽지 않냐고. 하지만 마르티니크는 마샤에게 그런 요청을 할 생각이 추호도 없었다. 마샤의 부탁을 거절하기란 언제나 어려웠고, 지금의 상황을 고려하면 거절은 불가능한 것이나 다름없었다. 집안의 평화를 유지하기 위해서, 그녀는 자신이 여동생에게 얼마나 많은 일을 해주는지 폴에게 애써 숨겼다.

"어쨌든 지금은 일단 저 귀엽고 깜찍한 고양이를 내 차에 태워야겠지."

마르티니크는 기분 좋게 말했다.

하지만 테니슨은 마르티니크가 자신을 보는 걸 눈치채자마자 몸을 쭉 뻗고 가르릉 소리를 내기 시작했다. 몇 년 전, 마르티니크가 리버사이드 서점 문 앞에서 구슬프게 울던 테니슨을 안으로 들인 이래로 고양이는 쭉 여기서 살았다. 비에 흠뻑 젖고 털이 온통 헝클어져 불쌍한 꼴을 한 고양이는 그녀를 지나 안으로 슬쩍 들어오더니 책꽂이 아래에 숨어버렸었다. 몇 시간 후 사라가 근처 버러마켓*의 생선 장수에게 산 청어 한 접시를 가져오고서야 겨우 꾀어낼 수 있었다.

그때 테니슨은 목걸이를 차고 있는 데다 아무리 봐도 품종묘로

---

* 영국 런던 서더크에 있는 재래시장.

11

보였기에, 사라와 마르티니크는 주인이 곧 나타날 거라고 확신했다. 하지만 아무도 연락하는 이가 없었다. 다음 날 아침 사라는 근처에 있는 동물병원에 죄다 전화를 걸었고 경찰에 신고도 하고 전단도 붙여보았지만 모두 헛수고였다. 다행히도 테니슨은 곧 가족이 되었다. 저 커다랗고 뚱뚱한 고양이가 서점 책꽂이에 늘어져 있기 전엔 어떤 삶을 살았는지 그 누구도 더는 깊게 생각하지 않았다.

마르티니크는 구석에 있는 테니슨 옆에 앉았다. 그녀가 목에 건 오색영롱한 진주 목걸이가 도르륵 소리를 냈다. 테니슨은 서점 안에서는 세상에서 가장 사랑스러운 고양이였다. 하지만 사라가 죽은 후, 마르티니크는 테니슨을 밤마다 집으로 데려가는 게 좋겠다고 생각했다.

"가자, 우리 귀염둥이 고양이. 이제 집에 갈 시간이야."

그녀는 고양이를 상냥한 말로 얼렀다. 하지만 테니슨은 눈을 가늘게 뜨고 이쪽을 슬쩍 바라보기만 했는데, 꼭 이렇게 말하는 것 같았다. '실례합니다만, 부인. 매일 밤 날 데리고 가는 그 연립주택은 아무리 봐도 내 집이 아니거든요. 여기가 나 사는 곳이라고요.'

마르티니크는 한숨을 쉬었다. 매일 밤이 되면 고양이를 이동장으로 유인할 방법을 새로 생각해내야 했다. 그렇게 테니슨을 이동장에 넣고 차를 타면 그녀는 운전하는 내내 애처로운 울음에 시달릴 운명에 처했다.

그녀는 조심스레 손을 내밀어 테니슨의 커다랗고 북슬북슬한 귀 뒤를 긁어주었다. 이 불쌍한 고양이는 무슨 일이 벌어졌는지 아직도 모르는 것 같았다. 벌써 4주가 훌쩍 넘었는데도, 테니슨은 가게와 이어진 사라의 집으로 몰래 올라가 침실 앞에 앉아서 울어 댈 때가 많았다. 사랑하는 아주머니가 잠시 쉬던 방 안에서 언제 든 밖으로 나올 수 있기라도 한 것처럼.

마르티니크는 피곤한 몸을 일으켰다. 사지가 쑤시고 어깨와 목이 뭉친 느낌이었다. 지난 몇 주 동안 일 말고는 아무것도 하지 않았다.

그녀는 언제나 아픈 것 같은 어깨에 한 손을 얹고서 주문서 파일을 계산대 옆에 두었다. 다른 사람들 앞에서는 절대로 내색하지 않았지만, 때로는 사라에게 너무나 분통이 터졌다. 왜 이렇게 갑자기 죽은 거야. 얼마나 아팠는지 친구인 내게 말이라도 했어야지. 그러면 현실에 적응할 시간이라도 있었을 거 아냐. 하지만 사라는 마지막까지 아무 말도 하지 않았기에, 주변 사람 그 누구도 그녀의 상태가 얼마나 심각한지 전혀 몰랐다.

사라가 실은 자신이 죽으리란 사실을 예전부터 쭉 알고 있었다는 걸 마르티니크는 나중에서야 깨달았다. 사라가 남긴 편지를 보면, 자신의 병 때문에 마지막으로 맞이하는 생일이 우울해지는 일이 없기를 바랐다고 쓰여 있다. 그러나 이 말을 달리 생각하면, 친구들은 사라의 죽음을 아무런 준비 없이 맞닥뜨려야 했다는 뜻이다.

휴가 중 이른 아침에 걸려온 전화를 떠올릴 때마다 마르티니크는 여전히 온몸이 떨렸다. 어찌나 충격적이었던지 혼자서 제대로 옷도 못 입었었지. 폴이 머리를 빗겨주고 병원까지 태워다주어야 했던 그때.

사라가 자신에게 작별 인사를 할 겨를조차 없이 떠나 마르티니크는 너무나 상처를 받았다. 팔과 코에 튜브를 끼고 창백하게 누운 낯선 모습의 사라와 싸늘한 병실에서 작별 인사를 한다는 게 말이나 되는 일이었나. 물론 사라의 마지막 이틀간을 함께 보낸 건 당연히 그럴 만한 가치가 있는 일이었지만, 그 모습은 정말이지 사라 같지 않았었다.

마르티니크는 애써 심호흡을 했다. 그 일이 전부 일어난 후에 다시 정상적인 삶으로 돌아가기란 점점 더 힘겨워졌다. 그녀는 서점에서 가장 오래 일한 사람이었기에, 사라의 조카인 샬로테가 이 집을 물려받을 때까지 테니슨과 함께 가게를 돌봐야 했다. 동료 직원인 샘은 시간제로만 일했고, 샘에게 추가 근무를 시킬 돈도 없었다. 게다가 샘은 아주 충동적이었다. 샘이 배달이나 좀 큰 주문을 받을 때면 보통 대단히 심각한 문제가 일어났고, 수습 가능한 수준을 넘어선 대형 사고로 번질 때가 많았다.

아무리 마르티니크가 절망을 느끼고 제대로 잠을 못 자고 있다 하더라도, 매일 정해진 시각에 서점 문을 여는 것이 그녀의 임무였다. 10시 정각이 되면 묵직한 유리문을 열고, 작은 삼각형 깃발을 거리 쪽으로 내걸곤, '어서 오세요'라는 상냥한 문구를 손님들이 볼 수 있도록 작은 간판을 뒤로 돌려놓아야 했다.

마르티니크는 젖은 수건으로 계산대를 닦았다. 몇 시간 전에 파넬라와 허버트가 이곳에서 밥을 먹었다. 이웃에 사는 사라의 친구들이 아니었더라면, 마르티니크는 견딜 수 없었을지도 모른다. 그들은 항상 서점에 들러 수다를 떨고 커피를 같이 마셨다. 그 덕분에 마르티니크는 매일 즐거운 마음으로 무언가를 기대하며 살 수 있었다. 게다가 친구들이 와주니 서점에 손님이 더 오는 것도 같았다. 장기적으로 보면 더 많은 손님이 와주지 않을까 하는 마음도 들었다. 이 서점엔 손님이 절실하게 필요했으니까.

마르티니크는 허버트와 파넬라의 커피잔이 계산대에 남긴 동그란 자국을 힘차게 닦으려고 했다. 사라가 죽기 전에도 서점 매출은 줄어들고 있었지만, 지금은 완전히 내리막길이었다. 마르티니크가 만나는 사람마다 책을 읽으라고 권하고, 계속 광고를 하고, 신간을 눈에 잘 보이는 곳에 진열하는 등 부단히 노력했지만, 서점 매출은 현재 바닥을 치고 있었다.

마르티니크는 서점의 재정 상황에 대해 많이 아는 게 아니라서 상황이 얼마나 나쁜지 잘 몰랐지만, 그래도 책이 덜 팔리는 건 절대 좋은 징조가 아니라는 것 정도는 알았다. 서점이 더는 이익을 내지 못한다면 어떻게 될까? 사라의 조카가 이 서점을 계속 운영하고 싶어는 할까?

이런 생각에 마르티니크는 힘들었다. 자신은 샬로테를 전혀 몰랐지만, 그래도 사라가 조카에게 전 재산을 물려주었을 땐 다 생각이 있어서 그랬던 것이길 바랐다. 서점이 파산한다면, 마르티니크는 사라가 남긴 마지막 흔적뿐만 아니라 자신의 직업도 잃게 될 터였다. 문학사 학위가 있는 중년 여자는 영국의 취업 시장에서 별 인기가 없으니까.

테니슨이 야옹, 하고 울자 마르티니크는 고양이에게 애정 어린 눈길을 보냈다. 이젠 집에 갈 시간이다. 테니슨은 분명 언제나 그랬듯 서점에 있길 바라겠지만, 마르티니크는 고양이를 밤새 혼자 이곳에 둘 수가 없었다. 누가 훔쳐 갈까 봐 그런 건 아니었다. 한 번 훔쳐 가볼 테면 가보라지. 그녀는 왼손에 남은 고양이가 할퀸 자국을 보면서 생각했다. 테니슨을 아무도 안 보는 곳에 혼자 남겨두면 어마어마한 사고를 칠까 봐 두려워서 도저히 혼자 둘 수가 없었다. 벌써 자신의 집에서 소파 하나와 커튼 여러 개를 찢어놓았으니까.

그녀는 고개를 숙이고 얼마 전까지 아주 활기차고 장난치기 좋아하던 고양이를 바라보았다. 지금은 그저 굼뜬 모습이지만.

"나도 사라가 그리워."

그녀가 속삭이자 테니슨은 눈을 깜빡이고는 거친 널빤지 바닥에 고개를 푹 숙였다. 마르티니크는 조심스럽게 고양이 앞에 이동장을 놓고 문을 열었다.

"가게 불이 다 꺼졌는지 빨리 확인하고 올게. 그동안 이 안에 들어가 있으면 참 좋겠다."

마르티니크는 서점을 한 바퀴 돌았다. 문 닫기 직전의 이 고요한 순간이 좋았다. 모든 게 조용한 지금 사라의 존재가 느껴지는 것만 같아서였다.

그녀는 손으로 책등을 쭉 쓸어보았다. 리버사이드 드라이브[*]에

---

[*] 여기서 drive는 street나 avenue처럼 도로명을 의미한다.

있는 서점은 사라가 25년 넘게 운영해온 곳이라, 설비 하나하나마다 그녀의 존재가 묻어났다. 프랑스 영화에서 영감을 얻어 직접 손으로 조각하고 완두콩 색으로 칠한 오래된 계단 난간. 오랫동안 썼는데도 바꾸지 않고 계속 새로 천을 씌워 사용해온 해진 소파. 오랜 세월에 걸쳐 수집해 주방에 놓아둔 각양각색의 화려한 머그잔. 모든 게 참 사라다웠다. 이 오래된 서점을 사랑한 사라는 이 멋진 공간의 역사를 듣고 싶어 하는 이들에게 꼬박꼬박 이야기를 들려주었다.

서점의 첫 번째 주인이었던 워터스 목사는 백 년도 전에 이 서점을 열었다. 사람들에게 교육적인 문학을 알려주고 싶었기 때문이란다. 그는 서점 내부의 특징이 된 열두 개의 거대한 책장을 손수 만든 다음, 자기 자녀들의 이름을 따서 각각의 책장에 붙였다. 지금도 자세히 보면 자녀들의 이름이 새겨진 자그마한 놋쇠 명패가 보였다. 단골손님이 책을 찾을 때면, 목사는 서가의 이름을 알려주며 말할 때가 많았다. 이를테면 "조세핀 위쪽을 보세요"라고 말이다.

지금은 다 해져버린 소파는 서점에 주어진 선물이었다. 1958년 여름 몇 달 동안은 극우 단체들이 근처 거리에서 소란을 피워서, 이민자 가정의 아이들은 방과 후에 바깥에서 놀 수가 없었다. 당시 이 서점의 주인이었던 맨틀 씨 부부는 그 아이들을 모아 책을 읽어주고 만들기 놀이를 하며 부모가 데리러 올 때까지 최선을 다해 아이들을 돌봤다. 아이들의 가족들은 그 보답으로 돈을 모아 수공예품 소파 네 개를 선물했다. 쿠션 달린 등받이와 정교한 다리가 달린 소파였다. 이후로 그 소파들은 언제나 이 가게와 함께 이어져왔다.

사무실 문이 잠겨 있는지 확인한 마르티니크는 벽에 걸린 포스터를 바라보며 미소를 지었다. 손으로 직접 그린 시위 포스터였다. 사라는 전대 서점 주인들처럼 열심히 사회 활동을 했고, 모든 사람을 열린 마음으로 환영했다. 그래서 서점이 온 동네의 만남의 장소로 자리매김했다. 사람들은 이곳에 모여 지역 문제를 토론하고 문화 축제를 조직했으며, 근처에 있는 세인트 앤드루스 학교 학생들이 브라이턴으로 매년 가는 소풍 경비가 모자랄 때 돈을 모으기도 하고 시위를 준비하기도 했다.

하지만 이젠 시대가 변했다. 마르티니크가 서점에서 일하기 시작했을 때는 이미 지역사회 활동에 참여하는 분위기가 사그라들고 있었다. 사람들은 본인의 삶에만 심하게 매몰되었다. 마르티니크 역시 왜 그런지 이해할 순 있었다. 자신도 앤절라의 학교 활동 때문에 끊임없이 스트레스를 받고 있었으니까. 앤절라의 학교에서는 엄마들이 빵을 구워 오거나 티켓을 팔아 오는 활동을 해주길 기대했다.

마르티니크는 주방을 잠깐 보며 커피메이커가 꺼졌는지 확인했다. 이웃에 대한 관심이 줄어든 와중에도 사라는 계속 서점에서 수프를 함께 먹으며 토론하는 점심시간 같은 행사를 기획했다. 하지만 사라가 죽은 뒤로 모든 건 교착상태에 빠져버렸다. 사라의 변호사도 매일 샬로테가 도착하기만 기다리고 있다고 했다.

마르티니크는 누군가 독서용 소파에 두고 간 조이스 캐럴 오츠의 『블론드』를 어루만진 다음 원래 자리인 '루이자' 서가에 도로 꽂아놓았다. 애써 긍정적으로 생각하려고 해봐도, 샬로테가 이 서점을 어떻게 생각할지 걱정이 앞섰다. 마르티니크에게 이 서점은 런던에서 가장 아름다운 공간이었다. 그녀는 한 세기도 전에 만들어진 세련된 가구들을 좋아했다. 직접 손으로 짠 짙은 색 나무 서가나, 널찍한 마룻바닥, 녹색 대리석 장식 선반이 달린 오래된 벽난로, 그리고 서점에서 보이는 환상적인 템스강 풍경까지. 하지만 문득 이런 게 다 무슨 소용인가 싶었다. 사라의 조카가 이제껏 아무런 연락이 없는 것 역시 마음에 걸렸다. 조카에게 서점을 유지할 마음이 전혀 없다는 뜻일 수 있으니까.

마르티니크는 여전히 손에 든 행주를 비틀었다. 폴은 그런 생각은 하지 말라고 했지만 그러지 않기가 쉽지 않았다. 결국, 자신의 직장 생활이 위태로운 지경에 빠지지 않았나.

그녀는 피곤함을 느끼며 부서진 바닥 판을 멀거니 바라보았다. 샬로테가 서점을 이어받게 하려면 또 이 서점의 매력을 알아달라며 맹공격을 퍼부어야 할 것이다. 그녀는 이미 샘과 오래도록 대화를 나누었다. 사라의 옆집에 세 들어 사는 윌리엄과도 이야기해보며 그들이 사태의 심각성을 알아주길 바랐다. 사라의 조카가 이곳을 마음에 들어 하지 않는다면, 이 집을 경매에 부쳐 최고가를 부른 사람에게 팔 테니까.

사라가 평생 일구어온 일터가 사라진다는 생각만 해도 마르티니크는 가슴이 미어졌다. 그러니 샬로테에게 이 서점이 얼마나 특별하고도 중요한지 반드시 납득시켜야 했다.

마르티니크는 테니슨을 바라보았다. 고양이는 꼼짝도 하지 않고 있었다. 샬로테가 이 고양이를 어떻게 할지 역시 또 다른 문제였다. 하지만 그녀는 이미 알고 있었다. 사라의 조카는 아마도 이 고집불통 늙은 고양이를 사랑하게 되리라.

"자네, 미안하지만, 이제 갈 시간일세."

마르티니크는 핸드백을 들고 이동장으로 고갯짓했다.

"어서 들어가."

테니슨은 재미있다는 눈빛을 지어 보이더니 옆으로 데구르르 굴렀다. 아무리 봐도 그녀에게 협력할 마음이 없어 보였다.

마르티니크는 한숨을 쉬고는 쭈그려 앉아 묵직한 고양이의 몸통을 잡고 이동장에 넣었다. 테니슨은 저항하진 않았지만 불쾌감을 뚜렷하게 드러냈고, 이동장을 닫자 야옹야옹 울었다. 다시금 양심의 가책을 느낀 마르티니크는 고양이를 위로하며 말했다.

"내일 다시 올 거야. 운이 좋다면 샬로테가 나타날 수도 있어. 알고 보니 자기 이모처럼 멋진 사람일지도 몰라."

마지막 말을 뱉던 그녀는 그만 목이 메어 마른침을 삼켰다. 샬로테가 어서 와주기를 바랐다. 이젠 더는 이 자리를 혼자 지킬 방법이 떠오르지 않았다.

이동장 창살 안에서 테니슨이 이쪽을 비난하듯 쳐다보는 눈길을 마주하고, 마르티니크는 급히 덧붙였다.

"우리 집에 참치 있어. 지금 얌전하게 굴면 이따 조금 줄게."

그녀는 엄한 시선으로 고양이를 바라보며 애를 썼지만, 결국 어떻게 될지도 알고 있었다. 테니슨은 이 밤이 다 가기 전에 마르티니크를 졸라 참치 통조림 두 개를 얻어내겠지. 그러면 주방은 온통 비린내로 가득할 테고. 사라가 고양이를 아주 버릇없이 키우고 있다고 항상 생각해오긴 했지만, 지금은 자신도 테니슨이 하고 싶다는 걸 막을 마음이 전혀 없었다. 사실 이 고양이도 인생의 동반자를 잃은 지 얼마 되지 않은 불쌍한 처지였으니까.

2

샬로테는 휴대폰을 꺼내 주소를 입력했다. 리버사이드 드라이브 187번지. 하지만 폰을 손에 들고 있을 때마다 동료인 헨리크에게 전화를 걸어 자신이 써놓은 할 일 목록대로 일을 잘하고 있는지 묻고 싶은 마음이 굴뚝같았다.

주변의 교통 상황은 번잡하기 그지없었다. 샬로테는 휴대폰 케이스를 손톱으로 어루만졌다. 사실, 할 일 목록은 전혀 중요하지 않았고 그저 세상에서 가장 커다란 도시 중 하나인 런던에 오니 갑자기 너무 외로워져서 헨리크의 목소리가 듣고 싶었다.

전화기 아이콘에 손가락을 대는 것도 잠시, 샬로테는 다시 런던 지도에 집중했다. 비행기에서 내리자마자 SOS 전화를 건다면 헨리크는 분명히 자기를 비웃으리라.

샬로테는 씩씩하게 걷기 시작했지만, 처음으로 보도 가장자리에 걸려 넘어질 뻔했을 때에야 휴대폰에서 눈을 뗐다. 화창한 9월의 햇살을 받아 높다란 고층건물이 번쩍였다. 지하철이 덜컹대며 지나가면 바닥이 울렸다. 둥그스름하고 까만 택시들이 그녀 앞을 스쳐 반대 방향 도로로 쌩하니 지나갔다. 샬로테는 어리둥절한 채로 주변을 바라보았다. 그러니까 이게 런던이란 말이지. 그녀는 다시 눈을 내리깔았다.

마음 같아서야 스웨덴 집에 머물면서 문제를 처리하고 싶었다. 알렉스가 죽은 지 1년도 채 되지 않았을 때부터 그녀는 혼자서 'c/o 샬로테'를 운영하는 일에 파묻혀 지냈다. 이제야 좀 다시 발을 딛고 일어서나 싶을 때가 되었을 때도, 알렉스의 죽음을 받아들이기란 여전히 쉽지 않았다. 그녀는 자신만의 작은 고치 안에 머물며 외부와 완전히 차단된 삶에서 편안함을 느꼈다.

앙네타 비슬란데르는 샬로테의 담당 의사가 추천한 상담 치료사였다. 상담을 하면서 앙네타는 샬로테에게 정말로 그토록 많은 일을 해야 하는 건지 물었다. 코끝에 최신 유행 안경을 걸친 앙네타의 말에 따르면, 샬로테는 일을 방어막처럼 사용하는 것 같단다. 내가 '지금 이 순간을 살아'간다면, 애초에 정신과 상담사를 찾아갔다는 것 자체가 너무 부끄러웠겠죠. 샬로테는 생각했다. 자신은 지금까지 혼자서도 잘 지내왔는데. 회사 사람이 자신이 상담 치료를 받는 중이라는 걸 알게 된다면 어떻게 될까. 생각만 해도 몸이 떨렸다.

'지금 이 순간을 살아라'라는 말은 앙네타가 가장 좋아하는 표현이었고, 인간의 모든 문제에 대해 그녀가 처방하는 해결책이었다. 건포도의 진정한 맛을 경험하려면 입안에서 10분 동안 씹으라는 식의 '마음 챙김' 훈련을 하면 편두통부터 혹사당한 아킬레스건까지 모든 병을 치료할 수 있다고 믿는 듯했다.

자신은 일에 파묻혀 살지만은 않았다고, 마음속으로 반발심이 들었지만 내심 앙네타의 말이 옳다는 걸 샬로테는 알고 있었다. 잊기 위해서 일이라는 수단을 선택한 건 맞았다. 그럼으로써 마침내 인생의 통제권을 되찾고 나자, 샬로테는 이제는 일을 쉽게 포기할 생각이 없어졌다.

앙네타가 아보카도 빛깔을 띤 회전의자에서 몸을 흔들며 샬로테가 한가한 시간에 누굴 만나긴 하는지 묻자, 상황은 더욱 나빠졌다. 주변에 사람을 두고 사는 건 아주 중요했고, 그건 샬로테가 남편과 사별했다 해도 회피해서는 안 되는 사항이었다.

"그렇게 혼자 있으면 기분이 괜찮아지는 것 같으세요?"

앙네타는 상담가 특유의 한껏 부드러운 목소리로 물으며 고개를 지그시 기울였다.

그 말을 들은 샬로테는 배 속이 오그라들었다. 이 말에 뭐라고 대답해야 하지? 당연히 여생을 혼자 살고 싶은 마음은 없었지만, 그렇다고 새로운 사람을 만날 준비는 아직 되지 않았는데. 게다가 알렉스같이 멋진 사람을 만날 기회란 거의 없을 텐데. 하지만 친구나 가족이 없다는 건 당연히 좋은 일이 아니었고, 남편이 죽었으니 아마 앞으로는 아이를 가질 일도 없을 거였다.

아이를 가진다라. 그녀가 알렉스와 함께 아이 이야기를 했던 수많은 시간을 생각하면 미칠 것 같았다. 지금까지 아이를 가질 타이밍이 딱 맞았던 적도 없었다. 둘은 회사의 주요한 개발 단계를 지내왔기에 항상 '1년만 더' 기다려보자고 합의했다. 둘에게 이 세상 시간이 얼마든지 있다고 확신하면서 말이다. 하지만 '1년 후'라는 시점이 몇 번이나 미루어지다가 결국 그녀는 아무것도 없이 여기까지 오고 말았다. 물론 수중에 회사야 있다. 'c/o 샬로테'라는 상호야말로 알렉스가 그녀에게 남긴 유일한 그의 일부였기에, 샬로테는 무슨 일이 있어도 그걸 잃고 싶지 않았다.

대화가 막히자 앙네타는 연필을 잘근잘근 씹으면서 자신이 아주 골똘히 생각하고 있다는 티를 냈다. 그러더니 참으로 터무니없는 제안을 내놓았는데, 샬로테의 상담사면서도 사실은 고객을 몰라도 너무 모른다는 걸 드러내기만 할 뿐인 제안이었다. 마침내 내놓은 이야기라는 게 댄스 강좌를 수강하면 어떻겠냐는 것이었으니.

"사람들과 만나볼 수 있는 아주 좋은 기회랍니다."

그녀는 열의를 다해 외치면서 물어뜯은 연필을 돌려댔고, 샬로테는 그저 고개를 젓기만 했다. 손이 땀에 흠뻑 젖은 것도 모자라 가랑이에 사면발니나 달고 사는 낯선 남자와 춤을 춘다니, 세상에 그보다 더 끔찍한 일이 또 있을까.

앙네타가 미처 파악하지 못한 것은, 바로 샬로테가 할 수만 있다면 집에서 더는 떠나지 않고 싶어 한다는 점이었다. 그런데 지금 이곳에 오다니. 바로 런던에. 집에서 수백 킬로미터는 떨어진 곳에. 만약 앙네타가 이 사실을 알았더라면, 다시없을 정도로 흥분했겠지. 8백만 명이 넘는 인구가 사는 도시에서 외롭게 지내기란 불가능하다. 그리고 샬로테는 비행기에서 내린 뒤로 사면발니에 감염될 위험이 급격히 커졌다.

이토록 큰 도시에 득실거릴 수많은 질병을 조심하며 살아야 한다고 생각하니 몸이 부르르 떨렸다. 그리고 언제나 방향을 거꾸로 알려주는 듯한 지도를 애써 해독하면서 조용히 욕을 내뱉었다. 사실 이 모든 건 다 그 변호사 때문이야. 그의 목소리가 너무 권위적으로 들렸기 때문이라고. 변호사는 콧대 높은 영어로 전화를 걸어, 권위적인 목소리로 느릿느릿 말하며 샬로테가 공식적으로 자기를 만나야 한다고 했다. 마치 자기가 버킹엄 궁전이 내려다보이는 사무실에 앉아서 집사가 시중드는 차를 마시기라도 하고 있다는 듯한 말투였다. 분명히 그 변호사, 외알 안경에 돌돌 말린 콧수염을 달고 있겠지.

"이모님이 뤼드베리 씨를 각별하게 생각하셨나 봅니다. 집과 서점까지 모두 넘기셨으니 말입니다."

변호사의 말에 샬로테는 반박하고 싶었다. '아닙니다. 그럴 리 없습니다. 우리는 서로 알고 지낸 적도 없고 만난 적도 없습니다.' 하지만 그녀는 아무 말도 하지 않았고, 대화가 그렇게 끝나버리면서 변호사는 전화를 끊었다.

이게 다 이상한 만우절 농담인 건 아닐까 싶었지만 그건 이제 중요하지 않았다. 영국 변호사가 전화를 걸어와 내가 모르는 친척이 집을 물려주었다고 말했다면, 영국으로 가야 하는 것이었다. 그건 헨리크도 앙네타도 아주 분명하게 샬로테에게 말했다.

어떤 행인이 지나가며 싸구려 향수 내음을 훅 풍기는 바람에 샬로테는 본능적으로 코를 막았다. 오늘은 정말 별별 일이 다 일어나네. 모든 게 이 여행의 안 좋은 인상으로 남았다. 공항은 시끄러웠다. 비행기 옆자리에 앉은 남자는 샬로테에 대해 정말로 모든 걸 다 알고 싶어 했다. (그가 샬로테에게 말을 걸며 처음 했던 말은 다음과 같았다. "그럼 아주 처음부터 시작해볼까요? 어디서 태어났어요?") 파도처럼 밀려오는 피로감에 그녀는 여행 가방에 기대어 섰다.

알렉스가 같이 있었다면 모든 게 훨씬 쉬웠을 텐데. 그이는 사람들과 무척 잘 어울릴 줄 알았고, 새로운 인간관계 맺는 걸 쉽게 해냈다. 8년 전, 그들이 화장품 회사인 'c/o 샬로테'를 설립했을 때, 고객 관리가 알렉스 몫이라는 건 처음부터 분명했다. 반면, 알렉스는 샬로테를 '내성적이고 귀여운 천재'라고 불렀다. 제품 개발은 그녀의 몫이었기 때문이다.

샬로테는 손 소독제를 꺼내어 조심스럽게 손을 닦았다. 문득 알렉스와 함께 스페인에 있던 공장을 방문했던 기억이 났다. 갑자기 생산이 중단되어서였다. 제품 생산은 막 시작 단계였고, 제품이 제때 배달되지 않으면 어떤 문제가 벌어지는지 정확히 알고 있던 샬로테는 정신없이 분노했다. 반면 알렉스는 평소처럼 침착한 태도를 보이며 그저 압박하는 건 소용이 없을 거라고 말했다. 대신에 그는 공장장인 후안을 구워삶았다. 후안의 두 아들에게 줄 마라보우 초콜릿을 선물하고 밤 동안 내내 그의 걱정거리를 들어주었다. 알렉스는 후안의 말이 옳다고, 공장 안이 사실 너무 덥다는 걸 분명히 알았으니 환풍 설비를 더 갖추어야 한다고 걱정해주었다. 그러자 생산은 매우 빠르게 재개되었다.

후안은 여전히 그들에게 엽서를 보냈다. 7월 중순에 편지함에 온 엽서에 쓰인 '알렉스 가족에게'라는 문구를 보고 샬로테는 그만 쓰러질 뻔했다. 모든 사람이 알렉스의 소식을 알고 있다고 생각했건만, 그라나다에 있는 공장까지는 아직 소식이 전해지지 않은 모양이었다.

템스강 위로 미지근한 바람이 불어와 샬로테는 잠시 멈춰 서서 그 온기를 즐겼다. 사방엔 사람들이 우글댔지만 그 누구도 샬로테와 눈을 마주치지 않았다. 그러다 하늘색 코트 차림에 우아한 헤어스타일을 한 노부인이 쇼핑백을 들고 있다가 넘어졌다. 샬로테만이 허리를 굽혀 굴러가는 사과들을 주워주었다.

샬로테는 노부인이 들고 있던 봉투에 과일을 넣어주면서 지나가는 인파를 피하려 했다. 주변에 이토록 사람이 많은 상황이 참 낯설었다. 그녀는 대개 한적한 교외의 집에서 일했고, 헨리크 말고는 온종일 아무와도 이야기하지 않을 때도 종종 있었다. 게임 친구들과 같이 보르드페우드*를 하긴 했지만, 앙네타는 그걸 만남이라고 쳐주지 않았다.

노부인은 고마워하며 미소를 지었다.

잠시 후 어떤 꼬마 여자애가 스파이더맨 의상을 입고 샬로테에게 달려들었다. 그녀는 아이와 부딪치지 않으려고 옆으로 휙 몸을 비켜야 했다. 솔직히 지금 여기서 이러고 있을 때가 아니었다. 현재 샬로테는 자신의 화장품 라인을 팔고 싶어 하는 몇몇 대형 체인점과 협상 중이었다. 헨리크는 현 상황에서 조금 더 기다려보자고 제안했다. 그는 샬로테가 과로할까 봐 걱정했다. 그 누구도 어

---

* 스웨덴에서 만든 멀티플레이어 모바일 단어 게임.

째서 그녀가 바쁘게 살아야 하는지 이해하지 못하는 것만 같았다. 게다가 샬로테는 알렉스의 꿈을 실현해주고 싶었다. 둘이 함께 계획한 프로젝트를 실행하는 동안에는 알렉스가 곁에 있는 것 같은 느낌이 들었기 때문이다.

샬로테의 여행 가방이 포장도로 위를 덜컹거리며 움직였다. 여기서 얼마나 오래 머물지 몰랐던 그녀는 아무거나 조금씩 짐을 챙겼다. 일이 가장 잘 풀린다면 내일 아침에 다시 고향 집으로 갈 수도 있을 것이다. 자신을 위해 런던의 뮤지컬 티켓을 예약하려고 했던 헨리크에게 금방 갔다가 올지 모른다며 애써 만류했던 것처럼 말이다.

이 모든 상황이 수수께끼처럼 이해가 되지 않았다. 헨리크가 뮤지컬 티켓을 사주고 싶어 했다는 건 물론 희한한 일은 아니었다. 헨리크는 앤드루 로이드 웨버에게 광적으로 빠져 있어서 이베이에서 웨버가 사용한 손수건까지 입찰받을 정도였으니 말이다. 샬로테가 이해할 수 없는 건 바로 자신의 엄마가 언니인 사라에 대해서 아무 말도 안 했다는 점이었다. 샬로테가 알기로 두 자매는 생전에 아무런 연락도 주고받지 않았다.

거대한 강을 바라보던 샬로테는 세차게 불어오는 바람이 몸을 덮치자 그만 기우뚱거렸다. 변호사의 설명에 따르면, 건물에는 거주 공간 두 곳과 사무실이 있고 1층에는 백 년도 넘은 서점이 있다. 샬로테는 그토록 오래된 건물을 어떻게 처리해야 할지 알 수가 없었다. 어째서 이모가 그 건물을 자신에게 남겼는지는 더더욱 모를 일이었다.

변호사인 쿡 씨와 이야기를 나눈 후, 샬로테는 그에게 긴 이메일을 보내 자신을 대신해서 그 집을 임대해달라는 제안을 했다. 하지만 쿡 변호사는 전화 통화에서 들려주었던 권위적인 어조를 이메일에서도 그대로 발휘해 샬로테가 직접 와서 봐야 한다고 우겨댔다. 그녀가 상속받은 재산은 여러 직원을 둔 사업장이므로, 어떤 결정을 내리든 일단은 그곳에 가서 서점을 둘러봐야 할 의무가 있다는 것이다. 물론 그의 말은 옳았다. 하지만 그들을 만나봤자 결정이 더 어려워지기만 할 것이다. 자신이 대체 사라 이모의 직원들에게 뭘 해줄 수 있단 말인가? 돌봐야 할 사업장을 고향에 놔두고 런던으로 이사해 책을 팔 수는 없는 노릇인데.

샬로테는 지금 길을 제대로 들었는지 확인하려고 멈춰 섰다. 템스강 위로 화물선이 유유히 떠갔고, 하늘 저쪽을 가로질러 갈매기 몇 마리가 날아가며 새된 소리로 울었다. 드문드문 뜬 구름 사이로 태양 빛이 너무나 강렬해서 눈을 깜빡여야 했다.

지도 앱을 보니 목적지에 거의 다 왔다. 손 그늘을 만들어 눈을 들고 바라보던 샬로테는 문득 찾던 곳에 도착했다는 걸 깨달았다.

건물은 전형적인 빅토리안 양식으로 지은 타운하우스였다. 윗부분은 벽돌로 쌓았고, 아랫부분은 주홍빛으로 전면을 마감한 건물은 영국스러운 매력이 있었다. 그 완벽한 풍경에 오점이 하나 있다면, 누군가 진열장 한가득 잡동사니를 넣어놨다는 것이었다. 그것만 빼면 아주 마음에 들었다.

샬로테는 가슴이 두근두근 뛰었다. 비록 건물이 작고 옆 건물과 다닥다닥 붙은 감이 없지 않지만, 그래도 블라인드며 오래된 네모

꿀 화분과 같은 소품들 덕에 나름의 독특함을 지닌 곳이었다. 왜 그런지 몰라도 맥박이 고동쳤다.

샬로테가 주위를 둘러보지도 않고 길을 건너는 바람에 택시 한 대가 화내듯 경적을 울려댔지만, 그녀는 집에서 눈길을 떼지 못했다. 가득 찬 진열장 위로 금박을 입힌 글자들이 보였다. '리버사이드 서점'이라는 간판이었다.

눈앞에 펼쳐진 광경에 사로잡힌 샬로테는 한동안 인도에 멍하니 서 있었다. 원래는 바깥에서 잠깐 건물만 보고 곧바로 호텔에 갈 계획이었지만, 갑자기 호기심이 생겼다. 바닥을 열었더니 아래로 내려가는 입구가 나온 것처럼, 이 오래된 집은 마법의 힘으로 그녀를 끌어당기는 듯했다.

샬로테는 목을 긁었다. 잠깐 들어가서 안을 슬쩍 둘러볼 수야 있겠지. 직원들은 내가 누군지 모를 거 아냐. 그런 다음 헨리크가 예약해준 호텔을 찾을 시간은 충분할 거야. 그래, 그렇게 하자. 그녀는 단호하게 거대한 서점 손잡이에 손을 뻗었다.

테를 두른 묵직한 유리문은 수십 년은 족히 닦지 않은 것 같았다. 샬로테는 손 소독제를 다시 쓰기로 마음먹었다. 하지만 일단 안에 들어간 순간, 위생 따위는 싹 잊고 경건한 마음으로 주위를 둘러보게 되었다.

모든 게 묘하게도 낯익어 보였다. 동시에 백 년 전으로 거슬러 올라가는 느낌이 들기도 했다. 천장까지 솟은 어두운색 책꽂이들은 책 무게 때문에 판자가 휘어졌다. 바닥에는 널따랗고 모양이

제각각인 마루판을 맞춰 깔아놓았고, 닦지도 않은 창문 너머로 비쳐드는 햇빛을 받으며 먼지 입자가 춤을 추었다.

샬로테는 천장에 매달려 있는 구리 전등갓 속 초록색 유리등을 올려다보았다. 이곳에서는 프린터 토너와 오래된 종이, 그리고 바닐라 향이 났다.

깊은 인상을 받은 샬로테는 시선을 돌렸다. 이 서점은 정말로 특별하구나. 바깥에서 봤을 때는 예쁘긴 해도 다소 세련되지 못한 느낌이었는데, 안으로 들어온 순간 완전히 고유한 세계가 펼쳐진달까. 예술품 같은 고급 석고와 테두리 장식은 물론이고 어두운 목재 틀과 검은 주철로 만든 불티막이가 달린 개방형 벽난로까지 모든 게 이 방의 아늑한 인상에 일조했다. 외관은 좀 낡긴 했지만, 그래도 분위기만큼은 따스하고 편안했다. 독서 애호가들에게 더없이 완벽한 장소였다. 물론 먼지 알레르기가 있는 사람은 아니겠지만, 하고 샬로테는 생각했다.

이 분위기에 온전히 사로잡힌 샬로테는 입구에 깔아놓은 와인색 카펫에 서 있었다. 구부러진 선반에 꽂힌 어마어마한 책들은 너무 낡아서 책이라기보단 골동품 같아 보였다. 벽에는 작가들의 초상화와 유명한 책의 문장을 써 넣은 것 같은 묵직한 놋쇠 액자가 걸려 있었다. 구석에 있는 안락의자는 잠시 책을 읽고 싶은 사람을 부르는 듯했다. 중앙부에는 조각을 아로새긴 U자 모양의 떡갈나무 계산대가 있었고, 세기말에 만든 듯한 아름다운 은색 금전출납기도 설치되어 있었다.

어느새 샬로테는 바깥의 대도시 소음에 익숙해진 모양이었다.

가게 안이 갑자기 너무나도 고요하다는 게 새삼 느껴졌다. 그러니까 여기가 사라 이모의 서점이로군. 이제는 내 서점이고.

그런데 빨간 코트를 입은 건장한 여자가 다가오면서 마법 같은 분위기가 깨져버렸다. 샬로테는 그녀에게 찾는 건 없다고, 그냥 한번 둘러보려는 것뿐이라고 말하려 했지만, 미처 입을 열기도 전에 여자가 두 팔을 벌리더니 환하게 미소를 지으며 샬로테를 껴안았다.

몇 초간 샬로테는 원치 않는 포옹에 갇혀 자신을 압박하는 커다랗고 부드러운 몸뚱이를 느꼈다. 공황 상태에 빠져 애써 몸을 빼보려 했지만 허사였다. 마침내 여자가 몸을 놓아주자, 샬로테는 몇 걸음 물러서서 여자가 사과하길 기다렸다. 사과가 아니라면 적어도 설명이라도 해줘야 하지 않나. '오늘 정신과 약을 먹는 걸 깜빡했네요.' 같은 변명이라도 말이다. 하지만 여자는 이렇게 소리쳤다.

"드디어 만나게 되어서 참 반갑네요!"

샬로테는 놀라서 여자를 빤히 쳐다보았다. 이 빨간 옷 여자는 뭔가 단단히 오해하고 있구나. 혹시 나를 유명 인사와 헷갈렸나? 샬로테의 페이스북 프로필 사진을 본 누군가가 스칼렛 요한슨을 닮았다고 한 적이 있었다. 옆모습을 찍은 사진을 샬로테가 필터로 보정한 결과였다. 사실, 자신의 얼굴에 스칼렛 요한슨을 닮은 부분이 있긴 하다고 샬로테는 인정했다. 그래서 이 여자가 나를 스칼렛 요한슨이라고 생각한 걸까?

어쨌든 이 여자는 전혀 아랑곳하지 않았다. 샬로테가 아무런 대답을 하지 않았는데도 거리낌 없이 팔에 손을 얹고서 말했다.

"마침내 와서 얼마나 반가운지요! 혹시 무슨 일이 있는 걸까 싶어서 무척 걱정했답니다. 이 서점을 잘 운영하고 최선을 다해서 관리해보려고 했지만, 사라가 떠난 후라서……."

여자는 슬픈 기색으로 고개를 젓더니 말을 이어갔다.

"그래요, 난 최선을 다했지만, 그래도 당신이 도와준다면 모든 게 분명히 더 쉬워지겠죠. 세상에나, 이 순간이 오기를 얼마나 기다렸는지 몰라요! 보여주고 싶은 게 무척 많답니다!"

샬로테는 손으로 핸드백을 꽉 쥐었다. 이게 다 뭔지 도무지 이해가 안 갔다. 이 여자는 날 어떻게 알아봤지?

"아 참, 내 이름은 마르티니크예요. 물론 이미 알고 있겠지만요."

여자는 이렇게 말하더니 검은 머리카락이 흔들릴 정도로 아주 커다랗고 따스하게 웃었다. 참으로 친절한 얼굴에 누구의 마음이라도 풀어버릴 만한 미소를 지닌 사람이었다.

샬로테는 마른침을 삼켰다. 사실은 마르티니크가 누군지 모르겠다는 걸 어떻게 설명하지?

"저, 죄송한데요……."

그때, 문이 열렸다. 마르티니크는 두 손을 입에다 대고 나팔을 만들어 커다랗게 외쳤다.

"샘! 누가 왔게? 와서 샬로테에게 인사해!"

샬로테는 목을 움켜잡았다. 이 여자, 내 이름도 알고 있어? 머릿속이 온통 뒤죽박죽이었다. 혹시 그 변호사가 여기에 와서 직원들에게 알려준 건가? 그래, 그랬겠지. 그리고 마르티니크는 내가 사라 이모와 닮았다는 걸 알아봤을 거야. 아니면 내가 금발에다 스웨덴인처럼 생겨서 그래. 그것 말고는 이 상황을 달리 설명할 길이 떠오르지 않았다.

이윽고 아주 어려 보이는 여자가 다가왔다. 부츠컷 청바지에 빳빳한 목깃이 달린 갈색 셔츠, 노란 털실로 짠 조끼 차림이었다. 다행히도 샘은 샬로테가 온 것에 별로 기뻐하지 않는 듯했고, 그저 인사하기 위해 손을 내밀었을 뿐이다.

"당신이 사라의 조카로군요. 만나서 반가워요."

샘은 인사말을 건네더니 마르티니크에게로 돌아섰다.

"봉투를 더 주문할까요? 아니면 또 다 같이 의논해야 하나요?"

샬로테는 땀이 났다. 그러니까 직원들은 나를 기다리고 있었구나. 당연히 이제 어떻게 되는지 알고 싶겠지. 하지만 지금 샬로테가 대답해줄 수 있는 건 하나도 없었다. 일단 변호사와 먼저 상의해야 한다.

마르티니크와 샘이 봉투 소비에 대해 논의하는 동안, 샬로테는 이들에게 무슨 말을 해야 할까 열심히 생각했다. 당연히 가능한 한 최선의 방법을 찾아서 이 상황을 해결하고 싶었다. 이 서점을 인수할 사람을 찾아야겠지. 하지만 과연 그렇게 일이 잘 풀릴까. 샬로테는 알 수 없었다.

마침내 직원 토론이 끝나자, 마르티니크가 샬로테를 바라보며 웃었다.

"여행하느라 피곤하시죠? 내가 사라의 집을 보여줄게요. 거기서 오늘 묵고 싶으시겠죠?"

샬로테는 주저하며 고개를 끄덕였다. 세상을 떠난 이모의 집에서 잘 생각은 없었지만, 사라에 대해 궁금했고 어떻게 살았는지 보고 싶었다. 그런 다음에 부디 마르티니크가 자신을 내버려두기를 속으로 바랐다. 그러면 조용히 호텔을 찾아갈 수 있을 텐데.

샬로테는 여행 가방을 들고 거리로 나가려고 했지만, 마르티니크가 가게 안을 보여주었다.

"이쪽으로 와요. 사라는 서점 위쪽에 있는 집에서 살았어요. 우리는 언제나 대가족처럼 지냈답니다. 나랑, 샘이랑, 사라 이렇게 셋이요. 물론 윌리엄도 있고요. 위에 있는 두 집 중 한 집에 윌리엄이 살고 있어요."

초록색으로 칠한 계단은 마치 동화 속에서 튀어나온 것 같았다. 사라의 집 문 앞에 선 샬로테는 문에다 그려놓은 주황색 꽃 그림을 보고도 전혀 놀라지 않았다.

마르티니크는 샬로테에게 열쇠 뭉치를 건네주고는 'S. 뤼드베리'라는 명패가 붙은 문을 고갯짓으로 가리켰다. 문에는 고양이용 플랩도어가 설치되어 있었다. 마르티니크는 미안한 기색으로 말했다.

"이거 받으세요. 우리가 정리를 좀 해보려고는 했어요. 하지만 당신이 여기 오기 전에 사라의 물건을 건드리면 안 될 것 같더라고요."

샬로테가 긁힌 자국투성이인 열쇠 구멍에 열쇠를 꽂으려고 애쓰는 동안, 마르티니크는 또 미소를 지었다.

"짐을 정돈한 다음에 아래층에 내려오세요. 내가 먹을 걸 좀 만들게요."

오늘 밤 샘과 마르티니크와 같이 식사를 한다니 상상도 못 할 일이었지만, 샬로테는 일단 감사를 표했다. 지금 머릿속에 드는 생각이라고는 호텔을 얼른 찾아서 오랫동안 샤워를 하고 룸서비스를 시킨 다음 침대로 기어 들어가 회사 이메일을 확인하고 싶다는 것뿐이었다.

마침내 마르티니크가 계단을 내려가자, 샬로테는 문을 열 수 있었다. 집 안은 난장판이었다. 사방에 공책과 오래된 신문이 널려 있었다. 문틀에 잔뜩 붙은 포스트잇에는 갈겨 쓴 내용이 보였다. '프랜즌의 새 소설 주문하기'나 '입스위치 씨가 그 소매치기를 사랑하니까, 그에게 기회를 한 번 더 주어야 함' 같은 말이었다. 그리고 바닥에는 거대한 책 더미가 여기저기 쌓여 있었다.

완전히 지친 채로 샬로테는 주위를 둘러보았다. 솔직히 말하자면 그녀는 타고난 정리꾼으로 청소를 무척 좋아했다. 그녀의 집에는 머리끈부터 연필깎이까지 모든 물품에 저마다의 수납 공간이 있었다. 그래서 정리를 정말이지 못하던 알렉스가 뭔가를 찾는답시고 책상 서랍을 꺼내 바닥에 쏟아놓을 때마다 샬로테는 무척 화가 났다. 갑자기 떠오른 그 기억에 그녀는 심장이 죄어들었다. 다 지나고 보니 어째서 그런 사소한 걸로 말다툼을 했는지 이해할 수가 없었다.

샬로테는 벽에 걸린 액자를 밀어보다 한숨을 쉬었다. 그리고 핸드백에서 작은 손 소독제 병을 꺼내 손을 닦았다. 여긴 너무 지저분해서 어디서부터 시작을 해야 할지 도무지 알 수가 없었다. 거실 벽에는 밥 딜런과 재니스 조플린의 빛바랜 포스터가 붙어 있었는데, 종이가 너무 삭아서 건드리기만 해도 부서질 것 같았다.

샬로테는 조심스럽게 집 안으로 몇 걸음 더 들어가보았다. 이곳은 박물관 같았다. 눈을 들어 주변을 둘러봤다. 방은 상대적으로 작고 좁았으며, 여기저기 놓인 가구는 벼룩시장에서 사 한데 모아 놓은 느낌이었다. 게다가 끈적끈적하고 어디서 많이 맡아본 시큼한 냄새가 났다. 가방에 과일을 넣고 잊어버렸을 때 나는 딱 그런 냄새였다.

그녀는 세차게 눈을 깜빡였다. 지금 이토록 피곤하지만 않았더라도 당장 아래층으로 내려갔을 테지만, 지금은 너무 기운이 없어서 아무와도 이야기하고 싶지 않았다.

그러다 작은 화장대 위에서 액자 속 사진을 발견했다. 자신의 엄마인 크리스티나가 다른 어린 소녀와 함께 찍은 사진이었다. 아마 이 사람이 이모겠지. 벤치에 앉은 두 소녀는 바람에 머리카락이 헝클어졌는데도 카메라를 보며 미소를 짓고 있었다. 둘 다 똑같이 금발에 콧등에 주근깨가 났다. 믿을 수 없을 만큼 닮았고, 또 너무나 어렸다. 아무리 봐도 열두 살이나 열세 살을 넘지 않는 것 같았다.

샬로테는 오랫동안 사진을 응시했다. 언제나 엄마가 이모보다는 훨씬 어리다고 생각했는데. 그래서 연락이 끊어진 거라고 생각했는데. 하지만 사진을 보면 둘은 거의 나이가 같아 보였다.

그녀는 손끝으로 엄마의 얼굴을 어루만졌다. 왜 사라 이모에 대해 아무 말도 하지 않았을까? 둘이 사이가 나빴나?

샬로테는 엄마를 생각할 때마다 항상 슬펐고, 지금도 엄마를 떠올리자 한줄기 눈물이 흘렀다. 돌아가신 지 벌써 몇 년이 되었지만, 샬로테는 끝없이 엄마가 그리웠다. 내가 사라 이모를 만났다면 어땠을까. 분명히 이모를 봤다면 엄마가 무척 생각났겠지.

계속 방을 둘러보던 샬로테는 TV 근처에서 익숙한 것을 찾아냈다. TV 위 선반을 보니 더 많은 사진이 줄지어 있었는데, 보자마자 놀라고 말았다. 대부분 그녀가 잘 아는 사진이었다. 바로 어릴 적 자신의 모습이었으니까. 한 살 때 욕조에 앉아 있던 모습, 네 살 때 목초지를 뛰어다니던 모습. 엄마가 사라 이모에게 이 사진을 보냈다면, 분명 연락을 했다는 뜻인데. 그럼 왜 내겐 아무 말도 없었을까?

그러다 다른 액자를 손에 든 순간, 그녀는 놀라서 멈칫하고 말았다. 사진 속 자신의 모습은 어른이었다. 회사를 막 설립했을 때 했던 신문 인터뷰 기사 속 사진이었다.

샬로테는 아직도 그날을 생생히 기억했다. 처음엔 사진을 안 찍겠다고 했지만, 알렉스가 그녀를 회사의 간판이라고 생각하는 걸 알기에 결국은 수락했었다. 그리고 놀랍게도, 사진기자의 지시에 따라 카메라 앞에서 포즈를 취하는 게 즐겁기까지 했다.

그녀는 조용히 사진을 바라보았다. 사진은 화질이 좋지 않았다. 구식 잉크 프린터로 인쇄해서 그렇겠지. 그럼에도 사진 속 자신은 예뻐 보였다. 또 다른 사진은 페이스북에 올려놓았던 예전 프로필 중 하나였다. 마르티니크는 분명히 이 사진을 보고 샬로테를 알아봤을 것이다.

샬로테는 액자를 다시 돌려놓았다. 이모는 왜 조카의 삶에 관심을 가졌을까? 만나고 싶었다면, 왜 그냥 연락하지 않고?

그녀는 가구 사이를 이리저리 거닐다가 소파를 하나 찾아냈다. 그리고 앉기 전에 먼저 의자를 털었다. 머릿속에서는 아직도 생각이 꼬리에 꼬리를 물었다. 사라 이모는 왜 나한테 이 서점을 남겨준 거지?

체념한 채로 그녀는 주변을 둘러보았다. 이 집을 개조하면 분명 가치가 훨씬 높아지겠지만, 샬로테는 지금 회사에서 나오는 수입으로도 잘 살 수 있어서 돈은 필요하지 않았다. 게다가 집을 처분하는 일 같은 건 더는 감당하고 싶지 않았다. 엄마 집을 처분할 때도 힘들어 죽을 뻔하지 않았던가.

샬로테는 하품을 했다. 배은망덕해 보이고 싶은 마음은 없었지만, 이런 큰일을 받아들일 마음의 준비가 되어 있진 않았다. 알렉스가 살아 있었다면 또 모를까. 남편이 있었다면 그래도 일을 감당할 사람이 둘은 되었을 테니까. 게다가 서점 운영에 대해서는 아무것도 모르니, 마르티니크와 샘의 미래를 자신 같은 사람이 좌지우지하는 건 올바르지 못한 일이었다. 리버사이드 서점을 더 잘 신경 써줄 사람을 찾아야 했다.

내일 가서 변호사에게 부탁해야겠어. 이 집을 임대하고 싶은 사람을 찾아달라고. 혹시 파는 편이 더 쉽다면, 살 사람을 찾아달라고 하든지.

눈꺼풀이 점점 무거워져서 샬로테는 잠시 눈을 감았다. 지금 당장은 조금이라도 쉬어야 했다. 그런 다음 호텔이 어디 있는지 찾

아봐야 한다. 그런 다음 부디 내일 오후 비행기로 스웨덴에 돌아
갈 수 있으면 좋으련만.

샬로테가 다시 일어났을 때, 집 안은 황혼 녘 빛으로 가득했다.
잠시 그녀는 여기가 어딘지 몰라 심하게 당황하고 말았다. 어안이
벙벙한 채로 주위를 둘러보고 있으니 선반에 있는 사진들이 눈에
들어왔다. 그래, 아직도 사라 이모의 아파트구나.

바깥에서 비쳐드는 노란 가로등 불빛 아래로 책 더미가 바닥에
서 자라난 것처럼 보였다. 높다랗게 쌓인 책이 바닥에 길고 짙은
그림자를 드리웠다.

샬로테는 시계를 보았다. 7시 15분 전이다. 대체 몇 시간을 잔
거야? 그녀는 한숨을 쉬면서 얼굴을 문질렀다.

일어나서 창가로 다가갔다. 서점은 아직 안 닫았나? 샬로테는
서점이 아직 열려 있길 바랐다. 이 집에서 어떻게 빠져나가야 할지
몰랐으니까.

으스스한 한기를 느끼며 주위를 둘러보았다. 그냥 여기서 밤을
보내야 하나? 소파엔 책이 가득 쌓여 있긴 해도 치우면 되는 일이
다. 분명히 어딘가에 깨끗한 시트가 있을 테니 찾으면 된다. 서점
을 앞으로 어떻게 할지 계획을 세우기 전에는 샘과 마르티니크를
또 만나고 싶지 않았다.

그때였다. 바깥에서 계단이 삐거덕대는 소리가 들려서 샬로테
는 서둘러 돌아섰다. 그리고 마지못해 현관으로 걸어갔다.

갑자기 문을 두드리는 소리가 났다. 아주 커다랗게 두드리는 바

람에 온 집이 울릴 정도였다.

샬로테는 마른침을 삼켰다. 마르티니크와 샘은 내가 여기 있었다는 걸 당연히 알겠지. 그러니 지금 문을 열지 않으면 그저 민망해질 뿐일 거야. 그런데 왜 아무 말도 없지?

재차 노크 소리가 들리자, 샬로테는 전등 스위치에 손을 뻗어 둥그런 유리등을 켰다. 따스한 빛이 현관 전체를 비추었다.

그녀는 화장대 위의 거울을 재빨리 들여다보고는 손가락으로 머리를 빗은 다음 집 열쇠를 돌려 문을 열었다.

샘은 층계참에 서서 벽에 기대고 있었다. 중간 정도 길이의 단발을 뒤로 빗어 넘긴 모습이 편안해 보이는 걸 보니 1950년대의 배우가 떠올랐다. 제임스 딘이랄까, 아니면 엘비스 프레슬리일 수도 있고. 샬로테는 그녀가 귓가에 꽂은 담배를 뽑아 가슴주머니에서 꺼낸 성냥갑으로 불을 붙이겠거니, 하는 생각마저 들었다.

"안녕하세요."

샘이 입을 열었다.

"안녕하세요."

"마르티니크랑 난 식사할 건데, 같이 할래요?"

샬로테는 망설이다 이내 고개를 저었다.

"같이 먹자고 해주셔서 정말 고맙지만, 지금은 별로 배고프지 않네요."

그녀는 이렇게 대답하다가 자기 배 속이 얼마나 꼬르륵대는지 샘이 못 들었기만을 바랐다.

샘은 눈썹을 치켜떴다.

"알았어요. 하지만 마르티니크가 당신 왔다고 특별히 요리를 했거든요. 테스코까지 가서 이름 모를 채소를 잔뜩 사 왔어요. 그러니 내려와서 맛이라도 보신다면 좋겠죠."

샬로테는 민망해졌다.

"직접 요리를 하셨다고요? 그럼 당연히 가야죠. 잠시만요, 뭣 좀 가지고 올게요."

그녀는 거실로 돌아가서 핸드백을 집어 들었다. 여행 가방은 그대로 두었다. 이렇게 어두워졌으니 혼자서 밖에 나가지는 않을 마음이었다.

계단을 반쯤 내려왔을 때, 샘이 슬쩍 뒤돌아 물었다.

"그런데 당신, 싱글인가요? 결혼했나요? 아니면 동거인이 있나요?"

샬로테는 얼굴을 찌푸렸다. 개인사에 대해서는 별로 말하고 싶지 않았다.

"싱글인데요."

샘은 고개를 까닥였다.

"그게 말이죠, 알아둘 게 있어서요. 우리 가게에는 나름의 체계가 있거든요. 일단 안으로 들어오는 손님은 우선 내 거예요. 누구랑 데이트하고 싶다면 괜찮지만, 그래도 먼저 나랑 상의해야 해요. 알았죠?"

샬로테는 고개를 끄덕였지만, 참으로 이상한 말이었다. 지금 샘은 내가 여기에 있고 싶어 할 거라고 생각하는 건가? 내가 스웨덴에 이미 직업이 있는 사람이라는 걸 모르나? 그리고 왜 서점 고객

에게 관심을 가지는 거지? 샬로테는 여기로 이사하고 싶은 마음
이 전혀 없다고 말하고 싶었다. 하지만 그래봤자 저쪽에서 질문만
더 할 것이기에, 그냥 아무 말 않기로 했다.

1층의 조명은 바뀌어 있었다. 땅거미가 지는 가운데 커다란 녹
색 등과 벽난로 선반 위에 켜둔 촛불이 조명의 전부여서 내부는
안개가 낀 듯 어둑했다.

샬로테는 샘을 따라갔다. 음식 냄새를 맡자 얼마나 배가 고픈지
실감이 났다. 누군가 떡갈나무 계산대의 기다란 부분에 하얀 식탁
보를 깔고 접시를 올려놓은 걸 보자 미소가 지어졌다.

"앉아요. 금방 올게요."

샘은 이렇게 말하며 카운터에 있는 높다란 바 의자를 가리켰다.

샬로테는 앉아서 손가락을 주물렀다. 수수하고 밝은 베이지색
매니큐어를 보자 요 근래 외모를 가꾸는 데 얼마나 관심이 없었는
지 실감이 났다. 전에는 자신의 회사 화장품 모델로 사방을 누비
고 다녔건만, 지금은 매니큐어조차 바를 여력이 없었다.

날은 벌써 어두워졌어도 바깥 거리에는 아직 사람이 많았다. 템
스강은 가로등 불빛을 받아 반짝였고, 저 아래 강변 산책로는 보
행자로 가득했다. 거리 맞은편 레스토랑에서는 따스한 불빛 아래
서 식탁에 옹기종기 앉아 식사하는 사람들의 실루엣이 보였다.

커플들은 손을 잡고 거리를 걸어갔다. 한 여자가 공원 벤치에
앉아 기타 선율에 맞추어 노래를 불렀고, 한 남자가 개를 안고서
여자의 노래를 듣고 있었다. 볼 것이 너무 많아 눈길을 돌리기가
힘들었다. 샬로테가 일하는 집 안 사무실 바깥에는 기껏해야 까마

귀 두어 마리가 창문에 앉아 있는 게 전부였던지라, 이토록 다양한 삶의 순간이 한눈에 펼쳐지는 이 상황이 참 매혹적이었다.

샬로테는 서점 창문 앞에 놓인 책꽂이 너머로 행인들을 지켜보았다. 이 서점은 다른 이들의 눈에 보이지 않는 비밀 장소 같았다. 그런 생각에 심장이 더욱 빨리 뛰었다.

내가 이토록 호기심이 많은 사람이던가. 놀라울 따름이었다. 작년에는 너무나 외롭게 지낸 터라 침묵에 익숙해졌었다. 누굴 만나든 곧바로 아니면 나중에라도 알렉스 이야기가 항상 입에 올랐다. 하지만 정말이지 말하고 싶지 않았다.

새로 만난 사람이 누구든 그 사람에게 과거 이야기를 할 필요는 없다고 앙네타는 말했다. 하지만 샬로테는 사실을 말하지 않는 게 거짓말을 하는 것처럼 느껴졌다. 무슨 질문을 하든 열에 아홉은 죄다 알렉스 이야기로 흘러가는 것 같았고, 남편이 죽었다는 이야기를 하면 결국은 매번 분위기를 망치곤 했다. 게다가 샬로테는 늘 미친 듯이 두려웠다. 과거 이야기를 하면 눈물이 갑자기 주르르 터질 때가 한두 번이 아니었다. 영화관 매표소에서 점원이 영화 〈미 비포 유〉의 줄거리를 이야기해주었을 때도 눈물이 왈칵 흘러 얼마나 당황했던가.

샬로테는 저 멀리에 있는 갈색 가죽 재킷 차림의 젊은 남자를 발견했다. 검은 곱슬머리의 남자는 이쪽으로 다가왔는데, 좀 더 가까이에서 보니 화가 난 것 같았다. 면도도 하지 않았고 재킷 아래 입은 셔츠에 주름이 져 있었는데도 남자에게선 우아한 분위기가 감돌았다.

남자는 샬로테 쪽으로 곧장 다가왔다. 하지만 계속 길을 가지 않고 서점 바로 앞에서 멈추더니 손잡이를 쥐었다. 샬로테는 숨을 헉 몰아쉬었다.

문이 열리면서 바람이 휙 들이쳤다. 샬로테의 심장도 잠시 멎었다. 문이 잠겨 있다고 생각했는데, 실은 아무나 언제든 안에 들어올 수 있었다니. 갑자기 위협을 받는 느낌이었다.

남자는 샬로테를 바라보았다. 그녀는 마음을 단단히 먹고 남자의 시선을 피하지 않았다.

"샘은 어딨어요?"

남자가 거친 어조로 물었다.

그녀가 서점 뒤편을 가리키자 남자는 안으로 들어갔다. 남자가 걸을 때마다 바닥에 깔린 거대한 판자가 삐걱거렸다.

샬로테는 심호흡을 했다. 방금까지 느꼈던 고요한 분위기는 싹 사라지고 말았다. 여기 계속 머무른다면, 분명히 거북한 질문들을 많이 받게 되겠지. 지금으로선 핸드백만 들고 나가서 호텔을 찾은 다음에 내일 아침에 변호사와 같이 오는 게 최선이었다.

그래서 의자에서 막 일어서려는 순간, 마르티니크가 거대한 솥을 들고 나타났다.

"안녕. 그동안 좀 쉬었어요?"

마르티니크가 명랑하게 물었다. 샬로테는 재빨리 달아나지 못한 데 실망한 채로 다시 의자에 앉아 고개를 끄덕였다.

"사라의 집은 정말로 멋진 곳이에요. 안개가 안 끼는 날엔 거실 창문에서 타워 브리지가 보인답니다!"

"아, 그렇군요."

샬로테는 이렇게 대답하고 아랫입술을 깨물었다. 마르티니크는 자신에게 참 친절했다. 저녁을 먹고 가지 않으면 분명히 마음이 상하겠지. 게다가 음식에선 맛있는 냄새가 났다. 그러니 잠시 다른 이들과 함께 어울려줄 순 있을 것이다.

마르티니크는 솥을 내려놓고 뚜껑을 연 다음 나무 주걱으로 저었다. 그녀는 피부색이 참 아름다웠다. 샬로테가 보기에 프랄린 초콜릿 내지는 마스코바도 설탕 빛깔이었다. 샬로테의 회사에서 새로 개발한 황금빛 하이라이터가 무척 잘 어울릴 만한 피부였다. 알렉스의 사고가 나기 전 정상적인 상태의 샬로테였다면, 곧바로 마르티니크에게 새 상품의 샘플을 주었을 것이다.

샬로테는 소심한 기색으로 주위를 둘러보며 무슨 말을 할지 생각했다. 솔직히 언어의 문제는 없었다. 스웨덴어보다 영어로 말하는 게 더 편하기도 했다. 다른 나라 말을 하면 다른 사람인 척할 수 있으니까. 하지만 어느 언어로 말하든지 '스몰 토크'란 너무나 힘겨웠다.

"이곳 날씨는 참 좋네요."

이렇게 말해놓고서 샬로테가 작게 웃어보이려 한 순간, 갑자기 다리에 무언가가 스쳤다. 샬로테가 어디선가 읽었던 내용으로는, 런던 같은 대도시엔 어딜 가든 반경 몇 미터 안에 쥐가 있다고 했다. 아주 잠깐, 그녀는 계산대 아래로 쥐가 기어 들어가고 있다고 생각하고 말았다. 그래서 복슬복슬한 꼬리를 미처 알아차리기도 전에 벌떡 일어서는 바람에 바 의자가 엎어져버렸다.

"오, 세상에, 여기에 고양이가 있을 줄은 몰랐어요."

샬로테는 얼굴을 붉히고서 재빨리 의자를 제대로 놓았다.

마르티니크는 그녀를 친근한 눈빛으로 바라보았다.

"애는 테니슨이에요. 우리 서점의 마스코트라 할 수 있죠. 손님들이 애를 긁어주는 걸 좋아하거든요. 그렇지, 우리 고양이?"

마르티니크는 고양이에게 어린아이를 대하듯 부드럽게 말했다.

샬로테는 커다랗고 텁수룩한 짐승이 구석에 있는 바구니로 어슬렁거리며 걸어가 만족스럽게 몸을 마는 모습을 바라보았다. 저렇게 큰 짐승이 여길 돌아다닌다니, 사방에 먼지와 고양이 털이 날리는 것도 당연했다.

마르티니크는 솥에서 눈길을 돌리더니 웃는 입가 위로 슬픈 눈망울을 보이며 말했다.

"이모를 정말 많이 닮았네요!"

샬로테는 의자에 앉아서 앞뒤로 몸을 흔들었다. 마르티니크에게 솔직하게 말해야 할까? 사라 이모를 사실은 알지도 못하고 한 번도 본 적이 없다고?

마르티니크는 돌아서서 코를 훌쩍였다.

"사라는 내가 만든 스튜를 좋아했어요."

그녀는 이렇게 말하며 바구니에 담긴 식기를 자리에 놓기 시작했다. 식기들은 저마다 크기가 제각각이었다. 그러고는 신중하게 눈가를 훔치고 다시 미소를 지었다.

"미안해요. 내가 정신을 좀 차려야 하는데."

그녀는 고개를 저으며 말을 이었다.

"당신이 마침내 와서 우리는 참 기쁘답니다. 당신에게 비행기 공포증이 있다고 사라가 그랬거든요. 그런데도 여기까지 와줘서 정말 고마워요."

아, 그랬군. 샬로테는 생각했다. 조카가 왜 한 번도 보러 오지 않는지 이모가 그렇게 설명했군.

이윽고 마르티니크는 가죽 재킷을 입은 남자와 팔짱을 끼고 들어온 샘을 발견했다. 남자는 커다란 목소리로 샘에게 무언가를 반박하고 있었다. 마르티니크가 남자에 대해 설명해주었다.

"이쪽은 윌리엄이에요. 당신 옆집에 사는 사람이죠."

샬로테는 자신이 벌써 이 집에 이사라도 왔다는 듯한 그 말이 거슬렸지만, 당분간은 그냥 내버려두기로 했다.

샘은 와인병 두 개를 들고 카운터에 앉은 다음 첫 번째 병의 코르크 마개를 따면서 남자가 하는 말을 계속해서 주의 깊게 들었다. 샬로테가 알아들을 수 없는 사투리로 격하게 말을 해대서 대화를 전혀 따라갈 수가 없었다.

샘은 와인잔 네 개에 술을 따랐다. 윌리엄은 그중 하나를 집어 단번에 쭉 비웠다.

샬로테는 말없이 그를 주시했다. 하지만 그가 와인잔을 내밀자 눈길을 돌렸다. 그러자 곧바로 반응이 왔다. 그는 손을 뻗으며 헛기침을 하더니 말을 건넸다.

"미안합니다. 윌리엄이라고 해요."

샬로테는 마지못해 그의 손을 잡았다.

"샬로테예요."

"내가 놀라게 해드린 건 아니었으면 좋겠군요."

그녀는 고개를 저었다.

"아뇨. 괜찮아요."

"정말요? 하지만 약간 놀란 것처럼 보여서요."

"아뇨. 전혀 아니에요."

그녀는 조용히 중얼거렸다.

"알았어요. 와인 마실래요?"

샬로테는 무릎 위로 손깍지를 꼈다.

"아뇨. 괜찮아요."

윌리엄은 샘에게 자기 잔을 주며 물었다.

"나 좀 더 마실 수 있어?"

샘은 눈을 흘기더니, 윌리엄에게 첫 번째 병의 남은 와인을 다 따라주고 두 번째 와인을 땄다.

"그런데 당신은 샘의 여자친구인가요?"

윌리엄이 물었다. 어조에서 이 '여자친구'란 것이 단순히 여자인 친구를 뜻하는 게 아니란 걸 알 수 있었다.

샘은 커다랗게 한숨을 쉬었다.

"내가 가게에 들어오는 사람이랑 죄다 자는 건 아니라고."

"그래, 죄다는 아니지. 그중 75퍼센트랑만 자니까……."

"……부럽다는 말을 꼭 저렇게 하네."

샘이 그의 말을 받아 빈정거렸다.

샬로테는 자신의 와인잔을 돌렸다. 금주를 하는 건 아니지만, 술을 마신 적은 드물었다. 취하도록 술을 마신 적도 없었다. 기껏해야 식사하면서 와인 한 잔 정도였고, 그마저도 혼자가 되자 참…… 쓸데없다는 생각이 들었으니까. 하지만 지금은 손에 뭔가를 잡은 기분이 꽤 좋았다. 게다가 식사 전에 약간의 원기회복용 반주는 괜찮지 않을까 싶었다. 그래서 향기를 음미한 다음 술을 살짝 한 모금 들이켰다.

"이분은 사라의 조카야."

샘이 약간 불만스러운 듯 말했다. 그러자 윌리엄은 놀라서 입에 든 걸 삼키고는 벨벳 같은 갈색 눈동자를 들어 이제야 제대로 이쪽을 바라보았다.

"아, 놀랐잖아요! 정말 죄송합니다, 집주인님."

윌리엄은 장난치듯 고개를 숙이더니 말을 이었다.

"하지만 제가 좀 무례하게 굴었다고 해서 집세를 올리거나 그러진 않으시겠죠?"

이제야 샬로테는 이 남자의 목소리가 얼마나 낮은지 깨달았다.

샘이 새된 소리를 냈다.

"하, 어차피 이 집에서 살 만한 집세도 못 낼 거면서."

윌리엄은 초조하게 웃었다.

"사실 말이죠, 샬로테. 사라와 나는 특별한 합의를 했어요. 내가 글을 쓰는 동안에는 집세를 할인받는다는 조건이죠."

그러자 마르티니크가 명랑하게 끼어들었다.

"맞아요, 윌리엄은 이 집의 전속 작가죠. 혹시『네 집 지붕에 앉은 비둘기』라는 책 들어본 적 있나요?"

샬로테는 고개를 저었다.

"죄송하지만 없어요."

"그래요? 그게 윌리엄 책인데 어느 상 후보에 올랐거든요. 올해 최고의 데뷔작으로요! 하지만 이곳을 독특하게 만들어주는 건 윌리엄 말고도 아주 많답니다."

윌리엄은 갑자기 두 손에 얼굴을 묻었다.

"윌리엄, 부끄러워하지 마. 자랑스러워해야지!"

마르티니크가 말했지만, 샘은 마르티니크를 바라보며 고개를 저었다.

"왜 그래? 내가 우리 집 전속 작가 이야기 좀 자랑스럽게 하면 안 돼?"

윌리엄은 한숨만 쉬었고, 샘은 그의 어깨에 팔을 걸쳤다.

"빨리 말해봐. 어차피 알게 될 텐데."

마르티니크는 갑자기 불안해 보였다.

"무슨 일 있어?"

"윌리엄이 오늘 회의를 했어요."

샘이 작게 중얼거렸다.

"무슨 회의?"

"디드라랑요. 담당 편집자요."

샘은 이렇게 말하고는 윌리엄에게 와인을 더 따라주었다.

윌리엄은 위를 올려다보지도 않고 와인을 한 잔 쭉 비운 다음 알 수 없는 말을 중얼거렸다.

샬로테는 눈길을 어디에다 두어야 할지 알 수가 없었다. 너무 사적인 대화 같아서 자기가 들을 만한 게 아닌 듯했다. 그래서 문

쪽을 곁눈질했다.

"예상했던 것만큼 나쁘진 않을 거야."

마르티니크는 다정하게 말하며 윌리엄에게 김이 모락모락 풍기는 스튜를 한 그릇 주었다.

그는 고개를 숙이고 김을 한껏 들이마셨다.

"나한테 다과랍시고 다이제스티브 쿠키를 주더라고요. 다이제스티브를! 심지어 브랜드가 맥비티즈도 아니었다고요!"

샘이 윌리엄에게 숟가락을 주자, 그는 스튜를 먹기 시작했다.

"그럼 원고는? 1년 내내 원고를 썼잖아. 이제껏 쓴 글 중에서 제일이라고 하지 않았어?"

그 말에 윌리엄은 눈을 감았고, 샘은 한숨을 쉬었다.

"자꾸 생각나게 하지 말아요."

샘이 이를 악물고서 으르렁거렸다. 하지만 마르티니크는 되물었다.

"왜 그러는데? 본인이 그렇게 말했잖아! 봄 내내 아주 의기양양해서 휘파람까지 불었으면서."

윌리엄은 숨을 몰아쉬며 또 알 수 없는 말을 중얼거렸다.

"지금 뭐라는 거야?"

마르티니크가 속삭여 물었지만, 샘은 고개만 저을 뿐이었다.

"지금 뭐라고 했어?"

마르티니크는 아예 윌리엄에게 물으면서 그의 와인잔을 다시 채워주었다.

윌리엄은 이제 혀가 꼬부라지고 있었다. 샬로테는 윌리엄이 술을 더 마셔도 괜찮을지 의심이 들기 시작했다.

"기대…… 했댔…… 어."

그가 힘들게 꺼낸 말이 들려왔다.

카운터에 앉은 모든 이가 그에게 가까이 몸을 숙였다.

"뭘 기대했다고?"

샘이 묻자, 윌리엄은 고개를 끄덕였지만 무슨 뜻으로 말한 건지 이해한 사람은 아무도 없어 보였다. 윌리엄이 더듬더듬 말을 시작했다.

"그래, 편집자 말로는, 나한테서 이보다 더 좋은 작품을 기대했대. 난 이해가 안 갔어. 내 글은 진짜 좋았거든. 적어도 그렇게 생각했는데, 지금은 잘 모르겠어. 내 원고는 완전히 엉망진창인 것 같아. 나도 엉망진창인 것 같아. 그러니 편집자는 그걸 또 읽을 마음이 없겠지."

마르티니크가 윌리엄을 껴안으려고 일어나면서 작은 소동이 벌어졌다. 그의 숟가락이 식탁보에 떨어져서 커다란 기름얼룩이 하얀 천에 퍼졌다.

"나 진짜 그 디드라라는 사람 붙잡고 한마디 해주고 싶어."

샘은 이렇게 말하며 주먹을 쥐었다. 마르티니크는 그녀를 비난어린 눈빛으로 바라보았다.

"네가 그 편집자에게 책을 출판하라고 강요할 수 있을 것 같진 않은데."

"아니거든요? 내가 막 때려주면 안 돼요?"

샘이 버럭 소리치며 물었다. 하지만 윌리엄은 그저 고개를 저을 뿐이었다.

샬로테는 와인을 꿀꺽 들이켰다. 이런 게 현재 그녀가 해줄 수 있는 유일한 연대 행위였다. 샬로테가 마셔주지 않으면 저 불쌍한 윌리엄은 병에 남은 술을 전부 혼자서 자기 몸에 넣어버릴 테니까.

아무도 샬로테에게 스튜를 주지 않았다. 위기에 처한 윌리엄 때문에 모두가 정신없어 하는 와중에 혼자서 먹겠다고 스튜를 직접 뜨는 건 부적절해 보였지만 배가 몹시 고프기도 했다. 그래서 그냥 와인을 홀짝였는데, 두 잔째 마신 다음에야 핸드백 속에 비행기에서 받은 견과 한 봉지가 있다는 걸 기억해냈다.

샬로테는 캐슈너트를 씹으며 다른 이들을 소심한 기색으로 관찰했다. 두 여자가 윌리엄을 돌보는 모습이 보기 좋았다. 샬로테에겐 이런 친구가 없었으니까. 물론 학창 시절에는 가장 친한 친구인 안네테가 있었다. 하지만 어른이 되자 더 친근한 관계를 맺는 게 참 어려웠다. 샬로테는 친구를 어떻게 사귀는지 전혀 몰랐고, 알렉스와 살았을 땐 그 무엇도 아쉽지 않았다. 하지만 지금은 종종 너무나 외로웠다.

윌리엄이 진정하기까지는 좀 시간이 걸렸다. 그제야 마르티니크는 손님에게 음식을 주지 않았다는 걸 알아챘다. 그녀는 서둘러 샬로테의 그릇을 채워주었다.

"아! 정말 미안해요! 평소에는 이렇게 정신없지 않거든요. 오해하지 말아요. 손님 앞에서는 아주 전문가답게 행동한답니다! 이건 그러니까…… 사실 윌리엄이 몇 달 동안 오늘 회의를 기다리고 있었거든요. 우리 모두 긍정적인 결과가 나올 거라 생각했고요."

샬로테는 그릇을 받았다. 와인을 너무 많이 마신 터라 더 용감한 기분이 든 그녀는 고개를 끄덕였다.

"괜찮아요. 그런데 사라 이모에 대한 질문을 하나 해도 될까요?"

"그럼요."

마르티니크가 명랑하게 대답했다.

"이모가 저에 대해 뭐라고 이야기했나요?"

마르티니크는 입술을 깨물고는 길고 우아한 목각 구슬로 된 목걸이를 어루만졌다.

"말할 수 있는 건 다 말해줬죠. 당신이 스웨덴에 살면서 사업에 성공했다는 것 그리고 비행기 공포증이 있어서 한 번도 방문하지 못했다는 것도요."

마르티니크는 마저 말해달라는 듯 샘을 바라보았다. 샘은 지금 의자에 앉아 있었다.

"사라가 또 무슨 말을 했었지?"

샘은 귀 뒤를 긁었다.

"어, 당신이 보르드페우드를 좋아한다고 했죠. 그리고 미국 TV 드라마를 좋아한댔어요."

샬로테는 스튜를 맛보고 곧바로 옷소매에 기침을 했다. 목구멍이 타들어가는 것 같았다. 두 여자는 사라 이야기를 할 때마다 서로 눈길을 주고받았다. 그들의 눈빛이 빛나고 있었기에, 샬로테는 이모가 자신에 대해서 알고 있는 내용이 그저 자신이 페이스북에 올려놓은 이야기뿐이라는 걸 차마 말할 수가 없었다.

샘이 와인을 따라주어 샬로테는 술을 몇 모금 더 마셨다. 어째서 사라 이모가 거짓말을 했는지 알 수 없었다. 그리고 왜 자신에게 한 번도 연락하지 않았는지도.

순간, 샘의 얼굴이 밝아졌다.

"당신에게 또 줄 게 있어요!"

그녀는 이렇게 말하고는 계산대 아래에서 무언가를 찾았다.

샬로테는 뭘 받게 되는지 전혀 감이 잡히지 않았다. 그녀는 조심스레 윌리엄을 바라보았다. 윌리엄은 여전히 고개를 푹 수그리고 있었다. 불쌍하긴 했지만, 잘 알지도 못하는 사람이 자신의 눈앞에서 저렇게 고개를 푹 숙이고 있는 걸 보니 불쾌하기도 했다.

샘은 하얀 봉투를 흔들더니 엉덩이를 휙 흔들며 샬로테에게 건네주었다. 엘비스 프레슬리도 저리 가라 할 정도의 몸짓이었다.

"여기 받으시죠."

샘의 말에 마르티니크가 갑자기 벌떡 일어섰다.

"너 그거 어디서 났어?"

샘은 어깨를 으쓱였다.

"사라한테 빌린 『폭풍의 언덕』 사이에 끼어 있더라고요. 샬로테, 사라는 항상 당신에게 편지를 쓴댔어요. 하지만 이 편지는 우체국에 가져가는 걸 깜빡했나 봐요."

샬로테는 편지를 가만히 응시했다. 샘이 계속 무어라 말했지만, 샬로테의 귀에서 갑자기 무슨 소리가 울리는 것 같더니 다른 사람의 말이 더는 들리지 않았다. 수면 아래로 가라앉아서, 모든 소리가 먹먹하게 들리는 것만 같았다.

그녀는 천천히 겉봉에 적힌 현란한 파란색 글자를 읽었다. '뤼드베리 씨 귀하.'

가슴이 두근거렸다. 조심스럽게 손가락으로 모서리를 쭉 쓸었다. 사라 이모가 편지를 썼다고? 그리고 보내고 싶었다고?

샬로테는 와인잔을 입에 대고 꿀꺽꿀꺽 마셔서 다 비웠다. 샘이 말했잖아, 사라 이모가 나에게 항상 편지를 썼다고. 그렇다면 나는 왜 편지를 받지 못했지?

그녀는 황홀한 감정에 휩싸여 편지를 가슴에 꼭 댔다. 샘의 목소리가 아스라이 들려왔다.

"들어봐요! 사라가 우리에 대해 뭐라고 썼는지 알고 싶어요."

샬로테의 머릿속은 온통 뒤죽박죽이었다. 사방에서 물밀듯이 들려오는 목소리를 애써 구분해보려고는 했다. 하지만 지금 생각나는 건 단 하나였다. 사라 이모가 혹시 나에게 다른 편지를 또 썼을까. 그렇다면 그 편지는 어디에 있을까.

3

9월 5일 화요일

눈을 간지럽히는 햇살에 샬로테는 당황해 눈을 깜빡였다. 손을 내밀어 커튼을 치려고 했지만, 지금 누운 소파가 창문에서 너무 멀었다.

잠에서 덜 깬 채로 주위를 둘러보았다. 자신은 사라의 집에 있었다.

조심스럽게 일어나 앉았다. 머리가 지끈거리고 아팠다. 게다가 처음 보는 이불을 덮고 있었다. 어떻게 여기에 누워 있지? 마르티니크와 샘이 자리에 눕혔을까?

순간, 소파 발치에서 무언가 움직이는 바람에 샬로테는 얼른 다리를 움츠렸다. 고양이가 기분 좋은 기색으로 발라당 누워 하얗고 긴 콧수염이 파르르 떨릴 정도로 골골거리고 있었다. 애 이름이 뭐였지? 테니슨이던가? 이 고양이, 소파 옆에서 나랑 밤새도록 잔 거야?

샬로테는 이마를 짚고서 끙 소리를 냈다. 어젯밤이 어떻게 끝났는지 기억이 나지 않았다. 저녁 식사 자리의 흐릿한 광경들이 눈

59

앞에 떠올랐지만, 어쩌다가 사라 이모의 집까지 오게 되었는지는 전혀 기억나지 않았다. 아, 맞다, 와인! 술을 그렇게 많이 마시는 게 아니었는데! 어떻게 그 가파른 계단을 올라온 거지? 설마 사람들이 날 들고 올라온 건 아니겠지?

샬로테는 한숨을 내쉬려다가 꾹 참았다. 왜 어젠 정신을 놓아버렸던 걸까? 내가 다른 사람들에게 뭐라고 말했지? 자신은 사라를 전혀 모른다고, 이모는 사실 당신들에게 거짓말을 한 거라고 말했나?

입이 말랐다. 눈도 제대로 떠지지 않았다. 샬로테는 얼굴을 문지르고 무언가 마실 것을 찾아보았다. 방 저 끝에 자그마한 간이 주방 시설이 있었다. 그녀는 비틀비틀 그곳으로 다가가 찬장에서 유리잔을 꺼냈다.

물에선 염소 맛이 났지만, 샬로테는 너무 목이 말라서 그런 물이라도 연거푸 두 잔을 마셨다. 소파에 있던 책은 쏟아져서 사방에 흩어져 있었다. 게다가 신문 더미는 일부 뒤집혀 있기도 했다. 내가 이런 건가? 아니면 고양이가 만든 난장판인가? 그 순간, 어젯밤 받은 편지가 떠올라 심장이 멎는 것만 같았다. 편지는 어디 갔지?

샬로테는 아직도 비틀대는 다리를 움직여 소파로 돌아와 이불과 베개를 옆으로 치웠다. 하지만 아무것도 보이지 않았다. 테니슨은 여전히 소파를 반이나 차지하고 있었다. 샬로테는 대체 어쩌다가 고양이랑 같은 소파에서 자게 됐는지 속으로 물었다. 그러다 목이 아프다는 걸 깨닫고는 고양이를 언짢은 기색으로 툭 쳤다.

"미안하지만, 네가 여기서 어슬렁거리면 내가 편지를 찾을 수가 없어."

고양이는 분개한 눈빛으로 샬로테를 쏘아보더니 몸을 일으키고 우아하게 바닥으로 내려갔다. 콧잔등을 높이 쳐든 고양이는 그녀가 자신을 얼마나 홀대했는지 보여주겠다는 듯 그 자리에서 느릿느릿 돌아다녔다.

"알았어, 미안해!"

그녀는 고양이의 뒤에다 대고 외치다 녀석의 점잔 빼는 표정을 보곤 곧바로 웃어버렸다.

샬로테는 계속해서 소파 쿠션 사이에 손을 넣고 편지를 찾았지만, 나오는 것이라고는 오래된 복권과 사탕 두 개, 조리법이 적혀 있는 포스트잇 하나뿐, 편지는 없었다.

막 포기하려던 순간, 핸드백이 바닥으로 떨어지는 게 보였다. 초조한 손놀림으로 안에 든 걸 모두 쏟자, 핀셋 하나와 동전 몇 개, 탐폰 두 개가 소파에 떨어졌다. 가방을 흔들어봐도 아무것도 나오지 않아서 손을 넣어 마구 헤집었고 결국 안쪽 주머니에서 편지 한 장을 찾아냈다. 그녀는 심호흡을 하고서 편지를 꺼냈다.

봉투는 구겨진 데다 부주의하게 찢겨 있었다. 샬로테는 편지를 이리저리 돌려보았다. 열었던 기억이 없었다.

조심스럽게 편지를 안에서 꺼냈다. 종이는 얼룩이 진 데다 잉크마저 여기저기 번졌다. 그녀는 눈을 가늘게 떴다. 이거 눈물 자국인가? 혹시 편지를 벌써 읽고서 울었나?

그녀는 몸을 부르르 떨었다. 대체 어제 무슨 일이 있었던 거지?

이윽고 그녀는 온 신경을 집중해 그 섬세한 글씨체를 해독해보았다.

사랑하는 크리스티나, 라고 쓴 글자가 보였다. 크리스티나? 그렇다면 이 편지는 자신에게 온 게 아니었다. 엄마에게 보내는 편지였다.

샬로테는 창밖을 내다보았다. 아침 안개가 도시에 자욱하게 끼어서 건물 윤곽이 흐릿하게 보였다. 타워 브리지는 아무리 봐도 보이지 않았다.

그녀는 손가락으로 편지지를 쓸어보았다. 이 편지를 감히 읽어도 되나? 내게 읽을 자격이 있나?

샬로테는 심호흡을 했다. 사라 이모에 대해서 아무것도 모른 채로 여기까지 왔다. 이 편지는 아마도 엄마와 이모 사이에 무슨 일이 있었는지 알아낼 유일한 기회일 것이다. 또한, 사라 이모가 어째서 자신에게 이 집을 물려주는지 알게 될 유일한 기회일지도 모른다. 그렇다면 이 기회를 반드시 잡아야 했다.

샬로테는 입을 꾹 다물고 편지를 다시 손에 들었다.

사랑하는 크리스티나에게,

난 아직도 우리가 펠릭스토 항구에 어떻게 도착했는지 기억하고 있어. 그때 우리가 얼마나 기대에 차서 행복했었니. 그땐 너와 나 둘뿐이었잖아. 우리에게 다른 사람은 없었어.

너 네 여행 가방 기억나? 겉면에 띠를 두른 할아버지의 낡은 가방 말이야. 넌 그걸 여행 내내 혼자 들고 다녔잖아. 내가 도와 주겠다고 했는데도 거절했었지. 그러다 지하철에서 높다란 계단을 올라가야 했을 때, 어떤 번드르르한 정장을 입은 남자가 들어주겠다는 걸 허락했었지. 그때, 그 남자 머리에서 모자가 떨어지는 바람에 남자가 모자를 주우러 다시 계단을 내려가는 모습을 보고 같이 웃었던 거 기억나?

그런 다음에 우리는 스웨덴 교회에서 하룻밤을 묵었지. 거기서 잘 수 있었던 건 기적이었어. 바깥에 있는 도시는 우리를 언제라도 잡아먹을 듯 위협적이었잖아. 교회 직원들이 얼마나 친절했는지도 기억나니? 돈도 못 내는 우리에게 시나몬 롤을 주신 분들 말이야.

우리가 얼굴 본 지도 벌써 30년이 넘었다니, 믿을 수가 없어. 가끔 난 생각하곤 해. 우리가 떠나지 않았더라면 어땠을까, 하고 말이야. 아마도 오레보에 살면서 다른 사람들처럼 언젠가 일자리를 구하지 않았을까. 그랬다면 나는 너랑 계속 사이좋은 자매로 지내지 않았을까?

아아, 크리스티나. 이런 일이 다 일어나다니, 정말 미안해. 다시 되돌릴 수만 있다면 뭐든 할 텐데. 너랑 이야기하면서 다 설명해줄 수 있다면 얼마나 좋을까. 하지만 네가 날 만나고 싶어 하지 않는대도 난 이해해.

부디 언젠가 날 용서해주길 바라.

사라가

샬로테는 편지를 치웠다. 목이 메어왔다. 불쾌한 감정을 없애려고 그녀는 마른침을 삼켰다.

사라 이모가 엄마에게 무슨 짓을 저지른 거지? 이 편지를 보면 한때는 굉장히 각별한 자매였던 것 같은데. 엄마가 사라 이모를 다시 보고 싶어 하지 않았다는 건, 뭔가 아주 심각한 일이 있었다는 뜻이었다. 그렇다면 왜 이모는 편지에 '뤼드베리 씨 귀하'라고 썼을까? 엄마가 아주 오래전에 결혼해서 그 후론 남편의 성을 따르고 있다는 걸, 그리고 세상을 떠났다는 걸 몰랐던 걸까?

엄마가 영국에서 지냈던 적이 있었다고 말했던가. 샬로테는 애써 기억을 떠올리면서 휴대폰으로 펠릭스토를 찾았다. 펠릭스토는 정말 작은 도시였지만, 영국에서 가장 커다란 항구가 있는 곳이기도 했다. 그런데 여기에 엄마가 있었다고?

그러다 휴대폰 화면에 뜬 시간을 보고 움찔하고 말았다. 10시 15분 전이었다. 이렇게 늦잠을 잔 적은 처음이었다! 약속 시각에 맞춰 변호사 사무실에 가려면 서둘러야 했다.

샤워기에서 온수가 나오기까지는 참 오래도 걸렸다. 게다가 물줄기를 맞는 동안에도 온수 온도가 계속해서 바뀌었다. 따뜻한 물이 갑자기 차가워졌다가 또 따뜻해지자 샬로테는 화가 나서 씩씩댔다. 하지만 어제 먼 길을 오고 나서 소파에서 밤새 잤으니 지금은 깨끗이 씻어야 했다.

욕실의 얇은 커튼을 옆으로 밀자 문가에서 테니슨이 기다리고 있는 게 보였다. 욕실에서 나와 모직 깔개를 디디자 발가락 사이로 물기가 확 올라오는 느낌이 들었다. 동시에 테니슨이 자신의 맨다리에 몸을 부볐다.

샬로테는 몸서리를 치면서 수건을 바닥에 던지고 동시에 고양이를 쫓아버리려고 했다. 욕실 앞 깔개가 얼마나 더러운지는 더는 생각하지 않기로 했다.

"너는 할 일이 없니?"

그녀는 투덜댔지만 돌아온 대답은 만족스러운 고양이의 골골거림이었다. 그녀는 반려동물을 대하는 게 익숙하지 않았지만, 테니슨이 귀엽게 눈길을 던지자, 체념한 채로 한숨을 쉬었다.

"그래. 그러면 여기 있어. 그렇지만 나한테 이제 더는 털 날리지 마. 난 중요한 약속이 있다고."

옷을 입으면서 따져보니 변호사와 만날 시각까지 45분이 남아 있었다. 샬로테는 간이 주방으로 가서 뭔가 먹을 것을 찾아보았다. 테니슨이 발뒤꿈치를 따라다니면서 계속 샬로테의 다리에 몸을 비벼댔다.

샬로테는 이제야 깨닫고 이마를 탁 쳤다.

"아, 너 배고프구나! 기다려, 너한테 줄 게 있는지 찾아볼게."

냉장고를 열어보았지만 있는 거라고는 치즈 한 봉지뿐이었다. 게다가 치즈 한 조각을 테니슨에게 건네자, 고양이는 무슨 짓이냐는 듯 샬로테를 쳐다보더니 모욕감을 느낀 표정으로 휙 돌아섰다.

전기 주전자에는 하얗게 석회가 끼어 있었다. 샬로테는 주전자에 물을 반쯤 채운 다음 작동이 되는지 소리를 들어보았다.

물이 끓는 동안, 그녀는 찬장과 서랍을 뒤지며 혹시 이모가 어딘가 몰래 숨겨둔 먹거리가 있는지 조사했다. 오래된 집에서는 진

65

짜 보물을 찾아내는 일이 종종 있으니까. 집 안 세간으로 봐서는 돈을 많이 쓴 것 같긴 않았다.

주방 설비가 아주 빈약한 걸 보면 이모는 요리에 그다지 신경을 쓰지 않은 게 분명했다. 주방에는 작은 핫플레이트 두 개뿐이었다. 싱크대는 작았고, 오븐이라고 생각했던 건 사실 전자레인지였다. 찬장에는 식기가 딱 한 세트뿐이었는데, 그마저도 브랜드가 통일되어 있지 않았고 그릇 가장자리엔 이가 빠진 데다 무늬도 벗겨져 있었다. 다른 찬장에는 책이 잔뜩 쌓여 있었다. 차곡차곡 쌓아놓은 찬장 속 책들은 1밀리미터도 남기지 않고 꽉꽉 들어찼다.

샬로테는 미소를 지었다. 자신은 달걀 하나를 삶을 때도 구글에 조리법을 검색해야 하는 사람이었다. 알렉스가 죽은 다음에는 주방을 회사 제품을 보관하는 창고로 사용했다. 사라 이모와 그래도 한 가지 공통점은 있었다.

차를 마시고 찬장에서 찾아낸 마른 비스킷을 먹은 다음, 그녀는 다시 집 안을 돌아다녔다. 엄마의 언니가 여기 살았다니, 참 비현실적이었다. 사방에 놓여 있는 물건들, 머리빗부터 시작해 연필, 독서용 안경, 양말 등등이 전부 다 이모의 물건이었다.

샬로테를 졸졸 따라다니는 걸 보니 테니슨은 감히 치즈 조각 따위를 내민 실수를 용서해준 것 같았다. 테니슨은 어느 닫힌 문 앞에 앉아서 야옹야옹 울었다. 샬로테는 고양이를 내려다보았다. 분명 여기가 사라 이모의 침실이겠지. 샬로테는 이모의 침실에 막 들어가는 게 너무 친밀하게 느껴져 멈칫했다.

"아직은 때가 아니야."

샬로테가 말했지만 고양이는 꿈쩍도 하지 않았다. 계속 더 크게 울 뿐이었다. 결국 샬로테는 더는 참지 못하고 테니슨을 번쩍 들어 올렸다.

"가자. 아래층에 가면 분명 너 먹을 맛있는 게 있을 거야."

그녀는 이렇게 말하며 고양이의 부드러운 은회색 털을 쓰다듬었다. 그리고 돌아서자 벽에 걸린 사진이 보였다. 복도의 불빛이 너무 희미해서 아주 가까이 다가서고 나서야 흑백 사진의 얼굴을 알아볼 수 있었다.

샬로테는 눈을 가늘게 뜨고 깜빡이면서 테니슨을 쓰다듬었다. 고양이는 그녀의 겨드랑이에 머리를 파묻었다. 사진 속에는 머리를 뒤로 빗어 넘긴 젊은 남자가 있었다. 이마 위로 머리 타래 한 꼬리가 내려온 얼굴이었다. 그는 티셔츠 소매를 걷어 올리고 카메라를 향해 자신만만한 미소를 지었다.

샬로테는 사진을 가만히 살펴보았다. 낯이 익긴 한데, 왜인지는 알 수 없었다. 딱 봐도 무척 오래되어 보이고 해상도가 낮은 사진이었다. 옷차림으로 파악해보자면 80년대에 찍은 것 같았다.

테니슨이 팔에서 뛰어내렸지만, 샬로테는 그 자리에서 움직이지 않았다. 사진에서 눈길을 뗄 수가 없었는데, 분명 카메라 앵글 속 남자가 이쪽을 바라보고 있는 눈초리 때문이었다. 남자에겐 샬로테의 호기심을 자극하는 무언가가 있었다. 이 남자는 대체 누구일까?

순간, 그녀의 스마트폰 일정 앱에서 자동 알림이 울렸다. 변호사와 약속한 시각이 30분 남았다는 뜻이었다. 이젠 나가야 했다.

복도에 선 샬로테는 재킷을 들고 휴대폰과 지갑, 손 소독제와 사라의 아파트 열쇠를 다 챙겼는지 확인했다. 그런 다음 신비한 남자의 사진을 마지막으로 한 번 더 본 뒤, 문을 닫고 계단을 내려 갔다. 테니슨이 그녀의 뒤를 바짝 따랐다.

4

상쾌한 바닷바람이 불어 그녀의 머리카락이 얼굴 위로 휘날렸다. 배의 엔진 소리가 시끄럽게 들려오고 거기에 기선이 항구 입구에 있는 어선들을 헤치고 나가면서 울리는 커다란 뱃고동 소리까지 더해졌다. 흥분한 갈매기들이 그들의 머리 위로 날아올랐고 저 멀리 격납고로부터 금속을 때리는 소리가 들려왔다.

항구의 소음은 압도적이었지만 크리스티나는 미소를 지울 수가 없었다. 이것이야말로 자신이 상상해왔던 거였으니까. 기선이 정박하자 자유로움이 느껴졌다. 드디어 도착했어! 모든 걸 뒤에 남겨두고서. 이제 새로운 삶이 시작되고 있었다.

배에서 내리면서 사라는 그녀의 손을 잡았다. 크리스티나는 얼굴을 찌푸렸다. 이러는 건 멍청한 짓이라고 생각해서였지만, 그래도 사실 언니의 손을 잡으면 기분이 꽤 좋았다. 기대감에 부풀기는 했지만, 조금 불안하기도 했다. 영국에는 자매가 아는 사람이 아무도 없었다. 일자리도, 머물 곳도, 그리고 돌아갈 집도 이젠 없었다.

매번 이런 생각이 들 때마다 크리스티나는 눈물을 터뜨리지 않으려고 마음을 다잡아야 했다. 아니, 집에 가고 싶은 마음이 별로 들지는 않았다. 그래, 이렇게 떠나오게 되어서 굉장히 기뻤다. 그런데 바로 이 기분 때문에 그녀는 두려워졌다. 더는 돌아갈 수 없다는 생각 때문에. 이 새로운 나라에서 살면서 두 사람에게 무슨 일이라도 생긴다면, 앞으로는 피난처가 될 만한 곳을 찾지 못하리라.

그녀는 사라에게 자신의 기분을 설명하려고 했지만, 사라는 그 마음에 공감하지 못하는 것 같았다. 그저 고개를 갸웃거리며 크리스티나에게 항상 그렇게 걱정하진 말라고 할 뿐이었다. 다 잘될 거야. 아주 멋진 일이 일어날 거라고. 사라는 자신감 있게 말했다.

이 여행은 원래 전부 사라의 생각이었다. 사라는 돈을 모아 멀리까지 간 다음 한밤중에 도망치기를 바랐다. 크리스티나가 자신과 같이 가도록 그가 허락할 리가 없다고 생각했기 때문이었다.

항구에서 기차역까지 가는 데는 시간이 좀 걸렸다. 둘은 여행 가방을 이리저리 끌고 다니다가 마침내 역까지 가는 올바른 길을 찾아냈다.

크리스티나가 사라를 볼 때마다, 사라는 미소를 지어주었다. 마음속에서 행복이 계속해서 샘솟았다. 우리가 여기에 왔어. 그러니 모험이 시작된 거라고! 이제 우린 진정한 삶을 살 수 있어! 마침내 오레보를 떠난 거야.

태양이 따스하게 빛나서 땀이 나기 시작했지만 크리스티나는 망토를 벗고 싶지 않았다. 망토를 입고 있어야 더 안전한 기분이 들었다.

사라는 그녀에게 윙크했다.

"배고파? 우리 샌드위치 사 먹을까?"

사라가 여행 전에 산 숄더백을 열었다. 지난 반년 동안 언니는 충분한 돈을 벌기 위해 슈퍼마켓 계산대에서 일했다. 이제 막 학교를 졸업한 크리스티나도 열심히 일했지만 돈을 많이 벌지는 못했다. 그녀는 주로 오레보에 있는 간이음식점에서 임시 직원으로 일했다.

"우리 돈 충분히 있어?"

사라가 눈을 흘겼다.

"샌드위치 살 돈도 없을까 봐? 당연히 있지! 항상 그렇게 걱정할 필요는 없다니까."

사라가 5파운드짜리 지폐를 꺼내어 크리스티나에게 대고 흔들었다.

"가방 잘 지키고 있어. 나는 아까 지나왔던 노점에 갔다 올게."

크리스티나는 자그마한 테이블이 있는 벤치에 앉아서 기다렸다. 사라는 길모퉁이 너머로 사라졌다. 이제 크리스티나는 앞에 늘어선 집들을 바라보았다. 지나가는 행인이 있을 때마다 그녀는 뭔가 하는 척했다. 누군가 말을 걸까 봐 두려웠기 때문이다. 그럴 땐 뭐라고 말해야 하지? 학교에서 배운 영어는 무척 짧았고, 게다가 크리스티나는 수줍음이 많았다. 사라가 있어서 참 다행이었다. 언니는 무서운 게 아무것도 없는 사람이니까.

이걸 전부 계획한 것도 사라였다. 어느 기차를 타야 하는지, 이

어서 탈 지하철 노선은 무엇인지 사라는 다 알고 있었다. 영국에 있는 스웨덴인 교회에 편지를 써서 게스트하우스에 묵을 곳을 요청하고 그 주소까지 챙긴 것도 언니였다.

크리스티나는 앞에 보이는 표지판을 읽어보면서 속으로 발음을 연습했다. 이제 곧 용기를 내어 말해야 할 때가 오겠지. 사실, 크리스티나는 영국에 가고 싶지 않았다. 스웨덴에 있는 편이 훨씬 좋았다. 하지만 사라는 스톡홀름은 별로 모험할 만한 곳이 아니라고 생각했다. "그럼 우린 그냥 여기 있는 편이 좋잖아"라고 크리스티나는 말했었다. 하지만 최종 결정을 내리는 건 언제나 사라였고, 크리스티나는 언니를 따랐다. 그들에게 중요한 건 오레보를 떠나는 것이었으니까. 그에게서 벗어나야 했으니까.

새로운 압박이 몰려들자 너무 피곤해서 아득해졌다. 그녀는 눈을 감았지만 곧바로 움찔하고 말았다. 누군가가 귓가에 속삭이는 느낌이 들어서였다. 그의 목소리였다. 옆에 아무도 없는데도 아주 또렷하게 들렸다.

갑자기 등줄기가 오싹해져서 그녀는 주위를 둘러보았다. 설마 우릴 따라서 여기까지 그 먼 길을 온 건 아니겠지?

그 생각에 온몸이 차가워진 크리스티나는 사라를 찾아보았다. 언니는 어디 갔지? 왜 돌아오지 않지? 샌드위치 두 개 사는 데 왜 이리 오래 걸리지?

심장이 점점 빠르게 뛰었다. 급기야 양손으로 여행 가방을 하나씩 잡았다. 일어나서 사라를 찾으러 나서야 할까? 하지만 가방은 둘 다 꽉꽉 채워 넣어서 무시무시하게 무거웠다. 이걸 끌고 멀리는 못 갈 텐데.

몇 분 더 시간이 흘렀다. 크리스티나는 땀이 났다. 하지만 감히 코트를 벗을 수가 없었다.

사라 언니, 이만 오면 안 되는 거야?

그녀는 배낭을 등에서 벗은 다음 가슴에 꼭 안았다. 그리고 아버지를 생각했다. 얼마나 화를 내실까. 특히 사라에게 화를 내겠지. 언제나 대개 사라에게 그러시니까.

크리스티나는 마른침을 삼켰다. 만약 아버지가 자신을 발견한다면 무슨 일이 벌어질지 상상하고 싶지 않았다. 이건 네 잘못도 있다, 크리스티나. 네 언니에게 무슨 일이 일어났는지 잘 보라고. 그런 멍청한 짓을 하기 전에 생각했어야지. 나를 봐. 그리고 네 언니를 똑바로 봐!

마침내 사라의 행복한 얼굴이 건물 모퉁이에서 나타나자 크리스티나는 안도의 한숨을 쉬었다. 그래, 아버지는 여기 없어. 그녀는 그 점을 기억했다. 아버지는 멀리 떨어져 있어서 더는 우리에게 어떤 짓도 할 수 없어.

천천히 걷는 언니는 이곳 사람인 양 너무나도 편안해 보였다. 마치 태어나서 지금껏 펠릭스토 역에서 계속 샌드위치만 사온 사람 같았다.

"치즈가 들어간 건 얼마 되지 않더라. 그리고 빵이 그다지 맛있어 보이지 않아."

사라는 크리스티나에게 종이로 포장한 샌드위치를 하나 건네고 탁자 위에 유리병 두 개를 놓고서 자랑스레 말했다.

"체리 레모네이드야."

"왜 이렇게 오래 걸렸어?"

크리스티나는 짐짓 화가 잔뜩 난 목소리를 내보려 했지만, 사라가 웃을 때는 그러기가 쉽지 않았다.

"내가 얼마나 오래 있다 왔다고 그래!"

사라는 자리에 앉아서 얇게 썬 샌드위치 빵 포장을 벗겨 한 입 베어 물며 말을 이었다.

"음! 이게 영국 샌드위치구나. 너무 퍽퍽해서 넘길 수가 없겠는데."

"언니가 옆에 없는 거 싫어. 우린 반드시……."

크리스티나의 말을 사라가 받았다.

"함께 있어야지. 나도 알아."

사라는 동생을 차근차근 바라보더니 얼굴에 흘러내린 머리카락을 후 불어주었다.

"그렇게 걱정했어?"

크리스티나는 어깨를 으쓱이고는 눈을 내리깔았다. 사라는 샌드위치를 내려놓고서 동생에게 가까이 다가갔다. 그리고 크리스티나의 어깨를 어루만졌다.

"미안해. 내가 미처 생각을 못 했어. 하지만 그거 알아?"

크리스티나는 모르겠다는 뜻으로 고개를 저었다.

"난 널 절대로 혼자 두지 않을 거야."

크리스티나는 언니를 바라보고는 체리 레모네이드 쪽으로 고갯짓했다.

"우리가 돈을 이런 데다 낭비하면 아빠가 좋아하지 않으실 텐데."

사라는 병을 들고 마개를 딴 다음 크리스티나에게 주었다. 그리고 자신은 나머지 병을 들었다.

"하지만 아빠는 여기 없어."

사라는 이렇게 말하고서 얼굴에서 머리카락을 쓸어 올렸다. 그리고 크리스티나를 툭 치며 덧붙였다.

"이젠 우리가 스스로 결정하며 사는 거야."

크리스티나는 고개를 저었다.

"지금 뭐 하는 거야?"

사라는 병을 입에 대고 마셨다. 레모네이드가 입구 밖으로 거품을 내며 흘러나왔다.

"병에다 입을 대고 그대로 마시는 거야?"

크리스티나는 웃었다.

"게다가 팔꿈치를 탁자에 대고?"

그리고 이렇게 말하며 앞으로 몸을 숙여 지탱했다.

"그래, 팔꿈치를 탁자에 대고."

사라는 대답했지만, 팔꿈치를 대는 대신 한쪽 팔로 크리스티나를 안았다.

"항상 그렇게 걱정하며 살지 마. 모든 건 다 알아서 잘될 거야."

사라는 이렇게 말하고서 음료수를 한 모금 더 마셨다. 크리스티나는 한숨을 쉬었다. 나도 언니만큼 걱정 근심이 없다면 얼마나 좋을까. 하지만 성격상 그렇게 되지 않았다.

"우리가 정말로 영국에 왔다는 걸 알겠니? 드디어 온 거야! 이제 우리가 바라는 대로 뭐든 할 수 있고, 하기 싫으면 안 해도 돼."

크리스티나는 고개를 끄덕이고선 샌드위치를 베어 물었다. 정말로 퍽퍽하고 질겼다. 하지만 사라의 반짝이는 웃음소리를 들으면, 자신도 따라서 미소를 지어야 했다.

"우리는 이 역겨운 레모네이드를 얼마든지 마실 수 있어. 퍽퍽한 버터 빵도 얼마든지 먹을 수 있고."

사라가 커다랗게 재잘댔다.

"언니랑 나랑 둘이서만."

크리스티나는 이렇게 말하며 사라의 어깨에 기댔다.

"너랑 나랑 둘이서만."

사라도 대답하고는 크리스티나의 머리에 뺨을 살포시 댔다.

5

"그러니까 임대하는 건 좋은 생각이 아니라는 거죠?"

"네, 아닙니다. 뤼드베리 씨도 그 집을 보셨을 테니 분명히 아시겠지요. 임대하려면 집과 가게의 유지 관리에 신경을 쓰셔야 합니다. 여기로 이사 올 생각이 없으시다면, 그 집을 바로 파시길 권합니다."

샬로테는 탁자에 놓인 은색 명패를 보았다. 사라의 변호사 제럴드 쿡 씨는 상상했던 것과는 전혀 달랐다. 폴로셔츠 위로 너무 꽉 끼는 녹색 코듀로이 정장을 입은 이 사람은 영국 변호사라기보단 70년대의 공업학교 선생님으로 보였다.

"저는 여기서 살 수 없어요."

샬로테가 진지하게 말하자, 쿡 씨는 고개를 끄덕였다.

"그렇다면 가능한 한 빨리 그 건물을 파셔야겠습니다. 제가 기꺼이 도와드리지요."

샬로테는 한숨을 쉬었다. 서점을 계속 운영하고 싶다는 사람이 나타나서 임대할 수 있기를 바랐지만, 쿡 변호사의 말도 옳다는 걸 알고 있었다. 아무리 봐도 건물을 파는 게 가장 쉬운 길이었다.

"저는 리버사이드 서점을 계속 운영하고 싶어 하는 구매자를 찾고 싶습니다. 서점이 문을 닫는다면 참 안타까울 테니까요. 거기서 일하는 직원들도 생각해야 하고요."

변호사는 이끼 색에 가까운 녹색 재킷 옷깃에서 부스러기를 털어냈다.

"될지는 모르겠지만 시도는 해보겠습니다. 그리고 직원들은 걱정하지 않으셔도 됩니다. 런던 같은 대도시에는 일자리가 많거든요."

샬로테는 떠날 채비를 했다. 솔직히 서점을 팔지 말라고 쿡 씨가 자신을 설득할 줄 알았다. 그런데 보아하니 이 변호사는 빠른 해결책을 찾는 걸 무엇보다 바라고 있었다.

"이제 이야기가 다 되었다면, 저는 가보겠습니다."

"알겠습니다."

"건물 매각에는 얼마나 걸릴까요?"

쿡 변호사는 서류를 훑어보더니, 기분 좋게 말했다.

"몇 주 안으로 끝나기를 바라고 있습니다. 최악의 경우엔 몇 달도 걸릴 수 있습니다. 제가 부동산 중개인과 이야기하는 대로 자세한 사항을 알려드리도록 하겠습니다."

"그렇게 해주세요. 저는 이제 곧 본국으로 돌아가게 될 겁니다. 하지만 언제든 휴대폰으로 연락 주시면 됩니다."

그때, 변호사가 갑자기 일어서더니 다 마신 커피잔들을 옆으로 치우고 책상 위에 흩어져 있던 서류철을 가져왔다.

"이건 부탁하셨던 대차대조표와 인사기록 등등의 서류입니다."

샬로테는 서류를 받아다 가방 속에 넣었다. 변호사는 계속 설명했다.

"전 계속 부동산 감정평가 중입니다. 가능한 한 빨리 금액이 대략 얼마일지 알려드리도록 하겠습니다. 제가 보내드린 서류를 잊지 말고 작성해주십시오. 그 건물의 현금 자산을 추정하고 상속세를 계산하기 위한 서류입니다."

샬로테는 고개를 끄덕이고서 사라의 집에 있는 모든 물건을 생각했다. 그걸 전부 살펴보고 검토하려면 엄청난 시간이 걸리겠지. 그만큼 시간을 들일 가치는 당연히 없었다.

"물론입니다. 빨리 해드릴게요."

쿡 변호사는 무척 만족한 표정이었다.

"상속세 납부 시에 사라 씨의 저축 금액이 부족할 경우를 대비해서 약간의 대출을 받는 경우도 물론 생각해보셨겠지요?"

"네."

그녀는 짧게 대답했다.

"좋습니다. 만약 6개월 이내에 건물이 팔리면, 당연히 그 판매 대금을 상속세 납부에 사용하실 수 있습니다."

"도와주셔서 감사합니다."

샬로테의 말에 변호사는 미소를 지었다.

"별말씀을요. 궁금한 게 또 있으면 연락 주십시오."

변호사와 만나고 돌아오는 길에 샬로테는 어쨌든 안도감을 느꼈다. 사라 이모의 서점이 계속 운영되기를 진심으로 바랐지만,

자신이 여기 남아서 서점을 돌볼 수는 없었다. 마르티니크와 샘도 분명히 이해해줄 것이다.

저 하늘 위에서 빛나는 태양 아래로 가게들이 줄지어 선 길을 걸었다. 다닥다닥 붙어 보도 위에 좌판을 차려놓고 자랑스레 물품을 전시한 모습이 영화 촬영지를 연상케 했다.

한낮인데도 거리에는 사람이 많이 오갔다. 아이 몇 명이 자그마한 흙바닥 공터에서 축구를 하고 있었다. 어떤 남자는 검게 페인트칠한 문 앞에 앉아 햇볕을 쬐었다.

어느 인도 식료품점에서 샬로테는 진공 포장한 세모꼴의 치즈 샌드위치를 샀다. 계산대에 서 있던 여자는 금실 장식을 한 보라색 사리를 걸치고 이마에 빨간 빈디[*]를 칠한 모습이었다. 가게에서는 온통 커리와 시나몬 냄새가 풍겼다. 그러자 샬로테는 어쩔 수 없이 알렉스가 떠올랐다. 그이가 여기 있었다면, 분명히 날 끌어당겨 나가자고 했겠지. 나는 전형적인 인도 음식 같은 건 먹고 싶어 하지 않으니까.

샬로테는 하얀 비닐봉지를 받고서 점원에게 고맙다고 인사했다. 여기 오기 전엔 대도시에 사는 수많은 주민과 소음 때문에 스트레스를 받을 거라 예상했는데, 막상 와보니 그럭저럭 편안했다. 여기서는 그 누구도 자신의 정체를 알지 못했기에, 비극을 겪고 홀로 된 여자로 보는 사람은 없었다.

---

* bindi, 미간에 색을 칠하거나 보석 등을 붙이는 것.

지난 1년 동안 샬로테는 집에서 몇 킬로미터 떨어지지 않은 작은 마을에도 감히 발을 디딜 생각을 하지 못했다. 집 밖을 나갈 때마다 동정 어린 시선이 느껴지고 다들 그녀를 두고 수군거릴 것만 같았다. '저 여자야. 왜 있잖아, 남편이 이상한 사고로 죽은 여자 말이야.'

샬로테는 휴대폰 지도를 보는 일 없이 리버사이드 드라이브로 갈 수 있기를 바라며 길을 건넜다. 그리고 고개를 들어 태양을 바라보았다. 런던은 생각했던 것만큼 우중충하거나 삭막한 곳이 아니었다. 교통 체증이 심한 널따란 거리와 철교 바로 옆에는 아름다운 주거 지구가 있었다. 여기저기에 그네와 모래밭이 딸린 자그마한 정원을 갖춘 집들이었다. 역사적인 기념비와 웅장한 공원과 교회, 나이트클럽 바로 옆에는 레스토랑과 상점들이 있었다. 이 도시는 아주 다양한 모습을 지녔다. 샬로테는 자신이 이곳에서 산다는 건 상상할 수 없지만, 어째서 수백만 명의 사람이 매력을 느끼고 이 도시로 오는지는 알 수 있을 것 같았다. 알렉스는 언제나 런던에 가보자고 속삭였었지. 그이와 함께 왔더라면 분명히 며칠 더 있었을 텐데.

샬로테는 눈을 감았다. 집에서 나온다면, 함께 살던 집을 떠난다면 어떨지 걱정이 많았었다. 어디를 봐도 알렉스가 생각났기에, 다른 곳으로 가면 남편과의 유대감을 잃게 될까 봐 무서웠다. 다행히 그녀는 여기서도 그 유대감을 느꼈다. 앙네타는 그녀가 언제나 가슴에 알렉스를 품고 있다고 말했다. 샬로테에게는 그 말이 어리석게 들렸지만, 사실 그보다 더 자신의 상황을 잘 표현한 말은 없다는 걸 잘 알았다. 게다가 헨리크는 모든 게 다 착착 진행되고 있다고 메일을 썼다. 그러니 바삐 서둘러 돌아갈 필요까진 없으리라.

샬로테는 템스강을 따라 길의 마지막 지점을 걸으며 강물을 바라보았다. 은빛으로 빛나는 넓은 강은 런던의 중심부를 관통하며 흘렀다. 다양한 빛깔로 이루어진 아름답고 고풍스러운 석조 건물들이 반짝이는 고층 건물과 높다란 교회 종탑과 어우러져 솟아올라 있었다. 저 멀리 보이는 거대한 돔은 세인트 폴 대성당이 분명했다.

샘과 마르티니크에게 건물을 팔기로 했다고 말하기란 무척 어려울 것이다. 하지만 그들에게 위로금을 좀 줄 수 있지 않을까. 건물 구매자가 서점을 계속 운영하고 싶어 하지 않는다면, 두 사람을 해고해야겠지. 그래도 그들이 적당히 보상을 받도록 할 마음이었다. 하지만 당연히 그들을 잘라야 하는 일은 없기를 바랐다.

리버사이드 드라이브에는 각양각색의 자그마한 가게가 다닥다닥 늘어서 있었다. 샬로테는 거리로 들어서자마자 마음이 포근해졌다. 리버사이드 서점과 마찬가지로, 건물들에는 대부분 화려한 색의 목제 파사드가 붙어 있었다. 작은 빵집은 레몬 빛깔 노랑, 유아용 옷가게는 라즈베리 분홍, 유기농 식품점은 터키석 옥색, 꽃가게와 술집은 짙은 초록이었다. 상당수의 가게가 출입구 위에 직접 제작한 독창적인 간판을 달고 진열장마다 귀여운 장식을 해놓았다.

그녀는 빵집 문에서 흘러나오는 갓 구운 빵의 향기를 들이마시면서 치즈와 고기를 파는 정육점을 지나갔다. 정육점 안 선반에는 수제 소시지가 걸렸고, 유리 진열장 안에는 치즈와 햄 수백 조각이 쌓여 있었다.

이 지역은 예스러운 자그마한 마을 같았다. 알렉스가 봤다면 얼마나 좋아했을까. 남편은 샬로테보다 훨씬 모험적인 사람이라서, 아마도 둘이서 c/o 샬로테 회사와 서점을 동시에 운영해보자고 샬로테를 설득했을 것이다. 하지만 그랬다 하더라도 그건 둘이 책임지는 것이고, 혼자서 두 곳을 다 책임진다는 건 완전히 다른 문제였다. 샬로테는 알렉스를 영영 떠나보낸 뒤로 모든 게 더욱 어려워지기만 했다.

그녀는 유아용 옷가게 진열장 앞에서 멈췄다. 레이스와 분홍 장미가 달린 하얀 드레스를 보자 배 속이 아렸다. 얼마 전까지만 해도 이런 가게를 보면 무조건 들어갔었는데. 지금도 스웨덴의 집에는 귀엽고 앙증맞은 아기 보디슈트와 수놓은 옷, 손으로 짠 양말이 가득한 상자가 있었다. 몇 년 동안 샬로테는 자신과 알렉스가 앞으로 낳게 될 아기를 위해서 최고로 아름다운 아기용품을 모아왔다.

샬로테는 마른침을 삼켰다. 아직은 그 물품을 버릴 준비가 되지 않았다. 그녀는 둘이서 가정을 꾸리기 전에 알렉스가 죽었다는 사실을 극복하지 못했다. 동시에 자신이 엄마가 될 수 있는 시기가 얼마 남지 않았다는 것도 알고 있었다. 심지어 혼자서 아이를 낳아볼까도 몇 번 생각해봤지만, 그런 생각을 할 때마다 엄청난 두려움이 뒤따라왔다.

샬로테는 가슴에 손을 얹고 호흡을 셌다. 하나, 둘, 셋, 숨 들이

쉬고. 하나, 둘, 셋, 내쉬고. 이건 앙네타가 알려준 방법이었다. 앙네타는 샬로테에게 지금껏 수많은 조언을 했지만, 실질적인 도움이 되는 말은 얼마 없었다. 지금 하는 호흡법이 몇 안 되는 유익한 조언이었다. 이윽고 빠르게 뛰던 심장이 천천히 가라앉으면서 진정이 되었지만, 샬로테는 곧바로 말이 그려진 하늘색 오르골을 보고 말았다. 알렉스가 언젠가 사준 것과 비슷한 물건이었다. 결국, 눈에 눈물이 핑 돌아서 그녀는 서둘러 걸음을 옮겼다.

사라의 집으로 돌아온 샬로테는 자그마한 식탁을 치우고 대차대조표와 인사기록을 올려놓았다. 그리고 샌드위치를 꺼내 먹으며 서류를 살펴보았다.

c/o 샬로테를 창업하고 처음 몇 년간 알렉스와 함께 회계 업무를 직접 했다. 그래서 서류가 영어로 작성되어 있긴 했지만, 숫자가 무슨 뜻인지 곧바로 이해할 수 있었다.

서류를 읽으면 읽을수록 눈이 휘둥그레졌다. 서점의 인상이 너무나 좋았기에 운영도 잘되고 있는 줄 알았는데. 이제 보니 이모는 사업장을 성공적으로 꾸려가는 방법을 전혀 몰랐다. 샬로테가 판단하기로 이 서점은 운영을 유지할 수 있을 만큼 매출이 나지 않았다. 직원 급여를 주고 신규 서적을 구매하기에 충분한 이익을 내지 못하고 있었다.

샬로테는 샌드위치를 마저 입에 넣고 천천히 씹었다. 대략적인 상황을 정확히 파악하려면 시간이 걸릴 터였다. 주말까지 머물러야 할 것 같았다.

그녀는 바닥에서 발견한 네모난 메모지 묶음에 메모를 했다. 서점이 아직 파산하지 않은 이유는 사라가 여러 번 집을 담보로 대출을 받아 청구서를 지불해와서였다는 결론밖에 나지 않았다.

샬로테는 얼굴을 두 손에 묻었다. 가지고 있어봤자 손해만 보는 서점을 사려는 사람을 찾기란 어려울 것이다. 게다가 이 건물은 대출이 너무 많아서 팔아봤자 남는 돈이 없을 테고, 그러면 앞으로 상속세를 내는 것도 힘들 터였다. 다시 말해, 서점 문을 닫을 때 마르티니크와 샘에게 퇴직금조차 제대로 지불할 수 없을 거란 뜻이었다.

그녀는 일어서서 집 안을 이리저리 거닐었다. 왜 변호사는 자신에게 경고하지 않았지? 상황이 이토록 나쁜 줄 모르고 있었나?

그러다 다시 책 더미를 넘어가며 샬로테는 한숨을 쉬었다. 이 집은 더러운 집을 청소해주는 TV 프로그램에 나가야 할 정도였다. 샬로테가 여기에 오래 머무르려면, 고무장갑을 끼고 쓰레기봉지와 세제를 갖춰 이 난장판을 정리해야만 했다.

그러다 그만 양말이 양장본 책 모서리에 걸리는 바람에 책 더미가 와르르 무너졌다. 샬로테는 체념한 채로 쪼그려 앉았다.

무너진 책 중 한 권이 눈에 띄었다. 제목은 『가아프가 본 세상』이었다. 샬로테는 손끝으로 제목을 쓸었다. 왜 사라 이모는 나를 상속인으로 정했을까. 왜 내가 여기에 오기를 그토록 간절하게 바랐을까.

그녀는 책을 펴고 책장을 몇 장 넘겼다. 손끝에 부드러운 종이가 와닿았다. 속표지에 글씨가 적혀 있었다. 샬로테는 이모가 쓴 것임을 곧바로 알아보았다.

'대니얼에게. 사랑해.'

그녀는 등을 벽에 기대고 문구를 반복해서 읽었다. 대니얼. 사라 이모의 남자친구였나? 아니면 남편?

샬로테는 마른침을 삼켰다. 자신의 이모인데 이모에 대해 아무것도 모른다는 게 너무 이상했다. 자신이 세상에 태어난 뒤로, 사라 이모는 여기서 쭉 살았다. 그런데도 서로 단 한 번도 연락한 적이 없었다. 엄마가 사라 이모에 관해 이야기한 적은 없지만, 샬로테는 서로 연락하지 않고 지낸 게 엄마 때문이라고 생각했다. 사라 이모는 분명히 연락하고 싶었을 것이다. 그게 아니라면 어째서 이런 편지를 쓰고, 또 이 서점을 샬로테에게 물려주려 했겠는가?

엄마가 대니얼이라는 사람 이야기를 한 적이 있었는지 떠올려 보았다. 크리스티나도 『가아프가 본 세상』을 갖고 있었고, 이 책을 무척 좋아했다. 하지만 엄마가 샬로테가 태어나기 전에 뭘 했는지 말한 적이 있었던가?

문득 어떤 생각이 떠올랐다. 하지만 샬로테는 그 생각을 제대로 이해할 수가 없었다. 그리고 누군가 문을 두드리자, 책을 놓고 일어섰다.

6

1982년 9월 24일 금요일

벽은 얼음장처럼 차가운데도 점점 좁아지는 것만 같았다. 문밖에서 큰 소리와 비명이 들렸다. 누군가 카세트를 가지고 왔는데, 음악 소리가 너무 커서 바닥이 울렸다. 조 스트러머*가 쉰 목소리로 〈아임 온리 룩킹 포 펀*I'm Only Looking for Fun*〉을 부르는 소리가 들렸다.

크리스티나는 눈을 감고 담요를 턱까지 끌어올렸다. 하지만 잠이 오지 않았다. 옆으로 돌아누워 작은 창문을 올려다보았다. 묵직한 커튼 사이로 가로등 불빛이 보였고, 술집 바깥에서 사람들이 고함을 지르는 소리가 들려왔다.

곧 사라가 집에 올 거야. 크리스티나는 언니가 오기 전엔 잠을 자는 일이 거의 없었다.

그녀는 다시금 돌아누웠다. 벽을 바라보며 여기서 사는 게 얼마

---

* 펑크록 밴드 더 클래시의 멤버.

나 싫은지 생각했다. 그러는 동안에도 옆방에서 누군가 〈런던즈 버닝London's Burning〉을 고래고래 소리치며 불러댔다.

크리스티나는 기분이 아주 나빴다. 자신이 상상했던 일은 아무 것도 실현되지 않았다. 사라 언니와 함께 살 집도 없고, 식탁에 식탁보를 깔고 꽃무늬 그릇을 두는 일도 없었다. 두 자매는 자신의 힘으로 직접 꾸려가는 완전히 새로운 삶을 살고 싶어 했는데, 지금은 아무도 잠을 자지 않는 것 같은 이상한 셰어하우스에 살게 되었다.

사라가 없을 때 크리스티나가 방을 나서는 일은 좀처럼 없었다. 옆방 사람들이 항상 시끄럽게 구는 것도 싫었고, 세수하려고 욕실에 갈 때 종종 세면대에서 발견되는 주사기를 치워야 하는 것도 싫었다.

자매는 그들이 꿈꿔왔던 멋진 직업도 찾지 못했다. 사라는 더러운 술집에서 일했다. 크리스티나는 그곳에 갈 때마다 역겹기만 했다. 담배 연기가 자욱했고, 창문에는 죽은 파리들이 널렸으며 벽은 음식 찌꺼기가 묻어 색이 변해 있었다. 술집에선 전체적으로 시큼하고 퀴퀴한 냄새가 났다.

사라는 최대한 빨리 이사하겠다고 약속했지만, 그들이 집세를 낼 만한 곳을 찾기란 쉽지 않았다. 둘만 살 집을 얻을 만큼 돈을 많이 벌 수가 없었다. 일자리가 있는 런던의 중심가에서는 더욱이 그런 집을 구할 수가 없었다.

크리스티나는 울지 않으려고 했지만 그 결심은 오래가지 못했다. 셰어하우스에서는 아무도 본인이 늘어놓은 쓰레기를 치우지 않았다. 쓰레기통은 항상 가득 찼고, 싱크대는 더러운 접시와 먹다 남은 음식물이 그득했으며, 양탄자는 한 번도 청소하지 않은 게 뻔했다. 게다가 본인 물건은 반드시 챙겨야 했다. 아무 데나 두었다가는 그대로 사라져버렸다. 화장지조차 욕실에 두고 쓸 수가 없었다.

그녀는 다시 돌아누워 시계를 보았다. 11시 3분이었다. 비록 술집은 집에서 가까웠지만, 사라가 밤에 혼자 집으로 오는 게 마음에 들지 않았다. 피곤한 기색으로 크리스티나는 꽃무늬 벽지를 바라보며 꽃에 이어진 가시덩굴을 눈으로 따라갔다. 그 순간, 문이 열렸다.

크리스티나는 환하게 미소를 지었다. 드디어 언니가 왔구나! 사라와 이야기하고 싶은 마음에 온종일 언니를 기다렸다. 조금 지나면 언니가 침대로 들어오겠지.

그런데 몇 초가 지났는데도 사라가 아무 말도 하지 않았다. 그러더니 문이 갑자기 닫혔다.

크리스티나는 어둠 속에서 일어나 앉았다.

"사라? 사라 왔어?"

누군가의 숨소리가 들렸다.

"사라?"

조그마한 방은 몇 제곱미터밖에 되지 않았다. 침대를 빼면 남는 방 면적은 아주 작았다. 크리스티나는 마른침을 삼켰다.

"누구세요?"

몇 미터 앞에 있는 사람의 모습이 보였다. 크리스티나는 다리를 뻗고서 뭐라도 쥐려고 손을 더듬다가 책 한 권을 찾았다. 『가아프가 본 세상』이라는 책이었다. 사라가 같이 일하는 동료에게서 빌려온 것이었다.

"꺼져."

그녀는 씩씩대며 책을 높이 쳐들었다.

하지만 그 사람은 아무 말도 하지 않았다. 크리스티나는 더욱 겁이 났다. 왜 문을 잠가놓지 않았지?

긴장한 채로 그녀는 뭐라도 알아보려고 했다. 지금 일어나야 할까? 크리스티나는 망설였다. 그녀는 잠옷 차림이었다. 이불을 덮고 있는 게 오히려 안전하리라.

숨을 참았지만 심장 고동이 너무 커서 귀가 울렸다. 수천 가지 생각이 머릿속을 스쳐 갔다. 갑자기 방에서 그의 존재감이 느껴졌다. 그가 숨을 헐떡이는 소리가 들렸다. 우리를 찾아냈구나. 우리에게 벌을 주려고 여기까지 따라왔구나.

너무나 겁이 났다. 이제 어떡하지? 숨을 곳도 없고, 숨을 수도 없었다. 비명을 지르고 싶었지만, 입에서 소리가 나오지 않았다. 비명이 폐에 단단히 박힌 것 같았다.

그러다 갑자기 누군가가 웃었다. 옆에서 낄낄 웃는 목소리가 들리더니 문이 다시 열렸다. 바깥에서 빛이 들어오자 크리스티나는 그들이 누군지 알아보았다. 이 집에 같이 사는 앤지와 앤지를 자주 방문하는 머리 긴 남자였다. 이름이 존이었던가.

크리스티나는 한숨을 쉬었다. 마음 같아서는 책이라도 던져 쫓아버리고 싶었지만, 그래봤자 아무 소용 없을 것이다. 그녀가 뭐라고 말하든, 그들은 조롱만 할 뿐일 테니.

앤지와 존은 웃으면서 서로에게 무어라 속삭였다. 그러더니 크리스티나도 나와서 함께 놀아야 한다고 소리쳐댔다.

"우린 오늘 파티할 거야. 어서 나와, 킥스. 분위기 깨지 말고!"

크리스티나는 대답하지 않았다. 그저 두 사람이 가버리기를 기다렸을 뿐이다. 그리고 다시 자리에 누웠다. 가슴이 두근거렸다. 킥스라고 불리는 게 싫었다.

얼마 지나지 않아 드디어 사라가 집에 왔다. 그녀는 슬그머니 들어와 조용히 옷을 벗었다. 크리스티나가 벌써 자고 있다고 생각한 것이다.

비록 아까 느꼈던 불쾌한 기분이 완전히 가시진 않았지만, 크리스티나는 아무 말도 하지 않았다. 사라가 자신을 우습게 여기는 걸 원치 않았다. 당연히 여기에는 그가 없겠지. 당연히 그는 우리를 찾아내지 못했을 것이다.

그녀는 사라가 잘 준비를 하며 내는 소리를 집중해서 들어보려 했다. 스웨터를 벗고 청바지 단추를 끄르는 소리가 들렸다. 꽉 끼는 바지를 벗으려고 하다가 넘어질 뻔하면서 욕하는 소리가 났다. 이어서 사라는 빗을 집으려고 화장대에 손을 뻗었다.

언니가 긴 금발을 빗을 때의 소리는 아주 독특했다. 사라는 위에서 아래로 체계적으로 빗질을 하면서 부드럽고 박자감 있는 소리를 냈고, 그 소리를 들으면 크리스티나는 잠이 솔솔 왔다.

이불 속으로 기어 들어오는 사라의 다리는 차가웠다. 하지만 상관없었다. 크리스티나는 언니가 여기 있다는 것만으로도 기뻤다.

사라는 그녀에게 가까이 다가와 두 손으로 동생을 쓰다듬고 부드러운 피부의 감촉을 느꼈다.

보통 둘은 빨리 잠이 들지만, 크리스티나는 사라가 속삭이는 소리를 들었다.

"너 깼어?"

크리스티나가 방금 일어난 척하면서 언니에게로 돌아누웠다.

"응. 왜?"

사라는 깔깔 웃었다. 그녀에게선 담배 냄새가 났다. 사실 옷과 베개, 머리카락 할 것 없이 언니의 소지품에는 죄다 담배 냄새가 배어 있었다. 향수를 뿌려봤자 전혀 소용이 없었다.

"나 어떤 남자랑 알게 됐거든. 대니얼이라고."

사라는 이렇게 말하며 다시금 깔깔 웃었다.

"그래?"

사라는 일어나 앉았다. 건너편 건물에 붙은 간판의 빨간 불빛이 언니의 얼굴에 어른거렸다. 사라에겐 뭔가 특별한 점이 있다는 걸 크리스티나는 언제나 알고 있었지만, 여기 오니 그 점이 더욱 드러났다. 길거리를 지나갈 때 사람들은 고개를 돌려 언니를 바라보았다. 언니랑 있으면 맥주나 먹거리를 주문할 때 돈을 안 받는 경우도 종종 있었다. 사라는 자신이 금발이라 그렇다고 말했지만, 크리스티나는 그게 아니란 걸 알았다. 언니와 자신은 머리카락 색이 완전 똑같았지만, 자신에게 휘파람을 불거나 술을 사주는 사람은 아무도 없었기 때문이다.

사라는 무릎을 모아 앉고 그 위에 턱을 얹었다.

"아, 이게 뭐지."

크리스티나는 한숨을 쉬었다. 내일은 일찍 일어나야 했다. 아침 시간에 카페 근무가 있었다. 아침 식사 시간은 제일 나쁜 시간대였다. 식사할 때는 아무도 팁을 주지 않으니까.

"이제 자자."

그녀는 이렇게 말하며 이불을 덮었다.

"응. 빨리 자자."

크리스티나는 눈을 감았다. 방금까지 느꼈던 분노는 어느새 사라졌다. 사라 언니와 함께 있으니까 모든 게 괜찮아질 거야. 다만 우리는 이 셰어하우스에서 어서 나가야 해! 크리스티나는 이제는 참을 수가 없었다. 내일 아침 신문을 사서 광고를 훑어봐야겠어. 어딘가 우리 둘이 살 만한 집이 있을 거야. 그런대로 좋은 곳을 발견한다면 이 도시를 떠나자고 사라 언니를 설득할 수 있을 거야.

그녀는 둘이서만 살 수 있는 집을 눈앞에 그리며 차츰 마음을 가라앉혔다. 점점 잠이 오기 시작했다. 사라 언니가 있는 한, 뭐든 찾을 수 있어. 그것만은 확신했다.

언니랑 나랑 둘이서만. 크리스티나는 잠에 빠져들면서 생각했다. **언니랑 나랑 둘이서만.**

7

마르티니크는 루이자 서가 앞에 서서, 서점 안을 거쳐 사라의 집으로 가는 계단을 오르는 샬로테를 바라보았다. 샬로테가 자기 이모와 너무 닮아서, 마르티니크는 그녀를 볼 때마다 눈시울이 붉어졌다. 둘 다 갸름한 달걀형 얼굴에 코가 오똑했고, 눈은 지적인 푸른빛을 띠었다.

마르티니크는 『해저 2만 리』를 『나는 훌리아 아주머니와 결혼했다』와 『안데스 산맥에서의 죽음』 사이에 꽂았다. 그녀는 샬로테가 서점을 계속 운영해야 한다고 설득하기 위해 조목조목 논쟁할 준비를 해왔지만, 사라와 샬로테가 너무 닮았다는 점에 자꾸만 정신이 팔리고 말았다. 심지어 샬로테는 목소리조차 이모와 똑같았다. 사라의 젊은 모습을 하고 서점 안을 돌아다니는 그녀를 보며 마르티니크는 오싹한 기분을 느꼈다. 그러면서도 시간이 무한히 주어지지는 않는다는 것 역시 알고 있었다. 샬로테를 설득하고 싶다면 서둘러야 했다. 그녀는 언제든 스웨덴으로 돌아갈 수 있으니까.

마르티니크는 몰래 서점 입구를 바라보았다. 사라의 조카가 여기 있다는 사실에 감정이 자꾸만 북받쳐서 재빨리 눈물을 훔쳤다.

여기엔 너무나 많은 것이 달렸다. 서점이 문을 닫으면 지역 주민들에게 비극임은 물론, 마르티니크 개인에게도 영향이 컸다. 그녀와 남편은 돈을 많이 벌지 못하는 데다, 런던은 생활비가 많이 들었다. 게다가 딸인 앤절라는 곧 대학에 진학할 예정이었다. 그러니 마르티니크는 갑자기 실직하게 되면 어떻게 될지 너무나 무서웠다. 그녀는 가난한 환경에서 자라왔기에, 자신과 폴이 이제껏 쌓아온 것을 죄다 잃게 될 수도 있다는 생각이 참 끔찍했다. 사라가 평생에 걸쳐 이룩한 인생의 업적이 무너진다면 얼마나 마음이 아플지는 말할 것도 없었다.

마르티니크는 루이스라고 새긴 놋쇠 명판을 쓰다듬었다. 이 서점은 사라의 유산이었다. 리버사이드 서점은 사라의 인생이었다. 만약 서점이 사라진다면, 사라가 남긴 것은 모두 사라질 것이다. 마르티니크는 이런 식으로 친구를 다시 잃어버리는 상황을 참을 수가 없었다.

그녀는 다시 책장을 바라보며 쥘 베른의 책이 얼마나 되는지 제목을 보며 세어보았다. 그러나 사라와 샬로테 생각이 떠나질 않았다. 무엇보다도 그녀를 괴롭히는 점이 하나 있었다.

마르티니크는 숨을 깊이 들이쉬었다. 자신과 사라는 언제나 친했다. 시간이 흐르자, 사라는 그녀에게 비밀을 많이 털어놓았고, 죽기 전에는 자신과 동생 사이에 무슨 일이 있었는지 샬로테에게 설명해달라고 마르티니크에게 부탁했다.

『80일간의 세계 일주』한 권이 책장에서 튀어나와 있어 마르티니크는 책을 제자리에 밀어 넣었다. 샬로테는 이모와 엄마의 관계를 얼마나 많이 알고 있을까. 그녀는 알 수 없었다. 가족 사이는 복잡했고, 두 자매의 반목 뒤에 숨겨진 것은 지나가듯 말할 수 있는 게 아니었다.

마르티니크는『신비의 섬』을 다시 꽂아 알파벳순으로 책을 정리한 다음, 입술을 꾹 다물었다. 샬로테를 놀라게 하지 않으려면 조심해야 했지만, 한편으로 진실을 숨기는 건 잘못이란 생각이 들었다. 시간이 지날수록 사라의 비밀을 간직하는 게 점점 더 힘들어졌고, 샬로테가 혼자서도 그 비밀 한두 가지를 알아낼까 봐 두렵기도 했다. 하지만 과거에 무슨 일이 일어났는지 샬로테가 최대한 빨리 알아야 한다는 생각도 들었다. 이러니저러니 해도 그녀의 가족이니까.

이 생각에 다시금 눈물이 글썽였지만, 그녀는 재빨리 눈을 감고 눈물을 삼켰다. 정말이지 아슬아슬했다.

손수건을 꺼내 든 순간, 휴대폰이 울렸다. 마르티니크는 재빨리 얼굴을 닦고 전화를 받았다.

"네, 여보세요?"

"언니, 나 마샤야."

마르티니크는 다시 숨을 깊이 들이쉬었다. 동생에게 울고 있다는 걸 들키고 싶지 않았다.

"응, 그래! 그렇지 않아도 막 전화하려던 참이었어. 어제 스털링은 잘했니?"

마샤는 조심스럽게 헛기침을 했다.

"안타깝게도 잘하지 못했어."

"아. 경기에서 졌어? 어제 학교 가는 길에 아주 들떴던데."

"알아. 하지만 내가 두통이 있어서, 경기 참가를 취소했어. 서럽게도 아무도 도와주질 않더라. 뭐 혼자서 애를 키우는 사람인 내가 익숙해져야 하는 일이겠지."

마르티니크는 배 속이 뒤틀렸다. 어제 저녁 식사를 하는 동안, 그녀는 휴대폰을 무음으로 설정해두었다. 마샤가 자신을 방해하는 일이 없도록 드디어 전화를 받지 않은 것이다. 그 대가를 그녀는 지금 치러야 했다.

"어제 대체 뭐한 거야? 언니한테 연락하려고 했다고."

손님 한 명이 지나가서, 마르티니크는 얼굴을 벽으로 돌리고 속삭였다.

"사라의 조카 샬로테가 왔거든. 환영하는 의미로 어제 서점에서 저녁을 먹었어."

"그랬구나. 드디어 나타났네? 그럼 이제 때가 됐어! 더는 언니가 그 가게에 온종일 있지 않아도 되잖아."

마르티니크는 죄책감을 느끼며 고개를 끄덕였다.

"음, 그러길 바라야지."

"그럼 오늘 밤엔 뭐 할 거야?"

마르티니크는 몸이 굳어버렸다. 이틀 밤을 연이어 내 맘대로 보내는 게 그렇게 뻔뻔한 짓인가? 안 그래도 너무나 기진맥진한 상태인 데다 샬로테까지 설득해야 했다. 하지만 마샤에게는 안 된다고 말하기가 어려웠다. 폴이 계속해보라고 격려해주었어도, 마르티니크는 제대로 거절할 수가 없었다. 동생은 어떻게 말하면 언니가 양심의 가책을 받는지 아주 잘 알고 있었다.

"오늘 밤은 저녁 약속이 있어."

"아, 그래? 누구랑?"

"샬로테랑 다시 저녁 먹을 거야. 이 서점에 대해서 몇 가지 더 설명할 게 있어."

말하자마자 알 수 있었다. 지금 마샤는 못마땅한 듯 눈을 가늘게 뜨고 있겠지.

"그래도 사이에 잠깐 시간 좀 내줄 수 있지? 스펜서를 바이올린 교습에 데려다주면 좋을 것 같아서. 내가 직접 하고 싶지만, 음악학원에 앉아서 애를 기다리다가 두통이 또 도질까 봐 무서워. 안타깝게도 스펜서는 다른 애들보다 재능이 뛰어난 편이잖아."

마르티니크는 마른침을 삼켰다. 폴의 목소리가 머릿속에 울렸다. 그냥 싫다고 해. 자기는 할 수 있어!

"안 돼. 오늘 밤엔 미안하지만 안 되겠어."

마침내 말을 해냈다. 마샤가 숨을 헉 들이켜는 소리가 들렸다. 이제부터 난 강해져야 해. 그녀는 이렇게 생각하며 조용히 숫자를 셌다. 하지만 다섯까지 셌을 때에도 마샤는 아무 말이 없었다. 마르티니크는 더는 참을 수가 없었다.

"데려다주는 것까지는 할 수 있어. 하지만 곧바로 가게로 돌아와야 해."

이 말이 무의식중에 곧바로 나와버렸다. 내뱉자마자 곧바로 후회가 들었다. 왜 그냥 입 다물고 있질 못했지?

마샤는 한숨을 쉬었다.

"식사 자리가 정말 그렇게 중요해? 스펜서한테 바이올린 교습이 얼마나 필요한지 언니도 알잖아. 악기 연주할 줄 아는 애들한텐 인생에서 훨씬 더 좋은 기회가 생긴다고. 우리 애는 엄마 아빠가 이혼하는 걸 본 지 얼마 되지도 않은 거 몰라?!"

마르티니크는 마른침을 삼켰다. 방금까지만 해도 그냥 동생 말을 들어주려고 했지만, 마샤가 한 말을 들으니 상황을 분명하게 깨닫게 되었다. 오늘의 식사 자리는 중요했다. 샬로테가 서점을 계속 유지하길 바란다면, 그들은 샬로테가 서점과 친해질 기회를 주어야 했다.

"그래, 식사 자리에 난 반드시 있어야 해."

마르티니크는 최대한 침착하게 말했다. 다시금 마샤는 말이 없었지만, 이번에는 마르티니크도 단호했다. 휴대폰을 들지 않은 손을 너무 꽉 쥐어서 손톱이 살을 파고들긴 했지만.

몇 초 더 침묵이 흐르고, 결국 마샤가 한숨을 쉬었다. 그리고 화가 나서 씩씩거리는 목소리로 말했다.

"알았어. 그럼 5시에 애 데리러 오든지."

마르티니크는 어이없어하며 하얀 손마디를 바라보았다. 나 성공한 거야? 이렇게 쉽게?

통화를 마친 후 그녀는 주방으로 갔다. 전날 쓰고 남긴 그릇을 씻어야 했다. 그녀는 처음으로 지지 않고 자신의 주장을 관철해서

인지 무척 신이 났다. 아니, 따지고 보면 진짜로 성공한 건 아닌지도 모르지만, 적어도 납작 엎드려 기지는 않았잖은가. 앞으로는 스펜서를 바이올린 교습에 데려다주고 또 데리러 가지 않아도 될지 몰랐다.

이렇게 생각하니 양심의 가책이 들기는 했다. 사랑스러운 조카들과 시간을 보내고 싶지 않은 건 아니었다. 다만 마샤가 자신의 배려를 너무 당연하게 여긴 나머지 고마워하지도 않고 제멋대로 언제든 언니를 불러낼 수 있다고 기대하는 게 싫었을 뿐이다. 게다가 마르티니크는 정규직으로 일하는데, 마샤는 기껏해야 테니스 백핸드 연습이나 받는 여유로운 사람 아닌가.

마르티니크는 소매를 걷어붙이고 탁한 물이 찬 싱크대에 손을 넣었다. 마샤와 나눈 대화를 폴이 들었다면 이겼다고 여기진 않을 것이다. 폴이 보기에 마르티니크는 마샤에게 언제나 너무 물렀다. 그는 될 수 있으면 동생을 도와주고픈 마르티니크의 마음을 이해하지 못하는 것 같았다.

그녀는 팔을 들어 얼굴에 흘러내린 머리카락을 쓸어 올리고는 접시를 잡고 벅벅 문질러 거품을 냈다. 최근 그녀는 폴과 말다툼을 꽤 빈번하게 했다. 사라가 세상을 떠난 뒤로 둘 사이에는 이상한 진공상태가 형성되었다. 마르티니크는 서점 일 말고는 아무것도 생각할 수가 없었고, 폴은 언제부터인가 그녀의 넋두리를 듣는 게 지겨워진 듯했지만 꽤나 점잖은 사람이라 대놓고 말을 하지는 않는 것 같았다. 대신, 점점 정신을 다른 데 두는 낌새였다. 둘이 최근에 나누는 이야기라고는 누가 쓰레기를 버릴 것이냐, 세탁기 수리공에게 전화는 했느냐 같은 실생활 이야기뿐이었다. 둘 사이의 진정한 관계는 얼음판 위에 놓인 듯 불안정했고, 마지막으로 서로 쓰다듬어본 게 언제였는 지도 기억이 나지 않았다.

평소 마르티니크는 그런 점을 그다지 걱정하지 않고 지냈다. 그녀와 폴은 25년 가까이 부부로 살아왔기에, 결혼생활에는 좋을 때도 있고 나쁠 때도 있다는 걸 진작에 알고 있었다. 하지만 최근 폴의 행동은 정말 이상했다. 얼마 전에는 마르티니크에게 준다며 국화를 한 다발 사 왔다. 평생 꽃이라곤 한 번도 준 적이 없던 사람이었는데! 마르티니크는 심지어 입버릇처럼 "난 장미꽃 주는 남자 같은 건 필요 없어"라고 말했었다. 그런데도 폴은 그 말을 완전히 잊어버렸는지, 아주 부끄럽다는 듯 꽃을 휙 넘겨주고는 급히 방에서 나가버렸다. 그리고 오늘 아침엔 전화를 받으면서 마르티니크가 통화 내용을 들으면 안 된다는 식으로 행동했다. 휴대폰이 울려서 번호를 보자, 아침 식사를 하다 말고 일어나 밖으로 나가더니 심지어 문까지 닫았다.

마르티니크는 접시 위에서 좀처럼 지워지지 않는 소스 얼룩을 긁어냈다. 정말이지 폴을 의심하고 싶진 않았지만, 마샤와 리처드가 이혼한 이후 그녀는 뭘 믿어야 할지 알 수가 없었다. 동생 부부는 정말 행복해 보였건만, 결국 헤어졌다. 그러니 자신과 폴에게도 같은 일이 일어나지 않으리란 법이 어디 있는가?

설거지를 마친 마르티니크는 어제 먹고 남은 음식이 얼마나 있는지 보려고 냉장고를 열었다. 냄비는 반이나 차 있었다. 쌀을 좀 더 넣으면 스튜의 양을 늘릴 수 있을 것이다.

샘과 윌리엄, 샬로테와 같이 다시 저녁을 먹는다고 생각하니 기분이 좋았다. 마르티니크는 친구들과 함께 식사하는 자리를 만들고 준비하는 게 즐거웠다. 스펜서를 바이올린 교습에 데려가야 하긴 했지만, 제대로 된 별미를 준비할 시간은 충분했다. 전채요리로 올리브와 크림치즈를 넣은 퍼프 페이스트리 롤을 만들면 어떨까. 디저트로는 머랭 케이크를 만들어 내놓으면 좋겠지.

마르티니크는 탁자 위에 놓인 마크스 앤드 스펜서의 오트 비스킷 봉지를 슬쩍 보았다. 하나 먹으려고 하는 찰나, 휴대폰 문자음이 울렸다. 앤절라가 보낸 것이었다.

머핀 구웠어?

마르티니크는 신음을 흘렸다. 앤절라의 학교에서 수학여행 비용을 모으려고 케이크를 판매한다는 걸 완전히 잊고 있었다. 그런데도 여유롭게 식사 준비를 할 수 있다고 생각했다니!

그녀는 딸에게 재빨리 답장을 보냈다.

나 일해야 해. 네가 직접 할 수는 없니?

난 잘 못 만들잖아! 그리고 버디네 가서 수학 공부해야 해.

마르티니크는 한숨을 쉬었다. 누군가에게 필요한 존재가 된다는 건 언제나 좋았지만, 지금에 와서는 딸을 좀 제멋대로 키운 건 아닌가 하는 생각이 들 때가 많았다. 열여섯 살이 됐으면 머핀 한판 정도는 구울 줄 알아야 하잖아?

몇 개나 필요한데?

서른 개. 위에 분홍색 아이싱 얹은 초콜릿 머핀으로 해줘.

마르티니크는 고개를 저으며 생각했다. 이건 다 내 탓이로구나.

앤절라의 학교에서 지난번 학부모 모임이 열렸을 때, 그녀는 케이크 판매 위원회에 등록했다. 하고 싶어서 한 게 아니라, 학부모 위원회 대표가 좌중을 둘러보며 누군가 제발 등록해주길 기다리는 동안 다른 사람들이 죄다 바쁘다는 티를 내며 입을 꾹 다물고 있는 상황을 견딜 수가 없었기 때문이었다.

가끔 마르티니크는 자기도 낸시 해녀건의 엄마인 루시 같았다면 얼마나 좋았을까 바라기도 했다. 어느 날 학교 행사가 열렸을 때, 루시는 번쩍거리는 옷을 입고 가발을 쓴 채로 카세트를 들고 무대에 올라갔다. 그리고 아주 좋게 말해서, 〈심플리 더 베스트 Simply the Best〉[*]를 섹시하게 노래방 창법으로 불렀다. 그걸 본 다른 학부모들은 너무나 큰 충격을 받았고, 그래서인지 8백 파운드가 넘는 돈을 기부하고 말았다. 그러고는 루시가 다시는 무대에 서지 않기를 바랐다.

마르티니크는 나직하게 웃었다. 처음에 루시의 남편이 그녀와 이혼하길 바란다는 걸 알게 되자마자 안쓰럽기도 했었다. 루시가 하얀 지프를 타고 떠나며 활짝 웃는 모습을 보자, 많은 사람이 저런 행동이 조현병의 징후라고들 말했지만 마르티니크는 그렇게 생각하지 않았다. 문득 지금 와서 드는 생각으로는, 혹시 다시는 학교 행사에 참여하지 않아도 되게끔 용의주도하게 짠 전략이 아니었을까 싶기도 했다.

---

[*] 1991년에 발표된 티나 터너의 노래.

마르티니크에겐 반짝이 드레스도 없었고, 휘트니 휴스턴 노래를 메들리로 부를 만한 실력도 없었다. 게다가 루시 해너건처럼 학교 무대에 올라가 마이크를 잡고 아양을 떨며 노래를 부른다면 앤절라가 자신을 절대로 용서하지 않을 것이다.

알았어. 그럼 내가 알아서 할게. 사랑해.

그녀는 몇 초 동안 액정을 바라보며 앤절라가 답장하기를 기다렸다. 고마워, 엄마가 세상에서 제일 좋아! 같은 말이나 나도 사랑해 같은 말이 나타나기를 말이다. 하지만 아무런 답도 오지 않자, 오트 쿠키를 입에 넣었다. 적어도 마크스 앤드 스펜서는 내가 필요한 걸 주기라도 하지!

시계를 본 마르티니크는 이제 때가 되었다는 걸 깨달았다.

저녁을 준비하면서 머핀 반죽도 같이 할 수 길 바랐지만, 무엇보다도 샬로테에게 다른 계획이 있지는 않은지 확인해야 했다.

그래서 계단을 막 올라가려던 순간, 문득 영감이 떠올랐다. 그녀는 접시에 쿠키를 예쁘게 담았다. 만약 샬로테가 무슨 이유에서든 못 하겠다고 한다면, 런던에서 가장 맛있는 쿠키에 홀리게라도 해보자.

*＊＊

"안녕! 안에 있을까?"

샬로테는 마르티니크의 목소리를 듣고 깜짝 놀랐다.

"네, 나가요!"

그녀는 이렇게 외친 다음 바닥에서 신문을 집어 들고 식탁에 펼쳐 대차대조표를 가렸다. 먼저 내용을 쭉 살펴보고 대략의 상황을 파악하고 싶었기 때문이다.

문을 열자, 목둘레에 파란 유리구슬로 수놓은 터키석 빛깔의 청록색 카프탄*을 입은 마르티니크가 서 있었다. 숱 많고 빛나는 머리카락과 공들여 화장한 입술까지, 그녀는 믿을 수 없으리만큼 우아해 보였다.

"간밤에는 괜찮았는지?"

샬로테는 고개를 끄덕였다.

"네. 감사합니다."

"쿡 변호사는 만나봤니?"

여기까지 들은 샬로테는 움찔했다. 언제 이 사람과 내가 격의 없이 말하자고 합의한 거지? 하지만 어젯밤에 무슨 일이 있었는지 전혀 기억이 나지 않았다.

"네, 하지만 오래 있진 않았어요."

"변호사가 뭐래?"

샬로테는 어깨를 으쓱하고는 말을 얼버무렸다.

"검토해야 할 서류를 많이 줬어요."

마르티니크는 친근하게 미소 짓고는 그녀에게 쿠키 한 접시를 내밀며 명랑하게 말했다.

---

* 튀르키예 민족의상으로 셔츠 모양의 기다란 상의.

"자, 이거 받아. 만든 지 얼마 안 됐어!"

샬로테는 쿠키를 받아 바닥에 있는 작은 서랍장에 올려놓았다. 누군가 자신을 위해 쿠키를 구워준 게 마지막으로 언제였던가.

"견과류랑 건포도가 든 오트밀 쿠키야."

"맛있겠네요."

"혹시 알레르기가 있는 건 아니지?"

"아니에요. 정말 예쁜 쿠키네요."

두 사람 사이로 잠시 침묵이 흘렀다. 샬로테는 전날 밤에 무슨 일이 있었던 건지 물어봐야 하나 생각했다. 하지만 뭐라고 물어봐야 할까? 죄송한데요, 어제 저를 부축해서 계단을 같이 올라와주셨나요? 생각만 해도 민망한 일이었다. 그래서 테니슨이 불쑥 나타나자, 그녀는 대신 고양이를 가리켰다.

"쟤는 밤에 여기서 잔다고 보면 되나요?"

마르티니크는 고개를 저었다.

"아니. 사실은 여기서 안 자. 지난 몇 주간, 내가 매일 저녁에 우리 집에 데려갔어. 물론 쟤는 좋아하지 않았지만. 그런데 어제는 미처 잡기도 전에 테니슨이 먼저 선수를 치더라고. 고양이용 플랩도어로 들어가버렸거든. 그렇지만 네가 이미 집에 들어가 자고 있어서 고양이를 잡으러 갈 수가 없었어."

샬로테는 당황해서 머리카락을 귀 뒤로 넘겼다.

"그렇군요."

"네가 데려가라면 오늘 밤부터 다시 우리 집에 데리고 갈 수도 있겠지만, 일단 테니슨이 네가 여기 있다는 걸 알았으니 잡기가 쉽진 않을 거야. 쟤는 널 좋아하는 것 같거든."

마르티니크는 덧붙여 말했다.

"테니슨이 저렇게 좋아하는 건 처음 봐……. 사라가 죽은 이후로 말이야."

샬로테가 자리에서 돌아서자, 테니슨이 소파에서 뛰어내리는 모습이 보였다. 고양이는 보이지 않는 공을 갖고 노는 것처럼 등을 대고 누워서 발을 마구 놀리며 그녀를 쳐다보았다.

마르티니크는 웃으며 말했다.

"넌 여기서 평생 가는 친구를 찾은 거야. 쟤는 내가 매일 참치 통조림을 뇌물로 줬는데도 난 거들떠보지도 않았거든."

마르티니크는 고개를 뒤로 젖히며 말을 이었다.

"아, 내가 시간을 많이 뺏은 것 같으니 이만 갈게. 서점에 대해 궁금한 게 있으면 언제든지 날 불러. 난 가게에 대해선 거의 다 알고 있으니까."

하지만 서점이 곧 파산한다는 건 모르시잖아요. 샬로테는 슬픈 마음으로 생각했다.

"감사합니다. 잘 생각해볼게요!"

샬로테의 말에 마르티니크는 단호하게 고개를 끄덕였다.

"나 진심으로 한 말이야. 묻고 싶은 게 있으면 뭐든 주저하지 말고 물어봐도 돼."

샬로테는 헛기침을 하고서 뒤편 벽에 비스듬히 걸려 있는 사진을 보았다. 마르티니크는 사진 속 남자가 누군지 알지도 모른다.

"이 사진 말인데요. 이 사람이 누군지 아시나요?"

107

샬로테는 이렇게 말하면서 액자를 잡았다. 마르티니크는 손에 액자를 받아 들고 말없이 바라보았다. 그녀는 마침내 말했다.

"아니. 미안하지만 누군지 모르겠어."

"혹시 사라 이모가 남자친구가 있었는지, 결혼했는지, 아니면 누구와 같이 살았었는지 아시는 게 있나요?"

그녀는 이번에도 고개를 저었다.

"내가 여기서 일하는 동안엔 사라는 아무와도 사귀지 않았어."

"그렇군요."

샬로테는 대답하면서 실망한 마음을 애써 감추었다. 마르티니크는 고개를 비스듬히 숙였다.

"어제는 좀 정신이 없었잖아. 그래서 오늘 너를 위한 진짜 환영 만찬을 준비할까 해."

"고맙습니다. 하지만 그러실 필요 없어요."

샬로테는 얼른 말했다.

"아니야, 당연히 그래야지! 우리는 결국 너랑 잘 알고 지내야 하잖아. 다른 사람들도 올 거야. 그리고 윌리엄도 오늘은 우울하게 축 처져 있지 않겠다고 약속했어."

"좋아요."

샬로테는 결국 이렇게 대답했지만, 환영회 시간이 될 때까지 자신이 결정을 내리게 되길 간절히 바랐다.

"그래. 그럼 6시에 서점으로 내려와."

마르티니크가 환하게 웃었다.

샬로테는 서류철과 흩어진 서류가 놓인 식탁으로 돌아왔다. 재정 상태는 솔직히 심각해 보였다. 하루빨리 수익을 늘려야 했다. 그러지 못하면 문을 닫아야 할 것이다.

샬로테는 의자에 털썩 주저앉아 생각했다. 이래서 사라 이모가 서점을 물려준 건가? 내가 자기를 구할 수 있을 거라 생각해서? 아니면 복수하려는 건가? 우리 엄마를 벌주려고 한 건가? 그래서 그 딸에게 망한 거나 다름없는 사업장을 넘겼나?

하지만 그녀는 생각을 재빨리 떨쳤다. 사라 이모가 평생을 몸 바쳐온 곳인데, 이런 식으로 일부러 망쳐놓은 다음 모든 문제를 조카에게 떠넘겼을 것 같지는 않았다.

샬로테는 서류철을 열고 마지막 대차대조표까지 훑어보았다. 이익은 말할 것도 없이 전혀 보이질 않았다. 대체 사라 이모는 어떻게 먹고산 거지?

그녀는 고개를 저었다. 이건 아무리 봐도 불가능한 프로젝트다. 절대로 손을 대서는 안 된다. 서점은 살릴 수 없다. 그래도 어떻게든 노력해서 다시 일어설 수 있다는 기대감을 품게 된다면, 샘과 마르티니크에게 그릇된 희망만 주게 될 것이다.

샬로테는 펜을 들고 메모지에 무언가를 적기 시작했다. 서점의 고정비는 상대적으로 낮았다. 정규 직원은 마르티니크뿐이었고, 마르티니크와 샘의 급료는 아주 낮았다.

매출이 얼마나 증가해야 할까. 머릿속으로 따져보았다. 어쩌면 온라인으로 책을 판매하거나 행사를 열 수 있지 않을까?

샬로테는 계산하고 또 계산했다. 알렉스는 언제나 그녀가 세계에서 제일가는 문제 해결사라고 했었다. 둘의 회사가 어려운 문제에 직면할 때마다, 그녀는 언제나 해결하려고 몰두했다. 한번은 제품 용기의 라벨이 계속해서 떨어지고, 병 속의 매니큐어가 몇 주 만에 말라버렸던 적도 있었다. 그때 샬로테는 강박에 사로잡히다시피 하면서 대비책을 세울 때까지 잠도 못 자고 먹지도 못했다. 지금 이 문제를 해결할 수 있는 사람이 있다면, 바로 그녀 자신일 것이다. 문제는 과연 그녀가 이걸 할 시간이 있느냐였다.

샬로테는 시계를 보았다. 헨리크에게 4시에 있는 도예 수업 전에 전화를 주겠다고 약속했었다.

그녀는 헨리크의 번호를 눌렀다. 자신이 해결할 수 있는 문제라 해도, 장기적으로는 할 수 없는 일이었다. 그녀가 여기에서 살 순 없으니까. 헨리크는 어서 룬드에 돌아오라고, 샬로테가 필요하니까 가능한 한 빨리 돌아오는 비행기를 예약해주겠다고 말할 것이다.

이윽고 그의 수석 어시스턴트인 헨리크가 일부러 꾸며낸 듯한 영국식 억양으로 전화를 받았다.

"안녕, 샬로테. 잘 지내고 있어?"

샬로테는 그의 목소리를 듣자마자 마음이 풀렸다. 물론 헨리크에게도 나름의 거슬리는 습관이 몇 개 있긴 했다. 예를 들면 어떻게 저럴 수 있을까 싶으리만큼 언제나 낙관적인 태도가 그랬다. 하지만 헨리크는 샬로테에게 이 세상의 풍파 속에서 바위가 되어주는 존재였다.

"안녕, 헨리크. 난 잘 지냈어. 넌?"

"아, 나도 잘 지냈지."

"먼저 상황이 어떤지 알고 싶어. 주문 시스템은 아직도 막혀 있어?"

"아니. 지금은 완전히 정상적으로 작동하고 있어."

"그라나다 쪽 공장은 어떻게 됐어?"

"그쪽도 다시 제대로 가동되고 있어. 전기 기술자를 불렀더니 기계가 다시 작동한 모양이야. 이젠 다 괜찮아. 날 믿어도 된다니까."

그는 장담했다. 테니슨은 그녀를 다시 소파에 앉게 하려고 애쓰다 포기하고는 이제 슬그머니 다가왔다. 샬로테는 고양이에게 손을 내밀었다.

"알았어. 질문 하나만 더 할게. 새로운 포장은 어떻게 진행되고 있어? 제대로 되고 있어?"

그녀의 질문에 헨리크는 참을성 있게 대답했다.

"응. 한 가게에서 뚜껑이 너무 꽉 닫혀 있다는 불평이 들어왔지만, 내용물이 새지 않게 하려면 그럴 수밖에 없다고 내가 잘 설명해놨어."

"친절하게 설명했어?"

그러자 헨리크는 웃었다.

"샬로테, 나 알잖아! 나는 모든 일을 아주 부드럽고 섬세하게 진행한다고. 이제 중요한 이야기를 해볼까? 런던은 마음에 들어?"

그녀는 연필을 손으로 돌렸다.

"아주 좋아."

"어디 가봤어? 이제까지 어떤 거 봤어?"

샬로테는 입술을 깨물었다. 서점 밖으로 거의 나가보지 않았다고 하면, 헨리크가 잔소리를 마구 퍼붓겠지. 그런 생각을 하며 창밖으로 보니 타워 브리지의 두 탑이 보였다.

"타워 브리지 봤어."

그녀는 무감한 어조로 말하고 나서 거짓말이 들통나지 않길 바랐다.

헨리크는 헛기침을 하고서 다시 물었다.

"아하, 그랬군. 또 뭐 봤어? 캠던타운에 가봤어? 옥스퍼드 스트리트는? 나한테 줄 선물 혹시 샀어?"

"아직 못 샀어."

그가 못마땅하다는 소리를 어찌나 크게 냈던지, 그녀는 휴대폰을 귀에서 잠시 떼어야 했다.

"이런, 샬로테. 지금 세상에서 가장 멋진 도시에 있으면서 뭐 하는 거야! 나가서 뭐라도 해야지. 내가 도와줄게. 꼭 해봐야 하는 일 목록을 이메일로 보낼게."

"봐서. 내 생각엔 곧 돌아가게 될 것 같은데."

"뭐라고? 거기 간 지 24시간밖에 안 됐잖아! 샬로테, 이건 내가 친구로서 말하는 거니까, 다음 임금 협상 때 이 일 가지고 나한테 뭐라 하기 없기야. 자, 샬로테는 휴가를 써야 해! 몇 년간 쉬지도 않았잖아."

"내가 회사에 안 나간 때도 있었는데……."

샬로테의 말에 헨리크는 재빨리 대꾸했다.

"그건 치지 말아야지! 넌 휴가를 내야 해. 휴가를 받아 마땅하다고. 여기 일은 잘되고 있어. 어쨌든 런던에 평생 살 것도 아니고, 곧 올 텐데 뭘."

그는 웃었다. 샬로테는 난장판인 집 안을 둘러보며 중얼거렸다.

"그렇지. 여기 평생 살 일은 절대로 없지."

사실, 헨리크가 자신이 필요 없다고 하는 건 좋은 일이었다. 그녀는 서류철을 잠시 바라보았다. 보기만 해도 손가락이 근질근질했다. 이건 자신이 할 수 있는 일이었다. 계획만 세운다면, 서점을 구하고 앞으로 인수해줄 사람도 찾을 수 있을 것이다.

"알았어. 그래도 무슨 일 있으면 연락해."

"그럼, 당연하지!"

"며칠 더 있을게."

"있고 싶은 만큼 마음껏 있다가 와! 뮤지컬 꼭 보고. 런던에 갔으면 뮤지컬을 봐야지. 〈캣츠〉는 걸작 중의 걸작이야. 〈라이언 킹〉도 그렇고."

샬로테는 테니슨을 내려다보았다. 고양이는 그녀의 다리를 몸으로 쓰다듬었다. 고양이 분장을 하고 노래하는 사람들을 상상하자 등줄기가 오싹했다. 그래서 눈치껏 둘러댔다.

"봐서. 혹시 런던에서 특별히 갖고 싶은 거 있어? 앤드루 로이드 웨버는 말고. 사람을 납치할 생각까진 없으니까."

그러자 헨리크가 말했다.

"하지만 스토킹은 할 수 있잖아? 혹시 웨버가 코 푼 휴지를 길거리 쓰레기통에 버리지는 않나 살펴봐줘. 요즘 런던은 감기가 유행하는 시기 아닌가?"

샬로테는 짐짓 한숨을 쉬었다.

"그리고 하뤼한테는 뭘 사 가면 좋을까?"

하뤼는 헨리크의 일곱 살 난 아들이었다. 형제자매도 사촌도 없는 샬로테는 언제나 아이들이 불편했다. 아이들의 변화무쌍한 감정을 이해할 수가 없었고, 웃고 있다가도 몇 초 만에 울음을 터트릴 때마다 그저 혼란스러웠다. 하지만 하뤼는 달랐다. 헨리크가 샬로테의 품에 태어난 지 얼마 안 된 아들을 안겨주었을 땐 평소 아이들에게 느꼈던 불확실한 감정이 싹 사라졌다. 심지어 하뤼가 자신과 함께 있길 좋아한다는 느낌이 들었다. 아기의 똘망똘망한 눈망울을 바라본 순간, 샬로테는 처음으로 엄마가 되고 싶다는 생각이 확실하게 들었다.

"하뤼도 분명히 앤드루 로이드 웨버가 쓰던 휴지를 갖고 싶겠지. 하지만 구하기 어렵다면 배트맨이 들어간 물건을 사다 줘. 뭐든 좋아할 거야."

"알았어. 콧물을 못 구하면 배트맨으로 사 갈게."

샬로테는 이렇게 말하면서 새삼 헨리크와 하뤼가 보고 싶은 마음이 간절해졌다.

잠시 후, 헨리크는 목소리를 약간 낮추어 말했다.

"아, 그나저나 말인데. BC뷰티 측이랑 어떻게 할지 정했어? 우리가 대략 정한 초안을 역제안으로 보낼까?"

샬로테는 목을 문질렀다. 그녀는 대기업에서 매력적인 제안을 또 받은 참이었다. 그녀를 수석 제품 개발자로 계속 두면서 회사를 인수하겠다는 내용이었다. 그녀는 BC뷰티를 좋은 회사라고 높이 평가하기도 했었다.

샬로테는 목을 가다듬었다. 사업을 혼자 운영한다는 커다란 책임이 없어지는 건 좋겠지. 반면, 그녀는 아직 회사를 놓아줄 준비가 되지 않았다. c/o 샬로테는 알렉스와 자신이 함께 세운 회사이자 그녀가 이제껏 인생을 바쳐 일군 곳이었다. 만약 다른 사람에게 경영권을 넘겨준다면, 자신이 이룬 모든 게 허사가 될까 미치도록 두려웠다.

"그래. 제안서를 보내서 뭐라고 하는지 보자."

그녀는 헨리크와 작별 인사를 한 다음 휴대폰을 내려놓고 다시 메모를 시작했다. 가장 큰 과제는 모든 고정비를 충당할 만큼의 이익을 내는 것이었다.

주위를 둘러보았다. 사라의 집은 적어도 월세를 몇백 파운드 받을 수 있을 것이다. 물론 내부를 좀 수리해야겠지만. 샬로테는 탁자 옆에 있는 책꽂이를 찬찬히 살펴보았다. 이 중에는 팔릴 만한 것이 확실히 있었다. 하지만 어쨌든 이곳을 말끔하게 청소한 다음에야 임대할 수 있겠지.

옆집에서 누군가 중얼대는 소리가 들리자, 그녀는 메모지에 '윌리엄'이라고 썼다. 그가 실제로 집세를 얼마나 내고 있는지 그에 관련한 정보는 없었다. 하지만 이곳을 제대로 세울 기회를 얻으려면, 윌리엄은 어쨌든 집세를 시세에 맞게 내야 할 것이다.

샬로테는 고개를 저었다. 그건 나중에 생각할 문제였다. 당장 급한 것은 도서 판매 사업이 어떻게 돌아가는지 알아내는 것이었다. 책을 팔면 이윤이 얼마나 남는지, 누가 어떤 책을 사는지, 일주일 동안 얼마나 많은 책이 팔렸는지, 어떤 분야 서적이 가장 인기가 있는지, 팔리지 않는 책은 언제 반품하는지 그녀는 아무것도 몰랐다.

그래서 가장 시급한 질문 목록을 작성하다 보니, 온몸에 피가 빠르게 도는 느낌이었다. 일단 질문의 답을 얻으면 시장 분석을 할 수 있고, 그걸 토대로 판매 전략을 개발할 수 있다. 약간의 변화는 불가피하겠지. 마르티니크와 샘이 자신의 직업에 열린 마음을 가져주기를 바랄 뿐.

마음에 행복이 퍼져갔다. 샬로테는 만족스러운 기분으로 의자에 등을 기댔다. 문제를 해결하는 건 자신이 믿을 수 없을 만큼 잘하는 일이었다. 새로운 프로젝트에 이토록 열정을 쏟아본 지도 참 오랜만이었다. 이것 역시 다 잘될 것이다.

샬로테의 눈길이 사라와 크리스티나의 사진에 슬며시 가닿았다. 사라 이모의 집에 있으니 어쩐지 묘하게도 엄마와 더 가까워진 기분이 들었다. 엄마가 아직 살아계셨다면, 지금 전화를 걸어 서점을 구할 수 있을 것 같다고 말했을 텐데.

"어떻게 생각하니, 테니슨? 우리가 매출을 올릴 만한 방법이 또 있을까?"

고양이는 커다랗게 골골댔다. 샬로테는 테니슨을 무릎에 앉혔다. 고양이는 아주 사랑스러웠지만, 그래도 맡아줄 사람을 찾아야 했다. 이 서점을 새로 인수할 사람이 덤으로 늙은 고양이까지 맡아줄 것 같지는 않으니까.

"널 어떡하면 좋을까?"

샬로테는 가만히 생각하다가, 고양이가 자신의 품에 고개를 파묻자 미소를 지었다.

8

1982년 10월 21일 목요일

사라는 새 담배를 입에 물었다. 성냥에 불을 붙이고 흔들리는 불꽃을 담배에 가져다 댔다. 그리고 담배에 불이 붙자마자 성냥을 버렸다.

크리스티나는 맥주를 한 모금 마셨다. 사라가 너무 초조해하는 것 같아 걱정이 되었다. 언니는 절대로 초조해하는 사람이 아닌데. 그녀는 무슨 말을 할 수 있을까 생각해봤지만, 막상 입을 열려고 하자 사라가 일어서더니 화장실에 가버렸다.

술집에는 손님이 반쯤 찼다. 바텐더는 〈테인티드 러브*Tainted Love*〉*를 틀어놓고 바에 기댔다. 크리스티나는 벽감 안에 놓인 탁자에 앉아서 기다렸다. 벽에는 록밴드와 왕족의 사진이 걸려 있었다. 두꺼운 금색 액자는 꽃무늬 메달리언 벽지와 자두 빛깔 의자 커버와 잘 어울렸다. 술집의 분위기가 가정집 거실과 무척 닮았다

---

* 록밴드 소프트 셀의 대표곡.

는 게 신기했다. 여기 온 사람은 집에 온 기분이겠지.

화장실에 다녀온 사라는 한층 차분해 보였다. 크리스티나가 언니의 팔에 손을 얹자 사라는 웃었다.

"괜찮아?"

"응. 그이가 좀 늦네."

사라는 이렇게 말하며 문을 슬쩍 보았다.

크리스티나는 고개를 끄덕였다. 그녀는 언제나 대니얼을 멀찍감치에서만 보았다. 그가 사라를 집 문까지 데려다줄 때였다. 그들은 언제나 문 앞에서 키스하느라 정신이 없어서 크리스티나가 창문으로 지켜보고 있다는 사실을 눈치채지 못했다.

크리스티나는 사라가 남자친구를 사귀는 데 반대하지 않았다. 언니가 런던에 계속 있으려는 이유가 그것 때문이라도 상관없었다. 그녀가 마음이 좋지 않은 이유는 사라가 갑자기 불안해해서였다. 사라는 크리스티나에게 와서 할 이야기가 있다고 했다. 우리, 그러니까 대니얼과 언니가 나와 이야기를 하려고 모인 거다. 분명히 사라 혼자서는 말할 수 없는 이야기일 텐데. 지금 두 사람은 술집에 앉아서 대니얼을 기다리고 있었다.

크리스티나는 술을 한 모금 더 마셨다. 빛깔이 밝고 거품이 나는 맥주의 맛은 스웨덴에서 크리스마스 때 마시는 과실주와 비슷했다. 사라와 대니얼이 과연 무슨 말을 하려는 걸까, 크리스티나는 온종일 그 생각뿐이었다. 대니얼이 벨파스트* 출신이란 건 알고 있었다. 어쩌면 그는 사라를 데리고 그 곳으로 가려는 것일지도 모른다.

사라와 대니얼이 녹슨 화물선에서 손을 흔드는 모습을 상상하자 갑자기 속이 뒤틀렸다. 사라가 가버리면 난 어떡하지? 어쨌든 난 여기서 살 순 없어. 안 돼. 그럼 집으로 돌아가 오레보에서 다시 아버지랑 같이 살아야겠지.

크리스티나는 그 생각을 애써 제쳐두었다. 사라는 절대로 그런 짓 안 할 거야! 우리는 자매잖아. 언니는 언제나 날 돌봐주었잖아. 언니 때문에 내가 실망하는 일은 없을 거야. 무슨 일이 있어도! 자신이 언니를 믿고 의지할 수 있다는 걸 크리스티나는 확실히 알고 있었다.

순간, 사라의 얼굴이 환하게 밝아지더니 크리스티나 쪽으로 돌아섰다. 대니얼이 이쪽 탁자로 다가오고 있었다. 짙은 색 가방을 들고, 넓은 어깨 패드를 단 외투를 걸치고 있었다. 그는 사라에게 고개를 끄덕여 인사하고는 늦어서 미안하다고 사과했다.

"중앙선이 갑자기 멈췄거든."

대니얼은 이렇게 말하며 고개를 흔들었다. 짙은 금발 곱슬머리가 흔들렸다.

사라는 그를 꼭 안더니 크리스티나를 가리켰다.

"애가 내 동생이야."

그녀가 크리스티나를 일으키자, 대니얼의 얼굴이 코앞으로 불쑥 다가왔다. 그는 조심스럽게 크리스티나의 손을 잡고 흔들었다.

---

* 북아일랜드의 수도.

그리고 아일랜드 억양으로 말했다.

"크리스티나구나. 드디어 만나게 되어 반가워."

그녀의 이름을 이런 식으로 발음한 건 이 사람이 처음이었다.

크리스티나는 애써 웃음을 지으며 말했다.

"안녕, 대니얼."

몇 초 동안 그는 크리스티나의 눈을 지그시 바라보다가 사라에게로 돌아섰다.

"너희 뭐 마셔?"

사라는 맥주병을 가리켰다.

"그럼 내가 한 병씩 더 살게."

그들은 서로 마주 보고 앉았다. 사라와 대니얼은 딱 달라붙어서 탁자 한쪽에 앉았고, 맞은편엔 크리스티나가 앉았다. 사라는 이제 더는 긴장하지 않았다. 여유로운 모습으로 크게 웃었다. 크리스티나는 대니얼이 그녀를 쓰다듬는 모습을 바라보았다. 그는 항상 사라의 몸 어딘가에 손을 대고 있었다.

두 사람은 크리스티나가 묻지도 않았는데 둘이 어떻게 만나게 되었는지 설명했다. 사라가 일하는 술집에 대니얼이 들어와서 킬케니 크림 에일을 주문했다고 했다. 대니얼은 사라에게 대체 킬케니 크림 에일이 뭔지 설명하려고 했고, 결국 사라가 그의 말을 이해하고 가져다주자 대니얼은 그녀에게 마셔보라고 고집을 부렸다는 이야기였다.

대니얼은 사라와 팔짱을 끼었다.

"별로 맛없었었지?"

"아냐!"

"거짓말."

대니얼은 고개를 젓더니 웃으며 덧붙였다.

"그런데 크리스티나, 넌 어디서 일해?"

크리스티나는 눈을 내리깔았다. 대니얼이 이쪽을 볼 때마다 얼굴이 새빨개지는 느낌이었다. 혹시나 사라가 알아채면 어떡하나 무서운 마음으로 그녀는 짧게 대답했다.

"카페에서 일해. 너는?"

"난 웸블리에 있는 공장에서 일해. 전기 기술자야."

크리스티나는 그의 말을 열심히 들어보려고 했지만, 대니얼이 말할 때마다 움직이는 입술밖에 보이지 않았다.

"얘네 집은 서더크 근처잖아. 리버사이드 드라이브에 있는 서점 바로 위."

사라가 말하자, 크리스티나는 고개를 끄덕였다.

"응, 그래서?"

크리스티나는 두 사람이 서로를 바라보며 웃는 모습을 보았다.

"응, 그래서 대니얼 생각으로는, 우리가 자기네 집으로 이사 오면 어떻겠냐는 거야. 그럼 우린 더는 그 셰어하우스에 안 살아도 돼."

이 말을 하려고 셋이서 만나자고 했던 거구나. 사라는 이런 상황에서 크리스티나가 거절할 순 없다는 걸 알고 있었다.

크리스티나는 의자에 앉아 앞뒤로 몸을 흔들며 맥주잔을 손으로 돌렸다. 셰어하우스를 너무나 떠나고 싶었지만, 전혀 모르는 사람과 함께 사는 게 과연 그보다 더 좋은 일일진 알 수가 없었다.

"뭐, 집은 작긴 해. 하지만 너랑 나랑 방을 하나씩 가질 수 있어. 정말 좋지 않니?"

사라는 열띤 목소리로 말하고는 대니얼을 돌아보며 아주 다정하게 키스했다. 크리스티나는 맥주를 마저 마셨다. 여기서 뭐라고 말해야 하나? 나는 대니얼이 누군지 전혀 모르는데, 언니는 혼자서만 있고 싶어 하는 거냐고 말해야 하나?

대니얼은 입을 닦고서 말했다.

"화장실이랑 부엌이 있어. 그걸 부엌이라 봐야 하나……. 뭐, 그래도 조리 공간은 맞지."

사라는 탁자 아래로 크리스티나를 쿡 찔렀다.

"말 좀 해봐! 어때?"

크리스티나는 어깨를 으쓱였다.

"둘이서만 살고 싶은 거 아냐?"

그러자 사라는 눈을 흘겼다.

"당연히 아니지! 넌 내 동생이잖아. 널 돌봐주겠다고 내가 약속했잖아."

그녀는 탁자 위로 몸을 숙이고 스웨덴어로 말했다.

"걱정할 거 하나도 없어. 거긴 아주 괜찮고 안전한 지역이야. 게다가 그 집엔 벌레도 없다고."

크리스티나는 고개를 끄덕였다.

"알았어."

"알았다고?"

대니얼이 재차 물었다.

"이사하고 싶지?"

사라가 소리치더니 손뼉을 쳤다. 크리스티나는 애써 웃어 보였다.

"그래. 그럼 그렇게 하자."

사라는 벌떡 일어나 대니얼의 목을 그러안았다.

"아, 정말 기쁘다! 우리는 다 같이 아주 즐겁게 살 거야. 아주 멋지게 살아보자!"

그녀는 두 손으로 대니얼의 얼굴을 쥐고 짧게 키스한 다음 탁자 위로 손을 뻗어 크리스티나의 손을 잡았다. 그리고 동생의 눈을 바라보며 말했다.

"우린 한 가족처럼 지내는 거야. 너, 나, 대니얼까지. 우리 셋이서 제대로 된 가족이 되는 거야."

9

마르티니크는 커다란 그릇에 담은 초콜릿 반죽을 저었다. 분홍색 아이싱을 얹은 머핀 서른 개라. 스펜서를 데리러 가기 전까지 서둘러서 만들어야 했다.

전자레인지가 다 되었다며 삑삑거렸다. 마르티니크는 녹은 버터를 담은 그릇을 꺼내며 한숨을 쉬었다. 거절을 못 해서 이렇게 또 스트레스를 받는구나. 케이크 판매 위원회에 등록했을 때만 해도 앤절라와 함께 빵을 구울 수 있을 거라 기대했건만. 그런 아름다운 장면을 상상했었는데, 아무리 노력해도 자신은 '메리 포핀스'처럼 멋지고 사랑받는 엄마가 될 수가 없었다.

마르티니크는 능숙하게 바닐라 익스트랙트 뚜껑을 돌려 내용물을 반죽에 한 티스푼 넣고 섞었다. 그녀는 앤절라를 기쁘게 해주려고 그 애 비위를 열심히 맞추고 있었다. 딸애가 사진 찍는 게 재미있다고 했을 때, 마르티니크는 곧장 사진 강습 코스를 찾아다함께 등록했다. 앤절라가 언제든 손님을 데려올 때를 대비해서 집에 간식이 넉넉한지 신경을 썼고, 앤절라가 도와달라고 할 때마다

125

곧바로 모든 걸 대령했다. 그렇지만 제아무리 노력해도 딸과 가까워질 순 없는 것만 같았다.

마르티니크는 머핀 틀을 꺼내 머핀 종이컵을 깔았다. 앤절라가 어렸을 때는 모녀가 아주 친하게 지냈었다. 산책도 오래 하고, 박물관도 방문하고, 가끔은 공원에서 놀기도 하고, 아이스크림도 사 먹고, 목욕도 같이하고, 구슬 꿰기 놀이도 하고, 서로의 머리를 땋기도 하는 등 모든 걸 함께 했다.

딸애는 사랑스럽고 똑똑하며 사려 깊은 모습이 천사와도 같았다. 아이는 항상 다른 사람들을 배려하며 걱정했고, 어린 나이에 걸맞지 않게 놀라운 공감 능력을 보여주었다. 한번은 앤절라가 폴에게 정원의 길을 따라 널빤지를 깔아야 한다고 설득하기도 했다. 누군가 판석을 걷다가 그 위를 지나는 개미를 무심코 밟을까 봐 항상 걱정했기 때문이었다.

마르티니크와 폴은 언제나 서로를 바라보며, 어쩜 우리는 이렇게 귀엽고 깜찍한 아이를 기르게 됐을까 하고 기뻐했었다. 그때를 생각하면 사랑스럽던 꼬마 아가씨가 불과 몇 년 만에 어떻게 이렇게 성질을 잔뜩 부리는 10대 아이가 되어버렸는지 도무지 이해가 되질 않았다. 지금 딸애는 기회가 될 때마다 부모에게 소리를 지르고 창문으로 뛰어내려 집을 나갔다.

마르티니크는 버터를 천천히 반죽에 부었다. 때로 그녀는 혹시 앤절라가 이렇게 된 데 자기 책임도 있는 게 아닐까 생각하곤 했다. 자신은 어떻게든 좋은 엄마가 되고 싶었지만, 아이들은 날 이렇게 키워주면 된다는 설명서를 달고 태어나는 게 아니었다. 그래서 마르티니크는 아무리 노력해도 잘못을 저지르기만 하는 기분이었다. 앤절라를 혼자 두면 그 애는 뭐든 제가 알아서 할 수 있을 것처럼 굴었고, 엄마에게 선을 그었으며 곧바로 마음의 문을 닫아버렸다.

마르티니크는 시계를 슬쩍 본 다음 반죽을 틀에 채웠다. 앤절라는 요즘 엄마에게 아주 쌀쌀맞았다. 엄마를 피했고, 얼굴을 마주치지 않으려고 안간힘을 쓰는 것 같았다. 마르티니크가 퇴근하고 집에 오면, 제 방으로 쏙 들어가버렸다. 마르티니크가 방문을 두드리면, 혼자 있고 싶다고 말했다. 주말이 되면 친구 집에 갔고, 주방에서 서로 마주치기라도 하면 곧바로 눈을 내리깔았다.

마르티니크는 이게 무슨 상황인지 알 수가 없었다. 다른 10대 애들이 제 엄마와 같이 뭔가를 하는 모습을 볼 때마다 속이 상했다. 앤절라는 딱 봐도 남들 앞에서 엄마와 함께 있기를 바라지 않아서, 같이 영화를 보거나 커피를 마시러 가기란 불가능했다. 어쩌다 서로 말을 섞을 때가 있다면, 앤절라가 일부러 격한 논쟁으로 이어지길 바라서였다.

앤절라가 플라야 델 잉글레스*에 파티하러 놀러가도 되냐고, 대학 가려고 모아놓은 돈으로 베스파 스쿠터를 사도 되냐고, 아니면 켄티시 타운에서 열리는 수상한 콘서트에 가도 되냐고 물었을 때, 마르티니크는 안 된다고 딱 잘라 말했다. 그리고 스스로도 어떻게

---

* Playa del Inglés. 그란카나리아섬의 해변 휴양지.

이럴 수 있을까 신기할 정도로 버럭 소리를 질렀다. 그러면 딸애도 맞받아쳤다.

"엄마는 언제나 안 된다고만 하잖아! 다른 애들은 다 한다고!"

마르티니크는 마음을 가라앉히고 딸에게 말을 걸어보려 했지만, 대개는 좌절하며 소리치는 상황으로 끝이 나고 말았다. 마르티니크가 아무것도 이해 못 해준다며 앤절라가 비명을 지르자, 그녀도 맞서 목소리를 높이다가 제발 왜 이러는지 설명을 해달라고 부탁하곤 했지만, 딸애는 절대로 말하고 싶어 하지 않았다.

하지만 가장 나쁜 건 따로 있었다. 이렇게 말싸움을 하고 나면 앤절라는 화해를 거부했다. 몇 년 전만 하더라도 화해하자는 의미로 아이스크림을 먹으러 가자고만 해도 딸애와 적당히 사이좋게 지낼 수가 있었건만, 지금은 사나운 맹수처럼 으르렁대기만 했다.

딸애와 어떻게든 의사소통하고 지낼 방법을 찾으려고 마르티니크는 별의별 노력을 다했다. 페이스북, 트위터, 인스타그램, 스냅챗에 회원가입을 하고 소셜 미디어 사용법을 알아내려고 밤새 잠도 못 잔 적이 많았다. 하지만 소용없었다. 앤절라는 엄마가 보낸 메시지에 답장하지 않았다. 페이스북에서 그녀가 사귄 친구라고는 어떤 미국인 군인이었는데, 차마 무슨 뜻인지 검색하고 싶지 않은 희한한 약어로 대화하는 사람이었다.

마르티니크는 좌절감을 느끼며 머핀 틀을 오븐에 넣었다. 보통 이럴 때면 폴에게 전화해서 슬픈 마음을 털어놓았지만, 요즘은 지난번에 받은 꽃을 어떻게 생각해야 할지 몰라 전화를 할 수가 없었다. 그녀는 조리대를 닦으면서 왜 폴이 갑자기 국화꽃 다발을 들고 온 건지 그럴듯한 이유를 애써 생각해보았다. 공원 벤치나 쓰레기통에서 꽃을 보고 그냥 가져온 건가? 아니면 누가 줬나? 그러니까, 폴이 받기 싫다고 했는데도 꼭 주고 싶다며 학생이나 동료가 준 건가?

폴은 아주 검소한 사람이었다. 지금도 케첩통이나 치약 튜브를 잘라서 끝까지 긁어내 썼다. 그러니 혹시 꽃다발을 그냥 버리기가 너무 아깝다고 생각했을까?

그녀는 냉장고에서 무거운 냄비를 꺼낸 다음 불에 올렸다. 무슨 일이 있다 해도 폴에게 꽃 이야기를 물어보지는 않을 것이다. 그녀는 부부 사이에 나쁜 분위기가 감돌기를 바라지 않았다. 지금 상황에서 더 심한 갈등이 일어난다면 감당할 수가 없을 테니까. 게다가 폴이 그녀에게 상처 줄 만한 일을 한다는 것 자체가 상상이 되지 않았다. 분명히 이 모든 건 다 오해일 테지.

마르티니크는 주방을 정리한 다음 불 위에서 끓기 시작하는 스튜를 보았다. 이제부터는 무엇보다도 샬로테에게 집중해야 했다. 찬장에서 새 냄비 하나와 쌀 한 봉지를 꺼냈다. 사라는 언제나 마르티니크를 위해 이곳에 있어주었으니, 이제는 자신이 그 노고에 보답할 때였다. 샬로테가 이 서점에 정을 붙이도록 최선을 다해 노력하겠지만, 사라의 과거를 샬로테가 먼저 알아버리기 전에 서둘러야 했다.

마침 들어온 샘은 마르티니크가 분주하게 일하는 모습을 보고 잇새로 휘파람을 불었다.

"언제 식사해요?"

마르티니크는 웃으며 검지를 들었다.

"몇 시간 더 기다려야 해."

샘이 눈을 흘겼다.

"알았어요. 있죠, 나 잠깐 나가서 샌드위치 살 건데. 혹시 뭐 사다 줘요?"

마르티니크는 빈 와인병을 보았다.

"오늘 밤에 마실 와인 좀 사다 줄래?"

"그래요. 몇 병이나?"

"세 병. 아니다, 잠깐만. 네 병이 좋겠어."

안전하게 가는 게 좋지. 마르티니크는 이렇게 생각하며 쌀의 양을 쟀다. 샘과 윌리엄은 술을 마시면 마실수록 상냥해진다는 걸 그녀는 경험으로 알고 있었다. 샬로테 역시 술을 좀 마신다고 해서 해될 것은 없을 것이다.

오늘 저녁은 얼마나 멋질까. 마르티니크는 상상하며 미소를 지었다. 당연히 샬로테는 이 서점을 계속 이어가겠지! 그녀가 이곳을 편안하게 생각하는 한, 여기에 머무를 것이다. 그녀는 속으로 생각했다. 나만 잘하면 돼. 혹시 무심결에 비밀을 폭로하지만 않으면 된다고. 여기서 쟤들과 어울리다가는 정말 술을 많이 마시게 될 테니까.

***

"샬로테도 이야기 좀 해봐요."

샬로테는 마르티니크의 특제 스튜 한 숟갈을 입에 넣고 천천히 고개를 끄덕였다. 자신에 대해 이야기하는 건 쉽지 않았다. 이 사람들은 나에 대해 뭘 알고 싶은 거지? 어떤 스프레드시트 프로그램을 즐겨 쓰는지? 온갖 전염병 예방 접종은 다 했는지? 휴가는 어디로 가는지 알고 싶은 건가? 원활한 업무를 위해 인터넷 연결은 잘되어 있는지? 이런 걸 말해야 하나?

"뭐 줄까요?"

샘은 라벨에 이탈리아 국기가 그려진 와인병을 따 잔에 따랐다.

"와인 한잔할래요?"

샬로테는 고개를 저었다.

"아뇨, 괜찮아요."

샘은 웃었다.

"혹시 모르니까 반 잔만 따라줄게요."

샬로테는 마지못해 잔을 들고 샘을 찬찬히 바라보았다. 그녀는 하얀 통굽 구두에 하이웨이스트 부츠컷 청바지를 입고 있었다. 단추가 달린 청바지는 가슴까지 허리선이 올라갔다. 거기다 녹색 니트 폴로셔츠를 입고 오렌지색 코듀로이 베레모를 썼다. 샬로테는 그녀의 패션이 얼마나 대담한지 보고 놀랐다. 아무리 봐도 샘은 다른 이들이 본인 스타일에 대해 어떻게 생각하는지 전혀 아랑곳하지 않는 것 같았다.

"회사 이야기 좀 해봐!"

마르티니크가 격려하듯 고개를 끄덕이자, 샬로테는 스튜를 한입 더 먹었다.

"회사 주력 제품은 매니큐어예요."

이렇게만 말해도 충분할 때가 많았다. 사람들은 대부분 화장품에 그다지 관심이 없었고, 매니큐어 판매는 별로 중요하지 않은 거라 생각했으니까. 어떤 식으로든 이어지는 질문은 없었다.

"아, 그렇죠! 샬로테가 직접 회사를 차렸다고 했죠?"

샬로테는 헛기침을 했다. 이모가 자신을 온라인상에서 스토킹했다는 게 이제야 기억났다.

"네, 회사를 세운 건……."

그녀는 말을 맺지 못하다가 겨우 말했다.

"네, 내 회사예요."

"그리고 매니큐어를 직접 생산하는 거죠?"

샬로테는 고개를 끄덕였다. 그리고 자랑스럽게 손을 내밀었다.

"우리가 대학에서 화학을 전공했을 때 새로운 화학식을 만들었어요. 그래서 매니큐어 색이 더 밝게 나와요. 손톱에 바르면 빨리 마르고요."

샘은 그녀의 손을 잡고 블루 바이올렛색 손톱을 문질러보았다. 샬로테가 오늘 오후 매니큐어를 칠한 손톱이었다.

"멋지다."

"고마워요."

"그런데 아까 말한 **우리**란 건 누구예요?"

"네?"

샘은 와인을 한 모금 마시고서 재차 물었다.

"아까 말했잖아요. 우리가 대학에서 화학을 전공했다고. 우리가 누구예요?"

갑자기 샬로테는 속이 텅 빈 것만 같았다.

"아니, 그러니까 당연히 나를 말하는 거였어요."

그녀가 중얼거리자, 마르티니크가 마침 끼어들었다.

"있잖아, 이제 샬로테가 온 걸 공식적으로 축하할 때가 됐어."

마르티니크는 일어서서 잔을 들었다.

"우리는 네가 와서 참 기쁘단다! 난 여기서 20년 가까이 일해서, 서점에 아주 정이 많이 들었어. 안타깝게도 지난 몇 년간은 참 힘들었지만, 그래도 이제 샬로테가 도와줄 테니 모든 게 다 잘될 거라고 바라고 있어. 사라가 네 회사가 얼마나 잘되고 있는지 말해줬거든. 샘이랑 나는 이 서점을 바꾸기 위해서라면 무슨 짓이든 할 거란다."

"사라와 샬로테를 위하여!"

샘이 말하자, 다른 사람들도 한목소리로 건배사를 외쳤다.

"사라와 샬로테를 위하여!"

샬로테는 눈을 내리깔았다. 그들과 눈을 마주치기가 불편했다. 물론 맘 같아서야 이 사람들을 돕고 싶었지만, 다들 자신에게 지나치게 높은 기대를 거는 것 같았다. 하지만 성공할 거라는 보장이 어디 있는가.

모두 식사를 마치고 나서 샘과 윌리엄이 식탁을 치우는 동안, 마르티니크는 샬로테 옆에 앉았다.

"우리는 진심이야. 할 수 있는 한 이 서점이 잘되도록 기꺼이 돕고 싶어."

그녀의 친절한 말을 들은 샬로테는 손에 든 와인잔을 돌렸다.

"잘됐네요. 그럼 서점이 어떻게 운영되어 왔는지 설명을 해주시겠어요? 어떤 책을 구입할지는 누가 결정하죠?"

그 말에 마르티니크는 웃었다.

"얼마든지 다 대답해줄게. 하지만 오늘 말고 내일 아침부터. 지금은 네 환영 파티를 할 시간이니까!"

샬로테는 주방에서 나온 윌리엄을 찬찬히 바라보았다. 상당히 존재감이 강한 남자였지만, 이렇다 하게 끌리는 느낌이 들지는 않았다. 윌리엄 같은 남자는 여자들이 내비치는 관심에 너무나 익숙할 테니 굳이 노력할 이유가 없을 것이다. 그는 짜증 날 정도로 멋있었다. 광대뼈와 독특하게 생긴 턱 덕분에 커다란 눈과 완벽하게 호를 그린 입술이 돋보였다. 그렇다 해도 샬로테는 이렇다 할 감명을 받을 마음이 없었다. 이제껏 이처럼 자신만만한 남자를 좋아한 적은 한 번도 없었으니까.

다들 다시 식탁에 모여 앉자, 샘이 와인을 따랐다. 샬로테는 아직 자기 잔에 손도 대지 않았다는 점이 뿌듯했다. 이만하면 자리에 오래 앉아 있었으니 그만 일어나도 뭐라 하는 사람이 없지는 않을까 생각하던 순간, 마르티니크가 손뼉을 짝 쳤다.

"자, 그럼 우리 게임을 하자! 서로 잘 알아가려면 게임이 제일 좋잖아!"

샬로테는 마른침을 삼켰다. 그녀는 게임을 싫어했다. 알렉스의 친구들과 모노폴리를 하고 싶지 않아서 허리가 아프다며 꾀병을 부린 적도 있었다. 게다가 아까 세우던 서점 운영 계획을 마저 끝내고 싶었다.

그때 샘이 소리쳤다.

"내가 좋은 게임 하나 추천할게! 소설 속 인물 중에서 제일 같이 자고 싶은 사람 말하기! 어때?"

샬로테는 당황해서 와인잔을 가만히 바라보았다. 다른 사람들이 씩 웃는 모습이 보였다. 이런 주제가 불편한 건 정말로 나뿐인 건가?

"그럼 너부터 시작해!"

마르티니크는 단호하게 샘을 가리켰다. 샘은 모두의 관심을 즐기고 있는 것 같았다.

"알았어요."

샘이 고개를 끄덕이고는 턱을 긁으며 고민하는 척하다 말했다.

"난 밀레니엄 시리즈의 리스베트 살란데르로 할래요. 리스베트 정말 멋있잖아요. 남들이 자기에 대해 뭐라 생각하는지 전혀 신경 쓰지 않으니까. 게다가 펑크 옷차림이 미치도록 섹시해요."

"여자를 고르다니, 놀라운데."

윌리엄이 눈을 흘기며 말했다.

"내가 내 책만큼이나 여자를 좋아한다는 거 알면서. 특히 가죽을 둘렀다면 책이든 여자든 최고지."

샘은 짓궂게 눈을 깜빡거렸다. 윌리엄은 이마를 짚었다.

"세상에, 넌 진짜 아무것도 모르는구나?"

샘은 윌리엄에게 전혀 굴하지 않고 말을 이어갔다.

"아니면 트와일라잇 시리즈의 에드워드 컬렌 집안 자매 중 한 명도 괜찮아. 뱀파이어의 매력에 누가 저항할 수 있겠어?"

샬로테는 입술을 깨물었다. 무슨 일이 있어도 이런 질문에는 대답하고 싶지 않았다.

"마르티니크는요?"

"콘스탄틴 드미트리예비치 레빈."

그녀는 그 이름을 발음하며 즐거워 보였다. 일부러 러시아어를 과장되게 발음했으니까.

"그게 누군데요?"

샘이 물었다.

"『안나 카레니나』 등장인물이잖아! 아니면 닥터 지바고나.『위험한 관계』의 발몽 자작도 있고."

마르티니크의 말에 윌리엄이 대답했다.

"앞선 두 사람과 달리 발몽 자작에겐 수염이 있을 것 같지 않은데요. 난 마르티니크 마음이 아주 이해가 가요. 메르테유 후작 부인 이야기를 처음 읽었을 때의 기분이란……. 정말 대단한 여자잖아요?"

"윌리엄은 브리짓 존스랑 자고 싶을 거라 생각했는데."

샘이 이죽거리자, 마르티니크는 웃음을 터트렸고 샬로테도 웃음을 참느라 입을 꾹 다물었다.

윌리엄은 못마땅한 기색으로 눈썹을 치켜떴다.

"나 그거 읽어본 적도 없어."

"하지만 잘 팔리는 글을 쓰고 싶다면 읽어봐야 할걸."

샘이 씩 웃으며 대꾸했다.

"어쨌든 브리짓 존스보다는 제인 에어가 훨씬 낫지."

그 말에 샘은 와인을 마시다가 사레가 들렸는지 마구 기침을 해 댔다.

"진심이야? 남자들이 그런 취향일 거라고는 생각해본 적이 전혀 없는데."

윌리엄은 기분이 몹시 상한 듯한 표정을 지었다.

"지금 장난해? 지적이고 마음씨 곱고 순수하면서도 자신의 매력을 전혀 모르는 여자잖아. 제인 에어야말로 모든 남자가 꿈에 그리는 이상형이라고."

윌리엄은 선언하듯 말했다. 그러자 샘이 제안했다.

"우리 독서 모임을 하나 만들면 어떨까요. 섹시한 소설 속 인물에 대해 토론하는 모임 말이에요. 아주 성공적인 모임이 될 텐데!"

샘이 마르티니크를 바라보자, 그녀는 고개를 끄덕였다. 이제 샘은 샬로테에게로 고개를 돌렸다.

"샬로테는? 좋아하는 소설 속 인물이 누구예요?"

샬로테는 억지로 와인잔을 들고 한 모금 마셨다. 속으로 욕이 나왔다.

"그래요. 어떤 타입의 인물이 좋아요?"

윌리엄도 이렇게 물으며 옆에서 그녀를 바라보았다.

샬로테는 얼굴이 빨개진 채 무슨 말을 해야 하나 다급하게 생각했다. 그러다 보니 반쯤 찬 와인잔을 다 비워버렸다.

"모르겠어요."

그녀가 겨우 속삭이자, 샘이 채근하며 잔을 채워주었다.

"자, 이거 마시고 어서 말해봐요."

심장이 너무 두근거려서 가슴이 터질 것 같았다. 사실, 자신은 책을 많이 읽지 않았지만, 여기서 그렇다고 솔직히 말하긴 어려웠다. 그녀는 영화화된 책들을 생각하다가, 『그레이의 50가지 그림자』가 떠올랐다. 딱히 좋지는 않았지만, 그래도 주인공이 아주 섹시하지 않았나?

"크리스천…… 그레이요."

그녀는 망설이며 말했다.

샘은 한 손으로 이마를 짚으면서 다른 손으로 극적인 손짓을 했다.

"샬로테는 책을 좀 더 읽어야겠네!"

샬로테는 마른침을 삼켰다. 모두 자신을 쳐다보는 것만 같았다.

"다아시 씨도 좋은 것 같아요."

그녀는 주저하며 다시 말했다.

마르티니크가 웃자, 샬로테가 느꼈던 가슴의 압박감도 한결 가셨다. 속으로는 『오만과 편견』을 억지로 읽게 했던 고등학교 선생님에게 참 고마웠다.

"아무리 애써봐도 어쩔 수 없었습니다. 그래봤자 안 될 테니까요. 내 감정을 억누를 수가 없단 말입니다. 내가 당신을 얼마나 애타게 숭배하고 사랑하는지 말씀드리고자 합니다."

샘과 마르티니크는 입 모아 연극조로 책의 한 대목을 읊었다.

"아아, 다아시 씨."

마르티니크는 가슴에 손을 얹었다.

샘은 자리에서 일어섰다.

"내가 샬로테에게 딱 어울리는 남자를 골라줄게요. 어떤 타입의 남자가 좋아요?"

샬로테는 고개를 저었다.

"모르겠어요."

샘은 손을 양옆으로 쭉 뻗었다.

"말해봐요, 단서가 필요하다고요."

그러자 마르티니크가 소리쳤다.

"제이 개츠비 어때? 신비한 남자면서 돈도 많잖아. 게다가 사랑하는 여자를 위해서 뭐든지 다 하고."

"안 돼. 샬로테에겐 좀 더 재미있는 사람이 어울려. 윌리 웡카 어때요?"

샬로테는 윌리엄을 바라보았다. 그는 거리를 지나가는 사람들을 관찰하고 있었다.

"초콜릿 좋아해요?"

마르티니크가 묻자, 샘은 팔짱을 꼈다.

"아, 왜 이래요. 세상에 초콜릿을 싫어하는 사람이 어딨다고? 질문을 하려면 제대로 해야죠. 보라색 벨벳 정장을 입고 다니는 사람도 괜찮냐고 물어봐야 하는 거 아니에요?"

"책에서 그런 걸 입고 다녀요?"

"그럼요! 로알드 달의 등장인물이 보일 법한 전형적인 특징이죠."

마르티니크는 얼굴을 찡그렸다.

"하지만 윌리 웡카는 별로 잘생기질 않았잖아! 샬로테를 좀 봐!

이 외모에 어울리는 아주 섹시한 남자가 필요해."

"무슨 소리예요? 팀 버튼 영화에서 윌리 웡카 역을 누가 맡았는지 몰라요? 이 세상에서 섹시한 사람을 한 명만 꼽으려면, 그건 바로 조니 뎁이라고요!"

"모르겠어…… 내가 보기엔 그놈의 움파룸파들이 영화 분위기를 죄다 망쳐놨어. 게다가 영화에서 윌리 웡카는 보톡스를 잔뜩 맞은 것처럼 나오잖아. 난 책 쪽이 훨씬 마음에 들어."

그들은 자기들만의 세상에 있는 듯 커다란 몸짓을 하며 큰 소리로 토론했다. 평소 샬로테는 시끄러운 사람들을 피해 다녔지만, 샘과 마르티니크가 보여주는 역동적인 모습은 이상하게도 마음을 끌었다. 두 사람은 꼭 노부부라도 되는 것처럼 재잘대며 서로를 타박했는데, 솔직히 지켜보고 있으니 아주 재미있었다.

그때였다. 마르티니크가 벌떡 일어서더니 "알겠다!"라고 소리치며 책꽂이로 달려갔다. 잠시 후 돌아온 그녀는 샬로테에게 책한 권을 내밀었다.

"『몬테크리스토 백작』이야. 이거 읽어봤니?"

샬로테는 고개를 저었다.

샘은 미소를 지었다.

"에드몽 당테스가 딱이네!"

샬로테는 책을 들어 조심스럽게 무릎 위에 놓았다. 아주 귀한 것을 받은 기분이었다.

"이제 저는 그만 자야 할 때가 된 것 같아요."

그러자 샘이 소리쳤다.

"안 돼요! 아직 춤도 안 췄는데! 윌리엄, 음악 좀 틀어주면 안 돼?"

윌리엄은 휴대폰을 꺼낸 다음 계산대 아래에서 무언가를 찾기 시작했다. 샘은 샬로테를 바라보더니, 와인병을 높이 들고 샬로테의 잔에 고갯짓하며 마시겠느냐고 물었다.

"음악은 뭐 들어요? 아비치* 좋아해요?"

샬로테는 고개를 저었다. 아비치가 사람인지 물건인지는 모르겠지만 들어본 적이 없었다. 그리고 여기서 술을 더 마시고픈 마음은 전혀 없었다.

샘이 일어나더니 샬로테의 손을 잡았다.

"윌리엄, 레이디 가가 틀어줘! 샬로테랑 나는 춤추고 싶어."

〈댄싱 퀸〉이 울려 퍼지자 마르티니크는 미소를 지었다.

"아니면 아바! 그러고 보니 샬로테는 아바의 금발 여자 멤버랑 좀 닮았네. 그 여자 이름이 앙네타던가?"

마르티니크가 샬로테를 보고 고갯짓을 했다. 샘은 휘파람을 불었다.

"그 멤버 진짜 멋있죠! 나도 아바의 옛날 사진에 나오는 바지 정장을 만들었는데. 반짝이는 파란색으로요. 하지만 언제 개시를 해야 할지 모르겠어요."

샘이 뒤를 돌아보자, 마르티니크가 물었다.

---

* Avicii. 스웨덴 스톡홀름 출신의 DJ 겸 프로듀서.

"그 정장 보고 싶네. 내일 입고 오면 안 돼?"

샬로테는 샘에게서 물러섰다.

"말이 나왔으니 말인데요, 여러분은 서점을 몇 시에 여나요?"

윌리엄이 휴대폰을 휴대용 스피커에 연결하고 음악을 틀었다. 그러자 샘이 곧바로 춤을 추기 시작했다.

샬로테는 샘과 같이 춤을 추는 마르티니크를 곁눈질로 보았다. 그녀가 춤추는 모습을 보자 왠지 민망해져 시선을 돌렸다.

"난 여기 9시에 출근해. 샘이 10시에 오면 문을 열어."

샬로테는 대답해줘서 고맙다는 뜻으로 고개를 끄덕였다.

"알았어요. 그럼 전 여기 10시에 내려올게요. 그때 제가 궁금한 점을 물으면 대답해주세요."

"그럴게."

마르티니크는 대답하고 나서, 나름 디스코처럼 보이는 춤을 추려고 애를 쓰며 물었다.

"정말 와인 더 안 마셔도 되겠어? 그리고 춤추기 싫으면 안 춰도 괜찮아."

"괜찮아요. 그리고 식사 준비 해주셔서 고마워요. 정말 맛있었어요."

마르티니크는 샬로테에게 작별 인사로 입을 맞추었다.

"고마워."

"그럼 다들 즐거운 밤 되세요."

샬로테의 인사에 샘과 마르티니크는 곧바로 대답했지만, 윌리엄은 휴대폰에서 고개도 들지 않고 그저 심드렁하게 "잘 가요"라고 중얼거렸다.

샬로테는 계단을 올라갔다. 좀 짜증이 났다. 윌리엄은 정말 자기 하고픈 일에만 온 신경을 쓰느라 내 쪽은 한번 쳐다보지도 않은 건가?

하지만 그녀는 생각을 제쳐두고 사라의 집으로 들어갔다. 아마 정신이 좀 없어서 그랬겠지. 그리고 그가 날 보든 안 보든, 난 이제 곧 떠날 테니까.

샬로테는 소파에 누워 뒤척였다. 잠자리는 별로 편안하지 않았고, 아래층에서 음악 소리가 계속 들려왔다.

그녀는 램프를 켜고 마르티니크가 준 책을 꺼냈다. 자신은 독서를 즐기는 사람이 전혀 아니라서, 문학작품을 읽으며 즐거워하는 사람들을 질투할 때도 있었다. 어렸을 땐 엄마가 책을 참 많이 읽어주었는데.

샬로테는 자신의 침대 옆 의자에 쌓여 있던 도서관 대출 도서를 떠올리자 슬퍼졌다. 어릴 땐 어서 읽어주기를 기다리던 책이 많았다. 침대에 누워 아스트리드 린드그렌의 동화책인 『산적의 딸 로냐』나 『미오 나의 미오』를 읽어주는 부드러운 엄마의 목소리를 들을 때가 참 좋았는데. 안전한 침대 속에서 샬로테는 세상에서 가장 흥미로운 모험을 경험했고, 이야기 속에서 생생하게 살아난 모든 일을 눈앞에서 보며 느꼈다.

엄마는 아무리 피곤해도 등장인물마다 서로 다른 목소리를 내며 언제나 열정을 다해 책을 읽어주었다. 그래서 샬로테는 로냐를 따라 숲에 가고, 폭포 옆에 있는 바위에 앉아 음식을 먹고 등산을 하고 비르크와 달리기 경주를 하고 수리마녀를 피해 숨었다.

이야기 속 상황이 정말로 위험해 보이면, 크리스티나는 가끔 책을 읽다 말고 샬로테가 계속 이야기를 듣고 싶은지 확인차 쳐다보았다. 그럴 때면 샬로테는 언제나 고개를 끄덕였다. 앞으로 어떻게 되는지 꼭 알고 싶었으니까.

그때를 기억하면 그녀는 마음이 따스해졌다. 그래서 샬로테도 언젠가 자신의 아이에게 책을 읽어줄 날이 오기를 항상 꿈꾸었다.

그녀는 조심스럽게 책을 펴고 책날개에 실린 소개글을 읽었다. 청소년용으로 나온 쉬운 도서라는 걸 확인했을 땐 좀 화가 났지만, 곰곰이 생각해보니 꽤 기분이 좋아졌다. 책이 처음 출간된 건 19세기였으니 당시의 영어로 쓰인 원문을 그대로 읽는다면 어려웠을 터였다.

어느새 몰래 다가온 테니슨이 조용히 샬로테의 무릎 위로 뛰어 올랐다. 다리가 묵직해져서 고양이를 옆으로 슬쩍 밀어내려다가 안고 있는 게 꽤 편안하다는 걸 깨달았다. 하지만 곧바로 이러면 안 된다는 걸 생각해냈다. 고양이에게 정을 너무 많이 주면 곤란하다.

샬로테는 책의 매끄러운 겉표지 종이를 쓰다듬고선 책을 읽기 시작했다. 첫 장은 어렵게 느껴졌지만, 곧 이야기에 빠져들었고 어느새 몇 장이 술술 넘어갔다.

잠시 후, 목이 말라 물을 한 잔 마시러 주방으로 갔다. 자연스레 집안을 지나가다 곧장 그 젊은 남자의 사진 앞에 도로 서게 되었다. 왜 그런지 그 사진은 마법처럼 샬로테를 끌어당겼다. 그 남자의 미소에는 피부를 뚫고 들어오는 무언가 묘한 부분이 있었다.

사진을 보던 샬로테는 실수로 쌓아둔 책 더미와 부딪치고 말았다. 맨 위에 『오만과 편견』이 보여서 샬로테는 그 책을 집어 들었다. 책 표지 안쪽에는 잉크로 글이 쓰여 있었다. 글씨가 흐릿해서 읽으려고 불을 켰다.

크리스티나, 너 이 책 꼭 읽어봐! 베넷 자매는 우리랑 닮은 점이 많아. 넌 항상 모든 걸 미리 생각해두는 차분하고 합리적인 제인이랑 비슷하고, 나는 충동적이고 고집 센 리지랑 비슷하거든. 제인 오스틴의 건조한 유머 감각은 우리 둘 다 좋아할 만해. 이건 반드시 결혼해야 살 수 있었던 19세기의 가난한 여자들 이야기야. 하지만 이 책은 정말 재미있고, 가슴 아픈 이야기도 많지만 결국엔 행복하게 끝나. 이제 문제는 딱 하나야. 대니얼은 다아시 씨에 가까울까, 아니면 빙리 씨에 가까울까? 넌 어떻게 생각해?

샬로테는 미소를 지었다. 엄마 이야기를 이렇게 읽는 게 참 좋았고, 이모의 유머 감각도 알 수 있었으니까. 왜 이모는 진작에 연락하지 않았을까? 돌아가시기 전에 봤다면 정말 좋았을 텐데.

자신에게 이제 엄마와 이모가 모두 없다는 사실에 샬로테는 무척 슬펐다. 대가족이 싫다며 불평하는 사람들에게 무시무시하게 화를 내고 싶었다. 가족이 아무도 없다는 느낌이 뭔지 알기나 해?

그녀는 다시 소파에 털썩 앉았다. 사실, 가족에 대해서 아는 게 하나도 없었다. 샬로테가 어렸을 때 가끔 같이 커피를 마시곤 했던 할머니 말고는, 친척을 만나본 적이 한 번도 없었으니까. 엄마는 자신의 어린 시절 이야기를 샬로테에게 전혀 해주지 않았고, 언제나 너와 나 둘뿐이라고만 우겼다. 샬로테는 종종 왜 우리는 둘뿐일까 궁금했고, 언젠가는 엄마가 더 자세한 이야기를 해주길 바랐다. 하지만 엄마는 한마디도 하지 않았고, 이젠 이야기를 듣기에 너무 늦어버렸다.

엄마가 이 책을 읽었을 거라 생각하니 목이 메어왔다. 책 안쪽에 쓴 글을 보면 엄마와 사라 이모는 무척 친했던 게 틀림없었다. 그리고 사라 이모의 편지에는 둘이 함께 펠릭스토에 갔다는 얘기도 있었다. 샬로테는 주위를 둘러보았다. 그렇다면 엄마도 런던에서 살았던 걸까?

사라 이모가 언제 이 건물을 샀는지 알 수 있을까 해서 샬로테는 유가증권 서류철을 집어 들었다. 그리고 가장 오래된 것 같은 서류를 천천히 훑어보았다. 노랗게 변색된 종이는 글씨가 거의 사라져 있었다. 시간을 좀 들인 끝에, 샬로테는 자신이 태어난 1983년 4월에 작성된 임대 계약서를 찾아냈다.

심장이 두근두근 뛰는 가운데 그녀는 재빨리 서류를 넘겼다. 계약서는 리버사이드 드라이브 187번지의 주거 공간을 임대한다는 내용이었고, 서명한 사람은 둘이었다.

샬로테는 눈을 깜빡이며 그 이름들을 정확히 읽어보았다. 사라 뤼드베리와 대니얼 오코너였다.

그녀는 종이를 쓰다듬었다. 그렇다면 사라와 대니얼이 1983년에 이미 여기서 살고 있었다는 뜻이다.

　샬로테는 재빨리 젊은 남자의 사진을 찍었다. 이 사람이 대니얼 오코너겠지! 하지만 대니얼이 사라와 살았다면, 엄마는 어디에 있었을까?

10

크리스티나는 침대에 누워서 천장을 바라보았다. 벽 너머로 사라와 대니얼이 소곤대는 소리가 들렸다. 둘이 움직일 때마다 소파가 삐거덕댔다.

그녀는 사라의 침대에 손을 얹고 시트가 구겨진 곳의 주름을 손으로 매만졌다. 매트리스는 차가웠다. 사라는 자신이 일어나기 훨씬 전에 방에서 나간 듯했다.

문득 시계를 보았다. 이제 곧 일어나야 했다. 그러지 않으면 직장에 늦을 것이다. 하지만 거실에서 둘이 소곤대는 동안에는 방에서 나갈 수가 없었다.

크리스티나는 피곤해진 채로 앉아 깨끗한 속옷을 꺼냈다. 자신과 사라는 이제 둘만의 옷을 넣을 서랍장을 갖게 되었고, 대니얼이 곧 옷장도 구해주겠다고 약속했다. 대체 어디서 옷장을 구해올 건지는 모르겠지만, 그녀는 반대하지 않았다. 지난번 셰어하우스에 살았을 땐 여행 가방에 옷을 보관했었다. 그에 비하면 서랍장이 생긴 것만으로도 대단한 발전이었다.

맨 위 서랍이 잘 닫히지 않아서 크리스티나는 힘을 주어 흔들었다. 빡빡하게 닫히지 않던 서랍이 결국 커다란 소리를 내면서 움직였다.

그 순간, 거실이 갑자기 조용해졌다. 크리스티나의 뺨이 확 달아올랐다. 자신이 두 사람이 내는 소리를 들었다고 생각하게 두고 싶진 않았다.

이윽고 소파가 다시 삐걱거리더니, 한숨 소리가 들렸다. 누군가 일어서서 문으로 다가갔다.

"어디 가?"

사라의 목소리가 들렸다.

"밖에."

대니얼이 조용히 말했다.

"쟤 깬 것 같지는 않은데."

현관에서 발소리가 들렸다. 누군가 옷걸이에서 뭔가를 꺼내는 소리에 이어 현관 탁자에서 열쇠고리를 집는 소리가 들렸다.

"금방 갔다 올게."

대니얼은 이렇게 말하고 문을 연 다음 조심스럽게 닫았다.

크리스티나는 물건을 챙겼다. 대니얼이 떠나서 마음이 가벼웠다. 그녀는 조용히 바닥을 디뎠다. 사라는 크리스티나인 걸 금방 알아채고 자리에 앉았다. 언니는 머리카락이 헝클어진 채로 몸에 격자무늬 담요를 두르고 있었다.

"일어났구나!"

크리스티나는 고개를 끄덕였다.

"우리 때문에 깼니?"

그녀는 바닥에 떨어져 있는 팬티를 애써 못 본 척했다.

"괜찮아. 어차피 일하러 가야 해."

사라가 일어섰다.

"너 샤워하기 전에 잠깐 화장실 써도 될까?"

그녀는 바닥에 담요를 질질 끌며 천천히 걸었다.

크리스티나는 어깨를 으쓱였다. 사라는 그녀의 옆을 지나가며 크리스티나의 뺨에 살짝 입을 맞추었다.

"고마워, 우리 동생이 최고네!"

사라가 이렇게 웃으면 크리스티나는 언니에게 화를 낼 수가 없었다.

"그래. 그럼 난 찻물 좀 끓여놓을게. 뭐 또 필요한 거 있어?"

"필요한 거야 항상 있지."

사라는 이렇게 말하며 욕실로 쏙 사라졌다.

크리스티나는 주전자에 물을 붓고 가스레인지 위에 올렸다. 나지막이 쉭쉭대는 소리가 들리더니, 가스레인지에 불이 붙으며 파란 불꽃이 타올랐다.

크리스티나는 자신이 목욕을 마치기 전에 대니얼이 돌아올까봐 두려웠다. 두 자매가 여기에 이사 온 뒤로, 크리스티나는 대니얼을 피했다. 왜 그런지는 정확히 알 수가 없었다. 대니얼은 항상 크리스티나에게 친절했지만, 정작 그녀는 셋 모두 집에 있을 때면 자신이 방해가 되는 것 같아 마음이 불편했다. 그래서 평소엔 피곤하거나 두통이 있다고 둘러대며 사라와 같이 쓰는 방에 들어가 밤을 보냈다. 그러면 사라와 대니얼 둘만 거실에 남게 되니까.

사라는 욕실에서 휙 나왔다. 커다랗게 하품을 하면서 얼굴을 문질렀다.

"피곤해?"

크리스티나는 언니에게 물으며 찬장에서 컵 두 개를 꺼냈다. 사라는 자그마한 식탁에 기대어 앉았다.

"응. 그런데 정말 우리 때문에 깬 거 아니지?"

"아니야. 괜찮다니까."

사라는 목을 가다듬고 말했다.

"거실에 나오지 말아야 한다는 생각 같은 걸 하는 건 아니지? 그러지는 마. 여기는 네 집이기도 하잖아. 내가 정말 미안하다고."

사라는 커다란 눈으로 크리스티나를 바라보았다.

"우리가 좀 자제할게. 약속해. 그냥 대니얼이 미치도록 귀여워서 그래. 차마 손을 뗄 수가 없다니까."

크리스티나는 고개를 저었다.

"난 괜찮아. 하지만 조심해."

사라는 웃더니 크리스티나에게 몸을 굽혔다.

"나야말로 너한테 조심하라고 해야 할 상황인데, 네가 그런 말을 다 하네. 뭐, 그래. 나 조심하고 있어. 대부분은 조심하며 살고 있다고."

크리스티나는 설탕 봉지를 들고 있다가 그만 떨어뜨렸다. 봉지는 싱크대에 떨어졌다. 그녀는 무슨 말을 해야 할지 몰라 사라를 빤히 바라보았고, 사라는 눈길을 돌리더니, 배를 잡고 웃었다.

"세상에, 진정해. 나 그냥 농담한 거야! 하지만 아기가 생기면 정말 좋겠어. 대니얼은 틀림없이 좋은 아빠가 될 거야. 그리고 내가 임신한다면, 당연히 나와 결혼하겠지."

사라는 대니얼과 결혼하고 싶다는 말을 농담처럼 즐겨 했지만, 그럴 때마다 대니얼은 화를 냈다. 사라는 빨래를 개거나 청소를 하는 등 집안일을 할 때 한 손을 내밀며 이렇게 말하곤 했다. 나한테 하루빨리 반지를 끼워주는 게 좋을 거야. 내가 얼마나 좋은 여자인지 다른 사람이 알아채기 전에 말이야. 그러면 대니얼은 쉰 목소리로 웃으며 대답했다. 그런 위험 따위는 얼마든지 감수하겠다고.

크리스티나는 잔에 각설탕을 담고서 설탕 봉지를 다시 찬장에 넣으며 중얼거렸다.

"그런 말 좀 하지 마. 우리는 대니얼에 대해서 아는 것도 거의 없잖아."

하지만 사라는 지지 않았다.

"아는 게 없는 건 너겠지. 조금만 더 노력한다면, 너도 걔가 얼마나 좋은 사람인지 알게 될 거야."

사라는 크리스티나 옆에 서서 그녀의 팔에 손을 얹었다.

"조금만 더 노력해주면 안 돼? 난 정말 대니얼이 좋아. 그래서 너희 둘이 친하게 지내면 정말 좋을 것 같아. 날 위해서 그렇게 좀 해줘."

사라는 이렇게 말하며 고개를 비스듬히 기울였다.

크리스티나는 냄비를 가리키며 말했다.

"알았어. 차가 뜨거워졌어. 그런데 난 더는 뭘 못 마실 것 같아.

나 샤워하러 갈게."

그녀는 사라를 거실에 남겨두고 욕실에 들어갔다. 샤워기에서
물이 나올 때까지 숨을 제대로 쉴 수가 없었다. 사라 말이 옳다는
건 안다. 대니얼과 서로 알아가려고 좀 더 노력해야겠지. 하지만
대니얼을 볼 때마다 어쩐지 그에게 맞설 수 없다는 느낌만 들 뿐
이었다.

사라의 바보 같은 농담 역시 가볍게 들을 수가 없었다. 어떻게
농담으로라도 아이를 갖고 싶다는 말을 하지? 음식도 겨우 사는
형편에, 급료도 낮으면서. 집세 대부분을 부담하는 건 대니얼이었
다. 게다가 사라는 아주 형편없는 엄마가 될 게 뻔했다. 뭐든 너무
빨리 잊어버리니까. 버는 수입을 모두 레코드판이나 에나멜 부츠
나 레드와인을 사는 데 다 써버리지 않도록 조심하는 건 크리스티
나였다. 냉장고에 넣어둔 채소가 썩지 않도록 챙기는 것도, 빨래
를 제때 하는 것도, 비상금을 모아두는 것도 다 크리스티나의 몫
이었다. 사라가 모든 걸 직접 했다면, 벌써 파산해버렸을 것이다.

크리스티나는 거울을 바라보았다. 사라가 정말로 대니얼을 사
랑한다면, 그래서 대니얼과 결혼하고 싶어 한다면, 나는 어떡하
지? 어디로 가지?

크리스티나는 샤워기 물에 손을 넣고 천천히 따스해지는 물의
온도를 가늠했다. 오레보로 돌아가고 싶진 않았다. 아버지 집에
다시 들어가서 그 아파트에 갇혀 지낸다고 생각하니 견딜 수가 없
었다.

그녀는 조심스럽게 샤워를 시작했다.

사라가 있는 곳에 자신도 있어야 한다는 건 알고 있었다. 하지만 더는 언니와 함께 살 수 없는 때가 오면, 그때도 런던에 머물게 될까? 순간, 현관문이 쾅 닫히는 소리가 들려 크리스티나는 한숨을 쉬었다. 대니얼이 돌아왔구나. 그녀는 얼굴을 대고 샤워기의 물을 맞았다.

사라 언니 말이 옳을지도 몰라. 대니얼에게 기회를 줘야 할지도 몰라. 그에 대해 더 알게 되면, 내 마음도 좀 나아지겠지. 아무리 나쁘다 해도 오레보에서 살 때만큼 나쁘진 않은걸. 그것만큼은 확실히 알고 있었다.

"나 이제 그놈의 빌어먹을 다이어트 클럽 때려치웠어. 밀크티에 우유를 얼마나 넣어야 하는지도 계산해서 마셔야 하는 거 알아? 이런 멍청한 소리가 또 어디 있어? 그 잘난 척하는 놈이 내 점수를 합산하기 시작하면서 소소하게 먹는 간식까지 자꾸 물어보는데, 정말 주먹으로 한 대 치고 싶더라니까."

마르티니크는 계산대에 서서 영수증을 분류했다. 파넬라는 스툴에 힘겹게 몸을 얹고는 지팡이를 다리에 기대어놓았다. 파넬라는 사라의 오랜 친구로, 수다를 떨러 서점에 자주 들렀다.

"최근에 폴이 나한테 꽃을 가져왔어요."

마르티니크의 말에 파넬라는 특유의 쉰 목소리로 말했다.

"좋겠네. 나는 요즘 익명의 알코올중독자 모임에 가입할까 생각 중이야. 기본적으로 초콜릿이나 알코올이나 의존하면 안 되는 건 마찬가지니까 내가 가입해도 되지 않을까?"

"국화꽃 다발이었어요. 혹시 거기에 어떤 특별한 의미가 있을까요?"

마르티니크가 묻자 파넬라는 꿈을 꾸듯 말했다.

"알코올중독자 모임에서는 기름진 빵을 주는 것 같더라고. 그리고 난 감독이 있었으면 좋겠어. 생각해봐, 유혹이 너무 심할 때마다 전화할 수 있는 사람이 있으면 얼마나 좋아?"

파넬라는 가슴에 손을 얹고 말을 이었다.

"도와주세요! 당장 아이스크림을 먹고 싶어요! 위에 토핑이랑 캐러멜소스랑 자그마한 마시멜로를 뿌린 걸로요!"

마르티니크는 숱 많은 곱슬머리를 손으로 쓸어 넘겼다.

"그리고 폴은 이상한 전화도 받은 적이 있어요. 무슨 일인지 물어보지는 않았는데요. 혹시 물어봐야 했을까요?"

"식탐에서 벗어나게 해주려고 또 뭘 할 수 있을까? 분명히 알코올중독자 모임에는 다양한 기술이 있을 텐데. 인질극에 투입되는 협상가들처럼. **당장 아이스크림을 내려놔! 안 그럼 쏜다!**"

파넬라는 음흉하게 웃었다.

"어쩌면 내가 이렇게 고민하는 게 부질없을지도 모르겠어요. 사람들은 대부분 선물을 받으면 좋아하기만 하니까요."

마르티니크의 말에 파넬라는 헛기침을 했다.

"너무 생각을 많이 하지 마. 폴은 자기를 배신한 적이 없잖아. 그런데 왜 자기는 지금 와서 폴을 의심해?"

마르티니크는 한숨을 쉬었다.

"맞아요. 그이가 그런 행동을 한 데는 온갖 이유가 있을 수 있죠."

"그렇다니까. 그런데 나 담배 좀 피워도 될까?"

파넬라는 기대하는 눈초리로 넓적한 레인코트에서 담뱃갑을 꺼냈다.

마르티니크는 깜짝 놀라며 고개를 저었다.

"세상에! 절대로 안 돼요!"

"어휴, 흥이 다 깨졌네. 샬로테랑은 잘 되어가?"

"그 앤 무시무시할 정도로 사라랑 닮았어요. 그리고 아주 착해 보여요."

마르티니크가 사려 깊게 말하자 파넬라는 머리를 긁적였다.

"그 앤 이모에 대해서 얼마나 알아?"

마르티니크는 경고하듯 검지를 들어 올렸다.

"거의 몰라요. 그러니 우리는 걔를 놀라게 해선 안 돼요! 혹시 이 건물을 팔기라도 하면, 우린 모두 끝장이니까."

파넬라는 한숨을 쉬며 담뱃갑을 만지작거렸다. 마르티니크는 말없이 그녀를 지켜보았다. 파넬라는 사라가 서점 일을 시작하기 전부터 그녀와 알고 지냈던 몇 안 되는 사람이었다. 사라가 세상을 뜨자 파넬라는 엄청난 충격을 받았다. 불과 몇 주 만에 어마어마한 속도로 늙어버려서, 새카맣던 머리카락이 이제는 희끗희끗 가늘어지고 말았다.

"방금 커피를 내렸어요. 한잔할래요?"

"커피야 언제나 좋지! 하지만 우유는 빼줘. 칼로리가 너무 높으니까."

"더는 칼로리 계산 안 한다면서요?"

그러자 파넬라가 대꾸했다.

"칼로리는 안 센다고 해서 없어지는 게 아니더라고."

마르티니크가 주방으로 가자, 파넬라는 헛기침을 하고 뒤에서 소리쳤다.

"혹시 뭐 달콤한 건 없을까? 가능하면 칼로리 없는 걸로!"

"세상에 그런 게 어딨어요! 난 마법사가 아니거든요?"

마르티니크는 웃으며 소리쳤다. 하지만 재빨리 덧붙여 말했다.

"하지만 혹시 뭐라도 할 수 있나 알아볼게요."

다시 돌아온 마르티니크는 바깥에 있는 허버트를 보았다. 강변 산책로를 따라 급히 달려온 허버트는 서점 앞에 멈춰 서서 벽에 몸을 기대고 숨을 몰아쉰 다음, 헐떡이면서 문을 확 열어젖히고 들어와 재빨리 파넬라 옆에 앉았다. 그는 언제나처럼 갓 다림질한 셔츠 차림에 잘 다듬은 콧수염을 달고 주름진 턱 아래로 완벽한 매듭을 자랑하는 나비넥타이를 매고 있었다.

파넬라는 무뚝뚝한 말투로 물었다.

"어휴, 무슨 일이야?"

허버트는 재킷 주머니에서 손수건을 꺼내 이마를 닦았다.

"클레어리가 날 본 것 같아."

그가 겁먹은 목소리로 말하자 파넬라가 거리를 슬쩍 봤다.

"진정해. 표범 같은 여자는 코빼기도 안 보이니까. 그 여자가 여기까지 널 따라오지는 않았다니까."

그러자 허버트의 어깨에서 힘이 빠졌다. 그는 마르티니크가 내민 잔을 감사히 받으며 미소를 지었다.

"다행이네. 클레어리는 무시무시하게 달리기가 빠르거든. 10대 때는 오리엔티어링* 지역 우승자였다니까."

그는 중얼거리며 고개를 젓고는 말을 이었다.

"내가 휠체어를 탈 때가 되면, 더는 도망칠 수도 없을 거라고."

마르티니크는 그에게 뜨거운 커피를 따라주었다.

"그런데 대체 왜 당신을 따라다니는 거래?"

허버트는 그녀를 애매한 눈초리로 바라보았다.

"그야 내가 홀아비라는 걸 눈치채서 그렇지."

그러자 파넬라가 입을 열었다.

"당신이 런던 중심가에 자가 아파트를 갖고 있다면야 싱글인 여자들에게 인기가 아주 많겠지. 특히 장애인 편의시설까지 갖춘 아파트라면야 더할 나위가 없을 테고. 그런데 버번 가에 있는 방 세 개짜리 아파트에 살고 있어? 24시간 안내데스크와 헬스클럽도 갖춘 곳이야?"

허버트는 가슴을 부여잡더니 슬픈 목소리로 새된 신음을 냈다.

"맞아. 그래서 클레어리가 나랑 빙고 게임에 같이 가고 싶어해."

파넬라는 그에게 충고했다.

"클레어리가 나타난 이유는 말이야, 아마도 당신의 인생에 신장 결석보다 더 나쁜 일도 있다는 걸 깨달으라는 하늘의 계시가 아닌

---

* 지도와 나침반을 이용해 험한 지형을 빠르게 이동하며 속도를 겨루는 야외 스포츠.

가 싶어. 나도 몇 년 전에 잘못 걸렸었는데, 진짜 기분이 나쁘더라니까! 그러니까, 클레어리한테 걸렸다는 게 아니라 신장결석에 걸렸다고."

그녀는 기지개를 켜며 말했다.

"내 결석이 너무 커서 의사가 엄청나게 흥분했었어. 심지어 결석 사진을 찍어다가 《영국 의학 저널》에 보냈지 뭐야."

"그런 데 다 실리다니 축하해. 내 경우엔 관절이 너무 부어서 전문가들이 감탄했다니까. 그래서 사진을 찍고 싶어는 하던데, 다 벗고서 찍어야 한다고 해서 내가 거절했지."

마르티니크는 미소를 지었다. 허버트는 참 다정한 사람이었다. 가끔 건강이 좋지 않을 때가 있었지만 그는 도움이 필요한 상황에서 가장 먼저 손을 내미는 사람이었다. 지난 크리스마스에, 사라가 서점 크리스마스 장식을 어떻게 해야 하나 걱정하는 걸 알고서는 몰래 와서 트리 장식을 매달아놓고 가기도 했다. 다음 날 아침 서점에 온 마르티니크는 천장에 꼼꼼하게 달린 황금빛 천사 장식들을 보고 믿을 수가 없었다. 대체 허버트가 어떻게 이걸 달았는지는 아직도 미지수였다. 항상 입는 우아한 정장 차림으로 사다리에 올라가서 균형을 잡고 이걸 달았다니 도저히 상상이 되지 않았다. 그래서 마르티니크는 그를 나무라며 다시는 이런 위험한 짓을 하지 않겠다는 약속을 받아냈다. 하지만 허리가 구부정해진 모습을 보고, 그녀는 잔소리를 그만두었다. 허버트의 몸이 매년 점점 약해지고 있다는 데 익숙해지기가 참 어려웠다.

나이가 꽤 많았지만 허버트는 아주 쾌활했다. 그리고 마르티니크가 이제껏 본 사람 중에서 가장 옷을 잘 입었다. 빵을 사려고 집 앞 가게에 갈 때도 그는 빳빳하게 다린 셔츠와 칼선이 잡힌 바지와 더블버튼 재킷을 입었다. 아내가 세상을 떠난 지 오래되었지만, 파넬라의 말에 따르면 허버트에게 아내는 세상에 다시없을 사랑이라서 그는 새 인연을 만나는 데 전혀 관심이 없었다.

"클레어리에게 빙고 게임 가기 싫다고 말해보긴 했어요?"

마르티니크가 조심스레 묻자, 허버트는 씩씩거리면서 나비넥타이를 곧게 폈다.

"당연히 말했지. 하지만 귀가 막혔는지 듣지를 않더라고. 그 여자는 내가 자기를 간절히 원하는 눈길로 바라보는 걸 봤다더군. 그냥 녹내장 때문일 뿐인데. 그래서 초점이 잘 안 맞는다고! 그 여자는 우리가 무슨 술래잡기도 하는 줄 아는지, 내가 재미로 도망다닌다고 생각하는 것 같아. 하지만 통풍에 걸린 사람이 어떻게 재미로 뛰어다니냔 말이야!"

그는 절망적인 기색으로 애원하듯 마르티니크를 바라보았다.

"그 여자가 여기 와서 나에 대해 묻거든, 내가 여기 자주 온단 말은 절대로 하지 말아요."

마르티니크는 고개를 끄덕였다.

"당연히 안 하죠! 그런데 그 여자는 어떻게 생겼나요?"

파넬라는 머리 위 몇 센티미터 높이로 손을 들었다.

"보라색 머리를 여기까지 올리고 다녀. 그게 꼭 가지처럼 보이지. 우리는 같은 미용실에 다니거든. 저 모퉁이에 있는 콜롬비아 미용사가 하는 데 있잖아. 거기서 아홉 번 머리를 자르면 열 번째는 무료야. 그 미용사는 우리 같은 사람은 열 번째 할인을 받을 때까지 못 살 거라고 생각하나 봐."

마르티니크는 입을 꾹 다물었다.

"우리가 사는 데는 런던이잖아요! 보라색 머리를 한 사람이 어디 한둘인가요."

파넬라가 고개를 끄덕였다.

"그건 그렇지. 하지만 그 여자는 거기다 호피 무늬 코트를 입고 기다란 손톱을 반짝반짝 빛내면서 다닌다고."

"그런 손을 하고 어떻게 살 수 있나 도무지 이해가 안 돼. 머리는 어떻게 감는데?"

허버트의 말에 파넬라는 웃었다.

"그래서 당신이 꼭 필요한가 봐."

허버트는 몸을 부르르 떨고서 한 손을 배에 얹었다.

"이 일이 생긴 후로 살이 몇 킬로그램은 쪄버렸어. 클레어리가 거의 매일 나 준다고 요리를 해서 우리 집 문 앞에 놔둔다니까. 저번엔 병원에 환자가 미어터져서 내가 느지막이 집에 왔더니, 글쎄 누가 클레어리가 둔 음식 상자를 뒤집어놨더라고. 그때가 화요일이었는데."

허버트는 불행한 표정으로 말을 이었다.

"클레어리는 항상 카레를 만들거든. 그래서 계단을 닦는 데 몇 시간이나 걸렸어. 아직도 계단에서 카레 냄새가 나."

그는 조심스럽게 잔을 입에 대고 커피를 한 모금 마셨다.

"그 여자는 나를 돼지처럼 살찌우려고 해. 솔직히, 나한테 대체 뭘 바라는지 전혀 모르겠어."

파넬라는 눈썹을 치켜뜨고 말했다.

"그걸 왜 몰라. 여자들은 흔히 자기보다 강한 남자를 원해. 여자들은 뭔가 만질 게 필요한 거야."

그때, 샬로테가 계단에서 내려왔다. 옆구리에 스프링노트를 한 권 끼고 있었다.

"안녕하세요."

샬로테의 목소리를 듣자, 모두 그녀가 몇 시간 전부터 깨어 있었다는 걸 눈치챘다.

"안녕, 우리 샬로테. 아침엔 잘 일어났니?"

마르티니크가 명랑하게 물었다.

"네, 고마워요. 마르티니크도 아침에 잘 일어났나요? 어젠 늦게까지 계셨어요?"

"아니, 아니야."

마르티니크는 이렇게 말하고는 두 손님을 가리켰다.

"샬로테, 여기 파넬라랑 허버트랑 인사해. 우리가 가장 좋아하는 단골손님이야. 허버트는 이 지역에서 산 지 몇 년 되지 않았지만, 파넬라는 사라랑 오래전부터 친구였어."

"우리 애들이 고집을 부렸거든요. 내가 장애인 편의시설이 되어 있는 곳으로 이사 가야 한다고 말이지. 사실 나는 웨스트 서식스 사람입니다."

허버트가 설명했다. 그러자 파넬라가 거들면서 웃었다.

"그렇다면 나는 라스베이거스 사람이죠. 사실 무료 해산물 뷔

페가 있는 곳이면 어디든 그쪽 사람을 하고 싶긴 해요."

"만나서 반갑습니다."

샬로테는 인사말을 건넨 뒤 파넬라를 바라보았다.

"이 근처에 사세요?"

파넬라는 고개를 끄덕이고는 컵을 마르티니크에게로 밀었다. 그녀는 커피를 가득 채워주었다.

"그래요. 여기서 두 블록 떨어진 곳에 살아요."

"언제 여기로 이사 오셨어요?"

파넬라는 커피에 설탕 두 조각을 넣고서 잘 섞었다.

"1986년에요."

"그럼 제 이모랑 아주 오래 알고 지내셨겠네요?"

"30년 동안 친구였죠."

파넬라는 자랑스럽게 말했다. 샬로테는 공책을 옆에 놓았다.

"이런 질문 드려도 될지 모르겠지만, 혹시 이모랑 같이 살았던 대니얼에 대해서 아시나요?"

파넬라는 마르티니크를 슬쩍 보고선 짧게 대답했다.

"아니, 모르는데요."

"정말로요? 사라 이모의 집에 대니얼의 사진이 있어요. 괜찮으시다면 보여드릴 수 있는데요."

파넬라는 잠시 생각하는 척하다가 고개를 저었다.

"사라는 대니얼이란 사람 이야기는 한 번도 한 적이 없어요."

마르티니크는 숨을 죽였다. 파넬라는 이게 무슨 의미인지 알고 있었지만, 말하다가 무심코 실수로 입 밖에 낼 수도 있었다. 샬로테가 사라의 과거를 더는 파헤치지 못하도록 재빨리 화제를 돌려야 했다. 그래서 그녀는 열띤 기세로 말했다.

"그럼 지금부터 함께 가게를 쭉 돌아볼까? 첫 손님이 오시기 전에 말이야. 준비됐지?"

***

그들은 서가를 이리저리 돌아보았고, 마르티니크는 책을 어떻게 분류해놓았는지 끈기 있게 설명했다. 샬로테는 분류 체계를 이해하려고 해보았지만, 질문을 하면 할수록 도무지 이해가 안 된다는 것만 분명하게 드러났다. 제목을 알파벳순으로 정리한 건 논리적이라고 생각했지만, 책꽂이에 사람 이름을 달아놓고 그걸로 도서 분류를 한다니 이해가 가지 않았다.

샬로테는 책들이 군데군데 두 줄씩 꽂혀 있는 구부러진 책꽂이를 가만히 바라보았다. 여기에 너무 비판적인 태도를 보이고 싶지는 않았고, 샘과 마르티니크와 함께 일할 수 있기를 바랐다. 하지만 1분마다, 아니 1초마다 바꿔야 하는 것이 늘어나기만 했다. 현재 재고품에 돈이 얼마나 많이 묶여 있지? 다 회수할 순 있을까?

사업을 할 때 샬로테는 완전히 다른 사람이 되어버린다고 알렉스는 늘 말하곤 했다. 실제로 사업을 시작하면 그녀의 내부에서 스위치가 딱 켜지며 자제가 되지 않았다. 제조사들과 생산 비용을 협상하거나 운송 회사와 배달 시간을 두고 논의할 때면, 샬로테는 문득 정신이 들면서 자신의 목소리가 얼마나 냉정한지 깨닫고 무척 놀랄 때가 종종 있었다.

그녀는 마르티니크와 함께 또 다른 책장 앞에 섰다. 다른 것들과 마찬가지로 천장까지 솟아 빼곡히 책이 들어찬 책장 이름은 에이미였다. 마르티니크는 그녀를 안쓰러운 눈빛으로 바라보았다.

"한 번에 파악하기에는 너무 많지?"

샬로테는 목을 쓰다듬었다.

"정말 미친 듯이 책이 많네요."

"맞아. 서점에선 그럴 수 있지."

마르티니크는 웃었다. 샬로테는 마른침을 삼켰다. 정말이지 마르티니크와는 친해지고 싶지 않았다.

"무엇보다도 말이죠, 손님들이 원하는 책을 찾을 수는 있는 건지 궁금해요."

"당연히 찾을 수 있고말고! 못 찾으면 우리가 도와드리면 돼."

샬로테는 구석에 있는 책 더미를 가리켰다.

"하지만 무슨 책이 어디 있는지 여러분이 다 알 수는 없잖아요."

마르티니크는 상처받은 표정이 되었다.

"아니야, 우린 다 알아! 한번 시험해봐."

샬로테는 입술을 깨물었다. 지금 기억나는 책이라고는 헨리크가 몇 년 전 크리스마스 때 알렉스에게 주었던 길고 이상한 제목의 소설뿐이었다.

"『은하수를 여행하는 히치하이커를 위한 안내서』가 있나요?"

그녀는 미심쩍은 기색으로 물었다.

마르티니크는 순식간에 서가로 다가가서 샬로테가 눈 깜짝할 새도 없이 손을 쑥 뻗었다.

"더글러스 애덤스가 쓴 『은하수를 여행하는 히치하이커를 위한 안내서』는 1978년 BBC 라디오 드라마로 시작해서 책으로 나온 SF 코미디 소설이야. 특이한 유머와 우주 모험을 좋아하는 사람들이 선호하는 책이지."

그녀는 책을 흔들어 보였다.

샬로테는 웃었다.

"알았어요. 마르티니크를 믿을게요. 하지만 바닥에 책 더미가 널려 있어서 청소하기 힘들 것 같아요."

그러자 아픈 곳을 찔렸는지 갑자기 마르티니크가 울상을 지었다. 그녀는 숱 많은 머리카락을 손으로 넘겼다.

"나도 정말 해보려고 했는데, 사라가 죽고 나니까 삶이 그렇게 간단치가 않더라. 네가 언제 올지도 모르겠고, 나 혼자선 뭘 어떻게 바꿔볼 용기가 나지 않았어. 그래, 심지어 새 세제 사는 것도 힘들었거든."

마르티니크는 숨도 쉬지 않고서 말을 후다닥 내뱉었다. 샬로테는 바보가 된 듯한 기분이었다.

"미안해요. 마르티니크 잘못이라고 말하려던 게 아니었어요."

마르티니크는 고개를 저었다.

"아니야, 내가 미안해. 지금 내가 좀 이상해 보이겠지. 사실 나 스스로도 잘 통제가 안 되고 있으니까. 하지만 이 가게를 제대로 운영해보려고 최선을 다해온 건 사실이야."

샬로테는 고개를 끄덕였다. 마르티니크의 솔직한 모습을 보자 그녀는 초조해졌다. 지금 내가 이분을 위로해드려야 하나? 안아 줘야 하나? 아니면 어깨를 쓰다듬어주는 것만으로 충분할까?

그래서 마르티니크의 팔을 어설프게 쓰다듬었다. 그리고 재빨리 화제를 바꾸었다.

"알아요. 그런데 안 팔리는 책은 어떻게 하나요? 출판사에 반품하나요?"

마르티니크는 이마를 찌푸렸다.

"뭐하러 그래? 우리는 마음에 드는 책만 사는데."

그녀는 어깨를 으쓱이며 말을 이었다.

"책이 제대로 된 독자를 찾아갈 때까지 우리가 그 책의 보금자리가 되어주자, 이게 사라의 철학이었어. 그리고 다양한 도서를 갖추는 것도 중요하지. 몇 년 갖고 있다고 해서 책이 상하는 건 아니잖아."

"좋은 이야기 같지만, 그래도 사업이 잘되려면 서점이 충분한 이윤을 남겨야 해요. 우리가 안 팔리는 책을 계속 보관만 한다면, 잘 팔릴 수 있는 새 책을 둘 공간이 없을 테니까요."

샬로테의 말에 마르티니크는 눈썹을 치켜떴다.

"그럼 서점 운영이 안 된다고?"

"솔직히 말해서…… 안 돼요."

마르티니크는 고개를 끄덕였다. 샬로테의 대답이 놀랍지는 않은 것 같았다.

"내가 처음 서점 일을 시작했을 땐, 매주 수천 파운드씩 책을 팔았어. 하지만 시대가 바뀌었지. 온라인 서점을 따라잡기란 불가능해. 사람들은 대부분 서점을 좋아하긴 하지만, 우리 같은 서점을 살리기 위해 몇 파운드 더 내야겠다는 생각은 전혀 하질 않아."

마르티니크는 한숨을 쉬며 말을 이었다.

"매달 수십 년간 운영되었던 멋진 소형 서점들이 문을 닫아야 하는 게 현실이야. 지난주엔 리치먼드에서 내가 좋아하던 서점 하나가 폐업했어. 세상에서 가장 아름다운 어린이 책 서점이었는데. 거의 60년을 운영했지. 내가 어렸을 땐 할머니랑 항상 그 서점에 다녔고, 생일 선물로 받을 책을 골랐었어. 내 어린 시절의 가장 아름다운 기억이었는데."

샬로테는 연필을 만지작댔다. 리버사이드 서점은 마르티니크에게 단순히 일터가 아니었다. 그 이상의 존재였다.

"그럼 온라인 서점엔 없지만 여러분에게만 있는 게 뭘까요?"

마르티니크가 눈을 깜빡거리자 눈물이 한 줄기 주르르 흘렀다.

"무슨 소리야?"

"이 서점이 계속 있어야 하는 이유가 뭘까요? 어떤 점 때문에 이 서점이 특별한 거죠?"

마르티니크는 웃었다.

"우리는 여기 있는 책을 다 알아. 그래서 개인적으로 조언해주고 추천을 하지. 만약 누군가가 선물을 사러 온다면, 어떤 책이 좋을지 우리 정확하게 알 수 있어. 우리 고객을 아니까. 그래서 맞는 책을 찾게 도와주지."

"개인 맞춤형 서비스라고."

뒤에서 허버트가 헛기침하며 말했다.

"마르티니크만큼 책에 대해 좋은 조언을 해주는 사람은 또 없다니까! 사람들이 뭘 읽고 싶어 하는지 정확하게 아니까. 나 같은 노인들에겐 이곳이 아주 중요해요. 서점이 없으면 온종일 혼자 있게 될 거야. 사라가 책을 읽어주었을 때 여기 분위기가 어땠는지 샬로테 씨도 봤어야 하는 건데. 사라는 이 책들에게 생명을 줬어요. 여기 들어온 사람은 반드시 책에 손을 대보고 나갔지."

허버트의 피곤했던 눈이 열정으로 반짝였다. 샬로테는 생각에 잠긴 채 고개를 끄덕였다.

"서점이 계속 살아남으려면 몇 가지 변화를 이뤄야 해요."

마르티니크는 진지한 표정이 되었다.

"그건 우리도 분명히 알아."

"저는 수치들을 한 번 더 자세히 봐야겠어요. 그리고 샘이 오면 같이 앉아서 이야기 좀 하죠. 괜찮으시죠?"

"좋아! 그동안 커피 한잔할까?"

샬로테는 파넬라를 바라보았다.

"커피 정말 맛있어!"

파넬라가 쉰 목소리로 말했다. 허버트도 고개를 끄덕였다.

"그럼 돈을 내고 사 드실 정도로 좋으신가요?"

샬로테가 묻자, 파넬라는 얼굴을 찌푸렸다.

"그건 모르겠는데……."

샬로테는 천장을 바라보았다.

"제가 여기 처음 들어왔을 때, 무슨 생각을 했는지 아세요?"

"지금 독한 술 한잔해야겠다?"

파넬라가 말하자, 샬로테는 고개를 저었다.

"여기는 너무 조용하다는 생각이었어요."

그녀는 고갯짓으로 거리를 가리켰다.

"바깥은 좀 정신이 없잖아요. 사람이 지나다니고, 차들이 경적을 울리고, 불빛이 번쩍거리지만, 서점 안은 아주 조용해요. 마치 세상과 단절된 듯, 여기만 다른 시간대인 듯해요. 그 점을 고객들이 알아야 해요. 이 서점에 들어오는 건 하나의 신기한 경험이라는 걸요."

샬로테는 마르티니크의 밝아지는 얼굴을 보았다.

"북카페를 하자는 거구나."

샬로테는 어깨를 으쓱였다.

"그래도 되겠죠? 수익이 크진 않을 수 있겠지만, 손님은 분명히 더 많이 들어올 거예요."

그녀는 계산대 옆에 있는 공간을 가리켰다.

"저쪽에 테이블을 몇 개 놓을 수 있을 것 같아요. 그리고 마르티니크는 빵을 아주 잘 굽잖아요. 홈메이드 케이크를 만들 수 있을 거예요."

마르티니크는 무척 신이 났다.

"그럼! 나, 스웨덴 과자도 만들 수 있다고. 사라와 나는 항상 스웨덴식 슈크림 볼을 만들었거든. 사라한테 『일곱 가지 비스킷』이라는 책이 있다는 것도 알아."

"그거 좋네요. 우리는 이 서점의 특징을 강조하고, 아주 커다란 좌판을 바깥에 내놓아야 해요. 사람들에게 다 보이도록 진열해서 책들이 '날 사요'라고 스스로 알려야 한다고요. 사람들이 보고 안으로 들어오게요. 그리고 가게가 참 예쁘다고 느끼면서, 여기 있는 책을 정말로 집에 가져가야겠다고 생각하게 해야 해요."

샬로테는 스프링노트에 무언가를 적은 다음 주위를 한 바퀴 둘러보았다.

"그리고 서점에 빛이 많이 들어와야 해요. 창문 앞에 있는 책꽂이는 치우고요. 솔직히 말해서, 서점 쇼윈도는 최악이에요."

마르티니크가 헛기침을 했다.

"그렇게 나쁘지는 않은데."

그녀는 이렇게 중얼거리며 이상한 손짓을 했다. 마치 턱 밑을 긁고 싶은데 못 긁는 사람 같은 행동이었다. 샬로테는 단호하게 말했다.

"아뇨. 너무 나빠요. 처음에 이 난장판을 봤을 땐 몸이 부르르 떨릴 정도였어요."

그때, 뒤에서 문이 닫히는 소리가 들렸다. 돌아서서 보니 팔짱을 끼고 선 샘이 있었다. 분홍색 모피 재킷에 번쩍이는 파란색 아바 스타일 정장과 꽃무늬 레인부츠를 신고 있었다. 바깥에는 햇볕이 쨍쨍한데도.

"쇼윈도가 뭐 잘못됐어요?"

샘이 으르렁대는 목소리로 물었다. 샬로테가 재빨리 대답했다.

"아뇨. 그냥 좀…… 더 매력적으로 꾸밀 수 있을 것 같아서요."

샘은 고개를 저었다.

"지금도 충분히 매력 있거든요? 하지만 여러분은 나와는 달리

디자인 수업 같은 건 들어본 적이 없겠죠. 그러니 쇼윈도 진열이 어때야 하는지 전혀 모를 테고요."

샬로테는 숨을 깊이 들이쉬었다. 이제껏 신경 써서 조심스럽게 대해야 하는 건 마르티니크인 줄로만 알았다. 이제 보니 완전히 잘못 짚고 있었다.

***

샘은 재킷을 벗고 샬로테에게 분하다는 표정을 지어 보였다. 내가 정말 이런 소리까지 들어야 해? 서점 앞에 가본 적도 없어 보이는, 아무것도 모르는 초짜한테? 대체 샬로테가 책 판매건 가게 쇼윈도 장식이건 우리에게 가르쳐줄 수 있는 게 뭐란 말이야? 꼭 견진성사 이후로 집에서 한 발짝도 안 나간 것 같이 생겨가지고는!

샘은 씩씩거리면서 재킷을 계산대 아래에 쑤셔 넣었다. 마르티니크가 샬로테 앞에서는 좀 차분하게 굴라고 부탁했지만, 참을 수가 없었다. 나의 예술적인 디자인이 앞으로는 청바지에 검은 티셔츠 차림에다 촌스럽게 머리를 땋은 사람에게 검열당해야 한다니, 정말 굴욕적이야!

샘은 두 손을 계산대에 대고 코로 심호흡을 했다. 마음 같아서야 샬로테에게 지금 든 생각을 적나라하게 말하고 싶었지만, 마르티니크가 경고의 눈빛을 보내 체념 어린 한숨만 푹푹 쉬었다. 마르티니크는 무슨 일이 있어도 샬로테와 부딪쳐서는 안 된다고 단호하게 말했다. 서점의 미래는 전적으로 샬로테에게만 달린 모양이니, 아무리 사소한 잘못이라 해도 일을 모두 그르치게 할 수 있었다. 그러니 정말 싫더라도, 화를 억누르고 샬로테가 어떻게든 자신을 좋아할 수 있게 노력해야 했다.

보통 샘은 누구든 자신을 좋아하게 만드는 데 전혀 문제가 없었다. 그녀는 쉽게 호감을 얻었다. 어떤 이들은 샘의 이런 자질을 매력이라 했고, 어떤 이들은 섹스 어필이라고 불렀지만, 샘은 '묘한 분위기'라는 말 쪽이 좋았다. 자신이 마음만 먹는다면, 세상 그 누구도 자신을 거부할 수 없다는 걸 그녀는 알고 있었다.

샘은 샬로테를 찬찬히 바라보았다. 초조한 기색으로 스프링노트를 넘기고 있었다. 많은 이가 상대방에 대한 영향력이 큰 사람을 보면 그 사람의 외모가 뛰어나기 때문이라고만 생각한다. 하지만 샘은 정작 중요한 건 외모가 전혀 아니라는 걸 알고 있었다. 샘부터가 실제로 평균 중의 평균이라 할 만한 외모였으니까. 그녀는 할리우드 배우처럼 금발 곱슬머리나 탐스러운 입술을 지닌 건 아니었다. 엉덩이는 아주 납작했고 신체에서 유독 눈에 띄는 부분이 있지도 않았다. 그럼에도 샘은 사람들을 끌었다. 상대방이 자신을 보자마자 욕망이 폭발하는 기색을 똑똑히 알아챌 수 있었으니까. 그녀가 힘든 하루를 보내고 씻지도 않은 채로 눈 아래 말라붙은 마스카라 가루를 덕지덕지 붙이고 서점에 일하러 갈 때조차도 그런 시선을 느낄 수가 있었다. 샘은 사람들의 욕망을 공기 중의 파장처럼 감지했다. 이쪽을 보지 않는 척하는 사람들이라 해도 좀처럼 알아채기 힘든 손동작이나 표정으로 샘에게 속내를 곧바로 드러내곤 했다.

사람들에게 이토록 매력적인 존재가 된다는 건 아주 피곤한 일이다. 빅토리아 베컴 같은 유명인들은 때때로 어딜 가든 대중의 따가운 눈초리나 비판적인 시선을 받아야 해서 너무나 좌절감을 느낀다며 불평하지 않던가. 샘도 마찬가지였다. 가끔 그녀도 스타벅스에서 평범하게 커피를 마시고 싶었다. 계산대 뒤에 있던 놈이 헐레벌떡 달려와 생글생글 웃으며 혹시 우유를 더 넣으시겠냐고, 아니면 바나나 호두 머핀을 서비스로 드시고 싶냐고 묻는 일 없이 말이다.

하지만 샘은 보통 자신이 지닌 '묘한 분위기'에 감사하며 살았다. 그녀는 본인의 성적 매력을 즐기는 법을 익혔고, 자신 같은 매력을 갖지 못한 사람들을 생각해서라도, 이 나름의 초능력을 마음껏 누려야 한다고 생각했다.

자신의 매력으로 사람들에게 깊은 인상을 주는 이 능력의 장점은 또 있었다. 이로 인해 얻는 자신감이었다. 샘은 자기 자신에 대한 흔들림 없는 믿음이 있었다. 나는 훌륭한 존재고, 혹시 그걸 몰라주는 사람이 있다면 그건 그 사람에게 문제가 있다.

그녀는 여전히 샬로테를 바라보면서 마르티니크가 준 커피를 한 모금 마셨다. 마르티니크가 주방에서 돌아오기를 기다리는 동안, 샬로테는 계산대 반대편에 앉아서 계속 메모를 했다. 이 스웨덴 여자는 오늘도 고리타분한 티셔츠와 잠잘 때만 벗는 것 같은 수수한 스니커즈 차림이었다. 샬로테는 제 이모처럼 아주 예뻤지만 솔직히 섹스 어필과는 전혀 거리가 멀었다. 그녀는 자신의 외모를 강조하려고 뭘 한 티가 전혀 나지 않았다. 그런 사람이 화장품 브랜드를 만들어 팔다니 정말 희한한 일이었다. 어휴, 연보라색 아이섀도나 글리터라도 좀 써보라고요. 샘은 속으로 좌절감을 느꼈다.

그녀는 원목 계산대의 섬유질을 손톱으로 뜯었다가 다시 꾹 눌렀다. 어쩌면 이제 서점을 떠날 때가 되었는지도 모르지. 어쨌든 자신은 일주일에 스물다섯 시간밖에 근무하지 않으니까. 게다가 토요일마다 추가로 다른 일도 해야 하는걸.

작년에 샘은 대학에 진학해야 할까 여러 번 진지하게 고민했다. 하지만 문제는 돈이 어디서 나서 학비를 내느냐였다. 공부하려면 돈이 들었고, 샘은 돈이 없었다. 솔직히 이 서점은 큰돈이 되는 일자리는 전혀 아니었기 때문이다. 게다가 그녀는 지금 상태가 좋았다. 단순한 생활수준을 유지하며 사는 게 그녀에게 맞았고, 지금 하는 일이 마음에 들었다. 적어도 사라가 죽기 전까지는 그랬다.

샘은 커피잔을 손에 들고서 어떤 직업이 자신에게 맞을지 상상해보았다. 학교 사회복지사는 어떨까? 창가에 화분을 두고 좋은 음악을 틀어놓는다면 소파에 앉아 청소년들이 일상에서 겪는 문제 정도는 기꺼이 들어줄 수 있을 것 같았다. '그 애가 널 좋아하는지 잘 모르겠다고? 그럼 한번 같이 자보고 어떤지 확인해봐. 그러면 걔 마음이 어떤지 너도 알 수 있을걸. 다들 널 싫어하는 것 같아? 그래, 다들 널 싫어하는 게 맞을 거야. 좀 더 화려한 옷을 입어보는 게 좋겠다. 너 선생님 짝사랑하니? 그러면 페이스북에 선생님에게 고백하는 포스팅을 해봐. 그러면 선생님이 네 마음에 어떻게 반응하는지 진짜 빨리 알 수 있어.'

하지만 허구한 날 같은 방에 앉아 학생들이 늘어놓는 불평을 듣고 있으면 곧바로 지루해지겠지. 리버사이드 서점이 마음에 들었던 이유는 자유가 있기 때문이었다. 지금껏 그녀와 마르티니크는 무슨 일을 어떻게 할지 언제나 알아서 결정할 수 있었다. 예를 들어, 서점 쇼윈도가 그랬다. 샘은 정기적으로 쇼윈도를 장식했다. 지금 쇼윈도 장식의 키워드는 호러 로맨스였다. 그래서 핏빛 벨벳 천에 버터릭 해골 패턴, 비닐 장미꽃 조화와 불타는 그루터기 모양의 촛대로 꾸몄다. 샘은 창의적인 게 좋았고, 사라는 항상 자신을 격려해주었다. 샘은 전권을 발휘해 장식했고, 장식에서 광기가 느껴질수록 사라는 더욱 만족하는 것 같았다.

그뿐만이라도 꽤 좋은데, 샘은 책을 읽으면서도 돈을 받았다. 일주일에 적어도 두 시간은 서점에서 일하는 틈틈이 책을 읽을 수 있었고, 작은 보너스로 한 달에 한 번은 원하는 책을 골라 가지기도 했다. 게다가 다른 책들도 도매가로 살 수 있었다. 하지만 그조차도 샬로테가 이제 없애버리겠지.

마르티니크가 돌아오자, 샬로테는 그녀를 불러 당차게 말했다.

"자, 이제 시작해볼까요."

샬로테는 허버트와 파넬라를 바라보았다.

"여러분께는 지금 하는 이야기가 좀 지루하실 수도 있어요."

파넬라가 쉰 목소리로 피식 웃자 샘이 씩 웃었다. 파넬라는 보청기를 두드리면서 말했다.

"집에서 세탁기 앞에 앉아 있는 것보다야 재미있지 않을까? 당신이 너무 불평을 많이 하면 내가 그냥 보청기를 끄면 돼. 손주 애들이 올 때도 그러거든. 보청기 배터리가 다 됐다고 하지."

허버트도 동의한다는 듯 고개를 끄덕였다.

"내 집에 있다가는 클레어리가 들이닥쳐도 저항할 수가 없어. 적어도 여기 있으면 도망칠 뒷문이라도 있으니까."

샬로테는 목을 가다듬었다. 문득 그녀는 자신만만한 기색으로 몸을 쭉 뻗어 분위기를 장악하더니, 샘의 시선을 피하지 않고 받았다.

"좋아요. 앞서 마르티니크와도 같이 이야기한 건데요. 지금 가장 큰 문제는 우리가 충분한 수익을 내고 있지 못하다는 겁니다. 서점을 유지하려면 우리는 이윤을 더 많이 내야 해요. 그래야 임금을 주고 고정비용을 내고 새로운 책을 구매할 수 있으니까요."

그녀는 샘에게 고갯짓했다.

"지금은 겨우 살아가고 있는 처지예요. 인건비도 안 나와요. 사라 이모의 인건비를 뺀다면, 아주 간단히 말해서 서점은 적자예요."

샘은 한숨을 쉬었다. 상황이 이토록 나쁠 줄은 정말 몰랐다. 그렇다면 나는 지금 해고당하고 있는 거로구나. 어쩔 수 없지. 이 회의가 끝나자마자 학교 사회복지사 과정을 신청해야겠군.

샬로테는 그 바보 같은 스프링노트를 들고 아직 서 있었다. 그녀는 지금 한 말이 샘을 미친 듯이 화나게 했는데도 조금도 부끄러워하지 않는 것 같았다. 지금 본인이 모든 걸 망쳤다는 걸 왜 몰라? 서점이 이토록 나쁜 상태라면, 왜 사라가 아무 말도 안 했던 건데?

"웃기네요. 우리는 이제껏 아주 잘 지내왔는데요."

샘이 무뚝뚝하게 대꾸하며 마르티니크에게 편을 들어달라는 눈빛을 보냈지만, 마르티니크는 입을 다물었다.

샬로테는 콧잔등을 찌푸렸다.

"사라 이모는 재정 상태를 제대로 파악하지 못했던 것 같아요."

샘의 얼굴이 어두워졌다. 지금 대체 뭐 하자는 거야?

"아하, 그래요. 그럼 이 문제를 어쩌면 좋을까요? 뭔가 아주 좋은 생각이 있으시겠죠?"

샘이 가시 돋친 말투로 물었다. 샬로테는 자신 있게 말했다.

"좋은 생각은 많이 있어요. 하지만 당신과 마르티니크와 먼저 상의하기 전에는 바꾸고 싶지 않아요."

"알았어요. 하지만 나랑은 이제 상관없어요. 난 학교 사회복지사가 되려고 대학에 들어갈 거라서."

마르티니크는 놀라서 샘을 바라보았다.

"뭐라고? 너 그런 말 전혀 없었잖아! 어쨌든 축하해!"

마르티니크는 소리치며 계산대 너머로 샘을 포옹했다.

"난 네가 대학에 지원했는지도 몰랐어. 어느 대학이야?"

샘은 고개를 저었다. 왜 마르티니크는 내가 같잖은 학교 사회복지사 따위는 되고 싶지 않다는 걸 몰라주지?

"그건 나중에 이야기해요. 먼저 당신 제안부터 설명해봐요."

샘이 샬로테에게 퉁명스레 말했다.

마르티니크는 커피 주전자를 밀어주었다.

"커피 더 마실래?"

그녀의 질문에 샘은 고개를 끄덕였다. 이미 잘렸다면 커피 한

잔 정도야 공짜로 마실 수 있는 거잖아. 그리고 사무실에 숨겨져 있는 『하얀 이빨』 책도 가져가야지. 그건 작가 사인이 있는 초판본이니까. 난 충분히 그걸 가질 자격이 있다고.

샘은 커피를 한 모금 마셨다.

"맛있지?"

마르티니크가 명랑하게 말했다. 샘은 그녀에게 화가 났다는 눈빛을 쏘았다. 지금 우리 미래가 위기에 처했는데, 마르티니크는 그깟 커피 맛을 칭찬받고 싶어 하는 건가.

"으음."

그녀는 못마땅하다는 소리를 냈다.

"2파운드 줘."

"뭐라고요?"

"이 커피 한 잔에 2파운드라고. 그래도 꽤 괜찮은 가격이잖아! '코스타'랑 '네로'에서는 똑같은 커피를 거의 두 배 가격을 주고 마셔야 한다고."

샘은 마르티니크를 빤히 바라보았다. 마르티니크가 정신착란의 기미를 보인 게 이번이 처음은 아니었다. 언젠가 그녀는 브론테 자매를 헷갈린 적이 있었다. 분명히 앤 브론테의 책을 찾는 손님에게 『폭풍의 언덕』을 쥐여주었던 것이다. 다행히 샘이 제때 눈치 채고 재빨리 『아그네스 그레이』로 바꿔주었다. 하지만 지금 이러는 건 해도 너무하잖아!

샘이 아무 말도 하지 않자, 마르티니크는 두 팔을 벌렸다.

"우리는 북카페를 열 거야!"

"정말요?"

샬로테는 고개를 끄덕였다.

"손님을 서점에 일단 들이기만 하면, 이곳의 특별한 분위기에 곧바로 빠져들 거예요."

"그리고 맛있는 커피도 좋아해주겠지."

마르티니크가 덧붙였다.

"그래요. 맛있는 커피도 좋아하겠죠. 그러면서 책도 더 사주게 되면 좋고요."

샬로테는 샘을 바라보았다.

"하지만 그러려면 당신이 도와주어야 해요. 강의 시간과 겹치지 않는 시간에 더 많이 일해야 할 수도 있어요."

샘은 매고 있던 반짝이는 스카프를 만지작거렸다. 그러면 계속 일해도 된다는 거지? 학교 사회복지사 같은 건 될 필요가 없다는 거지?

"비용을 줄여야 할 거라고 생각했는데요."

샘이 조용히 말했다.

"지금 가장 중요한 건 매출을 늘리는 거예요. 지금보다 두 배는 더 많이 팔아야 하고, 그러려면 손님을 더 많이 서점에 끌어들여야 하죠. 어떻게 하면 이윤을 더 많이 낼 수 있을지 생각해보세요. 어떤 제안이라도 좋아요."

그때였다. 문이 열리더니 짧은 금발 남자가 바지 주머니에 손을 푹 꽂은 채로 주저하며 계산대로 다가왔다. 그는 어깨를 잔뜩 움츠리고는 걸을 때마다 고개를 흔들어댔다.

"실례합니다. 제가 찾고 있는 게 있는데요, 좀 도와주셨으면 해서요."

그가 속삭이는 말에 잠시 모두가 침묵했다. 그러다 마르티니크가 정신을 번쩍 차리고는 계산대에서 돌아 나왔다.

"얼마든지 도와드릴게요. 그리고 조용히 말씀하실 필요 없어요. 여긴 도서관이 아니니까요."

"아, 네. 정말이시죠?"

남자는 한결 누그러진 목소리로 되물었다. 마르티니크는 친절하게 대답했다.

"백 퍼센트 정말이에요. 그런데 뭘 찾으시죠?"

"누나 줄 책이 필요한데요. 누나는 아주 영적인 사람이에요. 그러니까, 성경책 같은 걸 줄까 생각했거든요."

"성경책이야 확실히 있죠!"

남자는 고개를 끄덕였다.

"그렇군요. 누나는 이제 쉰 살이 되거든요. 그러니까 뭔가 특별한 선물을 주려고요. 혹시 사인이 있는 성경책이 있을까요?"

"사인요? 누구 사인을 말씀하시는 거예요?"

"아, 성경책 작가님 사인요. 혹시 작가가 여러 명인가요? 성경을 누가 썼는지 제가 잘 몰라서요."

남자는 이렇게 말하며 목덜미를 긁었다.

뭐 저런 바보가 다 있냐. 샘은 속으로 생각하며 나름의 우아한 방식으로 해결책을 찾으려는 마르티니크를 보았다.

"죄송하지만 저자 사인이 있는 성경책은 다 팔렸답니다."

마르티니크가 재빨리 말했다.

"아, 이런! 정말 안타깝네요. 그럼 혹시 빨리 사인본을 또 들여오실 수 있나요?"

"아뇨. 작가님들이 모두 세상을 떠나셔서요."

"헉. 제가 좀 빨리 올걸 그랬네요."

남자가 아쉽다는 듯이 말하자 파넬라가 중얼거렸다.

"그러게. 한 2천 년쯤 일찍 오지."

남자는 팔짱을 끼고서 곰곰이 생각했다.

"누나랑 나랑 어렸을 때, 그러니까 70년대에 항상 읽었던 동화책이 있거든요. 혹시 그걸 사다 줄 수 있으면 누나가 굉장히 좋아할 거예요."

마르티니크는 어서 말해보라는 듯 고개를 끄덕였다.

"좋은 생각이네요. 책 제목을 아시나요?"

"모르는데요."

"그래도 무슨 내용이었는지는 기억하시겠죠?"

남자는 고개를 저었다.

"기억나는 건, 표지가 파랬다는 거랑, 마지막에 우리가 항상 웃었다는 것뿐인데요. 제가 무슨 책을 말하는 건지 아시겠어요?"

마르티니크는 아동 도서 코너를 가리켰다.

"그러면 저기로 같이 가서 뭐가 있나 찾아볼까요?"

마르티니크가 손님과 함께 이쪽 말소리가 들리지 않을 곳으로 사라지자, 샘이 커다랗게 웃음을 터트렸다.

"맙소사, 별 미친 사람 다 보겠네."

하지만 샬로테가 찬성하지 않는다는 눈빛을 보여서 샘은 곧바로 웃음을 거두어야 했다. 그녀는 사과하며 중얼거렸다.

"저런 헛소리에는 좀 웃어줘야 한다고요."

샬로테는 고개를 끄덕이고는 또 무어라 메모를 했다. 그걸 본 샘은 더욱 짜증이 나고 말았다. 지금 벌써 나에 대해서 뭐라고 쓴 거야? 내가 그렇게 무례했어?

샘은 커피 스푼으로 커피잔을 세차게 휘저었다. 우린 샬로테를 두 팔 벌려 기꺼이 환영했는데, 재미없는 그쪽 사생활이 흥미로운 척도 해주었는데, 전혀 고마워하지도 않잖아! 여긴 우리 서점이라는 걸 모르나? 나랑 마르티니크도 사라와 함께 서점을 운영했다고. 그러니 샬로테가 갑자기 들어와서 자기 멋대로 해서는 안 돼! 전문가는 우리지, 그쪽이 아니니까. 책을 파는 건 매니큐어를 파는 거랑은 완전히 다르단 말이야!

샘은 한숨을 쉬었다. 자신은 과거에 집착하는 사람이 절대로 아니었다. 무엇보다도 서점을 개선해야 한다는 걸 가장 먼저 인정했다고. 그래도 그렇지, 샬로테가 무턱대고 들어와서 사라의 자리를 대신할 수는 없지. 그건 본인도 분명히 알고 있을 텐데!

샘은 슬픈 마음으로 사라가 언제나 앉아 있던 소파를 바라보았다. 난 어쩜 이렇게 운이 나쁠까. 사장님을 잃어버린 것도 너무 힘든데, 알고 보니 절대로 사이좋게 지낼 수 없을 것 같은 사람이 이 서점을 물려받다니! 이제 나한테는 아무런 발언권도 없는 거야? 우리 의견이 더는 중요하지 않은 거야?

샘은 몸을 부르르 떨고서 목에 감은 스카프를 풀었다. 샬로테가 자신과 마르티니크에게 서점을 맡기고 스웨덴으로 돌아간다면 가장 좋겠지. 이 서점을 구할 수 있을 만큼 잘 아는 사람은 자신과 마르티니크니까. 하지만 사라의 조카에게 그 점을 어떻게 설득할 수 있을까?

샬로테는 커피잔을 비우고 샘을 바라보았다.

"내가 서점에 대해 더 알아야 할 게 있다면 알려줘요. 당신 의견을 듣고 싶어요."

샘은 입술을 깨물었다. 샬로테는 책을 많이 읽는 것 같진 않다. 이 여자가 이 서점의 베스트셀러를 좀 읽어봐야 한다고 설득할 수 있다면 좋겠지. 그럼 서점을 바꿔보겠다는 마음이 없어지지 않을까? 적어도 자신에게 간섭하지 않을 만큼은 바빠지겠지.

"여기서 일하고 싶다면, 우리 서점의 베스트셀러를 몇 권 읽어보시는 게 좋겠죠. 처음에 읽어볼 만한 책을 알려드릴게요."

샬로테는 주저하며 주위를 둘러보더니 고개를 끄덕였다.

"그럴게요. 고마워요."

샘은 속으로 씩 웃었다. 어디 한번 맛 좀 봐라!

"우선 추천할 책은요."

그녀는 이렇게 말하고 목을 가다듬은 다음 설명을 이어갔다.

"『안도 씨의 1935년 페나인 산맥 기행문』이에요. 부제는 '헤브덴 출신 일본 병아리 감별사의 회고록'이고요. 이걸 읽어보세요. 혹시 이 책 들어본 적 있어요?"

샬로테는 스프링노트를 넘겨 새 페이지에 제목을 적으면서 고개를 저었다.

"이 책은 일본인 전문가 안도 고이치가 쓴 건데요, 안도가 영국인들에게 병아리의 성별을 감별하는 기술을 소개해주는 이야기예요. 그리고 『남자에겐 왜 유두가 있는가』라는 책도 강력 추천드려요! 『싱가포르의 페니스 대공포』도 꼭 읽어봐야 하고요. 이건 진짜 고전이거든요."

샬로테는 제목을 중얼거리면서 재빨리 받아적었다. 이 모든 상황이 너무 웃겨서 샘은 애써 웃음을 참았다. 지금 말한 책 제목은 모두 즉석에서 지어낸 것이었으니까. 세상에서 가장 이상한 책 제목 짓기 대회에 참가한 기분이었다. 나 진짜 천재 아니야?

자신의 아이디어에 신이 난 샘은 파넬라를 바라보았다.

"파넬라도 샬로테에게 추천해줄 책 없어요?"

파넬라가 날카로운 눈빛으로 샘을 쳐다봐서 좀 부끄러웠지만, 그것도 잠깐이었다.

"난 이제 더는 위대한 문학작품을 읽지 않아. 고전 작품의 문제가 뭔지 아니? 사람들이 책을 끝까지 안 읽어서 다들 결론을 모른다는 거야. 난 이미 내 인생에서 비극과 슬픔을 겪을 만큼 겪었어. 지금 와서 내가 읽고 싶은 건 친절하고 재미있는 이야기야. 어느 정도 술술 넘어가는 그런 책 말이야."

허버트는 손에 든 잔을 바라보았다.

"우리가 어렸을 땐 엄마가 책을 읽어주면서 종종 결말을 고쳐주기도 했어. 우리가 슬퍼하지 않게. 우리가 올바른 종교 교육을 받아야 한다며 이야기를 바꾸기도 했지. 나는 어른이 되고 나서야 엄마가 읽어주었던 『미운 꼬마 신부님』이 사실은 『미운 오리 새

끼』라는 걸 알았다니까. 게다가 제인 에어는 세례 요한과 결혼한 게 아니었다는 것도 다 커서 알았어. 정말 충격적이었지."

파넬라는 고개를 저으며 대꾸했다.

"정말 끔찍한 일이네. 당연히 제인 에어는 로체스터 씨랑 맺어져야지 무슨 소리야."

마침내 메모를 다 한 샬로테는 스프링노트를 두드리며 말했다.

"조언해줘서 고마워요, 샘! 난 지금 할 일이 좀 있어서, 잠깐만 나 없이도 가게를 잘 봐주길 바라요."

샘은 열심히 고개를 끄덕였다.

"그럼요. 문제없이 할 수 있어요."

그녀는 어색하게 미소를 지었다. 이윽고 샬로테가 떠나자, 파넬라는 샘의 옆구리를 쿡 찔렀다.

"무슨 대가를 치를지는 알고 장난치는 거 맞지? 마르티니크가 한 말 명심해. 우리는 사라의 조카에게 잘 대해줘야 한다고."

샘은 눈을 흘겼다. 물론 샬로테가 이곳에서 환영받는다는 기분이 들도록 열심히 노력하겠다고 마르티니크에게 약속을 하긴 했다. 하지만 샘은 이미 샬로테 없이도 잘 해낼 수 있다는 생각이 들고 말았다. 게다가 내가 뭘 어쨌다고? 그저 책을 추천해준 것뿐이잖아?

"아, 그냥 장난 좀 쳤을 뿐이잖아요."

샘은 이렇게 중얼거렸다. 샬로테가 이런 장난조차 참아주지 못한다면 어쨌든 이 서점과는 어울리지 않는 사람일 테니까.

12

"집에 누구 있어?"

대니얼이 들어왔을 때 크리스티나는 소파에 앉아서 그림을 그리고 있었다. 그녀는 잠시 생각했다. 대니얼이 날 보기 전에 방에 몰래 들어갈 수 있을까.

"누구 있어?"

그녀는 연필을 꽉 쥐었다.

"응. 안녕."

크리스티나는 들릴 듯 말 듯 속삭였다.

대니얼은 문틈으로 머리를 불쑥 내밀었다. 그를 보자 배 속이 간질거려서, 크리스티나는 스케치북을 얼른 뒤집었다.

사라는 술집에서 늦게까지 근무했고, 대니얼은 보통 집에 늦게 왔다. 주말 저녁이 되어야만 크리스티나에게는 온전한 자유 시간이 주어졌다. 그때가 되면 집 안을 돌아다니며 혼자 사는 척하면서 침대 밑에 숨겨두었던 오스먼즈의 음반을 틀어놓고 누가 듣든 말든 〈러브 미 포 어 리즌 *Love Me for a Reason*〉을 따라 불렀다.

대니얼은 갈색 종이 포장지에 든 것을 들어 보이며 웃었다.

"피시 앤드 칩스야. 너 먹을 것도 있어."

그는 크리스티나가 앉은 소파 옆자리에 앉더니 탁자 위에 음식을 놓았다. 그녀는 양해를 구하고 당장 일어나 방으로 들어가는 편이 낫다는 걸 알고 있었지만, 황금빛 튀김을 보자 입에 침이 고였다. 점심 이후로 아무것도 안 먹은 데다가, 튀김은 맛있는 냄새를 풍겼다. 대니얼은 두툼한 감자튀김 두 개를 입에 넣고서, 그녀에게도 먹으라며 고갯짓을 했다.

크리스티나는 주저했다. 대니얼과 단둘이서 저녁을 먹는다니 사라를 배신하는 것만 같았다. 하지만 정말로 배가 고팠고, 사라도 대니얼과 잘 지내보라고 여러 번 이야기했었다. 그녀는 감자튀김에 손을 뻗었다. 음식은 여전히 따뜻했다. 크리스티나는 튀김을 입에 넣으며 눈을 감았다.

대니얼은 생선튀김을 반으로 쪼갠 다음 한 조각을 건네주었다.

"나 어렸을 땐 언제나 가게가 문을 닫을 즈음에 남은 튀김을 샀어. 그러면 몇 펜스만 내도 종이봉투에 가득 채워주거든. 물론 건강에야 좋지 않았겠지만 그래도 끝내주게 맛있었지."

대니얼은 그녀에게 윙크하고 웃었다.

"맥주 마셔야겠다."

그는 이렇게 말하고 자리에서 일어섰다. 이윽고 탁자 위에 병이 탁 놓였다. 크리스티나는 이미 생선튀김을 다 먹은 참이라 짠맛에 목이 말랐다. **맥주 한 병 정도야 마셔도 괜찮겠지.** 이렇게 생각하고서 그녀는 대니얼이 주는 맥주병을 받았다.

둘은 조용히 음식을 먹고 맥주를 마셨다. 이윽고 대니얼은 그녀의 스케치북을 보았다.

"그림 그려?"

"그냥 몇 장 스케치했어."

"보여줄 수 있어?"

크리스티나는 스케치북을 내려다보았다. 절대로 자기 그림을 보여줄 순 없었다.

"아, 별로 볼만한 건 없어. 그냥 낙서야."

그녀는 애써 침착한 표정을 지었지만, 맥박이 미친 듯이 뛰었다. 빨리 뭔가 다른 화제를 찾아야 하는데. 그래서 대뜸 물었다.

"전기 기술자는 정확히 무슨 일을 하는 거야?"

대니얼은 재미있다는 듯 이쪽을 빤히 쳐다보다가 뒤로 기대앉았다.

"정말 궁금해서 물어보는 건 아닌 것 같은데."

하지만 크리스티나가 아무 말도 없자, 그는 맥주를 한 모금 더 마셨다.

"나는 마르코니 통신 회사에서 일해. 통신 장비랑 라디오 장비를 만들어. 아까 말했듯이 죽을 만큼 지루한 일이야."

그는 어깨를 으쓱였다.

"여기엔 언제 이사 왔어?"

"2년 전에."

"왜?"

이 질문에 대니얼은 웃었다.

"너 궁금한 게 정말 많구나!"

크리스티나는 눈을 내리깔고서 병에서 떨어지려고 하는 라벨의 모서리를 만지작댔다.

"미안해, 난 그냥……."

대니얼은 소파에서 자리를 고쳐 앉고는 그녀를 바라보았다.

"아, 괜찮아. 벨파스트에는 일자리가 없어서 온 거야. 그럼 너는? 너는 왜 고향을 떠났어?"

그녀는 다리를 모아 앉고서 생각했다. 사라는 대니얼에게 어디까지 설명했을까.

"나도 같은 이유야. 일자리가 없어서."

크리스티나는 자신을 바라보는 대니얼의 눈빛을 느꼈다. 대니얼 때문에 왜인지 자꾸만 혼란스러워졌다. 머릿속에 온갖 생각이 떠올라 멈출 수가 없었고, 심장이 두근거렸다.

"사라랑 알고 지낸 지는 얼마나 됐어?"

크리스티나가 고개를 들자, 반짝거리는 대니얼의 눈이 보였다. 그녀는 웃으면서 고개를 저었다.

"너도 웃을 줄 아네. 알고는 있었어."

그는 이렇게 말하며 맥주를 더 마셨다.

"재밌다. 진짜."

그녀는 중얼거리며 맥주병을 마저 비웠다.

대니얼은 그녀에게 다시 윙크했다. 그가 자신을 볼 때마다 크리스티나는 온몸이 새빨개졌다.

"런던은 마음에 들어?"

"응. 너는?"

그녀는 침착하게 말했다. 그러자 대니얼은 어깨를 으쓱였다.

"대부분 좋긴 해. 하지만 아일랜드인으로 살아가는 게 항상 쉽지만은 않지. 길거리를 지나가면 사람들이 우리 민족을 모욕해. 술집에 가면서 거나하게 취한 사람들이 우리랑 싸우려고 하고. 사투리를 버리고 코크니를 쓰려고 노력은 하는데, 못 하겠어. 입에 감자가 가득 차 있는 것 같은 느낌이라."

크리스티나는 키득키득 웃었다. 대니얼이 말하는 방식이 맘에 들었다. 가끔은 무슨 말인지 이해가 안 될 때도 있지만. 그의 목소리는 아름다운 선율 같았다.

"코크니가 뭐야?"

"알잖아, 진짜 런던 사람들이 쓰는 말씨 말이야. '헬로'가 아니라 '히로'라고 말하는 거 있잖아."

크리스티나는 대니얼을 계속 바라보며 두 번째 맥주병을 땄다. 그녀는 코크니와 대니얼의 평소 말씨에 어떤 차이가 있는지 전혀 구별할 수가 없었다.

"세상 어딜 가든 여기처럼 노동계급이 속물인 곳도 없을 거야."

대니얼의 눈빛이 공허해졌다.

"도대체 말이야, 왜 아일랜드인이라면 덮어놓고 IRA*라고 생각하는지 모르겠어."

---

* Provisional Irish Republican Army. 아일랜드 독립 전쟁에서 시작된 무장 단체.

크리스티나는 움찔했다. IRA에 대해서는 카페에서 일할 때 많이 들어봤다. 카페 주인은 혹시 누가 밤새 쓰레기통에 폭탄을 넣어놓지 않았는지 매일 아침 검사했다. 최근 몇 년 새 폭탄 공격이 이어져서 사람들이 다치고 죽었기 때문이다. 그래서 지금은 모두 다음 공격이 언제인지 기다리고 있는 듯했다.

"휴, 그렇구나. 그럼 벨파스트는 어떤 곳인지 말해줄래?"

크리스티나는 이렇게 질문하면 대니얼이 좋아할 거라고 생각했다. 하지만 그는 고개를 더욱 숙일 뿐이었다.

"우리 고향은 완전히 난장판이야. 난 끔찍한 일을 너무 많이 봤어."

그가 이마를 손으로 짚어서 얼굴이 더는 보이지 않았다.

"사방에 바리케이드를 치고 기관총으로 무장한 군인이 있어. 사람들을 차에서 끌어내고 폭탄이 있나 수색하지. 아침에 일어나서 창밖을 보면 도로 위에 탱크가 다닌다니까. 보기에 너무 괴로워!"

크리스티나는 무슨 말을 해야 할지 알 수가 없었다. 그를 품에 안고 위로해주고만 싶었다. 그래서 몸을 숙이려던 순간, 현관에서 열쇠 돌아가는 소리가 들렸다. 재빨리 시계를 보자 벌써 11시 반이었다.

대니얼도 놀란 것 같았지만, 사라가 들어오자 이내 손을 내밀었다.

"어서 와, 내 사랑!"

"잘 있었어?! 둘이서 파티 중이야?"

크리스티나는 탁자 위에 놓인 빈 맥주병을 보았다. 방 안에 신리지*의 음악이 흘렀다. 음악을 틀어놓았는지도 모르고 있던 그녀는 당황한 채로 사라를 바라보았다.

"이렇게 시간이 흐른 줄 몰랐어."

크리스티나는 사과했지만, 사라가 전혀 화나지 않았다는 걸 알고서 안심했다. 화난 게 아니야. 사라는 대니얼에게 키스하고 나서 둘 사이 소파 자리에 털썩 앉았다.

"내가 맥주 갖다줄게."

대니얼이 말하며 자리에서 일어났다.

"좋지."

그에게 대꾸한 사라는 크리스티나를 바라보면서 스웨덴어로 물었다.

"뭐 하고 있었어?"

크리스티나는 어깨를 으쓱였다.

"그냥 이야기 좀 하고 있었어."

사라는 눈썹을 치켜뜨더니, 큰 소리로 물었다.

"그래서? 네가 보기엔 합격이니?"

"조용히 해!"

"쟤는 어차피 스웨덴어 몰라."

사라는 웃었지만, 크리스티나는 언니에게 속삭였다.

"그래도 우리가 자기 얘기를 하고 있다고 생각하게 하고 싶진

---

* 아일랜드의 록밴드.

않아. 그리고 난 이제 자야겠어. 내일 일해야 해."

사라는 동생의 손을 잡았다.

"조금만 더 있다 가."

"안 돼. 그렇겐 못 해."

크리스티나는 애원하는 눈빛으로 언니를 바라보았다. 그러자 사라는 미소를 거두더니, 이맛살을 찌푸렸다.

"뭐, 알았어. 그럼 아주 얌전하게 새근새근 자도록 해."

사라는 화난 기색으로 크리스티나의 손을 놓았다.

"화 안 내면 안 돼? 난 자야 한다고. 안 그럼 내일 아침에 못 일어난단 말이야."

사라는 대니얼에게서 맥주를 받아 들고 어깨를 으쓱였다.

"그러면 우리는 너 없이 재미있게 보내야겠네."

크리스티나는 자신의 스케치북을 집어 들었다.

"그래. 나한테 화 안 났지?"

사라는 짐짓 화난 표정을 유지하려 했지만, 갑자기 커다랗게 웃어버리고 말았다.

"화 안 났어. 그럼 잘 자, 우리 동생."

크리스티나는 한숨을 쉬었다. 사라는 어째서 항상 이런 식이지?

"언니도 잘 자."

그녀는 가슴에 스케치북을 꼭 안았다.

"잘 자. 우리도 최대한 시끄럽게 굴지 않을게."

사라는 한쪽 팔을 대니얼에게 얹었다.

"잘 자, 크리스티나."

대니얼이 말하자, 그녀는 고개를 끄덕여주었지만, 그와 눈을 마주치지는 않았다.

"잘 자."

방문을 닫자 더는 웃음소리가 들리지 않았다. 성취감이 느껴지면서 어쩐지 마음이 한결 가벼워졌다.

이불을 덮고 나서야 밀려드는 만족감이 무엇 때문인지 깨달았다. 눈을 감으면 대니얼의 얼굴이 떠올랐다. 크리스티나는 그 얼굴을 애써 지우려 했지만, 그는 그녀와 함께 있었다.

그녀는 애써 자신을 설득해보았다. 우리가 이제 친해져서 그런 것뿐이야. 사라 언니에게 그런 착한 남자친구가 있어서 정말 다행이야.

크리스티나는 가슴속의 불안감을 애써 무시했다. 이젠 걱정할 게 없었으니까. 다 좋잖아. 그녀는 이렇게 생각하며 이불 속에서 몸을 웅크렸다. 우린 앞으로 다 잘될 거야.

13

9월 11일 월요일

"책은 어떻게 됐어?"

샘은 이렇게 물으며 계산대를 닦았다.

윌리엄은 고개를 푹 숙였다. 헝클어진 밤색 머리하며 온몸의 꼴을 보니 옷도 벗지 않고 잔 게 분명했다. 샬로테는 그가 기분이 좋았던 적이 있기는 할까 궁금해졌다. 작가는 다 저렇게 끊임없이 불만에 시달리나. 사실 샬로테는 지금껏 작가를 만나본 적이 한번도 없었다.

"몰라."

그는 높낮이 없는 억양으로 대답했다.

"편집자가 어떻게 고쳤으면 좋겠다고 이야기해주지 않았어?"

윌리엄은 두 손에 얼굴을 묻고서 신음을 흘렸다.

"해줬어. 편집자는 내가 주인공을 손봤으면 한대. 내가 쓴 주인공에 별로 공감이 안 간대."

아마 그 주인공이 짜증을 심하게 내나 보네. 샬로테는 속으로 생각했지만 아무 말도 하지 않았다.

197

"나처럼 팬픽을 써봐. 난 『우먼 인 블랙』에 나오는 수전 힐스와 사랑에 빠지는 좀비 이야기를 써서 인터넷 사이트에 올렸거든. 벌써 좋아요를 50개나 받았다고!"

샘이 말했다.

"어떻게 그걸로 먹고살 수 있을까?"

"그건 E. L. 제임스*에게 물어봐야지."

윌리엄이 털썩 쓰러지자, 샘이 말했다.

"그럼 다른 출판사에 연락을 해봐. 내 친구 중에 편집자가 있는 거 알지? 내가 네 원고를 걔한테 보내볼게."

하지만 윌리엄은 고개를 저었다.

"보냈는데 거기서도 마음에 안 든다고 하면? 또 거절당하는 건 참을 수 없어!"

윌리엄은 천장을 바라보았다. 샬로테는 그의 공허한 눈빛을 보았다. 여기 온 지 아직 일주일도 안 됐는데, 이 남자의 무너진 모습을 본 게 한두 번이 아니었다. 알렉스는 이런 감정을 보인 적이 한 번도 없었다. 남편은 평정심을 갖춘 사람으로, 키가 크고 금발에 힘이 세고 사시사철 햇볕에 얼굴이 그을려 있던 건강한 남자였다. 세상에서 서핑하기 가장 좋은 파도를 항상 찾아다니는 사람이었고, 철인3종경기 연습이라도 하는 듯 바깥 날씨가 영하 20도일 때조차도 매일 자전거를 타고 일터로 출근했었다. 반면 윌리엄은

---

* 『그레이의 50가지 그림자』를 쓴 작가. 이 소설은 『트와일라잇』의 팬픽으로 시작했다.

날이 추우면 절대로 이불 밖을 벗어나지 않는 사람 같았다. 그는 알렉스보다 훨씬 마른 몸집에 구겨진 셔츠와 조악하게 짠 재킷을 입었으며 사흘은 안 깎은 수염을 달고 다녔다. 살짝 보호 본능을 일으키는 방탕한 남자처럼 보이려고 노력하는 게 뻔히 보였다. 저 남자, 아주 세세한 부분까지도 놓치지 않고 어수룩한 매력을 풍기려고 작정했구나.

샘이 윌리엄의 어깨를 툭 쳤다.

"포기하지 마!『네 집 지붕에 앉은 비둘기』는 내가 읽은 소설 중에서도 최고였어! 그리고 이 서점에는 네가 있어야 해. 다음 작품이 출간되면 너는 이 서점의 명물이 되는 거야!"

샘은 샬로테에게 고갯짓을 하고는 윌리엄의 어깨에 뺨을 댔다.

"그럼 우린 너의 집을 관람하는 프로그램도 운영할 수 있겠지. 독서 모임도 만들고. 너는 책에 사인하다가 손에 쥐가 나게 될 거라고!"

샬로테는 피곤한 얼굴로 웃었다. 그녀는 윌리엄에게 아직 월세 이야기를 꺼내지 못했지만, 그가 쥐꼬리만 한 월세를 내고 계속 살게 둘 수는 없었다. 그 돈으로는 수도세와 전기세조차 감당할 수가 없을 것이었다.

그녀는 샘을 슬쩍 보았다. 샬로테는 샘을 도무지 이해할 수가 없었다. 샘은 기분이 좋다가도 갑자기 벌컥 화를 냈는데, 겉으로만 봐서는 왜 그런지 알 수가 없었다. 북카페를 열었지만 매출이 오르지 않았다고 말한다면 샘은 과연 어떤 반응을 보일까. 그 생각을 하자 샬로테는 몸이 부르르 떨렸다. 그러니 윌리엄을 내쫓는다면 어떻게 될지는 말할 것도 없었다.

"이게 왜 이렇게 힘들어야 하냐, 진짜."

윌리엄이 한숨을 쉬었다.

"릭 해먼드처럼 해보는 건 어때? 내가 듣기로 릭은 헤밍웨이의 전철을 밟아서 영감을 얻으려고 사자를 사냥하고 1940년대 독일 잠수함을 탄다는 이야기를 들었어."

윌리엄은 누군가를 죽일 듯한 눈빛으로 샘을 바라보았다.

"말 같지도 않은 소리 하지 마. 그놈 발에 총이나 맞았으면 좋겠네!"

"헤밍웨이가 발에 총을 맞았어?"

"응. 배를 탔다가 상어가 쫓아오는 걸 보고 놈을 죽이려고 하다 그랬어."

"그럼 해먼드는 내일까지 기다릴 필요도 없이 당장 오늘 총을 쏘겠지."

윌리엄은 고개를 저었다.

"그건 그저 홍보용 헛짓거리일 뿐이야. 그런다고 그놈 책이 더 좋아지진 않을 거야."

샘은 눈썹을 치켜뜨고 《선데이 타임즈》의 베스트셀러 목록을 펼쳤다.

"그럼 해먼드가 이 목록 어디쯤 있는지 볼까."

윌리엄은 손으로 눈을 가리고 신음했다.

"전혀 알고 싶지 않아!"

샘은 신문을 내려놓았다.

"알았어. 그러면 누가 1위인지도 알고 싶지 않아?"

"그래. 알고 싶지 않아."

"정말?"

윌리엄은 이마를 문질렀다.

"자, 그럼 보여줘! 아니, 아니야. 안 보는 게 낫겠어. 난 그런 웃긴 순위 따위엔 관심 없어."

"하지만 네 책이 순위에 올랐을 땐 이러지 않았잖아."

샘이 놀려대듯 말하고선 샬로테에게 연극 대사처럼 속삭였다.

"2주 동안 윌리엄의 책이 89위에 올랐었거든요. 그땐 우리가 윌리엄을 위해 순위가 나온 신문을 코팅했었다니까요!"

윌리엄은 두 손을 머리 위로 들었다.

"그래서 누가 1위야? 말해봐! 개야?"

샘은 신문을 아주아주 천천히 펴보고는 고개를 끄덕였다.

"미치겠네! 사람들은 왜 똑같은 소재로 쓴 싸구려 추리소설만 읽고 싶어 하는 거야? 뭔가 새롭고 독특한 걸 읽을 마음은 없나? 지루한 이야기들이 똑같이 이어지도록 내버려둬도 괜찮은 거야?"

"그래서 누가 1위인데요?"

궁금해진 샬로테가 묻자, 샘이 씩 웃으며 설명했다.

"릭 해먼드요. 윌리엄의 철천지원수죠. 윌리엄보다 훨씬 잘 팔리는 작가고요."

"수백만 배는 잘 팔려!"

윌리엄이 징징댔다.

"그렇군요. 그러면 당신은 몇 권을 팔았는데요?"

샬로테의 질문에 윌리엄은 다시 탁자 위로 엎어졌다.

"작가에게 그런 질문은 하면 안 돼요!"

샘이 단호하게 말해서 샬로테는 아랫입술을 깨물었다.

"왜요?"

"왜냐하면 작가란 족속은 다들 자기 책이 마땅히 팔려야 할 만큼 팔리지 못하고 있다고 생각하니까요. 그래서 몇 부를 팔았는지 숫자로 가치를 인정받고 싶어 하지 않아요. 그렇지, 윌리엄?"

그는 이해할 수 없는 소리로 으르렁거렸고, 샬로테는 심각한 기색으로 고개를 끄덕였다.

"작가에게 절대로 해서는 안 되는 질문이 또 있나요?"

그러자 윌리엄이 중얼거렸다.

"있지요. 얼마 벌었냐고 물어보지 말아요. 그리고 연금 같은 거 들었냐고도 물어보지 말고요. 그런 거 안 들었으니까. 작가들이 너무도 많이 자살하는 이유가 그거거든요."

그는 고개를 들고 샬로테를 멍하니 바라보며 말을 이었다.

"그리고 제발 내 책을 사랑한다고 말하면서 도서관에서 책을 빌려봤다는 말은 하지 말아요. 또 이런 점이 정말 끔찍하게 마음에 안 든다, 같은 거 알려주지 말고요."

책꽂이 앞에 서 있던 한 여자 손님이 그들 쪽을 걱정 어린 시선으로 바라보았다. 샘이 윌리엄의 팔에 손을 얹고 말했다.

"조용히 해. 너 때문에 우리 손님들이 겁먹었잖아."

"여러분, 베스트셀러 목록에 오른 책들만 읽고 싶다면 말이죠, 차라리 온라인 서점에서 주문하는 게 나아요."

샬로테는 헛기침을 했다. 윌리엄이 계산대 옆에 앉아서 책을 살지도 모르는 손님들을 모욕한다면, 매출이 증가할 가능성은 전혀 없었다.

"당신은 원고 쓸 마음이 없어요? 내가 보기엔 여기 앉아 있다고 해서 나아질 게 없는데요."

윌리엄은 샬로테를 죽일 듯이 노려보았다.

"그쪽은 창작 과정에 대해 전혀 모르는군요. 노트북을 열기만 하면 뭐가 뚝딱 나오는 줄 압니까. 내겐 영감이 필요하다고요."

그런데 의외로 샘은 샬로테의 생각에 동의하며 계단 쪽을 고갯짓했다.

"그 영감이란 거 집에 가면 안 생겨?"

윌리엄은 씩씩대며 일어섰다.

"다들 날 치워버리고 싶어 하는구나. 출판사도, 집주인도, 친구들까지도."

샘은 샬로테와 슬쩍 눈길을 주고받더니, 뻔뻔스레 말했다.

"이걸 소재로 써보면 어떨까?"

"그래, 알았어. 어디 날 있는 대로 찔러봐. 내가 새 작품을 내면 다들 후회하게 될 테니까!"

그는 계단 쪽으로 어슬렁어슬렁 걸어갔다. 샘은 커다란 소리로 웃었다. 이윽고 샬로테가 물었다.

"윌리엄이 무슨 소릴 한 거예요?"

"우리를 소설 속에서 죽여버릴 거란 뜻이에요. 분명히 제1장부터 다 죽이겠죠."

그때, 곱슬머리 아래로 회색 모직 코트를 입은 키 큰 여자가 계산대로 와서 샬로테를 바라보았다.

"안녕하세요. 저는 누드마우스에 관한 책을 찾고 싶은데요."

샬로테는 손님을 빤히 바라보았다.

"어떤 책요?"

여자는 넓은 외투 자락을 잡아당기더니 당황한 기색으로 이야기했다.

"누드마우스에 관한 책요."

샬로테가 뭐라 대답하기도 전에, 샘이 옆으로 다가왔다.

"혹시 「제2차 누드마우스 국제 워크숍 자료집」을 말씀하시는 건가요?"

여자는 열렬히 고개를 끄덕였다.

"네, 맞아요. 바로 그 책이에요!"

샘은 책 한 권을 꺼내어 손님에게 건넸다.

"정말 감사합니다! 그리고 읽으면 잠이 오는 책도 필요한데, 그런 게 있나요?"

손님의 말에 샘은 깜짝 놀라 물었다.

"그러세요? 혹시 누드마우스 책도 그래서 필요하셨던 건가요?"

"아뇨. 이건 흥미가 있어서 산 거예요."

샘은 고개를 끄덕였다.

"그런 목적으로 현재 가장 잘 팔리는 책은요, 『그리스 집배원과 소인 번호』랑 『콘크리트 역사의 전성기』예요."

"둘 다 괜찮은 제목이네요. 그럼 다 살게요."

손님이 떠난 후, 샘은 계산대에 있는 책 더미를 가리켰다.

"이건 「제2차 누드마우스 국제 워크숍 자료집」이에요. 몇 권 더 있어요. 이거 지금 아주 잘 팔려요."

샬로테는 불쾌한 표정으로 고개를 저었다.

"지금 농담하는 거죠?"

샘은 싱긋 웃었다.

"아녜요. 진짜라니까요. 『콘크리트 역사의 전성기』도 마찬가지로 잘 팔려요. 지루한 책을 얕보지 말아요. 이런 책은 사람들이 잠자는 데 도움이 된다고요."

마르티니크는 한쪽 팔에 책을 잔뜩 들고 느릿느릿 다가왔다. 그리고 힘겨운 신음을 흘리며 말했다.

"여기 받아. 이건 작년에 온 것들이야. 주방에도 더 있어."

샬로테의 얼굴이 밝아졌다.

"그럼 이제 이 책들은 출판사에 돌려보내도 될까요?"

마르티니크는 이마의 땀을 닦았다.

"응. 18개월이 넘은 책은 돌려보내도 돼. 하지만 배송비는 우리 부담이야."

샬로테는 고개를 끄덕였다.

"다른 수는 없는 것 같네요. 우리는 유동적으로 움직이면서 새 책을 둘 공간을 만들어야 해요. 안 그럼 오래된 재고 서적을 집에 가져가는 수밖에 없어요."

"사라는 항상 집에 책을 잔뜩 쌓아놨지."

"아, 맞아요. 나도 봤어요! 주방 찬장에 책이 가득하던데요."

"침대 밑은 봤어요? 거기도 수백 권 넘게 있을걸요. 거기 책을 두면 침대 밑 먼지를 청소하지 않아도 된다는 장점이 있죠."

샘은 이렇게 말하며 윙크했다.

샬로테는 미소를 지었다. 사라에 대해 새로이 알게 될 때마다 마음이 따스해졌다. 아직 이모의 물건을 정리하지는 않았지만, 이제는 때가 되었다.

"그건 그렇고, 윌리엄이 싱글이라는 건 알고 있지?"

마르티니크의 말에 샬로테가 어깨를 으쓱였다.

"그래요?"

"응. 샬로테랑 똑같이 싱글이죠."

샘이 교활한 목소리로 거들었다.

샬로테가 깜짝 놀라 그녀를 쳐다보았다.

"오 아뇨! 난 관심 없는데요!"

"왜요? 윌리엄 아주 귀여운데! 지금 꼴이 좀 그래서 그렇지 인생 망한 남자는 아니라고요. 현재 쓰고 있는 책을 끝내기만 하면 돼요."

샬로테가 아무 대답이 없자, 샘은 그녀의 옆구리를 가볍게 쳤다.

"무슨 문제 있어요? 혹시 최근에 차이기라도 했어요?"

샘은 상처를 줄 마음으로 물은 게 아니었지만, 샬로테는 문득 가슴이 답답해지며 목이 메었다. 그녀는 재빨리 눈을 내리깔았다. 머릿속에 할 말이 떠올랐지만 차마 말할 수가 없었다.

마르티니크는 샬로테를 안아주며 부드럽게 말했다.

"이런, 얘야. 왜 그래?"

그리고 샘을 바라보며 꾸짖었다.

"너, 제발 말조심해!"

"미안."

샘이 투덜대며 나지막하게 말했다. 샬로테는 고개를 저었다.

"괜찮아요. 잠깐 위층에 좀 올라가봐야겠어요. 지난 18개월 동안 받은 주문을 살펴봐야 해서요."

"정말 괜찮은 거 맞아?"

마르티니크가 너무 가까이 다가와 샬로테는 독한 향수 냄새를 과다하게 흡입하고 말았다.

"네, 괜찮아요."

그녀는 이렇게 말하고서 어설프게 웃어 보였다. 그리고 급히 계단을 뛰어 올라갔다.

샬로테는 재빨리 집 문을 열었다. 그동안 그녀는 어떻게 열쇠를 꽂아야 자물통이 돌아가는지 알아낸 참이었다.

사라의 아파트에 들어갈 때마다 그녀는 마음이 조금씩 편안해지면서 진정한 집에 온 듯한 느낌이 들었다. 그래서 이제는 안식처가 된 집으로 얼른 들어갔다. 고심하면서도 아직 청소를 하지 않은 이유도 이런 기분 때문이겠지. 난장판인 집인데도 편안함이 느껴졌으니까. 런던에서 몇 주를 보내니 솔직히 현실을 떠나 아주 즐거운 휴가를 보내는 것 같았다. 계획보다 더 오래 런던에 있어야 할 것 같다고 말했을 때도 헨리크는 전적으로 동의해주었다.

그녀는 주방으로 가서 주전자를 켰다. 알렉스가 사고를 당하기 불과 몇 주 전에 두 사람은 스웨덴에서 새집으로 이사했다. 커다랗고 환하고 자그마한 숲으로 둘러싸인 아름다운 집이었다. 방 다섯 개와 커다란 테라스, 그네를 설치한 정원과 모로코 타일을 깐 주방을 갖춰놓았다. 빵이 식탁에서 떨어져도 청소하기 쉬워서 아이를 낳아 가정을 꾸리려는 샬로테의 계획에 딱 맞는 공간이었다.

하지만 새집에 적응할 새도 없이 끔찍한 사고가 일어나고 말았다. 아직 걸지도 못한 그림들이 벽에 그대로 기대어 있었다. 구석마다 놓인 이삿짐 상자에는 먼지가 쌓여갔다.

남편의 사고 이후로 샬로테에겐 그 집이 없는 거나 마찬가지가 되고 말았다. 물론 그곳은 여전히 아름다웠고, 언제든 돌아갈 피난처가 생겼다는 건 좋지만 빈방이 너무나 많아서 마음이 괴로웠다.

헨리크는 샬로테의 부탁대로 정원에서 아이용 그네를 철거해주었고, 그녀는 새로이 전개된 삶에 맞게 집을 사용하려고 노력했지만 도무지 편안함이 느껴지지 않았다. 알렉스가 살아 있었을 때, 둘은 함께 인생을 계획했고 그 인생이 어디로 향할지 알고 있었다. 샬로테는 모든 걸 정확하게 심사숙고해서 결정했으니까. 하지만 순식간에 모든 게 무너지는 바람에, 그녀는 작년 내내 흩어진 삶의 파편을 모으며 시간을 흘려보냈다.

샬로테는 매일 마시는 찻잔을 들었다. 항상 같은 잔으로 차를 마시고 씻은 다음 말리는 행동은 어쩐지 명상적이었다. 결코 끝나지 않을 행동은 그녀의 마음을 진정시키는 일련의 의식 같았다.

그녀는 주위를 둘러보았다. 당연히 여기서 평생 살 생각은 없었다. 서점이 다시 정상적으로 운영될 때까지만이다. 하지만 이 프로젝트는 상당히 커다란 기쁨이 되어주었다. 이런 즐거움은 정말 오랜만이었다. 1년 내내 잠을 자다가 드디어 깨어난 기분이랄까. 이곳에서라면 자신은 동정 어린 표정도, 성가신 질문도 받지 않고 새 삶을 시작할 수 있었다. 적어도 지금까지는 그랬다. 샬로테는 이제 시간이 어떻게 흘러가는지도 모르는 채 살았다.

그녀는 현관 벽장 안쪽에 커다란 종이를 붙이고 할 일 목록과 아이디어를 잔뜩 적어놓았다. 한참을 팔짱을 낀 채로 메모를 들여다보며 가만히 서 있는데, 문득 고양이 플랩도어가 열리면서 테니슨이 슬그머니 안으로 들어왔다.

샬로테는 생각했다. 서점을 좀 더 적극적으로 광고해야 해. 하지만 화장품 마케팅과는 전략이 달라야겠지.

그래서 홈페이지 초안을 잡기 시작했고, 길가에 놓을 표지판도 주문했다. 그게 런던에서 일반적으로 쓰는 홍보 방식으로 보였다. 그녀는 비슷한 입간판을 세워놓은 서점을 많이 보았다. 〈차와 수다〉라고 쓴 간판도 본 적 있었다. 그러니 우리도 〈리버사이드 서점에서 커피 한잔하면서 수다 떠실 분 환영〉이라고 쓸 수 있겠지. 샘에게 쓰라고 한다면 〈커피도 마시고 썸도 타고〉라고 쓸지도 모르겠다. 샬로테는 샘이 손님에게 추근댈 때마다 너무 민망한 나머지 언제나 재빨리 고개를 돌려버렸다. 공공장소에서 불쾌감을 유발한다며 신고를 당하지 않은 게 기적이라는 생각마저 들었다. 샬로테는 부디 샘이 나름의 눈치가 있어서 자기를 마음에 들어 하는 고객들에게만 추파를 던져주기를 바랐다. 그녀는 서점 주인으로서 그 점을 당장 지적해야 했지만, 샘을 상대한다는 생각만으로도 속이 뒤틀렸다. 샘은 자신에게 비협조적이었지만, 대체 왜 그런지 이유를 알 수가 없었다. 어쨌든 일단은 샘 문제를 불가능한 일 목록에 올린 다음, 이 서점이 사랑하는 작가를 셋집에서 쫓아낼 때가 왔을 때 제대로 해결해볼 생각이었다.

샬로테는 테니슨을 품에 안고 회색 줄무늬가 진 등을 쓰다듬었다. 옆집에 사는 윌리엄이 중얼대는 소리를 듣자, 샘과 마르티니크가 넌지시 말했던 게 떠올랐다.

하지만 윌리엄은 자신이 좋아하는 남자 유형이 아니었다. 검은 머리카락에 커다랗고 강렬한 눈을 지녔다 해도, 그런 유형의 인간은 도무지 참고 봐줄 수가 없었다. 샬로테는 정서적 안정과 실용적인 태도, 질서를 중요하게 생각했기에 직업이 없는 사람과는 사귈 수가 없었다. 게다가 자신이 새로운 사람을 만날 준비가 되어 있는지도 확실하지 않았다. 다른 사람들에게 알렉스 이야기를 하고 싶은 마음도 없었다. 말한다면 다들 자기를 젊은 나이에 홀로 된 여자로만 볼 테니까.

그녀는 차를 식히는 동안 마르티니크가 준 상자를 접고서 책을 각각의 더미로 분류하는 작업을 시작했다. 새것처럼 보이는 책과 망가진 책을 나누어놓는 작업이었다. 테니슨은 가장 좋아하는 소파 자리에 앉아서 그 모습을 지켜보았다.

샬로테는 앞에 글귀를 적어놓은 책을 여러 권 찾아내 책마다 속표지 부분을 꼼꼼히 확인했다.

찻물이 적당히 식자 차를 우린 다음 테니슨을 따라 집 이곳저곳을 돌아다녔다. 언제나처럼 대니얼의 사진에 이끌리다 보니 결국 사라의 방 앞에 서게 되었다.

여기서 시간을 더 보낼수록 이모에 대해서 더 많이 알게 되는 것만 같아서, 지금은 이모의 방에 들어가는 게 예전처럼 이상하다는 생각이 들지 않았다. 이윽고 노랗게 칠한 나무문에 손을 얹고 손잡이를 돌리자, 테니슨이 기대감에 찬 눈빛을 번뜩였다. 샬로테는 심호흡을 하고 손잡이를 돌렸다.

삐걱 소리와 함께 문이 열렸다. 테니슨은 꼬리를 높이 쳐들었지만, 샬로테는 문가에 선 채로 망설였다.

방은 생각보다 작았다. 옷장 하나, 서랍장 하나, 노란 꽃무늬 시트가 깔린 넓은 침대와 자그마한 협탁이 전부였다.

테니슨은 커다란 소리로 골골거리며 침대 아래 깔아놓은 러그 위를 몇 바퀴 돌더니 침대 위로 폴짝 뛰어올라 베개 위에 편안히 누웠다. 고양이에게 묵직하게 깔린 베개는 완전히 납작해지고 말았다.

샬로테는 조심스레 테니슨을 따라가 커다란 옷장으로 다가갔다. 옷장 문은 떨어져서 비스듬히 기대어 있었다. 안에는 옷걸이를 따라 단정하게 옷들이 걸려 있었다. 그녀는 손가락으로 천을 쓰다듬으며 손끝으로 다양한 옷감의 감촉을 느꼈다.

그녀는 조심스레 블라우스 하나를 꺼내어 가만히 들었다. 이것도 사라 이모가 입었던 거겠지. 이런 생각을 하며 옷에서 풍기는 라벤더 향을 들이마셨다. 이게 이모 모습이구나.

샬로테는 눈을 감았다. 그러자 마치 사라가 눈앞에 있는 것처럼, 이모에게 점점 가까이 다가가는 것처럼 느껴졌다. 다시 눈을 뜨자 문득 사진 몇 장이 눈에 들어왔다. 협탁 위쪽 벽에 걸린 사진이었다.

샬로테는 그쪽으로 다가가 벽에서 액자 하나를 떼어낸 다음 오랫동안 바라보았다. 세 명의 젊은이가 분수 앞에서 포즈를 취한 사진이었다. 셋 중 가운데 선 사라는 어깨 패드를 단 민트색 코트를 입고 있었고, 옆에는 샬로테의 엄마가 있었다. 반대편에는 복도에 걸린 사진 속 남자가 섰다. 세 사람 모두 미소를 짓고 있었다.

그녀는 침대에 누운 고양이 옆에 앉았다. 엄마는 정말로 사라 이모와 함께 런던에 있었구나. 그런데 왜 나에게는 한마디 말도 없었던 거지?

샬로테는 액자에서 사진을 꺼내 뒤편에 적힌 글씨를 읽었다. 나랑 크리스티나랑 대니얼이랑 트래펄가 광장에서. 1982년.

그렇다면 이 사진은 샬로테가 태어나기 1년 전의 엄마 사진이었다. 크리스티나가 스웨덴으로 돌아가서 자매가 헤어졌던 걸까? 사라 이모는 영국에 혼자 있고 싶지 않았던 걸까?

샬로테는 사진을 더 가까이 들여다보았다. 엄마는 너무나 어려 보였다. 머리를 허리까지 기르고, 기다란 앞머리는 가지런히 잘라 늘어뜨린 모습. 표정은 명랑해 보였지만, 얼굴에는 걱정이 서렸고 두 손은 주먹을 꼭 쥐고 있었다.

반면 사라 이모는 너무나 편안해 보였다. 이가 보일 정도로 활짝 웃으며 고개를 살짝 기울여 카메라를 보고 있었다. 이제야 샬로테는 어째서 마르티니크가 자신을 곧바로 알아보았는지 깨달았다. 사라 이모와 자신은 굉장히 닮았으니까. 둘은 얼굴형이 똑같았고, 심지어 샬로테는 엄마보다 이모와 판박이였다.

샬로테는 눈을 깜빡이면서 대니얼을 보았다. 그도 긴 코트와 딱 달라붙는 옅은 색 청바지 차림이었다. 당시 유행은 아주 특이했구나.

그녀는 조심스럽게 사진을 액자에 넣은 다음 다시 벽에 걸었다. 다른 사진에서는 성녀 루시아 축일* 의상을 입은 자신의 모습이 보였다. 세 살짜리 꼬마 샬로테는 크리스마스트리 앞에서 포즈를 취하고 있었다. 녹색 플라스틱 왕관에 달린 양초가 희미하게 빛나는 가운데, 어렸던 자신이 자랑스럽게 가슴 위로 손을 포갠 모습이었다.

샬로테는 이모가 자신의 사진을 벽에 걸어놓을 정도로 그녀에게 무척 관심이 많았다는 게 어쨌든 기분이 좋았다.

그러다 또 한 장의 사진을 발견했다. 크리스티나와 대니얼만 찍힌 사진이었다. 그런데 사진이 뭔가 이상하다는 게 대번에 보였다. 둘로 찢어졌다가 도로 붙인 흔적이 있었다.

샬로테는 사진을 빤히 바라보았다. 엄마와 대니얼이 갈색 소파

---

* 스칸디나비아 지역의 명절로, 동지인 12월 13일에 소녀들이 흰색 옷과 붉은 허리띠, 촛불을 단 왕관을 쓰는 풍습이 있다.

에 나란히 앉아 있는 모습 사이로 찢어진 흔적이 번개 모양으로 나 있었다. 실수로 찢었는데 우연히 이렇게 된다는 건 말이 안 돼!

그녀는 사진을 액자에서 꺼내 뒷면에 적힌 글씨를 보았다. 누군가 계속 같은 단어를 써놓았다. 연필로 적은 글씨였다. '왜?' '왜, 왜, 왜?'

샬로테는 테니슨이 침대에서 내려온 것도 몰랐다. 순간, 고양이가 그녀의 다리에 몸을 꾹 누르며 커다랗게 야옹 울더니 갑자기 방에서 뛰쳐나가 샬로테는 하마터면 넘어질 뻔했다. 내가 실수로 고양이 꼬리를 밟았던 걸까?

문득 불안한 마음이 번져갔다. 샬로테는 사진을 다시 본 다음 재빨리 침대 옆 협탁에 올려놓았다. 방 안 공기가 순식간에 싸늘하게 느껴져서 소름이 쫙 끼쳤다.

허둥지둥 사라의 방에서 나온 샬로테는 문을 쾅 닫았다. 생각이 미친 듯이 머릿속을 맴돌았다. 사라와 크리스티나 사이에 대체 무슨 일이 있었던 거지?

가슴에 손을 얹자 심장박동이 울리는 게 느껴졌다. 샬로테는 엄마를 무척 사랑했었다. 엄마는 그녀의 인생에서 가장 친한 친구이자 동반자였다. 샬로테에게 무슨 일이 있을 때마다 가장 먼저 아는 사람은 크리스티나였다. 화학공학과에 합격했을 때나 첫 번째 시험에 통과했을 때, 알렉스와 만나보기로 했을 때나 같이 살기로 했을 때 그녀는 엄마에게 전화했다. 크리스티나는 샬로테가 어떻게 회사를 경영하며 이끌어갈지 다 알고 있었고, 딸을 격려했으며 정말로 뭐든 할 수 있다고 믿어주었다.

크리스티나는 너무나 좋은 엄마였다. 또한 정이 많고 주변 사람들에게 친절했으며 이웃에 대한 사랑이 넘치는 사람이었다. 하지만 제아무리 좋은 사람이라 해도 실수를 하기 마련이다. 샬로테는 엄마 때문에 이모가 화난 건지 궁금해졌다. 그래서 엄마는 아버지가 누구인지 한마디도 하지 않았던 걸까?

하지만 샬로테는 그 생각을 그만두었다. 과거를 파헤쳐봤자 어리석은 짓일 뿐이다. 어쨌든 자신은 예전에 무슨 일이 일어났는지 절대 알 수 없을 테니까.

거실에 와서 테니슨을 불러보았다. 고양이는 식탁 아래에 누워 있었다. 그녀는 부드럽게 말을 걸었다.

"우리 귀염둥이, 내가 실수로 너를 밟아서 그래? 일부러 그런 게 절대로 아니었어."

그녀는 허리를 굽히고 화해의 의미로 손을 뻗었다. 고양이는 천천히 몸을 일으켰지만 그래도 여전히 미심쩍은 기색을 거두지 않은 채, 샬로테가 몸을 잡고 들어 올릴 수 있을 정도로 다가와주지 않았다. 오히려 턱을 바닥에 대고 웅크려 앉을 뿐이었다.

"나한테 너무 정들면 안 돼. 난 여기서 살 수가 없어."

샬로테는 눈을 감고 미소를 지으며 중얼거렸다.

"너도 장기적으로 보면 나랑 사는 걸 견디지 못할 수도 있어. 난 영화도 로맨틱 코미디만 보고, 청소하기 좋아하고, 누가 더러운 양말을 바닥에 벗어두면 화를 내는 사람이거든."

테니슨은 골골거렸다.

"하, 이제 반려동물이랑 대화를 다 하는 지경에 이르렀네."

샬로테가 한숨을 쉬며 소파에 앉자 테니슨이 얼른 무릎으로 뛰어올랐다. 서점도 마음에 들고 새로운 사람들도 좋았지만, 그러면서도 고향이 그리웠다. 마르티니크는 샬로테를 애틋할 만큼 아꼈지만, 샬로테는 헨리크가 그리웠다. 서점을 어떻게든 살리려고 노력해봤자 결국 돈만 날리는 최악의 상황으로 끝날지도 모른다는 두려움이 계속 따라다녔다. 게다가 서점을 살린다 해도 계속 잘되어 이익을 낼 거라는 보장 역시 없었다.

샬로테는 재정 상황에 대해서 마르티니크와 샘에게 아직 아무 말도 하지 않았고, 곧 자신이 스웨덴으로 돌아가야 한다는 것도 말하지 않았다. 하지만 미루면 미룰수록 입을 열기가 더 힘들어졌다. 자기가 없어도 과연 이 서점이 살아남을까 알 수는 없었지만, 어쨌든 자신은 스웨덴에 회사가 있었고, 여덟 명의 직원을 이끌어야 하는 대표였다.

생각에 잠긴 샬로테는 테니슨의 부드러운 털을 손으로 쓰다듬으며 귀 뒤를 긁어주었다.

"어쩌면 널 데리고 갈 수 있을지도 모르겠어."

그녀는 부드럽게 말했다. 동물을 비행기에 태우는 절차는 분명히 복잡하겠지. 테니슨이 서점을 떠나고 싶지 않을 수도 있고. 하지만 고양이를 두고 간다고 생각하자 배 속이 꽉 뭉쳤다.

고양이가 발라당 돌아눕자 샬로테는 하얀 배를 쓰다듬어주었다. 그리고 고개를 저었다. 이제는 모든 게 생각보다 훨씬 더 복잡해지고 말았구나.

한숨이 나왔다. 어째서 사라 이모는 나한테 집을 맡긴 걸까? 조카가 얼마나 힘들어할지 생각은 안 해본 걸까? 왜 이모는 내가 이 곳에 오기를 간절히 바랐을까?

마음 깊은 곳에서 문득 떠오른 생각이 있었지만, 너무나 뜬금없어서 샬로테는 그 생각을 전혀 이해할 수가 없었다. 그래서 더 생각해볼 것도 없이 한쪽으로 치워버렸다.

14

1982년 12월 2일 목요일

아침에 일어난 크리스티나는 옆에서 자는 사라를 보았다. 언니는 언제나처럼 아름다웠지만, 잠든 모습만 보면 완전히 다른 사람 같아 보였다.

그녀는 조심스럽게 언니의 얼굴에서 머리카락을 넘겼다. 그러자 사라가 한숨을 쉬며 돌아누웠다. 둘은 더 큰 침대를 살까 고민했고, 크리스티나도 찬성했지만 크리스티나는 실은 사라와 꼭 붙어 눕는 게 좋긴 했다. 옆자리에 따스하게 누운 언니가 고르게 내는 숨소리를 들으면 잠이 더 잘 왔으니까.

크리스티나는 기지개를 켜고서 침대에서 슬그머니 나와 청바지를 입었다. 아침에 첫 번째로 일어나는 건 거의 크리스티나였다. 곧바로 나가야 하는 날이 아닐 때면, 그녀는 모퉁이에 있는 작은 가게에 가서 아침 식사를 했다. 바로 오늘처럼 말이다.

그녀는 사라를 깨우지 않으려고 조심스레 방문을 닫았다. 대니얼은 소파에서 자고 있었다. 크리스티나는 맨발로 부츠를 신으면서 그를 잠시 바라보았다. 그리고 잠옷 위에 재킷을 입고 목도리를 둘렀다. 아침에는 벌써 꽤 쌀쌀했다.

마지막으로 한 번 더 대니얼을 본 다음, 크리스티나는 새로 산 중고 가방을 어깨에 메고 집을 나섰다. 그녀는 이제껏 제대로 된 핸드백을 가져본 적이 없었는데, 사라가 저 아래 길에 있는 상점에서 이 가방을 보고는 크리스티나가 사야 한다고 우겼다. 일단 써보니 이제껏 어떻게 핸드백 없이 살았을까 싶었다.

차가운 바깥 공기가 온몸에 달려들었다. 해가 나긴 했지만, 아직도 햇살이 너무 약해서 찬바람을 덥히지는 못했다.

크리스티나는 목도리를 더욱 여미고 손을 재킷 주머니 깊숙이 넣었다. 아무리 일찍 일어나 나와봐도 누군가는 먼저 깨어 있었다. 런던은 절대로 잠드는 법이 없는 도시 같았다.

길 건너편에 모자를 쓴 남자가 보였다. 언제나 개를 산책시키는 것 같은 남자는 그녀에게 고개를 끄덕여 인사했고, 크리스티나 역시 고개를 끄덕여주었다. 계속 걸어가면서 오늘 장사할 준비를 시작하는 가게 주인들을 지나쳤다. 다들 덜커덩 소리를 내면서 진열장 앞에 내려둔 금속 격자문을 열었다. 어떤 이들은 보도로 나와 간판을 밖에 내놓았다. 또 어떤 이들은 오늘 판매할 물건이 적힌 깃발이나 간판을 내걸었다.

크리스티나는 향신료 냄새가 물씬 풍기는 모퉁이 가게의 계단을 올라갔다. 방글라데시 출신의 가족이 운영하는 곳이었다. 그녀가 들어가자 문에 달린 종이 울렸다. 크리스티나는 계산대 뒤에 앉아 있는 아디에게 아침 인사를 했다.

가게 주인 아디는 기분 좋게 웃었다. 그녀는 전혀 피곤해 보이지 않았지만, 자신은 열네 시간씩 가게에 앉아 있다고 크리스티나에게 종종 말하곤 했다.

크리스티나는 물건이 잔뜩 쌓인 선반 사이를 잠시 거닐었다. 다양한 종류의 쌀과 말린 콩, 색색의 렌즈콩과 들은 적도 먹어본 적도 없는 통조림 채소가 한가득 있었다. 향신료 선반을 지나자 코에 향기가 가득 끼쳐왔다. 달콤한 계피 내음이 생강과 커리, 알싸한 마늘 향에 섞여 있었다.

크리스티나는 우유 한 병을 들고 카운터로 간 다음, 난 더미를 가리켰다.

"난 두 개 주세요."

그녀는 주문하며 웃었다.

카페에서 일하니 영어 실력 향상에 많은 도움이 되었다. 이제는 말할 때마다 긴장하지 않았고, 자신의 발음이 꽤 좋다는 것도 알게 되었다. 학교 선생님이 알면 분명히 자랑스러워하시겠지.

아디는 신문지 한 장 가져다가 빵을 포장했다.

"또 필요한 거 있어요?"

크리스티나는 주위를 둘러보다 영국식 연질 치즈 한 봉지를 보았다. 선반에서 치즈를 집어 들었지만, 가격이 너무 비싸 망설였다. 그러나 오늘따라 유달리 기분이 좋은 그녀는 봉지를 계산대에 놓았다.

"이것도 주세요. 그리고 우유도요."

그녀는 돈을 건네고 봉지를 받아 들었다.

"당신네 스웨덴 사람들은 우유를 많이 마시더라고요."

아디는 이렇게 말하며 웃었다. 크리스티나는 고개를 끄덕였다.

"네, 우리는 소를 좋아해서요."

그녀는 대답하고서 문 쪽으로 돌아섰다.

일단 바깥에 나오고 나자 크리스티나는 방금 자신이 무슨 말을 했는지 깨달았다. **우리는 소를 좋아해서요**, 라니. 얼굴이 빨개지고 말았다. 그래도 대니얼이 옆에 없어서 다행이야. 만약 있었다면 쥐 구멍에라도 들어가고 싶을 만큼 부끄러웠을 거야.

집에 돌아온 크리스티나는 냄비에 물을 올렸다. 그녀는 가끔 아침 식사 전에 샤워를 하지만, 지금은 대니얼이 거실에서 중얼대는 소리가 났다. 사라가 일어나기 전에 대니얼과 이야기할 기회가 있으면 좋겠다는 생각이 들었다.

크리스티나는 치즈를 꺼내 난 위에 발랐다. 식탁을 다 차린 다음에는 일부러 그릇 소리를 내 대니얼에게 들리도록 했다. 아직 잠이 덜 깬 채로 앉아 있는 그에게 인스턴트커피를 한 잔 타주었다.

"이거 마셔."

대니얼은 미소를 지으며 잔을 받아 들었다.

"고마워."

그는 곧바로 커피를 한 모금 마셨다.

크리스티나는 난을 담은 접시와 찻잔을 소파 앞 탁자로 가져와서 대니얼 옆에 앉았다.

"앗, 뜨거워."

그녀는 차를 마시자마자 혀를 뎄다. 대니얼은 고개를 절레절레 저었다.

"조심해야지."

그는 이쪽을 보지도 않고 계속 커피를 마셨다. 순간, 그가 몸에 두른 담요가 흘러내리면서 크리스티나의 눈앞에 대니얼의 벌거벗은 상반신이 드러났다. 그녀는 당황한 채로 시선을 돌렸다.

"오늘은 늦게 가도 돼?"

크리스티나는 찻잔을 내려놓고 난을 한 조각 뜯었다. 빵 위에 바른 부드러운 치즈가 묘한 노란빛을 띠었다. 여기에 이토록 많은 돈을 썼다니, 벌써 후회가 밀려왔다.

"응. 10시에 나가."

"그래."

대니얼이 이쪽을 바라보아서, 크리스티나는 어쩔 수 없이 마주 볼 수밖에 없었다. 옷도 제대로 갖춰 입지 않은 채로 같이 아침을 먹으려니까 분위기가 상당히 은밀하게 느껴졌다.

대니얼은 코를 문질렀다.

"빵 위에 바른 게 뭐야?"

"영국식 연질 치즈야."

그녀가 자랑스레 말하자 대니얼이 큰 소리로 웃어서 크리스티나는 혹시 사라가 깨면 어떡하나 걱정이 들었다.

"쉿! 뭐가 그렇게 웃겨?"

"이런 건 진짜 영국인들이나 먹는 거잖아!"

크리스티나는 몸을 뒤로 젖혔다. 왜 이런 말을 하지? 그녀는 빵을 한 입 먹었다. 치즈는 상당히 독특하고 약간 화학적인 맛이 났지만, 절대 그렇다는 말을 하고 싶진 않았다.

대니얼은 소파에 다리를 올려놓고 그녀를 빤히 바라보았다. 그리고 쉰 목소리로 말했다.

"미안해. 널 속상하게 할 마음은 아니었어."

하지만 크리스티나가 여전히 말이 없자, 그는 고개를 숙이고 난한 조각을 집었다.

"봐, 나도 이거 먹을게."

그녀는 시선을 돌렸지만, 대니얼이 난을 씹자 그를 바라보고야 말았다.

"음, 맛있네!"

크리스티나는 소파 쿠션을 하나 들고 그의 다리를 때렸다.

"진짜 뭐지? 이거 맛있어. 그러니까 영국인들이 인도를 식민지로 삼은 것처럼, 이 고급 연질 치즈가 난을 식민지로 삼은 것 같아."

크리스티나는 어쩔 수 없이 웃고 말았다. 대니얼에겐 화를 낼 수가 없었다.

"그럼 이건 치즈로 식민지 발라버리기네."

그녀는 난을 들어 올렸다.

"그것도 최고의 난을 식민지로 발라버렸지."

대니얼이 덧붙였다. 그녀가 큰 소리로 웃던 것도 잠시, 어느새 문틀에 서서 이쪽을 가만히 관찰하는 사라의 모습이 보였다.

"둘이 재미있어 보이네. 뭐가 그렇게 웃겨?"

사라는 눈을 비볐다. 크리스티나는 당황한 눈빛으로 언니를 바라보며 난을 가리켰다.

"연질 치즈를 샀는데 맛이 없어서."

사라는 말없이 난을 훑어본 다음 자그마한 주방으로 가서 차를 한 잔 따랐다.

"오늘 밤엔 집에 몇 시에 와?"

크리스티나도 차를 한 모금 마셨다. 이 질문은 자신에게 던진 게 아니니, 지금은 이 자리에 없는 존재처럼 가만히 있기로 했다.

"늦어. 친구를 좀 만나기로 해서."

"누구랑 만나는데?"

"난 샤워할게."

크리스티나는 이렇게 말하며 일어섰다. 두 사람은 아무런 반응이 없이 서로를 빤히 쳐다볼 뿐이었다.

대니얼이 결국 두 손을 들었다.

"내가 누구랑 만나든 무슨 상관이야?"

"설마 그 스티브란 사람은 아니겠지?"

크리스티나는 욕실 문을 닫았다. 둘의 대화를 듣고 싶지 않았지만, 목소리가 벽을 뚫고 크게 들려왔다.

"스티브가 뭐 어쨌다고?"

"내가 걔 싫어하는 거 너도 알잖아. 내가 보기엔 수상하다고."

"뭐? 수상해?"

"딱 봐도 뭔가 이상해 보이잖아. 나한테 이상한 말을 했어. 자기가 교황을 죽이려고 IRA에 도움을 요청한다나 뭐라나."

"걘 너무 약을 많이 해서 그래."

사라는 심각한 기색으로 말했다.

"너 그런 애들이랑 어울리면 안 돼."

대니얼은 한숨을 쉬었다.

"그만해. 걔는 아주 평범한 애야. 나 가볼게."

그가 일어나서 물건을 챙기는 소리가 들렸다.

"오늘 밤에 꼭 친구들 만나야겠어? 주중에는 내가 늦게까지 일한단 말이야."

"솔직히 너 이런 식으로 짜증 나게 굴면 너랑 있고 싶은 마음이 별로 안 들어."

침묵이 흐르나 싶더니, 갑자기 사라가 버럭 소리쳤다.

"내가 왜 짜증 나는데? 너한테는 내가 1순위가 아니니까 그렇지!"

크리스티나는 대화를 엿듣는다는 티를 내지 않으려고 물을 틀었다. 언니와 대니얼이 서로 저런 식으로 이야기하는 게 불편했다. 왜 저렇게 싸워대는 건지 이해할 수가 없었다.

물소리에 묻혀 바깥 대화가 안 들리기를 바라며 샤워를 했지만 소용이 없었다. 거실에 있는 사라가 울기 시작하더니, 자기 방으로 달려가 문을 쾅 닫는 소리가 이어졌다. 잠시 후 현관문이 닫혔다. 대니얼이 나갔구나.

샤워를 마치고 나서 언니와 같이 쓰는 방에 들어가자 사라는 침대에 앉아 있었다. 크리스티나는 무슨 말을 해야 할지 몰라서 서랍장으로 재빨리 다가가 갈아입을 옷을 꺼냈다. 아무 말 없이 옷을 입는 동안 사라는 그녀를 빤히 쳐다보았다. 그러다 마침내 입을 열었다.

"너 대니얼 어떻게 생각해?"

크리스티나는 눈길을 피했다. 마음속 어딘가에선 대니얼이 얼마나 멋있냐고, 그런 남자와 함께 지내려면 언니가 뭐든 해야 하지 않느냐고 고래고래 소리치고 싶었다.

"괜찮은 사람이지."

사라는 침대 모서리에 스르르 다가와 앉아 발을 바닥에 댔다.

"가끔은 말이야, 우린 참 다르구나 싶을 때가 있어. 아마 걔는 나랑 안 맞는 게 아닐까."

크리스티나는 어깨를 으쓱였다. 여기엔 뭐라고 대답해야 하지? 언니 말이 옳다고? 대니얼은 언니가 아니라 나랑 훨씬 더 어울린다고?

"언니는 걔 사랑해?"

사라는 그녀를 어리둥절한 기색으로 바라보았다. 크리스티나 스스로도 이런 질문을 대놓고 했다는 걸 믿을 수가 없었다.

"누군가를 사랑하는지 아닌지는 어떻게 아는데?"

"나한테 물어보면 어떡해. 나도 모르는데. 난 키스해본 적도 없잖아."

크리스티나의 대답에 사라는 미소를 지었다.

"너희 반 남자애랑 한 건 뭐고? 귀 튀어나온 남자애 있잖아."

"펠레? 그건 키스로 치지 말아야지. 게임하다 그런 거잖아. 입술을 3초밖에 안 대고 있었다고."

사라는 손가락에 머리 타래를 감았다.

"아, 그렇구나. 난 아빠가 그것 때문에 무척 화가 난 줄 알았어."

크리스티나의 미소가 흐려졌다. 그녀는 언니의 팔을 잡았다.

"아니야. 그것 때문이 아니었어. 내가 엄마 목걸이를 가져가서 그랬어. 그걸 걸면 예쁠 거라고 생각했거든. 그런데 목걸이를 돌려놓으려다가 아빠한테 들켰어."

사라는 일어서서 그녀를 품에 안았다. 크리스티나의 눈에 눈물이 글썽거리자 사라는 동생을 꼭 껴안고 달래주었다.

"괜찮아. 우리는 지금 멀리 왔잖아. 아빠는 너를 두 번 다시 건드릴 수 없어."

크리스티나는 언니의 어깨에 얼굴을 묻었다. 자신을 돌봐주는 사라에게 너무나도 감사했다. 사라는 이미 몇 년 전부터 도망칠 수 있었지만, 크리스티나가 학교를 졸업할 때까지 기다려주었다.

"우리는 함께야. 알지? 우리는 함께라고."

사라가 그녀의 귓가에 속삭였다.

크리스티나는 고개를 끄덕였다. 그리고 사라야말로 자신의 인생에서 가장 중요한 존재라는 걸 다시금 깨달았다. 내가 대니얼에게 느끼는 감정엔 아무런 의미가 없어. 걔는 그저 친구일 뿐이잖아. 난 마음을 접고 언니와 대니얼 사이를 방해하지 않을 거야.

"그래. 우리는 함께야."

크리스티나는 이렇게 말했다. 사라의 품에 안겨 있으니 안전하다는 느낌이 들었다.

15

"도와드릴까요?"

굽 낮은 펌프스와 여우 털 목도리를 하고 묵직한 금반지를 손가락에 잔뜩 낀 여자는 마르티니크를 미심쩍은 눈빛으로 바라보더니 한마디 말도 없이 책꽂이로 돌아섰다.

마르티니크는 한숨을 쉬었다. 20년 넘게 서점에서 일하면서 이런 부류의 손님을 너무나 잘 알게 되었으니까. 종업원에게 제 마음대로 굴어도 된다고 생각하는 인간들은 언제나 적게나마 존재하기 마련이다.

"혹시 필요한 것 있으면 알려주세요."

마르티니크는 친절하게 웃으며 말했다. 물론 그 여자는 들려오는 말마다 무시했다. 하지만 지금 이 서점은 책을 사줄지도 모르는 손님을 내쫓을 여유가 없었다. 제아무리 불친절하다 해도, 고객은 고객이니까.

여자는 마르티니크에게 눈길 한번 주지 않고서 어슬렁어슬렁 서가를 거닐더니, 갑자기 획 돌아섰다.

"여기 이게 무슨 냄새죠?"

그녀가 못마땅하다는 듯 중얼거렸다.

마르티니크는 심장이 덜컥 내려앉는 느낌이었다. 혹시 테니슨이 상자에다 오줌을 쌌나? 그녀의 눈앞에 벌써 사고 현장이 그려졌다. 저 여자 손님이 구석에서 고양이 오줌을 발견했나 보네.

약간 겁이 난 마르티니크는 여자가 서 있는 서가로 급히 다가갔다. 그리고 조심스럽게 냄새를 맡아보았지만, 아무 냄새도 나지 않았다.

"제가 맡기에는 바닐라 향이 살짝 나는데요? 종이가 아주 오래되면 제지에서 리그닌이라는 성분이 나오는데, 그게 바닐라 향이랑 비슷해요."

하지만 여자는 마르티니크를 말없이 빤히 쳐다보다가 고개를 저었다.

"아니, 그런 냄새가 아닌 것 같아요. 이런 오래된 가게에서는 저구석에 뭘 두었는지도 모를 텐데 어떤 냄새가 나는지 알 턱이 없겠죠."

그러더니 책이 꽉 찬 서가를 턱짓으로 가리키며 덧붙였다.

"이런 난장판에서 대체 뭘 제대로 찾기나 하겠어?"

마르티니크는 혀를 지그시 깨물었다. 시야 너머로 사무실에서 정신없이 일하는 샬로테가 보였다. 이제는 마르티니크 자신이 상황을 통제해 이 여우 목도리를 한 손님이 만족하시도록 이끌어야 했다.

"제가 기꺼이 도와드릴게요! 뭘 찾고 계셨어요?"

그녀는 이렇게 물으며 애써 웃었다.

하지만 여자는 못마땅하다는 소리를 낼 뿐이었다.

"그걸 내가 알았다면 여기에 이러고 있었겠어요?"

"어떤 분 드릴 책을 찾으시는데요?"

"우리 남편 줄 거예요. 책을 아주 많이 읽거든. 우리 부부는 책을 아주 많이 읽는다고. 솔직히 우리가 아직 읽어보지 않은 책이 여기 있으려나 모르겠지만……."

"이건 어떠세요?"

마르티니크는 앤드루 테일러의 『런던의 재』를 꺼내 들었다.

하지만 여자는 입을 삐죽거리더니 책을 확 뺏어 들었다.

"그건 우리가 분명 읽었던 것 같은데. 표지가 눈에 익어."

마르티니크는 심호흡을 했다.

"그러면 남편분께서는 역사소설을 즐겨 읽으시는군요?"

여자는 불쾌한 기색으로 대꾸했다.

"그래요. 내가 말하지 않았어요? 내 말을 제대로 안 들었나 봐?"

마르티니크는 샬로테를 힐끔 바라보았다. 일하다 말고 고개를 들고 있었다. 여자의 마지막 말을 분명히 들었던 것이다.

"남편분께서는 어느 시대에 관심이 많으신가요?"

여자는 책을 공중에 들고서 돌려댔다.

"현대사요. 제2차 세계대전과 냉전시대 스파이 같은 걸 좋아해요."

"알겠습니다. 그럼 저희 가게 보유 도서가 뭔지 볼게요. 잠시만 기다리세요!"

다른 책을 찾아보려고 자리를 뜨려던 마르티니크의 뒤로 화난 목소리가 중얼거렸다.

"더 기다릴 시간 없으니까, 그거 줘요!"

"알겠습니다. 계산대는 저쪽에 있습니다."

마르티니크는 커다란 떡갈나무 계산대를 가리켰다. 하지만 책을 다시 받으려고 하자, 여자가 잡은 손을 놓지 않았다.

"여기 긁혔잖아요!"

그녀는 소리를 지르며 분한 기색으로 표지에 난 작은 흠집을 가리켰다.

"죄송하지만 책을 운송하면서 이런 일이 종종 일어나요. 그건 저희도 어쩔 수가 없습니다."

마르티니크는 아주 친절한 태도로 설명했지만, 여자는 씩씩대며 말했다.

"다른 걸로 줘요!"

"죄송하지만 지금 남은 책은 이것뿐입니다. 원하신다면 새로 주문해드릴 수는 있는데, 일주일 정도 기다리셔야 합니다."

여자는 고개를 저었다.

"그건 안 돼. 당장 필요하다고!"

마르티니크는 어깨를 으쓱였다.

"정말 죄송하지만 제가 이젠 어떻게 해드릴 수가 없습니다."

"당신 사장이랑 당장 이야기를 해야겠어!"

마르티니크는 뒤돌아서 샬로테를 바라보았다. 샬로테는 화가 난 손님을 금방 알아보았다. 그녀가 곧바로 사무실로 걸어갔기 때문이다.

"당신이 사장이에요?"

여자가 대뜸 묻자, 샬로테는 고개를 끄덕였다.

"네. 뭘 도와드릴까요?"

"당신네 종업원이 내 말을 안 듣잖아!"

샬로테는 놀라서 눈썹을 치켜떴다.

"아, 마르티니크가 그럴 리가 없는데요."

여자는 책을 거칠게 내밀며 말했다.

"내가 이걸 사고는 싶은데, 못 사겠어. 여기 흠집이 있다고요."

여자가 표지를 가리켰다.

"그런데 당신네 종업원이 다른 책을 안 주잖아."

"아, 그렇군요. 그러면 재고가 없어서 못 드리는 걸 겁니다."

"그러면 적어도 할인은 해줘야 하는 거 아니에요?"

여자는 화를 내며 씩씩거렸다. 샬로테는 책을 자세히 바라보더니 말했다.

"그럼 계산대로 같이 가시죠."

마르티니크는 아직도 계산대 뒤에 서 있었다. 목이 꽉 메었다. 샬로테는 지금 자신에게 실망했을까? 그녀는 저 끔찍한 진상 손님을 최선을 다해 응대했고, 샬로테가 그 점을 알아주길 바랐다.

샬로테는 마르티니크 옆에 서더니 그녀를 슬쩍 보며 윙크했다. 그리고 여우 목도리를 한 여자에게 눈길을 고정했다.

"죄송하지만 우리는 손님에게 책을 팔 수가 없습니다. 우리 직원을 무례하게 대하는 사람은 손님으로 받을 수가 없어서요."

여자는 방금 재산세가 인상되었다는 소리를 듣기라도 한 표정을 지었다.

"뭐라고요?"

하지만 아무런 대답을 듣지 못하자 팔짱을 끼고서 소리쳤다.

"당신네 사장이랑 말 좀 해야겠어!"

샬로테는 미소를 지었다.

"제가 사장입니다."

여우 목도리를 한 여자는 금방이라도 폭발할 것 같았다.

"내가 이 서점에 다시는 오나 봐라!"

"사과하지 않으시면 다시는 오실 수 없습니다."

샬로테는 단호하게 말했다. 여자는 분한 표정으로 두 사람을 바라보았다. 순간 마르티니크는 여자가 금반지 낀 손으로 샬로테의 따귀를 때릴 거라 생각했지만, 여자는 그냥 뒤돌아서 서점을 뛰쳐나가버렸다.

"아, 세상에나! 저렇게 구는 사람도 종종 있나요?"

샬로테가 놀라서 한숨을 쉬었다.

"안타깝게도 저런 경우가 있지."

마르티니크는 미소를 지었지만, 샬로테는 진지한 기색을 풀지 않고 고개를 끄덕이기만 했다.

"제 말 오해하지 말고 들어주세요. 저는 마르티니크가 조용하고 매끄럽게 일을 처리하는 방식이 대단하다고 생각해요. 물론 우리는 인내심을 갖고 고객을 대해야 하고요. 하지만 그렇다고 고객이 제멋대로 구는 걸 전부 다 받아줘서는 안 돼요."

마르티니크는 놀라서 그녀를 쳐다보았다.

"무슨 말이니?"

샬로테는 지금 매우 진지한 얼굴을 하고 있었다.

"아까 그 여자가 마르티니크에게 한 말을 들었어요. 아무리 마르티니크라도 다루기가 불가능한 손님이 있다는 걸 깨달았죠."

당황한 마르티니크는 입고 있던 카프탄 안으로 몸을 움츠렸다. 무슨 말을 해야 할지 알 수가 없었다.

"제 말뜻은요, 마르티니크가 좀 더 자신을 돌봤으면 좋겠다는 거예요. 항상 다른 사람을 위해서만 모든 걸 하려고 하시잖아요."

마르티니크는 가슴 앞으로 팔짱을 꼈다.

"하지만 내가 좋아서 도와주는 건데!"

샬로테는 미소를 지었다.

"알아요. 어쩜 이럴까 싶을 정도로 정 많고 너그러우시죠. 하지만 너무 과하지는 않게 조심하시면 좋겠단 뜻이에요."

마르티니크는 마른침을 삼켰다. 뭐라 반박하고 싶었지만, 솔직히 그녀도 샬로테 말이 옳다는 걸 알고 있었다.

"난 그저 맡은 일을 제대로 하려는 것뿐이야."

그녀가 속삭이자, 샬로테는 가까이 다가와 그녀의 어깨에 손을 얹었다.

"하지만 맡은 일은 이미 제대로 하고 계시는걸요. 마르티니크만큼 상대가 책을 읽고 싶게 만드는 분은 본 적이 없어요. 세상 모든 책을 다 알고 계시는 것 같거든요. 그래서 서점에 들어오는 손님마다 환영받는 기분이 들게 하죠."

"정말 그렇게 생각하니?"

"그럼요! 아까 여기서 엉엉 울던 남자 있잖아요. 그 사람이 갑자기 템스강에 뛰어들기라도 하면 어떡하나 걱정했거든요. 그런데 마르티니크가 말을 걸어주니까 행복한 게 아닌가 싶을 정도로 변하던데요."

"그 사람 여자친구랑 헤어졌거든. 그래서 내가 『먹고 기도하고 사랑하라』를 줬어. 그게 실연당한 사람에게는 즉효약이나 마찬가지니까."

"그럼 아들과 토론하고 싶은 엄마에게는 어떤 책을 추천했나요?"

"마거릿 애트우드의 『시녀 이야기』랑 치마만다 응고지 아디치에의 『아메리카나』, 록산 게이의 『길들여지지 않은 국가』를 추천하지."

샬로테는 웃었다.

"그건 마르티니크가 직접 하셔야 해요! 나는 그 책들을 들어본 적도 없거든요. 마르티니크의 전문 지식 없이는 우리는 이 서점을 제대로 운영할 수 없으니 앞으로 스스로를 소중히 여겨주세요."

마르티니크는 입을 꾹 다물었다. 울고 싶지 않은데도 눈물이 저절로 솟았다. 책을 추천해주었을 때 손님들이 추천도서를 맘에 들어 하며 환하게 웃는 모습을 보고 있노라면 정말 좋았다. 예를 들어, 최근에는 휠체어에 앉아 생활하는 더글러스 할아버지가 『코렐리의 만돌린』을 보며 그리스의 섬들을 다시 경험할 수 있게 되어 고맙다고 말한 적이 있었다. 마르티니크 스스로도 힘든 시기에 책을 읽으며 많은 도움을 받았다. 어떤 책이든 읽는 사람은 결코 혼자가 아니었다. 마르티니크는 리버사이드 드라이브에 있는 이 서점에서 일하는 게 무엇보다도 좋았다.

샬로테를 바라보고 있자니 문득 마음이 따스해졌다. 그녀에게 일을 잘한다는 말을 들으니 안심이 되었다. 여기 온 지 고작 2주밖에 안 되었는데도 사라의 조카는 그들과 매우 잘 어울려 지냈고, 마르티니크는 자신의 노력으로 부디 샬로테가 이곳에 머물러 주기를 진심으로 바랐다.

마르티니크는 눈가를 훔쳤다. 샬로테는 아직 자신이 준 책에 대해서 아무 말도 하지 않았다. 어쩌면 지금 또 새로운 책을 추천해 주어야 할까? 샬로테는 자신이 책을 많이 읽는 사람이 아니라고 했지만, 마르티니크가 보기에 그 말은 그냥 핑계였다. 누구든 자신에게 맞는 책을 손에 드는 순간 독자가 되는 법이니까.

따져보면 마르티니크는 샬로테에 대해 아는 게 거의 없었다. 하지만 어떤 면에선 샬로테가 삶의 방향을 찾고 있다고 느꼈는데, 그럴 때에는 독서야말로 자아를 찾을 수 있는 좋은 방법이었다. 그리고 마르티니크는 자신이 가장 좋아하는 책을 샬로테와 나누고 싶었다. 조이스 캐럴 오츠, 브론테 자매, 실비아 플라스, 루이자 메이 올컷, 마릴린 프렌치, 제인 오스틴의 작품을 읽는다면 샬로테 본인은 물론이고 서점과의 관계를 발전시키는 데도 도움이 될 것이다. **아무리 못해도 해될 건 없지**, 라고 마르티니크는 생각했다.

하지만 그녀가 아직까지도 결정하지 못한 게 있었다. 사라가 자신에게 맡긴 비밀을 언제 또 어떻게 샬로테에게 전할 수 있을까.

샬로테가 위층 집에서 시간을 보내면 보낼수록, 하나둘씩 단서를 맞추어 진실을 알아낼 가능성이 컸다. 하지만 마르티니크가 보기에 샬로테는 아직 어려서, 진실을 알 준비가 된 것 같지 않았다. 그래서 샬로테와 서로를 좀 더 많이 알아가는 게 그녀에겐 중요했다. 사라의 조카가 그녀를 더욱 믿어줄수록, 함께 이야기하며 모든 걸 설명하기가 훨씬 쉬워질 터였다. 물론 어째서 처음부터 진실을 알려주지 않았느냐고 비난할 위험이 있었지만, 그렇더라도 그건 마르티니크가 감수해야 하는 부분이었다. 지금 이 순간에 의지할 수 있는 건 아무것도 없었다. 의지할 건 오로지 자신의 직감뿐이었다.

16

9월 20일 수요일

주문서를 훑어보던 샬로테는 책장에 누워 쿨쿨 자는 테니슨을 발견했다. 꽂아놓은 일련의 책 위로 길게 몸을 뻗고 잠든 고양이를 보며, 샬로테는 미소를 지었다. 책 높이가 서로 달라 울퉁불퉁할 텐데 어떻게 저기에 몸을 대고도 잘 수 있을까.

이윽고 그녀는 워터스 목사의 막내아들인 아서 이름을 딴 책꽂이로 다가갔다. 『다 큰 남자도 울리는 시』라는 책을 찾아야 하는데, 아무리 봐도 보이질 않았다. 시집은 매출에서 차지하는 비중이 아주 적어서, 샬로테는 시집을 최대한 많이 출판사에 반품하기로 했다.

"홀든을 찾아라."

그녀는 이렇게 중얼거리다가 책을 찾으려면 천장 난간에 고정된 사다리에 올라가야 한다는 사실을 깨달았다.

그녀는 단호하게 아서 책장에 있던 사다리를 꺼내어 맨 아래 발판을 딛고 조심스럽게 올라갔다.

사다리는 흔들림이 없어 보였지만, 샬로테에겐 언제나 고소공

포증이 있었다. 그녀는 망설이며 주위를 둘러보았다. 하지만 마르티니크는 계산대에 서 있어서 불러낼 수가 없었다. 자리를 비우면 안 되니까.

샬로테는 한숨을 쉬었다. 바보같이 뭘 망설이는 거야? 그 망할 책을 얼른 꺼내야지. 할 수 있어. 뭐가 그리 힘들다고? 그냥 사다리를 타고 올라가서 책을 한 권 집고 나서 빨리 내려오면 되는데. 몇 초도 안 걸릴 거라고.

그녀는 발판을 하나 더 올라갔다. 하지만 벌써 공중에서 몇 미터는 뜬 것만 같았다. 괜찮아, 아래를 내려다보지만 않으면 돼.

이제 책이 닿는 곳까지 이르렀다. 하지만 이상하게도 손을 내밀려고 할 때마다 팔이 말을 듣지 않았다. 아무리 노력해도 손가락은 사다리를 꽉 쥘 뿐 떨어지려 하지 않았다.

샬로테는 속으로 중얼거렸다. 책에 이만큼이나 가까이 다가왔건만, 너무 높이 올라온 나머지 몸을 통제할 수가 없었다. 온몸이 굳어버려 아주 살짝만 움직여도 무시무시하게 현기증이 일었다.

어쩔 수 없이 샬로테는 사다리에서 내려와야 했다. 그녀는 천천히 왼쪽 발을 사다리 아래 발판에 얹으려고 했지만 할 수가 없었다. 심장이 갑자기 뛰기 시작했다. 이제는 꼼짝할 수조차 없었다.

그 순간, 목소리가 들렸다. 윌리엄이 서가 사이에서 불쑥 나타났다.

"도와드릴까요?"

샬로테는 고개를 저었다.

"정말 도와드리지 않아도 돼요? 좀 긴장한 것 같아 보이는데요."

그녀는 용기를 끌어모아 아래를 내려다보았다. 그러자 책꽂이에 기대어 봉지에 든 감자칩을 먹고 있는 윌리엄이 보였다. 이게 지금 재미있어 보이나? 샬로테는 불쑥 분노가 치밀었다. 이렇게 창피한 일이 벌어질 줄이야!

샬로테는 단호하게 발을 다시 내려놓으려고 했다. 이번에는 성공할 수 있을 거란 생각도 잠시, 도저히 아래 발판을 찾을 수가 없었다. 그녀는 필사적으로 공중에 뜬 발을 가누다가 재빨리 발을 올리고 깨달았다. 지금 사다리가 흔들리고 있다.

샬로테는 사다리를 꽉 붙잡았다가, 몇 초 동안 책장이 자신 쪽으로 쓰러진다는 느낌이 들어 저도 모르게 비명을 지르고 말았다.

윌리엄은 감자칩 봉지를 내려놓고서 바지에 손을 닦은 다음 재미있다는 눈초리로 그녀를 올려다보았다.

"자, 내 손 잡아요."

샬로테는 마른침을 삼켰다. 참 굴욕적인 상황이지만, 지금 달리 선택지가 있나? 이 사다리에 더는 서 있고 싶지 않았고, 아무리 애를 써도 스스로의 힘으로 안전하게 내려올 가능성은 없어 보였다.

샬로테는 천천히 사다리에서 손가락을 하나씩 떼고서 윌리엄에게 손을 내밀었다. 그 손을 잡은 순간 책꽂이가 다시 흔들렸지만, 윌리엄은 재빨리 그녀의 허리를 잡고 안아 들었다. 그렇게 샬로테는 그의 품에 안착했다.

둘의 얼굴이 서로 너무 가까워지는 바람에 윌리엄의 따스한 숨결이 느껴졌다. 바닥에 내려왔다는 생각에 샬로테는 기분이 좋아졌지만, 윌리엄이 만족스럽게 싱긋 웃는 모습을 알아차리고는 재빨리 그의 품에서 벗어났다.

그녀는 눈을 내리깔고 스웨터 매무새를 정리했다. 아주 잠깐 그에게 키스하면 어떨까 생각하면서 가슴이 뛰기도 했다. 하지만 샬로테는 이마를 꾹 짚었다. **현기증이 나서 그래.** 이렇게 생각하고서 고개를 마구 저었다.

하지만 당황한 채로 윌리엄을 다시 바라본 순간, 또 현기증이 들기 시작했다.

나 왜 이러지? 뭔가 다른 생각을 해보자! 블랙 푸딩*을 생각해봐. 퍽퍽하게 삶은 블랙 푸딩을.

"고마워요."

샬로테는 딱딱한 목소리로 말하고서 돌아섰다. 그러고는 아까 책 더미 아래 둔 주문서를 읽는 척했다.

"고마울 것까지야. 너무 민망하게 생각할 필요 없어요. 사다리를 잘못 올라갔다간 진짜 어마어마한 사고가 날 수도 있거든요. 내가 보기엔 서점에서 나는 사망 사고 중 2위가 사다리 사고예요."

샬로테는 못마땅한 신음을 흘렸지만, 호기심도 생겼다.

"그렇군요. 그럼 1위는 뭐죠?"

"『죄와 벌』에 깔려 죽는 거죠. 두꺼워도 너무 두껍잖아요. 그래서 어떤 보험사에서는 그 책을 전자책으로만 판매하라고 주장하고 있다네요."

---

* 피를 굳혀 만든 소시지 형태의 음식으로 순대와 유사하다.

샬로테는 웃었다.

"알겠어요. 조심할게요."

마르티니크가 무슨 일이 일어났는지 파악하고서 이쪽으로 다가 왔다.

"다들 괜찮아? 혹시 다쳤니?"

샬로테는 당황해서 고개를 저었다.

"아뇨. 좀 어지러워서요. 사다리에 올라가지 말걸 그랬어요."

마르티니크는 걱정스레 그녀의 어깨에 손을 얹었다.

"잠깐 앉아 있을래?"

"아뇨. 지금은 괜찮아요."

그러자 윌리엄이 말했다.

"내 덕택이죠. 내가 목숨을 구해줬다고요."

"윌리엄이 여기 있어서 다행이야."

마르티니크가 상냥하게 말하자 샬로테는 눈을 흘겼다.

"네, 그렇죠. 도움 줄 사람이 필요한 구원자시네요."

마르티니크는 책장을 찬찬히 바라보았다.

"무슨 책을 찾고 있었니?"

"서정시 선집요. 반품할 수 있을 것 같아서요."

윌리엄은 쓸쓸하게 웃었다.

"시 선집은 빨리 팔릴 리가 없지."

마르티니크는 고개를 저었다.

"난 서정시가 좋아. 그런 책이 서점에 있어야 한다고 생각해."

윌리엄은 부끄러워하며 고개를 끄덕였다.

"당연하죠. 하지만 팔리기 어려운 게 현실이란 뜻이었어요."

"그러면 우리가 서가에서 금방금방 꺼내다 팔 수 있는 소설을 좀 써보는 게 어떻겠니?"

마르티니크가 미소를 지으며 말하자, 윌리엄은 심장마비에라도 걸린 듯 가슴을 부여잡고서 소리쳤다.

"고맙네요. 바로 그런 말이 필요했어요. 지금 난 인생 최대의 글쓰기 슬럼프에 빠져있거든요."

윌리엄이 자리를 뜨자 마르티니크가 그의 뒤에다 대고서 소리쳤다.

"다 잘될 거야. 네가 글을 쓰는 한 문제없이 잘될 거야."

그가 마르티니크에게 손 키스를 날리자 샬로테는 그만 싱긋 웃고 말았다. 그리고 계단을 올라가는 윌리엄의 뒷모습을 지켜보았다. 인정하고 싶지 않았지만, 그는 믿을 수 없을 정도로 매력적인 남자가 맞았다. 부스스한 검은 머리카락과 커다란 눈망울에 느긋한 태도까지. 그녀는 윌리엄이 서점에 있을 때마다 그에게서 눈을 떼기가 어려웠다. 그러면서도 윌리엄이 자기 생각과 의견을 언제나 다 들리도록 떠벌리는 모습에 화가 나기도 했다. 그의 자신감을 보면 그게 매력인지 자만인지 알 수가 없었다.

샬로테는 그 생각을 제쳐두었다. 지금껏 다른 남자를 두고 이런 생각을 해본 적이 없었는데. 알렉스가 아닌 남자에게 어떤 감정을 느낀다고 생각하니 터무니없었다. 게다가 자신은 얼마 안 있어 이곳을 떠난다는 걸 떠올렸다. 그녀의 현실은 스웨덴에 있었다.

샬로테는 주문서를 매끈하게 정리하다가 마르티니크의 시선을 느꼈다.

"『몬테크리스토 백작』은 마음에 들었어? 끝까지 읽었니?"

샬로테는 고개를 끄덕였다.

"네. 아주 재밌던데요."

"그럼 『제인 에어』는 읽어봤니?"

샬로테는 목록을 손으로 쭉 넘겨보고는 목을 가다듬었다. 그리고 마르티니크에게 미안한 눈빛을 보냈다.

"저는 책을 많이 읽지 않아요. 저녁에는 정말 피곤해서요."

"하지만 그 책도 마음에 들 거야. 정말이야! 내 딸 앤절라가 제일 좋아하는 책이거든."

마르티니크는 조세핀 책장으로 가서 책을 꺼냈다. 샬로테는 주저하며 책을 받아 들고 표지를 바라보았다. 왜 그런지 몰라도 그녀는 자신이 『몬테크리스토 백작』을 아주 재미있게 읽었다고 인정하고 싶지 않았다. 그리고 사라가 소장한 책 중에서 『이성과 감성』을 벌써 반이나 읽었다는 것 역시 밝힐 마음이 없었다. 하지만 샘이 추천해준 책은 전혀 재미가 없었다. 『싱가포르의 페니스 대공포』를 읽기 시작했지만, 대체 그 책이 왜 인기가 있다는 건지 전혀 이해가 가지 않았다.

"이것도 좋아하게 될지 한번 볼게요."

샬로테는 『제인 에어』를 사이드 테이블에 놓았다. 마르티니크는 고개를 끄덕였다.

"그렇게 해보렴."

그 순간, 마르티니크의 얼굴에 슬픈 기색이 떠올라 샬로테는 깜짝 놀라 물었다.

"괜찮으세요?"

마르티니크는 아니라는 듯 손을 들었다.

"응, 응, 괜찮아. 그냥 앤절라 생각이 나서. 딸애는 나랑 책 이야기 하는 걸 좋아했는데, 지금은 딸애랑 두 마디 이상 말도 섞지 않게 됐어."

"정말 가슴 아프시겠어요."

마르티니크는 책꽂이에 꽂힌 책들을 손가락으로 쓸었다.

"계속 이런 식이더라고."

그녀는 한숨을 쉬더니 이윽고 샬로테에게 미소를 지으면서 말했다.

"혹시 저 위에 있는 책들이 필요하면 말만 해. 내가 꺼내줄게."

마르티니크의 배려와 보살핌을 느낄 때마다 샬로테는 마음이 따스해졌다. 많은 사람이 자신을 소극적이라고 여겼고, 그래서 다른 사람들과 친해지기가 참 어려웠는데, 마르티니크와는 모든 게 아주 자연스러웠다. 샬로테는 마르티니크와 친해지기 위해 자신을 굽힐 필요가 없었다. 그저 있는 그대로의 모습으로도 괜찮았고, 그래서 놀라우리만큼 편안했다.

"그럴게요. 이제부터 저는 위에 올라가지 말아야겠어요."

샬로테가 감사한 마음으로 대답했다.

"그거 다행이네. 그럼 난 전화 좀 해야겠어. 잠깐 가게 좀 봐줄래?"

샬로테는 입구를 바라보았다. 어떻게 계산대를 써야 하는지 정확히 알지는 못했지만, 지금은 손님은 아무도 없어서 그녀는 고개를 끄덕였다.

"보고 있을게요."

그런데 마르티니크가 사무실에서 나가자마자 문이 열리더니 낡은 하늘색 누빔 재킷을 입은 남자가 절뚝이며 계산대로 다가왔다.

샬로테는 한숨을 쉬었다. 지난 한 시간 동안 손님이 단 한 명도 가게에 들어오지 않는데, 혼자가 되자마자 자연스럽게 사람이 들어오다니. 하지만 그녀는 이내 마음을 가다듬었다. 어쨌든 매출을 긴급히 늘려야 했다.

"안녕하세요. 뭐 찾으시는 것 있나요?"

그녀가 묻자, 남자는 누빔 재킷의 솔기를 잡아당겼다. 그는 듬성듬성한 금발을 머리 위로 빗질해 넘겼고 커다란 안경을 쓰고 있었는데, 코 부분을 스카치테이프로 붙여놓았다.

"주문한 책을 찾으러 왔는데요."

그는 중얼중얼 말했다. 샬로테는 뻣뻣하게 웃으며 물었다.

"성함이 어떻게 되시죠?"

"루니요."

그녀는 허리를 굽히고 계산대 아래에 있는 책 더미를 보았다. 마침내 '루니'라고 써놓은 책 더미를 발견하고는 조심스럽게 계산대 위에 놓았다. 하지만 책 제목을 본 순간 움찔하고 말았다. 책 더미 맨 위에 있는 책은 『나의 관 직접 짜기』였고 다른 책 두 권은 『박제술 기초―나의 보물을 영원히 간직하기』와 『수의』였다.

"이렇게 세 권 맞나요?"

남자는 『수의』을 들더니 책장을 잠깐 훑어보았다.

"네, 이렇게 세 권입니다."

그는 누군가에게 쫓기기라도 하는 듯 뒤를 흘끔 돌아보았다.

"이렇게 세 권을 사고 싶습니다."

그는 초조하게 누빔 재킷 단추를 움켜쥐었다. 샬로테가 금전출납기에 가격을 입력하자 남자는 꼬깃꼬깃한 20파운드 지폐 두 장을 내밀었다.

남자가 움직이는 모습을 보자 어쩐지 소름이 끼쳤다. 이윽고 그에게 책 봉투를 건네주자, 남자는 샬로테를 똑바로 바라보며 중얼거렸다.

"이건 다 론다를 위해서 산 겁니다."

"아, 네."

샬로테는 어정쩡하게 말했다.

그는 부서진 안경 너머로 그녀를 빤히 바라보았다.

"론다는 머지않았습니다."

샬로테는 마른침을 삼켰다.

"무슨 말씀이시죠?"

남자는 계산대 위로 몸을 기대어 창백하고 갸름한 얼굴을 샬로테 바로 앞에다 불쑥 디밀었다. 그녀는 뒤로 물러서지 않으려고 안간힘을 썼다.

"죽을 때가 머지않았다고요."

그는 진지한 기색으로 말한 다음 잠시 눈을 감았다. 그리고 몇 초 가만히 서 있다가, 돌아서서 급히 거리로 나갔다.

남자는 사라졌지만, 샬로테는 여전히 불안했고 그가 한 말을 반복해서 떠올렸다. 곧 죽는다는 '그녀'는 누구지? 론다라는 불쌍한 여자를 위해 관을 짤 계획이었나? 아니면 그냥 재미없는 장난을 친 건가?

샬로테는 가슴께에 팔짱을 꼈다. 그 남자는 이쪽이 이해하지도 못하는 장난을 치면서 사람을 놀린 건가? 하지만 장난이 아니었다면? 진심으로 한 말이었다면? 론다라는 여자가 납치된 건 아닐까? 지금 그 남자의 집 지하실 어딘가에 갇혀서 살해당하기만을 기다리고 있는 건 아닐까? 어쩌면 그 남자는 TV에 나온 연쇄살인범일지도 모른다. 희생자들을 죽이기 전에 이상한 의식을 행하는 살인마가 있잖은가. 관을 짠다는 건 너무나 오싹한 소리였다. 게다가 그 전에 시체를 박제할지도 모른다니 더더욱 음산했다.

샬로테는 휴대폰을 꺼내놓고서 망설였다. 물론 경찰에 신고할 수도 있겠지만, 자칫하면 바보 취급을 당할 수도 있었다. '실례합니다만, 방금 박제술에 관한 책을 산 손님이 있는데요, 그 사람이 누굴 죽이려는 것 같아서요.'

샬로테는 휴대폰을 다시 집어넣었다. 침착해야 했다. 분명 샘이나 마르티니크가 손님을 위해 책을 주문했을 때, 뭔가 우려할 만한 점이 보였다면 먼저 반응했겠지. 게다가 자신은 이런 데 신경 쓸 겨를이 없을 만큼 나름 골치 아픈 문제가 많았다. 사람들은 자기가 원하는 책을 얼마든지 읽을 수 있다. 안 그런가?

'루니'라는 이름이 적힌 메모지는 여전히 계산대 위에 있었다. 샬로테는 메모지를 동그랗게 구겼다. 그 남자에게는 좀 이상한 취미가 있을 뿐이야. 관을 짜고 수의를 만드는 것 자체는 불법이 아니니까. 그녀는 쓰레기통에 동그랗게 뭉친 쪽지를 던졌다.

걱정할 필요가 없다고 애써 마음을 다독였건만, 심장이 목덜미까지 고동치는 게 느껴졌다. 그녀는 그 불쾌한 남자의 주름진 얼굴을 계속 떠올릴 수밖에 없었다.

17

1982년 12월 9일 화요일

"언니 미쳤구나!"

크리스티나가 원피스에 붙은 가격표를 읽으려 하는 동안 사라는 빙그르르 돌며 웃었다.

"얼마 들었어?"

"먼저 그 옷이 마음에 드는지부터 말해!"

크리스티나는 눈을 흘겼다.

"그래, 예쁘네. 그런데 얼마 주고 샀냐니까?"

사라는 알쏭달쏭한 얼굴을 하고서 크리스티나를 자기 쪽으로 끌어당겼다.

"대니얼에게 말하지 않겠다고 약속해."

"약속할게. 그러니까 빨리 말해!"

"소호에서 이 옷을 찾았어. 세상에서 가장 귀여운 부티크에서 샀다고. 가게 주인이 내가 이 옷을 입으니까 파라 포셋*을 닮았다고 하더라."

사라는 드레스를 잡고 상대를 유혹하듯 웃었다. 하지만 크리스티나가 다시 물었다.

"그래서 얼만데?"

"75파운드."

"75파운드?!"

"쉿! 대니얼이 듣겠다!"

크리스티나는 고개를 저었다.

"언니, 75파운드로 얼마나 많은 일을 할 수 있는지 알아?"

사라는 손으로 입을 가리고 키득키득 웃었다.

"아냐, 농담이야. 옷은 그보다 훨씬 쌌어. 원래는 55파운드였는데, 가게 주인이 나한테 너무 잘 어울린다면서 49파운드에 줬어."

크리스티나는 침대에 누웠다. 그리고 내야 할 청구서를 생각했다. 곧 지방세와 수도 요금과 전기료를 내야 한다.

사라는 거울 앞에서 포즈를 취했다. 그 망할 놈의 스팽글 원피스를 입은 언니는 무척 행복해 보였다.

"환불할 수 있어?"

하지만 사라는 아무런 말도 못 들은 것처럼 굴면서 〈미녀 삼총사〉의 주제가를 흥얼댔다.

"사라, 환불해 오면 안 돼?"

사라는 어깨를 으쓱였다.

"안 돼. 할인가로 사면 환불 못 해."

---

* 1970년대 유행을 선도하던 미국의 배우로 TV 시리즈 〈미녀 삼총사〉에 출연했다.

크리스티나는 머리를 꽉 움켜쥐었고, 사라가 그 옆에 앉았다.

"오, 세상에나, 크리스티나, 그냥 옷 한 벌 샀을 뿐이잖아! 그렇게 슬픈 얼굴 하지 마."

"우리한텐 그만한 옷을 살 돈이 없다는 거 몰라?"

사라는 눈썹을 치켜떴다.

"나 이번 달 식비 쓸 필요 없어. 술집에서 먹으면 돼."

"그럼 아침은?"

"아침은 땅콩 같은 걸로 때울 거야."

크리스티나는 고개를 저었다.

"먼저 나한테 물어볼 수도 있었잖아. 왜 안 물어봤어? 난 우리가 여기서 같이 의논하며 산다고 생각했어. 서로 믿을 수 있다고 생각했다고."

그러자 사라는 마침내 그녀가 원하는 반응을 보여주었다. 고개를 숙이고 원피스를 벗었다.

"미안해. 이 옷을 봤을 때 너무 기뻐서 그랬어. 정말 특별해 보였거든. 그리고 자꾸 물어봐야 하는 게 싫었어. 우리는 이제 그 집에 살지 않잖아. 그런데 여기서도 우리가 원하는 걸 마음껏 하고 살 수 없다면 가출은 대체 왜 한 거야?"

사라는 크리스티나의 손을 잡고 곁눈질을 했다.

"나한테 화내지 마. 나도 다시는 안 그럴 테니까!"

크리스티나는 조용히 언니를 바라보았다. 언니에게 이토록 빨리 마음이 풀려서는 안 되지만 더는 말다툼하고 싶지 않았다. 그리고 사라의 말은 옳았다. 우리 둘은 인생을 스스로 결정하기 위해 집에서 나온 거니까. 하지만 크리스티나라면 돈도 거의 없는 형편에 그런 원피스를 산다는 생각은 전혀 하지 못했을 것이다.

사라는 그녀의 어깨에 기대어 속삭였다.

"나 용서해줄 거지?"

크리스티나가 고개를 끄덕이자, 사라는 벌떡 일어섰다.

"좋아! 그럼 혹시 나 빨래 좀 해다 줄래? 페르네와 약속이 있어. 교대근무 전에 둘이 같이 산책하려고."

그녀는 구석에 있는 더러운 빨래 더미를 뒤져서 빨래를 한 아름 들고 일어섰다.

"얼마 안 돼. 그냥 이번 주에 나한테 꼭 필요한 옷만 몇 개 빨면 돼."

하지만 크리스티나가 아무 말도 하지 않자, 사라가 돌아섰다.

"오늘 세탁소에 가고 싶었던 거 아니야?"

"으음."

사라는 크리스티나의 발 앞에 빨래를 내려놓곤 볼에 키스했다.

"고마워. 우리 동생 마음씨도 곱지!"

그녀는 핸드백을 들고 문으로 향했다. 그러다 나가기 전에 멈추더니 이렇게 덧붙였다.

"그리고 내 모직 스웨터는 조심해서 세탁해줘. 그거 뜨거운 물에 빨면 안 돼……."

"섭씨 30도로. 알고 있어."

"좋아! 그럼 이따 밤에 봐."

사라가 나가고 난 자리를 보자 반짝이는 원피스가 놓여 있었다.

크리스티나는 옷을 몸에 대보았다. 빛을 받은 화려한 원피스가 움직일 때마다 반짝였다.

크리스티나는 자리에서 한 바퀴 돌아보았다. 내가 이런 옷을 입으면 대니얼은 뭐라고 할까? 아마 놀라겠지. 난 이렇게 눈에 띄는 옷은 입지 않으니까. 어쩌면 날 예쁘다고 생각해줄까. 아니면 사라와 닮았다고 여길까.

크리스티나는 조심스럽게 원피스를 옷장에 걸었다. 대니얼이 구해다 준 옷장이었다.

그런 다음 옷장에 기대어 나무 냄새를 맡았다. 양쪽으로 열게 문 두 짝이 달린 커다랗고 어두운색 옷장이 있으니까 방이 훨씬 아늑해 보였다. 사라도 자신만큼 이 옷장을 좋아했다.

대니얼이 친구들과 함께 작은 계단으로 이 옷장을 옮겼을 때 얼마나 집중해서 작업했는지 생각하자 미소가 떠올랐다. 그는 친구들에게 나지막한 목소리로 어떻게 옷장을 뒤집어야 계단을 통과할 수 있는지 설명한 다음 옷장을 집으로 들이는 데 성공했다. 크리스티나는 이러면 안 된다는 걸 알면서도 대니얼의 곁에 있는 지금이 아주 안전하다고 느꼈다.

옷장 문이 닫히면서 삐걱댔다. 끊임없이 대니얼을 생각하는 일은 이제 그만둬야 한다는 걸 안다. 그에게 품은 감정은 잘못된 것이지만, 그럼에도 그 마음을 부인할 수가 없었다. 하지만 대니얼이 오기만 하면 다 괜찮을 거야. 모든 걱정이 사라지면서 이 세상 그 무엇도 중요해지지 않게 되니까. 그러면 난 전에 느껴본 적 없는 행복에 빠지겠지. 동시에 이런 감정 때문에 모든 게 파괴되리라는 것 역시 알고 있었다. 그러니 이런 마음을 절대로 말할 수 없었다. 그리고 대니얼이 눈치채지 못하도록 조심해야 했다.

  이보다 더 나쁠 수도 있었어. 지금이 최악인 건 아니야. 그녀는 이렇게 생각하며 사라의 옷을 모았다. 자신은 대니얼을 싫어할 수도 있었다. 그랬다면 같이 살 수도 없었을 것이다. 게다가 자신의 마음은 그저 작은 짝사랑일 뿐이다. **이 또한 지나가겠지.** 그녀는 이렇게 스스로를 애써 설득하며 옷을 챙겨 바구니에 넣었다. 사라의 모직 스웨터가 맨 위에 올려져 있었다.

18

9월 25일 월요일

샘은 앞에 선 남자에게서 눈을 떼지 않은 채로 까맣고 하얀 줄무늬 포장지로 책을 포장했다. 남자는 샘이 아주 좋아하는 그런지 패션*을 하고 있었다. 긴 머리에, 국방색 재킷 안에는 플란넬 셔츠를 받쳐 입었고 하의는 찢어진 청바지 차림이었다.

"할머니가 이 책을 무척 좋아하실 거예요."

샘은 이렇게 말하며 버팀목에 달린 금속 난간에 대고 종이를 잘랐다.

"그럼요."

남자는 미소를 지으며 대답했다. 그때, 계산대 아래에서 벨이 울렸다. 샘은 짜증스러운 눈빛으로 휴대폰을 슬쩍 바라보았다.

"누가 귀찮게 따라와요?"

샘은 테이프를 종이에 붙였다.

---

* 낡고 남루한 느낌으로 편안함과 자유분방함을 추구하는 옷차림.

"그냥 옛날에 사귀던 애인이에요. 쉴 틈이 없네요. 뭔지 아시잖아요. 일단 한번 맛을 보면 더 많이 먹고 싶어 하는 마음 같은 거죠."

그때, 등 뒤에서 누군가 헛기침을 하는 바람에 샘은 움츠러들었다. 샬로테가 책 더미를 들고 샘 옆으로 나타났다. 샘은 한숨을 쉬었다. 이제 손님들과 장난도 못 치는 거야?

"저기, 혹시 할머니한테 이 책이 이미 있으시다면 언제든 와서 교환하셔도 돼요."

샘은 남자가 떠나기 전에 샬로테가 가주기를 바라면서 커다란 리본의 길이를 재어 책을 조심스럽게 묶었다. 다행히도 샘의 전략은 효과적이었다. 샬로테는 샘을 떠나 서점을 계속 돌아다녔다.

"저분이 사장님?"

남자는 이렇게 물으며 계산대 위로 몸을 굽혔다.

"네. 사장들이 으레 그렇듯이 저분도 유머 감각이 없어요."

그는 샘에게 고개를 끄덕였다.

"당신이라도 유머 감각이 있어서 다행이네요."

"내 유머 감각은 상상을 초월하죠."

남자는 포장된 책을 받고서 샘에게 윙크했다.

"그럼 또 선물 사러 올게요. 우리 친척 중에 곧 영명축일인 사람이 있거든요."

"기다리고 있을게요!"

남자가 서점을 나가 산책로로 사라지는 모습을 보며 샘은 미소를 지었다. 그녀는 비비안 웨스트우드의 디자인이나 워털루역의 일몰을 감상하는 것처럼 잘생긴 남자 보기를 좋아했다. 샘이 남자의 신체에 대해서 대놓고 말할 때마다 윌리엄은 화를 냈지만, 조금도 부끄럽지 않았다. 오히려 샘이 보기엔 여자들도 남자들이 하듯 이성의 외모를 평가할 때가 온 것 같았다. 지난 만 년 동안 여자들을 물건처럼 감상해왔으면 이제는 남자도 물건으로 평가를 받아야지.

때로 샘은 자신은 레즈비언이 아니라면 대체 뭔지 모르겠다고 생각하곤 했다. 물론 잘생긴 남자를 꽤나 좋아하긴 하지만, 남자들은 나름의 나쁜 습관을 지니고 있을 때가 한두 번이 아니니까. 게다가 뚱뚱한 네안데르탈인처럼 생긴 남자와 자발적으로 침대에 눕는 여자들은 도무지 이해가 가지 않았다. 어떻게 몸에 털도 안 깎고 발톱은 있는 대로 자라게 두고 이도 제대로 안 닦는 놈들과 그럴 수 있단 말인가.

유치원에 다닐 때부터 샘은 이미 자신이 남자애보다 여자애를 더 좋아한다는 사실을 깨달았다. 유치원에 간 첫날, 기다란 금발에 분홍색 발레복을 입은 애너벨을 만나자마자 분명하게 알게 된 사실이었다. 다들 바닥에 앉아 애너벨의 아름다운 머리를 빗겨주는 동안, 바보 같은 애 하나만이 남자애들과 같이 앉아 서로에게 콧물을 묻혀댔다.

그럼에도 10년이 더 지나서야 샘은 커밍아웃을 했다. 그녀는 자신의 성별을 어떻게 표기해야 할지, 아니, 성별이라는 걸 애초에 표기해야 하는 게 맞는지 제대로 알 수가 없었다. 하지만 아버지와 격하게 다투느라 정신이 없어서 그런 문제는 그냥 흘려보냈다.

샘은 건드리면 폭발하는 10대였고, 자신의 그런 점을 기꺼이 인정했지만 아버지는 그녀가 쉽게 살아가도록 두질 않았다. 아버지는 샘에게 자유를 너무 적게 주었고, 하고 싶은 걸 하게 두는 법이 거의 없었다. 자신이 영웅으로 우러러보는 버락 오바마가 그랜트 파크에서 대통령 당선 수락 연설을 했을 때도 샘은 가지 못했다. 왜냐하면 1) 돈이 너무 많이 들고 2) 학교를 며칠이나 빠져야 했으면 3) 대서양을 건너가야 하는데 그걸 아버지가 두고 볼 수 없었기 때문이었다. 게다가 아버지는 평소에 레모네이드 하나도 제대로 사주는 법이 없었다. 수돗물이나 레모네이드나 비슷하게 맛있다고 생각하기 때문이었다. 용돈조차 너무나 적게 주었다. 샘이 집 안일을 돕고 싶어 하지 않는다는 이유에서였다.

그날도 아버지와 샘은 싸웠다. 물론 대체 왜 싸웠는지 지금 떠올려보면 기억이 나지 않았다. 어쨌든 언제나처럼 샘은 방으로 뛰어 들어가 문을 쾅 닫았다. 아버지가 달려오자, 그녀는 침대에 털썩 몸을 던지고 베개에 얼굴을 묻었다. 아버지가 문 앞에 서서 마구 숨을 몰아쉬다가 마침내 문을 확 열었던 기억이 난다.

아버지는 문을 뜯어버리려고 하면서 이렇게 말했다.

"내가 경고했었지. 지금 이 문짝을 떼어버릴 테니까 넌 앞으로 절대 고독을 즐길 수가 없게 될 거다. 이제부터 쾅 닫아버릴 문이 없어질 거라고."

그게 한계였다. 그렇지 않아도 아슬아슬하게 쌓여왔던 감정이 그 한 마디로 폭발하고 말았다. 문을 닫을 수 없으면 살아남을 수 없다는 걸 샘은 알았다. 그래도 처음에는 큰 소리로 울다가 나중에는 히스테리까지 일으켰건만, 아버지는 계획을 그만두지 않았다. 마침내 샘은 더는 다른 방법을 찾지 못하고 있는 힘껏 소리치고 말았다.

"난 동성애자라고!"

그때를 기억하면 여전히 미소가 절로 지어졌다. 아버지는 곧바로 문을 놔두더니 샘의 예상과는 전혀 다른 반응을 보였다. 솔직히 그녀는 내심 아버지가 마구 분노하거나 (어쨌든 아버지는 할머니가 언제나 강조해 말하듯이 신실한 천주교 신자였으니까) 당황하거나 자신에게 뭐라도 던질 줄 알았다. 그러면 이걸 빌미로 나중에 아버지와 협상할 수 있을 테니까. (아빠가 나한테 했던 짓 기억나지? 내가 커밍아웃했을 때 어땠더라? 그래, 맞아. 이비자에 가려면 돈이 필요해. 아니야. 자세한 건 몰라도 돼!)

하지만 예상했던 반응은 일어나지 않았다. 아버지는 샘을 품에 안아주었다.

그 후로 샘에게는 세상에서 가장 위대한 아버지가 생겼다. 아버지는 '동성애자, 양성애자, 트랜스젠더, 퀴어 아이들의 자랑스러운 부모' 협회에 가입했고, 샘이 사귀는 사람을 일요일 식사 자리에 데려오라고 계속해서 요구했다. 하지만 그러기가 쉽지는 않았다. 샘은 누군가와 오래 사귀기보다는 일시적인 관계를 선호했기 때문이다.

짧게 말해, 갑자기 샘은 운이 좋아졌다. 긍정적으로 말하자면, 그녀는 신나게 연애를 했고 마음에 드는 일자리도 얻었고 여전히 집에서 편안하게 살았다. 아버지가 그녀의 방문을 떼어버리지 않았으니까.

그럼에도 뭔가 부족한 느낌이었다. 최근 샘은 항상 불안감을 느꼈다. 어쩌면 아주 어렸을 때 커밍아웃을 했기 때문일지도 모르겠다는 생각이 들 때가 많았다. 물론 자신은 레즈비언이었지만, 그건 또한 커다란 책임감이 따르는 일이었다. 주변의 많은 이에게 자신이 역할 모델이 되리라는 사실을 그녀는 알고 있었다. 게다가 아버지는 샘이 얼마나 자랑스러운 딸인지 언제나 강조해서 말했다. 이제 샘은 더는 변할 여지가 없었고, 그렇다는 기분에 질식할 지경이었다. 빠져나갈 수 없는 곳에 갇혀버린 것이다.

순간, 전화가 다시 울렸다. 액정을 보자 또 린제이었다. **오늘 밤 뭐해?** 샘은 한숨을 쉬었다. 린제이와 몇 번 만나긴 했다. 단발성 만남을 주로 지속하던 샘은 그게 기분 좋은 변화라고 생각했을 뿐이지만, 린제이는 몇 번 밤을 보냈다는 게 둘이 커플이 되었다는 표시라고 여겼다. 그래서 이제는 둘 사이에 적용되는 데이트 규칙도 전혀 알지 못하는 것처럼 시도 때도 없이 문자를 보냈다.

샘은 초조하게 액정을 두드렸다. 린제이는 사실 귀엽고 재미있는 애이긴 했다. 이제껏 항상 시간이 없다고 문자를 보내긴 했지만, 그것만으로는 충분하지 않았나 보다. 그럼 좀 더 명확하게 의사를 표명해야겠지.

마침내 샘은 이렇게 문자를 보냈다. **미안해. 사실 이젠 내가 레즈비언이 확실한지 잘 모르겠어. 알게 되면 연락할게.**

샘은 전송 버튼을 누르고 웃었다. 이제 린제이에게도 생각할 거리가 생긴 거겠지!

그녀는 휴대폰을 내려놓고 계산대에 놓인 책을 분류하기 시작했다. 솔직히 가끔은 성적 정체성을 너무 일찍 정해버린 게 아닌가 싶기도 했다. 남자의 페니스가 자신의 문제에 답이라고 여겨서가 아니었다. 서랍 속에 갇힌 것처럼 답답한 느낌이 싫어서였다. 내가 무슨 여성의 몸에 대해 뭐든 아는 척척박사인 줄 하는 사람들도 있다니까!

샘은 샬로테를 조용히 지켜보았다. 그녀는 두 책장 사이에 서서 무언가를 찾는 듯했다. 샘은 사라의 조카가 자기 것인 양 내내 서점을 이리저리 돌아다니는 모습에 화가 났다. 물론 그쪽이 서점 주인인 건 맞지만, 그래도 나와 마르티니크를 더 많이 존중해줄 순 있는 거잖아. 마르티니크가 여기서 얼마나 오랫동안 일했는데. 마르티니크는 샘에게 경고했었다. 샬로테가 어떤 이유로든 이 서점을 좋아하게 되지 않는다면 결국 문을 닫을 거라고 말이다. 하지만 샘이 보기엔 자신들이 뭘 해봤자 아무런 소용이 없는 것 같았다. 결국, 문제는 돈이었으니까. 샬로테가 우리를 위해서 재정적인 위험을 감수해야 할 이유가 대체 뭐겠어?

샘은 사라가 아프기 전에 언급했던 프로젝트를 떠올렸다. 계단 아래에는 더는 안 쓰는 물건을 보관하는 용도로 작은 칸막이 공간이 있었다. 샘은 아이들을 위해 그곳에 독서 공간을 만들고 싶어했다. 다른 서점에도 비슷한 공간이 있었으니까. 또한 이건 하나의 시험이기도 했다. 과연 샬로테가 자신의 말을 지켜서 이곳에 얼마나 많은 돈을 쓸지 지켜보려는.

샘은 뚜렷한 목적을 지니고서 샬로테에게 다가갔다. 샬로테는 언제나처럼 아주 바빠 보였다.

"어이, 사장님!"

샬로테는 발끝으로 서서 책장에 꽉 끼어 있는 책을 꺼내려던 참이었다.

"네?"

샘은 목을 가다듬고 말했다.

"상의하고 싶은 게 있어서요."

샬로테는 책을 두고 샘 쪽으로 돌아섰다.

"그래요. 무슨 일이에요?"

"네, 그게 말이죠……."

그 순간, 샬로테의 전화벨이 울렸다. 휴대폰을 사면 공장 설정으로 초기에 등록되어 있는 바보 같은 기본 벨 소리였다. 평범한 사람이라면 당장에 바꿨을 그런 소리 말이다. 샬로테는 액정을 슬쩍 바라보았다.

"미안한데 이 전화는 받아야 해요. 잠깐 있다가 이야기해도 될까요?"

샘이 무어라 대답하기도 전에, 샬로테는 자그마한 사무실로 쑥 들어가 문을 닫았다.

샘은 고개를 저었다. 내 생각이 맞잖아. 샬로테는 정말 나쁜 년이야!

화가 난 그녀는 휴대폰을 꺼내 검색창을 열고 대학 입학 정보 페이지를 열었다. 이런 말을 하는 건 정말 슬프지만, 리버사이드 드라이브의 서점은 정말 망할 운명이었다. 샬로테는 서점을 구하기 위해 해야 할 일을 전혀 하지 않을 테고, 샘은 그저 침몰하는 배를 지켜보며 머물지는 않을 작정이었다.

그녀는 학교 사회복지사 말고 또 어떤 직업을 구할 수 있을지 생각해보다가 간호학과 정보 페이지를 클릭했다. 그리고 글을 훑어보다가 벌써 섹시한 간호사복을 입고 뛰어다니는 자신의 모습을 눈앞에 떠올렸다. 그 모든 광경이 너무나 유혹적이었건만, 학사 기간을 보자마자 그 꿈도 싹 사라졌다. 3년이라니!

실망해버린 샘은 팔꿈치를 탁자 위에 얹었다. 3년 후엔 거의 서른이었다. 서른이라니. 세상에, 너무 늙었어! 이 젊은 시절을 대학을 다니며 낭비할 수는 없었다. 게다가 카테터를 가는 일이 자신과 맞을 리도 없었다. 아니야. 간호사는 나에게 적합한 직업이 아니라고.

샘은 한숨을 쉬었다. 샬로테가 여기 와서 모든 걸 뒤엎는 이 상황은 공정하지 못했다. 그녀가 생각하는 건 단 하나, 일, 일, 일뿐이지 않은가. 사라는 항상 모든 게 잘 되어가고 있느냐를 가장 중요하게 생각했고, 대개는 다들 너무 재미있게 지내느라 일이 일처럼 느껴지지 않았다.

샘은 아침 식사 때 계산대에 흘린 빵 부스러기를 털었다. 물론 자신은 괜찮을 것이다. 언제나 다시 두 다리에 힘을 주고 일어서왔으니까. 하지만 다른 누군가가 자신의 삶에 이토록 많은 영향을 끼친다는 상황이 마음에 들지 않았다.

그녀는 샬로테가 계산대에 두고 간 스프링노트를 성난 눈빛으로 노려보았다. 오늘 밤부터 다른 직업이 뭐가 있나 찾아봐야지. 나를 고용하고 싶어 하는 사장님들이 저 밖에 널려 있다고. 다만,

서점 직원만큼 마음에 드는 직업을 상상하기가 어렵다는 게 문제지만.

***

샬로테는 문을 닫자마자 샘을 그냥 세워두고 온 걸 후회했다. 그녀는 계속 울리는 휴대폰을 바라보았다. 영국에서 온 전화였다.

샬로테는 마른침을 삼키고서 전화를 받은 다음 영어로 말했다. 그러자 상대가 이야기하기 시작했다.

"안녕하세요. 저는 웨스트민스터 은행의 칼 체임버스라고 합니다. 샬로테 뤼드베리 씨 맞으십니까? 최근에 리버사이드 드라이브 187번가의 소유주가 되셨죠?"

"네, 맞습니다."

"연락이 되어 다행입니다! 저희 지점에 오셔서 절 만나주실 수 있으십니까? 저희 쪽에 대출이 있다는 걸 분명히 아실 테니까요. 거기에 대해 논의를 해야 합니다."

샬로테는 연필을 들고서 노트에 쳐진 줄과 평행하게 놓았다. 쿡 변호사가 자신의 연락처를 은행에 넘긴 게 틀림없었다.

"혹시 전화로 처리할 수 있을까요? 저는 여기에 오래 머물 수가 없어요. 그리고 이미 할 일이 너무 많아서 바쁘답니다."

그녀는 상냥하게 말했지만, 칼 체임버스는 헛기침하며 말을 이었다.

"이미 아시겠지만, 문제가 아주 복잡합니다. 그래서 직접 만나뵙고 말씀을 드리는 편이 좋겠습니다."

샬로테는 자리에 앉았다.

"죄송한데요, 문제가 복잡하다는 게 무슨 뜻이죠?"

"네, 그러니까 아시다시피, 5월 이후로 이자와 상환금을 내지 않으셨습니다."

"네? 그건 몰랐어요!"

전화기 건너편 남자는 한숨을 쉬었다.

"저는 계속해서 사라 뤼드베리 씨에게 연락을 드리려고 했습니다만, 연결이 되지 않았습니다."

"그건 그분이 돌아가셨기 때문이겠죠."

샬로테는 떨떠름하게 대답했다.

"네, 삼가 고인의 명복을 빕니다! 그래서 저희는 뤼드베리 씨에게 약간의 시간을 드렸습니다만, 이제는 연체료를 내셔야 합니다."

샬로테는 심호흡을 했다. 이제껏 그녀는 연체료 같은 건 내본 적이 없었다.

"그게 얼마인가요?"

그녀는 은행 직원이 천천히 숫자를 입력하는 소리를 들으며 속으로 조용히 기도했다. 제발 서점의 자본금을 초과하는 금액은 아니어야 할 텐데.

"다음 달 청구 금액을 포함해 총 15328파운드입니다. 늦어도 10월 27일까지는 납부하셔야 합니다. 이제 4주 남았습니다."

샬로테는 천천히 숨을 내쉬었다. 의자에서 떨어지지 않으려면 어딘가를 꽉 잡아야 했다.

"확실한가요?"

그녀는 감정을 억누르며 물었다. 직원은 딱 잘라서 대답했다.

"네."

샬로테는 입술을 깨물고 생각했다. 알렉스와 자신이 세운 회사
가 아직 성장 단계라 자본금이 하나도 없었을 때, 겉보기엔 침체
기인 이 상황에서 빠져나오기 위해 협상을 해야 했던 때가 수도
없이 많았었다.

"지금이라도 상환 계획을 새로 세울 수는 없나요?"

"안타깝게도 그러기엔 너무 늦었습니다. 만약 마감일까지 돈을
받지 못한다면, 집행관에게 통지해야 합니다. 지침이 그렇습니다."

샬로테는 몸을 젖히고서 자신의 개인 계좌 저축액이 얼마나 되
는지 생각했다. 그러다 이 돈은 상속세를 낼 돈이라는 걸 깨달았
다. 게다가 알렉스는 그녀에게 회사를 운영할 땐 절대로 개인 돈
을 쓰지 말라고 단단히 일러두었었다. 하지만 이곳은 그저 단순한
회사가 아니었다.

"알았어요. 제가 처리할게요. 연체료를 내겠습니다."

샬로테는 짧게 말했다.

"서점의 재정 상태를 살펴보고 싶으시다면 제가 기꺼이 시간을
내겠습니다."

"제겐 그럴 시간도 없습니다. 어쨌든 감사합니다, 체임버스 씨."

"뤼드베리 씨……."

그녀는 직원의 말을 조금 더 들은 다음 전화를 끊었다.

샬로테는 휴대폰을 털썩 내려놓았다. 지난 며칠간 서점이 어떻게든 잘될 거라는 암묵적인 희망을 점점 키워왔는데. 그동안 북카페엔 사람들이 많이 찾아왔고, 효과적인 광고와 고객 모집이 맞물려 실제로 매출이 올랐다. 그래서 이 작은 서점이 번창하는 걸 보고 스웨덴으로 돌아간 다음 마르티니크가 어찌어찌 서점을 잘 운영하게 맡길 생각이었다. 하지만 1만 5천 파운드라니! 다른 비용도 들어갈 데가 많은데!

샬로테는 일어서서 책상 위 선반을 뒤졌다. 어딘가 분명히 독촉장이 있을 텐데. 아니면 사라 이모가 다 없애버렸나?

그런 생각이 들자 그녀는 좌절하고 말았다. 처음부터 부채 규모를 알았더라면 상황을 이토록 낙관하지는 않았을 것이다.

그러다 실수로 서류철 하나가 손에서 흘러내려 바닥에 떨어졌다. 샬로테는 욕설을 내뱉었다. 모두 다 자신의 잘못이었다. 샘과 마르티니크에게 서점이 살아날 수 있다는 희망을 주었으니까. 그들은 자신의 말을 믿었는데, 또 두 사람에게 실망을 안겨주게 되다니.

신음이 절로 나왔다. 파산 신청은 재미없는 데다 어마어마한 추가 작업이 필요했다. 게다가 문제는 과연 파산 신청을 하며 발생할 일을 전부 해결할 시간이 있는가였다. 침몰하는 배를 상속받았고, 더는 이 배를 구할 수 없는데도 계속 물을 퍼내는 게 그다지 현명해 보이진 않았다. 게다가 파산이라는 상황이 감정적으로 얼마나 힘든지는 말할 것도 없었다. 알렉스의 친구인 디미트리는 회사를 경영하다 사업에 실패했었다. 그는 파산한 다음 우울증에 걸려 몇 달 동안 집에서 나오지 못했다. 게다가 이 서점은 단순한 회사가 아니었다. 이들은 가족이나 다름없었다. 매일 이곳에 모이던 사람들은 어떻게 될까? 그들은 어디로 가야 할까?

샬로테는 마른침을 삼켰다. 자신이 서점의 운명에 이렇게 휩쓸리게 될 줄은 예상하지 못했다. 그러나 파산의 위험이 닥치자, 문득 자신이 이 서점에 얼마나 중요한 존재인지 깨닫게 되었다. 지난 몇 주 동안 샬로테는 더없이 희망에 차서 살았다. 아침에 일어날 때는 미소가 떠올랐고, 어서 일을 시작하고 싶어 안달이 났다. 자신과 여러 사람이 힘을 합쳐 서점의 미래를 어떻게 만들어갈지 상상하면서 앞에 놓인 도전 과제를 생각할 때마다 손이 근질근질했다. 하지만 그러려면 시간이 필요했다. 그것도 4주가 아니라 훨씬 더 많은 시간이 있어야 했다.

체임버스 씨와 나눈 대화가 생생하게 떠오르자 겁이 났다. 그토록 짧은 시간에 그만큼 많은 돈을 모을 가능성은 거의 없었기에, 최악의 상황에 대비할 수밖에 없었다. 집행관의 손에 열쇠를 쥐여주어야 한다고 생각하니 속이 뒤집혔다. 서점이 마구 약탈당하는 광경을 참고 볼 수 없을 것만 같았다. 책과 가구, 예스러운 집기를 비롯해 이 서점을 특별하게 만들어주었던 것들이 모두 팔리거나 쓰레기통에 버려진다고 생각하니 너무나 끔찍했다.

순간적으로 감정에 사로잡힌 샬로테는 쓰레기통을 걷어찼지만, 곧바로 들어 올렸다. 이모가 매달 주택담보대출금을 꼬박꼬박 냈을 거라고 생각하다니, 자신이 너무 순진했다. 그래도 대출금은 제대로 상환해왔을 거라 믿었건만, 어딜 봐도 잘못된 생각이었다.

샬로테는 이마에 손가락을 대고 머리를 마사지하며 생각을 집
중해보았다. 은행에서 온 편지를 찾아야 했다. 하지만 편지가 사
무실에 없다면, 대체 어디에 있을까?

머릿속에서 뇌세포가 움직이는 듯한 느낌이 들었다. 사라의 집
에는 오래된 메모지와 신문이 가득한 가구가 많았다. 거기에라면
편지가 몇 통 정도 숨겨져 있을지도 모른다.

샬로테는 심호흡을 했다. 지금은 마음을 가다듬고 이성적으로
생각해야 할 때였다. 이런 상황에서 스트레스를 받으면 더 많은
실수를 하게 될 뿐이다. 그리고 무슨 일이 있어도 이걸 다른 사람
들에게 말할 수는 없었다. 그러니 독촉장을 먼저 찾는 편이 나았
다. 그런 다음에야 뭘 해야 할지 생각할 수 있을 것이다.

수색은 작은 주방부터 시작했다. 책을 죄다 꺼내가며 열심히 찾
아보았지만, 아무것도 찾지 못했다. 다음으로는 거실에 있는 모든
메모지를 조사했지만, 운이 따라주지 않았다.

샬로테는 얼굴로 끈질기게 흘러내리는 머리카락을 쓸어 올렸
다. 은행에서 온 그놈의 독촉장들은 대체 어디로 갔지? 그러다 문
득 생각이 떠올랐다. 사라의 방에 있는 커다랗고 녹슨 옷장의 선
반에도 종이 더미가 있었다.

그녀는 단호하게 방으로 들어가 옷장 앞에 섰다. 왜 그런지 이
방에 들어오면 교회에 온 것처럼 경건한 마음이 들었다. 사라 이
모가 여전히 이곳에 있는 것처럼 가까이 느껴졌다.

옷장을 연 샬로테의 눈앞에 먼저 책들이 보였다. 재빨리 책을

훑어보았지만, 그 사이에는 독촉장 따위는 없었다.

그러다 책 뒤에서 두꺼운 일기장 같은 수첩을 발견했다. 샬로테는 조심스럽게 수첩을 폈다. 페이지들마다 가지런하게 글씨가 적혀 있었다. 아마도 서점의 재정 상황이 어쩌다 이렇게 된 건지 여기서 실마리를 찾을 수 있을지도 몰랐다.

그녀는 거실로 돌아와 소파에 앉았다. 손에 묵직하게 내려앉은 수첩은 많이 사용한 티가 났다.

샬로테는 손가락으로 수첩의 등 부분을 쓸었다. 내가 사라 이모의 개인 노트를 봐도 되는 거겠지? 혹시 이 안에 서점을 구할 수 있는 정보가 있다면. 그녀에게는 달리 선택의 여지가 없었다.

그녀는 조심스럽게 수첩을 열고 읽기 시작했다. 날짜가 없어서 각 내용이 언제 이야기인지는 알 수가 없었다.

샬로테는 글을 이리저리 넘겼다. 내용은 대부분 사적인 것이었다. 사라는 자신이 일했던 듯한 술집에서 일어난 일이나 런던에서 하고 싶었던 일을 적었고, 무엇보다도 '그'와의 관계를 많이 묘사했다.

'그'라는 게 혹시 대니얼인가? 샬로테는 생각했다. 그리고 계속 수첩을 읽어가다가, 어느 순간 엄마의 이름을 발견했다.

크리스티나는 둘이서 그저 앉아만 있던 채로 날 기다리는 중이었다고 주장하지만, 그 말을 믿어도 될지 모르겠다. 만약 그 애가 거짓말을 한다면 절대로 용서하지 않을 거다.

271

샬로테는 움찔했다. 이건 아무리 봐도 서점 이야기가 아니었기에, 당장 일기를 덮어야 했지만, 어쩐지 계속 읽고 말았다.

　개는 내가 모른다고 생각한다. 하지만 그 애가 언제나 그리는 게 그이라는 걸 난 안다. 개는 혼자 있게 되자마자 스케치북을 꺼내놓고 앉아서 눈앞에 그이가 있다고 상상한다. 크리스티나가 날 이런 식으로 배신할 줄 알았더라면, 절대로 같이 오지 않았을 텐데. 어떻게 자기 언니한테 이따위 짓을 할 수 있지? 개가 여기 없었으면 좋겠다.

　샬로테는 수첩을 닫고 소파 옆자리에 놓았다. 더는 읽고 싶지 않았다. 온몸이 따끔거렸다. 사라가 크리스티나에게 그토록 화가 났다면, 왜 샬로테가 런던에 오길 바랐던 거지?
　그녀는 일어서서 거실을 이리저리 거닐었다. 감정이 미칠 듯 요동쳤지만 제대로 다잡을 수가 없었다. 그러다 갑자기 분노가 치밀었다. 오래전에 망한 프로젝트에 참여하라는 명령을 받은 상황이었으니까.
　샬로테는 신문 더미를 슬쩍 보았다. 이건 모두 사라의 잘못이었다. 서점이 재정난을 겪고 있다는 증거는 어디에도 없었고, 사라가 샬로테의 엄마에 관해 쓴 내용을 보고 기분만 나빠졌다. 지금은 여기에 널려 있는 쓰레기들을 전부 치워버리는 게 나았다.
　순간 울컥한 샬로테는 바닥에 있던 상자를 거칠게 열었다. 하지만 상자는 이미 가득 차 있었고, 그녀가 들어 올리려 하자 그만 부서지고 말았다. 수많은 책이 쏟아져 내리는 바람에 큰 소리로 욕을 내뱉고 말았다.

그때, 누군가 문을 두드렸다. 샬로테는 눈을 깜빡여 눈물을 털었다. 지금은 아무도 만나고 싶지 않았다. 특히 샘이 다시 와서 불평하는 꼴은 정말이지 보고 싶지 않았다.

마지못해 현관으로 간 샬로테는 눈물을 닦고 문을 열었다. 그런데 정말 놀랍게도 거기엔 윌리엄이 서 있었다.

"무슨 일이죠?"

샬로테는 자기 눈에 초점이 없다는 걸 그가 보지 못하도록 재빨리 눈을 내리깔았다.

윌리엄이 목을 긁었다.

"오늘은 기분이 안 좋은 것 같네요?"

샬로테는 한숨을 쉬었다.

"네. 안 좋다고 할 수 있겠죠."

그는 이해한다는 듯 미소를 지었다.

"그럴 땐 어떻게 해야 하는지 내가 알거든요."

"그럴 때라뇨?"

"기분이 안 좋은 날 말이에요. 재킷 챙겨요. 같이 산책하러 나가죠."

샬로테는 고개를 저었다.

"그럴 순 없어요. 일해야 해요."

"당신 문제가 그거라고 보는데요. 당신은 항상 할 일이 있는 것 같아요. 마지막으로 휴가를 간 게 언젭니까?"

그녀는 어깨를 으쓱이기만 했다. 알렉스는 항상 내가 일을 너무 많이 한다고 했었지.

"2003년요. 11월. 그땐 정말 지루했어요."

그녀의 말에 윌리엄은 미소를 지었다. 그런데 그 미소에 마음이 아주 따스해졌다.

"쉬지 않고 일하면 오히려 효율이 더 떨어진다는 건 알죠? 게다가 이 서점은 당신 없어도 한두 시간은 버틸 수 있거든요. 날 믿어봐요!"

샬로테는 옷장에 걸린 재킷을 바라보았다. 잠깐 밖에 나간다면 사실 참 좋겠지. 고향에서 항상 오랫동안 산책하던 때가 그리웠다. 걷고 있노라면 생각이 잘 정리되었으니까. 무엇보다도 윌리엄은 자신이 왜 이토록 화가 났는지 알려달라고 할 것 같지 않았다.

"글 쓰느라 바쁘지 않아요?"

그녀의 물음에 윌리엄은 건조하게 대답했다.

"나도 좀 쉬어야죠. 게다가 당신은 아직 런던을 많이 못 봤을 텐데, 맞죠?"

"타워 브리지는 봤어요. 여기서요."

그녀는 창문 너머로 고갯짓을 했다.

윌리엄이 문을 열어주었다.

"그러면 런던 사람으로서 당신에게 이곳을 소개하는 게 나의 의무겠네요. 자, 어서 나가죠."

두 사람은 템스강 서쪽을 따라 쭉 걸었다. 옆으로는 새로 지어진 원형 셰익스피어 극장과 거대한 테이트 모던 미술관이 이어졌다. 윌리엄 말에 따르면 미술관은 원래 화력발전소였다. 넓은 강변을 따라 강렬한 색채로 물든 활엽수들이 쭉 늘어서 있는 모습은 어딜 봐도 한 폭의 그림 같다고 샬로테는 생각했다.

처음에는 둘 사이에 그저 어색한 침묵이 흘렀지만, 차츰 윌리엄이 설명을 하기 시작했다. 그는 옆으로 보이는 모든 건물을 자세하게 설명했고, 샬로테는 자신에게 질문을 하지 않는 윌리엄에게 감사하며 열심히 들었다.

그녀는 은빛으로 빛나는 회색 강물을 바라보았다. 런던은 무척이나 변화무쌍한 도시였다. 이곳에서 오랫동안 살아온 수백만 명의 사람이 당연히 머릿속에 떠올랐다. 찰스 디킨스 원작의 영화 세트장처럼 보이는 오래된 도시 구역을 지나자마자 곧바로 대담한 각도와 날카로운 모서리를 유리와 금속으로 구현한 현대식 고층건물이 보였다. 기존의 도시에 새로운 도시가 언제나 지어지고 있는 듯 다양한 양식이 혼합되어 독특해 보였다.

경찰차 사이렌 소리가 공기를 가르는 동시에 비행기가 공중에서 굉음을 내며 날아갔다. 샬로테는 차가운 바람을 피하려고 재킷을 꼭 여몄다.

지역에 대한 이런저런 비화를 끝도 없이 늘어놓던 윌리엄이 갑자기 입을 꾹 다물고는 멈춰 섰다.

"강요하고 싶은 마음은 없지만 그래도 물어봐야겠네요. 괜찮아요?"

그는 어쩔 줄 모르는 기색으로 물었다. 그 질문에 샬로테는 목이 조여드는 기분이었다. 뭐라고 대답해야 하지? 은행에서 온 전화 내용을 말해줘도 되나?

"네. 괜찮아요."

하지만 그는 이 짧은 대답에 만족하려 들지 않았다.

"정말요?"

샬로테는 한숨을 쉬었다. 분명 자신이 우는 소리를 들었을 것이다. 도시에 살면 이런 게 좋지 않았다. 호젓한 교외에 있는 자신의 집에서는 아무도 모르게 밤새도록 울 수 있었다.

"네."

그녀는 상황을 회피하며 계속 걸었다.

윌리엄은 서둘러 그녀를 따라갔다.

"나도 몇 년 전에 위기를 겪은 적이 있어요. 그래서 힘든 일이 닥치면 무척 외로워진다는 걸 알죠. 그러니까 내 말은, 혹시 원한다면 나한테 말해도 괜찮다고요."

샬로테는 돌아섰다. 얼굴이 새빨개지는 게 느껴졌다. 한편으로는 윌리엄에게 엄마와 알렉스 이야기를 다 털어놓고 싶었지만, 또 한편으로는 그에게 너무 솔직한 모습을 보이기가 무서웠다.

"고마워요. 다음엔 말해볼게요."

그녀는 재빨리 말을 덧붙였다.

"이제 강을 건너야 하나요?"

그들은 거대한 콘크리트 다리를 통해 템스강을 건너 궁전 같아 보이는 밝은 화강암 건물 앞에 다다랐다. 으리으리한 건물을 보자 코펜하겐에 있는 아말리엔보르 궁전이 떠올랐다.

"이건 궁전인가요?"

샬로테가 어안이 벙벙해진 채로 묻자, 윌리엄은 어깨를 으쓱이더니 비뚜름하게 미소를 지었다.

"너무 커서 궁전처럼 보이나요? 우리 영국이 한때 세상에서 가장 강력한 제국이었다는 걸 잊지 마요. 제국이었으니 제국답게 기준이 좀 높아야 하거든요."

샬로테는 웅장한 건물에서 눈을 뗄 수가 없었다. 심지어 그곳을 지나와서도 여러 번 뒤를 돌아보았다.

"저기엔 어떤 왕족이 사나요?"

"내가 알기론 아무도 안 살아요. 아마 건물 일부는 미술관이고 일부는 킹스 칼리지일걸요. 마르티니크의 남편이 저기서 일해요. 원한다면 그분이 안내를 해줄 수 있을 겁니다."

샬로테는 격하게 고개를 저었다.

"아뇨, 그럴 필요 없어요!"

윌리엄이 얼굴을 찌푸렸다.

"진정해요. 아무도 강요하진 않을 거예요."

"미안해요."

샬로테는 사과하고서 콧잔등을 찡그렸다.

"언제나 새로운 사람을 만나는 게 너무 긴장되어서 그래요. 난 더는 누굴 만나고 싶지 않거든요."

"혹시 우리가 당신을 너무 지치게 했어요?"

샬로테는 얼굴을 찌푸렸다. 이것저것 조심스레 말을 고를 필요 없이 누군가에게 마음껏 말할 수 있다는 게 사실 너무 좋았다.

"네. 좀 그랬죠."

윌리엄은 과장된 몸짓으로 가슴을 부여잡았다.

"윽, 알았어요. 그러면 난 지금부터 입을 다물고 있을 테니까, 대신 당신 이야기를 좀 해봐요."

"무슨 말을 할까요?"

"뭘 좋아해요?"

샬로테는 어깨를 으쓱였다.

"모르겠어요. 보르드페우드 하는 거?"

하지만 그녀는 곧바로 깨달았다. 스웨덴을 떠난 이후로 게임에 한 번도 로그인하지 않았다.

"보르드페우드요? 지금 떠오르는 것 중에서 제일 좋은 게 정말 그거라고요?"

윌리엄이 이쪽을 회의적인 눈빛으로 바라보아서, 샬로테는 그의 옆구리를 가볍게 찔렀다.

"왜요? 알려달라면서요. 그럼 당신은 즐거운 일이 뭐가 있는데요?"

윌리엄은 보도 연석에 서서 균형을 잡았다. 그는 오늘 평소와 달리 머리를 빗어서 아주 멋있어 보였다.

"난 아주 신나는 인생을 살고 있죠. 그건 확실해요!"

"아, 정말요?"

그는 커다랗게 한 걸음을 디디더니 돌아서서 그녀 앞에 바로 섰다.

"아무에게도 말하지 않겠다고 약속하면 말해줄게요."

그는 입술 위에 손가락을 얹었다.

"알았어요."

"나는 비밀 예술가 모임의 회원이에요. 우리는 런던 전역에 다양한 지부가 있죠. 거기서 만나 서로 아이디어를 나눠요."

"그렇군요."

"내 말 못 믿어요? 하지만 사실인데!"

샬로테는 눈썹을 치켜떴다.

"증거 있어요?"

윌리엄은 지갑을 꺼내서 뒤지기 시작했다. 하지만 걱정스러운 듯 미간에 주름이 더욱 깊어져갔다.

"아뇨. 집에 두고 왔나 봐요."

"뭘요?"

"내 회원증요."

샬로테가 비웃었다.

"회원증요? 비밀 예술가 모임에 회원증도 있어요?"

그는 못마땅한 듯 중얼거리며 지갑을 다시 넣었다.

"다음번에 보여줄게요. 그런데 배고프지 않나요?"

샬로테는 고개를 끄덕였다.

"네, 그러네요."

윌리엄의 얼굴이 환해졌다.

"대도시에 살아서 좋은 점이 있다면, 바로 식당 선택지가 많다는 거죠. 뭐 먹고 싶어요? '하비 니콜스 스토어'에는 훌륭한 로브스터를 파는 데가 있어요. '노부'에는 가끔 자리가 없을 때가 있지만, '쿠로부타'에서 맛있는 아시아 음식을 팔죠. 참치 피자나 삼겹살 구이나 일식 패스트푸드는 어떤가요? 이스라엘 요리사 요탐 오토렝기는 아주 대단한 메뉴를 선보이는 레스토랑을 몇 개 열었어요. 하지만 좀 더 간단히 먹고 싶다면, 브릭 레인 쪽으로 가서 방글라데시나 서아프리카 음식을 먹을 수도 있죠."

샬로테는 그를 빤히 바라보았다.

"음…… 모르겠네요. 그냥 평범한 샌드위치 파는 데는 없나요?"

윌리엄은 웃으면서 고개를 저었다.

"아, 정말 당신은! 그럼 햄버거는 어때요?"

그녀는 고개를 끄덕이고서 안도의 한숨을 쉬었다.

"그래요! 햄버거 좋네요."

샬로테는 윌리엄을 따라 건물 안으로 들어가서 계단을 올라가 꼭꼭 숨어 있는 햄버거 가게로 갔다. 그는 웃으며 말했다.

"미트마켓이에요. 온 런던에서 가장 맛있는 햄버거를 파는 곳이죠."

그녀는 의심스러운 눈빛으로 주위를 둘러보았다. 80년대에서 튀어나온 한물간 식당처럼 보였다. 바와 의자는 모두 옹이진 나무 덩어리로 만들었고, 공기 중에는 묵직하게 음식 냄새가 떠돌았다. 게다가 사방이 꽤 어두웠다. 빛이 나오는 곳이라고는 천장에 매달려 있는 커다란 광고판이 전부였다.

"추천하는 메뉴는 '죽은 히피' 버거예요."

윌리엄은 이렇게 말하며 주문을 하려고 계산대로 갔다. 샬로테는 마지못해 그를 따라가면서, 이 햄버거를 만들기 위해 정말로 히피를 죽인 건 아닐까 생각했다. 당장 소독약 스프레이를 식당 구석구석 뿌리고 싶은 마음을 꾹꾹 참았다. 내가 여기서 식사를 할 수 있을까? 별로 위생적인 곳은 아닌 것 같았지만, 그래도 윌리엄을 서운하게 하고 싶지는 않았다.

"채식 메뉴도 있나요?"

윌리엄은 계산대 위에 걸린 메뉴판을 가리켰다.

"할루미* 버거나 버섯 버거가 있어요."

"그럼 버섯 버거로 할게요."

샬로테는 윌리엄이 햄버거를 포장해서 걸으며 먹자고 제안하자 고마운 마음으로 고개를 끄덕였다. 그리고 다시 바깥에서 신선한 공기를 마시게 되자, 숨을 크게 들이쉬었다.

그들은 코번트 가든에 있는 커다란 광장을 가로질러 걸었다. 그 곳에선 많은 사람이 모여 길거리 예술가들을 보고 있었다. 한쪽에는 상설 시장 건물이 있었는데, 기둥 사이로 예스러운 초록색을 띤 이동식 노점들이 줄무늬 차양을 달고 서 있었다. 윌리엄은 그 안에 노점이 많이 있고, 한쪽에는 꽃 시장도 있다고 설명했다.

"그리고 여기 모퉁이에는 왕립 오페라 극장이 있어요."

샬로테는 놀란 채로 주위를 둘러보며 버거를 마저 먹었다. 햄버거는 윌리엄의 말대로 아주 맛있었다. 볼 것이 너무나 많은 이곳의

---

* 양이나 염소의 젖으로 만든 하얀 치즈.

삶은 스웨덴의 집에서 살 때보다 훨씬 빨리 흘러가는 것 같았다.

"이제 볼 건 거의 다 보았죠? 슬슬 피곤해지려고 해요."

그녀의 말에 윌리엄은 고개를 저었다.

"아뇨. 아직 다 못 봤어요. 아직도 봐야 할 게 50가지는 더 있어요. 하지만 오늘 다 볼 필요는 없겠죠."

"혹시 그 50가지 목록을 조금 줄여서 40가지로 만들 수는 없나요? 그리고 40가지 중에서 골라볼래요?"

"어렵네요. 그렇지만 해볼게요."

"이제 우리 어디 가요?"

그 질문에 윌리엄은 알 듯 말 듯한 표정을 지었다.

"곧 알게 될 겁니다."

잠시 후, 두 사람은 널찍한 광장에 도착했다. 그곳에는 거대한 분수 두 개와 조각상 여러 개, 그리고 으리으리한 건물 앞에 설치된 거대한 기둥이 있었다. 샬로테는 눈을 크게 뜨고 주위를 둘러보았다. 여기가 트래펄가 광장인가?

그녀가 기둥을 빤히 바라보는 걸 눈치챈 윌리엄이 말했다.

"아, 이건 그냥 별것 아닌 기념비예요. 우리가 어디선가 전쟁에서 이겼다는 증표죠."

그는 샬로테를 데리고 계단으로 가서 눈을 감으라고 말했다. 그녀가 망설이자, 윌리엄은 손을 내밀었다.

"날 믿어봐요, 샬로테. 위험하지 않을 거예요. 진짜로!"

샬로테는 심호흡을 했다. 그녀는 자기 뜻대로 할 수 없는 상황을 좋아하지 않았다. 하지만 윌리엄의 눈빛을 보자 온몸에 편안함이 밀려오면서 눈을 감게 되었다.

목적지까지는 가도 가도 끝이 없는 것처럼 느껴졌다. 몇 번은 비틀거려 넘어질 뻔하기도 했지만, 그럴 때마다 윌리엄이 힘센 팔로 그녀를 붙잡아주었다. 마침내 멈춰 서서 샬로테가 눈을 뜨자, 두 사람의 눈앞에 곧바로 알아볼 수 있는 그림이 걸려 있었다.

"반 고흐네요."

그녀가 조용히 말하자 윌리엄이 고개를 끄덕였다.

"〈사이프러스 나무가 있는 밀밭〉이죠."

샬로테의 마음이 따스해졌다. 이 그림 속의 모든 요소가 무척 행복하고 희망에 차서 두근대는 느낌이 마음이 들었다.

"내가 진짜 우울했을 때 이 그림을 보면서 많은 도움을 받았죠."

그의 말에 샬로테는 미소를 지었다.

"정말 대단해요. 그토록 힘든 인생을 살았던 사람이 이토록 밝고 아름다운 작품을 창작할 수 있었다니, 믿을 수가 없어요."

"그렇죠. 그리고 내 생각엔, 예술 관련 종사자라면 누구나 자신을 반 고흐와 동일시하길 좋아하는 것 같아요."

샬로테는 그를 슬쩍 보았다.

"무슨 뜻이죠?"

"사람들은 자신이 실제로 위대한 예술가인데, 아직 세상이 알아주지 않는 것뿐이라고 생각한다는 뜻이죠. 반 고흐는 평생 이 세상이 자신을 이해하지 못한다고 생각했어요. 그의 위대함은 생전에 결코 인정받은 적이 없었고, 가족들은 그를 버렸죠. 고흐는 평생 단 한 장의 그림을 팔았고, 자선단체를 전전하며 살았거든요."

"가엾어라!"

"맞아요."

윌리엄은 돌아서서 그녀를 바라보았다. 그 눈빛에 샬로테는 속이 울렁거리고 말았다.

"커피 한잔할래요? 수요일에는 여기서 커피를 반값에 팔거든요. 그래서 내가 항상 수요일에 와요."

그들은 손에 종이컵을 들고 내셔널 갤러리를 거닐며 강렬한 유화와 섬세한 수채화를 감상했다.

"난 이곳을 내 책의 마지막 장면 배경으로 상상하곤 해요."

윌리엄은 이렇게 말하며 두 팔을 벌렸다.

"정말요? 그 책 내용이 뭔데요?"

질문을 받은 그가 어깨를 으쓱였다.

"그렇게 재미있는 내용인지는 잘 모르겠어서요."

"어서 말해봐요! 난 보르드페우드에 대해서 말했잖아요. 나만 다 이야기하는 게 어딨어요?"

윌리엄은 웃으면서 커피를 한 모금 마셨다.

"어떻게 전개될지는 아직 모르겠지만, 내용은 일단 전쟁 후에 영국에서 사랑에 빠지게 되는 연인 이야기예요. 남자는 독일인, 여자는 영국인이죠. 사실 둘은 이어질 수 없는 사이지만, 어떻게든 함께 있기 위해 싸우죠. 그러던 어느 날, 갑자기 남자가 여자를 찾아오지 않게 되는데, 여자는 남자가 왜 그러는지 이유를 몰라요. 혹시 남자에게 무슨 일이 일어난 걸까 싶어 여자는 두려워하죠……."

윌리엄은 목을 가다듬었다.

"뭐, 지금 마지막 부분을 쓰고 있는데, 여기서 다시 만나게 된다는 게 아이디어예요. 두 사람의 사랑은 자석처럼 서로를 끌어당기고 있어서, 함께 있는 것 말고는 아무것도 할 수가 없다는 거죠."

샬로테는 자신의 커피잔을 가만히 바라보며 눈을 깜빡였다.

"누군가에게 그런 감정을 느껴본 적이 있어요?"

윌리엄은 재킷 깃을 바로잡았다.

"언제나 느끼죠! 아니, 언제나까지는 아니지만, 난 아주 빨리 사랑을 느끼는 편이거든요. 처음 사랑에 빠진 건 다섯 살 때였죠."

"누구랑요?"

"이름은 메이블이고, 옆집에 사는 누나였어요. 나보다 세 살 위였죠. 몇 년 동안 아주 깊이 사랑했는데, 어느 날 다른 남자애랑 키스하는 걸 보고 말았어요. 자, 당신은요?"

그는 이렇게 물으며 손을 들어 머리카락을 넘겼다.

샬로테는 어깨를 으쓱였다.

"모르겠어요. 난 어렸을 땐 누군가를 사랑했던 기억이 없네요."

그들은 이제 반 고흐의 또 다른 그림 앞에 섰다. 샬로테는 그림을 알아보았다.

"〈해바라기〉군요."

"반 고흐도 불행한 사랑에 빠졌죠. 아마도 그게 예술가에게 필요한 특징일까요? 뭔가를 창작하기 위해서는 불행한 사랑을 해야 하는 걸까요?"

"그렇다면 예술가가 무언가를 창작하기 위해서는 둘 중 하나를 골라야 한다는 거예요? 행복해져서 아무것도 못 하거나, 불행해

285

져서 창조적이 되거나?"

윌리엄은 고개를 끄덕였다.

"그렇죠. 아주 비극적이죠. 내가 아는 한, 반 고흐는 진정한 연애를 해본 적이 없어요. 몇 번 누굴 사랑하긴 했지만, 항상 자신을 거부하는 여자들과만 사랑에 빠졌죠. 한번은 사촌인 케이 포스에게 청혼하기도 했어요."

"그런데 잘 안 됐나요?"

"안 됐죠. 네덜란드에서 사촌끼리의 결혼은 금지였거든요. 게다가 케이 포스도 반 고흐에게 관심이 없었어요. 하지만 반 고흐는 그녀와 자신 사이를 갈라놓는 게 가족이라고 생각해서, 케이 포스의 아버지에게 케이 포스와 만나게 해달라고 부탁했죠. 얼마나 절망했던지, 자기 손을 등유 램프 위에 올려놓고는 불꽃 속에 손을 대고 있는 동안만이라도 케이 포스를 보게 해달라고 했죠."

샬로테는 너무 놀라 겁먹은 눈빛으로 그를 바라보았다.

"세상에! 그래서 어떻게 됐나요?"

"케이 포스의 아버지는 램프를 끄고서 반 고흐를 술집으로 데려갔어요. 그리고 케이 포스는 너에게 관심이 없다, 너희는 결코 부부가 될 수 없다고 분명히 말했죠."

"반 고흐는 손가락이나 데고 말았군요."

윌리엄은 얼굴을 찌푸렸다.

"으윽, 당신은 항상 그렇게 매정한가요?"

"네. 그래서 남자들과 거리를 두는 거예요."

두 사람은 말없이 벤치에 앉아 있었다. 샬로테는 아랫입술을 깨

물었다. 참 오랜만에 재미있는 시간을 보냈다. 서점 일에서 벗어
나 쉬니까 정말 좋았다. 윌리엄은 자신에게 완전히 새로운 모습을
보여주었다. 그는 생각처럼 우울하고 지루한 남자가 아니었다. 아
마 처음 만났을 땐 상황이 힘들어서 그랬겠지.

문득 샬로테는 윌리엄에게 샘을 어떻게 대해야 할지 조언을 구
해볼까 생각했다. 두 사람은 좋은 친구처럼 보였으니까. 샘이 날
좋아하게 하려면 어떻게 해야 할지 윌리엄이 조언해줄 수도 있지
않을까. 하지만 뒤돌아 윌리엄을 바라보자, 따스한 온기가 온몸에
퍼져갔다. 이 좋은 분위기를 섣부른 말로 망치는 위험을 감수하긴
싫었다. 그래서 대신 그의 옆구리를 살짝 찔렀다.

"이제 집에 갈까요? 처리해야 할 서류가 산더미라서요."

윌리엄은 한숨을 쉬었다.

"항상 이렇게 일에 치여 살다니! 난 스웨덴 사람을 도무지 이해
할 수가 없네요."

샬로테는 일어서서 출구를 가리켰다.

"그걸 직업의식이라고 하죠. 같이 가요. 직업의식이 어떤 건지
보여줄게요."

그녀는 명랑하게 말했다.

19

크리스티나는 침대에 누워 베개를 얼굴에 댔다. 문이 닫혀 있었지만, 거실에서 사라와 대니얼이 싸우는 소리가 들려왔다.

"난 네가 왜 걔들을 만나야 하는지 이해가 안 돼. 그냥 안 만나면 안 돼?"

"걔들은 내 친구야. 친구를 어떻게 버리란 말이야!"

어찌나 화가 났는지 사라의 목소리가 벽을 뚫고 들렸다.

"그래, 참 대단한 친구지. 그래서 뭔가를 확 폭발시켜 날려버린다는 농담이나 하고 말이야."

"제발 그만해! 그건 그냥 농담이었어. 진짜로 그런다는 게 아니잖아. 언제나 하찮은 취급을 받는 데 질려서 한 소리라고."

"그러면 술집에서 아일랜드 국가 부르는 것도 그만둬야 하는 거 아니야?"

크리스티나는 대니얼이 한숨 쉬는 소리를 들었다.

"걔들은 취했었어."

"그게 중요한 게 아니라고! 뭘 날려버리겠다니, 그런 농담은 해

288 템스강의 작은 서점

서는 안 되는 거야. 하나도 재미없어!"

"사라, 난 걔들을 알아. 걔들은 절대로 그런 짓 안 해."

"네가 그걸 어떻게 알아?"

"우리는 같은 고향에서 왔어. 같은 경험을 하며 살았다고. 내 말 좀 믿어. 여기서도 벨파스트에서처럼 굴 생각인 애들은 없어."

사라는 못마땅하다는 소리를 냈다.

"난 특히 마크의 친구들이 싫어. 넌 걔들이랑 아무 관계도 없지?"

"없어. 하지만 마크는 내 동생이잖아. 난 마크를 믿어."

"넌 걔들이랑 이제 그만 어울려야 해. 걔들은 위험하다고!"

"위험해? 아일랜드인이라 위험해?"

"아일랜드인이라서 위험한 게 아니야. 폭탄 만드는 이야기를 해서 위험하지."

"내가 농담이라고 말했잖아. 그만 좀 해!"

이윽고 바깥이 조용해지자 크리스티나는 일어나 앉았다. 오늘은 힘든 하루였다. 그녀는 그저 뭘 좀 빨리 먹었으면 싶었고, 그런 다음 잠자리에 들고 싶었다. 시계를 슬쩍 보았다. 곧 사라는 출근해야 했다. 안 그럼 근무하는 술집에 늦을 것이다.

현관에서 움직이는 소리가 들렸다. 사라가 물건을 챙기는 소리 겠지. 크리스티나는 몇 분 더 기다렸다가 문이 닫히는 소리를 들었다. 그래서 몰래 자그마한 주방으로 다가갔다.

소파에는 대니얼이 팔짱을 끼고 앉아 있었다. 긴장한 얼굴로 멍하니 허공을 응시하고 있었다. 크리스티나는 조심스럽게 콘플레이크 한 봉지를 그릇에 담았다.

"너희는 어렸을 때 어렵게 자랐었다며. 그래서 사라는 이해해줄 줄 알았는데."

크리스티나는 뒤를 돌아보았다. 대니얼은 여전히 벽을 바라보고 있었다. 그녀는 냉장고에서 우유를 꺼냈다.

대니얼은 한숨을 쉬면서 목을 문질렀다.

"미안해. 그런 뜻이 아니었어."

크리스티나는 그를 바라보았다.

"괜찮아."

그녀는 주저하며 대답했다. 대니얼은 소파 옆자리를 두드렸다.

"잠깐 나랑 같이 있어줄래?"

크리스티나는 망설였다. 이러면 안 된다는 걸 알지만, 대니얼이 마법처럼 자신을 끌어당기는 바람에, 결국 그의 옆에 앉게 되었다.

"사라가 우리 어린 시절에 대해 무슨 말을 했어?"

그는 고개를 저었다.

"많이는 안 했어. 그냥 너희 아버지에 대해 조금."

크리스티나는 그릇을 저었다. 콘플레이크가 부드러워졌다.

"아아."

대니얼이 일어섰다.

"나 술 좀 마셔야겠어. 너도 마실래?"

"아니야, 괜찮아."

그는 보드카 한 병과 물잔 하나를 가지고 돌아왔다. 그리고 잔에 술을 반쯤 부은 다음 단번에 들이켰다.

크리스티나는 마른침을 삼켰다. 무슨 말이라도 해야 할 것만 같
았다.

"아버지는 사는 게 쉽지 않았어. 그러니까, 엄마가 사라진 다음
에 아빠는 힘들었어. 그래서 우리랑 어떻게 지내야 할지 몰랐어."

대니얼은 그녀를 잠깐 바라본 다음에 다시 고개를 돌렸다.

"내가 보기에, 우리랑 지내기가 아버지에겐 그리 쉽지 않았을
거야. 아버지는 틀림없이 최선을 다한 걸 거야."

대니얼은 보드카를 다시 따랐다.

"그렇지만 폭력은 해결책이 아니지."

갑자기 크리스티나도 목이 말랐다. 그녀는 그릇을 한쪽으로 밀
고 대니얼의 손에서 보드카를 따른 잔을 받아 들었다. 빨리 넘기
려고 했지만, 술이 목구멍에서 확 타올랐다.

"그래. 아니지."

"나는 사라가 날 이해해주기를 바랄 뿐이야. 걔들은 내 가족이
라고. 무슨 일이 있어도 가족을 버릴 수는 없잖아."

하지만 방금 한 말의 뜻을 깨달은 대니얼은 크리스티나의 무릎
에 손을 얹었다.

"미안해. 그런 뜻이 아니었어. 물론 가족이라고 해서 모든 걸 다
용서할 수는 없지."

그는 다시 한숨을 쉬고서 보드카를 따랐다. 크리스티나는 아직
도 자신의 다리에 얹힌 그의 손을 바라보았다.

"그래. 맞아."

그녀가 대답했다.

대니얼은 그녀에게 잔을 주었고, 그녀는 술을 마셨다. 청바지 천 위로 손의 온기가 느껴졌다.

"왜 모든 게 이토록 지랄 맞게 복잡할까?"

크리스티나는 어깨를 으쓱였다. 약간 어지러운 느낌에 고개를 뒤로 젖혔다.

대니얼이 쉰 목소리로 말했다.

"너랑 말하니까 좋다. 넌 사라보다 날 더 이해하잖아. 우리 말이 야, 진짜 서로 닮은 것 같아. 너랑 나."

크리스티나는 고개를 돌려 그를 바라보았다. 대니얼은 더는 화난 것 같지 않았다. 아까보다 표정이 부드러워지고 눈망울이 따스해졌다. 그의 곁에 있는 게 너무 좋았다.

"그래, 우리는 닮았지."

그녀가 말했다. 제대로 발음을 하기가 너무 어려웠다.

그 순간, 대니얼의 몸이 불쑥 가까이 다가왔다. 크리스티나는 소파에 몸을 푹 기대고 눈을 감았다. 대니얼의 옆에 앉아 있으니까 너무 좋아. 아주 따스하고 안전한 느낌이 들어.

대니얼의 어깨에 머리를 기댔다. 그러자 방이 빙글 돌았다. 그는 크리스티나의 다리를 쓰다듬었다. 그의 손이 점점 더 높이 올라왔다.

크리스티나는 마치 꿈속에 있는 것 같았다. 멈추지 않았으면 좋겠어. 하지만 대니얼은 이내 그녀의 턱을 잡았다. 크리스티나는 눈을 뜨고 그의 시선을 마주했다.

대니얼은 이쪽을 진지하게 바라보았다.

"네가 정말 좋아, 크리스티나."

"그래?"

"그래. 당연하잖아."

이제 대니얼은 너무 가까웠다. 크리스티나는 그의 향기를 인식했다. 땀과 불탄 내음이 뒤섞인 오드콜로뉴 향이었다. 아마도 퇴근할 때 항상 손에 묻히고 오는 기름얼룩 때문이겠지.

일어나. 마음 깊은 곳에서 속삭임이 들렸다. 너무 늦기 전에 어서 여기서 떠나. 하지만 크리스티나는 귀 기울이지 않았다. 떠나고 싶지 않았다. 그저 대니얼의 옆에 앉아 있고 싶었다. 대니얼의 말이 맞을지도 몰라. 우리는 같이 있는 게 더 나을지도 몰라.

그가 그녀에게로 몸을 굽혔다. 그의 코가 그녀의 뺨 위로 느껴졌다.

크리스티나는 입을 벌려 숨을 쉬었다. 그리고 가까이 다가갔다. 자신의 입술이 그의 입술에 닿을 때까지.

그와의 키스는 폭탄이 터지는 것만 같은 느낌이었다. 크리스티나에겐 이런 경험이 처음이었다. 모든 감각이 순식간에 깨어나고 온몸이 긴장하면서 배 속이 간지러운 이 느낌. 몇 초 동안은 따스한 물 위를 부유하는 기분이었다. 그러다 문득 사라가 떠올라 그녀는 몸을 확 뗐다.

"미안해. 내가 왜 이랬는지 모르겠어."

대니얼이 손을 떼면서 말했다.

크리스티나는 일어서서 고개를 저었다.

"나도 모르겠어."

그녀는 두 팔로 자신의 몸을 그러안고서 그를 애써 외면했다.

"난 방에 가는 게 낫겠다."

그녀가 이렇게 속삭이자 그가 고개를 끄덕이는 게 느껴졌다. 그녀는 몸을 돌려 그에게 등을 돌리고 섰다.

"사라에게 말하지 말자. 알았지?"

"당연히 안 해."

"약속하는 거야?"

대니얼은 목을 가다듬었다.

"크리스티나, 약속해. 이건 멍청한 짓이었어. 아무 일도 없었던 걸로 해."

"그래."

크리스티나는 방으로 돌아가 침대에 몸을 털썩 던졌다. 어떻게든 생각을 정리해보려고 했다. 무슨 일이 일어난 걸까. 내가 무슨 짓을 한 걸까. 혼란스러운 감정이었다. 난 사라를 배신했어. 친언니를 배신한 거야.

크리스티나는 베개에 머리를 꾹 눌렀다. 잘못된 일이었다는 걸, 일어나서는 안 되는 일이었다는 걸 안다. 하지만 입맞춤을 생각하지 않을 수가 없었다.

돌아누워 천장을 바라보았다. 내가 어떤 감정을 느끼든, 사라가 아무것도 모르게 조심해야 해. 언니가 알게 되면 모든 게 끝날 테니까. 저 두 사람의 관계는 깨질 테고, 우리는 각자의 길을 가야 할 거야. 더는 여기서 같이 살 수가 없을 거야.

크리스티나는 베개를 껴안았다. 문득 명료한 깨달음이 온몸에 퍼졌다. 내가 할 일은 하나뿐이야. 방금 일어난 일은 잊는 거야. 그냥 꿈이라고 생각하고, 여기에 대해서 한마디도 하지 말고, 대니얼에게 가까이 가지 말자. 나와 사라 언니를 보호하려면 그게 유일한 방법이야. 우리를 하나로 묶어놓을 방법은 그것뿐이야.

20

"친절하고 손님에게 관심이 많은 것 같은 목소리를 내야 해요!"

"맞아요. 하지만 너무 관심이 많은 것처럼 보여서는 안 돼요. 손님들이 놀라면 안 되니까."

"그리고 미소를 지어요."

"맞아요. 하지만 불쾌한 기분이 들지는 않게요. 그냥 지나가는 것처럼 자연스럽게 웃어요."

계산대 뒤에 선 샬로테는 이 조언들을 실행해보려 했다. 샘과 마르티니크가 고객인 척 응대하는 건 어리석은 짓 같았다. 하지만 자신이 그들에게 배울 준비가 되었음을 보여주는 것 역시 중요했다. 샬로테는 뻣뻣하게 말했다.

"안녕하세요. 무엇을 도와드릴까요?"

샘이 고개를 저었다.

"그게 아니죠. 지금 로봇처럼 말하고 있잖아요. 여자친구에게 말하듯 다정하게 해봐요."

샬로테는 크게 한숨을 쉬고픈 충동을 억눌렀다. 그녀가 자신의 회사 화장품을 온라인으로 판매하는 데는 다 이유가 있었다.

"어떻게 하는 건지 모르겠어요."

샬로테가 체념한 듯 말하자, 마르티니크가 엄마처럼 위로하며 대답했다.

"아냐, 할 수 있어. 연습만 좀 더 하면 돼. 나랑 같이 해보자."

마르티니크는 몇 걸음 뒤로 물러나더니 다시 계산대로 걸어왔다. 샬로테는 자연스럽게 웃으려고 노력했지만, 샘이 자신을 빤히 쳐다보고 있어서 그럴 수가 없었다.

"안녕하세요!"

"안녕하세요! 선물할 책을 사고 싶은데요. 좀 도와주실 수 있을까요?"

"그럼요! 누구에게 선물하실 건가요?"

"제 여동생요."

"알겠습니다."

샬로테는 주위를 둘러본 다음, 계산대 바로 옆에 둔 자그마한 책 무더기를 발견했다.

"이 책이 선물하기 정말 좋아요."

그녀는 있는 힘을 다해 열정적으로 말하면서 마르티니크에게 리 차일드*의 책을 건네주었다. 마르티니크는 표지를 자세히 들여다보았다.

---

* '잭 리처 시리즈'로 유명한 영국의 범죄 스릴러 소설가.

"이 책은 어떤 책인가요?"

"뒤에 설명이 적혀 있을걸요?"

"이 책 안 읽어보셨어요?"

샬로테는 당황했다.

"네, 그건 안 읽어봤어요. 하지만 제가 듣기로는 정말 좋은 책이라던데요."

샘은 한숨을 쉬었다.

"아무 책이나 갖다드리면 안 된다고요! 이분 여동생이 어떤 장르를 좋아하는지 물어봐야죠."

"하지만 난……."

샘은 말을 계속 이었다.

"게다가 이렇게 빠르게 말하면 안 돼요. 귀찮아서 빨리 내보내고 싶어 하는 거라고 손님이 오해한다고요."

샬로테는 화난 눈초리로 샘을 바라보았다. 어째서 샘은 나한테 이토록 쌀쌀맞게 구는 거지? 내가 얼마나 노력하고 있는지 안 보이나?

"여동생분은 어떤 장르를 즐겨 읽으시나요?"

샬로테는 딱딱하게 물었다. 마르티니크는 미소를 지었다.

"범죄 스릴러는 안 읽어요. 우리 둘 다 술 취한 경찰이 미친 살인마를 쫓아다니는 이야기는 그만 읽고 싶거든요. 사이코패스가 사람을 납치하고 발톱을 잘라 모으는 이야기가 별로 현실적이지는 않잖아요?"

샬로테는 곰곰이 생각하다 물었다.

"그럼 굿필 소설은 어떠세요?"

"필굿이야."

마르티니크가 나지막하게 속삭였다.

"아, 죄송해요. 그러니까 필굿요."

마르티니크는 생긋 웃었다.

"필굿 소설이 뭔가요?"

"그건…… 읽으면 기분이 좋아지는 책이에요."

샬로테는 곁눈질로 샘을 바라보았지만, 샘은 눈살을 찌푸릴 뿐이었다.

"주인공이 삶에 전환점을 일으키는 문제를 해결해나가는 이야기죠. 인간관계와 일상생활에 일어나는 드라마 같은 이야기를 좋아하신다면 이게 괜찮아요."

마르티니크가 열심히 고개를 끄덕였다.

"괜찮겠네요. 그럼 몇 권 추천해주시겠어요?"

마르티니크를 서가로 데려간 샬로테는 루시 딜런이 쓴 책을 찾아내고는 몸속에 퍼지는 안도감을 느꼈다. 그걸 샘이 며칠 전에 판매하는 걸 본 적이 있었다.

마르티니크는 책을 가져다가 무척 즐거운 기색으로 돌려 보았다.

"이게 좋겠네요. 이 책 내용은 뭔가요?"

"사랑 이야기예요."

샬로테가 말하자, 마르티니크는 더 말해달라며 물었다.

"사랑 말고는 또 뭐가 있죠?"

"이건 사랑과 우정에 관해 쓴 아주 멋진 이야기예요. 인생이 내 뜻대로 되지 않더라도 어떻게 행복을 찾을 수 있는지 보여주는 책이에요."

"아주 마음에 드네요. 설명 고마워요! 이 책으로 할게요."

마르티니크가 말했지만, 샘이 으르렁댔다.

"나라면 안 사요."

마르티니크는 책을 옆구리에 꼭 끼더니 손뼉을 짝 쳤다.

"쟤 말 듣지 마. 아주 잘했어!"

샘이 이제껏 비판하는 소리만 듣다가 마르티니크의 칭찬이 불쑥 들려오자 샬로테는 얼굴을 붉혔다.

"하지만 그래도요. 저는 계산대에서 물러나 있는 게 나을 것 같아요."

"나도 그렇게 생각해요."

샘이 끼어들자, 마르티니크는 샘에게 비난 어린 눈길을 보내고는 샬로테에게 말했다.

"아니야! 안 그래! 처음에는 다 어리바리하게 마련이잖아. 그리고 여기는 네 서점이야. 당연히 네가 계산대에 서 있어야지. 원한다면 지금 잘나가는 베스트셀러 몇 권을 같이 훑어보자. 그러면 너도 책이 무슨 내용인지 알 수 있을 거야."

샬로테는 고맙다며 미소를 지었다.

"좋아요. 하지만 먼저 출판사에 반품할 책을 마지막으로 좀 찾아봐야겠어요."

샬로테는 창고에서 상자 몇 개를 꺼내더니 높다란 서가 사이로 사라졌다. 위를 올려다보자 앞에 보이는 어마어마한 책이 자신을 압도했다.

그녀의 삶에서 독서란 그저 필요악일 뿐이었다. 선생님들이 책을 읽으라고 하니까 억지로 읽어왔다. 그런데 지금 샬로테는 학교와 세미나에서 내준 교재 말고는 다른 책을 읽어보려 하지 않았던 지난날을 후회하고 있었다. 자신이 속하지 않은 비밀 클럽을 본 것처럼, 살면서 무언가를 놓친 기분이었다.

샬로테는 상자를 옆에 두었다. 자신은 샘이나 마르티니크가 지닌 지식을 절대로 습득할 수 없을 테니, 가게에서 누군가에게 책을 추천한다는 건 생각만 해도 비현실적이었다. 손님들은 머지않아 그녀의 무능함을 깨달아버릴 게 뻔했다.

곧바로 반품 목록을 편 다음 몸을 숙이고 책 제목을 찾으려던 순간, 무언가가 눈에 띄었다. 서가 반대편에 어떤 사람이 바닥에 몸을 웅크리고 앉아 있었다. 하지만 책이 너무 많아서 누구인지 알아볼 수가 없었다.

샬로테는 곧바로 당황했다. 대체 누가 서점에 숨어든 거지? 술 취한 사람이 몰래 들어와서 잠든 건가? 아니면 경찰에 쫓기는 도둑일까? 그녀는 도와달라고 소리칠까 잠깐 생각했다가 정신을 차렸다. 이곳은 자신의 서점이었다. 샬로테는 이를 악물고 손에 든 『카라마조프가의 형제들』을 꽉 쥐었다. 『죄와 벌』이 곧바로 손에 닿지 않았기 때문이다. 그리고 책을 무기처럼 높이 들었다.

서가 건너편으로 향하는 몇 초 동안 심장이 미친 듯이 뛰었던 것도 잠시, 막상 반대편에 다가가자 당황스럽게도 웅크린 사람은 어린 소녀였다. 단정한 남색 교복을 입은 소녀는 자주색 가방을 등에 멘 채로 얼굴을 책에 푹 숙이고 있었다. 아이의 무릎에는 테니슨이 누워 골골대고 있었다.

소녀가 위를 보자, 샬로테는 두꺼운 도스토예프스키의 책을 내려놓았다.

"안녕하세요."

샬로테가 친근한 목소리로 인사하자 소녀는 주저하는 눈초리로 그녀를 바라보았다.

"안녕하세요."

"난 샬로테예요. 학생 이름은 뭐예요?"

"칼리오페요."

"칼리오페구나. 예쁜 이름이네요."

샬로테가 이름을 중얼거렸다.

"내 이름은 그리스신화에 나오는 뮤즈 이름을 딴 거예요. 여기서 일하고 계시니까 잘 아시겠지만요."

"그럼요."

샬로테는 이렇게 대답하면서도 속으로는 소녀가 더는 질문하지 않기를 바랐다. 사실 그리스신화의 뮤즈가 누구인지 몰랐으니까.

소녀가 고개를 번쩍 들자 얼굴에 드리워진 앞머리가 흩어지면서 눈이 보였다. 그 아이는 샬로테를 보며 말했다.

"여기서 처음 보는 분이네요. 서점에서 일하는 거 좋으세요?"

샬로테는 어깨를 으쓱였다. 사실 책에 대해서 아무것도 모르면서 서점에서 일하는 사람은 세상에 자기밖에 없다는 걸 인정하고 싶지 않았다.

"그래요. 괜찮아요."

"그냥 괜찮기만 해요? 우리 할머니는 서점이란 마법 같은 곳이라고 했어요. 알아야 할 만한 건 모두 책꽂이에 꽂혀 있다고 하셨죠."

이 애는 책에 대해 말하면서 얼굴이 환하게 빛나는구나. 샬로테는 그 점을 알아보았다.

"할머니가 무척 지혜로우시네요."

그러자 칼리오페는 단호하게 대답했다.

"네, 맞아요! 우리 할머니는 책을 정말로 많이 읽었거든요."

샬로테는 미소를 지으면서 소녀의 옆에 웅크려 앉았다. 동시에 테니슨이 편안하게 몸을 뻗었다. 고양이의 털은 아주 푹신했다. 테니슨은 기분 좋게 샬로테를 바라보았다.

"여기 자주 와요?"

칼리오페가 고개를 끄덕였다.

"네, 가끔 와요."

샬로테는 서점의 앞부분을 가리켰다.

"왜 저기 소파에 앉지 않아요?"

칼리오페는 방금 더없이 바보 같은 소리를 들었다는 듯이 눈을 굴렸다.

"분명히 아시잖아요? 책을 읽을 때는 아무도 방해하지 않았으면 하니까요."

순간, 샬로테는 시야 저편에서 이리로 다가오는 샘을 보고 재빨리 일어섰다. 그녀는 직원이 이번에는 또 무슨 말로 불평을 늘어놓을지 상상이 되지 않아 방어하듯 팔짱을 꼈다. 하지만 샘이 자신이 아니라 소녀에게 가까이 다가가는 걸 보고서 살짝 긴장을 풀었다.

"안녕, 칼리오페!"

"안녕, 샘!"

"얼마나 읽었어?"

이 물음에 칼리오페는 책을 들어 올렸다.

"지금 마지막 부분까지 왔는데, 너무 재밌어! 퍼시가 스틱스 강물에 들어가야 해. 그리고 레이철이랑 친구가 됐어."

"퍼시 잭슨이에요."

샘은 샬로테에게 도움이 되기라도 할 것처럼 책 제목을 말해준 다음 물었다.

"이번 생일에 선물 뭐 받고 싶으신지?"

샬로테는 멈칫했다. 아무에게도 생일을 말한 적이 없었고, 사람들이 자신을 위해 어떤 식으로든 축하해주기를 바라지 않았으니까. 그래서 너무 무례하게 보이지 않으면서도 피해갈 방법이 뭘까 아주 열심히 생각하다가, 칼리오페에게 한 질문이라는 걸 깨달았다. 그 질문을 들은 칼리오페는 얼굴에 미소를 띠고서 테니슨의 등을 쓰다듬었다.

"『은 의자』면 정말 좋겠지. 아니면 『마지막 전투』도 좋고. 『나니아 연대기』 중에서 아직 내용을 모르는 건 그것뿐이라서."

샘은 극적으로 손가락을 튕겼다.

"선택 잘했네! 그리고 이거 알아둬. 마르티니크는 분명히 널 위해서 또 파티를 열어줄 거야. 풍선이랑 케이크 같은 걸로 파티하는 게 좀 유치하다는 건 알지만, 그래도 마르티니크는 기꺼이 케이크를 굽고 장식을 해줄 거야."

칼리오페는 기쁜 티가 역력했지만 애써 감추면서 입을 꾹 다물었다.

"마르티니크가 꼭 그러고 싶다면 나도 괜찮아."

아이는 진지하게 말하다가 이내 물었다.

"그런데 읽기 코너 만드는 건 어떻게 돼가?"

샘은 헛기침을 하고는 샬로테 쪽으로 턱짓을 했다.

"칼리오페, 샬로테에게 제대로 인사했어? 이제 이 서점은 샬로테 거야."

"읽기 코너가 뭐죠?"

샬로테가 묻자, 칼리오페는 조심스럽게 테니슨을 밀고서 일어섰다.

"샘에게 아주 좋은 생각이 있어요! 계단 아래에 있는 창고를 개조해서 어린이용 독서 공간을 만드는 거예요. 거기서 조용히 책을 읽을 수 있다면 정말로 좋을 거예요. 계단 아래니까 더들리네 집 계단 아래에 사는 해리 포터 방처럼 보일 수도 있고요. 독서 등이나 쿠션 같은 걸 두면 더 편안해지겠죠."

하지만 샬로테가 아무런 대답을 하지 않자, 칼리오페는 눈을 가늘게 떴다.

"해리 포터가 누군지는 아시죠?"

샬로테는 고개를 끄덕이고서 칼리오페에게 미소를 지었다.

"그럼요, 알아요. 나도 영화를 봤으니까요. 정말 좋은 생각인 것 같으니, 언젠가 우리 서점이 그런 공간을 만들 수 있을지 생각을 좀 해볼게요."

칼리오페는 한숨을 쉬고서 책가방을 제대로 멨다. 하지만 멜빵 한쪽이 소녀의 어깨에서 흘러내렸다.

"아, 그렇군요. 무슨 말씀인지 알 것 같네요."

샬로테가 뭐라 대꾸하기도 전에, 칼리오페는 옆을 쓱 지나쳐 문으로 갔다.

"잘 가, 칼리오페! 곧 보자!"

소녀의 뒤로 샘이 소리쳤다. 이윽고 샬로테가 샘을 바라보았다.

"저 아이 여기 자주 오죠?"

샘이 고개를 끄덕였다.

"네. 학교 끝나고 계속 와요. 집에 가면 어려운 일이 많아서요. 쟤네 부모님이 문제가 많거든요. 그래서 혼자 원룸에 사는 할머니네 가서 주로 지내요."

샬로테는 헛기침을 하고 말했다.

"그런데 그 독서 코너 이야기는 나한테 얘기한 적 없잖아요."

"몇 번 해보려고 했어요. 그런데 그때마다 다른 일로 무척 바쁘시더라고요. 독서 코너 아이디어 어때요?"

"물론 마음에 들죠! 하지만 그런 걸 만들려면 돈이 들 것 같네요. 안타깝지만 지금 우리에겐 돈이 없어요."

그러자 샘은 눈썹을 치켜떴다.

"하지만 독서 코너를 만들면 아이들이 더 많이 서점에 올 거예요."

샬로테는 마른침을 삼켰다. 쩨쩨해 보이고 싶지는 않았지만, 그래도 정직하게 현실을 말해야 했다.

"하지만 아이들이 책을 많이 사지는 않잖아요? 내가 여기서 본 아이들은 대부분 공짜로 책 읽기를 좋아했어요."

하지만 샘의 눈이 번뜩이는 걸 보고 샬로테는 방금 했던 말을 후회했다.

"저기, 똑똑히 들으세요. 첫째, 여기에서 책을 읽고 싶어 하는 아이들은 언제나 대환영이었어요. 사라가 아이들이 문학에 흥미를 갖도록 장려하는 게 대단히 중요하다고 생각했기 때문이에요. 둘째, 아이들이 있으면 분위기가 좋아져요. 셋째, 아동 도서는 우리 매출의 상당량을 차지해요. 난 아직 태어나지 않은 아이에게 줄 책도 팔아봤어요. 세례식과 생일 선물로 아이들 책을 사러 오는 사람이 많다고요."

샬로테는 두 손을 들었다.

"알았어요. 그런 뜻으로 한 말이 아니었어요. 하지만 우리는 돈에도 신경을 많이 써야 해요. 이런 독서 코너를 만드는 데 비용이 얼마나 드는지 계산할 수 있잖아요."

그때, 마르티니크가 두 사람 쪽으로 다가왔다. 그들이 무슨 대화를 하는지 들은 게 분명했다. 그녀는 두 손을 맞잡았다.

"지금 매출은 어때? 좀 나아졌니?"

샬로테는 고개를 끄덕였다.

"그럼요. 아주 나아졌죠. 지난 몇 주 동안 거의 25퍼센트나 매출이 올랐어요. 주로 카페 덕분이었죠."

그녀는 잠시 말을 멈추고 혹시 지금이 은행에서 온 전화 이야기를 하기에 적당한 때인지 생각해보았다. 하지만 마르티니크가 희망에 찬 시선을 보내자 차마 말할 수가 없었다. 그래서 이렇게만 덧붙였다.

"그리고 곧 반품한 책 대금을 돌려받을 수 있을 것도 같아요."

"정말 잘됐다!"

마르티니크는 미소를 지었다. 그녀가 입술에 립스틱을 바르자 입이 밝은 체리 빛으로 빛났다.

"나도 좋은 생각이 하나 났어. 어떻게 하면 우리가 매출을 올릴 수 있을까 생각해봤지."

"그렇군요. 어떻게요?"

샬로테는 다소 긴장이 깃든 낙관적인 어조로 물었다. 마르티니크는 목을 가다듬었다.

"내 친구가 리버풀에서 서점을 운영하는데, 걔네 서점에서는 정기적으로 낭독회를 연다는 거야. 그러니까 작가를 초대해서 본인 책 이야기를 하는 시간을 갖는 거지. 그래서 미리 표를 팔고, 낭독회에 온 손님들에게 음료와 간식을 준대. 물론 손님들에게 아주 친절하게 대해야 하고, 사람들이 많이 올 수 있도록 대부분 저녁 시간에 열어야 해."

샬로테는 몸을 고쳐 앉았다.

"그래요. 안 될 거 없죠? 혹시 우리가 초대할 만한 작가와 연락할 방법이 있나요?"

그러자 샘의 눈이 반짝였다.

"우리가 엘레나 페란테를 초대할 수 있다면, 대성공일 텐데!"

샬로테는 다시금 활기찬 기색으로 고개를 끄덕였다.

"그래요. 그 작가를 알아요?"

샘은 고개를 저으며 무뚝뚝하게 말했다.

"아뇨. 그 작가 정체는 아무도 몰라요. 필명으로 글을 쓰거든요. 하지만 엘레나 페란테인 척하는 사람을 초대할 수는 있겠죠? 아무도 작가가 어떻게 생겼는지 모르니까요."

"흐음. 하지만 우리의 첫 번째 낭독회에 그런 속임수를 써서는 안 돼요."

샬로테의 말에 마르티니크가 소리쳤다.

"나 아는 작가 있어! 내가 아는 사람이 매튜 머로 옆집에 살거든."

샬로테는 샘에게로 고개를 돌렸다. 혹시 마르티니크가 누구를 말하는 건지 샘이 알까 해서였지만, 표정을 보니 그녀도 누군지 모르는 모양이었다.

"그분은 누구시죠……?"

"동물 영화 내레이터야. 부엉이에 대한 책도 쓴 사람이지!"

샬로테는 마르티니크를 꼼꼼히 살펴보며 눈을 깜빡였다.

"그분이 손님을 끌 거라고 생각하세요?"

마르티니크는 고개를 끄덕였다.

"남자 작가들은 언제나 사람을 끌지. 특히 관자놀이가 희끗희끗한 매튜 같은 사람들은 더더욱 그래. 올봄 도서박람회에서 그분을 봤는데, 블로거와 사서들이 뒤를 졸졸 따라다니더라고. 정말 믿을 수가 없었어. 다들 새에 미쳤나 싶었다니까. 게다가 대중들은 TV에서 나온 사람에겐 항상 관심을 두거든."

"그건 그래요. 매튜 머로는 우아하죠. 약간 조지 클루니를 닮기도 했고."

샘의 말에 샬로테가 말했다.

"그러면 그분 사진을 우리 홈페이지에 실어야겠네요. 마르티니크, 혹시 그분이 낭독회에 참석할 수 있는지 물어봐주실래요?"

"그럼, 내가 할게! 언제가 좋을까?"

"내 생각엔, 너무 오래 기다릴 순 없지만 그래도 우리가 광고를 하려면 시간이 좀 있어야 해요. 3주 후 수요일쯤이 어떨까요?"

"딱 좋네! 내가 최대한 빠르게 전화해볼게."

마르티니크는 이렇게 대답하고서 샘을 바라보았다.

"일단 나는 점심 먹으러 좀 일찍 나가봐야겠어."

"맞아요, 마샤와 약속했었죠."

마르티니크는 농담 반 진담 반으로 말했다.

"으음, 얘들아, 한 20분 있다가 나한테 전화해주면 어떨까. 응급 상황이 생겼으니 빨리 와달라고 말이야."

샘은 씩 웃었다.

"어떡해요! 길리언 플린 책이 다 팔렸어요! 당장 와줘야겠어요!"

마르티니크는 샘에게 윙크를 했다.

"그럼 조금 이따가 봐!"

마르티니크가 사라진 후, 샬로테는 호기심을 누르지 못하고 샘에게 물었다.

"마샤가 누구예요?"

"그것도 몰라요?"

휙 돌아선 샘은 한숨을 쉬었다. 샬로테는 샘의 말투가 변했다는 걸 알아차렸다.

"마샤는 마르티니크의 여동생이에요. 언니랑은 정반대인 인간이죠. 에이미 던*과 크루엘라 드 빌을 합쳐놓았다고 보면 돼요."

샬로테는 에이미 던이 누군지 몰랐지만, 어쨌든 고개를 끄덕거렸다.

"그건 그렇고, 내가 보여준 대로 예약한 책 입력했어요?"

"네, 그건 다 한 것 같아요."

샘은 계산대로 가더니 기계를 열고 기다란 영수증을 꺼냈다. 샬로테는 곧바로 가슴이 답답해졌다. 자신이 한 일을 샘이 끊임없이 확인할 때마다 스스로가 얼마나 바보 같다는 생각이 드는지 샘은 과연 알까.

샘은 화가 난 듯 고개를 저었다.

"아뇨. 하라는 대로 입력하지 않았네요."

"하지만 당신이 말했잖아요. 총액을 입력한 다음에 누르라고!"

샘은 샬로테를 비판하는 눈초리로 빤히 바라보았다.

"그게 아니라고요! 매출을 지출로 입력했잖아요. 그래서 지금 여기가 전부 마이너스가 됐어요. 세상에, 이게 무슨 개판이야!"

---

* 소설 『나를 찾아줘』의 등장인물.

샘은 투덜대며 이마를 짚었다.

샬로테는 마른침을 삼켰다. 가끔 그녀는 반문하곤 했다. 그녀가 온통 잘못만 저지른다고 생각한다면, 본인이 직접 알아서 하면 될 것 아닌가. 하지만 지금 보면 어차피 샬로테가 뭘 하든 전부 다 잘못된 일로 여기니 그와 상관없이 샘은 그녀가 여기 있는 걸 바라지 않는다는 점이 명백한 듯했다. 샬로테가 서점을 돌보기 위해 스웨덴에 있는 일을 제쳐두고 왔다는 건 샘에게 전혀 중요하지 않았다. 샘은 언제나 샬로테와 맞지 않는 것처럼 보였다. 심지어 샬로테가 도와달라고 조언을 구했을 때도, 부드럽게 대한 적이 한 번도 없었고, 샬로테가 손님에게 줄 책을 같이 찾아달라고 부탁했을 때도 기본적으로 바보 취급하는 태도인 적이 수도 없이 많았다. 필립 로스 책 읽어본 적이 한 번도 없어요? 맙소사, 어떻게 그럴 수가 있지? 그리고 앨리스 먼로 책도? 2013년 노벨상 수상 작가인데? 혹시 누군지 몰랐던 건 아니죠?

샬로테는 한숨을 쉬었다. 그동안 헨리크에게 이 문제를 두고 이야기해보았지만, 헨리크는 사라가 갑자기 죽어서 샘이 분노하고 슬퍼하는 중이라 가시를 세우는 것일지도 모른다며, 샬로테가 조금 참아주어야 할 거라고 조언했다. 물론 헨리크의 말이 옳았지만, 샬로테는 샘의 거친 말투와 성가신 태도를 어떻게 견뎌야 할지 알 수 없었다. 샘의 말대로라면, 서점의 모든 문제가 다 샬로테 때문이었다. 금전등록기가 먹통인 건 샬로테가 버튼을 잘못 눌렀기 때문이고, 주문 목록이 사라지면 샬로테가 어딘가 잘못 두었기 때문이며, 화장실이 막히면 마지막으로 이용한 사람이 샬로테라서였다. 게다가, 화장실 변기를 고쳐야 하는 건 서점 주인인 샬로테의 책임이라고 샘은 주장했다. 샬로테가 자그마한 화장실 안에 발목까지 물이 차오른 채로 선 모습을 샘이 만족스럽게 지켜본 적도 있었다고 헨리크에게 말하자, 그는 "꿈에 그리던 직업을 찾은 것 같네"라며 웃었다.

샬로테는 몸을 앞뒤로 흔들며 영수증을 노려보는 샘을 지켜보았다.

"내가 도와줄까요?"

조심스럽게 물었건만, 샘은 크게 한숨을 쉬었다.

"어디 멀리 가버리는 게 도와주는 거거든요? 당신이 옆에 있으면 아무 일도 안 돼요."

샬로테는 저도 모르게 움츠러드는 자신을 느꼈다. 하지만 이런 식으로 계속 살 수는 없었다. 친구가 되어줄 필요는 없겠지만, 그렇다고 예의조차 전혀 지키지 않는 건 너무하니까.

"싫어요."

그녀가 조용히 말하자, 샘은 고개를 들고 놀라서 이쪽을 바라보았다.

"뭐라고요?"

샬로테는 심호흡을 했다. 슬슬 분노가 커지는 게 느껴져 어쩔 수가 없었다. 그녀는 더 크게 말했다.

"싫다고요. 분명히 말해두겠는데, 난 어디 가지 않아요. 여긴 내 서점이니까. 사라가 나한테 물려주었다고요!"

샘은 어깨를 으쓱였다.

"맘대로 해요. 난 관심 없으니까."

샬로테는 주먹을 쥐었다. 더는 아무 말도 하지 않고 그냥 떠나는 게 가장 좋을 것이다. 하지만 그녀의 몸이 제멋대로 움직였다.

"아뇨. 관심이 있어야 해요. 당신이 어째서 날 끔찍하게 싫어하는지 모르겠지만, 난 이 서점을 계속 운영하려고 미친 듯이 싸우고 있다고요. 내가 여기 없었다면, 당신은 서점에서 더는 일할 수 없었을 거예요. 왜 나를 도와주지 않죠? 왜 자꾸 나를 괴롭히기만 해요? 내가 당신더러 여기 있어달라고 간청한 적도 없는데! 난 서점을 물려받고 싶지 않았지만, 어쨌든 지금 서점을 갖게 됐고, 그래서 책임지고 있어요. 난 소처럼 일하고 있는데, 당신에겐 항상 내가 실수한 것만 눈에 들어오죠. 그게 어떤 기분일지 생각해본 적 없어요? 난 이 가게를 어떻게든 살려보려고 하는데, 당신은 언제나 어깃장만 놓고 있잖아요. 이 난장판을 어떻게든 유지해보려는 게 얼마나 힘든 일인지 알기나 해요?"

샘의 눈이 어두워지는 걸 보고, 샬로테는 입을 다물었다. 몇 초 동안 그녀는 샘이 대들 거라고 생각했지만, 오히려 샘은 얼굴을 찌푸리고 금전출납기를 쾅 닫더니 그대로 성큼성큼 자리를 떴다.

샬로테는 입을 멍하니 벌렸다. 윗입술에 땀방울이 송송 맺혔다. 방금 무슨 짓을 한 거지?

기진맥진해진 그녀는 묵직한 떡갈나무 계산대에 기대어 자신이 내뱉은 말을 필사적으로 기억해보려고 했다. 하지만 말들이 이미 너무나도 멀리 달아나버려서 완전히 자제력을 잃고 말았다. 아, 세상에. 샘은 자신을 절대로 용서하지 않겠지. 예전보다 훨씬 더

악랄하고 못되게 굴 게 뻔했다.

샬로테는 눈을 감고 사라를 생각했다. 자신이 평생 일군 서점을 조카에게 물려주었을 땐 이런 일이 일어나리라고는 상상도 못 했겠지. 지금 이 순간은 아무리 봐도 하려는 것마다 모두 잘못되어 가고 있는 것처럼 보였다. 서점을 다시 되살려놓기에 자신은 아주 맞지 않는 사람이었다. 그래서 샘이 그토록 싫어했던 것이다. 자신을 꿰뚫어 보았기에.

그녀는 떨리는 손으로 휴대폰을 잡았다. 이 상황을 자신과 다른 견해로 보는 사람과 이야기를 해봐야 했다. 물론 무슨 일이 일어날 때마다 언제나 헨리크에게 전화할 수는 없었지만, 지금은 예외였다. 그녀에게는 정말로 헨리크가 필요했다. 친구가 필요한 순간이었다.

망할 앙네타. 샬로테는 헨리크의 번호를 찾으며 속으로 생각했다. 심리치료사 말이 옳았다. 대화할 사람이 없다면 인생을 살기가 쉽지 않다.

샬로테는 녹색 버튼을 눌렀다. 이토록 뭐가 뭔지 모르겠는 상황은 처음이었다. 배 속이 꽉 뭉쳤고, 눈물이 나오려고 해서 억지로 참았다. 그냥 포기할까? 이제 런던을 떠나 스웨덴으로 돌아갈 때가 온 거겠지?

이윽고 전화를 받는 소리가 났다.

"네, 헨리크입니다."

그의 따스한 목소리를 듣자 봇물이 터진 듯 샬로테는 전화기에 대고 크게 흐느껴 울었다.

"샬로테, 무슨 일이야?"

그는 왜 샬로테가 계속 울기만 하는지 걱정스레 물었다. 샬로테는 숨을 삼키고서 말했다.

"싸웠어. 샘이랑. 이제 그냥 여기서 떠나고 싶어."

헨리크는 헛기침을 했다.

"크흠. 하지만 차라리 잘된 일일지도 모르겠네?"

"잘되었다고? 어떻게 이게 잘된 일일 수가 있어? 싸워서 잘됐다는 게 말이 돼?"

그러자 그가 숨을 쉬는 소리가 들렸다.

"언제건 둘 사이는 한번 풀고 넘어갔어야 했어. 무슨 소린지는 곧 알게 될 거야. 이젠 모든 게 나아지겠지."

샬로테는 주방을 바라보았다. 샘이 기대앉았던 식탁을 보며 중얼거렸다.

"그럴 것 같지 않은데."

"가끔은 제대로 싸우는 게 새로운 관계를 형성하는 시초가 되잖아. 긍정적으로 생각해봐!"

샬로테는 못마땅한 신음을 냈다. 헨리크의 저 망할 낙천주의란.

"한 몇 시간 놔둬. 그러다가 다시 이야기를 해봐. 그래도 계속 화를 낸다면, 그때 가서 미안하다고 하면 되지."

"죽어도 못 해! 솔직히 사과해야 하는 건 걔라고!"

헨리크는 그저 웃었다.

"어쩌면 둘 다 사과해야 할지도 모르지. 어쨌든 이번 일을 너무 크게 생각할 필요는 없다고 봐. 함께 일하다 보면 의견 충돌이 일어나기 마련이잖아?"

"으음."

그녀는 이렇게 중얼거리며 눈을 깜빡여 눈물을 흘려보냈다.

"네가 거기 있고 싶어 한다는 거 알아. 그게 아니라면 벌써 집에 왔겠지."

샬로테는 마른침을 삼켰다. 헨리크가 미소 짓는 모습이 눈에 선했다.

"그럴지도."

그녀는 한탄하듯 말했다.

"봐! 내가 얼마나 천재인지 알겠지?"

하지만 샬로테가 대답하지 않자, 헨리크는 조금 더 목소리를 높였다.

"듣고 있어? 내가 문제를 해결해줬을 때 조금은 기뻐해도 괜찮지 않을까? 물론 크리스마스 보너스로 기쁜 마음을 당연히 표현해주겠지만."

그녀는 뺨에 어린 물기를 닦고 한숨을 쉬었다.

"네 말이 맞는 것 같네."

"당연히 내 말이 맞지!"

샬로테는 입술을 깨물었다.

"고마워."

"아, 별말씀을."

두 사람은 말이 없어졌다. 샬로테는 헨리크가 있어서 너무나 기뻤다. 힘들 때 전화할 수 있는 사람이 되어주었으니까. 비록 그는 샬로테의 부하 직원이긴 했지만, 그래도 진정한 친구였다.

이윽고 그가 조심스레 말했다.

"음, 나 지금 가봐야겠어. 바로 회의가 있어서."

"아, 그래. 고마워. 내 말 들어줘서."

"괜찮다니까. 하지만 아까 내가 한 말 기억해야 해. 크리스마스 보너스, 알겠지?"

그는 이렇게 말한 후 웃음을 참았다.

전화 통화를 마치자 샬로테는 기분이 조금 나아졌다. 물론 헨리크의 말에 완전히 설득된 건 아니었다. 그의 말이 옳다면 참 좋겠지만, 결국 헨리크는 샘과 모르는 사이였다. 그리고 샬로테는 자신이 이 상황을 그대로 내버려둘 수 있을 거란 생각이 전혀 들지 않았다.

**

마르티니크의 점심시간이 짧다는 걸 알면서도 마샤는 항상 약속에 늦었다. 마침내 도착한 마샤는 아주 본격적으로 등장했다. 높은 하이힐을 신고 총총걸음을 걸으며 들어온 여동생은 식당에 사람이 거의 없는데도 언니를 찾는 척했다.

"마르티니크! 우리 사랑하는 언니!"

마샤는 소리치며 두 팔을 벌렸다.

마르티니크는 미소를 지었다. 자신이 일어나주기를 마샤가 기대한다는 걸 알았지만, 그녀는 반대편 의자를 가리키기만 했다.

"앉아. 주문은 벌써 했어."

마샤는 완벽하게 손질한 손톱으로 커다란 선글라스를 머리 위로 밀어 올렸다. 아마 저 선글라스는 마르티니크의 녹슨 피아트 승용차보다 비싸겠지.

"혹시 내 것도 주문한 건 아니겠지? 내가 일반적인 음식은 먹지 않는다는 거 알잖아."

마르티니크는 속으로 생각했다. 이번 주엔 또 뭘 먹기 시작했나 볼까. 양배추 수프? 유아식? 장수마을 식단?

"내가 보기엔 메뉴 선택의 여지가 별로 없어 보여."

마샤는 입을 삐죽댔다.

"언니가 항상 고급이 아닌 식당에만 가려고 하니까 그렇지."

그녀는 경멸 어린 시선으로 주위를 둘러보았다. 그리고 핸드백에서 손수건을 꺼내 자리를 닦은 후 앉았다.

"이 치마 새거거든. 하얀색 샤넬은 조심해서 입어야 해."

마샤는 미안한 기색으로 말했다. 마르티니크는 말없이 동생을 빤히 바라보았다. 동생과 자신이 정말로 친자매라는 걸 믿기가 어려웠다. 처음부터 두 사람은 인생에서 중요하게 생각하는 게 완전히 달랐다. 마샤는 주로 높은 지위에 관심이 많았고, 어렸을 때부터 학교에서 가장 인기가 많은 남자와 사귀었다. 마르티니크가 집에서 책을 읽거나 부모님과 게임을 하는 동안, 마샤는 남자들과 데이트를 했다.

둘은 똑같이 얼마 안 되는 용돈을 받았지만, 마샤는 항상 멋지게 옷을 차려입었고, 자신 있게 짧은 치마와 몸에 딱 달라붙는 티셔츠를 입었다. 반대로 마르티니크는 의류 할인 매장에서 텐트 같은 옷을 골라 어설프게 몸을 가리고 다녔다.

머지않아 마르티니크는 모든 이의 기대에 부응하는 얌전한 소녀 역할을 맡았다. 학교 성적도 좋았고, 숙제도 빼먹지 않고 했고, 저녁 시간엔 항상 집에 머물렀다. 반면, 마샤는 학교 교칙을 어기기 일쑤여서 부모님은 항상 둘째 딸의 태도를 두고 불평했다.

하지만 마르티니크는 언제나 살짝 질투심을 느끼곤 했다. 마샤는 해서는 안 될 짓을 모두 하고 다녔는데도 왜 그런지 일이 잘 풀렸다. 성공한 남자와 결혼해 켄싱턴에 있는 으리으리한 집에서 살았고, 아이들을 사립학교에 보내고, 호화롭게 세계 일주를 다니고, 일할 필요도 없고, 종일 집 인테리어를 하고 쇼핑하고 스포츠를 즐기고 무슨무슨 자선 행사에 나가 카메라 앞에서 미소를 지었다.

마샤는 슈퍼스타였고, 마르티니크는 경력도 살리지 못하고 재정적인 어려움을 겪고 있는 데다 딸애를 키우느라 노심초사하는 직장인 엄마였다. 같은 유전자를 물려받은 자매가 어쩌면 이토록 다를 수 있단 말인가?

웨이터가 둘의 테이블로 다가와 마샤의 주문을 받았다. 그녀는 더운 야채로 만든 특별 샐러드를 주문했다.

"그래야 브로콜리의 영양소가 그대로 남아 있거든."

마샤는 이렇게 설명하며 웨이터에게 메뉴판을 돌려주고는 언니에게 물었다.

"언닌 뭐 먹어?"

"볼로네제 스파게티."

마샤는 테이블에서 보이지 않는 빵 부스러기를 닦아냈다. 마르티니크는 자신이 선택한 스파게티를 뭐라 하지 않으려고 동생이 온 힘을 다해 참는 모습을 보며 마음의 준비를 했다. 마샤는 항상 그녀에게 건강에 신경을 쓰라고 충고해왔다. 동생은 언니인 마르티니크가 자신과는 너무나 다른 몸매를 지녔다는 걸 받아들일 수 없다는 듯, 이런저런 다이어트를 해보라며 자꾸만 제안했다. 마르티니크가 지금 서점에서 빵까지 굽고 있다는 걸 알면, 마샤는 기절초풍할 것이다.

"스파게티에 글루텐이 많이 들어간 건 알지?"

"응."

마르티니크는 테이블 상판을 손가락으로 두드렸다.

"언니가 글루텐을 좀 덜 먹으면 살을 더 쉽게 뺄 수 있을 텐데."

마르티니크는 눈을 내리깔고 테이블 위에 둔 브레드스틱을 몇 개 집었다. 마샤가 자신의 몸매에 대해 언급하는 게 싫었다.

"으음."

"다 언니 좋으라고 하는 말이야! 난 몇 달 동안 글루텐은 전혀 입에도 안 댔거든. 그러니까 몸매 가꾸기에 정말 도움이 되더라고."

마르티니크는 브레드스틱을 한 입 먹었다. 왜 마샤는 마라톤 이야기를 계속하지? 나도 굳이 직장에 다닐 필요가 없고 24시간 연락 가능한 개인 트레이너가 있으면 마라톤을 뛸 수도 있겠지. 신경외과 질환이 있어서 마라톤을 못 하는 게 아니란 말이야.

"그렇겠지. 애들은 잘 지내?"

마르티니크가 화제를 돌렸다. 마샤는 기지개를 켰다.

"응, 잘 지내지! 스털링과 스펜서는 둘 다 크리켓팀 주장으로 뽑혔어. 정말 자랑스러워. 언니가 다음번 경기에 애들을 태워다 주면, 애들도 주장으로 뛰는 모습을 보여줄 거야."

"되나 볼게. 에디슨은?"

"걔 선생님이 그러는데, 음악적 재능이 있대. 뭐든 찾아다가 두드리고 퉁퉁 쳐댄다니까."

"그래. 그건 알고 있었어."

"멋지지 않아?"

마샤는 한껏 즐거워하다가 물었다.

"앤절라는 어떻게 지내?"

마르티니크는 식기를 꺼내 놓았다.

"내가 보기엔 아주 잘 지내. 하지만 지금은 나한테 말을 안 하려고 해서, 솔직히 어떻게 지내는지 잘 몰라."

"어머."

"너도 알잖아. 10대들이 다 그렇지."

마르티니크는 가볍게 덧붙였다.

"너도 우리가 10대였을 때 어땠었는지 기억나지?"

마샤는 생각에 잠겨 고개를 끄덕였다.

"아, 그럼. 최선을 다해서 엄마랑 아빠를 피해 다녔지."

마르티니크는 어깨를 으쓱였다.

"난 모르겠어. 항상 앤절라랑 친하게 지내고 있다고 생각했는데. 걔는 무슨 일이 생기면 나한테 꼭 알려줬었거든. 그런데 지금은 완전히 벽을 치고 지내. 내가 학교에 데려다주는 것조차 싫다는 거야. 제 엄마랑 같이 있으면 창피한가 봐."

마샤는 고개를 갸웃거렸다.

"하지만 그건 전혀 이상한 게 아니야! 이젠 엄마와의 탯줄을 진정으로 끊으려는 것뿐이잖아."

"알아. 하지만 난 그게 항상 내 쪽에 달린 일이라고 생각했거든. 아마도 내가 너무 애를 잡았나 봐. 폴은 훨씬 느긋해. 폴에게 결정권이 있었다면, 앤절라는 아마 집에 들어오고 싶을 때 들어왔을 거야."

마샤는 언니의 손을 잡았다.

"언니는 정말 좋은 엄마야. 다 잘될 거야. 기다려 봐."

마르티니크는 말없이 동생을 바라보았다. 앤절라는 항상 이모와 각별한 사이로 지냈다. 마샤는 앤절라를 쇼핑에 데려가서 마르티니크가 절대로 사줄 수 없는 선물을 즐겨 사서 주었다. 물론 딸애와 동생이 잘 지내는 건 좋은 일이었지만, 그래도 엄마인 자신이 아니라 이모와 함께 있는 걸 앤절라가 더 좋아할 때마다 마르티니크는 상처를 입곤 했다.

"그냥 난 요즘 무슨 일이 있었나 싶어 걱정돼. 요즘은 애가 훨씬 더 소극적으로 굴더라고. 그래서 앤절라를 거의 못 보고 지냈어. 혹시 걔가 너한테는 무슨 말을 했니?"

그러자 마샤는 등을 기대고 앉았다. 갑자기 당황한 듯한 얼굴이었다.

"아니. 안 한 것 같아."

마르티니크는 완벽하게 매만진 머리를 초조하게 쓰다듬는 마샤를 바라보았다. 뭔가 숨기고 있는 게 분명했다. 평소라면 그냥 내버려두었겠지만, 지금은 딸애가 걸린 문제라 그럴 수가 없었다!

"정말이야? 걔가 너한테 아무 말도 안 했다고?"

마샤는 냅킨을 만지작거리면서 마르티니크의 어깨 너머를 바라보며 중얼거렸다.

"왜 음식이 빨리 안 나오지?"

"뭔가 알고 있으면 어서 말해! 스펜서나 스털링이 너한테 이런다고 생각해보라고."

그러자 동생은 마르티니크의 시선을 피했다. 그래, 뭔가 아는 게 분명하구나! 그녀는 불쑥 눈앞에 다가온 두려움을 느꼈다.

"알고 있는 거 어서 말해봐."

급기야 마르티니크가 애원했지만, 마샤는 부끄러운 듯 어깨를 들썩였다.

"못 해."

"왜?"

마샤는 손수건을 꺼내 손가락을 닦았다.

"앤절라랑 약속했거든."

드디어 고개를 든 마샤의 눈은 초점이 없었다.

"나쁜 일이었다면, 당연히 언니한테 말했을 거야. 하지만 앤절라와의 약속을 저버려서 애를 서운하게 하느니, 그냥 나한테 계속 털어놓게 두는 게 낫지 않아?"

마르티니크는 배가 조여드는 느낌이 들었다. 그렇구나. 내 딸은 나보다 마샤에게 고민을 말하는 걸 더 좋아하는구나.

"그냥 무슨 일인지 나한테 말해주면 안 돼?"

마르티니크가 속삭였다.

"내가 보기엔 폴한테 물어봐야 할 것 같은데."

"폴? 폴도 알아?"

마샤는 고개를 끄덕였다. 마르티니크는 바닥으로 확 꺼져버리고 싶은 기분이었다. 나만 빼고 모두에게 다 말했던 거였어. 그녀는 두 손으로 얼굴을 가리고 한숨을 쉬었다. 내 딸이 나를 못 믿는다니, 난 대체 얼마나 나쁜 엄마란 말인가.

"이제 가야겠어."

그녀는 중얼거렸다.

"하지만 식사 아직 시작도 안 했는데!"

마르티니크는 일어서서 소지품을 챙겼다.

"마샤, 미안하지만 난 식사는 못 하겠어. 내 파스타 네가 먹어. 아니면 포장했다가 글루텐도 먹는 노숙자한테 주든지."

마샤는 큰 소리로 항의했지만, 마르티니크는 식당에서 나왔다. 맑은 가을 공기를 마시며 심호흡을 몇 번 하자 기분이 조금 나아졌다. 그녀는 서점에서 한 블록 떨어진 건물 벽에 기대섰다.

내 인생에 대체 무슨 일이 벌어진 거지?

앤절라가 자신을 피한 지가 얼마나 되었는지 마르티니크는 애써 기억해보았다. 졸업식 전만 해도 모녀는 함께 쇼핑을 했고, 그땐 참 좋았다.

머릿속으로 곰곰이 따져보았다. 그러다 몇 주 후에 사라가 죽었고, 마르티니크는 제정신으로 살지 못했다. 세상을 떠난 친구를 두고 슬퍼하면서도, 또 서점의 주요 임무를 책임져야 했기 때문이었다. 그동안 앤절라에게 무슨 일이 일어났던 걸까? 내 문제로 너무 정신이 없어서 아이에게 무슨 일이 생겼는지 완전히 모르고 지냈나?

마르티니크는 손으로 입을 가렸다. 앤절라에게 아픈 데는 없었잖아? 그래, 아팠다면 폴이 진작 말했을 거야. 그럼 뭐가 문제인 건데? 생각이 꼬리에 꼬리를 물었고, 머릿속에 떠오르는 온갖 시나리오는 점점 나쁜 내용으로 흘렀다.

이윽고 그녀는 휴대폰을 꺼냈다. 폴과 먼저 이야기해봐야 해. 무슨 일인지 알아내야 해!

떨리는 손가락으로 폴의 번호를 찾았다. 심장이 목덜미까지 올라와 두근두근 뛰었다. 벨이 울렸지만 전화를 받지 않았다. 음성사서함으로 넘어가자 그녀는 전화를 끊고 계속 다시 전화를 걸었다. 그러기를 네 번 반복하고 나서야 그만두었다. 자신이 이만큼 연락을 했으니, 부재중 전화를 보고 이쪽에 전화를 주겠지. 전화하지 않더라도 괜찮았다. 폴은 목요일 저녁마다 일찍 집에 오니까.

마르티니크는 휴대폰을 집어넣었다. 집중이 되지 않았다. 마음 같아서는 택시를 잡아타고 곧바로 폴의 사무실로 가고 싶었지만, 마음 한쪽에서는 쓸데없는 상상은 그만두고 진정하라고 속삭였다. 게다가 서점에 가서 일도 해야 했다.

마르티니크는 한숨을 쉬었다. 자신은 사라에게 의무감을 느끼고 있으니, 서점을 되살리기 위해서라면 뭐든 할 마음이었지만 과연 성공할 수 있을지는 자신이 없었다. 자신이 그 자그마한 사무실에서 일하는 동안 앤절라는 오랫동안 저녁에 엄마 없이 지내야 했었는데, 어쩌면 일하지 않고 딸애 옆에 있어주었어야 했던 걸까? 눈물이 핑 돌았다. 엄마가 필요했던 딸 옆에 있어주지 못하는 엄마가 대체 무슨 엄마란 말이야?

마르티니크는 눈을 감았다. 그래서였나? 딸애가 날 더는 신뢰하지 않는 이유가, 결국 내가 잘못해서였나? 직장에 다니기보다 마샤처럼 주부로 지냈어야 했나?

마르티니크는 자신이 일한다는 사실이 항상 자랑스러웠다. 그녀는 폴과 똑같이 대학 과정을 밟았고, 문학사 학위를 받았다. 비록 보수가 높은 직업을 구하지는 못했지만, 그래도 자신이 무척 좋아하는 문학 전공을 살려 일하게 되었다. 그런데 그게 잘못된 결정이었을까? 내가 집에 있었다면 앤절라가 더 나아졌을까?

마르티니크는 마른침을 삼켰다. 내가 왜 이런 생각을 하지? 가족의 입장에서 보자면 주부가 된다는 건 결코 대안이 될 수 없었다. 폴과 자신의 수입은 모두 필요했고, 무엇보다도 마르티니크는 일하고 **싶었다**.

다시금 휴대폰을 꺼낸 그녀는 앤절라에게 문자를 보내기 시작했다. 딸애는 오늘 밤 친구네 집에서 자고 싶어 했으니, 지금에 와서 물어볼 필요도 없었다. 어차피 답장은 안 올 테니까. 그래서 대신 이렇게 보냈다. **별문제 없기를 바란다. 사랑해. 엄마가.**

문자를 보내자 기분이 좀 나아졌다. 게다가 샘과 샬로테가 서점에서 자신을 기다리고 있었다. 저녁까지는 폴에게 연락하지 않을 작정이었지만, 때가 되면 두고 봐! 왜 내게는 아무런 말도 안 했는지 정확히 설명해야 할 거야.

모든 게 다 잘될 거야. 마르티니크는 이렇게 생각하면서 폴과 마샤에게 드는 배신감과 분노를 애써 눌렀다. 무슨 일인지 확실하게 설명해야 할 것이다. 앤젤라에게 아무런 문제가 없다면야, 남편과 여동생이 그녀에게 아무런 말을 하지 않기로 멍청한 결정을 내린 것쯤은 용서할 수 있었다. 그렇다고 싹 잊을 수 있는 건 아니었지만.

21

1983년 1월 3일 월요일

　한참을 열중해서 그림을 그리던 크리스티나의 귓가에 현관문이 열리는 소리가 들렸다. 그녀는 곧바로 침대에서 일어나 마지막으로 그림을 보고는 스케치북을 여행 가방에 숨겼다.

　오늘 밤에는 셋이서 저녁을 먹기로 했다. 크리스티나가 카페에서 정규직으로 일해달라는 제안을 받아서 축하하는 자리를 가지기로 한 것이다. 그녀는 사라와만 식사를 하고 싶었지만, 사라는 대니얼도 꼭 같이 먹어야 한다고 우겼고, 사실 마땅히 거절할 이유를 찾을 수가 없었다.

　그녀는 기지개를 켠 다음 옷을 갖춰 입었다. 크리스티나는 일하는 카페에서 감자그라탱을 준비해 왔고, 대니얼은 집에 오는 길에 구운 치킨을 사 오겠다고 했다. 사라는 오늘만 특별히 6시에 퇴근한다고 말했다.

　크리스티나는 머리 높이에 걸린 자그마한 거울 앞으로 다가가 손가락으로 머리를 빗었다. 지난 몇 주간은 인생에서 가장 아름다운 시기였다. 완전히 새로운 방식으로 자유로웠고 생동감을 느꼈으니까. 사라와 크리스티나는 요즘 자주 외출했다. 박물관과 콘서트장에 가고, 공원을 산책하고, 크리스마스 기간을 맞이해 촛불과 온갖 장식으로 집을 아늑하게 꾸몄다.

공동주택에 살았을 때는 어서 시간이 흘러가기만을 바랐는데, 리버사이드 드라이브의 이 집은 정말 조용했다. 그녀와 사라는 지금 런던에 살고 있다. 다른 이들처럼 우리도 여기에 집이 있는 것이다.

그날 밤 이후로 크리스티나는 대니얼과 거의 말을 섞지 않았다. 그는 아무렇지 않은 척을 너무나 잘해서, 그녀가 혹시 이게 자신의 상상이었을 뿐인지 반문할 정도였다. 처음 며칠 동안은 자신의 감정을 숨길 수 없을까 봐 걱정했건만, 대니얼이 피할수록 그녀는 마음이 더욱 가벼워졌다.

크리스티나는 차가운 바닥을 소리 없이 슬그머니 지나 문을 살짝 열었다. 지금 온 게 대니얼이라면 잠시 더 방에 있어야겠지. 필요하지 않은 상황에서 그와 둘이 있을 이유가 없으니까.

그의 등이 보였다. 대니얼은 지금 현관에 있었다. 그런데 뭔가 평소와는 행동이 달랐다. 크리스티나는 방문 안에서 그를 지켜보았다. 그는 현관을 두드리더니 거실을 잠깐 들여다보며 혼자인지 확인했다. 그런 다음 다시 문을 열었다.

현관 바깥에는 검은 수염을 기르고 어깨가 떡 벌어진 남자가 서 있었다. 두툼한 검은 스웨터와 청 조끼를 입은 남자는 대니얼보다 머리 하나는 더 컸다.

크리스티나의 머릿속에 먼저 떠오른 생각은 대니얼의 동생 마크가 마침내 형을 방문하러 왔다는 거였다. 하지만 남자가 대니얼을 바라보는 눈빛이 너무나 험악한 걸 보고, 동생은 아니라는 결론이 났다.

"내가 널 못 찾을 줄 알았냐."

남자의 목소리는 위협적이었다. 그는 가슴께에 팔짱을 끼고서 다리를 떡 벌리고 섰다.

"원하는 게 뭐야?"

그러자 남자는 무뚝뚝하게 대답했다.

"내가 말했을 텐데. 날 도와줘야겠어."

"난 못 해."

대니얼은 고개를 저었다.

"잊지 마, 대니얼. 난 항상 네 옆에 있었다는 걸."

그러자 대니얼의 자세가 좀 바뀌었다. 크리스티나는 그가 허리를 굽혔다는 걸 알아보았다.

"난 못 해. 여기서 혼자 사는 게 아니야."

남자는 좌절한 기색으로 주먹을 쥐었다.

"넌 대체 누구 편이냐? 놈들이 우리에게 한 짓을 잊었어? 린다에게 무슨 일이 일어났는지 잊었냐고?"

그의 사투리는 대니얼과 비슷한 것 같았지만, 목소리가 좀 더 날카로웠다. 저 남자는 어쩌면 사라가 만나지 말라고 했던 대니얼의 친구 중 하나일지도 모른다.

대니얼의 목소리는 절망적이었다.

"하지만 그럴 순 없어. 난 이 일에 휘말리기 싫어."

남자는 발밑에 둔 물건을 들어 올렸다.

"중요한 건 네 마음이 아니야. 우리가 함께 이 일을 해야 한다는 거지. 놈들은 절대로 널 찾아오지 않을 거야. 늦어도 금요일까지는 물건을 받으러 올게."

크리스티나는 대니얼의 한숨 소리를 들었다. 결국 대니얼은 손을 내밀어 검은 가방을 받았다.

"넌 좋은 녀석이야."

남자는 이렇게 말하고서 대니얼에게 고개를 끄덕였다. 그러고는 돌아서서 문을 쾅 닫았다.

대니얼은 잠시 멈춰 서더니 자그마한 현관 수납장을 열고 맨 뒤에 가방을 숨겼다.

크리스티나는 말없이 그를 지켜보며 생각했다. 내가 모든 걸 엿들어버렸다고 솔직하게 말해도 될 만큼 나는 대니얼과 친한 사이일까. 그녀는 이내 그냥 사실을 묻어두기로 마음먹었다.

크리스티나는 조용히 문 뒤에서 물러서서 침대 옆에 섰다. 집 안에 불편한 침묵이 흘렀다. 대니얼이 현관에서 오르락내리락하는 소리가 들리더니, 갑자기 욕설을 뱉었다.

"아, 치킨!"

그는 현관문을 열고 사라졌다. 크리스티나는 이제 다시 혼자 남게 되었지만, 그래도 몇 분이나 기다리고 나서야 방에서 나왔다. 그리고 현관 수납장으로 슬며시 다가가 문을 열었다. 안은 완전히 난장판이었다. 온갖 색깔의 목도리와 스카프가 벽에 걸려 있었고, 옷걸이는 재킷과 스웨터가 너무 많이 걸려서 휘어졌으며, 바닥은 신발로 뒤덮였다.

크리스티나는 허리를 굽혔다. 아래 칸에는 상자가 몇 개 있었고, 그 뒤로 대니얼이 넣은 검은 가방이 보였다.

하지만 크리스티나는 돌아섰다. 자신은 저 가방을 열어볼 권리가 없었다. 안에 무엇이 있든 그건 대니얼의 물건이었다. 그리고 그 남자는 곧 물건을 가지러 오겠다고 약속했다.

크리스티나는 거실로 돌아가 상을 차렸다. 하지만 접시를 놓고도 계속 생각이 맴돌았다. 저 가방 안에는 무엇이 들었을까. 도둑질한 물건은 아닐까. 혹시 마약은 아닐까.

아까 봤던 남자가 또 올 거라고 생각하자 겁이 났다. 그녀는 사라가 항상 대니얼의 친구들을 두고 투덜댈 때마다 과장이 심하다고 생각했었다. 하지만 지금은 언니가 왜 그토록 그 친구들을 싫어했는지 이해가 갔다.

크리스티나는 접시 위에 냅킨을 놓았다. 가슴이 두근거렸다. 경찰을 불러야 할까? 그러면 대니얼은 어떻게 되는 거지?

문득 사라가 대니얼과 결혼하고 싶다고 말했던 게 떠올랐다.

그녀는 식기가 든 서랍을 확 잡아당겼다. 대니얼이 불법을 저지르다니, 상상하기가 어려웠다. 나는 대니얼을 잘 알잖아. 그럴 사람이 아니잖아. 아니, 혹시 내가 틀렸나?

크리스티나는 다시 수납장으로 가서 상자를 옆으로 밀었다. 대니얼이 치킨을 가지고 돌아오기 전에 가방을 보고 싶다면 빨리 봐야 한다. 그래서 가방을 들어 올렸다. 생각보다 가벼웠다. 크리스티나는 손가락을 지퍼 위로 뻗은 다음 단호하게 가방을 열었다.

잠시 가만히 서서 안을 들여다보았다. 이게 뭐지? 플라스틱, 나사 상자, 배터리, 검은색 테이프와 전선이었다. 플라스틱을 옆으로 밀자 종이로 싼 네모난 꾸러미가 나왔다.

크리스티나는 애써 숨을 쉬었다. 그리고 불편한 마음으로 얼른 가방을 제자리에 돌려놓은 다음 주방으로 향했다.

미리 만들어놓은 소스 냄비를 불에 올린 크리스티나는 천천히 냄비를 저었다. 방금 본 걸 어떻게든 잊어야 했다. 대니얼이 돌아와도 내가 뭔가를 알고 있다는 걸 눈치채게 돼서는 안 된다. 눈꺼풀 아래로 눈물이 왈칵 솟았지만, 울지 않으려고 꾹 참았다.

그녀는 머릿속으로 따져보았다. 내일 아침에 카페에 갔다가 돌아와도 사라가 여전히 있을까? 사라가 늦게 출근하는 날이 내일이었나? 아니면 모레였나? 당장 언니와 둘이서 이야기를 해야 했다. 하지만 크리스티나는 자꾸만 생각을 놓치고 있었다. 급기야 숨마저 헐떡였다. 대니얼이 내 속마음을 알아차리면 어떡하지?

그녀는 고개를 흔들고는 손을 씻으려고 싱크대로 갔다. 찬물이 살갗을 에는 것만 같아서 이를 악물었다. 저런 전선이 일반적인 사용법 말고 다르게도 쓰일 수 있나? 사라 말로는 대니얼의 친구들이 폭탄 제조법을 논의했다고 했다. 혹시 내가 너무 과민반응하는 걸까? 대니얼은 가방 속에 뭐가 들었는지 알고 있을까? 어쨌든 크리스티나는 대니얼이 가방 속을 보는 모습은 보지 못했다.

순간, 현관문이 열렸다. 크리스티나는 물을 잠그고 수건으로 손을 닦았다. 그리고 누가 왔는지 초조하게 기다렸다.

현관에서 누군가가 신발을 벗었다. 크리스티나는 마른침을 삼키고 마음을 애써 다잡아보았다. 사라가 온 것 같았지만, 차마 누가 왔냐고 물어볼 수가 없었다.

그러다 금발에 행복한 얼굴을 한 언니를 본 크리스티나는 달려가서 언니의 목을 그러안았다.

"갑자기 왜 그래?"

사라가 웃자, 크리스티나는 언니에게 꼭 매달렸다. 사라가 집에 와서 너무나 좋았다.

"아무것도 아니야. 그냥 언니 보니까 좋아서."

그녀가 중얼거리는 소리에 사라는 동생을 꼭 껴안았다.

"정말이야?"

사라가 그녀의 귀에 속삭인 순간, 갑자기 대니얼이 현관으로 들어왔다.

"치킨 주문하신 분?"

그가 커다랗게 외치는 소리에 사라는 크리스티나를 밀어낸 다음 뺨을 쓰다듬어주고는 대니얼 쪽으로 돌아섰다.

"드디어 배달이 왔구나! 나 너무 배고파!"

그녀는 즐겁게 말했다. 대니얼은 거실로 들어와서 사라를 껴안고 탁자로 고갯짓했다.

"벌써 상을 차렸네?"

"크리스티나가 오후 내내 집에 있었잖아."

사라는 이렇게 말하고는 손을 씻으려고 화장실에 갔다.

크리스티나는 가스레인지 쪽으로 다가갔다. 대니얼의 시선이 뒤통수에 박히는 느낌이었다.

"아니야. 나 오후에 없었어. 카페에 대타로 들어가서 일하다가 방금 집에 왔어."

"그런데도 소스를 벌써 만들어놨구나. 정말 빨리도 했네!"

대니얼은 이렇게 말하며 냄비를 가리켰다. 하지만 사라가 바로 돌아오는 바람에 크리스티나는 아무런 대답을 하지 못했다.

"자, 이야기는 그만하고, 어서 먹자!"

사라가 힘차게 말하며 치킨 포장을 풀었다.

치킨을 자르는 동안 사라는 계속 술집 이야기를 했지만, 크리스티나의 귀에는 아무것도 들리지 않았다. 저 가방 속 물건이 무슨 용도인지, 자신이 대니얼을 봤다는 걸 알면 그가 어떻게 할지 생각하느라 바빴으니까.

22

9월 28일 목요일 오후

마르티니크는 깁슨 레스폴 기타를 바라보았다. 남편은 쉰 살 생일 선물로 받은 저 기타를 무척 아꼈다. 그런데 지금 마르티니크는 손에 가위를 들고 있었다.

마샤와 점심 식사도 제대로 하지 못하고 나온 뒤로 그녀는 폴에게 계속 연락을 시도했지만 이상하게도 휴대폰이 꺼져 있었다. 게다가 지금 시각이 벌써 10시 가까이 되었는데도, 아직 직장에서 돌아오지 않았다.

마르티니크는 한숨을 쉬면서 가위 끝으로 손바닥을 눌렀다. 이제껏 바람피운 배우자를 향해 복수심을 불태우는 여자들 이야기를 많이도 읽었지만, 자신은 그렇게까지 파괴적인 사람은 아니었다. 하지만 한편으로 샬로테가 해준 말도 있었다. 스스로를 과소평가하지 말고 자기를 돌보라고 했었지. 그러니 폴의 넥타이를 자르거나 제일 좋아하는 스웨터로 화장실 청소를 해도 효과가 좋을 것이다. 어쨌든 우두커니 앉아서 사실은 이게 다 이유가 있을 거라고 희망을 품는 것보다야 그편이 낫겠지.

그녀는 가위 날로 기타 목을 쓸었다. 아무리 애를 써도 마샤가 식당에서 했던 말을, 그리고 해주지 않은 말을 받아들일 수가 없었다. 폴이 나한테 거짓말을 하다니. 우리 딸 앤절라의 일을 마샤와 공유하면서도 자신에겐 비밀에 부치는 이 상황을 상상할 수가 없었다.

너무 속이 상한 나머지 숨조차 쉴 수 없는 기분이었다. 폴이 거짓말을 했다면, 또 말하지 않은 사실이 뭐가 있을까? 설마 우리의 모든 삶이 거짓에 기반해 세워진 걸까? 혹시 마샤의 남편 리처드처럼 나 말고 다른 여자를 또 둔 걸까?

마르티니크는 가슴이 꽉 막힌 기분이 들어서 숨을 깊이 들이마셨다. 남편을 계속 의심하는 여자가 되고 싶지는 않았다. 오히려 남편을 믿고 싶었다. 하지만 생각하면 생각할수록 더 걱정만 들 뿐이었다. 마샤는 리처드가 바람을 피울 거란 생각은 전혀 해본 적이 없었다고 했다. 동생은 둘이서 행복한 결혼 생활을 하고 있다고 굳게 믿었고, 아주 나중에서야 화려한 여행이며 대단한 선물이 실은 모두 양심의 가책을 달래기 위한 남편의 수단이라는 걸 깨달았다고 했다. 그래서 폴이 꽃을 사 왔나? 결국 내 인생도 산산이 조각나버린 걸까?

마르티니크는 남편이 바람을 피울지도 모른다는 끔찍한 생각을 애써 억누르면서 휴대폰을 다시 보았다. 하지만 폴이 자신의 문자에 답장하지 않는다니 정말 이상한 일이었다. 얼마 지나지 않아 남편이 사고를 당했을지도 모른다는 생각마저 들었다. 한 시간 동안 그녀는 희망과 절망이 뒤섞인 채로 남편이 심장마비를 일으키거나 교통사고를 당한 건 아닌지 확인하려고 근처의 병원마다 전화를 걸어보았다. 물론 폴이 어디 아프거나 다치기를 바란 건 아니었지만, 적어도 이러면 왜 아직도 집에 안 오는 건지 설명은 되었으니까. 하지만 전화를 해도 별 소득이 없자, 그녀는 다시 전처럼 신중해졌다.

앤절라를 생각하면 속이 꼬였다. 자신과 폴이 이혼하면 애는 어떡하지? 그녀는 남편의 교육관이 자기보다 훨씬 더 관용적이라는 걸 알았다. 그녀는 딸에게 기대치가 높았으니까. 하지만 남편은 아이가 직접 부딪쳐 깨닫는 게 더 중요하다고 생각했다.

마르티니크는 한숨을 쉬었다. 만약 폴이 아이를 도맡아 키웠다면, 아마도 앤절라는 오래전에 학교를 그만두고 폭주족이 되어서 바이크 여행 비용을 마련하려고 인터넷에 자신의 누드사진을 팔았을 것이다.

피곤해진 마르티니크는 이마를 문질렀다. 지금 이런 상황에서도 사라가 끝없이 그립기만 했다. 이 문제를 두고 사라와 이야기할 수 있었을 텐데. 마르티니크가 아무리 어리석고 근거 없는 걱정거리를 늘어놓아도 사라는 언제나 잘 들어주었으니까.

순간 전화가 울려서 마르티니크는 휴대폰을 확 잡아당겼다. 하지만 문자를 폴이 아니라 앤절라가 보냈다는 걸 알고는 그만 실망하고 말았다.

그녀는 망설이며 문자를 바라보았다. 오늘 종일토록 딸에게 전화를 걸고 싶었다. 그래서 폴과 마사에게 대체 무슨 이야기를 했는지 물어볼까 여러 번 고민했다. 하지만 아무리 생각해봐도 그래봤자 오히려 역효과만 날 것 같았다. 앤절라가 이 도시 저 끝에 가 있을 때 서로 싸우는 상황은 감당할 수 없었다. 솔직히 인정하고 싶지는 않아도, 앤절라가 이모에게라도 본인 문제를 털어놓는 건 긍정적으로 봐야 한다는 마샤의 의견에 동의할 수밖에 없었다. 마르티니크는 마샤의 상황 판단 능력에 전적으로 의존할 수밖에 없었다. 비록 피부를 매끄럽게 한답시고 자발적으로 얼굴에 벌침을 맞는 여동생을 신뢰하는 게 쉽지는 않았지만 말이다. 동생이 하는 이상한 짓은 또 있었다. 하반신의 노화를 막겠다며 질에다 훈증을 하는 코스를 평생권으로 끊었다나.

앤절라의 문제는 언제나처럼 간결했다. 난 잘 있어. 버디랑 난 이제 잘 거야.

이 문자를 받자 마르티니크는 마음이 조금 가라앉았다. 그래서 방으로 간 다음 침대 옆 협탁에 가위를 내려놓았다. 이성적인 성인답게 행동하고 잠자리에 드는 편이 어느 모로 봐도 좋겠지. 폴은 조만간 나타나서 논리적으로 상황을 설명할 것이다. 그때 가서 내가 밤새 심하게 걱정했던 게 다 쓸데없이 마음을 졸인 거라며 화를 내면 된다.

그녀는 가장 좋은 베개를 집어 든 다음 침대로 기어 들어갔다. 오늘 폴 때문에 고생한 걸 생각하면 하룻밤은 푹 잘 만했다.

다음 날 아침, 잠에서 깨어난 마르티니크는 옆자리에 누운 폴을 보고 무척 놀랐다. 남편이 집에 온 것도 까맣게 모르고 잔 모양이었다.

남편은 전과 다를 게 없어 보였다. 코를 골며 누운 모습은 심장마비에 걸리거나 버스에 치인 것 같지 않았다.

마르티니크는 미심쩍은 눈빛으로 그를 빤히 바라보았다. 만약 다른 여자와 있었다면 내가 그 흔적을 알아볼 수 있을까. 체취는 전과 똑같았고, 얼굴이나 옷에서 립스틱 자국은 나오지 않았다.

마르티니크는 다시 베개에 털썩 머리를 댔다. 어제 내가 격하게 반응한 게 다 멍청한 짓이었을까? 내가 미친 걸까? 하지만 마샤도 인정했잖아. 폴이 뭔가 거짓말을 하고 있다고. 그러니 방금 내 상태가 이상하다고 생각한 건 근거가 없다고. 게다가 폴과 자신은 평소보다 집에 늦게 올 때면 서로에게 연락을 주기로 암묵적으로 합의를 했었다. 폴이 술집에 들르고 싶었다면, 그녀에게 전화를 했을 것이다. 아니면 적어도 그녀가 전화했을 때 받았을 것이다.

마르티니크는 손가락이 근질근질해졌다. 폴의 팔을 찰싹 때리고 싶은 마음이 굴뚝같았다. 하지만 대신 옆구리를 쿡 찔렀다.

폴은 신음을 흘리며 돌아누웠다. **그래, 살아는 있구나.** 그녀는 씁쓸하게 생각했다.

"폴."

"음."

"폴, 깼어?"

"아니."

마르티니크는 눈을 흘겼다. 더는 기다릴 마음이 없었다.

"어제 무슨 일이었어? 내가 수도 없이 전화했는데, 전화도 안 받더니 결국엔 휴대폰이 꺼졌더라."

폴은 알람시계를 향해 손을 뻗었지만, 손이 닿지 않자 알아들을 수 없는 말을 중얼거렸다. 마르티니크는 일어나 앉아 침대 헤드에 등을 기댔다. 이번에는 금방 순순히 물러나주고 싶지 않았다.

"뭐라고 했어? 응? 폴? 무슨 말인지 하나도 모르겠어."

그녀는 이불 아래로 그의 몸을 부드럽게 발로 찼다. 그는 씨근 대면서 등을 돌렸다.

"미안해. 배터리가 다 떨어졌어."

그는 휴대폰을 쥐었다. 딱 보아도 충전하려고 협탁에 놔둔 휴대 폰이었다. 그리고 지금이 몇 시인지 확인하면서 한숨을 쉬며 중얼 거렸다.

"조만간 휴대폰을 새로 사야겠어. 전화 한 통화만 해도 배터리 가 다 되어버리더라고."

어느 정도 시간이 지나자 드디어 정신을 차린 폴이 마르티니크 쪽으로 돌아누웠다.

"미안해. 톰이 심하게 취해서 걔를 집까지 무사히 데려다줘야 했거든. 하지만 당신도 저녁에 동료들이랑 약속이 있다는 거 알고 있었잖아."

마르티니크는 고개를 저었다.

"내가 분명히 몇 주 전에 말했는데! 리처드 송별회 한다고. 그새 까먹었어?"

마르티니크는 마른침을 삼켰다. 최근에 너무 많은 일이 일어나 는 바람에 정신이 하나도 없었다. 폴이 말하자 그제야 동료 송별 회가 있다고 했던 말이 기억났다. 갑자기 전날 의심했던 게 민망 해지면서 신경이 죄다 곤두서고 말았다.

"미안해. 나한테는 모든 게 너무 스트레스야."

폴은 미소를 지었다.

"괜찮아. 걱정했어?"

마르티니크는 고개를 끄덕였다.

"나 병원이란 병원엔 죄다 전화했었어."

그러자 폴이 크게 웃더니, 미간에 주름을 잡았다.

"그래도 내가 사라지면 누군가가 신경을 써준다니 좋네. 병원에선 뭐래? 거기엔 잘생긴 스물다섯 살짜리 남자애밖에 없대?"

"그래. 다 잘생긴 애들밖에 없다고 해서 당신은 없다는 걸 알았지."

"하하, 그것참, 재밌네!"

마르티니크는 이불을 반듯하게 폈다.

"의논할 게 하나 더 있어. 어제 점심에 마샤를 만났거든. 걔가 그러는데 앤절라한테 무슨 일이 있다면서."

마르티니크는 폴의 눈빛이 달라지는 걸 느꼈다.

"그래? 그게 무슨 소리야?"

"마샤 말로는, 당신한테 물어보랬어."

폴은 이제 침대에서 일어나 앉았다.

"무슨 말인지 모르겠는데."

그는 말을 돌리려 했다. 이제는 마르티니크도 일어나 앉았다.

"폴, 아는 게 있으면 나한테 말을 해줘야지. 난 걔 엄마라고."

폴은 뭘 찾는 듯 주위를 둘러보았다.

"내 까만 청바지 봤어?"

마르티니크는 구석에 있는 의자를 가리켰다. 그 아래로 옷이 무더기로 쌓여 있었다.

"아마 저기 있을 거야."

그가 옷더미를 뒤지는 동안 마르티니크가 그의 뒤에 섰다.

"나 진지해, 폴. 당신 뭔가 알고 있는 거 다 보여."

"나 앤절라에게 약속했어. 자기한테 말 안 하기로."

폴이 중얼거렸다.

마르티니크의 귀에서 이명이 들리기 시작했다. 그래, 사실이었구나. 무슨 일이 있기는 있는데, 나는 몰라야 하는구나. 머릿속에 생각이 요동쳤다. 앤절라가 뭔가 잘못했나? 아니면 폭행을 당했나? 필사적으로 상황을 짜 맞춰보려 했다. 대체 무슨 일일까? 앤절라가 혹시 임신한 건 아니겠지?

폴이 돌아서자, 그녀는 가슴께에 팔짱을 끼고 말했다.

"나한테 말하기 전에는 여기서 못 나가."

"제발 이러지 좀 마!"

"어서 말해. 당신 제정신이야? 내 딸 문제잖아. 난 무슨 일이 있었는지 알 권리가 있다고!"

"하지만 앤절라가 원하지 않아."

마르티니크는 털썩 주저앉고 말았다. 그녀가 괴로운 목소리로 물었다.

"왜?"

폴이 입술을 깨물었다.

"자기가 너무 과민반응하니까. 아니면 엄마가 실망할까 봐 겁

344 템스강의 작은 서점

이 났는지도 모르고."

마르티니크는 마른침을 삼켰다. 그래, 나는 무시무시한 용이로구나. 그래서 내 딸이 감히 나에게 도와달란 말도 못 하는구나.

"말해달라고! 나 무서워서 죽을 것 같아!"

그녀가 구슬프게 소리쳤다. 폴은 침대 가장자리에 앉았다.

"일단 말이야, 자기가 생각하는 것만큼 나쁜 문제는 아니야. 정말 멍청한 짓을 해서 도움을 받아야 했어. 하지만 당신이 어떤 반응을 보일지 너무 무서워하더라고."

마르티니크는 고개를 저었다.

"하지만 난 언제든 도와줄 준비가 되어 있어! 걔가 시험에서 부정행위를 했을 때 교장 선생님께 같이 간 것도 나였어. 테스코에서 사탕을 훔쳤을 때도 그걸 돌려주러 갔던 게 나였다고."

"그건 오래전 일이잖아. 앤절라는 이제 훨씬 나이가 많아."

폴은 마르티니크를 품에 안았다.

"앤절라는 이제 거의 다 컸어. 그러니까 당신도 그걸 받아들이고 천천히 딸을 놓아줘야지. 걔는 엄마가 너무 엄하다고 생각해."

"하지만 나는 우리 딸한테 나쁜 일이 없길 바라서 그러는 것뿐이야."

폴이 이마에 입 맞추며 속삭이자 마르티니크는 남편의 따스한 숨결을 느꼈다.

"알아."

마르티니크는 그의 품에 하릴없이 안겼다. 그의 말이 옳다는 걸 알았다. 하지만 어떻게 앤절라를 이 세상에 무방비하게 내보낼 수가 있단 말이야? 마르티니크는 일어날 수 있는 온갖 끔찍한 일을 떠올리며 파르르 떨었다.

"그래서 얼마 전에 나한테 꽃 사다 준 거야?"

그녀가 조심스럽게 묻자, 폴은 고개를 끄덕였다.

"자기에게 이야기할 수가 없어서 죄책감이 들었거든."

"그럼 아침에 걸려 왔던 전화 있잖아. 내가 듣지 말아야 했던 그 전화는 뭐야?"

"그것 역시 앤절라 일이었어."

마르티니크는 한숨을 쉬면서 그의 옆구리를 가볍게 때렸다.

"난 당신이 날 두고 바람피우는 줄 알았잖아."

그러자 폴이 웃더니 이내 진지한 표정을 지었다.

"하지만 여보, 내가 절대로 그러지 않을 거라는 거 알잖아?"

그녀는 고개를 들고서 남편의 눈을 바라보았다.

"그래, 나도 알지. 그렇지만 리처드 생각이 날 수밖에 없더라고……."

그녀는 심호흡을 했다. 그러자 폴이 그녀의 턱을 잡았다.

"리처드는 롤렉스 시계를 수집하고 전용기를 타고 여기저기 날아다니는 속물 부자잖아. 나는 우표를 모으고 녹슨 마쓰다 승용차를 모는 일개 대학 강사지. 난 그 사람과 내가 사는 방식이 아주 다르다고 보는데."

마르티니크는 비뚜름한 미소를 짓고는 남편의 어깨에 머리를 기댔다.

"물론 자기 말이 맞아. 그렇지만 정말 나쁜 일은 아닌 거지?"

"나쁜 일 아니야."

"앤절라가 자기랑 마사에게 도와달라고 한 거야?"

"으음."

"하지만 나한테는 뭔지 말 안 해줄 거야?"

폴은 그녀의 등을 쓰다듬었다.

"앤절라가 직접 말할 준비가 될 때까지는 기다려주는 게 좋을 거야."

마르티니크는 한숨을 쉬었다.

"알았어. 그럼 나도 노력할게…… 좀 덜 엄해지도록."

"앤절라는 우리가 본인을 믿어주는 것 말고는 바라는 게 없어. 걔가 좀 어리석은 짓을 저지르긴 했지만, 결국 마지막에는 나한테 왔거든."

"알았어."

"그래."

마르티니크는 폴의 뺨에 키스했다.

"먼저 샤워할래? 아니면 내가 먼저 할까?"

폴은 한숨을 쉬었다.

"우리 그냥 좀 더 누워 있으면 안 될까?"

그녀는 조심스럽게 남편의 품에서 벗어났다.

"그러다 조금 있으면 자기 직장에서 전화가 올 거야."

"휴대폰이 고장 나서 정말 다행이지."

그는 대꾸하고서 하품을 했다.

"그래도 이거 하나만은 명심해. 모든 게 다 제대로 돌아가게 신경 써줘. 내가 앤절라를 도와줄 수 없다면, 당신이라도 알아서 해줘야지."

"물론이지. 그리고 나한테 위치추적기도 하나 달아주고."

폴은 이렇게 말하며 잠옷으로 입었던 티셔츠를 벗었다. 그는 머리카락이 덮은 목덜미 아래쪽을 가리켰다.

"그거 좋지. 저쪽 거리에 있는 수의사한테 가도 해주려나?"

"당연하지. 내가 자기를 위해서라면 뭐든 할 거라는 거 알면서."

폴은 이렇게 말하고 욕실로 갔다.

"그래."

마르티니크는 이렇게 중얼거렸지만 절로 나오는 미소를 억누를 수가 없었다. 앤절라가 자신에게 감히 말도 못 거는 상황이라는 게 여전히 마음이 아팠지만, 적어도 결혼 생활에는 문제가 없어 보였다.

하지만 폴이 샤워하는 동안, 마르티니크는 샬로테가 해준 말을 기억했다. 그녀는 스스로를 돌볼 줄 알아야 했다. 그래서 커다랗게 소리쳤다.

"아, 그건 그렇고 말이지, 나한테 거짓말한 걸 무마하려고 또 꽃을 사 오기만 해봐. 그럼 그 꽃을 당신한테 확 꽂아버릴 줄 알아!"

23

10월 5일 목요일

샬로테는 손님이 앞에 둔 책들을 조심스럽게 바라보았다. 가느다란 머리털이 온통 헝클어진 여자 손님이 고른 건『개털 뜨개질』,『당나귀와 사랑에 빠지다』,『식인풍습―노하우』,『여자도 인간인가』였다.

그동안 그녀는 고객들이 이상한 제목의 책을 살 때마다 침착하게 대응하는 법을 배웠다. 그래서 크림색 스웨터를 입은 여자에게 미소를 지었다.

"원하는 책들은 전부 찾으셨나요?"

"네."

손님은 짧게 대답했다.

"잘됐네요!"

샬로테는 책값을 금전출납기에 입력하고 뭔가 할 만한 다른 말을 떠올려보았다. 항상 친절하면서도 재미있는 말을 건네야 한다는 게 참 어려웠다.

"책들이 꽤 독특하네요. 흥미로운데요. 혹시 학교 과제용인가요?"

349

샬로테가 말을 걸자 여자는 고개를 저으며 지갑을 꺼냈다.

"아뇨. 이건 아버지가 읽으실 책이에요. 뭔가 할 일이 필요하셔서요."

샬로테는 입을 꾹 다물었다.

"아하, 네. 식인풍습도 괜찮은 취미이긴 하죠."

하지만 손님은 농담을 이해하지 못한 것 같았다. 화가 난 표정으로 그녀를 쏘아보고는 신용카드를 건네며 떨떠름하게 대답했다.

"그렇죠. 늙으니까 사는 게 쉽지 않더라고요. 노인들은 기분 전환할 거리가 뭐라도 좀 있어야 해요."

손님이 떠나자, 샬로테는 방금 판 책들이 어떤 종류의 책인지 정확하게 알게 되었다. 그러자 과연 서점 운영에 도덕적 규율이 있는 건지 심각하게 고민하게 되었다. 아무리 자신이 책을 읽는 편이 아니라 해도, 『여자도 인간인가』라는 책을 판다는 건 어쩐지 잘못인 것 같았다.

샬로테는 하늘색 퀼트 재킷을 입은 남자가 관 짜는 법을 알려주는 책을 사 갔다는 말을 아무에게도 하지 않았지만, 그때도 지금처럼 기분이 좋지 않았다. '원칙에 근거해 팔지 말아야 하는 책이 있는가?'라는 건 중요한 문제였다. 그렇다면 그 원칙의 기준은 어디까지인가? 폭력을 선망하거나 성폭행을 자세히 묘사한 범죄소설은 괜찮은가? 시체를 절단하는 과정이 적힌 책은 어떤가? 솔직히 이런 책들을 보고 영감을 받아 연쇄살인범이 되지 않는다는 보장이 어디 있단 말인가.

샬로테는 서글프게 웃었다. 이런 문제들을 엄마와 상의할 수 있었다면 얼마나 좋았을까. 크리스티나는 항상 현명한 생각을 했고, 그녀와 대화하는 사람들을 늘 놀라게 했다.

이내 한숨이 나왔다. 엄마의 죽음을 받아들이기까지 참 오랜 시간이 걸렸다. 세상에 홀로 버려졌다는 어둡고 음습한 느낌이 여전히 자신을 덮쳐왔다. 샬로테는 이모의 사망 원인이 엄마와 똑같이 악성 암일 수도 있다는 생각에 너무 무서워서 사인이 뭔지 차마 물어보지 못했다. 인생에서 이토록 중요한 사람들을 잃어버리게 되다니 너무나 견디기가 힘들었다. 하지만 샬로테는 그 생각을 평소에는 거의 하지 않았다. 이게 무슨 일인지 곰곰이 따지기 시작하면 걱정과 슬픔의 악순환에 단단히 빠져들면서 자신이 아꼈던 사람들을 죄다 빼앗기고 있다는 느낌이 들 것이기 때문이었다.

샬로테는 우울한 생각을 애써 떨쳐버렸다. 그리고 쟁반을 들고 옆을 지나가는 마르티니크에게 고개를 끄덕여주었다. 마르티니크는 바닐라 푸딩과 캐러멜 쿠키, 라즈베리 히펜* 조리법을 빨리 알아냈다. 서점 한가득 신선한 빵 냄새가 물씬 풍겼고, 들어온 손님은 대부분 스웨덴식 빵 한 조각과 커피를 주문해서 먹고 가거나 포장해 갔다.

길가에 놓은 간판에는 "스웨덴식 피카**"를 특별히 제공한다고

---

* 달걀 흰자와 밀가루, 설탕, 마지팬, 우유 등을 반죽하여 얇게 구운 빵.
** 커피를 마시며 사람들과 어울리는 휴식 시간을 뜻하는 스웨덴어.

써놓았고, 많은 손님이 뭐가 있는지 궁금해했다. 하지만 목요일 오후인 오늘은 꽤 한산했다.

샘은 커피 테이블에 앉아 출판사들의 내년 신간 목록을 훑으며 어떤 책을 사야 하나 고르고 있었다. 연보라색 스타킹과 짧은 가죽 반바지 차림으로 의자에 비딱하게 앉아 휘파람을 부는 샘을 샬로테는 계속 주시했다. 둘은 싸운 이후로 말 한마디 섞지 않았고, 샬로테는 샘이 자신을 피한다는 느낌을 받았다. 그래서 솔직히 아주 편했다. 샬로테는 자기 일에 집중할 수 있었고, 샘은 계단 아래에 설치하려고 했던 독서 코너를 준비하기 시작했다. 어제는 정말로 혼자서 창고를 청소하고 벽을 칠한 다음 참 신기하게도 그곳에 이제껏 보관했던 물건들을 어찌어찌 자리를 찾아 다 옮겼다. 하지만 샬로테는 샘에게 가구 살 돈을 주겠다는 의사를 밝히지 않았다. 그녀는 서점의 재정 상태를 어떻게 타개해야 하는지 계속 고민 중이었다. 비록 마르티니크가 만드는 커피와 빵으로 부수입을 얻는 건 괜찮았지만, 누적된 빚을 상환하기에는 충분하지 않았다.

그때, 계단에 나타난 윌리엄을 보자 샬로테의 가슴이 뛰기 시작했다. 일주일 전 둘이서 산책한 후로, 서로 얼굴을 제대로 보지 못했는데, 이렇게 만나니 그가 그리웠다는 사실을 새삼 깨달았다. 언제나 그렇듯 바지 주머니에 손을 꽂은 채로 슬렁슬렁 걷는 윌리엄은 느긋해 보였다.

"안녕, 잘 지냈어요?"

샬로테는 크게 손짓했다.

"보시다시피, 책을 아주 잘 팔고 있죠."

그가 웃자, 그녀는 속이 따스해지는 느낌이었다.

"걱정하지 말아요. 샬로테가 이것저것 다 잘하고 있으니까, 어떻게든 될 겁니다."

샘은 도서 목록을 보다가 고개를 들고 윌리엄에게 물었다.

"윌리엄은 잘 지냈어? 좋아 보이네? 이제 슬럼프에서 벗어났나봐?"

윌리엄은 미소를 지었다. 샬로테의 눈길이 그의 수염 아래로 도드라져 보이는 보조개에 머물렀다.

"응, 말하자면 그렇지. 영감이 떠올랐거든."

그가 샬로테를 다시 보자, 그녀는 윌리엄의 숱 많고 빛나는 머리카락을 쓸어주면 참 좋겠다는 생각이 들고 말았다. 하지만 이내 화들짝 놀라며 마음을 다잡았다. 다행히도 난 선을 지키는 사람이야.

"잘됐네. 그런데 그 영감이라는 건 어떻게 생기는 거야?"

샘의 말에 윌리엄은 어깨를 으쓱였다.

"갑자기 아이디어가 쓱 떠오르는 거지."

그는 웃으면서 계산대를 돌아 커피를 따랐다.

"누구 커피 마실 사람?"

샬로테는 고개를 저었다.

"어떤 작가들은 창의성을 높이는 나름의 요령이 있지."

윌리엄은 이렇게 말하며 커피가 가득 찬 컵이 넘쳐흐르지 않도록 조심스레 잡았다.

"그래. 예를 들어 댄 브라운은 물구나무를 선다고 하잖아."

"아, 그건 전혀 독창적인 방법이 아니야! 내가 들었는데, 어떤 작가들은 글 쓰는 대신에 바깥에 나가고 싶은 유혹을 이겨내려고 샤워를 안 한다고 들었어."

윌리엄이 대답하고서 웃자, 샘은 콧잔등을 찌푸렸다.

"물구나무서는 쪽이 더 나은 것 같은데. 안 씻으면 섹스를 어떻게 하려고 그러나."

윌리엄은 앉아서 커피잔을 후후 불었다. 샬로테가 그를 지그시 바라보다 물었다.

"책은 대체 어떻게 쓰는 기죠?"

윌리엄은 커피를 한 모금 마시고 대답했다.

"그건 나도 모르겠는데요."

"하지만 윌리엄은 첫 번째 소설을 썼잖아. 그건 어떻게 썼어?"

샘이 도서 목록을 덮고서 물었다. 윌리엄은 고개를 돌려 샘을 바라보았다.

"그건 진짜 미친 짓이었어. 나도 몰라. 글쓰기는 가려움증 같은 거야. 이야기를 쓰면 가려움이 그치는 거지. 그래서 어쩔 수 없이 긁어야 한다고."

샘은 얼굴을 찌푸렸다.

"샤워를 안 해서 그런 거 아니야? 그럼 몸이 당연히 가렵겠지."

윌리엄은 자기 목을 잡고서 떨떠름하게 대답했다.

"하하, 재밌네. 나도 이게 바보 같은 소리라는 건 아는데, 어떻게 더 잘 표현할 방법이 없어. 글은 그냥 쓰는 거야. 안 그럼 미쳐버릴 거라서."

"그래서 지금 가려워?"

윌리엄은 고개를 끄덕였다.

"진짜 잘됐네. 그럼 축하하러 가자!"

"오늘 밤에 다 같이 저녁 먹을까?"

윌리엄의 제안에 샘은 열렬히 고개를 끄덕였다.

"그래! '스완'에 가자!"

윌리엄은 이제 샬로테를 바라보았다.

"당신도 갈래요?"

샬로테는 마른침을 삼켰다. 자신이 윌리엄과 함께 즐거운 시간을 보내긴 했지만, 함께 나가 어울리는 건 별로 좋은 생각이 아닌 것 같았다. 자신이 윌리엄을 더 많이 좋아하게 될수록, 헤어질 때더 힘들어질 테니까. 게다가 샘은 같이 가고 싶지 않을 테지.

"난 못 갈 것 같네요."

그러자 샘이 이쪽을 바라보았다.

"런던의 밤 문화를 알아볼 기회를 거절한다는 거예요?"

샬로테는 움직이다 말고 멈춰 섰다. 지금 내가 제대로 들은 것 맞아? 샘이 나한테 같이 놀러 가자고 한 건가? 아니면 그냥 농담인가?

윌리엄은 계산대에 기대어 섰다.

"같이 가요. 재미있을 텐데요!"

샘은 그녀를 위아래로 훑어보았다.

"내가 옷 골라줄게요."

샬로테는 어리둥절한 채로 주위를 둘러보았다. 지금 샘이 날 도와주겠다고 했어? 빈정대는 게 아니고 진심으로?

"생각해보고요."

그녀는 불확실한 태도로 중얼거렸다. 샘은 주방으로 고갯짓을 했다.

"윌리엄, 마르티니크한테도 같이 갈 건지 물어볼래?"

윌리엄이 시야에서 사라지자마자 샘은 계산대에서 나오더니 샬로테의 엉덩이 크기를 쟀다.

"드러내 보일 만한 문신은 없죠? 그러니까, 좀 섹시해 보일 만한 부분이 있어요?"

"없어요. 당신은 있어요?"

그러자 샘은 우쭐한 미소를 지었다.

"당연히 있죠. 문신 없는 사람이 어딨다고!"

샬로테가 고개를 흔들자 샘은 어깨에서 옷을 쭉 내리더니 안에 동그라미와 줄이 그어진 삼각형을 보여주었다.

"내 건 해리 포터 문신이에요. 죽음의 성물 알죠?"

"아, 그렇군요."

샘은 다시 티셔츠를 올려 입고는 샬로테를 자세히 살폈다.

"지금 옷차림은 '나 세인즈버리에서 옷 샀어요'라고 광고하는 셈이네요. 이건 좀 바꿔야겠는데."

샬로테는 못마땅한 소리를 흘렸다. 세인즈버리는 슈퍼마켓 아닌가? 거기서 옷을 사본 적은 한 번도 없었지만 샘이 무슨 뜻으로 말했는지는 알았다. 자신에겐 개성이 뚜렷한 옷이 별로 없었으니까. 알렉스가 세상을 떠나기 전에는 그래도 외모에 신경을 조금 썼지만, 지금은 별 관심 없이 지냈다.

"아주 예뻐질 수 있다니까요. 하지만 마음가짐도 좀 개선해야 해요. 자, 나를 따라 해봐요. '나는 섹시하다!'"

샬로테는 엄청나게 충격을 받은 눈빛으로 그녀를 바라보았다.

"절대 안 해요!"

"왜요? 이런 게 '긍정 확언'이라는 거예요. 이거 진짜 과학적인 거라니까요. 뭔가 되고 싶으면, 크게 소리 내 말해보는 거라고요. 자, 어서 해봐요. '나는 섹시퀸이다!' 따라해보라고요!"

샬로테는 고개를 저었다.

"못 해요."

샘은 어깨를 으쓱였다.

"자기 팔자 자기가 꼬네요."

그녀는 이렇게 말하며 샬로테가 걸친 옷의 파인 부분을 잡고 살짝 늘렸다. 샬로테는 샘의 손아귀에서 벗어나려 애쓰며 대답했다.

"알았어요. 내 옷 좀 그만 잡아당겨요. 안 당기면 오늘 밤에 같이 갈게요."

"약속한 거죠?"

"그래요. 하지만 뭘 입을지는 내가 알아서 정할게요!"

샘은 항복이라는 신호로 손을 들고는 만족스럽게 말했다.

"좋아요. 그렇게 자신한다면야. 그래도 한마디 해두자면요, 뭔가 빨갛고 번쩍번쩍한 옷이 어울릴 것 같아요. 아니면 호피 무늬는 어때요? 윌리엄이 호피를 좋아하는 것 같던데."

샬로테는 급히 말했다.

"그렇군요. 이제 저는 빨리 처리해야 할 일이 있어서요."

샬로테는 최대한 빠르게 사무실로 들어가서 문을 닫았다. 머리에 피가 확 몰렸고, 어느새 뺨이 화끈 달아올라 있었다. 이런 식으로 평가당하고 논평을 받는 게 마음에 들지 않았다. 그래서 이제는 정말로 샘이 자신에게 좋은 의도로 이러는 건지 의심이 되었다. 혹시 나한테 한 방 먹일 기회를 본 건가?

샬로테는 수치스러운 심정으로 자신을 훑어보았다. 청바지에 티셔츠. 샘의 말에 동의할 수밖에 없었다. 비록 남의 눈에 드러나 보이고 싶진 않더라도, 새로운 스타일을 시도해볼 순 있지 않을까. 과거에는 옷과 화장품으로 스스로를 표현하며 즐거워했었는데. 비록 예전처럼 열정적으로 옷이나 화장품에 관심을 쏟지는 않더라도, 외모에 조금 더 시간을 투자해서 손해볼 것은 없을 터였다.

스웨덴에서 가장 좋아하던 옷들을 떠올려보았다. 나름 아주 멋진 옷들이라 샘이 봤더라도 칭찬했을 스타일이었다. 예를 들어, 남색 실크 드레스 같은 것. 트임이 있는 늘씬한 그 드레스를 입고 샬로테는 잊을 수 없는 밤을 보냈더랬다. 파리에서 만든 에메랄드색 인조 모피와 무릎 높이까지 올라오는 아름다운 벨벳 부츠도 있었다. 하지만 샬로테가 그 옷들을 얼마나 사랑했든, 이제는 다시 입고 싶지 않았다. 그 옷을 입었던 삶은 끝났고, 지금은 새로운 삶에 맞는 옷을 찾아야 했다.

"나는…… 섹시하다."

그녀는 조용히 중얼거리다 웃었다. 맙소사, 정말 바보 같네. 샘이 분명히 날 놀리려고 그랬던 걸 텐데.

샬로테는 작은 벽 거울에 비친 자신의 모습과 눈을 마주쳤다. 물론 샘이 마침내 손을 내밀어 화해를 청했으니 더는 거절할 수가 없었다. 하지만 오래 머물지는 않을 작정이었다. 한 시간 정도만 있다가 일어나면 되겠지. 무슨 일이 있어도 윌리엄과 오래 대화할 수는 없었다. 안 돼. 그냥 윌리엄 옆에 앉지도 말자. 차라리 마르티니크 옆에 있는 편이 좋겠지. 그러면 『제인 에어』 이야기를 할 수 있겠지. 방금 그 책을 다 읽었으니까. 그리고 일단 가기로 했으니 약간 준비를 해도 나쁘지 않을 터였다.

샬로테는 사라의 커다란 옷장을 떠올리지 않을 수가 없었다. 그 안에는 분명 입고 나갈 만한 우아한 옷이 있을 것이다. 물론 너무 대담한 노출은 안 된다. 몸을 적당히 가릴 만한 것을 찾아야 하겠지. 그리고 샘이 말했던 호피 무늬 같은 건 절대 입지 말자. 그건 말도 안 돼.

샬로테는 사라의 옷가지 사이에서 금색 단추가 달린 빨간 블라우스를 찾아내 입었다. 물론 마음이 편하지는 않았지만, 왜인지 이 옷을 입고 말았다. 그래도 계단을 내려가면서 어쩐지 기대감에 가슴이 뛰었다.

계산대에 기대선 샘이 그녀의 블라우스를 바라보며 말했다.

"확실히 첫걸음은 잘 뗐네요. 그 옷 괜찮은데요."

샬로테는 옷매무새를 다듬었다. 블라우스가 너무 꽉 끼는 것 같았다.

"고마워요."

샘은 자그마한 검은 가죽 배낭을 쥐었다.

"그럼 가죠. 윌리엄은 벌써 가 있대요."

샬로테는 주위를 둘러보았다.

"마르티니크는요?"

샘은 고개를 저었다.

"못 간대요. 딸한테 무슨 문제가 있나 봐요."

샬로테는 깜짝 놀라 얼어붙었다. 마르티니크를 의지할 곳 삼아 있으려고 했는데! 윌리엄에게서 벗어나게 해줄 도우미로 마르티니크는 꼭 있어야 했건만.

"안타깝네요. 혹시 나쁜 일은 아니겠죠? 내가 전화해서 도와줄 일은 없는지 물어봐야 하지 않을까요?"

하지만 샘은 눈썹을 치켜뜰 뿐이었다.

"아뇨. 괜찮을 거예요. 이제 가죠."

리버사이드 드라이브의 가게 주인들은 이미 상품을 거둬들이고 있었다. 꽃집 주인은 장미가 가득 든 양동이를 가게로 들였고, 정육점 주인은 사다리 위에 올라가 균형을 잡고서 '영업 중'이라고 쓴 깃발을 내렸다. 둘 다 샘과 나란히 걸어가려고 애쓰는 샬로테를 보며 반갑게 인사했다. 샘은 통굽 부츠를 신고 있었는데도 울퉁불퉁한 돌길 위를 놀라우리만큼 빠르게 걸었다. 샬로테가 자꾸만 뒤처지는 걸 눈치챈 샘은 그녀의 신발을 보았다.

"왜 힐을 안 신었어요? 힐을 신으면 훨씬 더 빨리 걸을 수 있어요!"

샬로테는 뭐라 대답해야 할지 몰라 어깨를 으쓱이기만 했다.

"혹시 발볼이 넓어요? 캠던에 가면 트랜스젠더용 신발 전문점이 많아요. 거기 가서 신발을 찾아봐요."

그 말에 샬로테는 샘을 가만히 쳐다보았다. 이건 또 비꼬는 건가? 아니면 안 웃긴 농담을 한 건가? 그녀는 자기방어용으로 뭐라도 맞받아치고 싶었다. 하지만 샘은 벌써 몇 미터 앞서간 상태라 서둘러 뒤를 따라야 했다.

걸어가는 동안 해가 저물어갔다. 지금 지나는 지역에는 바깥 차양 자리에 손님이 가득한 자그마한 레스토랑이 많았다. 거리에는 형형색색의 가로등이 걸려 있었고, 열어놓은 문틈마다 부드러운 음악이 흘러나왔으며, 사방에서 웃음소리가 울려 퍼졌다. 저 멀리서 울리는 차들의 경적만 빼면 분위기는 아주 좋았다. 그래서 샬로테는 샘의 잔소리에도 자신이 용기 내 함께 가기로 결정한 것이 기뻤다. 런던에 대해서는 아직도 거의 모르지만, 서점에서 나올 때마다 발견하게 되는 것들에 하나같이 신이 났다. 빅벤이나 웨스트민스터 사원, 런던 아이 쪽으로 산책을 가는 것도, 런던 브리지 아래에 있는 커다란 식료품 시장인 버러마켓을 방문하는 것도 좋았지만 마르티니크와 함께 노팅 힐에 가는 것만으로도 좋았다. 그들은 토요일 아침에 포토벨로 마켓에 가서 가게에 필요한 물건들을 구입했다. 샬로테는 그 기회를 틈타 많은 노점과 골동품 가게를 돌아다녔다.

런던 어느 곳을 여행해야 하는지는 중요해 보이지 않았다. 모든 곳마다 저마다의 멋진 면이 있었으니까. 리버사이드 지역과 마찬가지로, 노팅 힐에도 빅토리아 시대에 지어진 타운하우스들이 온갖 빛깔로 칠해져 있었다. 작은 정원이 딸린 집들이 아주 많아서 푸르른 기색이 만연했고, 거리마다 작고 멋진 카페들이 보였다. 샬로테는 그곳을 전부 다 가보고 싶었지만, 마르티니크는 그랜저스 앤드 컴퍼니에서 브런치를 먹기로 계획해놓았었다. 거기서 두 사람은 바나나와 허니 버터를 곁들인 리코타 핫케이크와 스위트 콘 프리터*에 구운 토마토와 시금치, 베이컨을 먹었고 후식으로는 갓 구운 커다란 머핀을 골랐다. 런던의 유일한 단점은 봐도 봐도 또 봐야 할 것이 생긴다는 점이었다. 샬로테가 이 도시를 다 돌아보려면 적어도 1년은 족히 걸릴 것이다.

이윽고 '스완'에 들어간 샬로테는 모퉁이에 있는 반달 모양 소파에 앉은 윌리엄을 보고 얼굴을 붉혔다. 윌리엄은 기분 좋게 고개를 끄덕였다. 오늘은 평소와 달리 셔츠를 다림질한 모양이었다. 하지만 소매가 여전히 구겨진 걸 보면 전체를 다 다리지는 않은 것도 같았다. 샬로테는 바깥 자리에 앉으려고 했지만, 샘은 그녀를 곧바로 밀어서 윌리엄 옆자리에 앉혔다.

"안녕. 주머니 속에 새 작품 계약서라도 넣어놨어? 아니면 날 보고 기분이 좋아서 그래?"

샘이 활기차게 말하며 재킷을 벗었다. 윌리엄은 밋밋한 목소리로 말했다.

"그것참 재밌는 말이네. 둘 다 왜 이렇게 오래 걸렸어!"

---

* 옥수수 통조림 알갱이로 만든 튀김.

샘은 눈을 흘겼다.

"여자한테 그런 말 하면 못써! 화장실 좀 다녀올 테니까, 핌즈*
한 병 주문해줄래?"

"그래. 우리 모두 핌즈 한 잔씩 하면 좋겠다."

윌리엄은 샬로테를 바라보며 물었다.

"아니면 뭐 다른 거 마실래요?"

샬로테는 잠시 차를 주문하면 어떨까 생각했지만, 이 분위기에
어울리는 음료는 아니라는 걸 깨달았다. 그래도 런던의 차는 참
맛있긴 한데. 특히 스콘과 블랙커런트 잼, 비저온살균 우유로 만
든 황금빛 클로티드 크림까지 곁들이면 참 좋은데 말이지.

"핌즈 마실게요. 고마워요."

그녀는 화장실 쪽으로 사라지는 샘을 보며 한숨을 쉬었다. 막
일어서려던 윌리엄이 그녀를 골똘히 쳐다보았다.

"괜찮아요?"

샬로테는 고개를 끄덕였다.

"네, 괜찮아요."

그는 다시 자리에 앉았다. 그런데 너무 가까이 다가와서 샬로테
의 심장이 뛰기 시작했다.

"정말요? 좀 우울해 보이는데."

샬로테는 고개를 저었다.

---

* 영국의 과실주.

"아뇨. 괜찮아요. 난 그냥…… 그러니까 내가 보기엔……."

그녀는 오랫동안 숨을 내쉬고서 말했다.

"샘이 날 미워하는 것 같아요."

그녀는 당황한 채 윌리엄의 얼굴을 바라보며 그렇다는 식의 대답을 기다렸지만, 윌리엄은 그저 웃었다.

"아, 샘은 누구에게든 싫은 소리를 해요. 그러니 그걸 개인적인 감정으로 받아들이면 안 돼요. 걔는 원래 그런 애니까요!"

"알았어요. 하지만 난 샘이 나를 정말로 싫어한다고 생각해요. 며칠 전에 내가 언성을 높였거든요."

샬로테는 민망해하며 말했다. 그러자 윌리엄은 이마에 흘러내린 머리카락을 살짝 쓸어 넘기고는 미소를 지었다.

"그건 상상이 안 되는데요? 하지만 정말로 그랬다 해도 괜찮아요. 샘은 그걸 언성을 높인 거라고 생각도 안 했을 수 있어요. 어쨌든 나한테는 싸웠다는 말은 안 하던데."

샬로테는 살짝 자세를 고쳐 앉았다. 그녀는 샘이 윌리엄에게 이미 모든 걸 설명했을 거라고 확신하고 있었다. 자신이 얼마나 비열한 말을 했는지 다 알고 있겠지.

"안 했다고요?"

"안 했어요. 진짜로요. 샘한테는 아주 다른 걱정거리가 있던데요. 어쨌든 핌즈 마실 거죠?"

그녀는 고개를 끄덕였다. 샘도 함께 있긴 했지만, 윌리엄과 함께 술집에 앉아 있으니 어쩐지 특별한 기분이 들었다.

샘이 영국의 별미라며 칭찬해마지않던 뱅어스 앤드 매시*는 샬로테가 보기엔 그저 감자 퓌레와 구운 소시지일 뿐이었다. 그걸 다 먹고 나서는 다들 또 핌스를 마셔댔다. 샬로테는 윌리엄과 대화하게 되어 기분이 좋았고, 샘이 정말로 윌리엄에게 상당히 말을 험하게 한다는 사실도 알아차렸다. 둘은 내내 서로를 놀렸고, 가끔은 샘이 너무 저급한 말을 해서 윌리엄조차도 당황한 티가 났다.

둘이 수다를 떠는 동안 샬로테는 호기심 어린 눈길로 다른 손님들을 관찰했다. 스웨덴과 비교해보면, 여기에 있는 사람들은 거의 다 괴상한 옷차림을 하고 있었다. 맞은편 테이블에는 분홍색 에나멜가죽 바지 위로 멜빵을 찬 남자가 앉아 있었다. 스물다섯도 되어 보이지 않았지만 은빛 머리카락 아래로 새카만 눈썹을 달았다. 옆에 앉은 사람은 연보라색 브리지를 넣은 머리를 골반까지 길게 늘어뜨렸고, 위에는 넓은 니트 판초를 걸치고 형광 초록색 신발을 신었다. 다른 테이블에는 머리부터 발끝까지 분장한 듯 차려입은 중년 커플이 앉아 있었다. 남자는 갈색 핀스트라이프 정장에 조끼와 회중시계를 갖추고 머리에는 중절모를 썼으며 턱수염을 가슴께까지 늘어뜨렸다. 여자는 현대적으로 변형한 중세풍 드레스를 입고 있었고, 머리는 달팽이 모양으로 빙빙 꼬아 올렸으며 코에는 굵은 피어싱을 끼었다.

전반적으로 이곳에는 샬로테의 생각보다 훨씬 더 문신이나 피

어싱을 한 사람이 많았고, 그녀는 그 점이 마음에 들었다. 많은 이가 살아 있는 예술 작품처럼 보였으니까. 샬로테는 자신이 별로 이렇다 할 옷차림이 아니라서 오히려 눈에 띈다는 사실을 눈치챘다. 그리고 놀랍게도 샘은 수많은 남자뿐만 아니라 여자에게서도 존경 어린 시선을 받고 있었다. 온통 하얗게 차려입은 남자가 샘에게서 눈을 떼지 못하는 걸 보자 샬로테는 조심스럽게 그 남자 방향으로 고갯짓을 했다.

"내가 보기엔 저 남자가 샘을 좋아하는 것 같네요."

그녀가 조심스레 말하자, 샘은 못마땅하다는 듯한 소리를 냈다.

"알아요. 다들 그렇거든요. 나중엔 진짜 성가신 일이 된다니까요."

샘의 말에 윌리엄은 그녀 쪽으로 몸을 굽혀 말했다.

"그것참 불쌍하네. 진짜 무섭겠다!"

"맞아. 무섭기도 해. 예전에는 내가 아무나 고를 수 있다는 게 진짜 재밌었지만, 지금은……."

샘은 단조로운 목소리로 말하다가 이내 입을 다물었다.

"그럼 지금은 진지한 관계를 조금씩 맺어볼 준비가 됐을지도?"

윌리엄의 물음에 샘은 대번에 고개를 저었다.

"아니! 무슨 소리야? 난 절대로 구속받고 싶지 않다고! 맙소사, 매일 아침 똑같은 사람 옆에서 일어나야 하다니 악몽이 따로 없네."

그녀는 샬로테에게로 고개를 돌렸다.

"원나잇이 내 소소한 취미거든요."

윌리엄은 술잔을 들어 올렸다.

"그럼 린제이라는 사람은? 걔는 싫어?"

샘은 한숨을 쉬었다.

"내가 누구랑 잔다고 해서 어떻게 그 사람을 사랑한다는 뜻이 되는데? 섹스랑 사랑은 다르다고 몇 번이나 설명해야 해? 그리고 난 자유를 뺏기기 싫다고."

하지만 윌리엄은 고개를 끄덕이며 말했다.

"그건 못 믿겠는데. 너도 우리 같은 사람들이 바라듯이 위대한 사랑을 하고 싶어 하는 건 마찬가지면서."

"아니야! 난 그저 재미있게 살고 싶을 뿐이야."

이윽고 화려한 옷차림에 머리를 높이 올린 우아한 여자가 바에 앉았다. 윌리엄은 그녀 쪽으로 고갯짓을 했다.

"저 여자가 괜찮을지도?"

샘은 아랫입술을 깨물었다.

"그럴지도. 내가 저 여자를 꼬시면 무슨 이득이 있을까?"

윌리엄은 곰곰이 생각에 잠겼다.

"뭐, 저 여자가 너의 이득이겠지! 하지만 실패하면 린제이에게 전화하는 걸로 해."

샘은 잔을 비우고서 브래지어를 똑바로 매만지더니 윌리엄을 뻔뻔하게 바라보았다.

"너한테까지 갈 기회는 없을 거야."

샘은 이렇게 말하고 자리에서 슬며시 일어섰다.

윌리엄과 샬로테는 말없이 샘을 바라보았다. 그녀는 바로 가서 샷 네 잔을 시키고는 여자 옆에 앉았다. 여자는 방금까지 화려한 칵테일파티에 있다가 온 것 같아 보였다. 샬로테는 자신이 이토록 흥미진진한 일을 바라보는 게 얼마 만인지 생각해보았다. 그리고 샘에게서 눈길을 떼지 않았다.

"지금 샘이 뭐 하는 거죠?"

그녀는 중얼거리다가 재빨리 혀를 깨물었다. 너무 바보 같은 말을 내뱉어버렸네.

"그러니까, 뭘 하는지는 알겠는데, 내 말은……. 아, 아무래도 상관없겠죠."

윌리엄이 그녀를 옆에서 바라보았다.

"이곳 마음에 들어요? 솔직하게 말해봐요."

샬로테는 어깨를 으쓱였다.

"아주 좋은 것 같아요."

"그럼 여기 계속 있을래요?"

윌리엄의 시선을 느끼자 심장이 멎을 것만 같았다. 물론 진짜로 심장이 멎지는 않는다는 걸 알고 있어도, 마음 한구석에서는 그렇게 말하고 있었다.

"아뇨. 그냥 모든 일이 처음 예상했던 것보다 훨씬 더 오래 걸려서 그렇지, 계속 있지는 않을 거예요."

"스웨덴에서 당신 일은 어떻게 되고 있어요?"

샬로테는 미소를 지었다.

"다행히도 우리 회사는 잘 굴러가고 있어요. 그리고 와이파이가 있는 한 스웨덴 아닌 곳에서도 임시로나마 내가 운영할 수 있고요."

윌리엄은 고개를 끄덕였다.

"내 직업 역시 어느 정도는 그래요. 난 어디서든 글을 쓸 수 있거든요. 세상 어딜 가도 되죠. 그리고 구속받지 않는 느낌이고요."

그녀는 핌즈를 한 모금 마셨다. 원고를 반려당했을 때 윌리엄이 얼마나 절망적인 인간이었는지 떠올려야 했다.

"다른 일을 해보는 상상을 한 적은 없나요?"

그러자 윌리엄은 비뚜름히 웃더니 테이블 위 그릇에서 땅콩을 집었다.

"거짓말이 아니라, 진짜로 다른 직업을 가져본 적이 있어요. 이 삿짐센터 직원, 자전거 배달원, 판매원, 건물청소부, 반려견시터, 베이비시터를 했죠. 심지어 궁전의 배수구 청소도 해봤어요."

샬로테는 감탄하며 낮게 휘파람을 불었다.

"그럼 왕족을 본 적도 있나요?"

"네. 여왕님을 봤죠. 아침으로 흰콩을 드시더라고요."

그는 샘 쪽으로 고갯짓을 했다. 그녀는 지금 우아한 여자에게 술을 한 잔 사고 있었다. 윌리엄은 언짢은 기색으로 말했다.

"잘되는 것 같네요. 하지만 난 그래도 샘이 린제이에게 다시 전화해주길 바랐는데."

샬로테는 몰래 그를 훔쳐보았다. 그녀에겐 믿고 속내를 털어놓을 사람이 꼭 있어야 했다. 지난 며칠 동안 그녀는 서점의 대출금을 갚을 돈을 마련하기 위해 자신의 회사를 인수하겠다고 제안한 BC뷰티사에 c/o 샬로테를 매각해야 하나 고민했다. 하지만 그러면 헨리크를 포함해 회사에서 일하는 직원들을 모두 배신하는 거겠지.

그녀는 조용히 말했다.

"내가 제안을 받은 게 있거든요. 아무에게도 말해선 안 돼요!"

윌리엄은 그녀를 빤히 바라보았다.

"그럼 어서 말을 해봐요!"

샬로테는 손가락으로 식탁보 위에 보이지 않는 원을 그렸다.

"우리 회사를 인수하고 싶어 하는 대기업이 있어요. 심지어 나에게 아주 좋은 가격을 제시했죠. 게다가 그 회사에서 내가 계속 일반 사원으로 일할 수도 있는 조건이에요. 하지만 어떡해야 할지 모르겠어요."

윌리엄이 헛기침을 했다.

"지금 그 말은 당신이 돈을 어마어마하게 벌어서 더는 일할 필요가 없다는 뜻인가요? 물론 그렇다 해도 참 어려운 결정인 건 맞지만요!"

샬로테는 두 손을 무릎에 대고 눌렀다. 알렉스 이야기는 꺼내들기에 너무 사적인 내용 같았다. 그래서 남편의 이름을 대는 일 없이도 c/o 샬로테에 왜 그토록 애착을 갖는지 설명할 방법이 뭐가 있을까 생각해보았다.

"하지만 일이 그렇게 간단하지는 않아요. 그쪽에선 내가 회사에 계속 있어주기를 바라고 있죠. 나도 그저 회사를 그들 손에 내버려둘 수는 없을 것 같고요. 어쨌든 나는 그 회사의 공동창업자거든요."

"그래도 어떻게 보면 그건 근사한 기회일 수 있죠. 다른 걸 해볼 수 있잖아요. 예를 들어, 서점을 운영한다든가."

샬로테는 그를 빤히 바라보았다. 이 남자, 내가 런던에 머무르기를 바라고 있구나.

"그건 어려울 거예요. 난 스웨덴에서의 삶이 있잖아요."

그는 고개를 끄덕였다.

"하지만 다른 나라로 이민 가는 사람들도 많아요. 당신이 꼭 스웨덴에 살아야 할 이유는 뭐죠? 그러니까, 여기가 마음에 든다면 얼마든지 옮길 수 있잖아요."

샬로테는 어깨를 으쓱였다. 알렉스와 함께했던 모든 것이 다 스웨덴에 있었다. 사둔 집과 같이 지내던 아파트들이며 함께 식사했던 레스토랑과 산책하던 공원까지 모두 다. 게다가 알렉스와 엄마는 둘 다 룬드에 묻혔다.

"일단, 스웨덴에 집이 있어요."

"하지만 팔 수 있잖아요. 아니면 별장으로 남겨두거나. 여유가 있다면요."

그 순간, 한 여자가 술집에 들어왔다. 단정한 의상과 서류 가방 차림을 한 여자는 높은 스틸레토 힐을 신은 발걸음으로 단호하게 샘 쪽으로 다가갔다. 겉으로 보기에는 변호사나 투자은행 직원 같았다.

윌리엄은 여자를 보자마자 털썩 주저앉았다.

"아, 안 돼."

샬로테는 이게 무슨 상황인지 이해해보려고 했지만, 샘이 겁에 질린 채 입을 꾹 다물고 웃음을 거둔 모습만이 보였다.

"저 사람 누구예요?"

"린제이요. 샘이 만났던 경찰이에요."

"아, 무척 화가 난 것 같은데요."

"누가 봐도 그렇죠."

샘과 지금까지 시시덕대던 반짝거리는 옷을 입은 여자는 겁먹은 듯 린제이를 쳐다보더니, 자신의 핸드백을 들고 조용히 자리를 비켰다. 하지만 샘은 여자가 없어진 줄도 모르는 것 같았다. 그저 자신의 앞에서 팔짱을 낀 채 버티고 서 있는 린제이를 휘둥그레진 눈으로 빤히 바라보기만 할 뿐이었다.

방금까지도 그토록 자신만만하던 모습은 갑자기 어디로 갔는지, 이제 샘은 그저 작아 보였다. 샘이 바 의자에서 일어나 손을 들고 무언가를 설명하려 했지만, 린제이는 고개를 저었다.

"우리가 저 장면을 보면 안 되는 거 아닌가요."

샬로테가 윌리엄에게 속삭였다.

"쉿, 조용. 보기 싫으면 보지 말아요. 나는 무슨 일이 있어도 꼭 봐야겠으니까!"

샘은 어설픈 발걸음으로 다시 이쪽 테이블로 오기 시작했다. 그러자 어느 순간 두 사람이 하는 말이 샬로테의 귀에 들어왔다.

"미안해. 진짜로!"

"난 너 못 믿겠어!"

린제이는 허리에 손을 딱 댔고, 샬로테는 전혀 어울릴 것 같지 않은 이 커플이 어디서 어떻게 만난 건지 전혀 상상이 되지 않았지만 애써 떠올려보았다.

"내가 쓴 문자는 정말 유치했어. 미안해."

린제이는 격분한 눈초리로 샘을 째려보았다.

"그래, 정말 유치하기 짝이 없었지!"

샘은 마른침을 삼키고서 물었다.

"우리 어디 다른 데 가서 대화할까?"

"죽어도 안 해! 네가 철이 들기 전까지는 네 소식 따위 듣고 싶지 않아!"

그녀는 샘을 마지막으로 죽일 듯이 노려본 다음 힐을 휙 돌려서 사라졌다.

샘은 고개를 떨군 채로 테이블로 돌아와 앉았다.

"이런 젠장."

샘은 다 들리게 속삭였다. 윌리엄은 손을 뻗어 샘을 다독였다.

"괜찮아질 거야."

그는 다정하게 말했지만, 샘은 고개를 젓기만 했다.

"어쨌든 넌 린제이에게 이제 관심이 없어졌잖아?"

그 말에 샘은 윌리엄을 노려보았다.

"그래, 관심 없어. 하지만 그렇다고 해서 남들 다 보는 앞에서 내게 창피를 줘도 괜찮다는 건 아니었어. 게다가……."

샘이 화가 나서 씩씩대다가 한숨을 깊게 내쉬었다.

"게다가 린제이가 얼마나 섹시한지 그간 잊고 있었어."

윌리엄이 샘의 팔을 툭 쳤다.

"그거 안됐네, 새미."

"그러게."

샘은 빨개진 뺨에 손을 대더니 자리에서 일어섰다.

"좀 센 걸 마셔야겠어."

샘은 이렇게 중얼거리며 바 쪽으로 떠났다. 윌리엄은 뒤에서 샘을 바라보았다.

"애인과 깨지는 건 정말 힘들지."

다시 샬로테를 바라보는 윌리엄의 눈빛이 공허했다.

"괜찮아요?"

샬로테의 물음에 윌리엄은 재빨리 시선을 돌렸다.

"네, 괜찮아요. 하지만 인간관계란 정말이지 너무 복잡하군요."

샬로테는 잔을 손으로 돌렸다.

"무슨 말인지 알아요."

"나요, 약혼한 적도 있었어요."

윌리엄이 말했다.

"아, 정말요?"

그녀가 놀라자 윌리엄은 미소를 지었다.

"약혼녀 이름은 테레사였어요. 우리는 몇 년 같이 살았죠."

샬로테는 갑자기 마음이 불편해졌다. 테레사라는 여자 이야기는 듣고 싶지 않았다.

"그런데 어떻게 됐어요?"

그렇지만 꾹 참고 질문을 했다. 윌리엄은 고개를 저었다.

"참 웃기게도 테레사는 언제부터인가 토스트에 참치 통조림을 곁들여 먹기만 하는 생활을 지겨워하더라고요. 내가 글 쓰는 걸 싫어했어요. 우리에겐 미래가 없다고 말했죠. 내가 정상적인 삶을 꾸려갈 일이 절대로 없기 때문에요. 제대로 된 직업도 없고, 아이도 못 낳고, 집도 없고 폭스바겐 승합차도 못 산다면서요."

그는 어깨를 으쓱하며 말을 이었다.

"테레사 말이 옳을 거예요. 약혼녀가 날 차버린 다음에 사라가 서점 윗집에서 살라고 했죠."

"아하."

샬로테가 말했다. 윌리엄의 미간에 주름이 한 줄기 잡혔다.

"그런데 내 첫 소설이 나와서 아주 잘 팔렸어요. 그러니까 테레사한테 전화하고 싶더라고요. 일이 얼마나 멋지게 풀렸느냐며 한마디 해주고 싶었어요. 정말 쪽팔리죠?"

샬로테는 입술을 비죽였다.

"사실 너무 잘 이해가 되는데요. 그래서 어떻게 했어요? 연락했나요?"

윌리엄은 천장을 바라보았다.

"우리 둘을 다 알던 친구가 손을 써서, 내가 《가디언》과 인터뷰를 하게 됐어요. 기사에는 내가 다소 거만하지만 아주 성공한 작가라고 나왔죠. 기본적으로 모든 문학상을 다 휩쓸 수 있을 거라고요."

"정말 기분이 굉장히 좋았겠네요!"

그때, 샘이 위스키를 한 잔 들고 돌아왔다. 여전히 우울해 보이는 얼굴이었지만, 휴대폰이 울리자 얼굴이 밝아졌다.

"린제이야?"

윌리엄이 희망에 찬 기색으로 물었지만, 샘은 고개를 저었다.

"아니. 다른 여자친구야. 오늘 밤 메이페어에서 행사를 하거든."

"아하, 무슨 행사인데요?"

샘은 살짝 미소를 지었다.

"양성애를 한번 해보고 싶은 여자들을 위한 행사요."

샬로테는 목을 긁으며 물었다.

"그게 뭐예요?"

"남자한테 질린 여자애들한테 기회를 주는 거예요. 나 같은 여자를 만날 기회 말이에요. 그때마다 여자애들이 아주 재미있어하거든요. 그리고 나는 걔들에게 깨달음을 주는 예수가 된 것 같은 기분이죠. 내 기록은 하룻밤 만에 열네 명의 여자애를 양성애자로 교화시킨 거였죠. 며칠 동안 혀에 근육통이 오더라고요."

샘이 자랑스럽게 설명하며 샬로테를 바라보았다.

"원한다면 같이 가요."

샬로테는 눈을 내리깔고서 빨개진 얼굴을 숨기려 했다.

"고맙지만 오늘은 됐어요. 다음에 생각해볼게요."

윌리엄은 눈을 흘겼다.

"너 진짜 여자들을 네가 교화시켰다고 생각해?"

샘이 몸을 일으켰다.

"당연하지! 여자랑 섹스하는 여자들은 남자랑만 자는 여자보다 일곱 배나 많이 오르가슴에 도달한다고."

"그런 건 어디서 알아냈어?"

윌리엄이 회의적으로 물었다.

"경험적 연구로!"

"누구의 연구?"

"당연히 내 연구지."

샘이 의기양양하게 말하자 윌리엄은 씨근댔다.

"증거 있어? 통계분석은? 면담이라도 했어?"

그녀는 고개를 저었다.

"당연히 그런 건 없지. 대부분은 익명을 요구했거든. 하지만 내 말은 진짜야. 난 이 연구에 온 정성을 들였다고."

그녀는 위스키를 비우고 나서 재킷을 들더니 샬로테에게 윙크했다.

"혹시 마음이 바뀌면 전화해요. 내가 연구한 바에 따르면 윌리엄이랑 있는 것보다 일곱 배는 즐거운 경험을 하게 될 테니까."

샘이 떠난 후, 윌리엄은 부모님이 아직 살고 계신 햄스테드에서 보낸 어린 시절 이야기를 해주었다. 그리고 샬로테도 그에게 옛날 이야기를 좀 했다.

윌리엄과의 대화가 이토록 쉽게 이루어질 수 있었던 데는 술의 힘이 컸을지도 모른다. 그녀는 평소보다 윌리엄에게 더 마음을 열었다. 대화 중에 그녀는 사라를 만난 적이 한 번도 없다는 걸 밝혔고, 사라의 집에서 발견한 묘한 기록에 대해 자세히 말했으며, 어째서 사라가 하필 그녀에게 서점을 주었는지 애써 설명했다.

바텐더가 세 번째로 다가와 마지막으로 영업이 끝났음을 알리자, 그들은 술집을 떠나 유유히 집으로 향했다. 런던의 밤은 마법에 걸린 듯해서, 어둠이 내려앉자마자 곧바로 완전히 새로운 삶을 사는 것만 같았다. 자정이 조금 넘은 시각에도 거리에는 웃음 띤 사람들이 가득했다. 다들 어디론가 가고 있는 듯한 모습이었다. 섬세하게 배치된 스포트라이트를 받은 커다란 건물이 극적인 그림자를 드리웠다. 이제 10월 중순에 접어들었는데도 템스강에서 부는 바람에는 더운 기가 서려 있었다. 저 멀리 빅벤과 런던 아이가 보였다. 빛나는 런던 아이는 하늘에 거대한 푸른 원을 그리고 있었다.

살짝 술에 취해 기분이 좋아진 샬로테는 주위를 둘러보았다. 오늘 저녁은 아주 즐거웠고, 윌리엄이 좀 더 함께 있어주기를 바랐다. 하지만 윌리엄을 사라의 집에 들어오라고 권하면서도 오해는 하지 않게 할 방법이 뭔지 알 수가 없었다.

이윽고 집 뒤로 이어지는 자그마한 옆문에 다다르자 윌리엄이 멈춰 섰다. 그가 샬로테를 너무 강렬한 눈빛으로 쳐다보는 바람에 그녀는 돌아서서 초조한 마음으로 열쇠를 찾아야 했다.

"오늘 저녁 참 즐거웠어요."

그의 말에 샬로테는 고개를 끄덕였다.

"나도 그랬어요."

윌리엄은 더 가까이 다가와서 그녀 바로 옆에 섰다.

"당신과 이야기해서 좋았어요."

샬로테는 마른침을 삼켰다.

"나도요."

그녀는 이렇게 말하고 그와 눈길을 마주했다. 하늘은 어두웠지만, 주변에 수없이 선 가로등과 집에서 흘러나오는 불빛으로 거리는 밝게 빛났다.

샬로테는 정신을 애써 가다듬었다. 자신은 윌리엄을 정말 좋아했지만, 이 상황에 완전히 압도당해 부담스러운 기분이었다. 아직 자신은 새 출발을 할 준비가 안 되어 있었고, 짧은 관계 같은 건 전혀 바라지 않았다. 그런데도 자신을 이 상황에서 떼어낼 수가 없는 이유는 뭘까. 마치 발이 꽉 끼어버린 것만 같았다.

윌리엄은 그녀의 얼굴에서 머리카락을 쓸어냈다. 기분 좋은 전율이 온몸을 스쳤다. 알렉스가 세상을 떠난 뒤로는 그 누구도 자신을 이렇게 만져준 적이 없었다.

"당신이 정말 좋아요."

그가 나지막이 중얼거렸다.

샬로테는 입술을 꾹 다물었다. 심장이 두근두근 뛰는 가운데, 자신의 모순된 감정을 분류하려고 해봤다.

윌리엄은 조심스럽게 그녀의 뺨을 쓰다듬고서 이제는 두 손으로 그녀의 얼굴을 부드럽게 쥐었다. 샬로테는 이제 어쩔 줄을 몰랐다. 마음속 소리가 점점 커졌다. 알렉스에 대해서 알려주기도 전에, 이 남자와 키스해도 되는 거야?

윌리엄의 얼굴이 점점 가까이 다가왔다. 샬로테는 그의 눈을 지그시 들여다보았다. 그의 호흡이 차츰 빨라지는 게 느껴졌다. 그들은 아주 오랜 시간처럼 느껴지는 동안 서로를 바라보았다. 그러다 윌리엄이 눈을 감았고, 그의 입술이 그녀의 입술 위로 부드럽게 내려앉았다.

잠시 동안 샬로테는 서로 닿아가는 순간을 그저 즐겼다. 그녀의 피부에 와닿는 따스함과 가까이 다가온 그의 몸과 머리카락에서 풍기는 체취에 그녀는 현기증을 느꼈다. 그러다 문득 정신이 들었다. 이게 지금 무슨 일인지 깨달은 샬로테는 뒤로 물러섰다.

"샬로테? 왜 그래요?"

그가 물었지만 그녀는 고개를 저었다. 알렉스 이야기를 하기도 전에 이런 일이 일어나서는 안 된다. 하지만 어떻게 이야기를 풀어내야 하나? 아아, 그건 그렇고, 최근에 내 남자친구가 죽었어요. 아니, 남편이라고 해야겠죠. 우리는 결혼했었으니까. 자, 말했으니 이제 계속 키스해볼까요. 이렇게 말할 수는 없지 않은가.

"미안해요."

그녀는 이렇게 속삭이고는 열쇠를 돌려 문을 열었다. 그리고 안으로 들어가기 전에 윌리엄을 마지막으로 바라본 다음, 서둘러 계단을 올라갔다.

24

10월 6일 금요일

샬로테는 구깃구깃한 소파에서 이리저리 뒤척였다. 그래서 테니슨은 안절부절못한 채로 한숨을 쉬었다. 고양이는 자신이 깔고 누운 자리가 움직이는 걸 견디지 못했다.

윌리엄과 함께 있을 때 벌어진 일이 너무나 무서워 그녀는 잠을 거의 잘 수가 없었다. 몇 번이고 곧장 윌리엄의 집으로 가서 모든 걸 설명하고픈 마음이 들었다. 하지만 지금은 아직도 약간 취기가 돌고 있어 그러지 않는 편이 좋겠다고 생각했다.

마침내 테니슨과 함께 침대에 눕자, 그녀는 머릿속으로 알렉스를 생생히 떠올리며 긴 대화를 나누었다. 정신을 차리고 용기를 그러모아 윌리엄과 대화를 해야 했다.

다음 날 아침, 샬로테는 모든 게 너무나 어긋난 느낌이 들었다. 테니슨은 샬로테의 베개로 다가와 발을 그녀의 머리에 댔다. 그리고 꼬리를 얼굴 위로 격하게 흔들어댔다. 샬로테는 피곤함을 느끼며 아주 푹신한 소파에서 몸을 일으키고는 주전자의 스위치를 켜놓고 욕실로 들어갔다.

거울 속에 비친 자신의 모습은 무시무시했다. 공들여 한 화장은 굳어 뭉치고 가루가 떨어져 나가서 눈 아래에 다크서클이 더욱 진하게 드러났다. 여기에 머리카락까지 사방으로 뻗친 모습을 보자 그녀는 그대로 침대에 눕고 싶어졌다.

샬로테는 차가운 물에 손을 넣고서 얼굴을 씻었다. 그녀는 이런 식의 탈선에 익숙하지 않았다. 지난달만 해도 몇 년 치에 해당하는 술을 마셨을 거다. 이 도시에 살다가는 이렇게 완전히 망가지겠지!

잠옷으로 입었던 티셔츠를 벗은 샬로테는 간밤에 있었던 일을 생각하고서 몸서리를 쳤다. 왜 윌리엄에게 사실은 상황이 이렇다고 말을 못 했을까? 왜 키스하게 그냥 뒀을까? 이젠 모든 게 이전보다 훨씬 더 복잡해졌다. 하지만 동시에 어쩔 수 없이 미소가 지어졌다.

한참을 샤워하고 났더니 기분이 훨씬 나아졌다. 따뜻한 물로 해서 더 좋은 것도 같았다. 그녀는 여전히 옷을 놓아두는 여행 가방에서 깨끗한 옷을 꺼내 급히 입었다. 이제 윌리엄이 커피를 마시러 가게로 내려와주기를 바랐다. 용기를 내어 이야기를 해봐야 했다.

마르티니크와 샘이 주방에서 그녀를 기다리고 있었다. 토스트와 치즈를 차려놓은 식탁에 앉은 샬로테는 고마운 마음으로 찻잔을 받아 들었다. 하지만 유리병에 담긴 마마이트*는 미심쩍은 눈초리로 바라보았다.

"이건 뭐죠?"

그녀는 여전히 잠기운이 묻어나는 목소리로 물었다. 반대로 어쩜 저럴까 싶을 만큼 건강해 보이는 샘이 마마이트 뚜껑을 열고 병을 내밀었다.

"냄새 맡아볼래요?"

샬로테는 고개를 숙이고 병에 코를 댔다. 안에서는 정체 모를 이상한 냄새가 심하게 났다. 그녀는 얼른 손을 입에 대고 구역질을 참았다. 샘이 크게 웃었다.

"숙취에 즉효약이거든요."

샘은 이렇게 말하며 그 갈색 물질을 빵에 바르더니 물었다.

"혹시 먹어볼 생각 없어요?"

샬로테는 이마를 문지르고서 병에 적힌 내용을 보았다.

"이스트 추출물이라니. 왜 이런 걸 먹죠?"

샘은 눈썹을 치켜떴다.

"스웨덴에서 생선 알을 먹는 것과 같은 이치죠. 사라가 우리에게 칼레스 카비아르**를 먹어보라고 줬는데, 진짜 역겹더라고요!"

"하지만 카비아르는 고급 음식이에요."

"러시아산 캐비어가 그렇죠. 그리고 파란색 튜브에 넣어 파는 게 무슨 고급 음식이겠어요."

샬로테는 편을 들어 달라는 눈빛으로 마르티니크를 바라보았

---

* 이스트 추출물로 만든 잼으로, 주로 영국에서 많이 먹는다.
** 빵에 발라먹는 훈제 대구 알 스프레드.

지만, 그녀도 고개를 저었다.

"미안하지만 나도 그 칼레스 카비아르는 별로 안 좋아해."

"그럼 2대 1로 내가 졌네요?"

샬로테는 맥없이 웃으며 덧붙였다.

"그럼 직원회의를 바로 시작할까요. 작가 낭독회는 어떻게 되어 가나요?"

마르티니크는 자세를 고쳐 앉았다.

"매튜 머로가 하겠대. 그래서 그분 책을 50부 주문했고, 20퍼센트 할인을 받았어. 거기다 반품 비용도 출판사가 부담할 거고, 계산은 후지급이라서 우리가 얼마나 많이 팔았는지 파악한 다음에 지불해도 괜찮아."

"아주 잘됐네요. 잘하셨어요! 그럼 작가님이 제시간에 도착하도록 확인해주실래요? 그리고 작가님 대접을 조금 해주실 수 있을까요?"

마르티니크는 하얀 치아를 빛내면서 웃었다.

"그렇게. 여비는 우리가 지불해야 하겠지만, 그분은 친구네 집에서 잘 거랬어. 교통편은 내가 알아볼게."

"좋아요. 그럼 우리 홈페이지에 공지를 올릴 수 있겠네요."

그때, 샘이 헛기침을 하고서 말했다.

"내 친구가 프린트익스프레스에서 일하거든요. 걔가 우리에게 무료로 포스터와 전단을 인쇄해주겠다고 했어요. 단, 여기에 가게 홍보 포스터를 붙일 수 있다면요."

"오, 당연히 되죠. 알아봐줘서 고마워요, 샘!"

"그리고 우리가 어떻게 하면 더 이윤을 낼 수 있을지 좀 조사해 봤어요."

샬로테는 차를 한 모금 마셨다. 샘이 아이디어를 많이 내는 건 정말 좋았지만, 그래도 다 실현 가능한 건 아니라는 점을 이해해 주기를 바랐다.

"좋아요. 말해봐요."

샘은 자세를 고쳐 앉았다. 모두 본인을 주목하고 있다는 걸 알아챈 것이다.

"파리에 있는 '라 벨르 오르탕스'라는 서점에서는 와인과 책을 같이 판대요. 어쩌면 우리도 그런 식으로 팔 수 있지 않을까요?"

마르티니크는 생각에 잠겨 고개를 끄덕였다.

"그럼 책이랑 맛있는 안주를 같이 파는 건가? 책과 그에 맞는 이야기와 먹거리를 같이 엮어서 포장할 수도 있겠네. 예를 들면 로맨스소설과 초콜릿을 같이 묶고, 스릴러소설에는 짠 감초 과자를 묶고, 역사소설에는 쇼트브레드를 같이 팔면 좋겠지?"

"아니면 모든 책마다 와인을 한 병 고르는 식으로 팔 수도 있죠. 책 중에는 술 없이 맨정신으로 읽다간 병이 날 것 같은 내용도 있잖아요."

샘이 덧붙였다. 샬로테는 어떻게 하면 부정적으로만 들리지 않으면서도 반박하는 의견을 낼 수 있을지 고민했다.

"좋네요. 그런데 문제가 하나 있어요. 우리가 와인을 보관할 수 있는 여분의 공간이 없다는 거예요. 혹시 더 좋은 생각이 있나요?"

샘은 손가락 깍지를 꼈다.

"아니면 책 랜덤 박스는 어때요? 안에 뭐가 들었는지 모르는 책 꾸러미를 사는 거죠. 그러면 독자들이 새로운 작가와 장르를 알아 볼 기회가 될 거예요."

마르티니크와 샬로테는 서로 잠시 눈빛을 교환했다. 이윽고 마 르티니크가 조심스럽게 말했다.

"그게 올바른 방법인지는 잘 모르겠어. 우리 서점에서는 손님들 이 볼 책은 본인이 제대로 보고 고르게 해야 한다고 생각해."

그러자 샘은 눈을 흘기며 덧붙였다.

"알았어요. 그리고 다른 서점 진열장은 어떻게 해놨는지도 살펴 봤어요. 이것 좀 봐요!"

샘은 가방에서 태블릿을 꺼내어 사진을 보여주었다. 가죽 장정 된 책이 아름다운 디자인으로 정리되어 쇼윈도에 전시된 모습이 었다.

"우리 서점도 이렇게 하면 어울릴 거예요."

샬로테는 고개를 끄덕였다. 그 쇼윈도는 정말이지 눈길을 확 끌 었다.

"그래요. 마음에 드네요. 그럼 샘이 쇼윈도를 이런 식으로 장식 해줄래요?"

샘은 입매를 꾹 모았다.

"당연히 할 수 있죠!"

샘은 다른 사진을 스크롤 했다.

"어떤 서점에는 글을 써서 쇼윈도에 걸어놓기도 해요. 그래서 나도 우리 서점에 걸 만한 문구를 준비해봤어요."

샘이 구불구불한 필기체로 쓴 글을 보여주었다. 샬로테는 천천히 글을 읽었다.

모험을 떠나고픈 몽상가이신가요? 현실에서 너무나 고통받고 있으신가요?

친구 한두 명이 필요하신가요? 온 세상의 지혜를 알고 싶으신가요?

이곳에선 와인처럼 생각의 힘에 취하실 수 있어요. 들어와요, 리버사이드 서점으로! 들어와요!

"이거예요. 어때요?"

샘이 기대에 가득 차서 물었다. 그러자 샬로테가 뭐라 대답하기도 전에 마르티니크가 손뼉을 쳤다.

"정말 좋은 글이야, 샘! 당연히 이렇게 해야지!"

샘은 자랑스러운 기색으로 활짝 웃었다. 그래서 샬로테는 감히 반대할 엄두가 나지 않았다.

"나도 아름다운 글이라고 생각해요. 이 글을 쇼윈도에 걸려면 출력해야 할 텐데, 어디서 하죠?"

"그야 프린트익스프레스에서 해야죠."

샘은 뭐 그런 당연한 걸 묻느냐는 식으로 대답했다.

"좋아요. 그렇게 하죠."

"그래요! 아, 그리고 독서 코너는 어떻게 할까요?"

이 물음에 샬로테는 속으로 욕을 삼켰다. 그녀는 여전히 샘이 여기에 얼마나 돈을 쓰고 싶은 건지 알 수가 없었다. 어쨌든 막 대답하려는 순간, 그녀의 휴대폰이 울렸다. 액정을 보자, 은행 직원 칼 체임버스의 전화였다. 샬로테는 재빨리 휴대폰 액정을 밀어서 수신거절 처리했다.

"독서 코너를 만드는 데 얼마가 필요하죠?"

샘이 머릿속으로 계산했다.

"대략 70파운드 정도요. 램프랑 매트리스, 쿠션 몇 개랑 앞에 드리울 천을 사는 데는 그 정도면 충분할 거예요."

샬로테는 마른침을 삼켰다. 이 서점이 1만 5천 파운드를 모을 가능성은 거의 없었다. 그러니 거기에 70파운드쯤 더 보탠들 뭐 어떻겠는가. 게다가 샬로테는 자신이 샘을 믿는다는 모습을 보여주고 싶었다.

"좋아요. 금전출납기에서 돈을 가져가고 영수증은 보관해주세요."

"알았어요! 물건은 이케아에서 사려고요. 혹시 뭐 사다 줄까요?"

샘의 말에 샬로테는 귀 뒤를 긁었다.

"뭘 사다 줄 수 있는데요?"

샘은 어깨를 으쓱했다.

"샬로테가 여기에 뭐가 또 필요하다고 생각하는지는 나야 모르죠. 미트볼 사드려요? 아니면 이 딱딱한 빵? 다들 이거 맛있다고 하더라고요. 어디선가 읽었는데, 오프라 윈프리는 이케아에 가면 꼭 이걸 사서 나온대요."

"크네케브로트요?"

샬로테가 묻자, 마르티니크가 환하게 웃었다.

"아, 그거! 나도 한 봉지 사다 줘. 그리고 사탕도."

마르티니크가 주머니에서 돈을 꺼내는 동안, 샬로테는 어젯밤 잠이 오지 않았을 때 부드러운 젤리와 초콜릿 볼이 무척 먹고 싶었던 생각이 났다. 영국의 젤리 맛은 정말 형편없었고, 감자 칩에서는 언제나 시큼한 맛이 났다.

"거기 스웨덴 젤리도 있나요?"

샘이 얼굴을 찌푸렸다.

"그걸 내가 어떻게 알겠어요?"

샬로테는 5파운드짜리 지폐를 꺼냈다.

"알았어요. 나도 젤리 좀 사다 줘요. 감초 맛은 말고요."

"그래요."

샘은 대답하고서 지폐를 받았다.

"그리고 짠맛이나 신맛 젤리도 사 오지 말아요."

샬로테는 이렇게 말했다가 샘이 비난 어린 눈빛으로 이쪽을 보는 바람에 곧바로 후회했다.

"거기 있는 걸로 사 올게요. 이번 주중으로 서점이 한산할 때 갈 거예요."

샘은 현명하게 말했다. 이윽고 서점 문을 열 시간이 되어 샘은 가게 쪽으로 나갔고, 샬로테와 마르티니크는 함께 아침 먹은 식탁을 정리했다. 정리가 다 끝나자, 마르티니크는 샬로테의 어깨에 손을 얹었다.

"너 참 잘하고 있는 거 너도 알지?"

샬로테는 뭐라 대답해야 할지 알 수가 없어서 이렇게만 중얼거렸다.

"고마워요. 하지만 가끔 아닌가 싶을 때가 있어요."

"나 진심으로 하는 말이야. 서점은 오랫동안 활기가 없었어. 우리는 지난 몇 년간 아무런 행사도 열지 않았거든."

마르티니크는 찻잔을 싱크대에 넣고 물로 헹구기 시작했다.

"내가 여기서 일하기 시작했을 땐, 지금과는 문학의 위상이 완전히 달랐어. 그 당시의 작가들은 진정한 의미의 스타였지. 나는 헬렌 필딩과 닉 혼비, 존 그리샴과 했던 사인회를 아직도 기억해. 우린 진짜 말 그대로 독자들을 쫓아낸 다음에야 서점 문을 닫을 수가 있었지."

마르티니크는 수세미를 들고 진지한 표정으로 샬로테를 바라보았다.

"서점은 아주 중요한 곳이었지. 리버사이드 드라이브의 우리 서점에는 언제나 사람들이 모였어. 은퇴한 분들과 대학생과 유아차를 끌고 나온 부모들이 얼마나 많이들 커피를 마시러 오니? 우리가 없었다면 그 사람들은 다른 어딘가에 혼자 앉아 있었을 거야. 그리고 책 읽기에 푹 빠진 아이들은 또 어떻고. 우리는 손님들이 실망하게 두어서는 안 돼."

샬로테는 마른침을 삼켰다. 은행에서 온 전화에 대해 말하지 않은 건 잘못이었을까? 아니야. 그녀는 고개를 저었다. 어쩌면 앞으로 열릴 낭독회는 그토록 바라던 대로 정말 성공할 수도 있었다.

우리에겐 작은 기회가 있는 거야, 라고 샬로테는 긍정적으로 생각했다. 비록 서점 역사상 다시없을 판매 기록을 새로이 경신해야 하겠지만 말이다.

"그렇게 말씀해주셔서 고마워요. 마르티니크도 아주 잘하고 계세요. 마르티니크와 샘이 도와주지 않았더라면, 난 절대로 해내지 못했을 거예요."

샬로테의 말에 마르티니크는 따스한 미소를 지었다.

"네가 여기 처음 왔을 때 내가 했던 말 기억하니? 이곳 서점에서는 우리 모두가 가족이란다. 우린 서로를 돕는 이들이니까."

샬로테는 고개를 끄덕이다가, 다시금 휴대폰이 울리는 걸 알아챘다. 그녀는 양해를 구하고 주머니에서 전화기를 꺼냈다가, 이번에도 은행에서 온 전화인 걸 보고 깜짝 놀랐다. 배 속이 꽉 뭉치는 느낌이 들어서 그녀는 휴대폰을 다시 집어넣었다. 부디 런던의 독자들이 매튜 머로의 부엉이 책을 사랑해주기만을 간절히 바랄 뿐이었다. 그렇지 않다면 이 서점은 영영히 사라지게 될 테니.

25

저녁 식사 자리는 견딜 수 없을 정도로 길어졌다. 게다가 사라와 대니얼은 오랜만에 만난 것처럼 애정 행각을 해댔다. 둘은 식탁을 사이에 두고 키스하거나 서로에게 치킨을 먹여주는 등, 크리스티나가 그 자리에 없는 것처럼 행동했다.

보다 못한 크리스티나가 자리에서 일어나 방으로 들어가려 했지만, 사라는 안 된다며 동생의 팔을 꽉 잡았다.

"조금만 더 있다 가! 오늘은 널 축하하는 자리잖아!"

대니얼이 자신을 빤히 쳐다보는 걸 눈치챈 크리스티나는 긴장이 되었다. 아까 내가 뭔가 봤다는 걸 모르게 해야 해. 모든 게 전과 다를 바 없는 것처럼 굴어야 해.

"알았어. 그럼 조금만 더 있다가 갈게."

사라는 벌떡 일어서서 크리스티나를 소파에 앉혔다.

"넌 여기 앉아 있어. 내가 새 음반을 틀 테니까."

대니얼은 식탁에 앉아서 본인 접시에 놓인 치킨 뼈를 만지작거렸다. 크리스티나는 감히 그를 쳐다보지 못하고 대신 사라가 레코드판을 꺼내 턴테이블에 놓는 모습을 지켜보았다.

음악이 스피커에서 흘러나오자, 사라는 춤을 추기 시작했다. 방 안에 비지스의 〈나이트 피버Night Fever〉가 울려 퍼지자 사라는 팔을 들고 눈을 감았다. 크리스티나는 사라가 자기더러 같이 춤추자고 할까 봐 걱정했지만, 사라는 대니얼을 향해 팔을 뻗었다. 그는 천 천히 다가가서 사라를 껴안았다.

사라는 천장에 달린 전등을 껐다. 이제 방 안에는 식탁 위에 놓 인 초 몇 개와 바깥 거리에서 비쳐 드는 차가운 가로등 불빛만이 어른거렸다. 눈이 내리기 시작해서 창밖으로 가볍게 눈발이 흩날 렸다.

크리스티나는 대니얼과 언니가 움직이는 모습을 바라보았다. 어둠 속에서 본 대니얼은 완전히 달라 보였다. 문득, 내가 저 남자 에게 끌린 적이 있었다니 이해가 되지 않았다.

자기가 사실은 대니얼에 대해서 거의 아는 것이 없다는 사실을 깨달았을 때, 크리스티나는 등줄기에 오한이 스쳤다. 마크라는 남 동생이 있다는 것만 알 뿐, 사라와 자신은 대니얼의 가족 관계에 대해서 아무것도 몰랐다. 만약 사라 말대로 그의 친구들이 정말 IRA 소속이라면? 대니얼도 그 조직과 관계가 있다면?

노래가 한 곡 더 끝나자, 크리스티나는 양해를 구하고 침실로 향했다. 사라가 이번에도 가지 말라며 붙잡을 줄 알았지만, 언니 는 한창 춤에 빠져 있느라 동생이 가는 것도 눈치채지 못한 것 같 았다.

크리스티나는 침대에 앉아서 사라를 기다렸다. 대니얼이 듣지 않을 때를 골라 내가 본 걸 언니에게 이야기해야 해. 하지만 사라는 오지 않았고, 음악은 계속 흘렀다.

마침내 크리스티나는 다시 일어섰다. 그리고 복도로 가서 가방을 꺼내 사라에게 보여주고 대니얼에게 내용물이 뭔지 설명해보라고 다그쳐볼까 생각했다. 일어날 수 있는 최악의 상황은 뭘까? 그래도 우리를 해치지는 않겠지?

그녀는 전에 읽었던 IRA 관련 기사를 떠올렸다. 알고 보면 IRA 조직원들은 보통 평범한 삶을 살아가는 평범한 사람들이라고 했었지. 그래서 그들이 저지른 범죄가 발각되면 이제껏 이웃과 동료로 지내온 사람들이 심한 충격을 받는다고 들었다. 대니얼이 정말로 IRA라면, 내가 그의 정체를 폭로할 때 어떤 반응을 보일까?

크리스티나는 착잡한 마음으로 방 안을 이리저리 돌아다녔다. 대니얼은 영국이 어떻게 아일랜드에서 마녀사냥을 저질렀는지 설명해주었고, 자신은 그걸 기억해야 했다. 만약 그가 IRA와 관련이 있다면, 나와 사라 언니도 공범으로 몰릴 수 있나? 그녀는 몇 년 전 길퍼드에 있는 술집 두 개를 폭파한 혐의로 재판을 받은 젊은이 네 명에 대해 들은 적이 있었다. 비록 그 젊은이들은 그곳에 없었다고 증언한 목격자들이 있었지만, 테러 공격과 관련한 일이라면 법이 정상적으로 적용되지 않을 가능성이 컸다. 이런 사건의 경우, 경찰은 자백을 받아내려고 수단과 방법을 가리지 않으니까.

크리스티나의 배 속이 조여들었다. 숨이 제대로 쉬어지지 않았다. 당장 사라와 이야기를 해야 해. 더는 기다릴 수 없어.

순간, 복도에서 무슨 소리가 들렸다. 크리스티나는 멈춰 선 채로 소리를 들었다. 누군가 재킷을 얼른 집고 신발을 신더니 문을 쾅 닫은 것 같았다.

그녀는 조심스럽게 밖으로 나갔다. 현관에 아무도 보이지 않았지만, 거실에서는 비지스의 음악이 계속 울려 퍼졌다. 대니얼이 거실에 앉아 나를 기다리는 걸까? 갑자기 몸이 달아올랐다. 하지만 그렇다면 사라는 왜 바깥에 나간 거지? 우리 둘만 내버려두고?

크리스티나는 심호흡한 다음 모퉁이를 돌아보았다. 눈앞에 보이는 게 사라라는 걸 확인하자, 안도감이 물밀듯 밀려왔다.

"나왔구나. 자는 줄 알았어."

사라가 기쁜 목소리로 말했다. 크리스티나는 고개를 저었다.

"대니얼은 어딨어?"

"맥주 가지러 간 거야. 자, 같이 춤추자."

사라가 두 손을 뻗었다. 크리스티나는 어쩔 수 없이 웃고 말았지만, 곧바로 진지한 표정을 지었다.

"우리끼리 할 이야기가 있어."

사라는 고개를 끄덕였다.

"그래. 해봐."

크리스티나는 현관을 슬쩍 바라보았다. 대니얼이 돌아오기 전에 서둘러야 했다.

"나 어떤 가방을 발견했어."

"응? 무슨 가방인데 그래?"

크리스티나는 마른침을 삼켰다. 어디서부터 이야기를 시작해야 할지 알 수 없었다.

"아까 누가 와서 대니얼에게 가방을 줬어."

사라는 돌아서더니 큰 소리로 웃었다.

"우리 자주자주 춤추자. 나 이 노래 정말 좋아!"

크리스티나는 턴테이블로 가서 음악을 껐다.

"뭐 하는 거야?"

크리스티나는 사라의 두 손을 잡고서 눈을 똑바로 바라보았다.

"그 가방에 뭔가 이상한 게 있어. 폭탄일 수도 있다고. 나도 잘은 모르지만."

사라의 미간에 주름이 깊게 졌다.

"대체 무슨 소리야?"

"대니얼 말이야. 혹시 대니얼이 IRA 조직원이 아닐까 겁이 나. 이 집에 뭔가 숨기고 있는 것 같다고."

사라는 눈길을 돌렸다.

"대니얼이? 걔는 식료품 저장고에 쥐덫도 못 놓는 애야. 쥐들이 불쌍하다면서."

크리스티나는 현관 수납장을 가리켰다.

"저 안을 봐. 가방은 저기 있으니까."

사라는 마지못해 현관으로 갔다. 크리스티나의 심장이 미친 듯이 뛰었다. 사라가 가방을 확인하기 전에 대니얼이 오면 어떡하나 너무 걱정이 되었다. 그녀는 재빨리 문을 열고 상자를 옆으로 치웠지만, 거기엔 아무것도 없었다.

사라는 한숨을 쉬었다.

"정말로 가방이 여기 있었어! 맹세할 수도 있어!"

크리스티나는 필사적으로 신발들과 물건들 사이를 뒤졌지만 아무것도 찾을 수가 없었다. 사라는 이제 거실로 돌아가버렸다. 턴테이블이 켜지면서 노래가 다시 들려오기 시작했다.

크리스티나는 완전히 당황했다. 대니얼이 가방을 가져간 게 틀림없어. 그녀는 사라를 따라가서 그 옆에 섰다.

"내가 분명히 가방을 봤어. 언니가 오기 전까지는 있었다고. 그 안에 전선이며 이것저것 잔뜩 들어 있었어."

"대니얼은 전기 기술자야. 그러니까 당연히 **전선이며 이것저것 잔뜩** 갖고 있겠지."

"하지만 그 가방은 대니얼 게 아니었어. 누가 줬다니까."

사라는 이제 동생을 차가운 눈빛으로 쳐다보았다.

"네가 무슨 속셈으로 그러는지 내가 모를 것 같아?"

크리스티나는 움찔 물러섰다.

"그게 무슨 말이야?"

사라는 가슴께에 팔짱을 꼈다.

"네가 우리랑 같이 살아서 항상 즐겁지만은 않다는 거 나도 알아. 힘들 때도 있다는 거 안다고."

크리스티나는 등을 돌렸다.

"아니야, 그건 아니야. 난 그냥 걱정이 되어서……."

하지만 사라가 말을 끊었다.

"대니얼은 IRA가 아니야. 내가 어떻게 아느냐고? 우린 서로 사랑하니까. 그래서 대니얼이 나한텐 **뭐든 다** 말해주니까."

사라의 말투가 비난조라서 크리스티나는 당황했다. 대니얼이 나한텐 뭐든 다 말해주니까, 라니? 그러면 언니는 그 키스에 대해서도 알고 있는 거야?

"하지만 언니가 그랬잖아. 대니얼의 친구들이 의심스럽다고."

"그래. 하지만 그건 나랑 대니얼 사이의 문제야. 우리 사이를 간섭하지 마."

크리스티나는 눈을 내리깔았다.

"난 그냥 언니를 생각해서 말한 것뿐이야."

그러자 사라는 웃음기 없이 웃었다.

"그래. 그리고 대니얼도 엄청 생각해서 말한 거겠고?"

크리스티나는 고개를 저었다.

"언니가 무슨 소리를 하는 건지 모르겠어!"

"모르겠다고? 네가 대니얼을 볼 때마다 무슨 눈빛인지 내가 못 봤을 것 같아? 내가 바보인 줄 아냐고!"

크리스티나는 그만 얼굴이 빨개졌다. 뭐라고 대답해야 하지? 사라 말이 맞아. 난 대니얼에게 마음이 있어. 그녀는 그만 움츠러들며 몸을 최대한 숙였다.

"미안해. 난 그냥 도와주려고 했던 것뿐이야."

"끼어들지 마."

그때였다. 문이 열리더니 대니얼이 들어오는 소리가 들렸다.

"차가운 맥주 가져왔어."

그가 말했다. 크리스티나는 사라와 눈을 마주치려 했지만, 사라는 그녀의 시선을 피하더니 대니얼에게 소리쳤다.

"이리 와. 나랑 춤추자!"

크리스티나는 서둘러 침실로 돌아가서 창문으로 다가갔다. 너무나 혼란스러웠다. 대니얼이 가방을 다른 데로 가져간 게 틀림없었다.

그녀는 저 아래 거리를 내려다보았다. 아스팔트 위로 가루눈이 얇게 덮여 있었다. 가방을 다른 사람에게 넘긴 걸까? 아니면 쓰레기통에 버렸나?

크리스티나는 뭔가 눈에 들어오는 게 있는지 열심히 바라보았지만, 바깥은 전과 다를 것이 전혀 없었다. 아마도 내가 뭔가 완전히 오해한 거겠지. 대니얼은 가방을 맡아달라는 강요를 받기는 했지만 그래도 안에 있는 걸로 뭔가 하려던 건 아니었을 거야. 그 안에 든 건 별로 특이한 게 아니잖아.

그녀는 옷을 입은 채로 이불에 들어갔다. 사라의 말이 귓가에 쟁쟁했다. 언니는 나와 대니얼 사이에 있었던 일에 대해 아무것도 모르고 있어. 그건 조금도 의심하지 않아. 하지만 알아야 할 게 뭐가 있겠어? 그와 나 사이엔 아무 일도 없었는걸. 우리는 우연히 키스했을 뿐이야. 만약 언니가 알고 있었다면, 훨씬 더 전에 나한테 말했을 거야.

분노의 물결이 온몸을 휩쓸었다. 아무리 생각해도 사라가 자신에게 화내는 건 정당하지 못했다. 결국 다 사라가 부탁한 대로 해주지 않았던가. 사라가 원하는 곳으로 이사 갔고, 대니얼과 친해지려고 애를 썼다. 언니가 정말로 대니얼을 그토록 사랑했다면, 난 언니한테 그 가방 이야기를 애초에 하지 않았을 거야! 난 그저 언니를 보호하려고 했을 뿐이야. 언제나 언니에게 의리를 지키고 있다고.

벽 너머로 사라가 웃는 소리가 들렸다. 언니는 내 말에 별 관심이 없는 것 같아. 그저 대니얼과 같이 있고 싶을 뿐이야. 언니가 그랬지. 우리 사이를 간섭하지 말라고.

크리스티나는 벽을 바라보았다. 이제부턴 아무것도 간섭하지 말아야지. 혼자 살 곳을 찾아보는 게 좋겠어. 같이 일하는 티나가 자기가 사는 곳에 방이 하나 남는다고 하지 않았었나?

크리스티나는 새로 오른 급료를 계산해보았다. 월세를 내기에는 충분하겠지. 게다가 이제껏 조금씩 돈을 저축해왔으니까, 혼자서도 잘할 수 있을 것이다.

이사를 한다고 말하면 사라가 얼마나 당황하고 놀랄지 크리스티나의 눈앞에 선명하게 떠올랐다. 아니면 아무 말 없이 그냥 짐을 싸서 사라지는 것도 좋겠지. 그러면 둘이서 오붓하게 지내면 되잖아. 언니랑 대니얼이랑. 더는 나를 참아주며 살지 않아도 될 거야. 그녀는 문에다 대고 이렇게 말하고 싶었다.

사라가 어떤 반응을 보일지 상상해보았다. 혹시 언니가 너무 슬퍼하면서 크리스티나에게 여기 있어달라고 애원하면 어떡하지? 아니면 정반대로 아무 말도 안 하고 가든 말든 상관없다고 하면 어쩌지?

다시 화가 치밀어 오른 크리스티나는 애써 숨을 골랐다. 우리는 대니얼과 함께 살지 말았어야 했어. 차라리 둘이서 작은 집이라도 찾으려고 노력했어야 했어. 이젠 모든 게 망가졌어. 우리는 서로를 잃고 말았어.

저 뒤쪽 벽 너머로 〈스테잉 얼라이브*Stayin' Alive*〉가 들려왔다. 가수의 밝은 목소리가 크리스티나의 생각에 스며들었다. 그녀는 눈을 꼭 감고 생각했다. 이건 다 대니얼 잘못이야. 그는 어쩌다 나와 언니를 자기 인생에 받아들인 거지? 어쩌다 우리 자매는 대니얼이 우리 사이에 끼어들도록 놔둔 거지?

26

10월 10일 화요일

"『허즈번드 시크릿』을 재미있게 읽으셨다면, 같은 작가님 책인 『커져버린 사소한 거짓말』도 추천해드려요. 그만큼 스릴 있는 책이거든요."

여자 손님은 표지를 잠시 살펴보더니 샬로테에게 책을 돌려주었다.

"그럼 이걸로 할게요. 그리고 혹시 우리 아들이 읽을 만한 책이 있을까요? 열세 살이거든요. 막 질리언 루빈스타인* 책을 다 읽은 참이라서요."

샬로테는 마르티니크를 바라보았다. 그녀가 미소를 지으며 대답했다.

"아드님이 혹시 『에레보스』는 읽었을까요?"

"아뇨. 그건 안 읽었을걸요."

---

* 영국 태생의 아동 작가이자 극작가.

샬로테는 능숙한 발걸음으로 청소년 문학 코너로 가서 책을 찾아 왔다.

"여기 있습니다."

그녀는 책날개에 적힌 도서 소개문을 읽을 수 있도록 책을 여자에게 건네주었다.

"이 책은 런던에 있는 학교에서 유행하는 컴퓨터 게임 이야기예요. 게임에 중독된 학생들이 평소라면 절대로 하지 않을 행동을 현실에서 억지로 하게 되는 내용이죠."

여자 손님은 안경 너머로 책을 한참 훑어보고는 미소를 지었다.

"재밌을 것 같네요. 이것도 가져갈게요."

"감사합니다. 그런데 혹시 다음 주에 저희 서점에서 낭독회가 열린다는 안내문 보셨나요?"

샬로테는 계산대에 쌓여 있는 전단을 가리켰다. 여자 손님은 허리를 굽혀 전단을 읽었다.

"아, 이분 TV에 나오는 사람 아닌가요?"

"맞아요. 오신다면 대환영이에요! 지금 표를 사실 수 있어요. 10파운드를 내시면 커피와 케이크까지 제공되죠."

여자 손님은 전단을 가져다가 핸드백에 넣으며 말했다.

"고마워요! 시간이 있는지 확인해볼게요."

손님이 떠난 뒤, 카페 테이블에 앉아 있던 파넬라가 걸걸한 목소리로 말했다.

"그동안 손님 응대가 참 많이 늘었네. 알지?"

"맞아, 이젠 사람들이 너를 진짜 애서가라고 생각할 거야."

마르티니크도 덧붙였다.

샬로테는 어깨를 으쓱했지만, 그래도 이들의 말이 옳다는 걸 알고 있었다. 마침내 손님과 책 이야기를 하는 방법을 알게 되었고, 직접 읽어보지 않은 책 이야기가 나왔을 때 어디까지 스스로 추천하고 어디서부터 도움을 요청해야 하는지 파악할 수 있게 되었으니까.

"하지만 마르티니크 없이는 이렇게 못 했을 거예요."

샬로테의 말에 마르티니크는 웃더니 손을 내저었다.

"아, 천만에."

샬로테는 씩 웃었다. 모든 걸 이해해갈수록, 서점 일이 더욱 재미있게 느껴졌다. 그동안 그녀는 마르티니크가 추천한 책 네 권을 훑어보면서, 놀랍게도 언제나 생각했던 것만큼 자신의 독서 속도가 느리지 않다는 걸 알게 되었다. 또한 예상보다 책 읽기가 재미있었다. 읽고 있는 책을 더 읽고 싶은 마음이 들 때가 많았고, 점차 샘과 마르티니크, 윌리엄이 항상 대화 중에 언급하는 주요 문학작품이 뭔지 알게 되었다. 그러다 머지않아 자신 역시 독서 경험을 토대로 소설을 추천할 수 있게 되었다. 언제나 샬로테는 샘과 마르티니크가 손님들에게 얼마나 능숙하게 조언하는지, 또 손님들에게 어울리는 책을 찾을 때까지 장르와 작가들을 이야기해가며 얼마나 조심스레 이끌어가는지 보며 끝없이 감동했다.

그때, 허버트가 옆구리에 소포 하나를 끼고 절뚝이면서 들어왔다. 언제나처럼 기분이 좋지 않아 보였고, 파넬라 옆에 앉으면서 얼굴을 찌푸렸다.

"무슨 일 있어요, 허버트?"

마르티니크가 걱정스레 물었지만, 그는 고개를 저었다.

"허리를 다쳤어. 클레어리가 오늘 아침에 찾아와서 초인종을 눌렀거든. 물론 문을 열어주지 않았는데, 글쎄 현관 아래 편지함을 들고 안을 들여다보잖아. 난 들키지 않으려고 바닥에 몸을 던졌어. 그 순간, 등이 삐끗한 걸 알았지. 그 여자한테 내가 우는 소리가 안 들리게 하려고 주방까지 기어가야 했다고. 전쟁터 참호 속에 다시 온 것 같더라니까."

파넬라는 고개를 저었다.

"그 여자가 집에 접근하지 못하도록 어떻게 좀 해봐."

"그래, 그래야겠어. 하지만 음식 배달이 가능한 환경에 벌써 어느 정도 적응해버려서 말이야. 무엇보다도 연어 커틀릿이 너무 맛있다고."

허버트는 조심스레 입술을 핥으며 말했다. 그러자 파넬라는 딸꾹질을 하며 대꾸했다.

"맛있는 건 다 대가를 치러야 하는 법이지. 세상에 공짜는 없어!"

허버트는 진지하게 고개를 끄덕이고는 테이블에 소포를 올려놓았다.

"그게 뭐예요?"

마르티니크가 다정하게 물었다.

"선물이야. 클레어리가 줬어."

그는 이미 뜯은 선물 포장지를 옆으로 치우고 모두에게 가죽 장정된 책을 한 권 보여주었다. 파넬라는 음흉하게 웃었다.

"『채털리 부인의 연인』이네. 이거 돌려줘야 하는 건 당연히 알겠지?"

마르티니크는 책을 손에 들고 조심스레 표지를 쓰다듬었다.

"이 책 진짜일까 싶을 정도로 아름답네요."

"나도 알아."

허버트가 한숨을 쉬자, 마르티니크가 꿈을 꾸듯 말했다.

"작년에 19세기에 나온 열 권짜리 셰익스피어 작품집 한 상자를 찾아낸 적이 있어요. 모두 가죽 장정이었죠. 오래된 책에는 정말 마법 같은 게 있는 것 같아요. 향기도 너무 좋고요. 그럴 때마다 난 이걸 나보다 먼저 소유했던 사람이 누군지 꼭 알고 싶더라고요."

"그거 기름칠은 했지?"

마르티니크가 고개를 젓자, 허버트의 눈이 밝아지더니 열띤 목소리로 말했다.

"난 가죽 표지에 기름칠할 때 나만의 기름 제조법이 있어. 시중에 파는 것보다 훨씬 좋다고. 클로버 오일에다 밀랍과 라놀린을 섞지. 그런 다음 가죽을 살살 문질러주는 거야. 그러면 부드러워지고 윤기가 나지."

그때, 갑자기 어디선가 샘이 불쑥 나타나서 물었다.

"방금 섹시한 가죽 바지 문지르는 이야기 했어요? 허버트가 할 리가 없는 말인데."

허버트는 고개를 저으며 모욕을 당했다는 듯이 대꾸했다.

"가죽 바지가 아니라 가죽 표지. 책 표지 말이야."

그러자 샘이 웃었다.

"그렇구나. 하지만 그 표지로 채찍질도 할 수 있겠죠?"

"그에 대해선 나도 할 말이 없네."

샬로테는 허버트의 얼굴이 붉어지는 모습을 보았다. 그러다 서점 앞에 서서 안을 들여다보는 어떤 남자를 발견했다. 몇 초 뒤, 그녀는 하늘색 퀼트 재킷을 입은 손님이었다는 걸 알아보았다. 그래서 조심스럽게 창 쪽으로 고갯짓을 했다.

"밖에 계신 저분이 얼마 전에 책을 사러 오셨었어요. 저 손님 아시는 분 있어요?"

그러자 모든 사람이 고개를 돌려 바깥을 보았다. 샬로테는 나지막이 쉿소리를 냈다.

"그러진 말고요. 우리가 본인 이야기를 한다는 걸 알아차리면 어떡해요."

순간, 문이 열리더니 그 남자가 천천히 안으로 들어왔다. 그는 여전히 테이프로 이어 붙인 안경을 쓴 얼굴로 당황스럽다는 듯 주위를 둘러보았다.

허버트가 샬로테 쪽으로 몸을 숙이고 말했다.

"저 사람은 맥이에요. 이 근처에 살죠."

파넬라가 고개를 끄덕였다.

"내가 보니까 론다가 몇 주 전에 죽은 것 같더라고. 저 불쌍한 양반은 완전히 넋이 나가버렸어."

샬로테는 맥이 자신에게 사간 책을 떠올릴 수밖에 없었다. 하나는 관 짜기 책이었고, 하나는 사랑하는 사람이 죽은 후 시체를 보존하는 방법에 관한 책이었다. 남편이 장례식장에서 하듯 아내의 시신을 거실에 두고 돌본다고 생각하니 등줄기가 오싹해졌다.

"장례식은 끝났죠?"

샬로테가 속삭이자, 파넬라가 무슨 소리냐는 듯 그녀를 쳐다보더니 대답했다.

"아니. 장례식은 안 한 것 같은데."

샬로테는 마른침을 삼켰다. 맥을 처음 봤을 때 곧바로 말을 했어야 했다. 그래서 맥이 서점 저편 서가로 들어가자, 용기를 내어 목소리를 조금 더 높였다.

"저분, 얼마 전에 여기 와서 박제술이랑 관 짜는 법에 관한 책을 사 갔어요. 직접 장례를 치르고 싶으신 모양이에요. 하지만 그건 불법 아닌가요?"

그녀는 다른 사람들이 자신과 비슷한 반응을 보일 거라고 예상했다. 하지만 그중에서 허버트만이 특히 놀란 것 같았다.

"박제술이라니…… 그럼 맥이 설마 론다를 박제한다는 건가?"

그가 파넬라를 바라보며 물었다.

하지만 다른 사람들은 왜 이토록 침착한 걸까. 샬로테는 이해가 가지 않았다. 맥의 집에서 직접 만든 관 속에 누워 있는 벌거벗은 여자의 시체를 생각하자 너무나 착잡했다.

"세상에, 여러분은 어떻게 생각하세요? 사람을 박제하다뇨! 우리가 뭔가 조치를 취해야 해요!"

그러자 마르티니크는 진정하라는 듯 샬로테의 팔을 잡았다.

"론다는 반려견이야. 테리어지."

다른 사람들 모두 웃었다. 샘은 커다란 미소를 지었다.

"그럼 샬로테는 맥이 아내의 관을 만드는 줄 알았어요?"

샬로테는 고개를 저었다.

"저분은 아주 이상한 책을 샀거든요."

그녀는 이렇게 중얼거리며 속으로 부끄러워했다. 맥이란 분을 겉모습만으로 판단해버렸으니까.

"맥은 세상에서 제일 온순한 사람이야. 그리고 론다를 아주 애지중지했지. 이제 론다가 떠나버렸으니 무척 외로울 거야."

마르티니크가 말했다. 그런데 갑자기 파넬라가 활짝 웃었다.

"어쩌면 맥도 이제 여자의 관심이 좀 필요하지 않을까?"

파넬라가 허버트를 바라보았지만, 허버트는 골똘히 생각에 잠긴 채 턱을 긁더니 조용히 물었다.

"그렇게 생각해……?"

"왜 아니야?"

"혹시 그 여자가 특정한 부류의 남자만 좋아하는 거라면?"

파넬라는 큰 소리로 씨근댔다.

"허버트 당신 기분을 상하게 할 마음은 없는데, 솔직히 말해서 당신이 숀 코너리만큼 멋있는 건 아니잖아? 하지만 맥은 깨끗한 정장을 입으면 정말 근사할 거야."

허버트가 어깨를 으쓱이자, 파넬라의 목소리가 한 옥타브 확 낮아졌다.

"아니, 그 여자한테서 벗어나고 싶은 거야, 아닌 거야?"

허버트는 의자에서 움찔했지만, 이윽고 고개를 끄덕였다.

샬로테는 이게 무슨 소리냐는 듯 사람들을 바라보았다. 무슨 말인지 전혀 이해가 가지 않았다.

"무슨 말씀인지 설명을 좀 해주시겠어요?"

"맥이랑 클레어리를 연결해주자는 거지. 어디 아파? 왜 이해를 못 하지?"

파넬라는 이제 샘을 바라보았다.

"맥을 낭독회에 초대해. 그러면 내가 클레어리도 거기 나타나게 해볼게."

샬로테는 전단을 집어 들었다. 맥은 자신의 반려견 장례식에 필요한 걸 모두 손수 준비했는데도, 자신은 맥을 비난하고 의심한 사람이 되었다.

"내가 전단을 드릴게요. 그렇지 않아도 사라 이모의 집을 청소하러 올라가려던 참이었어요."

마르티니크는 샬로테에게 미소를 지었고, 파넬라는 헛기침을 했다.

"그러면 맥에게 꼭 전해. 멋있게 옷을 차려입고 오라고."

샬로테는 고개를 끄덕였다.

"그럴게요."

"그리고 샤워를 꼭 하라고 일러둬. 거룩한 삼위일체가 필요하다고 전해."

"그게 뭔데요?"

"샴푸와 데오도란트, 깨끗한 팬티."

샬로테는 파넬라에게 신중한 눈빛을 보냈다.

"그분에게는 정장 드레스코드가 있다고 말할게요. 나머지는 본인이 알아서 생각하셔야겠죠."

***

집 청소를 끝낸 샬로테는 온통 땀투성이가 되었다. 마침내 모든 상자를 벽 한쪽에 다 쌓아놓을 수 있게 되자, 그녀는 지친 기색으로 이마를 닦았다. 상자 중 하나에는 지금 팔 수 있는 책이 담겨 있었지만, 나머지 상자에는 사회복지시설에 기부해야 할 안 쓰는 물건들이 들어 있었다. 그리고 전혀 쓸 수가 없는 것들은 검은 쓰레기봉투에 담았다.

이제 거실은 오래된 가구만 있을 뿐 텅 빈 상태였다. 샬로테는 주방과 현관을 다시 청소했지만, 아직 사라의 방에는 들어가지 못했다.

이모의 물건을 정리하면서 어떤 걸 간직하고 어떤 걸 버려야 하는지, 또 어떤 게 아직 팔 만한지 곰곰이 따져보기란 쉽지 않았다. 이러니저러니 해도 상자 안에 든 것은 한 사람의 삶이었기에, 샬로테가 전부 다 버린다면 무례한 짓이 될 터였다.

샬로테는 샘과 마르티니크에게 기념으로 간직하고 싶은 걸 골라보라고 했다. 그들은 사라가 가장 좋아하던 책을 몇 권 가져갔다. 그것 외에도 샬로테는 모든 물품을 분류해놓았다. 단, 액자 사진만은 그러지 못했다.

그녀는 벽에서 액자를 떼어낸 뒤 창문에 새 흰색 커튼을 걸었다. 그리고 집을 구석구석 걸레질하고 양탄자를 털고 소파와 쿠션을 두드려 모양을 잡았다. 고장 났다고 생각했던 수많은 램프는 전등을 갈아 끼워서 되살렸다. 그러자 환해진 집이 훨씬 더 아늑해 보였다.

샬로테는 만족스럽게 자신의 솜씨를 감상했다. 이제 모든 게 깨끗하게 정돈되어서 드디어 진정한 편안함이 느껴졌다. 여기서 살고 싶지 않은 사람이 어디 있겠어?

그녀는 쌓아놓은 상자를 슬쩍 보았다. 사실, 마음 같아서는 윌리엄에게 상자를 같이 내려달라고 부탁하고 싶었다. 하지만 지금은 그러기 어렵겠지. 둘이 키스를 한 지 겨우 닷새밖에 되지 않았는데, 샬로테는 윌리엄을 거의 보지 못했다. 분명히 그는 자신을 피하고 있었다.

뭐야, 정말. 그녀는 생각했다. 윌리엄이 좋기는 했지만, 그들 사이에서는 아무 일도 일어나지 않을 것이다. 샬로테는 스웨덴에서 살아야 하고, 윌리엄은 그녀와 함께 스웨덴에 가고 싶어 하지 않을 테니까. 게다가 서점의 미래를 생각하면 윌리엄에게 집세를 실정에 맞게 내라고 확실하게 말해두어야 했다.

낭독회가 끝나면 문제를 정면 돌파해 윌리엄과 이야기를 해볼 작정이었다. 이 서점은 어떻게든 돈이 나올 만한 곳에서 최대한 수익을 내야 하니까. 그리고 사라의 집에서 살 새로운 세입자도 급히 찾아야 했다.

그때, 휴대폰이 울려 샬로테는 가슴이 철렁했다. 혹시 또 은행에서 전화가 온 걸까? 얼마나 끈질기게 연락하려고?

천천히 휴대폰을 꺼내자 액정에는 아는 이름이 떠 있었다.

"여보세요."

"여보세요, 샬로테! 드디어 연락되니 좋구나! 잘 지냈어?"

샬로테는 심호흡을 했다.

"잘 지냈어요, 아빠. 아빠는요?"

그녀는 눈을 감고 아버지의 새 아내인 말린이 지금 뭘 하는지, 그들의 세 아이는 어떻게 지내는지 구구절절 설명하는 소리를 들었다. 그러다 마침내 아버지가 말했다.

"하지만 그래서 전화한 건 아니야. 네가 잘 지낸다는 소리를 듣고 싶어서 확인차 전화한 거야."

샬로테는 한숨을 쉬었다. 물론 전화해준 건 고마웠지만 별 의미가 없다는 것 역시 알고 있었다. 지금 잘 지내고 있느냐는 질문에 이쪽에서는 '잘 지낸다'라는 말 외에 달리 대답할 말이 없었다. 그게 바로 이들 사이의 관계였다. 아버지가 엄마와 헤어진 이후로, 둘 사이의 대화는 항상 피상적이었다.

"네, 잘 지내요."

"일은 잘되고?"

"네, 잘돼요."

휴대폰 저편에서는 말이 없었다. 샬로테는 엄마가 영국에서 살았던 걸 아버지가 알고 있는지 궁금해졌다. 그래서 조심스럽게 물었다.

"지금 통화하게 되었으니 궁금한 게 있어요. 혹시 엄마가 나를 갖기 전에 런던에서 살았다는 걸 아빠는 알고 있었어요?"

그러자 아버지는 헛기침을 했다.

"응."

샬로테는 자리에서 일어섰다. 그렇다면 아버지는 엄마에게 무슨 일이 있었던 건지 말해줄지도 모른다!

"엄마는 분명히 사라 이모랑 같이 런던으로 이사했던 것 같아요. 그 이야기도 한 적 있어요?"

그녀가 묻자, 전화 연결이 좋지 않아졌다.

"아니. 그건 아니었던 것 같아. 네 엄마는 과거 이야기를 안 하고 싶어 했거든. 그 사람 언니는 만난 적 없어."

샬로테는 실망스럽게 한숨을 쉬었다. 그렇다면 엄마가 비밀로 한 건 뭐지?

"그러니까 아빠는 아무것도 모른단 말이죠?"

"미안하지만 더는 몰라. 내가 도와줄 수 있다면 참 좋을 텐데."

아버지의 말에 샬로테는 고개를 끄덕였다.

"아빠 탓이 아니에요. 그럼 난 계속 일해야겠어요. 다음에 또 전화해요, 아셨죠?"

다행히도 아버지는 이 정도 대화에 만족했다.

"그래, 좋지."

"말린과 애들에게도 안부 전해줘요."

"그럴게, 샬로테. 몸조심하고!"

전화를 끊은 샬로테는 소파에 털썩 앉았다. 스웨덴을 떠난 지도 5주가 되었는데, 회사 사람이 아닌 가족이 자신에게 전화한 건 이번이 처음이었다. 자신이 언젠가 자취를 감춘다 해도 아무도 알아채지 못하겠지. 어쩌면 헨리크는 눈치채줄지도 모르겠지만, 그 역시 자기와 함께 일하는 사람이기 때문일 뿐이겠지.

샬로테는 무릎을 가슴에 모으고서 소파에 등을 기댔다. 사라 이모도 이런 기분이었을까? 이모도 똑같이 외로웠을까?

샬로테는 눈을 감았다. 알렉스가 살아 있었다면 모든 게 얼마나 달라졌을까. 그랬다면 지금 난 혼자가 아니었겠지. 이 일을 모두 들려줄 사람이 있었겠지.

잠시 분노가 들이닥쳤다. 그녀는 아직도 이제껏 일어난 일에 무시무시하게 화를 낼 수 있었다. 알렉스가 사고를 당했으니까. 그녀가 사고의 원인으로 뭔가를 비난할 때마다 대부분 도움이 되었다. 자동차 때문에, 나무 때문에, 커브 길을 그렇게 만들어놓은 사람 때문에 알렉스가 죽었다고 말이다. 하지만 그래봤자 진정한 위안은 되지 않았다. 앙네타는 샬로테가 현실을 빨리 받아들일수록 지난 일을 뒤에 남겨두고 더 빨리 앞으로 나아갈 수 있다고 계속해서 이야기했다.

샬로테는 다시금 키스 생각을 해야 했다. 그 입맞춤은 너무나 아름다웠고, 이토록 활기찬 느낌은 정말 오랜만이었다. 그렇다면 윌리엄이야말로 알렉스와 마침내 작별을 고하게 될 기회인 걸까? 난 윌리엄과 사랑에 빠질 수 있을까?

윌리엄을 본 순간 샬로테는 속이 울렁거리는 기분이었지만, 그와 동시에 윌리엄이 약혼녀와의 관계를 말해주었던 기억이 났다. 그는 평범한 삶을 살지 않았다. 어떤 식의 의무감도 좋아하지 않았고, 따라서 샬로테가 그토록 바라왔던 집과 가족을 줄 수 없는 남자였다.

그녀는 눈을 꾹 감아 눈물을 참았다. 알렉스는 자신과 함께 살고 싶어 했었다. 둘은 함께 아이를 갖고 싶었고, 나중에는 지방에 하얀 집을 지어 살고 싶었다. 그런데 단 한 번의 운명적인 순간으로 그 모든 게 모조리 파괴될 줄이야. 도무지 이해가 가지 않았다.

샬로테의 심장이 두근두근 뛰었다. 이젠 알렉스를 보내줄 때가 된 걸까? 언젠가 또 다른 사람이 다시금 이토록 가까이 다가오게 될까?

그때, 테니슨이 나타나더니 새로 치워놓은 집을 검사하겠다는 듯 몇 바퀴를 돌았다. 고양이는 새로 단 커튼에 몸을 문지르더니 천이 얼마나 튼튼한지 시험해보겠다는 듯 발톱을 휘둘러 긁었다. 하지만 샬로테가 아무런 말이 없자, 반쯤 찬 쓰레기봉투로 다가가 여러 번 머리를 콩콩 찧어댔다.

"제발 하지 마."

그녀는 중얼거리며 뺨을 닦았다.

하지만 테니슨은 건방진 눈빛으로 그녀를 쏘아보더니 쓰레기봉투 아래로 파고들었다. 봉투가 쓰러지면서 낡은 메모지며 집게, 연필과 온갖 물건이 바닥에 와르르 쏟아졌다.

샬로테는 못마땅한 소리를 냈다. 고양이만 아니었더라도, 일부러 했을 거라고 생각할 수밖에 없는 행동이었다.

그녀는 최대한 엄한 목소리로 말했다.

"테니슨, 대체 널 어떻게 하면 좋지?"

그러자 커다랗고 솜털 같은 고양이는 큰 소리로 골골대면서 옆에 있는 소파로 뛰어올랐다. 방금 빨아놓은 쿠션이 털투성이가 되는 건 보아하니 시간문제였다.

샬로테는 가슴께에 팔짱을 꼈다.

"네가 이토록 말도 안 되게 구는데 내가 널 쓰다듬어줄 줄 알아?"

하지만 제아무리 엄한 눈빛으로 쳐다보아도, 테니슨은 계속 골골거리면서 입을 내밀고 그녀의 품으로 파고들었고, 결국 샬로테는 포기하고 그 등을 쓰다듬어주었다.

장난이 무척 심하기는 해도 테니슨은 지금 그녀의 가장 친한 친구였다. 많이 좁긴 하지만 소파에서 고양이와 함께 자는 게 샬로테는 참 좋았다. 이 따스한 몸이 옆에 있으면 잠이 더 잘 왔고, 얘를 두고 스웨덴으로 돌아가면 또 얼마나 외로울지 생각조차 하고 싶지 않았다.

샬로테는 집을 둘러보았다. 이제 정리와 청소가 안 된 곳은 사라의 방뿐이었다. 그러자 샘의 말이 떠오르지 않을 수 없었다. 사람들은 침대 밑에 책을 쌓아두고 산다고 했던가. 그렇다면 샬로테가 출판사들에 돌려주어야 할 책이 또 있다는 소리였다.

그녀는 천천히 일어나서 작은 방으로 갔다. 그 방을 반드시 청소해야 한다는 건 알았지만, 어쩐지 정리하기가 꺼려졌다. 그녀는 무릎을 꿇고서 침대보를 들어올렸다.

눈앞에 드러난 침대 아래를 보자 숨이 턱 막혔다. 테트리스 게임 화면처럼 골판지 상자들이 모서리까지 빼곡히 들어차 있었다. 사라는 책을 많이 넣어두기 위해서 상자를 최대한 꽉꽉 밀어 넣었던 게 틀림없었다.

샬로테는 상자를 하나씩 빼내기 시작했고, 그녀를 따라온 테니슨이 옆에 앉아 작업을 지켜보았다. 책으로 가득한 상자는 찢어질 지경이었다. 다 합치면 몇 톤은 족히 될 것 같은 상자를 빼내려고 샬로테는 어마어마한 힘을 써야 했다.

상자를 몇 개 열자, 그 안에 든 건 전부 다 해리 포터 시리즈였다. 샬로테는 이마를 부여잡았다. 다 합치면 3백 권도 넘겠네!

서점에 내려갈까 잠시 생각해보았지만, 차라리 전화를 하는 게 더 빠를 거라는 깨달음이 스쳤다. 그녀는 휴대폰을 꺼내어 번호를 눌렀다.

"안녕하세요, 리버사이드 서점입니다. 무엇을 도와드릴까요?"

샘의 목소리가 들렸다.

"나 샬로테예요. 사라의 방에서 이상한 걸 발견해서 전화했어요."

"아아. 혹시 분홍색이고 진동 기능이 있어요? 그럼 건드리지 말아요."

샘의 말에 샬로테는 뺨에 피가 확 몰렸다.

"그게 아니라 책이에요. 해리 포터 책이 몇 상자나 가득 쌓여 있어요."

샬로테는 재빨리 덧붙이며 샘이 오해하지 않기를 바랐다.

"아, 잘됐네요! 그게 어딘가 있을 거라고 생각했는데."

샬로테는 헛기침을 했다.

"그런데 이게 3백 권은 훌쩍 넘게 있어요."

"다 합치면 5백 권쯤 될걸요? 나머지는 사무실의 안 뜯은 상자에 있을 거예요."

"알았어요. 어쨌든 그 책은 돈이 많이 되겠죠. 반품해야겠어요."

그러자 샘이 씨근댔다.

"죽어도 그렇게는 못 해요! 해리 포터는 항상 잘 팔린다고요. 고전인데요!"

샬로테는 테니슨을 슬쩍 바라보았다. 고양이는 앞발을 열심히 핥는 중이었다.

"샘, 우리는 이걸 깔고 앉아 있을 여유가 없어요. 언제 책을 주문했는지 좀 봐줄래요? 그러면 출판사에 연락할 수 있으니까요."

샘의 숨소리가 들렸다. 평소와는 다른, 그녀답지 않은 소리였다. 샘이 분노하며 말했다.

"후회할 텐데요."

나는 서점이 파산하지 않도록 노력하는 것뿐이라고. 샬로테는 힘없이 생각했다.

"조금 진정하고, 나한테 목록을 뽑아줘요."

"알겠습니다, 사장님. 또 필요하신 건 없으십니까?"

샘이 불만스러운 목소리로 물었다.

"없어요. 도와줘서 고마워요."

샬로테가 뭐라 더 말하기도 전에 샘은 전화를 끊어버렸다.

샬로테는 한숨을 쉬었다. 샘의 기분을 맞추기란 정말로 쉽지 않았다.

그녀는 상자를 빤히 바라보다가 일어나서 테니슨과 함께 밖으로 나간 다음 방문을 닫았다. 이젠 누가 뭐래도 정말로 쉴 만했다.

오늘은 청소도 많이 했으니, 이제는 오랫동안 산책을 나가서 머리를 좀 식힐 필요가 있었다.

그러자 마르티니크가 옥스퍼드 서커스 근처에 있다고 했던 커다란 장난감 가게가 떠올랐다. 그렇다면 한번 살짝 모험을 해봐도 좋을 것이다. 버스를 타고 피커딜리 서커스에서 내려 레전트 스트리트까지 걸어간 다음 마블 아치 쪽으로 가면 어떨까. 앱 지도를 보면 그 지역에는 가게가 많았다. 운이 좋다면 헨리크와 아들인 하뤼에게 줄 선물을 살 수 있을 것이다.

샬로테는 시계를 보았다. 이 시간쯤이면 윌리엄은 종종 커피를 마시며 쉬곤 했다. 혹시 서점에 있으려나?

샬로테는 사라의 열쇠고리를 손에 들고 무게를 가늠했다. 윌리엄을 다시 보고 싶은 마음과 윌리엄을 마주하면 어떻게 행동해야 하나 알 수 없는 마음이 공존했다.

그녀는 재킷을 입고서 결심했다. 뒷문으로 몰래 빠져나가자. 윌리엄과는 나중에 대화하는 게 나을 것이다. 자신이 마음의 준비를 더 단단히 하고, 또 온 서점 사람이 들을 위험이 없을 때 말이다.

27
1983년 1월 6일 목요일

그날 저녁 이후로 크리스티나는 대니얼을 피해왔건만, 지금은 그가 불쑥 앞에 나타나 섰다. 그녀는 대니얼을 못 본 척하려고 했지만 그가 말을 걸어왔다.

"안녕!"

크리스티나는 고개만을 끄덕일 뿐, 눈도 맞추지 않았다.

"잘 지냈어?"

그녀는 그 질문에도 어깨를 으쓱이고는 계속 책을 읽었다. 대니얼이 오늘 일찍 집에 올 줄 알았다면, 방에서 나오지 않았을 텐데.

"있잖아, 너한테 하고 싶은 말이 있어."

"그래? 뭔데?"

그녀는 심장이 미친 듯 뛰었지만, 애써 아무렇지 않은 척했다.

"옆에 앉아도 돼?"

크리스티나는 읽던 책에서 고개를 들고서 대답했다.

"응. 상관없어."

대니얼은 소파 옆자리에 털썩 앉았지만, 어떻게 말을 꺼내야 할

421

지 몰라 하는 기색이었다. 그저 손가락으로 거실 탁자 가장자리를 조용히 두드려댔다.

"스티브가 이 가방 가져왔을 때 너 집에 있었어?"

아, 그 사람이 스티브로구나! 크리스티나는 생각했다. 그녀는 단호하게 대답했다.

"응."

대니얼은 탁자 상판을 손가락으로 마구 두드렸다.

"스티브는 나랑 같이 마코니스사에서 일하는 동료야. 그리고 솔직히, 걔는 좀 특이해."

크리스티나는 헛기침을 했다.

"그게, 걔는 사라가 생각하는 것만큼 나쁜 애는 아니야. 다만 가끔 멍청한 생각을 할 뿐이야."

그녀는 대니얼을 바라보며 마음을 다잡으려 애썼다. 그의 눈을 보고 있노라면 아직도 배 속에 나비가 날아다니는 것처럼 울렁거렸다.

"무슨 멍청한 생각?"

그 질문에 대니얼은 심호흡을 했다.

"무슨 생각이냐면, 회사에서 자재를 훔쳐야겠다는 생각 같은 거야."

그는 고개를 젓더니, 중간중간 못마땅한 소리를 섞어가며 말을 이어갔다.

"정말 바보 같지? 나도 알아. 하지만 스티브는 우리 아일랜드인 들이 다른 사람보다 봉급을 훨씬 적게 받는다는 말을 들어서, 그걸 만회하려고 회사 물건을 훔치기 시작했어. 물론 회사에서 우리에게 낮은 봉급을 주는 건 공평하지 않지. 하지만 그렇다고 해서 물건을 훔친다고 상황이 바뀌진 않잖아."

크리스티나는 말없이 그를 바라보았다. 이제야 다시금 평소의 대니얼로 보였다. 자신이 좋아하던 바로 그 사람으로.

"그러면 왜 훔친 물건이 든 가방을 우리 집에 맡겨도 좋다고 허락했어?"

대니얼은 어깨를 으쓱했다.

"일단 머릿속에 생각이 박여버린 사람한테는 아무리 싫다고 해도 거절하기가 어려운 법이야."

그는 크리스티나의 팔에 손을 얹으며 말을 이어갔다.

"게다가 그 안에는 돈 되는 물건이라고는 하나도 없었어. 잡동사니뿐이었지. 난 그걸 최대한 빨리 되돌려놓을 마음이었어. 그래서 세탁소 아래 보관함에 넣고서 다음 날 다시 공장으로 몰래 가져갔어."

그의 얼굴에 진심이 드러났다. 크리스티나는 대니얼을 믿을 준비가 되어 있었다.

"알았어."

"알았다고? 그럼 이제 나한테 화 안 난 거지?"

그녀는 고개를 저었다. 하지만 대니얼이 팔에서 손을 떼자 어쩐지 실망스러웠다.

"잘됐다."

그의 말에 크리스티나는 뻣뻣한 표정으로 웃었다.

"뭐가 잘돼? 혹시 내가 사라한테 말할까 봐 걱정했어?"

대니얼은 앉은 자세를 바꾸었지만 그녀에게서 눈길을 떼지 않았다.

"아니야. 네가 나한테 화낼까 봐 걱정했었어. 너는 이해하기 힘들 수도 있는데, 스티브는 나한테는 가족 같은 애야. 가끔 멍청한 짓을 하긴 해도 말이지."

크리스티나가 아무 말도 없자, 그가 말을 이었다.

"너 1970년부터 시행된 테러방지법에 대해 들어본 적 있어?"

"아니."

"그건 IRA가 버밍엄에서 술집 두 군데를 폭파한 다음에 시행된 법이야. 그 후로 경찰은 원한다면 누구든 체포할 수 있게 됐어."

"난 몰랐어."

대니얼은 메마른 웃음을 지었다.

"그래. 넌 몰랐겠지만, 아일랜드 사람들은 모두 아는 법이지. 수상해 보이기만 해도 끌려간다는 이야기를 많이 들었어."

"휴우, 정말 소름 끼치는데."

"으음. 그렇지. 그리고 무고한 사람들이 저지르지도 않은 범죄를 자백하게 하려고 수단과 방법을 가리지 않고 심문하지. 길퍼드의 청년들*처럼 말이야. 그건 너도 알겠지."

크리스티나가 고개를 끄덕였다.

"내 생각에는 회사에서 전선을 훔치는 유치한 짓은 할 필요도 없고 위험하기만 해. 일단 경찰한테 체포를 당하면, 이걸 왜 갖고 있었는지 알게 뭐겠냐고."

"이해했어."

대니얼이 미소를 짓자 그녀의 심장이 따스해졌다. 하지만 그녀에겐 아직 질문이 더 있었다.

"린다는 누구야?"

그러자 분위기가 대번에 변하면서 대니얼의 눈빛이 공허해졌다. 그는 천천히 숨을 쉬면서 눈을 내리깔았다.

"미안해. 말하기 싫으면 안 해도 돼."

그녀의 말에 대니얼은 한숨을 쉬었다.

"아니야, 괜찮아. 린다는……."

그의 목소리가 갈라졌다. 크리스티나는 대니얼의 허벅지에 손을 얹었다.

"진짜로 말 안 해도 돼."

대니얼은 고개를 끄덕였다.

"아니, 내가 해야겠어. 린다는 내 여동생이었어."

여동생이었다니. 과거형이구나. 그렇다면 세상을 떠났다는 말인데. 이 생각에 크리스티나는 갑자기 대니얼과 강한 유대감을 느꼈다. 이건 분명히 사라에게도 말해주지 않은 내용이었다.

대니얼은 목을 가다듬었다.

---

* 1974년 10월 5일 런던 근교의 술집 길퍼드에서 폭발물이 터져 5명이 죽고 75명이 부상을 입은 사건이 있었다. 당시 영국은 테러방지법에 따라 무고한 아일랜드 청년 네 명을 체포해 억울하게 15년간 옥살이를 하게 했다. 나중에 이 사건의 경위가 밝혀져 체포를 지시한 영국 경찰은 처벌을 받았고, 피해자의 회고록을 토대로 〈아버지의 이름으로〉라는 영화가 만들어지기도 했다.

"어느 날 린다는 학교 끝나고 밖에 놀러 나갔어. 그날은 평소와 다를 게 없었고, 다만 시내에서 시위가 있었지. 정확히 무슨 일이 일어난 건지 우리는 몰라. 그런데 누군가 경찰에게 소이탄을 던졌고, 사방이 아수라장이 됐지. 린다는 시위대에 휩쓸렸어. 그리고 배에 총을 맞았어."

크리스티나는 마른침을 삼켰다. 눈물이 고이기 시작했다. 대니얼이 너무나 안됐다는 마음뿐이었다.

"세상에."

그녀가 속삭이자 대니얼은 천장을 바라보았다.

"그때 린다는 8살이었어! 그때 내가 어떤 기분이었을지 알겠어?"

크리스티나는 전혀 알 수 없었지만 그저 고개를 끄덕였다. 지금 바라는 것은 오로지 대니얼 곁에 있는 것뿐이었다. 그녀는 몸을 숙여 그를 안아주었다. 대니얼은 깜짝 놀라 얼어붙었다가 그녀를 마주 안고는 와락 힘을 주었다.

"우리 엄마는 완전히 넋이 나가고 말았어. 심하게 충격을 받아서 완전히 세상과 담을 쌓고 거의 아무 말도 하지 못했지. 마크와 나는 참을 수가 없어서 고향을 떠났어."

크리스티나는 대니얼의 등을 쓰다듬으며 그의 호흡을 느꼈다.

"그래서 누가 내가 IRA와 관계가 있다는 식으로 생각할 때마다 항상 화가 나. IRA도 싫고 그놈의 망할 폭탄도 싫다고. 난 그쪽과는 아무 관계도 맺길 바라지 않아."

크리스티나는 그의 어깨에 뺨을 댔다.

"정말 미안해."

대니얼은 그녀의 어깨를 잡고 밀어냈다.

"난 너한테 화나지 않았어. 그 테러리스트 놈들에게 화가 난 거지."

그는 크리스티나의 눈을 지그시 바라보았다.

"그런데 언니는 나한테 화를 냈어."

대니얼은 그녀를 다시 끌어안았다.

"사라가 화가 난 건, 내가 널 좋아하는 걸 알기 때문이야. 그건 네 잘못이 아니라 내 잘못이야."

"날 좋아한다고?"

그녀는 곧장 질문한 걸 후회했다. 방금 대니얼이 이렇게 말했어!

대니얼은 자신의 뺨을 그녀의 뺨에 댔다. 크리스티나의 귓가에 그의 호흡이 느껴졌다.

"넌 음반의 뒷면에 뭐가 있는지 알고 싶어 하는 사람이잖아. 그게 마음에 들어. 넌 다른 사람들이 뭐라 생각하든 신경 쓰지 않잖아. 넌 음반 앞면의 노래에 만족하지 않는 사람이야."

크리스티나는 그가 무슨 말을 하고 싶은 건지 이해할 수 없었다. 지금 나를 사라와 비교하는 거야?

"나도 네가 좋아."

그녀가 속삭였다.

지금만큼은 이 감정이 더할 나위 없이 올바르게만 느껴졌다. 크리스티나는 언니의 마음을 더는 헤아리지 않았고 언니를 생각조차 하지 않았다. 대니얼이 자신에게 키스하자, 크리스티나도 양심의 가책 없이 그 키스에 화답했다.

그는 조심스럽게 크리스티나를 소파에 눕히고는 얼굴에서 머리카락을 쓸어 올렸다.

크리스티나는 자신의 원피스 단추를 끄르는 그의 모습을 초조한 마음으로 바라보았다. 천천히, 자신을 바라보면서 옷을 벗기는 그의 손길은 시적이기까지 했다. 지금 일어나는 일은 모두 다 이미 계획된 것이었다. 두 사람이 제아무리 저항한다 해도, 결국은 언젠가 이렇게 될 일이었다.

대니얼이 웃자, 크리스티나의 온몸이 따스해졌다. 호흡이 얕아져 폐까지 공기가 잘 들어오지 않았다. 이제껏 그 어떤 남자도 자신이 벌거벗은 모습을 본 적이 없었다. 그 어떤 남자도 자신에게 이토록 가까이 다가오지 않았다.

그녀의 벗은 가슴에 대니얼의 손이 닿자 입에서 신음이 흘렀다. 술에 취한 것처럼 온몸에 전율이 흘렀다. 눈앞이 흐릿해졌다. 모든 게 일렁이는 것만 같았다. 알아볼 수 있는 것은 오직 하나, 대니얼뿐이었다.

내면의 목소리가 경고했건만, 그녀는 돌이킬 수가 없었다. 크리스티나는 대니얼을 원했다. 그녀는 그의 가까이 있기를 바랐다.

손을 내밀어 그에게 열정을 다해 입을 맞추었다. 대니얼은 나를 원해. 대니얼이 나를 원한다면, 이게 잘못일 리 없잖아?

눈을 감았다. 그의 입술이 목덜미 아래로 미끄러져 내려갔다. 전에는 이런 느낌을 경험한 적이 없었다. 온몸이 끊어지는 것만 같았다. 감정이 넘쳐흐르는 것만 같았다.

내면의 목소리가 다시금 속삭였다. 그는 나를 원해. 그리고 나도, 나도 그를 원해.

28

10월 12일 목요일

샬로테는 사라의 거실 창문 옆에 선 채로, 그곳에서 살짝 보이는 템스강을 바라보았다. 이 도시는 완전히 황량해졌다. 강 위로 배가 한 척도 다니지 않았고, 산책로에 우산을 쓰고 바람과 사투를 벌이는 사람만 드문드문 보일 뿐이었다.

온종일 폭풍우가 몰아치고 있었다. 바람이 빗방울을 쓸어다 바닥에 때려댔고, 하늘은 험악한 회색이었으며, 뉴스에선 태풍 경보를 알렸다.

한때 샬로테는 런던 하면 항상 온갖 비바람이 몰아치는 구름 긴도시라고 생각했었다. 그런데 오늘이야말로 제대로 된 악천후를 보여주고 있었다.

샬로테는 손바닥을 벽에 댔다. 환기 시스템이 윙윙대며 심란한 소리를 냈고, 천장에서 계속 무언가 끊어지는 소리가 났다. 그녀는 양털 담요를 어깨에 단단히 두르고는 물을 끓인 냄비를 불에서 내렸다.

주방 식탁 위에 둔 노트북으로 BBC 뉴스 스트리밍을 틀어두었지만, 바깥에서 비가 세차게 퍼부을수록 뉴스 연결이 자꾸만 끊어졌다. 그러다 템스강 수위 상승, 개트윅 공항과 히스로 공항 항공편 운행 중단 속보가 뜨면서 가능한 한 집을 떠나지 말라는 경고와 함께 뉴스 연결이 완전히 끊겼다.

소파에 누워 자는 테니슨을 보니, 악천후가 괴롭지 않은 모양이었다. 샬로테는 옆에 둔 찻잔을 들고서 창밖을 내다보았다. 돌풍이 강하게 불어 창문이 덜컹거리자, 그녀는 이 건물이 폭풍을 견딜 수 없을 확률이 얼마나 될지 따져보았다.

샬로테는 앞뒤로 흔들리는 천장 전등을 응시했다. 그리고 고양이에게 속삭였다.

"네 생각은 어때? 우리가 어디 다른 데로 피난을 가야 할까?"

자기를 부르는 소리에 테니슨은 눈을 떴지만, 다시 돌아누워 도로 잠들었다. 그녀는 어이가 없어서 중얼거렸다.

"그래, 넌 참 도움이 안 되는구나."

며칠 전 태풍 경보가 뉴스에 나오자 마르티니크는 자기 집에 와서 하룻밤 묵자는 제안을 했었다. 샬로테는 이제야 그 제안을 거절한 게 후회가 되었다. 수백 년 된 집에서 고양이와 함께 인생의 마지막 순간을 기다린다니, 아무리 봐도 절대로 좋은 생각이 아니라는 마음이 불쑥 치솟았다.

옆집과 맞닿은 벽에서 뚝 소리가 들리는 순간, 샬로테는 뜨거운 차를 마시다가 혀끝을 뎄다. 일단 이 집에 혼자 있는 건 아닌 듯했다. 윌리엄도 여기 있는 모양이었다.

그들은 레스토랑을 방문한 뒤로 한 마디도 나누지 않았고, 샬로테는 곧바로 문제를 해결하지 않은 자신에게 무척 화가 났다. 그러다 벌써 일주일이나 지나버리고 말았다. 더 오래 상황을 내버려둘수록, 스스로가 더 멍청하게 느껴졌다. 게다가 윌리엄 역시 그녀를 피했다. 샬로테는 그가 책을 쓰느라 바빠서 그렇다고 애써 납득해보았지만, 사실은 자신 때문에 마음이 상했을까 봐 남몰래 걱정했다. 그게 아니라면 윌리엄은 그 입맞춤이 대단한 실수였음을 깨달았는지도 모른다. 샬로테는 어느 쪽이 더 나쁜 건지 알 수가 없었다.

천장의 램프가 깜빡이는 게 꼭 모자란 숨을 헐떡이는 것만 같았다. 몇 초 더 깜빡이던 램프는 갑자기 툭 소리를 내더니 완전히 빛을 잃었다.

샬로테는 한숨을 쉬었다. 정전이구나. 청소하면서 양초 한 상자를 찾아두어 다행이었다.

테니슨이 전혀 아랑곳하지 않고 계속 자는 동안, 샬로테는 손전등을 이용해 양초 몇 개를 꺼내 방 전체에 둔 다음 초를 켰다. 다시 마음이 편안해지나 싶은 것도 잠시, 굉음과 함께 건물 전체가 떨렸다.

샬로테는 걱정스레 주위를 둘러보았다. 이게 무슨 일이지?

재빨리 창문으로 달려가 밖을 내다보았지만, 유리창에 쏟아지는 비 때문에 아무것도 보이지 않았다.

샬로테는 폭풍이 얼마나 오래 이어질지 알고 싶어서 필사적으로 휴대폰 네트워크를 살려보려 했다. 하지만 와이파이 연결을 아무리 시도해봤자, 이어지지 않았다.

그녀는 낙담한 채로 주방 의자에 털썩 앉았다. 그러다 갑자기 또 커다란 쿵 소리가 들렸다. 처음에는 폭풍 때문에 그런 거겠거니 생각했지만, 곧바로 현관문 앞에 누가 있다는 걸 깨달았다. 그래서 촛불을 들고 문을 열러 나갔다.

계단 층계참에 윌리엄이 서 있었다. 평소보다 훨씬 더 헝클어진 머리 꼴에다 어둠 속에서도 옷에 묻은 얼룩이 보였다.

"안녕하세요. 당신 집에도 전기가 나갔나요?"

샬로테는 이렇게 물으면서도 솔직히 이 건물에 자기 혼자 남은 게 아니라서 기뻤다. 윌리엄은 고개를 저으며 손전등을 들고 집을 비추었다. 그리고 퉁명스레 말했다.

"전기만 나갔으면 다행이게요. 훨씬 심각해요. 이리 와봐요. 직접 보여줄게요."

테니슨이 소파에 가만히 누워 있을 거란 생각은 들지 않았기에, 샬로테는 재빨리 촛불을 끄고 윌리엄을 따라 어두운 집 안으로 들어갔다. 그의 집은 사라의 집과 똑같은 구조였고, 내부는 샬로테의 예상보다 더 깔끔했다. 적어도 바닥에 책 더미는 쌓여 있지 않았다.

"여기요."

그가 고갯짓으로 침실을 가리켰다.

방으로 가까이 갈수록 울부짖는 바람 소리가 더욱 커졌다. 샬로테가 방문을 넘어서자 어마어마한 소리가 귓가에 휘몰아쳤다. 얼음장처럼 차가운 바람이 얼굴을 때렸다.

"천장에 구멍이 났어요."

윌리엄이 소리를 지르며 천장 경사면의 하얗게 칠한 판자를 가리켰다.

샬로테는 눈 위에 손 그늘을 대고 이게 무슨 일인지 살펴보려고 했다. 판자 하나가 헐거워진 듯한 부분 뒤로 검은 무언가가 바람에 펄럭이고 있었다. 비가 억수같이 쏟아지는 가운데, 바닥에는 빗물받이용 플라스틱 욕조를 대고 수건도 몇 장 펼쳐놓았다.

맙소사. 샬로테는 생각했다. 물이 계속 들이친다면, 건물 전체가 극심한 피해를 입을 것이다.

"이걸 막으려면 누군가 도와줘야 해요."

윌리엄은 헌 옷가지 몇 개와 검은색 쓰레기봉투, 망치와 못을 가리키며 말했다.

샬로테는 고개를 끄덕이고는 윌리엄이 준 쓰레기봉투를 받아들었다. 그녀는 봉투를 넓게 펼치면서 윌리엄을 슬쩍 보았다. 그의 몸에 젖은 티셔츠가 딱 달라붙어서 몸매가 뚜렷하게 드러났다.

그들은 천장 틈새에 헌 옷을 밀어 넣고 손과 비닐봉지를 번갈아 대며 구멍을 막았다.

과연 이 천장을 고치려면 돈이 얼마나 들까. 이 생각을 안 하려고 정말로 애를 썼건만, 이 집이 보험에 가입되어 있는지조차 모른다는 사실을 깨닫자 도무지 일에 집중이 되지 않았다.

시간은 좀 걸렸어도 결국 그들은 구멍을 아주 많이 메웠다. 이제는 물 단 몇 방울만이 천장에서 떨어질 뿐이었다. 샬로테는 온몸이 짜릿해졌다. 손전등 하나만 가지고 온 얼굴에 빗방울을 맞아가며 임시로 지붕을 수리하기란 쉽지 않았지만, 윌리엄과 그녀가 한 팀이 되어 잘 해낸 것 같았다.

윌리엄이 샬로테에게 수건을 건네주었고, 그녀는 먼저 이마를 닦은 다음 손을 문질러 온기를 냈다. 윌리엄은 그녀를 슬쩍 쳐다보더니 말을 건넸다.

"고마워요. 당신이 집에 없었다면 나 혼자 어쩔 줄 몰랐을 텐데."

샬로테는 목에 수건을 걸고 스웨터 소매를 팔 위로 걷으며 대꾸했다.

"이건 집주인에게 항의해야 할 문제잖아요."

윌리엄은 고개를 끄덕였다.

"그야 그렇죠! 런던 중심가에 있는 집을 빌려 산다면, 어느 정도 수준은 될 거라고 기대해도 틀린 건 아니잖습니까."

"하지만 자기 방에서 곧바로 샤워할 수 있는 게 편리하다고 생각하는 사람도 있으니까요."

"아 물론 그것도 사실이긴 하죠."

윌리엄은 다시금 그녀를 슬쩍 쳐다보았다. 그러자 샬로테는 배속이 일렁이는 느낌이 들었다.

"잠깐 우리 집으로 오실래요? 따뜻한 차 한잔 드릴게요."

그녀가 조심스럽게 말하자, 윌리엄은 찬장 문을 열더니 위스키 한 병을 꺼내며 피곤한 목소리로 대꾸했다.

"나는 그보다 좀 더 센 걸 마셔야겠어요."

두 사람은 마른 옷을 입은 위로 담요를 여러 장 두른 채 각각 소파 끝에 떨어져 앉았다. 처음에 테니슨은 둘 사이에 누워 있었지만, 평소처럼 몸을 뻗고 있을 수가 없어서인지 어느새 뛰어내려 바닥에 엎드리고는 윌리엄을 못마땅하게 쳐다보았다. 자신의 영역에 들어온 침입자를 관찰하는 듯한 눈빛이었다.

샬로테는 위스키를 조금 넣은 차를 홀짝였다. 집 안에 촛불을 다시 켜둔 가운데, 이제껏 곱아든 손끝에 차츰차츰 감각이 되살아났다.

"폭풍우가 제대로 치네요. 이런 건 나도 처음 보는 것 같아요."

그녀가 고개를 저으며 말하자, 윌리엄도 맞장구쳤다.

"라디오에서 들었는데, 그리니치에선 집이 무너졌다고 하더라고요. 뭐, 아직 완성이 안 된 골조만 세워놓은 집일 수도 있겠지만."

샬로테는 티스푼으로 차를 저으며 건조한 목소리로 말했다.

"다행히도 이 건물은 안 무너졌네요. 지붕 누수를 고치려면 확실히 돈이 꽤 들겠죠."

"하지만 그건 보험 처리가 되지 않아요?"

"이 집이 보험을 들었는지 솔직히 전혀 모르겠어요. 사라 이모는 보아하니 그런 쪽 일 처리를 정확하게 해오지 않은 것 같더라고요."

그녀는 미안한 듯 웃었다.

"이 집은 문제투성이기만 할 뿐이라고 말하면 내가 좀 못돼 보이겠죠. 하지만 난 정말로 이걸 상속해달라고 빌었던 적이 없거든요."

윌리엄이 그녀를 발로 살짝 건드렸다.

"그래도 너무 나쁘기만 한 건 아니잖아요?"

"당신이 내 입장이라면 그런 말은 못 할걸요."

그는 손에 든 잔을 돌리며 말했다.

"다 괜찮아질 겁니다. 사라가 있을 땐 항상 다 어찌어찌 좋아졌어요. 중요한 건, 당신이 이 건물을 팔아서는 안 된다는 거죠."

샬로테는 입을 꾹 다물었다.

"안타깝지만 상황이 간단하지 않아요. 솔직히 말해서, 우리가 이 서점을 얼마나 오랫동안 유지할 수 있을지 알 수가 없어요."

그러자 윌리엄은 한숨을 쉬었다.

"우리 둘 다 길을 잘못 든 것 같네요. 내가 돈이 더 많았더라면, 기꺼이 이 서점 회생에 이바지했을 텐데. 다음번 계약금을 받으면 내가 올해 집세를 한꺼번에 낼게요. 진짜로!"

샬로테는 턱을 어루만졌다. 윌리엄에게 임대료 이야기를 어떻게 꺼내야 할지 감이 잡히지 않았다.

그런데 윌리엄은 그녀가 무슨 생각을 하고 있는지 이미 아는 듯했다.

"내가 집세를 너무 적게 내고 있다는 거 알아요. 하지만 난 돈 문제에 그저 암울하기만 한 건 아니라고요."

그는 샬로테를 마주 바라보며 말했다.

"다음번 책은 잘 팔릴 거예요. 그건 확신해요. 그러면 이제껏 나를 도와준 분들에게 다 갚을 겁니다."

그녀는 찻잔을 들어 올렸다.

"뭐, 그렇다면! 앞으로의 성공을 위하여!"

그들은 잔을 쨍 부딪쳤다. 샬로테는 앙네타를 떠올렸다. 자신이 지난 몇 주간 겪은 일을 다 알게 된다면 앙네타는 뭐라고 생각할까? 리버사이드 드라이브에 남아서 새로운 사람들을 잔뜩 만나고 심지어 어떤 남자랑 키스까지 했다면?

윌리엄은 말없이 그녀를 응시했다.

"여기 오기 전에는 어떻게 살았어요?"

그녀는 어깨를 으쓱했다.

"회사에서 일만 하고 살았어요?"

"네."

"그리고 혼자 살았고요?"

샬로테는 그 질문에 동요하지 않은 것처럼 보이려고 애를 썼다.

"으음. 그건요."

윌리엄은 고개를 끄덕였다.

"억지로 말하라는 건 아니에요. 그저 당신에 대해서 좀 더 알고 싶어서 그래요."

샬로테는 입을 꾹 다물었다. 이제껏 일어난 일을 어떻게 말할 수 있을지 감이 잡히지 않았지만, 말해야 한다는 느낌이 처음으로 들었다. 이제껏 이 모든 비밀을 너무나 무겁게 지고만 오지 않았던가. 더는 참을 수가 없었다.

"난 결혼했었어요."

그녀가 속삭였다. 윌리엄이 아무 대답도 없자, 샬로테는 찻잔을 계속 바라보았다.

"남편 이름은 알렉스였어요. 우리는 대학에서 만났고, 같이 회사를 설립했죠."

이런 말을 하니까 정말로 몸이 아파져서 그녀는 팔걸이를 꽉 잡았다. 윌리엄이 몸을 숙여 그녀의 팔에 손을 얹었다. 샬로테는 눈을 감았다.

"알렉스는 1년도 더 전에 교통사고로 죽었어요."

과호흡하지 않으려고 안간힘을 써야 했다. 숫자를 5까지 세고 숨을 쉬었다. 윌리엄은 그녀에게 가까이 다가왔다.

"아, 이런. 난 몰랐어요!"

"아무에게도 말하고 싶지 않았어요."

그녀는 힘겹게 털어놓았다.

"그 마음 이해해요."

샬로테는 고개를 끄덕였다. 뺨 위로 눈물이 흘러내렸다. 윌리엄이 팔로 그녀를 감싸 안아서, 자신의 어깨에 기대게 해주었다. 그녀는 윌리엄의 스웨터에 얼굴을 대고 조용히 울었다. 전에 있었던 일이 현실이 아닌 것처럼 말하려니까 어쩐지 이상했다.

"그게 어떤 기분이었을지 전혀 상상이 가지 않아요. 난 지금껏 나와 가까운 사람을 떠나보낸 적이 없거든요."

윌리엄이 조용히 말하자 그녀는 흐느껴 울었다.

"운이 좋네요. 난 어머니도 세상을 떠났거든요. 몇 년 전에 암으로 돌아가셨어요. 내 인생에서 가장 중요한 사람 둘이 그냥 사라져버렸어요."

"정말 마음이 아프네요."

샬로테는 멍하니 창문을 바라보았다. 마침내 털어놓고 나니 기분이 한결 좋아졌다.

윌리엄은 그녀의 머리카락을 쓰다듬었다.

"왜 이제껏 말하지 않았어요?"

그녀는 눈물을 털어내고서 차를 한 모금 마셨다.

"털어놓는 게 그렇게 간단하지 않았어요. 나한테 무슨 일이 일어
났는지 알면 사람들의 태도가 달라지더라고요. 너무 긴장한 나머
지 날씨 이야기로 말을 돌리지 않으면 이상한 질문을 잔뜩 해요."

윌리엄은 고개를 끄덕였다.

"원한다면 나라도 당신 말을 기꺼이 들어드리죠."

샬로테는 소파 쿠션에 톱니 모양으로 꿰맨 자국을 쓸며 말했다.

"고마워요. 이제껏 이 일에 대해 말한 사람이 거의 없어요. 사고
후에 알렉스가 일부러 나무를 들이받았다는 소문이 돌았었거든
요. 겉보기에는 브레이크를 밟은 흔적이 없어서, 난……."

그녀의 목소리가 떨려 나왔다. 윌리엄이 그녀를 진정시켰다.

"싫으면 더 말하지 않아도 괜찮아요."

샬로테는 눈을 비볐다.

"사랑하는 사람을 잃은 상황에서 사람들 이야기를 듣고 있으니
까 정말 끔찍하기만 하더라고요. 다 내 잘못인 것 같아서 너무 부
끄러웠어요. 버티기가 쉽지 않았어요."

윌리엄은 그녀에게 더욱 몸을 숙였다. 그의 따스한 체온을 가까
이에서 느끼니 기분이 좋아서, 샬로테는 그의 품으로 더욱 깊이
파고들었다.

"그다음엔 다들 내가 빨리 회복하고 일상으로 돌아오기를 바라

더라고요. 모든 걸 잊고 계속 살아가기를요. 하지만 그렇게 쉬운 일은 아니에요."

윌리엄은 그녀의 등을 쓰다듬어주었다. 샬로테는 눈을 감았다.

"정말 마음이 아프네요."

그가 말하는 동안 그녀는 몰래 하품을 했다.

"피곤해요?"

"티 나요?"

윌리엄이 웃었다.

"자고 싶으면 좀 자요. 난 여기 있을게요. 고양이가 날 공격하지 않는 한은요."

테니슨은 여전히 윌리엄에게서 눈을 떼지 않았다. 샬로테는 아니라는 듯 손을 내저었다.

"아니, 쟤는 아무 짓도 안 해요."

윌리엄이 중얼거렸다.

"내가 보기엔 아닐 것도 같은데요. 사실 쟤는 날 좋아한 적이 없어요. 게다가 솔직히 좀 복수하고 싶어 하는 것 같기도 하고요. 내가 소파에 앉은 게 마음에 안 드나 봐요."

샬로테는 테니슨을 바라보며 미소를 지었다. 눈꺼풀이 갑자기 무거워지면서 윌리엄의 가슴에 몸을 딱 붙이고 말았다. **잠깐만 쉬는 것쯤이야 뭐 어때.** 그렇게 생각했지만, 눈을 감자마자 샬로테는 깊은 잠에 빠졌다.

주방 한쪽에서 냄비가 덜거덕거리는 소리에 샬로테는 잠에서 깼다. 아직 잠기운이 가시지 않은 채로 그녀는 주위를 둘러보았다. 테니슨은 그녀 옆에 누워서 편안하게 골골대는 중이었고, 윌리엄은 주방에서 무언가를 만들고 있었다.

타오르는 촛불 너머로 서 있는 그를 지켜보았다. 그의 품에서 잠드니 정말 좋아서, 그 품에 얼마나 많은 여자가 누웠을까 샬로테는 문득 궁금해졌다.

그녀가 깨어났다는 걸 눈치챈 윌리엄이 미소를 지었다.

"배고파요?"

샬로테가 고개를 끄덕였다.

"그럼 곧바로 맛있는 걸 먹도록 하죠."

그녀는 창밖을 내다보았다. 아직 깊은 밤인 데다 폭풍이 계속되고 있었다.

"하지만 전기가 안 들어오는데요?"

윌리엄은 눈썹을 치켜뜨며 대꾸했다.

"진정한 요리사라면 이런 데 굴하지 않는 법이죠."

그는 공중으로 무언가를 흔들어 보였다.

"휴대용 토치입니다."

하지만 샬로테가 이해할 수 없다는 눈빛을 보이자, 그는 한숨을 쉬었다.

"크렘 브륄레 윗면 설탕을 녹일 때 쓰는 거죠. 하지만 다른 용도로도 쓸 수 있다고요."

윌리엄은 그녀에게 크루아상 샌드위치가 담긴 접시를 주었다.

"고다 치즈를 녹이고 신선한 시금치를 넣었어요."

샬로테는 바삭바삭한 페이스트리를 한 입 먹고는 놀랐다. 정말 맛있었으니까.

"으음."

그녀는 이렇게만 말하고는 얼른 한 입 더 베어 물었다.

"맛있다니 다행이네요. 있는 게 그것밖에 없었거든요."

두 사람은 따뜻한 크루아상 샌드위치에 와인도 한 잔 곁들였다. 윌리엄이 마법을 부린 것처럼 마침 가져왔다. 샬로테는 그에게서 눈길을 뗄 수가 없었다. 커다랗고 검은 눈동자와 섬세하게 조각한 것 같은 얼굴이 믿을 수 없으리만큼 잘생겨 보였다. 자신의 모든 내면이 그에게로 가까이 다가가고픈 열망에 사로잡힌 기분이었다.

이런 감정은 샬로테가 오래전에 잃어버린 것이었다. 갑자기 윌리엄 말고는 아무것도 생각나지 않는 이 상황이 너무나 혼란스러웠다. 새로운 관계에 성급하게 뛰어들 마음은 정말이지 없었다. 하지만 윌리엄을 보면 자신의 안에서 억제할 수 없는 무언가가 계속해서 깨어났다.

그녀가 마지막으로 크루아상을 먹고 나자, 윌리엄은 미소를 지으며 자부심 가득한 눈빛을 빛냈다. 샬로테는 접시와 와인잔을 옆에 두고서 그에게로 가까이 다가갔다.

"당신에게 할 말이 있어요."

윌리엄이 말없이 고개를 끄덕였다.

그녀는 당황한 채 손으로 머리카락을 넘겼다.

"난 사실 이런 거 잘 못해요……. 어디서부터 말을 꺼내야 할지 모르겠어요."

그녀는 고개를 저었다. 둘 사이에 긴장감이 일어 두 손이 파르
르 떨렸다. 고개를 들고 윌리엄의 눈을 바라보며, 샬로테는 말을
이어갔다.

"난 당신을 좋아해요. 진짜, 정말로요. 그리고 우리가 지난번에 같
이 놀러 갔다가 한 키스 말인데요, 그 생각을 멈출 수가 없었어요."

윌리엄은 소파에서 앉은 자세를 바꾸었다.

"난……"

하지만 샬로테는 그의 말을 가로막았다.

"아니, 잠깐만요! 내 말 아직 안 끝났어요. 당신이 좋아요. 하지
만 난요, 그러니까 당신과 나는요, 너무 복잡한 상황이에요. 난 결
혼했었고, 남편이 죽은 뒤로 너무 혼란스러워요. 그래서 나랑 같
이 살면 쉽지 않을 거예요."

말을 하면 할수록 윌리엄이 자신에게서 멀어지는 느낌이었다.
그가 자신에게서 등을 돌리는 모습이 보였다. 그녀의 속마음이 소
리쳤다. 지금 무슨 짓을 한 거야? 너 때문에 다 망쳤잖아! 나랑 같이 살면?
무슨 뜻으로 한 말이야? 이제 윌리엄은 네가 자기랑 결혼하고 싶은 줄 알
거 아니야. 그냥 편안하게 좀 즐기는 관계가 되면 안 돼?

윌리엄은 헛기침을 했다. 그는 뺨이 온통 빨개진 채로 양탄자를
응시했다. 좋은 신호가 아니었다.

"할 말은 다 끝났어요?"

그가 중얼대는 말에 샬로테는 생각했다. 네. 할 말은 다 끝났고,
다른 것도 완전히 끝났죠. 나라는 바보가 세상에서 가장 잘생긴

남자에게 키스할 기회를 망쳐버렸으니까요. 난 이제 다시는 아무 말도 안 할 거예요.

"네."

그녀는 억지로 대답했다.

"이제 내 차례네요."

윌리엄은 그녀의 눈을 바라보며 말했다. 샬로테는 순간 어쩔 줄 몰라서 두 손을 무릎에 얹었다.

무시무시하게 긴장이 되었다. 아마도 윌리엄이 자신의 희망을 완전히 꺾어버리는 편이 나을 것이다. 그가 자신을 볼 때마다 느껴지는 이 두려운 감정을 극복해야 하는 건 정말 싫으니까.

윌리엄은 그녀에게 더 가까이 다가와 손을 잡았다. 그 순간, 샬로테는 온몸에 전기가 통하는 것만 같았다.

"나도 당신이 정말 좋아요. 있는 그대로 말이에요. 평범한 사람들은 지루하거든요."

그는 이렇게 말하고 웃었다. 그의 보조개가 눈에 들어왔다.

샬로테는 온몸의 피가 마구 솟구치는 느낌이었다. 더는 기다릴 수가 없어서 급하게 몸을 숙여 그에게 키스하려 했다. 윌리엄이 들고 있던 와인잔을 안전한 곳에 내려놓을 새도 없이 너무나 빠른 몸짓에 레드와인이 스웨터 위로 온통 쏟아지고 말았다.

깜짝 놀란 샬로테는 스웨터에 커다랗게 번진 얼룩을 보고 재빨리 화장지를 가지러 가려고 일어섰지만, 윌리엄은 그저 웃었다.

"닦아봤자 소용없어요."

그는 이렇게 말하고 스웨터를 벗었다.

"안됐지만 난 세탁기가 없네요."

그녀는 미안하다는 듯 중얼거렸다.

"나도 없어요. 이건 그냥 물에 담가두면 돼요."

"욕실에 플라스틱 대야가 있어요."

윌리엄은 고개를 끄덕였지만, 일어서는 대신 소파에 앉은 채로 몸을 돌려 그녀의 뺨에 손을 얹고서 속삭였다.

"빨래는 급할 게 없죠."

샬로테는 눈을 감고서 자신의 얼굴에 천천히 다가오는 윌리엄을 느꼈다. 그는 조심스럽게 그녀의 얼굴에서 머리카락을 쓸어내고는 고개를 숙여 입을 맞추었다.

키스는 폭신하고 부드러웠다. 문득 모든 두려움이 사라지는 느낌이 들자, 샬로테는 물러서지 않고 윌리엄의 벗은 몸을 껴안아 자신에게로 끌어당겼다.

29

1983년 2월 27일 일요일

크리스티나는 책상다리를 하고 침대에 앉아 창밖을 내다보았다. 바깥이 맑을 때면 저 너머의 거리가 많이 보인다. 언제나처럼 똑같은 삶이 계속되는 거리의 풍경이었다. 빨간 버스가 달리고 보도 위로 사람들이 몰려들고 지하철이 친숙하게 덜컹거리는 소리가 마치 배경음악처럼 깔린다. 하지만 이 집의 삶은 예전과는 달라졌다.

그녀는 아침 안개 너머로 바깥을 보려고 시도했다. 탑인지 기중기인지 알아볼 수 없는 것이 여기저기에서 튀어나와 있었다. 이 도시는 성장하고 변화했지만, 크리스티나는 그저 꼼짝 못 하고 억눌려 있었다.

대니얼은 몇 주 전부터 사라와 이야기를 하겠다고 약속했지만, 그가 입을 열려고 할 때마다 둘 중 하나가 심하게 화를 내면서 집에서 나가버리는 일이 계속되었다. 갈등을 봉합하기 위해 크리스티나는 그 자리에 남았지만, 언니에게는 아무 말도 할 수 없었다.

이 상황은 정말이지 참기가 힘들었다. 물론 크리스티나는 좋은

447

쪽으로 결말이 날 가능성이 없다는 걸 알고는 있었다. 대니얼이 사라와 헤어지더라도 나는 그와 함께 있을 수 없겠지. 사라가 이사를 가면, 나도 당연히 따라가야 할 테니까.

그녀에게 남은 선택지는 기껏해야 참는 것뿐이었다. 몇 달 후에는 대니얼을 우연히 만난 것처럼 행동할 수도 있을 것이다. 그리고 둘이 이야기를 했는데 서로에게 끌렸다고 말할 수 있을지도 모른다. 하지만 사라가 그 말을 믿어줄 리 없었다. 게다가 크리스티나도 대니얼과 그토록 오랫동안 떨어져 있고 싶진 않았다. 하지만 몰래 만나는 게 해결책도 아니었다.

문득문득 크리스티나는 사라에게 지금 상황을 말하는 것만이 최선이라고 생각했다. 대니얼과 나는 서로 사랑한다고 말하자. 물론 언니는 무척 상처받고 무시무시하게 화를 내겠지. 그리고 직장 동료네 집으로 이사해서 한동안은 소식도 듣지 못하게 될지 몰라. 하지만 최악의 상황이 지나가면, 언니도 날 용서할 거야. 그러면 다시 이곳으로 이사 와서 대니얼과 함께 살 수 있지 않을까. 같이 살 집을 구할 수 있다면, 그냥 원하는 대로 살아갈 수 있을 거야.

크리스티나는 입을 꼭 다물고 침대에 털썩 누웠다. 지난 몇 주간 그녀는 자신의 완전히 새로운 면을 발견했다. 그녀는 생각했던 것보다 그리 친절하거나 의리가 있는 사람은 아니었다. 가끔 언니와 단둘이 있을 때는 부끄러워서 모든 걸 털어놓고 용서를 구하고 싶었다. 하지만 대니얼을 봐서 그런 짓은 할 수가 없었다. 우리는 서로 사랑하고 있으니까. 비록 대니얼이 사라와의 사이를 깨끗하게 정리하기 전까지는 둘 사이에 어떤 일도 일어나지 않을 테지

만. 크리스티나는 바람을 피우는 것 같은 이 상황을 더는 견딜 수
가 없었다.

다행히도 사라는 지난 몇 주간 크리스티나에게 아주 무례하게
굴었다. 크리스티나에게 어찌나 퉁명스레 굴었는지, 양심의 가책
조차 사라질 지경이었다. 가끔은 저런 식으로 행동하면 언니가 대
가를 톡톡히 치르게 될 거란 생각이 들기도 했다. 최근에는 사라
가 크리스티나의 원피스를 빌려 갔다가 솔기가 터진 적도 있었다.
침대 밑에서 구겨진 원피스를 그녀가 발견했을 때도, 사라는 미안
하다는 말조차 하지 않았다. 그저 어깨를 으쓱이면서 그게 뭐 화
낼 일이냐고 반응했을 뿐이었다. 일주일 전에는 대니얼에게 크리
스티나가 남자친구도 사귀어본 일이 전혀 없다고 폭로하면서, 학
교 다닐 때 남자애들이 그녀에게 전혀 관심이 없었다는 식으로 은
근히 헐뜯었다. 크리스티나의 모습이 너무 지루하다는 게 이유였
다. "쟤는 무슨 수녀처럼 옷을 입잖아." 사라는 대니얼의 무릎에
앉아 씩 웃으며 말했다.

크리스티나는 너무 화가 나서 온몸의 피가 부글부글 끓었다. 마
음 같아서는 두 사람에게 소리를 지르고 싶었지만, 혀를 깨물어
참았다. 언니는 대니얼이 정말로 누구에게 관심이 있는지 알게 될
거야. 두고 봐.

그녀는 침대 협탁에 놓아둔 탁상 달력을 들었다. 표지가 붉은
달력 위로 칸칸이 이어진 날짜를 오랫동안 들여다보았다. 그러고
보니 런던에서 반년 넘게 살았구나. 지금은 아직 2월 말이지만, 봄
이 다가오는 기색이 느껴졌다. 비록 상황은 이렇지만, 크리스티나

는 희망찬 미래를 그려보고 있었다.

사라가 술집에서 대니얼을 소개한 지 얼마나 되었을까. 머릿속으로 계산해보았다. 그리고 난 언제 대니얼을 사랑하게 되었지? 대니얼을 처음 봤을 때부터 이미 속이 울렁거렸다는 건 기억나지만, 그건 아마도 이 모든 상황이 새롭고 흥미로웠기 때문이겠지. 그때부터 좋아한 건 아니었을 것이다. 어쩌면 이 마음은 거의 매일같이 아침 식사를 하면서 서서히 자라났을지도 모른다. 아니 어쩌면 언제나 있던 마음이었을까?

첫 키스를 떠올리자 크리스티나는 절로 미소가 나왔다. 그땐 살아 있는 느낌이 얼마나 강렬했던가. 사실, 더는 시간을 낭비하고 싶지 않았다. 이제는 대니얼과 함께 있고, 하고 싶을 때마다 키스하고 싶은 마음뿐이었다.

달력을 보며 둘이 처음으로 같이 잤던 그 특별한 날을 찾아보았다. 감정을 날짜로 표기할 수 있을까? 나의 마음을 알게 된 그 정확한 순간을 짚어낼 수 있을까?

크리스티나의 시선이 겨울철 몇 달의 날짜를 쭉 훑었다. 그렇게 계속 날짜를 세어보다, 문득 몸이 움츠러들었다.

그녀는 자세를 고치고 앉아서 달력에 적어놓은 날짜를 자세히 들여다보았다. 언제 초과 근무를 했는지, 언제 휴일이었는지, 또 언제 중요한 일이 벌어졌는지 모두 표시해두었다. 4월에는 음악 공연장인 해머스미스 아폴로에서 틴 리지의 공연이 예정되어 있었다. 대니얼에게 같이 휴가를 가지 않겠냐고 물어볼까 생각 중이기도 했다. 그래서 비밀리에 휴가 경비를 저축하기 시작했다. 마음 같아서는 브라이턴에 가고 싶지만, 먼저 사라와 대니얼 사이가 해결될 때까지 기다려야 했다.

크리스티나는 손가락으로 주 수를 세었다. 생리 날짜를 나타내는 빨간 점들을 보다가 이번 달에는 아무것도 표시되어 있지 않다는 걸 알게 되었다. 혹시 적어두는 걸 잊었나? 머릿속으로 계산을 해보았다. 아니다. 사실 그녀는 1월 초부터 생리를 하지 않았다.

순간 온몸이 얼어붙었다. 설마 임신한 건 아니겠지? 그럴 리 없어! 나랑 대니얼이 얼마나 조심했는데.

크리스티나는 배에 손을 얹었다. 평소라면 사라에게 무언가 상의했을 터였다. 하지만 지금은 불가능했다.

심장이 미친 듯이 뛰면서 입안이 바짝 말랐다. 내 안에 정말로 아이가 자라고 있다고?

그녀는 벌떡 일어서서 거울 앞에 선 다음, 옆모습을 살펴보았다. 하지만 몸은 이전과 다를 것이 없어 보였다. 그렇다면 생리를 하지 않은 다른 이유가 있을까?

공황 상태에 빠져 압도당하는 기분이었다. 언니와 이야기를 할 수만 있다면! 그럴 수 있다면 사라는 분명히 지금 어떻게 해야 할지 알아낼 텐데.

크리스티나는 스웨터를 들어 올리고 두 손을 배에 얹었다. 낙태라는 게 있다는 건 알고 있었다. 오레보에 사는 어떤 여자에게 낙태한 얘기를 들었으니까. 크리스티나보다 몇 살 더 많은 그 여자애의 이름은 마르가레타였다. 사실, 크리스티나는 낙태가 정확히 뭔지 잘 몰랐지만, 아기를 어떻게든 떼어준다는 것만은 알고 있었다. 마르가레타는 몇 주 동안 학교에 나오지 않았고, 그 후로 아무 일도 없었던 것처럼 돌아왔다. 하지만 낙태 수술을 하려면 어디로 가야 하지? 누구에게 물어봐야 하지?

얼굴에 눈물이 흘러내렸다. 그녀는 다시 스웨터를 입었다. 사라 없이 어떻게 하지? 이걸 누군가에게 말할 용기가 내게 있을까?

크리스티나는 다시 침대에 앉아 소맷자락으로 눈물을 닦았다. **혹시 벌 받는 걸까? 내가 언니를 배신해서 받는 벌일까?**

어떻게든 해결책을 찾아보려고 열심히 생각했다. 다른 이유를 들어 의사에게 가볼 수도 있겠지. 아프다고 말하고서 진료실에 앉아서 자신의 추측을 설명한다면 어떨까?

하얀 가운을 입은 노의사를 생각하자 마음이 불편해졌다. 내가 전혀 알지도 못하는 사람에게 이야기를 할 수 있을까? 그것도 영어로?

크리스티나는 침대에 누워 몸을 웅크렸다. 무릎을 가슴에 댄 채로 생각했다. 대체 무슨 짓을 한 거야?

창문 너머로 하늘을 나는 새가 보였다. 안개가 점차 옅어지면서 부드러운 햇살이 유리창 너머로 비쳐 들었다. 갑자기 직장 동료인 티나가 한 말이 떠올랐다. 임신 여부를 집에서 확인해볼 수 있는 테스트기가 있다고 했던 것 같았다. 꽤 비싸다고 들었지만, 모아둔 돈은 있었다.

크리스티나는 일어서서 화장실로 갔다. 거기 있는 속옷 서랍에 급료 일부를 저축한 작은 지갑을 숨겨두었다. 10파운드짜리 지폐를 꺼내자 엘리자베스 여왕의 근엄한 얼굴이 보였다. 뒷면에는 플

로렌스 나이팅게일이 있는 지폐였다. 크리스티나는 지금 그 위대한 간호사와 이야기를 나누고 싶었다.

그녀는 재빨리 지폐를 접어서 주머니에 넣었다. 그리고 거울을 보자 울었던 자신의 얼굴이 보였다. 다시금 눈을 비빈 다음 머리를 손질했다.

모퉁이를 돌면 크리스티나가 진통제를 샀던 약국이 있었다. 그녀는 머릿속으로 하고 싶은 말을 연습했다. **임신테스트기 주세요.** 약국에 도착하면, 더는 돌이킬 수 없다. 테스트기가 있냐고 용기 내 물어보아야 한다.

그녀는 마지막으로 거울을 보고서 단호하게 현관으로 향했다. 어쩌면 이게 다 내 상상일 수도 있지 않을까. 그녀는 애써 자신을 안심시켰다.

30

윌리엄은 그녀의 이마에서 머리카락을 걷어내고 다정히 입 맞춘 다음 다시 소파에 앉혔다. 샬로테는 기분 좋은 느낌에 몸을 파르르 떨었지만 그를 부드러운 손길로 밀어냈다.

"나 지금 바빠요."

"그래도 아침은 먹을 수 있잖아요?"

그녀는 티셔츠와 팬티 차림으로 앉은 윌리엄을 애틋하게 바라보았다. 폭풍이 불어온 목요일 이후로 그들은 거의 계속 붙어 지냈다. 모든 게 너무나 빠르게 진행되어서, 내면의 목소리가 제대로 들린 적이 없었고, 그러다 정신을 차려보니 월요일이 되어 있었다.

윌리엄이 가까이 다가오자마자 샬로테는 곧바로 행복해졌고, 둘이 키스할 때마다 그녀는 미래에 대한 모든 생각을 잊었다. 그냥 여기 머물면서 이 순간을 만끽하고 싶기만 했다.

"오늘은 뭐 먹어요?"

그녀는 궁금해져서 물었다.

"내가 만든 미국식 팬케이크와 벨기에식 와플은 더는 맛볼 수 없을 것 같고. 그러니까, 에그 베네딕트는 어때요?"

"그러니까, 사라 이모의 좁아터진 주방에서 에그 베네딕트를 만들 수 있다고요?"

"10분만 줘요."

윌리엄은 이렇게 말하면서 웃었고, 샬로테는 그의 입술에 키스했다.

"좋아요. 그럼 난 빨리 샤워할게요."

샤워를 마치고 거실로 돌아오자 미소가 절로 나왔다. 윌리엄은 핫플레이트 앞에 서서 휘파람을 불었다. 샬로테는 기쁜 마음으로 그에게서 눈을 떼지 않은 채 여행 가방으로 가서 깨끗한 옷가지를 꺼냈다.

"잘 돼가요?"

윌리엄은 핫플레이트와 자그마한 조리대와 식탁 사이에서 그릇과 냄비를 다루었다.

"홀랜다이스 소스는 완성되었고 빵은 프라이팬에서 굽고 있어요. 지금은 수란을 만들면 돼요."

그는 뒤를 슬쩍 돌아보더니 덧붙였다.

"짐을 아직도 제대로 안 풀고 있었어요? 이제는 풀 때도 되지 않았나요?"

샬로테는 머리를 포니테일로 묶고서 셔츠를 입으며 대충 말을 돌렸다.

"응, 풀어야겠죠."

"당신이 계속 짐을 여행 가방에만 두고 있으면, 언제라도 떠날 것 같은 기분이 든다고요."

그녀는 청바지를 입고 재빨리 단추를 채운 뒤 자그마한 주방으로 갔다.

"자, 어디."

그녀는 짧게 말하고는 그의 어깨에 팔을 얹었다.

"자, 여기. 차는 식탁에 놨어요. 앉아요."

윌리엄도 대답하며 그녀에게 키스했다. 샬로테는 완벽하기 그지없는 에그 베네딕트의 자태를 믿을 수가 없었다.

"대체 어떻게 만들었는지 정말 모르겠네요. 이 조그마한 주방에서 난 빵도 제대로 구울 수가 없는데."

윌리엄이 미소를 지었다.

"맛있게 먹어주면 좋겠네요."

"당연히 맛있게 먹어야죠. 혹시 요리사가 돼볼 마음은 없었어요?"

이렇게 말하자마자 샬로테는 방금 한 말을 후회했다. 윌리엄에게 '제대로 된 일자리'를 찾아보라고 잔소리할 의도는 아니었다. 그냥 생각한 바를 질문으로 던졌을 뿐이었다.

윌리엄은 건조하게 말했다.

"사실 레스토랑 주방에서 일해본 적은 있어요. 하지만 확실히 창의력이 죽더라고요. 그땐 요리도 싫고 글쓰기도 싫어졌죠. 자, 그럼 이제 먹을까요? 음식 식겠어요!"

하지만 제대로 먹기도 전에 테니슨이 그들 사이에 놓인 빈 의자로 뛰어올랐다. 폭풍이 그치고 나서 윌리엄은 사라의 집으로 이사했는데, 그 이후로 테니슨은 윌리엄의 신발에 오줌을 싸는 등의 행동으로 자신의 의사를 명확하게 표현했다. 그리고 지금은 연두색 눈빛으로 샬로테를 비난하듯 바라보았다.

"애도 에그 베네딕트를 먹고 싶나 봐요."

그녀가 조심스레 말했지만 윌리엄은 고개를 저었다.

"안 돼요. 애 줄 건 안 만들었어요. 고양이 먹기에는 너무 고급 음식이라고요. 게다가 애는 살이 찌고 있어요."

샬로테는 식탁 아래로 윌리엄을 발로 찼다.

"그만 말해요. 얘가 기분 나빠해요."

"내가 보기엔 아닌데요. 난 테니슨처럼 허영심 많고 잘난 척하는 놈은 이제껏 본 적이 없다고요. 안 그러냐, 고양이 씨?"

테니슨은 노골적으로 그에게서 고개를 돌려 샬로테를 빤히 바라보았다.

"어쨌든 애도 뭔가 먹어야 해요."

그녀가 부탁하자 윌리엄은 마지못해 한숨을 쉬었다.

"만들다 망친 수란이 하나 있어요. 일단 우리 식사부터 마치고 줄게요."

그는 한 손을 식탁 위로 뻗어 그녀의 팔에 얹었다.

"어쨌든, 돌아가지 않고 여기 있을 거죠?"

샬로테는 애써 웃었다. 이렇게 좋은 분위기에서 꼭 이런 말을 꺼내야 할까?

대답할 시간을 벌기 위해 포크로 달걀을 자른 다음 노른자가 빵

457

위로 흘러내리는 모습을 바라보았다. 윌리엄과 함께 있어서 참 좋았지만, 그럼에도 약속할 수 있는 건 아무것도 없었다. 지금만 해도 이 서점이 과연 월말까지 버틸 수 있을지조차 불확실했고, 고향에는 여전히 자신이 돌아오기를 기다리는 회사가 있었다.

"난 스웨덴에 못 가요. 스웨덴어 실력이 너무 형편없거든요!"

그는 웃었다. 그 순간, 아래층 서점 문이 열리는 소리가 들려와서 샬로테는 재빨리 일어섰다.

"이제 내려가봐야겠어요."

그녀는 접시를 치우고 윌리엄의 뺨에 입을 맞추었다. 일단 어떻게 해야 할지 알아내기 전에는 그에게 서점이나 회사 이야기를 하고 싶지 않았다.

"아침 식사 고마워요. 내 물건은 사라가 쓰던 옷장에 걸어놓을 거예요. 아직 옷장 정리를 다 못 해서요."

윌리엄은 그녀를 끌어안았다.

"조금만 더 있다 가면 안 돼요?"

그는 조심스레 샬로테의 스웨터 아래에 두 손을 넣고서 맨살을 쓰다듬었다. 복부에서 맥박이 두근거리기 시작하자 그녀는 눈을 감았다. 자신에게 이런 일이 일어나다니 아직도 믿을 수 없어하며 윌리엄과의 모든 순간을 그저 즐겼다. 아무런 질문을 던지지 않는 한 괜찮았다. 다른 일들을 해결할 방법을 찾기 전까지는 일단 둘의 공통된 미래에 대해서 생각하고 싶지 않았다.

하지만 그가 샬로테의 청바지 단추를 끄르고 속옷 위로 손을 넣자, 그녀가 못마땅한 소리를 냈다.

"윌리엄, 나 이제 가봐야 해요. 안 그러면 사람들이 날 찾으러 올 거라고요. 설비업자들이 천장을 수리할 때까지 당신이 임시로 여기 머문다는 사실을 샘과 마르티니크가 알면 어떻게 되겠어요?"

그는 몸을 굽히더니 그녀의 배에 가볍게 입을 맞추었다.

"난 상관없는데."

샬로테는 웃었다.

"그건 나도 알겠네요!"

그녀는 윌리엄의 얼굴을 손으로 부드럽게 감싸고는 입술에 키스했다.

"이따 점심 먹으러 올라올게요."

"아뇨. 그렇게 오래는 못 기다리겠는데요."

그가 한탄했지만, 샬로테는 고개를 저었다.

"하지만 당신은 글을 써야 하잖아요."

윌리엄은 한숨을 쉬었고, 샬로테는 그의 뺨에서 홀랜다이스 소스 자국을 닦아냈다. 그리고 고갯짓으로 테니슨을 가리켰다.

"쟤를 잘 돌봐줘요. 고양이는 관심을 많이 받는 데 익숙하니까요."

윌리엄은 눈썹을 치켜떴다.

"아, 그건 나도 이미 알고 있어요."

샬로테는 그에게 마지막으로 키스한 다음 현관으로 돌아섰다.

"나중에 봐요. 알았죠?"

"당연하죠. 하지만 이러니까 당신이 집에 꼭꼭 숨겨둔 애인이 된 기분이 들기도 해요."

샬로테는 그에게 손 키스를 날렸다.

"원한다면 점심시간에 다른 놀이를 해도 좋겠죠. 스크래블*이라도 할까요."

윌리엄은 고개를 저었다.

"아니, 괜찮아요. 당신이 나한테 목줄을 매놓지 않는 한은 참을 수 있으니까."

샬로테가 서점에 들어가보니, 놀랍게도 샘과 마르티니크 둘 다 계산대에 앉아 있었다. 샘은 그녀를 보자마자 전단을 흔들었다.

"안녕, 샬로테. 이리 와서 내가 가져온 것 좀 봐요!"

샬로테는 눈을 가늘게 뜨고 샘이 손에 든 게 뭔지 알아보려고 했다.

"벌써 만든 게 나온 거예요? 잘됐네요!"

샘은 고개를 끄덕였다.

"내가 벌써 사방에 뿌렸죠."

"도서관을 다섯 군데나 들렀대."

마르티니크가 말했다.

"그리고 런던 대학교에도요."

"그렇다면 정말로 많은 사람이 올 수도 있겠네요. 그래야 할 텐데."

---

* 말판에 알파벳을 올려서 단어를 만들어 점수를 많이 모으면 승리하는 보드게임.

"그랬으면 좋겠다. 어쨌든 나는 시나몬 롤을 잔뜩 구울게."

마르티니크의 말에 샬로테가 대답했다.

"정말 그랬으면 좋겠어요. 커피 더 드실 분?"

샘과 마르티니크 둘 다 고개를 저었다. 그들은 모레 있을 작가 낭독회를 계획하느라 할 일이 산더미였다. 하지만 샬로테는 카페 인이 절실하게 필요했다. 간밤의 반은 윌리엄과 깨어 있으면서 이 야기를 나누었기 때문이었다. **물론 이야기만 한 건 아니었지.** 그녀는 행복하게 그 밤을 떠올렸다.

주방에 간 샬로테는 커피메이커를 켜고 찬장에서 잔을 꺼냈다. 샘과 마르티니크가 놀라우리만큼 의욕에 넘쳐 있어, 서점이 파산 직전이라고는 절대로 말할 수가 없었다.

오래되어 삐걱대는 나무 바닥을 바라보자 수많은 옹이구멍이 난 반짝이는 바닥 위로 벨벳 소파와 셀 수 없이 많은 책이 보였다. 창문을 가리고 있던 책장을 치운 뒤로 햇빛이 거침없이 비쳐 들어 서, 화사한 빛깔의 계단과 커다란 원통 모양의 하얀 양초들이 가 득한 벽난로, 세련된 가구들이 가득한 서점 안이 아주 기분 좋은 분위기를 자아냈다.

칼 체임버스의 전화를 무시하면서 낭독회를 크게 여는 데만 사 활을 걸다니, 아마도 좋은 해결책은 아닐 것이다. 하지만 샬로테 는 더 나은 방법을 떠올릴 수가 없었다. 빚을 갚을 만큼 충분한 돈 을 벌지는 못하더라도, 은행이 대출을 좀 더 연장해줄 만큼의 보 증금은 벌 수 있지 않을까.

샬로테는 손가락으로 머리카락을 잡아당기면서 윌리엄을 생각했다. 만약 내가 고향으로 돌아간다면 어떻게 될까? 윌리엄은 방금 자신은 스웨덴으로 갈 수 없다고 말했고, 그녀 역시 윌리엄이 전원 지역에서 더러운 고무장화를 신고 소 떼와 트랙터 사이에 선 모습을 상상할 수 없었다.

지난 며칠간 샬로테는 정말로 런던에서 살까 자주 생각해보았다. 혹시 BC뷰티 측에서 자신을 재택근무 고문으로 고용해서 타국에서도 일하게 해줄 방법이 없을까 따져보기도 했다. 하지만 아무리 그런 생각이 매력적이라 하더라도, 자신이 과연 c/o 샬로테를 다른 곳에 넘겨줄 준비가 되었는지 확신이 서지 않았다. 게다가 이건 서점이 재정적 난관에서 벗어나 매출을 확 올려 실제로 이윤을 내는 것이 전제되어야 했다.

그녀는 방금 내린 커피를 따르고 우유와 설탕을 넣었다. 지금은 너무나 많은 게 불확실하기만 했다. 샬로테는 아무것도 통제할 수 없는 현 상황을 참을 수가 없었지만, 그래도 낭독회를 일단 해보면 적어도 그다음에 어떻게 될지는 알게 될 터였다.

그 순간, 샘이 문가에 불쑥 나타났다.

"이리 와봐요. 보여줄 게 있어요."

샬로테는 망설였다. 솔직히 샘의 기분에 놀아나고 싶은 마음은 없었다.

"알았어요. 그런데 어디로 오란 건가요?"

그녀는 주저하는 기색으로 커피를 한쪽에 두었다. 그리고 샘이 가리킨 계단 쪽으로 따라가서 자그마한 창고 앞에 섰다.

"짠!"

샘은 자랑스럽게 외치며 창고 문 쪽으로 커다랗게 손짓을 했다.

바닥에 깔린 연보라색 매트리스가 보였다. 경사면에는 색색의 쿠션이 줄지어 늘어섰다. 하얀색 스탠드 세 개가 전략적으로 놓였고, 유일한 벽 부분에는 아동도서 책꽂이가 있었다.

"와! 이걸 70파운드로 다 꾸민 거예요?"

샘이 헛기침을 했다.

"정확히 말하자면 69파운드 50센트로 꾸몄죠."

그녀는 환하게 얼굴을 밝히며 웃었다. 샬로테는 매트리스 위에 앉았다. 독서 코너는 생각보다 훨씬 예뻤다.

"아주 아늑하네요! 아이들이 참 좋아하겠어요."

"나도 그러기를 바라요."

샘은 이렇게 대답하며 샬로테 옆에 앉았다.

"천장도 봤어요?"

샬로테가 고개를 젖히자 야광 별들로 둘레를 장식한 커다란 해리 포터 포스터가 보였다.

"와! 정말 예쁘네요!"

샘이 미소를 지었다. 윌리엄이 샬로테에게 해준 말에 따르면, 술집에 들어와 샘과 싸웠던 린제이가 샘에게 다시 기회를 주었다고 했다. 지금은 참 놀랍게도 두 사람이 평범한 커플처럼 지낸다고도 들었다.

"샘은 행복해 보이네요."

샬로테의 말에 샘이 눈을 흘겼다.

"그렇죠. 하지만 오래갈 거라고 생각하진 말아요. 내 여자친구는 우리가 **제대로 된 관계**로 사귀고 있다고 주장하거든요. 그게 무슨 뜻이냐면, 매일 대화하고 다른 사람한테 치근덕대지 말아야 한다는 거예요. 게다가 린제이는 경찰이란 말이죠. 그러니까, 맞아요. 난 행복하고 사랑에 빠진 건 맞다고요. 하지만 아까도 말했듯이, 오래 갈지는 두고 봐야죠."

샬로테는 웃고 말았다.

"힘들게 지내는 것 같네요."

그러자 샘은 고개를 끄덕이더니 다 안다는 듯 씩 웃었다.

"그렇죠? 그런데 샬로테도 만만치 않게 행복해 보여요."

"아, 정말요?"

샘은 그녀를 빤히 바라보았다.

"여기 온 첫 주에는 한 번도 안 웃더니, 지금은 눈가에 웃음꽃이 피었네요."

샬로테는 손가락으로 눈 주위를 만져보았다.

"그건 그렇네요."

"또 할 말은 없어요?"

"무슨 할 말요?"

샘이 못마땅한 소리를 냈다.

"난 내 연애사를 다 털어놨는데, 샬로테는 아무 말도 안 하려고요?"

샬로테는 얼굴이 빨개지는 기분이었다.

"아, 거기에 대해선 할 말이 없는데요."

그러자 샘이 크게 웃었다.

"아, 어디 한번 입에 침 열심히 바르고 말해보시죠. 하지만 이 낡은 집은 벽이 아주 얇다는 걸 잊지 말아요!"

***

계산대에 선 마르티니크는 저 멀리 샘과 샬로테를 지켜보았다. 사라의 말이 옳았다. 사라의 조카는 서점에 꼭 필요한 사람이었고. 마르티니크는 샬로테가 겉보기에 이 서점을 무척 좋아하는 것 같아서 기뻤다.

그녀는 매끄러운 원목 계산대를 쓰다듬다가 작게 난 틈을 손으로 만지작거렸다. 사라는 언제나 서점이란 공간은 사람을 치유할 수 있는 곳이라고 말했고, 여기에 도착했을 때 샬로테는 치유가 필요한 사람이었다. 그녀에게 무슨 일이 있었는지 마르티니크는 자세히 알지 못했지만, 그렇다고 속내를 억지로 털어놓게 하고 싶지도 않았다. 물론 샬로테의 엄마가 세상을 떠났다는 건 알고 있었지만, 그건 벌써 몇 년 전의 일이었으니.

마르티니크는 한숨을 쉬었다. 사라를 생각할 때면 항상 마음이 아팠지만, 그래도 사라의 마지막 소원은 이루어져서 다행이었다. 샬로테는 어엿한 서점의 일원이 되었으니, 사라의 과거에 대해서 더 알아야 할 때가 되었다. 낭독회가 끝나자마자 마르티니크는 때를 보아 자신이 알고 있는 사실을 샬로테에게 알려주어야 했다.

샘과 샬로테가 웃는 모습을 보자 앤절라가 떠올랐다. 딸애랑 다시 저렇게 웃으며 말할 수 있다면 정말이지 뭐든지 할 텐데.

폴이 앤절라의 비밀을 알고 있다는 사실을 확인한 다음부터 마르티니크는 전략을 완전히 바꾸었다. 이제는 딸에게 아주 천천히 다가가기로, 그리고 좀 더 부드러운 말투를 이끌어내기로 말이다. 이렇게 마음먹은 뒤로는 앤절라가 옷을 바닥에 아무렇게나 벗어 두거나 설거지를 하지 않아도 아무 말 하지 않았다. 대신 딸애의 말을 잘 듣고 언제나 그 자리에 있어주려 했다.

거기에 더해 앤절라가 가장 좋아하는 것, 예를 들어 스키니 카우 아이스크림 같은 것을 사기도 했다. 마르티니크가 보기에 얼린 물맛 내지는 레바논 음식이나 청포도 맛이 날 뿐이었지만 말이다. 그리고 앤절라가 콘서트에 갈 때 태워주겠다고도 했고, 영화를 같이 보러 가자고, 심지어 새 겨울 재킷을 사주겠다며 톱숍에 같이 가자고도 해보았지만, 별 소용은 없었다. 마르티니크가 어떤 제안을 해도 딸애는 할 일이 있다고 중얼대며 거절했다.

소외되고 있다는 느낌이 이토록 끔찍할 줄이야. 마르티니크는 얼마나 더 버틸 수 있을지 확신이 서지 않았다. 앤절라의 가장 큰 취미는 의류 할인 매장 쇼핑이었는데, 이젠 그마저도 하고 싶지 않다니 엄마를 정말로 싫어한다는 생각밖에 들지 않았다.

마르티니크는 폴의 품에서 몇 번이고 무너져 울었다. 남편에게 대체 앤절라에게 무슨 일이 일어났는지 알려달라고 애원했지만, 폴은 앤절라가 마음의 준비가 되었을 때 직접 들어야 한다며 고집을 부리기만 했다.

그녀는 샘이 가져온 전단을 한 장 가져다 접었다. 폴과 앤절라가 이 대규모 낭독회에 와주었으면 싶었지만, 그때 폴은 중요한

학술회의가 있었고 그다음에는 소르본 대학 초청 강사들과 저녁을 들 예정이었다. 그리고 앤절라에겐 감히 와달라고 물어볼 수도 없었다. 아마 딸애에게는 그날 저녁 페디큐어를 하거나 인스타그램에 셀카를 올리거나 킴 카다시안 예능의 마지막 회차를 보는 등의 중요한 일정이 있을 것이다.

마르티니크는 주방으로 가서 버터와 달걀, 우유와 효모, 밀가루를 꺼냈다. 시나몬 롤을 시험 삼아 한 판 구워볼 작정이었다. 일하면서 음악을 틀어놓자 싶은 마음에 휴대폰을 꺼냈다. 70년대 디스코 음악에 맞추어 빵을 굽는 걸 무척 좋아했으니까. 그런데 액정을 켠 순간, 마샤가 보낸 문자가 보였다.

나 지압 받으러 가야 하니까 3시에 애들 데리고 와줘. 스펜서가 제일 먼저 집에 가야 해. 훈련 물품을 깜빡했거든. 그리고 시간 되면 먹을 것 좀 만들어줘. 제일 간단한 방법은 애들 셋을 다 크리켓 경기에 데려다주는 거야. 마사지도 받으러 가야 해서, 내가 늦으면 애들 입힐 잠옷은 챙겨놨어. 내일 오후에 중요한 약속이 있는데, 언니가 그때도 애들 데리고 오면 참 좋겠어.

마르티니크는 갑자기 공황 상태에 빠지고 말았다. 애들을 데리러 가야 한다면 시나몬 롤은 절대로 못 만들 텐데. 게다가 낭독회 전에 할 일은 또 얼마나 많은가.

그래서 곧바로 마사에게 미안하다는 문자를 쓰기 시작했다. 아직 동생의 문자에 대답하지 않았기 때문이다. 동시에 이런 생각도 들었다. 반죽을 만들어 차에 갖고 다니다가 나중에 집에서 구워볼 수도 있지 않을까. 좀 스트레스야 받겠지만, 그리고 꽤 피곤한 일이지만 어쨌든 그러면 어찌어찌 다 할 수 있을 것 같았다.

머릿속을 최고 속도로 돌리면서 일정을 짜보려고 애를 썼다. 반죽하는 데 얼마나 걸리려나. 그걸 차에 싣고 운전한다면 혹시 상하지는 않을까? 그녀의 기억으로는 집에 효모가 없으니 이 첫 반죽에 실패하면 새로운 효모 반죽을 만들기는 어려울 것이다. 그러다 또 이런 생각이 들었다. 굳이 시험 삼아 만들 필요는 없지 않나? 시나몬 롤 조리법대로 하면 정확하게 잘 구워진다고 믿어봐도 되지 않나? 하지만 이 낭독회는 정말로 중요했고, 마르티니크는 시나몬 롤이 맛있기를 간절하게 바랐다.

생각하면 할수록 마르티니크는 스트레스가 점점 심해졌다. 그러다 샬로테가 가게에 나타나자 그녀가 해주었던 말이 떠올랐다. 그때 같이 이야기했었잖아! 마르티니크는 모두에게 너무 친절하다고, 그러니 거절하는 법을 배워야 한다고.

그녀는 마른침을 삼키고 마샤의 문자를 다시금 읽었다. 나 지압 받으러 가야 하니까. 마샤지도 받으러 가야 해서.

마르티니크가 몰래 애들을 학교에 태워다주고 있다는 걸 폴이 알면 뭐라고 할까. 아마 분노하며 소리치겠지. 마샤는 낮에는 아무것도 안 하잖아. 지압사한테는 다른 때 가면 되고. 하지만 마르티니크 당신은 근무해야 할 직장이 있는 사람이잖아. 맙소사, 게다가 네 동생은 원한다면 전속 지압사를 고용할 수도 있잖아!

머릿속에 떠오르는 목소리에 그녀는 더욱 단호해졌다. 한낮에 근무해야 할 서점을 두고 마샤의 아들들을 태우러 자리를 비울 수는 없었다. 이제까지 기꺼이 도와주었는데도, 별 효과가 없었지. 자신은 시간이 없었고, 마샤는 그 점을 알아야 했다.

마르티니크는 써두었던 문자를 다 지운 다음 새로 썼다. **오늘은 안 돼. 안타깝지만. 미안해. 정말 미안해.** 하지만 이것도 싹 지웠다. **나 일해야 해. 다른 사람한테 부탁해.**

마지막 문장을 쓰자 배 속이 조여들었다. 이러면 정말로 힘들어지겠지.

그녀는 심호흡을 한 다음 마샤의 전화번호를 눌렀다.

신호음이 울리는 동안 심장이 두근거렸다. 진정하자. 마르티니크는 자신에게 말했다. 네가 전화하는 사람이 무슨 북한 독재자도 아니잖아. 그냥 동생한테 거는 거잖아.

"네, 여보세요?"

"응."

마르티니크는 떨리는 목소리로 말했다.

"마르티니크? 무슨 일이야? 목소리가 왜 그래?"

그녀는 목을 가다듬었다.

"아무것도 아니야. 방금 네 문자를 읽고서 연락하고 싶어서."

"아, 그래! 나 지금 마사지 예약 일자를 잡던 참이었어. 좀 늦긴 했지만, 정말 꼭 받아야 하거든. 오늘 훈련 두 개를 마쳤더니 온몸이 쑤시네."

마르티니크는 입술을 깨물고 생각했다. **지금이 아니면 안 돼.**

"있지, 미안한데 오늘은 애들 데리러 못 가."

그러자 휴대폰 너머가 조용해졌다. 그러더니 마샤가 씨근대는 소리가 들렸다.

"그래? 왜 안 돼?"

"나 일해야 해."

"알았어. 그러면 애들이 방과 후 교실에 갈 수 있는지 알아볼게. 그럼 언제 데리러 와줄 수 있어?"

마르티니크는 눈을 질끈 감았다. 맙소사, 너무 힘들어!

그녀의 목에서 새된 소리가 났다.

"못 가. 오늘은 안 돼. 우리 낭독회 때문에 할 일이 있어. 지금 서점 상황이 너무 안 좋아서 파산하지 않으려고 이를 악물고 필사적으로 일하는 중이야. 내가 스펜서랑 스털링이랑 에디슨을 참 좋아하긴 하는데, 이젠 애들을 학교에 태워주고 데리러 가는 거 못하겠어. 네가 원한다면 새 보모를 같이 찾아줄게."

마샤는 못마땅한 소리를 냈다. 마르티니크는 심호흡을 했다.

"그래, 아니면 네가 직접 애들 데리러 가. 어쨌든 난 못 해."

이런 말을 하면서도 내심 자기가 뱉은 말이 얼마나 모질게 들릴까 싶어 후회스러웠다. 그녀는 긴장한 채로 마샤의 대답을 열심히 들으려 했고, 너무나도 길게 느껴지는 몇 초가 흐른 뒤에 마샤는 흐느껴 울기 시작했다.

"난 언니가 날 도와줄 거라고 생각했어. 난 지금 너무 힘드니까! 가족을 못 믿으면 대체 여자 혼자서 어떻게 애들을 키우라는 거야? 도와줄 사람이 없으면 얼마나 힘든지 언니가 알아? 리처드가 손가락 하나 까딱 안 하는 상황에서 내가 어떤 기분인지 아냐고! 모든 걸 내가 직접 해야 해. 모든 걸!"

마르티니크는 숨을 죽였다. 마샤가 자신의 마음을 들었다가 확 놓은 것만 같았다. 물론 그녀도 동생을 도와주고 싶었고, 당연히 믿음직한 언니가 되어주고 싶었다. 내가 어쩌다가 이렇게 됐을까. 일보다 당연히 가족이 중요한 것을!

"나……."

마샤가 한숨을 쉬었다.

"나 그럼 내일 스테파노랑 약속한 것도 취소하라는 거네? 내가 내일을 얼마나 기다렸는지 알아? 몇 주간 미용실에서 드라이도 못 했는데!"

그 말을 듣는 순간, 마르티니크의 속에서 말 그대로 무언가가 뚝 끊어졌다. 그럼 내일 있다던 중요한 약속이란 게 스테파노를 만나는 거였어? 자기 머리를 하려고 나보고 직장에서 빨리 나오라고 한 거야?

갑자기 동생에 대한 동정심이 싹 사라졌다. 그녀 역시 여름부터 머리를 잘라야겠다고 생각했건만, 항상 남을 도와주느라 바빠서 미용실에 갈 시간조차 없었다.

마르티니크는 좌절한 채로 엉망인 머리를 쓸어 올렸다. 폴의 말이 옳았다. 마샤는 자신을 무자비하게 착취하고 있다. 그러니 이제는 선을 그을 때였다.

그녀가 떨리는 목소리로 말했다.

"넌 잘 모르나 본데, 나는 직업이 있어. 지금 사는 집에서 먹고 살려면 일을 해야 해. 평범한 사람들은 항상 미용실에 갈 시간이 없어. 더 중요한 일이 많으니까. 그런데 넌 사치스럽게 사니 참 좋겠구나. 하지만 네가 미용실에서 머리하는 동안 내가 너희 집 애들을 계속 태워다줄 거라고 기대하지 마. 도움이 필요하면 다른 사람을 찾아봐."

휴대폰 너머는 조용했다. 마르티니크는 마른침을 삼켰다. 이러다 자신이 산산조각이 날 것만 같았다. 이제는 전화를 당장 끊어야 했다. 안 그러면 모든 게 원점으로 돌아갈 테니까.

"이제 가봐야겠다. 나중에 봐."

전화를 끊는 순간 그녀는 양심의 가책에 휩싸였다. 하지만 그도 잠시, 그 느낌은 곧 더할 나위 없는 환희로 재빠르게 바뀌었다. 드디어 해냈어! 마침내 싫다고 말했고, 그래서 기분이 너무나 좋았다.

마르티니크는 휴대폰을 무음으로 설정한 다음 다시금 자신에게 말했다. 나 잘한 거야. 마샤는 분명히 한동안 그녀에게 화를 낼 테지만, 그래도 괜찮아질 것이다. 아마도 이번 일을 자극 삼아 여동생은 마침내 아이를 돌봐주는 사람을 새롭게 고용할 수 있게 될 것이다.

갑자기 든 자유로운 느낌에 한껏 고무된 마르티니크는 춤을 추면서 오븐으로 다가가 예열을 했다. 자신을 위해 목소리를 내는 게 이토록 행복할 줄은 미처 몰랐다. 거절하는 게 이토록 기분이 좋다면, 얼마든지 편안한 마음으로 할 수 있다고!

그녀는 사라의 낡은 요리책을 꺼내 시나몬 롤 페이지를 펼쳤다. 마샤는 뒤끝이 심한 애니까, 낭독회엔 분명히 오지 않겠지.

마르티니크는 이내 생각을 떨쳤다. 물론 샬로테가 서점에 온 이후로 마샤가 이곳에 와보지 않은 게 좀 안타깝긴 하지만, 그래도 세상은 잘만 돌아가더라. 그래, 이제는 그냥 만사 좋은 면만 보도록 하자. 이제 마샤의 아이들을 데리러 갈 필요가 없으니, 제대로 반죽을 준비하고 다양한 속을 넣어 빵을 구워볼 시간이 넉넉했다.

마르티니크는 요리책을 훑어보았다. 이 책에는 다양한 롤 페이스트리를 만드는 법이 끝없이 나와 있었다. 그래서 그녀는 마지팬부터 시작해 바닐라 설탕, 시나몬, 생강에 이르기까지 온갖 재료를 다 넣고 그중 가장 맛있는 롤이 뭔지 먹어볼 생각이었다.

혼자서도 빙긋 웃음이 나왔다. 낭독회는 대성공을 거둘 것이다. 다들 최선을 다했으니까. 그리고 자신은 상상을 뛰어넘을 만큼 맛있는 시나몬 롤을 구울 것이다.

31

1983년 3월 1일 화요일

크리스티나는 변기에 앉아서 네모난 플라스틱 용기를 바라보았다. 그 안에는 시료용 시험관이 들어 있었다. 시험관 안에 아침 소변 몇 방울과 임신테스트기에 들어 있는 액체를 섞은 지 두 시간 가까이 흘렀다.

자신의 나날이 이젠 끝났다는 걸 알아버린 뒤로, 그녀는 대니얼에게 말을 걸지 않았다. 지금 그는 일하는 중이고, 사라는 아직 자고 있었다. 보통 사라는 10시 전에 일어나지 않지만, 크리스티나가 최대한 조용히 있었기 때문에 언니는 무슨 일이 일어났는지 전혀 알 수가 없을 것이다.

어두운 갈색 고리가 시험관 아래에 나타나더니 시간이 지날수록 더욱 선명해졌다. 크리스티나는 다시 설명서를 읽었다. 이 테스트는 97퍼센트 정확하다는 말이 있으니, 자신이 임신하지 않았을 확률은 3퍼센트였다. 하지만 그건 중요하지 않았다. 크리스티나는 임신했다는 걸 알고 있었다. 이미 자신의 몸이 속속들이 그 사실을 인식했다.

그 사실에 압도당한 크리스티나는 욕실에서 비틀거리며 나왔다. 속이 좋지 않아서 물을 마시러 주방으로 갔다.

싱크대에 기대어 잔에 물을 잔뜩 채우고 들이켰다. 잔을 내려놓자 언제 나타났는지 자신의 옆에 사라가 서 있는 걸 알아차렸다. 머리카락은 헝클어졌고 몸에는 담요를 두른 채였지만, 눈빛만큼은 졸린 기색이 없었다. 사라는 동생을 탐구하듯 빤히 쳐다보았다.

크리스티나는 물잔을 언니에게서 숨기려는 듯 홱 돌아섰다.

"언니가 벌써 일어난 줄은 몰랐어."

사라는 대답하지 않고 고개만 끄덕였다.

크리스티나는 점점 메스꺼움이 심해져만 갔다. 배 속이 뒤집히면서, 뭔가 말해야 한다는 압박을 받았다.

"오늘 밤에 일해?"

머릿속에 떠오르는 말이라고는 이것뿐이었다.

사라는 가까이 다가오더니 크리스티나의 어깨 위로 손을 뻗어 컵을 꺼냈다. 대니얼이 찻주전자를 불에 올려놓고 갔다. 크리스티나는 찻물이 아직도 뜨거울지 알 수 없었지만, 사라에겐 별로 중요한 일이 아닌 것 같았다. 사라는 물을 컵에 붓고 티백을 넣었다.

"난 화장실 좀 쓴다."

놀란 크리스티나가 언니를 옆으로 밀치며 소리쳤다.

"안 돼, 잠깐만!"

사라가 이맛살을 찌푸리자, 크리스티나가 중얼거렸다.

"물건을 다 두고 왔어. 내가 빨리 치울게."

크리스티나는 욕실로 달려가 사라가 문 앞에 오기 전에 화장품 가방에 임신테스트기를 넣었다. 사라는 말없이 안으로 들어와 동생을 옆으로 밀치고 변기에 앉았다.

크리스티나는 세면대 앞에 서 있었다. 아직 임신테스트기가 여기 있는데 사라를 욕실에 혼자 둘 엄두가 나지 않았다. 그래서 초조하게 수도꼭지를 틀고 손을 씻는 척했다. 사라는 못마땅한 소리를 내며 이마를 짚었다.

"피곤해?"

"응."

그녀는 중얼거렸다. 그리고 돌아선 순간, 임신테스트기 설명서가 바닥에 떨어지는 게 보였다. 사라 역시 그걸 보았다. 언니는 설명서를 바라보다 이어 크리스티나에게로 눈길을 돌렸다.

"이게 뭐야……?"

크리스티나는 설명서를 휙 집고서 욕실에서 나갔다. 사라가 그 뒤를 따랐다. 아직 잠옷으로 입고 자는 티셔츠 차림인 언니는 정신이 하나도 없는 표정이었다.

무한히 길어지는 것만 같은 찰나 둘의 눈이 마주쳤다. 크리스티나의 마음속에 절망이 차올랐다.

"이거 임신테스트기 아니야?"

사라가 묻자 크리스티나는 고개를 저었다. 눈에 눈물이 차오른 채로.

"이거 내 거 아니야."

그녀가 속삭이자 갑자기 사라는 모든 걸 깨달은 표정이 되었다. 사라의 눈빛이 사나워졌다.

"누가 너한테 무슨 짓을 한 거야?"

크리스티나는 눈을 내리깔았다.

"아니야."

사라는 동생의 어깨에 손을 얹었다.

"무슨 일을 당한 거면, 말을 해야지, 크리스티나. 너도 알잖아?"

언니의 목소리가 울리자 갑자기 댐이 무너지는 것처럼 더는 자신의 감정을 억누를 수가 없었다.

"아니야, 그런 게 아니야."

그러자 사라의 목소리가 차가워졌다.

"너 임신했니? 말해봐, 크리스티나. 너 임신했어?"

크리스티나는 절망에 빠졌다. 사라에게 도와달라고 하고 싶었다. 언니가 나를 돌봐주고, 팔을 둘러 안아주며 다 괜찮아질 거라고 말해주었으면 싶었다. 하지만 진실이 밝혀지자마자 자신은 완전히 혼자가 되리라는 사실을 당연히 알고 있었다.

순간, 사라의 태도가 바뀌었다. 크리스티나에게서 손을 떼더니 가슴께에 팔짱을 꼈다.

"혹시 대니얼 아이를 밴 건 아니겠지?"

목소리가 너무나 나직해서 잘 들리지 않을 정도였다. 크리스티나는 심장이 죄어들었다. 이런 식으로 알릴 계획은 아니었다. 현실이 너무나 힘들었지만, 그래도 억지로 눈을 들어 언니를 똑바로 바라보았다.

사라는 고개를 저었다.

"말해! 사실이 아니라고 말해!"

477

사라가 이마를 짚고서 눈을 꾹 감았다.

크리스티나의 얼굴 위로 눈물이 주르르 흘렀다. 언니에게 어떻게 설명해야 할까? 언니는 어떻게 하면 날 용서해줄까?

"미안해."

크리스티나가 중얼거렸다. 다시 눈을 뜬 사라의 시선은 그저 새카맸다. 그 눈빛으로 사라는 크리스티나를 노려보았다.

"사고였어."

크리스티나는 애써 말했다. 그러자 사라가 그녀에게 확 덤벼들었다.

처음 맞았을 때는 전혀 예상하지 못한 일이라, 무슨 상황인지 전혀 파악하지 못했다. 그러다 사라가 다시금 덤벼들자 그녀는 소파에 털썩 쓰러졌다.

크리스티나는 움직이지 못했다. 너무나 무서워서 온몸이 굳어버렸다. 사라는 그녀의 위로 몸을 굽히더니, 얼굴을 찌푸리고 동생을 할퀴려는 듯 손을 힘주어 구부린 채 소리쳤다.

"이런 제길, 너 지금 뭐라 그랬어? 지금 내 남자친구랑 잤다고 했어?"

크리스티나는 고개를 저었다.

"일부러 그런 게 아니야. 언니가 화난 건 이해해. 하지만 어쩌다 보니 그렇게 됐어. 제발 용서해줘!"

크리스티나는 앉아서 몸을 가누려 했지만, 사라가 다시 그녀의 머리채를 잡았다. 그리고 그녀의 머리를 소파에 세차게 찧어서 크리스티나는 귀가 얼얼하게 울렸다.

"얼마나 됐어?"

사라가 물었다. 눈을 커다랗게 홉뜬 얼굴이 완전히 미친 사람처럼 보였다. 크리스티나는 언니의 이런 모습을 전에는 한 번도 본적이 없었다.

"얼마나 됐냐니까?!"

사라가 다시 물었다.

"몇 주 전이었어."

사라는 심호흡을 했다.

"그럼 얼마나 자주 했어?"

크리스티나는 뺨 위로 눈물이 흐르는 느낌이 들었다.

"한 번이었어."

"한 번? 정말?"

크리스티나는 눈을 감고서 고개를 저었다.

"어서 말해. 얼마나 많이 했어?"

"세 번, 아니 네 번."

사라는 그녀의 머리채를 놓고서 방 안을 초조하게 이리저리 걸었다. 얼굴이 새빨개진 채였다.

"언니가 날 도와줘야 해."

크리스티나가 흐느껴 울자 사라가 중얼거렸다.

"난 대니얼을 믿었는데. 난 너를 믿었는데. 내 동생이니까. 제길, 정말 믿을 수가 없네!"

"나 낙태해야 해."

크리스티나는 애원하는 눈빛으로 언니를 바라보았지만, 사라는 그 말을 듣지 않는 듯했다.

"언니. 정말 너무 미안해. 언니가 화난 거 다 이해해. 하지만 언니가 도와줘야 해. 이 애를 떼어내야 해."

사라는 방 안을 걷다 불쑥 멈췄다. 여기 없는 사람처럼 그저 차가웠다.

"내가 도와줬으면 좋겠어?"

크리스티나는 몸을 일으켰다.

"응. 내가 부탁할 사람이 언니 말고는 아무도 없어."

사라는 분노한 기색으로 동생을 쏘아보더니, 창문에 있는 연필꽂이에서 연필을 하나 꺼내 손으로 원을 그렸다.

"난 네가 이제 나가줬으면 해."

"아니, 어디로?"

사라는 씨근댔다.

"내가 알 게 뭐야. 그냥 꺼져."

크리스티나는 고개를 저었다.

"하지만 난 갈 데가 없어."

"그게 나랑 무슨 상관이야."

크리스티나는 사라에게 한 걸음 다가섰다.

"우리 잠깐 앉아서 이야기하면 안 돼?"

하지만 사라는 고개를 저었다.

"넌 이제 나한테 아무것도 아니야. 넌 이제 내 동생이 아니라고. 다시는 널 보고 싶지 않아."

크리스티나는 어떻게 해야 할지 알 수가 없었다. 눈빛을 파르르 떨던 그녀는 주저하다가 사라에게 손을 내밀었다.

"언니, 제발······."

하지만 크리스티나가 자신을 부르던 그 순간, 사라는 동생의 얼굴에 연필을 던졌다. 그리고 연필꽂이에서 연필을 하나 더 꺼냈다.

"이 집에서 나가! 못 들었어?"

이제 크리스티나는 어쩔 줄 몰라 하며 흐느끼기 시작했다.

"하지만 갈 데가 없어. 나 어디 가서 살라고······."

"그건 다 네 책임이잖아. 어서 짐 싸! 당장!"

크리스티나가 고개를 젓자, 사라는 다시 연필을 던지며 고함을 질렀다.

"너한테 무슨 일이 생기든 말든, 내가 눈 하나 깜짝할 줄 알아? 넌 날 배신했어! 나 몰래 대니얼에게 접근했잖아. 네가 미워, 크리스티나. 알겠어?"

크리스티나는 한 손을 배에 얹었다. 그러자 무언가가 팔을 때리는 느낌이 들었다. 쾅 소리가 나면서 배터리가 바닥에 떨어졌다. 사라가 이쪽으로 던진 것이었다.

"이제 나가. 내가 더 커다란 걸 던지기 전에!"

크리스티나는 숨도 쉬지 못하고 얼른 방으로 가서 침대 아래 있는 여행 가방을 꺼냈다. 그리고 뭘 넣는지도 모르고 소지품을 전부 안에 던져 넣었다. 지금 무슨 일이 일어난 건지 이해가 가지 않았다. 사라의 말은 정말로 진심인 걸까? 날 다시는 보고 싶지 않다고?

짐을 다 싼 크리스티나는 심호흡을 몇 번 하고서 몸을 애써 추슬렀다. 사라가 이토록 화를 낸 적은 처음이었고, 이다지도 폭력적일 수 있다는 걸 알게 되어 무서웠다. 언니가 자신을 용서해준다면 정말로 바랄 게 없을 텐데. 크리스티나는 언니가 다시는 자신을 보고 싶지 않다고 한 게 정말일지도 모른다는 생각에 참을 수가 없었다.

사라는 현관에서 그녀를 기다리고 있었다. 다리를 벌리고 떡 버티고 서서 허리에 손을 짚고 있었다.

"난 지금 일하는 데 가서 티나한테 오늘 밤 재워줄 수 있냐고 물어볼 거야."

크리스티나는 소심한 목소리로 말하며 사라의 무심한 표정을 어떻게든 바꿔보려고 했다.

"내일 다시 올게."

하지만 사라는 고개를 저으며 한 마디 한 마디를 느리고 분명하게 힘주어 말했다.

"너 아직 이해를 못 했구나. 난 널 다시는 보고 싶지 않아."

크리스티나는 마른침을 삼켰다.

"그게 언니 진심일 리 없잖아. 언닌 지금 너무 화가 나서 그래."

"아니야. 이게 내 진심이야. 똑똑히 알아둬. 내가 왜 진심인지 알아? 대니얼을 사랑해서 그래. 걔가 세상에서 나한테 제일 중요해. 걔랑 있기 위해서 널 포기해야 한다면, 당연히 그렇게 할 거야."

크리스티나는 신발을 신고서 현관에 있는 다른 신발 몇 켤레를 봉지에 넣었다. 그러는 내내 사라가 자신을 쳐다보는 시선이 느껴졌다. 신발을 다 담고서 현관으로 가던 크리스티나는 다시금 언니와 눈을 마주쳤다.

"언니."

그녀가 애원했지만, 대답은 없었다.

마침내 사라가 내뱉듯이 말했다.

"그리고 걔랑 만날 꿈도 꾸지 마. 그러기만 해봐. 네 인생을 지옥으로 만들어줄 테니까. 넌 고향이 너무 그리워서 다시 집으로 돌아간 거라고 해둘게. 그러니까 돌아가. 알았어?"

크리스티나가 대답이 없자, 사라는 다그쳤다.

"넌 날 배신했잖아. 나한테 지금 빚을 졌잖아."

크리스티나는 고개를 끄덕였다.

"그래. 하지만……."

"열쇠는 어딨어?"

크리스티나는 벽에 달린 고리를 가리켰다.

"저기 걸려 있어."

"알았어. 그럼 이제 나가."

사라는 이렇게 말하고 문을 열었다. 언니가 얼굴을 돌린 가운데, 크리스티나는 말없이 집을 떠났다.

그녀가 계단에 발을 내딛자마자, 사라는 뒤에서 문을 쾅 닫고 잠갔다.

크리스티나는 다리에 힘이 풀려 바닥에 주저앉았다. 이제 어떡하지? 머릿속이 온통 빙빙 돌았지만 어떻게든 명료하게 생각을 해보려 애썼다. 난 이제 혼자야. 도와줄 사람은 아무도 없어. 이젠 어디로 가지?

사라가 절대로 하지 말라고 했지만, 그래도 대니얼을 찾아가볼까 잠시 고민했다. 하지만 그래봤자 상황은 더 나빠질 뿐이었다. 게다가 대니얼이 어떻게 반응할지도 알 수 없었다. 그는 천주교 집안에서 자랐다. 그래서 낙태에 반대한다고 하면 어떡하지? 아니면 이런 일이 일어났다고 무척 화를 내면 어떡하지? 아니야, 난 대니얼에게 버림받는다면 견딜 수 없을 거야. 크리스티나는 위험을 무릅쓰고 싶지 않았다.

그녀는 짐을 들고 힘겹게 일어섰다. 뭔가 해결책이 있을 거야. 다른 방법이 있을 거야. 저축한 돈을 떠올려보았다. 그 돈이라면 스웨덴으로 돌아가기에 충분할 거야. 하지만 스웨덴에선 또 어디로 가야 할까? 아버지에게로 돌아갈까?

자신이 임신한 걸 아버지가 알면 어떻게 할지 생각하자 기분이 나빠졌다. 수치심을 견딜 수가 없을 터였다. 그렇지만 낙태를 한다면 스웨덴에서 하는 편이 더 안전하다는 생각이 들었다. 적어도 병원에서 무슨 말을 하는지는 이해할 수 있을 테니까.

크리스티나는 천천히 계단을 내려갔다. 그러다 스코네에 삼촌이 살고 있다는 게 떠올랐다. 엄마의 남자 형제, 한스였다. 크리스티나는 어릴 적 만난 삼촌이 상냥했던 걸 기억했다. 우리에게 빨간 사탕을 주었지. 하지만 엄마가 돌아가신 후로는 삼촌과 연락이 끊겼다. 지금 내가 삼촌을 방문한다면, 날 불쌍하게 생각해줄까? 아니, 나를 기억이라도 할까?

크리스티나는 엉덩이로 대문을 밀고 나가 인도에 섰다. 가진 것이라고는 런던에 올 때 들고 온 낡은 여행 가방뿐이었다.

티나가 오늘 일하는 날인지 생각해보았다. 도와달라고 말이라도 건네볼 수 있는 사람은 이제 티나뿐이었다. 어쩌면 고향으로 돌아가는 제일 나은 방법을 찾을 때까지 며칠은 같이 보내도 좋겠지.

이런 생각을 하는 동안 문득 추위가 느껴졌다. **고향으로.** 크리스티나는 런던에서 사는 게 좋았다. 여기서는 자신이 완전히 새로운 사람이 되었으니까. 하지만 이제는 여기서 살 수 없다. 더는 안 된다. 이런 일이 있었으니, 더는.

거리를 걸으며 사방을 둘러보자, 그녀의 일상을 이루던 풍경이 눈에 들어왔다. 세탁소, 자그마한 상점들, 저 아래에 있는 레스토랑들. 모퉁이에 있는 식료품점과 집 아래 멋진 서점. 전부 자신과 사라의 삶을 이루던 것들이었다. 자매가 함께 누리던 것들이었다.

다시금 크리스티나의 눈에 눈물이 차올랐다. 문득 사라와 대니얼을 다시는 볼 수 없으리란 깨달음이 왔다. 언니는 나를 절대로 용서하지 않겠지. 내가 자매 사이를 망쳤으니까. 모두 다 내 잘못이야.

템스강에서부터 한 줄기 바람이 불어와 크리스티나의 외투 자락을 살랑 흩날렸다. 그녀는 길을 건너며 곰곰이 생각했다. **방법이 하나 더 있어. 모든 걸 곧바로 끝낼 더 쉬운 방법이 있어.** 그러면 먼 길을 떠날 필요도, 수치심을 안고 살아갈 필요도 없다.

크리스티나는 산책로에 여행 가방을 놓고 손을 배에 얹었다. TV 드라마 〈매시〉에 나오는 조니 맨델의 노래를 생각했다. **인생이란 게임은 너무 어려워. 어쨌든 난 결국 지게 될 거야.**

절망감으로 가슴이 찢어질 것만 같았다. 정말 이 배 속에 뭔가 있는지 느껴보고 싶었다. 어쩌면 내가 잘못 안 건 아닐까? 어쩌면 임신한 게 아닐 수도 있을까?

새로이 바람이 불어왔다. 크리스티나는 눈을 감고 얼굴에 불어오는 차가운 바람을 느꼈다. 왜 이런 일이 일어났을까? 난 어쩜 이토록 멍청할까? 왜 이런 불행이 찾아왔을까?

물결이 강둑을 찰싹 치는 소리가 들렸다. 나의 삶은 망가졌어. 다 끝났어. 만약 한스 삼촌을 못 찾아내거나, 삼촌이 도와주지 않는다면 이제 남은 사람은 하나뿐이었다. 하지만 크리스티나는 아버지가 있는 오레보로 돌아가고 싶지 않았다.

강물로 한 걸음 더 다가가 모퉁이에 서서 앞뒤로 몸을 흔들었다. 생각했던 것만큼 무섭지는 않았다. 오히려 강물은 이리로 오라며 힘을 주었다.

두 눈은 여전히 감고 있었다. 양옆으로 손을 뻗어 균형을 잡았다. 생각이 점점 구체적으로 이어졌다. 어쩌면 이 아이, 차가운 물에 빠지면 죽을지도 몰라.

크리스티나는 대니얼을 눈앞에 그려보았다. 정말이지 대니얼과 이야기를 나누고 싶지만, 그럴 수 없다는 걸 안다. 그녀는 대니얼을 요구할 권리를 잃어버렸다.

내겐 다른 선택지가 없어. 그녀는 자신에게 말했다. 바람이 몸을 잡아당기는 느낌이 들었다. **내겐 정말로 다른 선택지가 없어.**

32

작은 사무실에 앉은 샬로테는 그저 일에 몰두하고 있었다. 그러느라 윌리엄이 뒤에서 몰래 다가오는 걸 알아차리지 못해서, 갑자기 그의 품에 안기자 움찔 놀라고 말았다.

그녀는 급하게 속삭였다.

"하지 말아요. 누가 보면 어쩌려고요."

윌리엄이 웃었다.

"걱정하지 말아요. 샘과 마르티니크는 계산대에서 손님 응대에 바쁜데요, 뭐. 조만간 저 둘은 우리가 사귀고 있다는 걸 알게 되겠죠. 왜 우리가 솔직하게 터놓으면 안 돼요?"

샬로테는 그에게 몸을 돌려 입술에 키스했지만, 그럼에도 하지 말아야 할 짓을 하고 있다는 느낌을 떨칠 수가 없었다.

"소설은 잘돼가요?"

윌리엄은 환하게 함박웃음을 지었다.

"아주 잘돼가요! 제대로 쓰고 있죠."

"대단하네요!"

"그래요. 정말 대단하죠. 전체적으로 이야기를 다시 썼어요. 그래서 지금은 훨씬 더 흥미진진해졌죠."

그는 계단 쪽으로 고갯짓하며 덧붙였다.

"난 다시 올라가려고요. 잠깐 당신이 보고 싶어서 내려왔어요."

윌리엄이 그녀의 뺨을 쓰다듬자, 샬로테는 미소를 지었다. 그가 자신을 만질 때마다 무척 행복했다.

샬로테는 달력을 보고서 물었다.

"오늘 밤에는 뭐 할래요? 아, 오늘 저녁에 당신 출판사랑 식사 자리가 있었죠?"

하지만 윌리엄은 볼멘소리를 냈다.

"그쪽에서 나를 사보이 호텔 세 코스짜리 만찬에 초대한다고 해서 다시 모든 게 잘될 거라고 여긴다면 완전 오산이거든요!"

하지만 샬로테가 아무 말도 하지 않자, 윌리엄은 심호흡을 하고 말을 이었다.

"간다고 말하려다 깜빡했어요. 게다가 다른 작가들도 전부 거기 온다고요. 영국에서 제일 잘나가는 베스트셀러 작가 씨께서 내 앞에 떡하니 서서 자기 자랑을 하는 걸 듣고 싶진 않아요. 가봤자 최신 작품이 해외로 얼마나 수출됐다, 영화 제작 판권이 팔렸다 뭐 이런 소리나 들을 텐데요."

샬로테가 윌리엄을 격려하려던 순간, 휴대폰이 진동했다. 그녀는 액정을 보았다. 이 번호를 아는 사람은 얼마 없었다. 헨리크와 아버지, 그리고 샬로테가 무슨 수를 써서라도 통화하고 싶지 않은 칼 체임버스뿐이었다. 그녀는 은행이 고객들을 속이기 위해 다양한 전화번호를 사용할지도 모른다고 걱정했기 때문에, 영국에서 오는 번호는 전혀 받지 않았다. 그래서 스웨덴 발신 번호를 보고 안도의 한숨을 쉬었다.

윌리엄은 휴대폰 쪽으로 고갯짓하며 물었다.

"전화 받아야 하지 않아요?"

"아뇨. 아빠 전화라서 안 받아도 돼요."

그녀는 수신을 보류하고 덧붙여 말했다.

"내가 나중에 다시 걸 거예요."

"아, 정말요? 아버님 성함은 어떻게 되시죠?"

샬로테는 휴대폰을 내려놓았다.

"베르틸요. 하지만 그분은 친아버지가 아니에요. 내가 네 살 때 우리 엄마와 결혼했고, 내가 대학에 입학한 다음에 두 분은 헤어지셨어요. 그 후에 재혼해서 자녀를 셋 두셨죠."

그런데 의도했던 것보다 말이 떨떠름하게 나와버렸다는 걸 알아챈 샬로테는 아니라는 듯 손을 내저었다.

"아니, 아버지가 새 가정을 꾸린 게 나쁘다고 생각하는 건 아니에요."

윌리엄은 그녀를 지그시 바라보았다.

"그럼 진짜 아버지는 누구시죠?"

그녀는 어깨를 으쓱이며 대답했다.

"몰라요. 엄마는 아버지가 누군지 말해주지 않았어요. 아마도 로드 스튜어트나 톰 존스 같은 슈퍼스타였을지도 모르죠."

"그러고 보니 당신, 엘튼 존을 닮았어요."

윌리엄의 말에 샬로테는 얼굴을 찌푸렸다.

"하나도 재미없어요!"

윌리엄은 그녀의 허리에 손을 얹고서 몸을 끌어당겼다. 그리고 다시 키스하려고 했지만, 그녀는 고개를 젓고 미소 지으며 말했다.

"꿈도 꾸지 말아요. 나는 내일 대규모 낭독회를 위해 할 일이 많다고요."

"잘 알았습니다. 그러면 내가 도와줄게요."

샬로테는 엄한 표정을 지으려고 했지만, 윌리엄이 이렇게 웃으면 인상을 쓰려야 쓸 수가 없었다.

"글 쓰러 안 가요?"

윌리엄이 느긋하게 말했다.

"나도 좀 쉬어야죠. 그럼 우리 뭐 할까요?"

샘은 계산대에 서서 공책에 얼굴을 파묻고 있었다. 그러다 윌리엄이 부르는 말에 화들짝 얼어붙었다.

"안녕, 샘! 일은 잘돼가?"

그녀는 멍한 눈빛으로 윌리엄과 샬로테를 번갈아 바라보았다.

"표를 열세 장밖에 못 팔았어. 열세 장이라고! 이해가 안 돼. 런던 시민 중에서 이 낭독회를 모르는 사람은 아무도 없을 텐데."

샘의 눈빛에는 좌절감이 가득했다. 샬로테도 실망한 마음을 애써 감췄다.

"아직 표를 사려고 기다리는 사람이 많을 거예요. 아니면 저녁에 불쑥 나타나서 살 수도 있죠."

하지만 샘은 고개를 저었다.

"이제 우리 어떡하죠?"

"걱정하지 말아요. 잘될 거예요!"

그때 마르티니크가 주방에서 나왔다. 머리부터 발끝까지 밀가루투성이인 모습으로 나타난 마르티니크는 입고 있는 노란색 카프탄에서 밀가루를 털려 했다.

"자, 반죽 준비는 끝났어!"

하지만 샘이 씨근거렸다.

"반죽 갖다버려요. 내일 낭독회엔 아무도 안 올 테니까."

마르티니크와 샬로테는 걱정이 담긴 시선을 나눈 다음, 둘 다 샘을 어떻게든 격려해보려고 애를 썼다.

"매튜 머로는 TV 스타라는 걸 잊지 마. 사람들은 TV에 나오는 사람을 좋아한다고!"

마르티니크의 말에 샬로테도 거들었다.

"맞아요. 그리고 서점 문을 열고 마르티니크가 만든 시나몬 롤 향기가 퍼져나가면 사람들은 우리 가게로 달려올 거라고요."

이제 샘은 윌리엄을 바라보았다.

"윌리엄은 어떻게 생각해? 여기에 뭐 할 말 있어?"

윌리엄은 매튜 머로의 책을 높이 들어 보였다. 표지에 눈을 흘긴 부엉이가 있는 책을 보여주며 그는 애써 둘러댔다.

"새를 싫어하는 사람은 없잖아?"

그 순간, 서점 문이 열리더니 어떤 남자가 들어왔다. 잠시 후에야 샬로테는 그 사람이 사라의 변호사인 제럴드 쿡 씨라는 걸 알아차렸다.

"쿡 변호사님, 여긴 어쩐 일이신가요?"

그녀가 깜짝 놀라 말을 걸었다. 쿡 변호사는 타탄 무늬의 베레모를 벗고 샬로테에게 고개를 끄덕여 인사했다. 샬로테는 제발 이 변호사가 은행과 이야기하고 온 것이 아니기를 간절히 바랐다. 그는 공손하게 인사말을 건넸다.

"안녕하세요, 뤼드베리 씨. 아주 좋은 소식이 있어서 왔습니다!"

"그냥 전화로 말씀하시면 좋았을 텐데요?"

이 말에 쿡 변호사는 어색한 미소를 지었다. 그걸 본 샬로테는 자신의 질문이 좀 적절하지 못했을지도 모르겠다는 생각이 들어서 급히 덧붙였다.

"물론 언제든 여기에 오셔도 괜찮습니다."

"전화를 드리긴 했습니다. 그것도 여러 번 말이죠. 하지만 뤼드베리 씨가 받지를 않으셔서요."

샬로테는 마른침을 삼켰다. 쿡 변호사가 무슨 말을 하든, 지금은 둘이서만 대화를 하는 편이 좋았다. 하지만 저 세 사람은 여기서 귀를 쫑긋 세우고 엿들을 게 뻔했다. 쿡 변호사에게 사무실로 들어와달라고 말한다면, 세 사람은 무슨 꿍꿍이가 있을 거라고 오해할 것이다.

"죄송해요. 제가 스웨덴 회사 쪽에 문제가 좀 있어서요."

그녀는 거짓말을 했고, 쿡 변호사는 고개를 끄덕였다.

"그것참 안됐습니다. 하지만 지금 제가 가져온 소식은 분명히 좋은 소식이거든요. 들어보시겠습니까?"

샬로테는 땀이 흐르는 느낌이었다. 이게 무슨 뜻이지? 쿡 변호사가 혹시 사라 이모의 비밀 계좌에서 1만 5천 파운드라도 발견한 건가?

그녀는 마지못해 고개를 끄덕였다.

"제가 이 건물을 살 구매자를 찾았습니다!"

샬로테의 이마에 깊게 주름살이 패었다. 서점의 미래가 무척 불확실했던지라, 그녀는 모든 가능성을 열어두고 변호사가 건물을 구매할 사람을 찾도록 놔두긴 했었다. 하지만 다른 사람들은 아직 모르는 일이었다.

"물론 이 건물을 사겠다는 거지, 서점까지 운영하겠다는 건 아닙니다. 안타깝게도 서점을 계속 운영할 생각을 하는 분은 아무도 없었거든요. 하지만 어떤 미국 회사에서 여기다 2층짜리 햄버거 식당을 열고 싶다며 아주 좋은 제안을 했습니다. 6주 후에, 그러니까 12월 초에 인수하겠다고 합니다."

샬로테는 도와달라는 눈빛으로 주위를 둘러보았지만, 다들 그녀의 시선을 피했다. 쿡 변호사는 만족스러운 기색으로 말했다.

"드릴 말씀은 여기까지입니다. 제 비서에게 전화하셔서 최대한 빨리 일정을 잡으시면 계약서 초안을 작성해 보여드리겠습니다."

변호사가 문을 닫고 나가자, 서점에는 언짢은 침묵이 흘렀다. 이윽고 샘이 으르렁댔다.

"서점을 팔고 싶은가요?"

샬로테는 고개를 저었다.

"아뇨. 절대 안 팔아요."

그녀는 필사적으로 윌리엄을 바라보았지만, 그는 팔짱을 긴 채 비난조로 물었다.

"그럼 당신은 여기 살지 않겠다는 거죠? 그동안 내내 이 서점을 없앨 계획이었어요?"

"아니에요! 저기, 그러니까 처음에는 팔려고 했어요. 하지만 지금은 아니에요."

"당신은 나한테 거짓말을 했어요."

윌리엄의 얼굴이 굳었다. 샬로테는 필사적으로 손을 들며 변명했다.

"아뇨, 서점을 구하려고 그랬던 거예요. 하지만 내가 과연 서점을 구할 수 있을지 모르겠어요."

윌리엄의 턱에 힘이 들어갔다. 그의 화난 모습을 보자 샬로테의 가슴이 죄어들었다.

"햄버거 체인점이라. 멋지네요! 비싼 가격에 잘 팔길 바라겠습니다."

"이건 돈 문제가 아니에요. 아니, 돈 문제는 맞아요……. 이 서점은 지금 파산 직전이에요."

윌리엄은 천장을 바라보더니, 그녀에게 차가운 시선을 던졌다.

"난 계속 글을 써야겠어요."

"윌리엄……."

"난 시간이 없어서요."

윌리엄은 재빨리 계단을 올라갔다. 샬로테는 그를 따라가고 싶었지만, 샘과 마르티니크가 이쪽을 바라보는 눈빛을 알아채고는 대신 그들을 바라보며 절망 어린 목소리로 소리쳤다.

"나를 좀 믿어주세요! 무슨 일이 있어도 이 서점을 팔고 싶지 않다고요!"

마르티니크는 걱정스러워 보이는 가운데서도 애써 미소를 지어 보였다.

"그럼 괜찮아, 샬로테. 네가 팔고 싶지 않다고 하면, 그 변호사가 뭐라 하든 상관없어. 하지만 이 서점이 얼마나 안 좋은 상황인지 우리에게 미리 말이라도 해주지 그랬니."

샬로테는 부끄러운 마음으로 고개를 끄덕였다.

"마르티니크 말이 옳아요. 미리 말했어야 했는데. 여러분에게 걱정을 끼치고 싶지 않았어요. 게다가 내일은 큰 행사가 있잖아요. 난 이게 우리의 새로운 시작이 되기를 바라고 있어요. 더 많은 사람이 우리 가게를 알아볼 수 있기만을 바란다고요."

"그러니까 우리가 다시 살아날 기회가 있다는 거지?"

마르티니크가 숨도 쉬지 않은 채로 물었다. 샬로테는 입술을 깨물었다. 또 거짓말을 하고 싶지는 않았지만, 샘과 마르티니크가 희망에 찬 눈빛으로 이쪽을 바라보는데 1만 5천 파운드의 은행 빚이 있다는 말은 차마 할 수가 없었다.

"있어요. 적은 기회지만 있어요. 시도라도 해봐야죠."

샬로테의 말에 마르티니크는 그녀의 손을 꼭 잡았다.

"할 수 있어! 그렇지, 샘? 내일 사라가 봤다면 분명 자랑스러워할 만큼 멋진 낭독회가 열릴 거야!"

샘이 고개를 끄덕이자, 샬로테의 목에 감돌던 긴장감이 살짝 사그라들었다. 이제는 윌리엄에게 가서 왜 전부 솔직하게 말하지 않았는지 설명해야 한다. 그러면 윌리엄도 용서해주지 않을까.

그 순간, 전화벨이 울려서 세 사람 모두 덜컥 겁을 먹고 말았다. 전화기에 가장 가까이 있던 마르티니크가 전화를 받자, 샬로테와 샘은 옆에서 긴장한 채로 귀를 쫑긋 세웠다. 이윽고 전화를 끊은 마르티니크는 완전히 창백해져 있었다.

"무슨 일이에요?"

샘이 참지 못하고 묻자, 마르티니크가 한숨을 쉬었다.

"매튜 머로가 내일 못 온대. 독감에 걸렸대. 방금 아내가 전화해서는 매튜가 고열에 시달린다고 했어. 이마에 달걀 프라이를 해도 될 정도로 아프대."

샘은 분노 어린 고함을 질렀다.

"이럴 줄 알았어! 안 될 줄 알았다고! 학교 사회복지사 과정에 입학하지 않고 난 대체 뭘 한 거야?!"

마르티니크는 샬로테에게 몸을 숙이고 속삭여 물었다.

"파산까지 얼마나 남았니?"

샬로테는 마른침을 삼켰다. 이제는 솔직하게 말해야 할 때였다.

"이 집 대출금이 몇 달 밀렸어요. 현재 상태로는 다음 달이면 운영비가 다 떨어져요."

그러자 마르티니크의 용기가 사그라지는 게 확연히 보였다.

"다른 말로 하자면요, 우린 아주 빨리 많은 돈을 벌어야 해요."

"그러면 이제 우린 끝이에요? 문 닫아야 해요?"

샘은 제정신이 아니었다. 그녀는 눈을 희번덕거리며 마르티니크를 바라보았다.

"우리 직장이 없어질 예정이라니!"

마르티니크가 의자에 털썩 앉았다.

"난 그냥 믿을 수가 없구나. 우리가 얼마나 힘들어서 여기까지 왔는데. 사라가 쌓아온 게 모두 사라질 거라니!"

샬로테는 심한 절망에 빠진 샘과 마르티니크의 모습을 보자 마음이 아팠다. 두 사람이 좌절해버린 건 자신의 탓이 적지 않았기 때문이다. 솔직하게 말해주지 않아서 헛된 희망을 품고 말았으니까. 왜 처음부터 재정 상황이 이렇다고 말하지 못했을까?

"먼저 담배 한 대 피워야겠어요."

샘은 이렇게 말하고 밖으로 나갔다.

"난 초콜릿 좀 먹어야겠어."

마르티니크도 곧바로 사라져서 이젠 샬로테만 덩그러니 남았다.

파산이라. 생각만 해도 몸이 아픈 것만 같은 말이었다. 서점이 문을 닫아야 하다니 얼마나 무시무시한가! 저 책장이며 낡은 소파며 책들이 모두 쓰레기통에 던져지겠지. 그 생각을 하자 눈에 눈물이 핑 돌았다.

샬로테는 오래된 원목 계산대를 쓰다듬었다. 서점이 문을 닫는다면, 사라가 평생 일군 서점은 연기처럼 사라지겠지. 이 서점이 주었던 온기와 애정도 사라지고, 다시는 새로운 추억을 쌓을 수가 없게 되겠지.

이 서점이 텅 비고 으스스한 채로 황폐하게 버려지는 상상을 하니 너무나 고통스러웠다. 햄버거 체인점이 들어서며 벽과 판자를 부수고 사라가 만든 녹색 계단과 위층의 살림집을 없애버릴 걸 생각하면 더더욱 그랬다.

샬로테는 눈을 감았다. 만약 사라 이모가 생전에 너무 늦기 전에 연락을 주었더라면, 자신이 좀 더 일찍 왔더라면 얼마나 좋았을까! 그랬다면 서점을 구할 수 있었을 텐데. 내겐 처음부터 기회라고 할 만한 것이 없지 않았나.

휴대폰이 진동하자 샬로테는 누가 전화를 걸었나 보려고 전화기를 꺼냈다. 은행에서 온 전화였다면 휴대폰을 바닥에 던져버렸겠지만, 발신자는 영국 사람이 아니라 헨리크였다. 샬로테는 수신을 보류했다. 지금은 대화할 힘이 전혀 없었다.

피곤한 몸을 계산대에 기댄 그녀는 생각에 잠겼다. 파산 신청을 해야 한다는 생각에는 전혀 동의할 수가 없었다. 떠나고 싶지 않았으니까. 런던에 머물고 싶었으니까.

샬로테는 윌리엄을 떠올렸다. 지난 며칠의 나날은 너무나 아름다웠다. 이토록 행복했던 적이 또 언제였던가. 하지만 앞으로는 어떻게 될까? 윌리엄은 스웨덴에 갈 수 없다고 말했지만, 서점이 이제 없어진다면 둘은 어떡해야 할까? 다른 곳에서 새로운 삶을 같이 시작할 만큼 서로 잘 아는 사이는 아니잖은가?

그녀는 휴대폰을 꺼내 들고 잠시 그대로 있었다. 아직 BC뷰티 쪽에 대답을 하지 않았다. 샬로테가 그 대기업에 회사를 판다면, 당분간은 서점을 유지할 만큼의 자금을 갖게 되겠지. 문제는 그 돈이 제때 올 것인가, 그리고 정말로 자신은 c/o 샬로테를 넘겨줄 준비가 되어 있는가였다.

샬로테는 이마를 문질렀다. 그냥 포기하는 건 말도 안 돼! 그래서 단호하게 헨리크의 번호를 눌렀다.

"네, 여보세요?"

"안녕, 헨리크. 사실 길게 설명할 시간은 없어. 나 간단한 질문을 좀 할게."

"그래. 말해봐."

샬로테는 목을 가다듬고 말했다.

"우리가 BC뷰티 쪽 제안을 받아들이면, 회사를 얼마나 빨리 팔 수 있을까?"

"그건 왜 물어? 뭐 어디 성이라도 살 거야?"

"그래. 비슷한 거."

헨리크는 곰곰이 생각에 잠겨 중얼거렸다.

"내가 생각하기에는 그쪽이 당장 계약할 준비는 되어 있는 것 같아. 조건을 어떻게 정할 건지만 해결하면 되니까."

"알았어. 내가 바라던 것도 그거야."

그녀가 전화를 끊으려던 순간, 헨리크가 물었다.

"그런데 정말로 c/o 샬로테를 팔기로 결심했어?"

그 말에 샬로테는 움찔했지만, 결국 고개를 끄덕였다.

"정확히는 모르겠어. 하지만 네가 절차를 다 시행해주면 좋을 것 같아. 내가 내일 아침에 다시 연락할게."

샬로테가 대화를 마치고 고개를 들자, 다시 돌아온 샘과 마르티니크가 보였다. 그녀는 불안한 마음과는 달리 애써 좀 더 확실한 목소리를 내면서 말했다.

"있죠. 난 내일 반드시 낭독회를 해야 한다고 생각해요. 무슨 일이 있더라도 이 서점은 제대로 된 파티를 열어줄 만한 곳이잖아요."

샘은 미심쩍은 기색이었다.

"하지만 표를 거의 못 팔았는데요. 게다가 작가도 없는데 어떻게 낭독회를 한다는 거예요?"

샬로테는 재킷을 입었다.

"내가 어떻게든 해볼게요. 그동안 여러분은 자리를 지켜줘요."

그녀는 마르티니크에게 고개를 끄덕였다.

"시나몬 롤을 최대한 많이 구우세요."

마르티니크는 잠시 당황한 것 같았지만, 이내 샬로테에게 미소를 지었다.

"그래. 해볼게. 그리고 샘도 열심히 할 거야."

마르티니크는 이렇게 말하며 샘에게 팔을 얹었다.

"좋아요! 그럼 잠시 다녀올게요."

샬로테는 서둘러 거리로 나가며 휴대폰을 바라보았다. 샘과 마르티니크에게 한 말은 사실이었다. 그녀에겐 좋은 생각이 있었으니까. 될지 안 될지는 아직 모르지만, 지금 상황에서 서점은 잃을 게 없었다.

샬로테는 지도 검색 기능을 클릭해 경로를 설정한 다음 코번트 가든으로 향했다.

33

사라가 아이싱을 막 저으려 할 때, 현관문이 쾅 닫히는 소리가 났다. 시계를 보니 생각보다 시간이 훨씬 지나 있었다. 그녀는 재빨리 앞치마에 손을 닦고는 현관으로 향했다.

대니얼은 눈 아래 다크서클이 짙어 피곤해 보였지만, 사라를 보자 미소를 지었다.

"안녕."

"자기, 안녕. 내 새로운 옷차림 어때?"

그녀는 짐짓 다정한 척 앞치마 주머니에 손을 넣었다. 대니얼은 눈썹을 치켜떴다.

"너답지 않은 차림새인데."

사라는 그를 찰싹 때렸다.

"자기는 나다운 게 뭔지 아직 모르는구나. 뭔가 좋은 냄새 안 나?"

대니얼이 코를 킁킁댔다.

"세제 냄새 아니야?"

자기 말이 맞지 않냐고 묻는 그에게 사라는 웃었다.

"아니야. 청소는 자기 몫이잖아. 나 오늘 케이크 만들었어."

"아, 정말? 멋지네! 그런데 오븐 없이 어떻게 구웠어?"

사라는 미소를 지었다.

"음, 솔직히 말하자면 직접 구운 건 아니고 하나 샀지. 하지만 지금 아이싱을 뿌리려던 참이야. 아이싱은 내가 직접 만들었다고."

대니얼은 재킷을 옷장에 걸었다. 그런데 그가 손에 든 편지 다발이 사라의 눈에 들어왔다.

"우편물이야? 나 좀 봐도 돼?"

대니얼이 편지 다발을 사라에게 주자, 그녀는 편지를 가지고 사라졌다.

"어디 편지 받을 거 있어?"

사라는 고개를 저으며 우편물을 훑어보았다. 보통 우편물을 가져오는 쪽은 그녀였지만, 집에 돌아왔을 때 우편함이 비어 있어서 오늘은 집배원이 늦는구나 싶었다. 이윽고 대니얼의 이름이 적힌 하얀 봉투를 발견한 사라는 재빨리 편지를 숨겼다.

"아니, 딱히 기다리는 연락은 없어. 아, 내가 강좌에 등록했다는 거 자기도 알잖아. 그거 연락 오면 답을 빨리 줘야 하거든."

대니얼은 사라의 팔을 잡았다. 하지만 사라는 그의 손길에 몸이 돌아가기 전에 앞치마 주머니에 편지를 숨길 수 있었다.

"그래서? 강좌에서 연락이 왔어?"

"아니, 오늘은 안 왔네. 하지만 전기요금 고지서는 왔어."

사라는 그의 입술에 키스했다.

"아, 요금을 내야 하다니 참 잘됐네."

두 사람은 식탁에 앉았고, 사라는 케이크를 가져와 그 위에 아이싱을 부었다. 이런 모습이야말로 사라가 항상 꿈에 그리던 장면이었다. 대니얼이 직장에서 돌아오면 자신이 그를 보살펴주는 멋진 모습 말이다.

술집 근무는 그만둔 지 오래였다. 저녁에 함께 있을 수 없다는 게 너무 힘들었고, 게다가 곧 결혼하고 싶은 마음을 품은 여자가 술집 바 뒤에 서서 낯선 사람과 시시덕거리면 안 된다는 생각이 들어서였다. 그녀는 대니얼에게 결혼하고 싶다는 말을 여러 번 했고, 대니얼도 완전히 반대하지는 않는 듯했다.

지금 사라는 반나절은 아래층에 있는 서점에서 일하고 있었다. 서점 주인아주머니는 더할 나위 없이 친절한 분이었고, 사라도 바로 집 아래에서 일하는 게 아주 좋았다. 게다가 판매원으로 일하는 건 나중에 임신할 때를 고려할 때 훨씬 적합한 일이었다.

대니얼은 아직 모르고 있지만, 사라는 빨리 임신하기를 바랐다. 피임약을 끊은 지도 몇 달 되었으니, 어서 기쁜 소식으로 대니얼을 놀라게 할 날이 오기만을 바라마지않았다. 일단 자신이 임신하면, 대니얼은 떠나지 않을 테니까.

둘은 여전히 자주 싸웠다. 하지만 크리스티나가 떠난 후로는 모든 게 훨씬 쉬워졌다. 사라는 대니얼을 용서하기로 마음먹었고, 그동안 둘은 만족스럽고 행복한 나날을 보냈다.

크리스티나가 사라지고 나서 몇 주 동안 대니얼은 매일같이 사라에게 그 애 소식을 물었다. 혹시 뭐라도 들은 게 있냐고. 그럴

503

때마다 사라는 무척 힘들었지만, 결국은 크리스티나가 고향이 그리운 나머지 스웨덴으로 돌아가고 말았다는 사라의 설명을 대니얼이 이해하게 된 것 같았다. 이제 대니얼은 크리스티나 이야기를 거의 하지 않았고, 사라는 그가 동생을 차츰 잊어주기를 바랐다.

그녀는 정기적으로 오는 편지 이야기는 한마디도 하지 않았다. 처음에는 크리스티나가 자신에게 보낸 것은 물론이고 대니얼에게 보낸 편지까지 모조리 읽었지만, 지금은 뜯지도 않고 낡은 신발 상자에 던져둘 뿐이었다. 크리스티나가 제아무리 줄기차게 용서를 빈다 해도, 사라는 동생에 대해서 더는 알고 싶지 않았고, 그저 언젠가 포기하고 편지를 보내지 않기만을 바랐다.

사실 그 편지들은 버려야 했지만, 사라는 왠지 편지를 버릴 수가 없었다. 상자를 통째로 들고 쓰레기 수거함으로 가져갔지만, 던질 수가 없어서 다시 집으로 가지고 돌아온 적도 있었다. 대니얼은 어차피 이 편지를 절대로 찾을 수 없을 것이다. 하지만 자신은 언젠가는 크리스티나에게 편지를 써야 하리라. 대니얼도 나도 더는 너와 관계를 유지하고 싶지 않다고 알려줘야 할 테니.

동생에게 아직 화가 풀리지 않았지만, 때로 사라는 크리스티나를 그리워하며 동생에게 무슨 일이 일어났는지 궁금해하곤 했다. 가끔은 한밤중에 꿈을 꾸다 일어나서 돌아누워 이야기를 하려고 크리스티나를 찾기도 했다. 잠들었을 때는 동생이 떠났다는 사실을 깨닫지 못하는 것도 같았다. 그 순간이야말로 크리스티나가 너무나 그리웠다. 다시는 크리스티나를 볼 수 없다는 걸 깨달을 때마다 몸이 아프기도 했다. 하지만 그래도 자신이 옳은 결정을 내렸다는 것만은 확신했다. 대니얼을 사랑하고, 그와 함께 미래를 계획하고 있으니까. 둘은 가정을 꾸리고 행복하게 함께 살 테니까. 하지만 그 가족에 크리스티나는 함께할 수 없다. 그 애가 먼저 배신을 했으니까.

사라는 커피를 마시는 대니얼을 빤히 바라보았다. 그가 커피를 홀짝거리며 신문을 뒤적거리는 소리가 편안하게 들려왔다.

여기에 있고 싶었다. 지금부터 영원토록 말이다. 꿈을 이루기 위해서는 뭐든 기꺼이 희생해야 하는 법 아니던가. 크리스티나는 잘 살 것이다. 그건 전혀 걱정할 필요가 없다. 벌써 직장도 구했을지 모르고, 심지어 남자친구도 생겼을지 모른다.

사라는 손을 뻗어 대니얼에게 얹었다. 그는 고개를 들어 그녀를 마주 보았다.

"내가 너 사랑하는 거 알지?"

대니얼은 순순히 고개를 끄덕였다.

"내가 전기요금을 내주니까?"

사라는 고개를 저으며 손을 치웠지만, 대니얼은 재빨리 그녀를 끌어당겼다.

"농담한 거야. 나도 사랑해."

그는 이렇게 말하며 고개를 숙였다. 그의 말이 산소인 듯 사라는 깊이 흡입했다. 그녀는 대니얼의 사랑이 있어야 했고, 그 사랑을 느끼고 있었다.

"내가 빵을 잘 구워서?"

이 말에 그는 소리 내어 웃고는 그녀의 손을 잡았다.

"그래. 무엇보다도 빵을 잘 구워서지."

그는 다시 신문을 보기 시작했고, 사라는 그 옆에 앉아 그의 손을 잡았다. 이 순간만큼은 모든 의심이 싹 사라졌다. 크리스티나에게 나가라고 강요한 건 전혀 잘못이 아니었다. 그건 유일한 기회였다. 자신을 보호하기 위해서, 이 관계를 보호하기 위해서 당연히 행사해야 할 권리였고, 언젠가는 크리스티나도 그 점을 이해하게 될 것이다.

34

호텔 입구가 너무나 으리으리해서 샬로테는 한참을 망설이다 들어갔다. 가슴이 두근거리는 가운데 긴장과 흥분이 동시에 느껴졌다. 여기까지 오는 동안 두뇌는 최고조로 회전하며 온갖 생각을 해냈다.

자신의 회사인 c/o 샬로테를 매각하기로 한 건 커다란 진전이었고, 서두르고 싶은 일은 결코 아니었지만 현재로서는 다른 해결책이 전혀 보이지 않았다. 서점을 살리고 싶다면 급히 결정을 내려야 했다.

회사 초창기부터 함께 일했던 헨리크를 떠올렸다. 회사가 성장함에 따라 그는 곧바로 핵심적인 존재가 되었다. 그는 알렉스가 죽었을 땐 샬로테를 돌봐준 장본인이었다. 나는 정말로 스웨덴의 삶을 포기할 준비가 되었나? 정말로 이 서점을 위해서 회사를 포기하고 싶은 건가?

이 문제를 놓고 윌리엄과 상의할 수 있다면 얼마나 좋을까. 하지만 자신이 회사와 감정적으로 얽혀 있는 상황임을 윌리엄에게

507

설명한다는 게 어쩐지 좀 이상한 것 같기도 했다.

헨리크를 생각하자 절로 미소가 나왔다. 그는 아마도 샬로테가 완전히 미쳤다고 생각할 것이다. 갑자기 가진 걸 다 팔아 런던으로 이사하려 하다니. 특히 샬로테는 본인 입으로 항상 대도시가 싫다고 말하지 않았던가. 하지만 이상하게도 그 서점은 보면 볼수록 살고 싶은 마음이 드는 곳이었다. 생각하면 생각할수록 이곳을 버려두고 스웨덴으로 돌아간다는 건 있을 수 없는 일인 것만 같았다.

샬로테는 금으로 장식한 하얀 대리석 기둥을 감탄하며 바라보았다. 주철 난간 계단과 반짝이는 크리스털로 만든 우아한 샹들리에, 로비에 깔린 체스판 무늬 바닥이 눈에 들어왔다. 여기서 윌리엄스 출판사는 모든 출간 작가를 모아 저녁 만찬을 주최했다. 그렇다면 여기에 온 작가 중에서는 분명히 내일 리버사이드 서점에 와서 낭독회를 열어줄 사람이 있을 것이다.

샬로테는 로비를 탐색하듯 둘러보다가 저 구석에 앉은 한 무리의 사람을 발견했다. 그중 까만 소파에는 어깨까지 내려오는 금발을 안으로 살짝 만 우아한 스타일의 여성이 노트북을 무릎에 올려놓고 앉아 있었다. 아하, 저분은 분명히 작가야. 샬로테는 이렇게 생각하고 그녀 앞에 앉았다.

잠시 후 여자는 누군가 앞에 앉았다는 걸 눈치챘다. 마침내 그녀가 고개를 들자, 샬로테는 인사를 하며 상냥하게 웃었다.

"저, 실례합니다. 방해하려던 것은 아닙니다만, 혹시 작가님이신가요?"

여자는 당황한 눈빛으로 샬로테를 바라보았다.

"아, 그게 말이죠. 오늘 밤 출판사에서 담당 작가님들을 위해 여기서 만찬을 연다는 걸 우연히 알아냈거든요. 그리고 여기서 글을 쓰고 계시는 걸 보고 혹시 작가님이 아닐까 생각했어요."

여자는 고개를 끄덕였다. 샬로테의 질문이 재미있다는 기색이었다.

"네, 맞아요. 저는 작가예요."

샬로테는 소파 가장자리로 무게중심을 바꿔 바짝 다가앉았다.

"아, 정말 잘됐네요! 제가 갑자기 이런 질문을 드린 걸 부디 양해해주세요. 제가 미쳤다고 생각하셨을지도 모르겠지만, 사정이 있어서요."

샬로테는 가슴에 손을 얹고 말을 이었다.

"저는 샬로테 뤼드베리라고 합니다. 전 최근에 런던에 있는 서점을 물려받았어요. 그래서 가능한 모든 방법과 수단을 동원해서 서점을 유지하려고 노력 중입니다. 실은 내일 저희 서점에서 작가 낭독회와 함께 큰 파티를 계획하고 있었는데요, 오시기로 한 작가님이 병이 나서서 대신할 분을 찾고 있어요."

여자는 계속 말해보라는 눈빛으로 샬로테를 바라보았다.

"그래서요?"

"네, 그래서 사실, 저는 작가님이 우리 서점에 오셔서 낭독회를 좀 해주시면 어떨까 여쭤보고 싶었어요."

여자는 노트북을 덮더니 조심스럽게 물었다.

"제가 누군지 아세요?"

샬로테는 솔직한 표정으로 그녀를 바라보았다.

"아뇨. 저는 스웨덴 사람이라서 영국 문학계에 대해서 잘 몰라요. 하지만 작가님이 방문해주신다면 저희 손님들이 매우 기뻐할 거라고 생각해요."

"서점이 어디 있죠?"

"리버사이드 드라이브에 있습니다. 여기서 정말 코앞이에요. 저희 서점은 백 년 이상 이어져왔고 특별한 매력이 있는 아름다운 곳이에요. 아주 다양한 장서와 아이들을 위한 독서 코너도 있어요. 계단 아래에 해리 포터가 살던 계단 방처럼 꾸며놓은 코너도 있답니다. 그리고 그 동네에서 가장 맛있는 스웨덴식 커피와 다과를 제공해요. 서점 위에는 윌리엄 헨슬로라는 작가님도 실제로 사시고요. 안타깝게도, 저희는 지금 재정적으로 몹시 어려운 상황이라서 작가님께 돈을 드릴 수는 없을 것 같습니다. 하지만 원하시는 만큼 스웨덴식 시나몬 롤을 드릴 수는 있어요. 물론 호텔을 오고 가는 택시비는 저희가 부담하겠습니다."

"해리 포터 계단 방이 있다고요?"

샬로테는 겸연쩍게 시선을 내리깔았다.

"네. 좀 이상하게 들리시겠죠. 저희 서점 직원 하나가 해리 포터 시리즈의 열렬한 팬이거든요. 심지어 어깨에 이상한 삼각형 문신까지 했어요."

여자는 미소를 지으며 휴대폰을 꺼냈다.

"저 스웨덴식 시나몬 롤 좋아해요. 그럼 그게 내일이란 말이죠?"

"네, 맞습니다. 내일 오후 6시예요."

"있죠, 샬로테. 난 내일 그 시간에 사실 다른 일정이 있었어요. 하지만 그게 취소가 되었네요. 그러니까 서점에 기꺼이 갈게요."

샬로테는 마음에 있던 돌덩이가 쑥 내려가는 기분이었다.

"정말요? 오, 너무 기쁘네요! 정말, 정말 감사합니다."

여자는 미소를 지었다.

"천만에요."

그녀는 가방에서 작은 메모지를 꺼내더니 글을 적고서 메모지 한 장을 건넸다.

"여기 제 이름과 제 비서 전화번호가 있어요. 비서에게 정확한 주소를 보내주시겠어요?"

샬로테는 메모를 받고서 일어섰다.

"그러겠습니다! 감사합니다…….."

그녀는 메모지를 보고 이름을 확인했다.

"감사합니다, 조앤 머리 작가님!"

서점에 돌아온 샬로테가 가장 먼저 본 것은 샘의 우울한 얼굴이었다.

"내가 해결책을 찾은 것 같아요."

"아, 그래요?"

샘은 심드렁히 묻고는 책 무더기를 옆으로 밀었다.

샬로테는 헛기침을 했다.

"이리 와봐요, 샘! 마지막으로 한번 해보자고요. 내일 낭독해줄 작가님을 찾았어요."

"누군데요?"

샘은 미심쩍은 목소리로 물었다. 샬로테는 메모지를 찾으려고 주머니를 뒤졌다.

"이름은 정확히 기억 안 나는데, 아주 친절하신 분이었어요."

"아니, 알지도 못하는 사람을 초대했다고요? 설마 자기 집 지하실에서 시를 쓰고 자비출판 하는 사람은 아니겠죠?"

샘이 물었지만 샬로테는 어깨를 으쓱일 뿐이었다. 메모지를 아직 찾지 못해서였다.

"그게 중요해요?"

샘은 고개를 저었다.

"아뇨. 지금 이 상황에선 중요하지 않죠. 자비출판 하는 작가라도 없는 것보다야 나으니까요."

샬로테는 핸드백을 뒤져서 드디어 메모지를 찾아냈다. 그리고 의기양양하게 말했다.

"여기요. 작가님 이름은 조앤 머리예요!"

샘은 믿을 수 없다는 표정이었다.

"아, 네. 그것참 재밌네요. 윌리엄이 그러라고 시키던가요?"

샘은 서점 저편으로 시선을 돌리고는 아무것도 없는 데다 대고 소리쳤다.

"윌리엄, 이제 그만 나오라고, 이 멍청아!"

샬로테는 어린이용 의자에 앉았다. 샘이 왜 이런 반응을 보이는지 이해가 가지 않았다.

"여기요."

그녀는 다시 말하며 메모지를 샘에게 건네주었다. 샘은 말없이 메모지를 보았다.

"이거 누구한테 받은 거예요?"

샬로테는 무슨 소리냐는 듯 두 손을 들어 올렸다.

"당연히 조앤 머리 작가님이죠."

"그 작가님을 어디서 만났는데요?"

"윌리엄이 책을 낸 출판사의 만찬이 열리는 호텔에 갔었어요. 거기 로비에 이분이 계시더라고요."

그 순간 샘의 눈이 번뜩였다. 그러더니 더는 가만히 앉아 있지 못하고 주방으로 달려가 마르티니크를 불렀다. 마르티니크는 여전히 시나몬 롤을 만드는 중이었다.

"마르티니크! 이리 와봐요. 절대로 믿지 못할 일이 벌어졌다고요!"

당황한 샬로테는 샘을 빤히 바라보았다.

"그분을 알아요?"

샬로테가 조심스럽게 묻자, 샘이 흥분한 기색으로 고개를 끄덕였다.

"그분을 아냐고요?"

그때 마르티니크가 둘에게 다가왔다. 그녀는 몸에 두른 하얀 앞치마에 손을 닦았다.

샘은 손글씨가 쓰인 메모지를 들어 보였다.

"샬로테가 조앤 머리 작가님을 내일 낭독회에 섭외했어요."

마르티니크는 고개를 저었다.

"농담이지?"

그녀는 이렇게 말하다가 메모지를 확 뺏어 들었다. 그러더니 샘과 함께 미친 듯이 웃기 시작했다. 마르티니크가 샬로테에게로 고개를 돌렸다.

"우리가 과연 이분 사례비를 감당할 수 있을 것 같니?"

샬로테는 이맛살을 찌푸렸다.

"왜 감당을 못 해요? 작가님에게 사례비 대신 시나몬 롤을 드리기로 했다고요. 우리가 지불해야 할 돈은 호텔과 서점을 오가는 왕복 택시비예요. 어쨌든 조앤 머리 작가님이 누군지 말해줘요!"

둘은 서로를 바라보다가 다시 웃음을 터트렸다. 이윽고 샘이 극적인 어조로 말했다.

"조앤 머리는 말이죠, J. K. 롤링입니다. 해리 포터 시리즈 작가님이라고요!"

샬로테는 숨이 턱 막혔다.

"아, 너무 창피하네요. 내가 그분에게 계단 방이랑 샘의 문신까지 다 말했는데."

그녀가 우물쭈물 말하자 샘은 계산대 위로 몸을 숙였다.

"정말 꿈만 같네요! 정말로 J. K. 롤링 작가님을 데려온 거라면, 당신이 이제껏 저질렀던 멍청한 짓은 다 용서해줄게요."

마르티니크는 갑자기 진지한 태도가 되었다.

"사방에 광고하기 전에 먼저 전화해서 이게 사실인지 확인해봐."

샬로테도 동의했다.

"물론이죠. 어쨌든 나는 우리 서점 주소를 정확히 알려주기로 약속했어요."

샘은 휴대폰을 꺼내어 엄숙한 태도로 메모지에 적힌 번호를 입력했다. 조마조마한 침묵이 이어지면서 신호음이 울렸다.

"네, 안녕하세요. 저는 리버사이드 서점에서 근무하는 샘이라고 합니다. J. K. 롤링 작가님이 내일 저희 서점에서 낭독회를 해주신다고 해서 확인차 전화드렸습니다."

샬로테와 마르티니크가 샘의 표정을 초조하게 바라보는 동안 휴대폰 건너편에서는 상대방의 목소리가 울렸다.

"네, 맞습니다. 6시요. 그리고 작가님이 원하신다면 사인회를 진행하실 도서도 있어요. 네, 그리고 질의응답 시간도 조금 갖고 싶은데요. 전부 대화 형식으로 진행할 거고요. 네, 맞습니다. 리버사이드 187번지입니다. 참 잘됐네요. 오시기를 기다리고 있겠습니다!"

그녀는 전화를 끊고서 마른침을 삼켰다.

"뭐래?"

마르티니크가 궁금한 기색으로 물었다.

"전화받은 사람은 비서였어요. 그리고 정말로 J. K. 롤링 작가님이 내일 우리 서점에 온대요!"

샘이 흥분해서 소리쳤다. 그러다 샬로테에게 이내 걱정스러운 눈빛을 보냈다.

"사라의 침대 아래에 있던 책은 아직 반품하지 않았죠?"

샬로테는 고개를 저었다.

"정말 다행히도 안 했어요!"

마르티니크도 샬로테에게로 고개를 돌렸다.

"그럼 이제 우린 뭘 하지?"

샬로테는 심호흡을 했다.

"광고해야죠. 샘, 트위터랑 인스타그램 등등 다 하고 있겠죠?"

샘은 고개를 끄덕이고는 휴대폰을 들었다.

"바로 할게요."

그녀는 기분 좋게 말했다.

"좋아요! 나는 우리 홈페이지에 공지를 올리고 길거리 간판도 하나 더 만들게요."

"그럼 나는?"

마르티니크가 묻자, 샬로테는 미소를 지었다.

"마르티니크는 시나몬 롤을 최대한 많이 구워주세요. 내일 불티나게 팔릴 테니까요!"

35

10월 18일 수요일

온종일 서점은 활기찬 분위기였다. 거의 얼굴을 비추지 않는 윌리엄을 제외하면, 모든 사람이 오늘의 중요한 저녁 행사를 준비하느라 바빴다. 샘은 기대감에 너무 들뜬 나머지 직접 만든 무지개색 화환을 앞에다 걸어놓고 의자를 내놓으면서 끊임없이 흥얼댔다.

가장 먼저 서점에 온 건 마르티니크였다. 그녀는 아침 7시부터 시나몬 롤을 구웠다. 보다 못한 샬로테가 쉬고 오라며 마르티니크를 집으로 보냈다. 집에 온 마르티니크가 욕실 거울 앞에 서서 머리를 손질하고 있는데, 현관문이 닫히는 소리가 들렸다.

"앤절라? 앤절라 왔니?"

아무런 대답이 없자, 마르티니크는 복도로 나갔다. 딸애는 신발장 맞은편에 있는 의자에 앉아 있었다.

"안녕, 우리 딸. 오늘은 네가 밤늦게야 집에 올 거라고 생각했는데. 잘 지냈어?"

앤절라는 바닥을 바라보며 고개를 저었다.

"그냥 그래."

마르티니크는 천천히 앤절라에게 다가가 옆에 앉았다.

"무슨 일 있어?"

앤절라는 귀에서 하얀 이어폰을 빼더니 휴대폰 옆에 놓았다.

"아니."

딸애는 짧게 말했지만, 마르티니크는 뭔가 이상하다는 걸 알아챘다.

"엄마가 들어줄 수 있다는 거 알지? 무슨 일이 있어도 나 화 안 내."

그녀가 말했지만, 앤절라는 눈을 감고서 같은 말을 되풀이할 뿐이었다.

"아무 일도 없다니까."

마르티니크는 가까이 다가가 조심스럽게 딸애의 어깨에 팔을 얹었다.

"알았어. 말 안 해도 돼. 그냥 이렇게 앉아 있자."

앤절라는 한숨을 쉬었다.

"그냥……."

하지만 딸애는 이내 입을 다물었다. 마르티니크는 말이 다시 이어지기를 끈질기게 기다렸다.

"그냥 뭐?"

"가끔 내가 어떡해야 할지 모르겠어."

마르티니크는 이해한다는 기색을 최대한 내비쳤다.

"알았어. 그런데 뭘 어떻게 해야 할지 모르겠다는 거야?"

그녀가 조용히 묻자, 앤절라는 어깨를 으쓱했다.

"친구 관계 같은 거."

"누가 너한테 못되게 굴었어?"

그러자 앤절라는 짜증스럽다는 눈길을 보냈다.

"아니야, 엄마!"

"알았어, 미안해. 그럼 친구 관계가 뭐가 어렵다는 거야?"

마르티니크는 딸애가 천천히 숨을 내쉬는 소리를 들었다.

"모르겠어. 가끔은 그냥 이해가 안 될 때가 있어. 버디는 우리가 제일 친하다고 말했는데, 타일러도 가끔 끼어들어. 그리고 난 사실 타일러도 좋아하니까 괜찮아. 하지만 오늘 나만 빼고 버디랑 타일러가 영화관에 갔다는 걸 알았어. 난 그 영화 안 보고 싶었지만, 그래도 기분이……."

앤절라는 조용히 흐느껴 울었다. 마르티니크는 딸애를 가까이 끌어당겼다. 앤절라는 처음에는 몸이 굳었지만, 이내 엄마의 품에 안겼다.

"이젠 어떻게 해야 할지 모르겠어."

마르티니크는 앤절라의 머리에 뺨을 얹었다. 딸애가 친구들에게 소외당하는 상황에 마음이 아팠지만, 동시에 이제야 다시 딸이 자신에게 속내를 털어놓게 되어서 너무나 기뻤다.

"버디한테 말할 수는 없어? 네가 타일러랑 둘이서 만나서 속상하다고?"

앤절라는 못마땅한 소리를 냈다.

"그러다 내가 성가시다고 생각하면 어떡해?"

마르티니크는 딸애의 등을 쓸었다.

"그런 생각은 안 할 것 같은데."

앤절라는 잠시 말이 없다 공허한 눈빛으로 그녀를 바라보았다.

"고마워, 엄마."

마르티니크는 그 손을 조심스레 잡았다.

"난 언제나 네 곁에 있어. 너도 알지?"

앤절라가 고개를 끄덕였다.

"정말이야. 엄마한테 뭐든 말해도 돼. 나 화 안 내. 우리가 널 도
와주려면, 너한테 무슨 일이 생긴 건지 아는 편이 더 낫거든."

그녀는 딸애의 눈을 바라보았다. 지금 이 순간, 앤절라가 무슨
일이 있었는지 말해주지 않는다면, 앞으로도 영영 알 수 없을 것
이다.

"말할 게 또 있어."

앤절라가 불쑥 말하더니 그녀에게서 돌아앉았다.

"뭔데?"

앤절라는 다시 침묵하고서 멍하니 허공을 바라보았다.

"나 바보 같은 짓을 했어. 하지만 엄마한테 말하고 싶지 않았
어."

마르티니크는 마른침을 삼켰다.

"왜?"

"모르겠어. 엄마가 화낼 거라고 생각했었어. 그리고 내가 너무
부끄러워서. 엄마가 안 된다고 했는데, 그래도 내가 해버려서."

마르티니크는 숨을 깊이 들이마시면서 앤절라에게 자신이 금지

한 게 뭐가 있었을까 열심히 생각했다.

"그게 뭔데?"

그녀는 최대한 가벼운 어조로 물었다.

앤절라는 훌쩍이더니, 스웨터를 높이 들어 올리고 배를 드러내 보였다. 하얀 붕대가 감긴 모습이 또렷하게 보였다.

마르티니크는 움찔했지만, 심하게 놀라지는 않았다는 걸 보여 주려고 애썼다.

"아, 어쩌다가 이렇게 됐어?"

앤절라는 손으로 배를 쓰다듬었다.

"나 배꼽에 피어싱했어."

"직접?!"

앤절라는 한숨을 쉬었다.

"그렇게 소리 지를 필요까진 없잖아."

"미안해. 그럼 네가 직접 한 거야?"

마르티니크의 말투엔 비난하는 기색이 역력했다.

"아니야. 친구가 해줬어. 여자애가."

마르티니크는 목을 주무르며 생각했다. 여자애가 해줬다니, 그래도 천만다행이네.

"아팠어?"

앤절라는 고개를 끄덕였다.

"응. 그리고 감염도 됐어."

"그런데 왜 말을 안 했어? 말했다면 내가 도와줬을 텐데."

"아빠한테는 말했어. 그래서 아빠랑 병원에 갔어."

"알았어. 의사가 뭐래?"

"상처가 별로 깊지 않아서 곧 나을 거래."

마르티니크는 아랫입술을 깨물었다. 마음 같아서는 그게 얼마나 위험한 짓이었는지 앤절라에게 단단히 말해주고 싶었지만, 딸애의 흥분한 표정을 보자 그냥 하지 않는 것이 낫겠다 싶었다.

"아빠가 도와주었다니 다행이네."

그녀는 이렇게만 말하고 나서 주방에 걸린 시계를 보며 몇 시인지 확인했다.

"미안한데, 엄마는 다시 서점에 가야겠어. 오늘 밤에 낭독회가 있어서."

앤절라가 귀걸이를 잡아당기며 물었다.

"누가 오는데?"

마르티니크는 미소를 지었다. 몇 주 동안 '10파운드 좀 줄래?' 아니면 '오늘은 뭐 먹어?' 같은 질문만 하더니, 이제 오랜만에 다른 질문을 하네.

"J. K. 롤링."

앤절라의 얼굴이 환해졌다.

"우아! 해리 포터 작가님이 온다고?!"

"그래! 너도 올래?"

마르티니크가 일어서면서 물었다. 앤절라는 잠시 곰곰이 생각하는 것 같더니, 덩달아 일어섰다.

"그래. 못 갈 거 없지."

마르티니크의 마음이 아주 훈훈해졌다. 앤절라가 함께 서점에 가기로 마음을 먹다니. 그렇다면 내심 걱정했던 것만큼 엄마를 미워하는 게 아닐 수도 있겠네.

"시나몬 롤 있어. 그리고 정말 배고프면 피자 시켜 먹으면 돼."

앤절라는 웃었다.

"내가 이미 말했잖아, 엄마. 날 굳이 설득할 필요 없어."

마르티니크는 다시금 앤절라를 끌어안았고, 딸은 마지못해 엄마 품에 안기며 투덜댔다.

"어휴, 그만해. 안 그러면 마음이 또 바뀔지도 몰라."

"그래. 알았어, 미안해."

마르티니크는 이렇게 말하고는 지금 얼마나 행복한지 드러내지 않으려고 애를 썼다. 앤절라가 짜증 내지 않고 집에 있으니까 너무 좋구나.

***

샘과 마르티니크, 샬로테는 서점에 가득 들어찬 인파를 말없이 바라보았다. 휠체어를 타고 온 은퇴한 노인들, 하이힐과 화사한 스카프 차림의 중년 여성들, 초등학생을 데려온 아버지들과 검은 코트 차림의 성인들을 비롯해 노랗고 빨간 그리핀도르 목도리를 맨 사람들이 잔뜩 몰려왔다.

샘이 만든 표 160장은 이미 매진되었다. 조그마한 입장권을 얼마나 많이 인쇄하고 잘라냈는지 들었을 때 샬로테는 샘의 낙천적인 태도를 비웃었다. 하지만 지금 보니 샘이 옳았다는 게 분명하게 드러났다. 입장권은 더 필요했다.

이토록 많은 사람이 한꺼번에 서점에 온 적은 없었기에, 샬로테는 지금 그들이 화재 예방 규정을 위반한 건 아닌가 미심쩍었지만, 이번에는 아무래도 상관없었다.

낭독회 몇 시간 전부터 서점 앞 거리에 참석자가 줄을 서기 시작하면서 샘과 샬로테는 내부를 완전히 새로 배치해야 한다는 걸 깨달았다. 그래서 가운데 있던 가구를 옆으로 밀고 사인용 탁자를 놓은 다음, 샘과 윌리엄이 사라의 집에서 계단을 통해 힘겹게 나른, 그리고 또 뜯지 않은 상자를 뒤져서 찾아낸 해리 포터 시리즈 5백 권을 그 아래 쌓아두었다. 거기다 온 집 안에서 탁자와 의자를 죄다 찾아다가 좌석도 몇 개 만들었다.

윌리엄에게 도와달라 부탁한 건 샘이었다. 그가 가게에 내려온 걸 본 샬로테는 혹시 자신을 용서해준 걸까 생각했지만, 그녀가 말을 걸자마자 윌리엄은 기분 나쁘다는 듯 뭐라고 혼자 중얼대더니 자리를 피해버렸다. 게다가 이제껏 샬로테가 보낸 문자에도 전혀 답을 하지 않았기 때문에, 그녀는 이 낭독회가 끝나자마자 윌리엄과 진지한 대화를 해야겠다고 생각했다.

주방에는 시나몬 롤이 산더미처럼 쌓여 있었고, 마르티니크의 딸 앤절라는 커피를 끓이고 나눠주는 일을 거들었다. J. K. 롤링은 낭독회 30분 전에 택시를 타고 도착했고, 가게를 둘러본 다음 차와 스웨덴식 다과를 들었다. 지금은 비서와 함께 사람들과 떨어진 곳에서 대기하면서 등장할 때를 기다리는 중이었다. 질의응답 시간의 사회는 샘이 보기로 되어 있었지만, 샬로테는 먼저 손님들에게 환영 인사를 하고 싶었다.

6시가 다 되어가자 샬로테의 심장이 심하게 두근댔다. 그녀는 겁먹은 눈빛으로 마르티니크를 바라보았고, 마르티니크는 안심하라는 듯 고개를 끄덕여주었다. 모여든 청중 사이 저 멀리 머리카락을 아주 화려하게 말아 올린 여자가 보였다. 그녀는 짙은 색 정장을 입은 남자와 열띤 대화를 나누고 있었는데, 잠시 후 그 남자가 맥이라는 걸 알아챘다. 샬로테는 놀라서 속으로 미소를 지었다. 바로 뒤에 서 있던 파넬라는 샬로테에게 엄지를 치켜들어 보였고, 파넬라의 격려에 샬로테는 훨씬 더 용기가 났다.

완두콩 색 계단은 오늘 밤 무대로 활용되었다. 샬로테가 조심스럽게 계단에 올라서서 사람들을 마주 보자 웅성대던 청중이 조용해졌다. 사람이 얼마나 많이 왔는지 재빨리 세어보려 했지만, 2백까지 세다가 그만두었다. 더 많은 사람이 문밖에 서 있었고, 윌리엄은 자원해 문지기 역할을 해주었다. 샬로테는 아랫입술을 깨물었다. 이제는 때가 되었다.

"안녕하세요. 리버사이드 서점에 오신 여러분을 환영합니다."

샬로테는 이렇게 말하고 입을 다물었다. 이젠 무슨 말을 해야 할지 갈피를 잡을 수가 없어서였다. 호기심 어린 시선이 수없이 이쪽으로 향하자, 샬로테는 온몸에서 땀이 나는 느낌이 들었다.

"저는 샬로테 뤼드베리라고 합니다. 여러분 중에서는 제 이모인 사라 뤼드베리 씨를 아시는 분도 있으시겠지요. 사라는 30년이 넘도록 이 서점을 운영했습니다. 그리고 몇 주 전 이모가 세상을 떠난 다음에는 제가 이곳을 물려받았습니다."

그녀는 목을 가다듬은 후 다시금 마르티니크를 바라보고서는 말을 이어갔다.

"솔직하게 말씀드리자면, 이 서점을 물려받았을 때 전 책이 뭔지, 또 서점은 어떻게 운영되는지 아무것도 모르던 상태였습니다. 하지만 함께 일하는 샘과 마르티니크가 도와준 덕분에 문학이라는 멋진 세계를 알게 되었고, 문학이 우리 삶에 얼마나 중요한지 알게 되었습니다. 리버사이드 서점은 특별한 곳이고, 저는 매일 여기서 일할 수 있어서 참 감사합니다. 이 서점은 모두에게 열려 있고, 어느 때든 오시는 모든 분을 환영하고 있습니다. 여러분이 책을 읽고 싶거나, 누군가와 함께 있고 싶거나, 아니면 세상에서 가장 맛있는 시나몬 롤을 드시고 싶으시다면 바로 들어오시면 됩니다. 여러분과 함께 이 서점은 본연의 모습을 만들어나갈 것입니다. 앞으로도 저희 서점을 방문하고 응원해주시기를 바랍니다. 그럼 이제부터는 샘이 사회를 맡아 오늘 밤 낭독회의 주인공인 작가님을 소개하겠습니다. 바로 J. K. 롤링 작가님이십니다."

청중들이 일제히 웅성대는 와중에, 샬로테는 계단을 내려가다가 윌리엄과 눈이 마주쳤다. 아주 잠깐 두 사람은 서로 시선을 교환했지만, 계단 아래로 내려간 샬로테는 낯선 얼굴과 마법의 모자 사이에 휩쓸려 더는 윌리엄을 볼 수 없었다.

그날 저녁 낭독회는 순조롭게 진행되었다. 샬로테와 마르티니크, 앤절라는 책을 팔고 시나몬 롤과 커피를 날랐으며 금전출납기가 삑삑 울려대는 소리를 배경으로 수많은 사람의 목소리와 웃음

소리가 들려왔다.

사인용 탁자 앞에 선 줄이 끝이 없어 보여, 샬로테는 밤새 서점을 열어야 하는 건 아닌지 무서워질 지경이었다. 천만 다행히도 샘은 사인회가 어떻게 진행되는지 정확히 아는 것 같았고, 낭독회 내내 J. K. 롤링을 잘 보필했다. 샬로테가 불안했던 순간은 딱 한 번 뿐이었는데, 바로 샘이 자신의 문신을 작가님에게 보여주려고 스웨터 어깨 부분을 쭉 당겼을 때였다. 부디 샘이 부적절한 언사를 하거나 불쌍한 해리 포터 작가님에게 추근대려는 게 아니기만을 샬로테는 간절히 바랐다.

마지막 손님은 9시 30분에 떠났다. J. K. 롤링이 마르티니크가 꼭 가져가시라며 들려 보낸 시나몬 롤 한 봉지를 안고 호텔로 돌아간 뒤, 윌리엄을 제외한 모든 관계자가 샬로테의 집에 모였다. 샘은 계산대를 정리했고, 앤절라는 탁자를 닦았으며, 샬로테와 마르티니크는 빈 커피잔을 모았다.

"어쩜 그렇게 친절하실 수가."

마르티니크는 감격한 채로 호들갑을 떨었다.

"그러게요! 내가 파트너만 없었더라도 작가님한테 청혼했을 텐데!"

샘은 이렇게 말하며 씩 웃었다. 샬로테는 그녀를 엄한 눈빛으로 바라보았다.

"혹시 작가님께 이상한 말 한 건 아니겠죠?"

샘은 목을 긁었다.

"그냥 한 번 물어는 봤는데요. 혹시 저 독서 코너에서 저랑 한번 안아보지 않겠냐고요. 아쉽게도 싫다고 하셨죠."

샬로테가 깜짝 놀라서 눈을 가늘게 뜨자, 샘이 큰 소리로 웃었다.

"진정해요. 안 했어요. 그냥 농담한 거예요."

마르티니크는 남은 시나몬 롤을 통에 담고 뚜껑을 덮었다.

《데일리 텔레그래프》기자가 여기 왔던 거 알아?"

샬로테는 완전히 기진맥진한 채 어린이용 의자에 털썩 앉았다.

"네. 기자랑 이야기했어요."

"정말?"

마르티니크는 그녀에게 물으며 계산대에 마지막으로 남은 빵 부스러기를 닦았다. 샬로테는 고개를 끄덕였다.

"네. 런던에서 가장 인기 많은 작은 서점에 관해 기사를 쓰겠다고 했어요."

샘이 활짝 웃었다.

"잘됐네요! 그러면 분명히 손님이 더 많이 올 거예요."

"그러길 바라야죠."

샬로테는 이렇게 말하고는 주위를 둘러보며 덧붙였다.

"오늘 밤 정말 굉장했어요. 도와주셔서 대단히 감사합니다!"

"우리도 고맙지. 이건 더 나은 미래를 여는 시작이었을 거야."

마르티니크의 말에 샬로테는 아픈 목을 주물렀다. 마르티니크의 말이 옳기를 간절히 바라는 마음이었다. 그녀는 이제 앤절라를 보며 힘주어 말했다.

"그리고 앤절라, 너도 고맙구나. 오늘 일해주었으니 꼭 어느 정도는 보상을 해줄 거야."

그러자 앤절라는 책을 들어 보였다.

"나는 『해리 포터와 저주받은 아이』 사인본을 받았어요. 이걸로 충분해요."

마르티니크는 기특하다는 기색으로 딸애에게 손을 얹었다. 샬로테는 감동한 나머지 눈물을 글썽였다. 엄마 크리스티나가 봤다면 참 좋아했을 광경일 테니까.

지난 몇 시간 동안 소란이 벌어졌는데도 테니슨은 언제나처럼 태연하게 굴었다. 처음에 샬로테는 사람이 너무 많아서 고양이가 놀랄까 봐 걱정했지만, 손님이 물밀듯 들어오자 테니슨은 꼬리를 치켜들고 의기양양하게 사람들 사이를 거닐었다. 청중이 최대한 들어차 서점이 꽉 찼을 때는 계단으로 올라가서 만족스레 털을 핥았고, 그 모습을 보며 사람들이 한목소리로 감탄사를 연발했다.

그때, 샘이 갑자기 소리쳤다.

"좋아, 내가 미친 게 아니라면 말이죠, 오늘 밤 우리가 만 파운드 넘게 번 것 같네요."

샬로테가 벌떡 일어섰다.

"뭐라고요?"

마르티니크는 큰 소리로 계산을 읊으며 손가락을 허공에다 뻗었다.

"10파운드짜리 입장권 160장, 20파운드짜리 책 약 5백 권을 팔았지. 그리고 시나몬 롤 수백 개와 커피 수백 잔을 팔았고. 그래, 그 정도 될 거야."

"미쳤다, 미쳤어! 그럼 우리 서점 계속할 수 있는 거죠?"

샘이 소리치자 샬로테는 고개를 끄덕일 수밖에 없었다.

"그래요. 적어도 당분간은요."

샘과 마르티니크가 서로 얼싸안는 모습을 보자 샬로테는 미소를 지었다. 내일은 더할 나위 없는 협상가의 목소리로 은행에 전화할 예정이었다. 이만한 돈이 있으니, 칼 체임버스라는 사람도 서점 구제 계획에 참여해야 하겠지. 알렉스의 말대로, 이대로 하지 않는다면 그쪽의 직무 위반일 테니까.

그 기억을 떠올리자 그녀는 미소를 짓고 말았다. 그때 알렉스의 표정은 대단했었는데! 그러다 이제는 윌리엄 생각이 났다. 그와 이야기를 나누면서 어째서 서점의 재정 상황에 대해서 말하지 않았는지 제대로 설명해야 한다. 그러면 이해해주리라고 샬로테는 확신했다. 하지만 지금은 너무나 피곤해서 제대로 눈도 뜰 수 없었다. 그러니 대화는 내일로 미루는 게 낫겠지.

마르티니크는 신문을 펼쳤다. 종이가 바스락거리는 소리가 들렸다.

"여깄다!"

갑자기 큰 소리가 나는 바람에 샬로테는 그만 차를 마시다 뿜을 뻔했다.

두 사람 모두 신문 위로 고개를 숙였다. 샘의 문구를 걸어놓은 서점의 쇼윈도가 크게 실린 사진이 보였다. 그 옆으로는 J. K. 롤링의 사진과 어제 서점이 얼마나 붐볐는지 보여주는 사진이 작게 두 장 더 실렸다.

마르티니크는 큰 소리로 기사를 읽었다.

"여기, 새로운 시작을 힘차게 기약하는 매력적인 작은 서점이 있다. 어젯밤 리버사이드 서점에는 많은 청중이 모인 가운데 작가 낭독회가 열렸다. J. K. 롤링은 해리 포터 시리즈 8권의 낭독회를 열어 열렬한 환영을 받았다."

그녀는 기사를 훑어보더니 계속 읽었다.

"템스 강변에 있는 리버사이드 서점은 백 년이 넘는 역사를 이어온 고풍스러운 매력을 간직한 곳이다. 천장까지 뻗은 서가와 사다리, 소박한 가구가 어우러진 공간에는 세기말의 마법 같은 분위기가 감돈다. 최근에는 스웨덴식 '피카'를 제공하는 카페를 같이 운영하고 있으며, 전문가적 기량을 갖춘 직원들이 방문하는 손님을 책 세상으로 즐거이 안내하고 있다. 서점의 새 주인 샬로테 뤼드베리 씨에 따르면, 이런 낭독회는 앞으로 필수적인 서점 행사로 자리매김할 것이며, 그럼으로써 이 서점이 지역사회에 능동적인 일부가 되기를 바란다고 한다. 사우스뱅크 지역에 방문할 계획이 있다면, 런던에서 가장 친절한 서점에 한번 들러보기를 강력 추천한다."

그들은 서로를 쳐다보았다. 그러다 마르티니크가 기쁨의 비명을 질렀다.

"세상에! 샬로테! 정말 꿈만 같아!"

그녀는 샬로테의 목을 그러안았고, 샬로테도 있는 힘을 다해 마르티니크를 안아주었다. 이 세상에 태어난 걸 참으로 감사하게 되는 날이었다.

"그래요, 우리 이 기사를 액자에 끼워 걸어놓아요!"

기뻐서 소리친 것도 잠시, 샬로테의 휴대폰이 울리는 바람에 산통이 깨졌다. 은행에서 온 전화였다.

샬로테는 마른침을 삼켰다. 마음 같아서는 철저한 준비를 거쳐 대화에 임하고 싶었지만, 또 한편으로는 이참에 끝내버리는 것도 나쁘지 않을 것 같았다. 잠시 그녀는 전화번호를 쳐다보고는 양해를 구하고 사무실로 달려갔다.

"네, 샬로테입니다."

그녀는 좀 더 위엄 있어 보이려고 목소리를 살짝 낮게 깔았다.

"안녕하세요, 샬로테. 웨스트민스터 은행의 칼 체임버스입니다. 드디어 통화가 되어서 다행입니다. 이제 우리가 면담할 때가 되었습니다."

샬로테는 목을 가다듬고 말했다.

"네, 저도 은행 측과 의논하고 싶은 게 있습니다. 제안을 하나 드리고 싶습니다만."

그러자 잠시 침묵이 흘렀다.

"어떤 제안 말씀이시죠?"

샬로테는 마음을 단단히 먹었다. 지금이 서점을 구할 유일한 기회였다. 만약 은행이 대출 연장에 동의해주지 않는다면, 제아무리 많은 책과 시나몬 롤을 팔았다 해도 다 소용없었다. 이제부터는 설득의 영역이었다.

"아시다시피, 저는 6주 전에 이 서점을 인수했습니다. 서점 상황은 아주 형편없었지만, 그 후로 모든 서류를 검토하고 계획을 세웠으므로, 이 서점을 살릴 수 있을 거라 확신합니다. 지금은 팔리지 않은 책을 반품하면서 자본을 조달하고 있습니다. 그리고 지난 몇 주 동안 판매율을 몇 배로 올렸습니다. 오늘 1만 파운드를 상환할 예정이고, 그 후에 나머지 금액에 대한 상환 계획을 의논할 수 있기를 바랍니다."

그러자 휴대폰 저편에서 칼 체임버스의 숨소리가 들렸다. 이윽고 그가 조용히 말했다.

"서점 간의 경쟁은 아주 치열합니다. 매출이 지속되려면 몇 가지 조건이 더 필요하겠죠. 하지만 우리 은행이 그 위험을 감수할 수 있을지는 모르겠는데요."

샬로테는 휴대폰을 움켜쥐었다.

"우리는 이 분야의 전문가입니다. 시장성과 잠재력이 있다는 걸 분명히 알고 있습니다. 어제 우리는 5백 권의 책을 판 낭독회도 열었습니다."

"그거 다행입니다만, 그래도 장기적으로 상황을 봐야죠."

"그 역시 준비하고 있습니다. 우리 서점은 장기적으로 봤을 때 이 지역에 필요한 존재입니다. 어린이들과 노인들의 만남의 장소가 되고 있으니까요. 그리고 오늘 자 《데일리 텔레그래프》에는 우리 서점을 두고 '런던에서 가장 좋은 서점'이라고 칭하는 기사가 났습니다. 웨스트민스터 은행이 유망한 동네 서점을 지원할 준비가 안 되어 있다는 걸 알면 기자들이 꽤 놀랄지도 모르겠군요."

칼 체임버스는 한숨을 쉬었다.

"원하신다면 기사가 실린 신문을 보내드리겠습니다."

그녀가 한층 밀어붙이자, 칼 체임버스는 물러섰다.

"그럴 필요 없습니다. 1만 파운드의 여유 자금이 있어서 오늘 안으로 상환하신다면, 나머지 상환 계획을 다시 조정해보겠습니다."

샬로테는 눈을 감았다. 마음 같아서는 커다랗게 소리를 지르고 싶었지만 그만두었다.

"좋습니다."

그녀는 단호한 목소리로 대답했다. 칼 체임버스가 컴퓨터에 무언가를 입력하는 소리가 들렸다.

"그래도 조건에 대해서 논의해야 하니까, 한번 만나뵙고 싶은데요."

샬로테는 고개를 끄덕였다. 너무 흥분한 나머지 가만히 앉아 있을 수가 없을 지경이라 발가락으로 탁자 아래 바닥을 마구 쓸어 댔다.

"당연히 그래야겠죠."

너무 좋아서 온몸이 터질 것 같았지만, 샬로테는 애써 차분한 목소리로 대답했다.

통화를 마친 샬로테는 더할 나위 없이 행복하다 해도 과언이 아니었다. 이 서점이 장기적으로 살아남으리라는 보장은 없었지만, 그래도 당분간은 한숨을 돌린 것 같았다. 다들 함께해낸 것이다. 그러니 이제는 c/o 샬로테를 억지로 팔 필요도 없다.

의자에 앉아서도 흥겹게 몸이 들썩였지만, 이제 윌리엄이 떠올랐다. 사라의 변호사가 서점에 들어와서 이 건물을 사겠다는 햄버거 회사가 있다고 말한 뒤로, 둘은 서로 말을 섞지 않았다. 그리고 윌리엄 없이 잠자리에 누울 때마다 그녀는 너무나 외로웠다.

샬로테는 천장을 바라보았다. 아마도 윌리엄은 위층에서 원고를 쓰고 있을 것이다. 낡은 책상에 앉아 노트북으로 집중해서 글을 쓰며 중얼대는 윌리엄의 모습이 좋았다. 아직도 자신과 윌리엄 사이가 어쩌다 이렇게 된 건지 샬로테는 이해할 수가 없었다. 어서 그와 화해하고 다시 키스하기만을 간절히 바랐다.

윌리엄이 자신에게 화가 난 게 사실이라 해도, 이 모든 상황이 어떻게 된 건지 설명할 기회가 있다면 그는 분명히 이해해주리라고 샬로테는 생각했다. 그래도 이해를 못 한다면 자신이 얼마나 미안한지 보여주어야 하리라. 몇 차례 드러난 행동으로 윌리엄이 자신을 아주 좋아한다는 걸 샬로테는 어느 정도 눈치채고 있었다.

그녀는 온몸에 흥분을 느끼면서 미소를 지었다. 어쩌면 지금 그냥 윌리엄이 있는 2층으로 올라가서 그에게 몰래 다가가 등 뒤에서 목을 그러안아야 할지도 몰라. 그리고 그가 입었을 구겨진 티셔츠 속으로 슬며시 손을 넣어야 할지도.

그 생각에 샬로테는 한층 기운이 났다. 은행과의 합의를 성사시켰다고, 또 그 싸구려 햄버거 체인점 따위가 이 서점에 손댈 일은 없을 거라고 그에게 말하고 싶었다. 그건 모두 다 오해일 뿐이라고 말이다.

계단으로 올라가려던 샬로테는 서점 주방에서 윌리엄을 보았다. 그는 커피머신 옆에 서서 뭔가를 하는 중이었다. 그녀는 살금살금 다가가 주방 문가에 몸을 기댔다.

"안녕."

윌리엄은 그녀를 슬쩍 쳐다보았다.

"최대한 빨리 짐을 뺄게요."

샬로테는 깜짝 놀라 굳었다.

"뭐라고요? 왜요?"

그는 대답 없이 하얀 머그잔을 들고서 커피를 마셨다.

"윌리엄, 왜 그래요?"

"누나네 집에 빈방이 있어요. 당분간은 거기서 살 수 있어요."

샬로테는 그에게 한 발짝 다가갔지만, 윌리엄이 뒤로 물러서는 바람에 그 자리에서 멈추었다.

"난 이해가 안 돼요. 난, 당신이랑 내가…… 이게 대체 무슨 일이죠?"

그는 커피잔만 빤히 바라보더니, 이윽고 미안한 기색으로 어깨를 으쓱이면서 말했다.

"당신이 현관 수납장 안에 붙여놓은 계획표를 봤어요. 해리 포터 책을 아래로 내려다 놓다가 혹시 그 안에도 책이 있나 봤거든요. 그리고 당신 스프링노트도 읽었고요."

윌리엄이 너무나도 상처받은 모습이라서 샬로테는 그만 품에 그를 꼭 안아주고 싶었다. 하지만 지금은 한숨이 나올 뿐이었다. 쪽지를 붙여놓았던 걸 완전히 잊고 있었으니까. 거기다 뭐라고 썼었지? 윌리엄을 내보내자고? 아니면 더 나쁜 말을 썼나? 이 남자가 문제라고 썼던가?

"미안해요. 그걸 썼던 때는 우리가 서로에 대해 잘 알기 전이었어요. 오래전이었다고요. 그리고 그냥 내 생각을 적어놓았던 것뿐이에요."

그녀가 나지막하게 사과하자 윌리엄은 고개를 끄덕였다.

"하지만 당신 말이 일리가 있죠. 시세에 맞는 집세를 내지 않고 계속 여기서 살 수는 없으니까. 하지만 난 우리가 진지한 사이인 줄 알았다고요!"

"진지한 사이 맞아요!"

그녀가 항변했다.

하지만 윌리엄이 그녀를 쳐다보는 눈길은 심장을 찌를 것만 같았다.

"나한테 거짓말을 했잖아요. 스웨덴으로 돌아갈 계획이었죠? 서점이 팔릴 때까지만 기다릴 거였으면서."

"아니에요, 그렇지 않아요. 처음에는 그랬을지 모르지만요. 하지만 여러분을 알아갈수록……."

그녀는 말을 맺지 못했다. 윌리엄의 말이 어느 정도는 옳았으니까. 상황이 어떤지 그냥 말했어야 했는데, 자신은 왜 이다지도 어리석은지!

"당신에게 거짓말을 하고 싶지 않았어요. 다만 어떻게 해야 할지 몰랐던 것뿐이에요. 하지만 난 당신과 함께 있고 싶고, 여기에 있고 싶어요."

그녀의 말에 윌리엄은 헝클어진 머리를 쓸어 올렸다. 샬로테의 눈앞에서 윌리엄이 바닥으로 푹 꺼지는 것만 같았다. 그녀는 손을 내밀어 그를 만지고 싶은 마음을 억누르느라 물러서야만 했다.

"잠시 나갔다 올게요."

그는 커피잔을 들고 나갔다가, 그녀 바로 옆에서 멈춰 서고선 어색하게 웃으며 말했다.

"사라의 침대 저 뒤쪽에서 신발 상자를 찾았는데, 그 안에 오래된 편지가 있더라고요. 거실에 있는 탁자 옆에 놨어요."

샬로테는 벽에 기대섰다. 방이 빙글빙글 도는 것만 같아서 의자에 털썩 주저앉았다. 수백 가지 생각이 머릿속을 스쳐 갔지만, 그중에 답은 아무것도 없었다. 입에 단어만 가득할 뿐, 문장을 만들지 못하고 있는 기분이었다.

샬로테는 슬쩍 뒤를 돌아 계단을 내려가는 윌리엄을 바라보았다. 문득 마음이 무너지는 것만 같았다.

***

서점에 좋은 소식이 있는데도, 샬로테는 윌리엄 생각을 멈출 수가 없었다. 주방에서 일어난 대화가 너무나 처참해서 그녀는 종일 눈앞이 뿌연 것만 같은 기분으로 서점을 돌아다녔다.

몇 시간쯤 사무실에서 일해보려 하다가 결국 사라의 집으로 올라가고 말았다. 현관에 들어간 그녀는 먼저 수납장에 테이프로 붙여놨던 계획표를 떼어버렸다. 너무 화가 난 샬로테는 종이를 쫙쫙 찢은 다음 쓰레기통에 넣고는 소파에 웅크려 앉았다.

감정에 압도되는 느낌이 이런 거구나. 은행과 합의했으니 응당 기뻐야 했건만, 윌리엄과 있었던 일 때문에 좋았던 마음이 싹 사라지고 말았다. 무언가가 없어지고 나서야 그게 얼마나 중요했는지 비로소 깨닫게 되다니. 참 전형적인 상황이었다.

소파에 둔 쿠션을 가슴에 꼭 안고 있자 뺨 위로 소리 없이 눈물이 흘러내렸다. 그럼 이제 윌리엄은 나를 다시 보고 싶지 않다는 건가? 그럼 난 윌리엄도 잃어버린 건가?

그녀는 휴대폰을 들고 그에게 문자를 보내기 시작했지만, 거실 탁자 옆에 둔 자그마한 회색 상자를 보자 이내 그만두었다. 윌리엄이 사라의 침대 밑에서 찾았다던 상자가 틀림없었다.

샬로테는 허리를 굽혀 상자 뚜껑을 열었다. 그 안에는 뜯지 않은 편지가 셀 수 없이 많이 들어 있었다. 그녀는 되는대로 아무 편지나 집어 탁자에 놓았다. 어떤 편지는 사라에게 보낸 것이고, 어떤 건 대니얼에게 보낸 것이었다. 하지만 모두 받는 주소는 리버사이드 187번지였다. 편지를 뒤집어 발신인을 본 샬로테는 움찔 놀랐다. 모두 그녀의 엄마 크리스티나에게 온 편지였다.

샬로테는 눈을 문질렀다. 엄마가 사라와 대니얼에게 편지를 썼다면, 이제껏 알 수 없었던 궁금증에 대한 답이 여기 있을까?

그녀는 숨을 몰아쉬면서 사라에게 보낸 편지를 뜯었다. 손가락이 파르르 떨려왔다. 나한테 이걸 읽을 권리가 있을까? 조금 망설여졌지만, 어쩐지 이 편지가 자신과 관련이 있다는 느낌이 강렬하게 들었다. 이 안의 내용을 알아야 했다. 그러니 어쩔 수가 없었다.

바스러질 것만 같은 종이를 조심스레 펼치자 엄마의 단정한 글씨체가 쭉 이어졌다.

고르스통아, 1983년 6월 20일.

사라에게

나는 지금 스코네에 있는 고르스통아라는 작은 마을에 살고 있어. 여기에 작은 집을 얻어서 편지를 쓰는 거야. 작은 주방이 딸린 단칸방이라서 별것 아니지만, 그래도 내가 사는 집이야. 난 잘 지내고 있고, 언니한테 화나지 않았다는 걸 알려주고 싶었어. 언니가 나한테 무척 화났다는 거 잘 알아. 당연히 화낼 권리가 있지. 대니얼과 나는 언니에게 상처주고 싶지 않았어. 내가 그날 했던 말은 모두 진실이야. 만약 내가 대니얼을 사랑하지 않았더라면, 그런 일은 없었을 거야. 하지만 그의 감정까지 내가 어떻게 할 수는 없잖아.

샬로테는 손으로 입을 틀어막았다. 엄마가 사라 이모의 남자친구를 좋아했다고? 그렇다면 사라가 절연을 한 것도 당연한 일이었다. 샬로테는 편지를 계속 읽었다.

언니가 부디 날 용서해주기를 바란다는 말 말고 또 무슨 말을 써야 할지 모르겠어. 우리가 저지른 짓이 나쁘다는 거 알아. 시간을 되돌릴 수 있다면 정말로 그러고 싶어. 하지만 대니얼에게 연락해야 해. 대니얼이 내 편지를 읽었는지 혹시 알고 있어? 언니에게 힘든 일이라는 거 잘 알지만, 아이를 위해서라도 난 대니얼에게 연락해야 해. 출산일은 10월 말이야. 대니얼이 와서 나랑 아기랑 같이 있어주면 좋을 거야(언니도 원한다면 얼마든지 와도 돼). 조산사가 그러는데, 출산하자마자는 도와줘야 할 일이 많댔어.

언니는 어떻게 지내는지 듣고 싶어! 보고 싶고, 사랑해.

크리스티나

샬로테는 편지를 내려놓고 심호흡을 했다. 가슴이 두근거리면서 귀에 이명마저 들렸다. 아기? 혹시 그 아기가 난가? 분명히, 엄마가 편지를 쓴 시기는 자신이 태어나기 몇 달 전이었다. 그러니나 말고 또 누가 있을까?

샬로테는 일어서서 사라의 방 앞에 걸려 있는 사진을 꺼냈다. 그리고 다시 소파에 앉았다. 자신의 과거에 대해서 아무것도 모른채로 추측만 할 수 있는 이 상황이 이상했다. 캄캄한 밤에 모르는 방 안을 더듬는 것 같았다.

사진 속의 젊은 남자를 한참 바라보았다. 감정이 요동치면서 생각에 집중하기가 어려웠다. 이게 내 친아버지 얼굴이란 말인가? 사진 속의 이 남자가 친아버지인가?

샬로테는 마른침을 삼키고 나서 같은 해 8월에 쓴 편지를 또 읽었다.

사라에게

답장주어 고마워! 대니얼이 이사가버렸다니 정말 안타까워. 하지만 대니얼이 IRA 일원이라는 게 정말이야? 솔직히 나는 믿을 수가 없어. 대니얼과는 전혀 어울리지 않는 일이잖아. 그리고 대니얼이 우리 아기와 아무런 관계가 없다고 말했다는 것도 믿을 수가 없어. 언니가 말했을 때 대니얼이 정확히 뭐라고 했어? 그냥 오해인 거 아닐까? 언니가 쓴 편지 내용 때문에 너무 마음이 아프지만, 그래도 난 대니얼에게 연락해야 해. 새로 이사한 주소 알아? 난 그쪽에 계속 편지를 쓸 거야. 혹시 대니얼을 만나거든 내 편지를 전해줘.

크리스티나

샬로테는 눈을 감고 고개를 뒤로 젖혔다. 뺨 위로 눈물이 흘러 내려서 재빨리 닦아냈다. 그래서였구나. 엄마가 대니얼에 대해 말하지 않은 이유가 이거였구나. 그가 자신과 아무런 관계도 맺길 원하지 않아서였다니.

샬로테는 애써 숨을 쉬어보려 했지만 가슴이 답답하기만 해서 억지로 숨을 삼켰다. 왜 대니얼은 나와 엄마에 대해 아무것도 알고 싶어 하지 않았을까? 대체 무슨 일이 일어났던 걸까? 그리고 대니얼이 IRA의 일원이었다는 게 사실일까?

그녀는 다시금 사진을 손에 들고 바라보며 눈물을 흘렸다. 이 남자가 대체 어떤 마음이었고 무슨 생각을 했을지 애써 상상해보자 등줄기가 오싹했다. 아이란 그저 성가신 존재라고만 생각했을까? 아니면 크리스티나를 전혀 사랑하지 않은 걸까?

편지에 적힌 엄마의 이름을 보자 배 속이 꽉 뭉쳤다. 엄마가 항상 혼자 모든 걸 헤쳐왔다는 걸 알고 있었지만, 이렇게 버림받았다는 걸 알게 되자 엄마의 상황이 너무나 끔찍하게 느껴졌다. 아무도 도와주지 않는데 어떻게 아기를 키워낸 걸까?

갑자기 대니얼에게 큰 분노가 느껴졌다. 그에게 자신의 마음을 소리칠 수 있기를 바랐다. 당신은 끔찍한 짓을 저질렀다고, 우리는 당신 없이도 아주 잘 살아왔다고.

샬로테는 눈물을 삼키고 다시 사진을 살펴보았다. 지금 보니 자신과 몇 군데 닮은 데가 있었다. 그녀는 아버지의 또렷한 턱선과 도톰한 입술을 물려받았다.

분노가 가라앉으면서 샬로테는 그를 만났다면 어땠을까 생각해보았다. 그녀가 딸인 걸 알아볼 수 있었을까?

뺨을 닦다가 문득 새로운 생각이 떠올랐다. 대니얼이 아직 살아 있을지도 몰라. 사라 이모는 이 사실을 발견하라는 뜻에서 나를 여기로 부른 걸까?

샬로테는 일어서서 집 안을 이리저리 거닐었다. 그리고 단호하게 휴대폰을 들어 검색창을 열며 머릿속으로 계산을 했다. 대니얼은 크리스티나와 사라보다 몇 살 더 많을 것이다. 아직 살아 있다면 60대겠지.

그녀는 떨리는 손가락으로 '대니얼 오코너 런던'이라고 친 다음 검색 버튼을 눌렀다. 0.1초가 지나자마자 2천2백만 건의 검색 결과가 나왔다.

37

현관문을 여는 순간, 사라는 무언가 이상하다는 걸 깨달았다. 문 앞에 신발과 옷가지가 마구 널브러져 있고, 방에서는 중얼대는 소리가 들렸다.

"뭐야?"

사라는 소리쳐 불렀다. 그러다 도둑이 들었을지도 모른다는 생각이 퍼뜩 들었다. 방 안은 조용해졌고, 사라는 방어하자는 생각으로 신발 하나를 집어 들었다. 온몸이 긴장한 가운데 그녀는 방문을 지그시 바라보았다.

그런데 방에서 대니얼이 나왔다. 사라는 순간 안심했지만, 곧바로 그가 얼마나 심란한 상황인지 알아차렸다. 그는 무겁게 발걸음을 내디디며 고개를 숙인 채로 사라에게 다가왔다. 사라는 이게 무슨 일일까 정신없이 생각했다.

"왜 그래?"

그녀가 묻자, 대니얼은 멈춰 서더니 무언가 하얀 것을 들어 올렸다. 편지 봉투였다. 사라는 숨을 헐떡였다.

545

"내가 우편물을 가져왔어. 그런데 크리스티나에게서 온 편지가 있더라."

억양 없이 말하는 그 목소리에 사라는 무슨 말을 해야 할지 알수가 없었다. 다만 천천히 재킷을 옷걸이에 걸 뿐이었다.

"넌 알고 있었어?"

대니얼과 눈이 마주쳤다. 그의 눈은 텅 비어 있었다. 사라는 그에게 다가갔지만, 대니얼은 가까이 다가오지 말라는 식으로 두 손을 들어 앞을 가로막았다.

"사라. 너는 알고 있었냐니까?"

그가 절박한 목소리로 외쳤다. 사라는 헛기침을 했지만, 대니얼은 심하게 흥분했다.

"당연히 넌 알고 있었겠지. 크리스티나는 너한테 편지를 많이 보냈다고 썼으니까. 그 편지 다 어쨌어? 그냥 버렸어?"

"그래."

그녀가 거짓말을 하자, 그는 고개를 저었다.

"나한테 보내는 편지였잖아. 내 이름을 적어놨잖아."

사라는 입술을 깨물었다.

"알아. 미안해. 하지만 네가 계속 걔를 떠올린다면, 우리에겐 아무런 기회가 없다는 걸 아니까 그랬어."

대니얼은 머리를 쓸어 올렸다.

"넌 그럼 다 알고 있었어? 편지에 쓰여 있는 내용을 다?"

그녀가 대답하지 않자, 대니얼은 고개를 돌렸다.

"맙소사, 사라. 나에게는 아이가 있어. 그런데 이제까지 몰랐다니!"

대니얼이 이 말을 한 순간, 사라의 안에서 무언가가 싹 사라졌
다. 그녀는 비틀거리며 벽을 부여잡았다.

"뭐?"

"내가 한 말 들었잖아. 난 아빠가 됐어. 그런데 내 아이를 한 번
도 못 봤다고."

사라는 숨을 참았다. 내가 모르는 척해봤자 대체 무슨 의미가
있겠어? 크리스티나가 또 모든 걸 망쳐버렸어. 내가 아끼는 걸 전
부 망쳐버렸다고. 걔 때문에 내 인생이 망가졌어.

"네가 아빠가 됐다면, 그건 다 네가 날 배신했기 때문이야."

그녀가 비난조로 말하자, 그는 고개를 끄덕였다.

"맞아. 하지만 아이가 생겼다면 이야기가 완전히 달라지지."

사라의 눈에 눈물이 차올랐다.

"편지를 버려서 미안해. 하지만 너를 사랑해서 그랬어."

대니얼은 대답하지 않았다. 다만 손에 든 편지만을 바라볼 뿐이
었다.

"이제 가야겠어. 스웨덴으로 가야겠어."

그의 말에 사라는 고개를 저었다.

"안 돼. 제발 가지 마. 너 이러면 안 돼!"

"미안해, 사라. 하지만 난 가야 해. 나한테는 아이가 있어. 넌 그
게 더 중요하다는 걸 정말 모르겠어?"

그가 다시 방으로 들어가버리자, 사라는 바닥에 털썩 주저앉았
다. 필사적으로 울면서 온몸을 부들부들 떨었다. 대니얼은 이렇게

날 떠나서는 안 돼. 난 참을 수가 없단 말이야.

그가 크리스티나를 만나러 간다는 생각에 너무나 마음이 아팠다. 대니얼을 다시 잃어버리게 되는 건 견딜 수 없는 일이었다.

대니얼은 현관으로 돌아왔다. 노란 배낭을 어깨에 멘 채 손에는 편지를 꼭 쥐고 있었다. 잠시 그는 사라 앞에 서더니 허리를 굽혀 그녀의 어깨에 손을 얹었다. 하지만 사라가 그를 잡으려고 손을 뻗자, 뒤로 물러서며 중얼거렸다.

"미안해."

그는 참 쉽게도 등을 돌렸다. 사라가 그를 위해 한 일은 아무런 의미도 없어 보였다. 어쩌면 대니얼은 날 전혀 사랑하지 않았는지도 몰라. 사라는 벽을 짚고서 몸을 일으켰다.

"지금 나가면, 우리는 끝이야."

그는 어깨를 으쓱였다.

"나한텐 선택의 여지가 없어."

"아니야! 있어! 나랑 같이 있어도 되잖아. 우리는 계속 같이 행복하게 살 수 있어!"

자신의 목소리가 히스테릭하게 들려 사라는 소리를 낮추었다.

"같이 해결책을 찾을 수 있잖아. 걔한테 편지를 써서 여름에 같이 방문하겠다고 하면 되잖아. 우리 같이 간다고 하자."

대니얼은 부츠를 신으며 말했다.

"너무 늦었어. 지금 가야겠어. 그리고 혼자 갈 거야."

그는 사라를 마지막으로 본 다음 밖으로 나가 현관문을 쾅 닫았다.

사라는 다시금 눈물이 그렁그렁한 눈으로 뒤따라 달려갔다. 그리고 문틀에 손을 얹고서 속삭였다.

"네가 미워. 너희 둘 다 미워!"

이윽고 그녀는 문을 두드렸다. 주먹을 쥔 채로 점점 더 세차게 두드리며 고함을 질렀다.

"너희들이 싫어! 나한테 어떻게 이럴 수가 있어! 너희 때문에 다 망했어!"

격해진 감정에 마음이 갈기갈기 찢어졌다. 어떻게 이렇게 됐지? 왜 내가 세상에서 가장 사랑하는 사람들이 계속 떠나는 거지?

사라는 계속 문을 두드리고 또 두드렸다. 손에 느껴지는 통증에 마음속에 피어오른 두려움이 조금 무뎌진 채로 그녀는 생각했다. **쟤들은 나한테 이러면 안 돼.**

대니얼과 크리스티나의 사진이 눈앞에 지나가는 것만 같은 순간, 사라는 자제력을 잃고서 문 옆에 둔 선반을 확 뜯어냈다. 그럼 이제 나 빼고 그것들이 행복한 가족이 되어 함께 살겠다는 거야? 대니얼이랑 크리스티나랑 그 애랑? 원래는 내 것이었던 걸 크리스티나가 모두 갖는 거야?

사라는 선반에서 떨어진 물건들을 발로 찼다. 모자와 장갑이 공중으로 날아갔다. 이건 너무해. 대니얼은 내 남자친구야. 크리스티나의 아이가 아니라 내 아이의 아빠가 되어야 한다고.

심장이 미친 듯이 뛰었다. 그녀는 혼돈 가운데로 주저앉아버렸다. 아직도 눈물이 흐르면서 얼굴이 온통 젖고 말았다. 어떻게 내 동생이 나에게 이런 짓을 할 수가 있지? 어떻게 나에게서 엄마가 될 기회를 빼앗아버릴 수 있지? 내가 원했던 건 대니얼과 가정을 꾸리는 것뿐이었는데. 이제는 혼자 남겨지다니.

잠시 주저앉아 있던 사라는 단호하게 일어섰다. 뭔가 손을 써야 했다. 이대로 대니얼을 스웨덴에 보낼 수는 없었다. 크리스티나에게 그를 뺏길 마음은 없었다.

어떡하면 그를 못 가게 만들 수 있을까 사라는 열심히 떠올렸다. 시간이 좀 걸리긴 했지만, 결국 좋은 생각이 떠올랐다.

그녀는 전화기로 다가가 빨간 수화기를 집었다. 위험한 방법이라는 건 알지만, 다른 수가 없었다. 결국, 이런 일이 일어나버린 건 자신의 잘못이 아니었으니까.

그녀는 조심스럽게 수화기를 들고는 정신을 모았다. 무슨 말을 해야 할지 정확히 떠올린 다음, 다이얼에 손가락을 대고 숨을 깊이 들이마셨다. 그런 다음 전화를 걸었다.

38

샬로테는 휴대폰을 빤히 바라보았다. 2천2백만 건의 검색 결과라니. 이대로라면 아버지를 절대로 찾을 수가 없다.

심하게 충격을 받은 그녀는 등을 기댔다. 친아버지가 과연 누구일지 평생 궁금해했지만, 그럴 때마다 엄마가 다 이유가 있어서 말하지 않았으리라 생각했었다. 그리고 이제는 그 이유가 뭔지 알았다. 대니얼이 그들 모녀를 원하지 않았기 때문이었다. 크리스티나는 사실을 알려주지 않음으로써 샬로테를 보호해왔던 것이다.

샬로테는 이마를 문질렀다. 끝없는 공허함이 그녀를 덮쳤다. 언제나 친아버지는 자신의 존재를 모르고 있다고 생각했는데, 이제보니 너무나 잘 알고 있었다.

다시금 그녀는 사진을 손에 들었다. 대니얼은 좋은 사람 같아보였다. 지금도 이 사람은 나를 보고 싶지 않다고 할까. 내가 찾아간대도 만나기를 거부할까?

마른침을 삼키고 정신을 애써 추슬러보았지만 감정이 너무 격해지고 말았다. 누군가 대화 상대가 필요했다. 혼자서는 감당하기

551

벅찼으니까.

샬로테는 찬물로 얼굴을 씻은 다음 서점 안으로 터덜터덜 들어
갔다. 그러다 사무실 앞에서 마르티니크를 보자, 다시금 눈물을
터트리고 말았다.

마르티니크는 급히 달려와 샬로테를 안아주었다. 샬로테는 조
용히 흐느껴 울었다.

"아니, 샬로테. 왜 그러니?"

"미안해요. 아무것도 아니에요. 그냥⋯⋯."

샬로테는 애처로운 목소리로 말했다. 하지만 주저하는 샬로테
를 마르티니크가 붙잡고 위로했다.

"괜찮아. 그래, 아무것도 아니야."

그녀는 몇 번 심호흡을 했다. 이대로 무너져버릴 마음은 없었다.

"차 한잔 줄까?"

마르티니크의 말에 그녀는 고개를 끄덕이고는 주방에 있는 작
은 의자에 앉았다. 마르티니크는 주전자를 켜고 찻잔과 받침 접시
를 놓았다. 그리고 다정하게 말했다.

"오늘은 좋은 잔에 차를 마셔야겠어. 자, 이젠 무슨 일인지 말해
볼래?"

샬로테는 아직도 샘이 서 있는 가게를 슬쩍 보았다.

"서점 마감까지 5분밖에 안 남았어. 누가 오면 샘이 알아서 할
거야."

샬로테는 피곤한 기색으로 마르티니크가 찻잔을 채우는 모습
을 바라보았다. 마르티니크는 차를 내주며 중얼거렸다.

"차를 마시면 언제나 도움이 된다고 사라가 항상 말했단다."

"고마워요."

샬로테는 억양 없는 목소리로 대답하고는 차를 들었다.

한동안 두 사람은 레몬과 베르가모트 맛이 나는 차를 마시며 조용히 앉아 있었다. 그러다 마침내 설명할 결심이 서자, 샬로테는 잠시 입을 다물었다가 몸을 앞으로 숙이고 마르티니크를 가만히 바라보았다.

"사라 이모의 이전 인생에 대해서 얼마나 알고 계세요? 그러니까, 마르티니크와 만나기 전의 개인사 말이에요."

마르티니크는 티스푼으로 차를 저었다.

"잘은 몰라. 사라는 항상 비밀을 잘 지키는 사람이었어."

그녀는 샬로테를 의미심장하게 바라보았다.

"사라가 1980년대 초부터 이 서점에서 일해왔다는 건 알고 있어. 그리고 당시의 서점 주인이 은퇴하던 1992년인가 1993년쯤에 이 건물을 샀다는 것까지는 알아."

"이모가 남자를 사귄 적이 있었나요?"

마르티니크는 고개를 저었다.

"아니, 내가 알기론 없었어. 평생을 서점에 헌신했단다. 가끔은⋯⋯."

그녀가 말을 잇지 못하자, 샬로테가 되물었다.

"가끔은요?"

마르티니크는 손으로 턱을 쥐었다.

"가끔은⋯⋯ 무언가를 보상하려고 애쓰는 행동이 아닌가 싶었어. 한번은 사라에게 가정을 꾸릴 마음은 없었냐고 물어봤거든. 그랬더니 사라는 자기가 아이를 가질 자격이 없다고 했어."

샬로테는 두 손으로 찻잔을 꼭 쥐었다. 리버사이드 서점에 온 첫날 밤에 읽었던 편지가 떠올랐다. 크리스티나에게 쓴 그 편지에서 사라는 여동생과 화해하고 용서를 구하려는 것 같았다.

"무슨 보상요?"

마르티니크는 그녀를 진지한 눈빛으로 바라보았다.

"사라는 무시무시한 죄책감을 느끼고 있었어. 너를 임신했던 여동생을 도와주지 않았기 때문에."

샬로테는 마른침을 삼켰다.

"이모가 대니얼이라는 남자 이야기를 한 적이 있었나요?"

마르티니크는 식탁보 한구석을 잡아당기면서 주저하는 기색으로 대답했다.

"응. 난 대니얼이 누군지 알아."

샬로테의 눈이 휘둥그레졌다.

"하지만 제가 사라 이모의 현관에 있던 사진을 보여줬을 땐 누군지 모른다고 했잖아요."

마르티니크는 죄책감 어린 기색으로 고개를 끄덕였다.

"그랬지. 미안해. 너와 먼저 친해진 다음에 대니얼 이야기를 해주겠다고 사라와 약속했거든. 내가 옳은 행동을 한 건 아니지만, 사라가 나에게 전해달라고 부탁했던 이야기는 그냥 아무렇게나 설명할 수 있는 게 전혀 아니었어. 네가 여기 오기 전에 힘든 일을 겪은 것 같아서, 내가 보기엔 전부 설명할 만한 적당한 시간을 찾는 게 나을 것 같았어."

샬로테는 눈을 내리깔았다. 마르티니크가 대니얼 이야기를 안 했다는 건 좀 이상해 보였지만, 따지고 보면 자신도 과거 일을 솔직하게 털어놓지 않은 건 마찬가지였다.

"나는 남편이 있었어요. 그이 이름은 알렉스였죠. 하지만 알렉스는 1년 전쯤에 사고로 세상을 떠났어요."

마르티니크는 그녀에게 손을 지그시 얹었다.

"아, 샬로테, 정말 끔찍한 일이 있었구나! 정말 마음이 아파."

샬로테는 고개를 끄덕였다.

"고마워요. 난 지금껏 이걸 말할 힘이 없었어요."

"다 이해해."

샬로테는 잔을 들고 차를 한 모금 마셨다. 그리고 다시금 마르티니크의 상냥한 눈을 바라보았다.

"그럼 대니얼이 내 아버지인가요?"

"그래. 적어도 사라는 그렇다고 말했어. 너희 어머니가 아무 말씀 안 해주셨니?"

샬로테는 고개를 저었다.

"혹시 그분이 지금 어디 사는지 아세요?"

이 질문을 하는 순간 샬로테는 복통이 일었다. 마르티니크가 모른다면, 그리고 가지고 있는 몇 개 되지 않는 단서조차 사라진다면 어떻게 해야 할까?

마르티니크는 또 찻잔을 저었다.

"미안하지만 몰라. 사라가 대니얼과 헤어지고 나서 연락이 끊겼다는 것까지는 알고 있어. 사라는 대니얼이 어디로 갔는지 전혀 몰랐어. 안타깝게도 나 역시 대니얼을 만난 적도 없고 성이 뭔지도 몰라."

샬로테는 비딱하게 미소를 지었다.

"오코너예요. 대니얼 오코너. 그런데 같은 이름을 가진 사람이 수백만 명이나 되더라고요."

마르티니크는 그녀에게로 몸을 숙였다.

"하지만 이 주소에 등록된 적이 있다면, 국세청을 통해서 정보를 더 찾아낼 수 있어."

"정말요?"

마르티니크는 고개를 끄덕였다.

"그럼, 당연하지. 하지만 네가 원할 때의 일이야."

"네, 그렇게 찾을 수 있으면 좋겠어요."

샬로테가 속삭였다.

"좋아, 그럼 내가 폴에게 물어볼게. 우리를 도와줄 수 있는 사람이 어딘가 있을 거야. 다 잘될 거야, 샬로테. 우리는 네 아버지에 관한 정보를 더 알아내기 위해서 최선을 다할 거야."

샬로테는 차를 마저 마셨다. 오늘 있던 일로 완전히 지쳐버려서 눈꺼풀을 들 힘도 없었다.

"저는 좀 쉬어야 할 것 같아요."

마르티니크는 그녀를 자세히 바라보다가 일어섰다.

"잠깐만, 너에게 줄 게 있어."

마르티니크는 잠시 어디론가 갔다가 곧 편지 한 통을 가지고 돌아와서는 샬로테에게 건네주었다.

"이거 받아. 사라가 쓴 거야. 내가 너에게 대니얼 이야기를 했으니까, 넌 이걸 받아야 해."

샬로테는 말없이 고개를 끄덕였다. 사라는 모든 걸 세심하게 계획해놓은 것 같았고, 그래서 이제는 이모의 이상한 행동이 별로 놀랍지 않았다.

그녀가 자리에서 일어서자, 마르티니크의 포옹이 이어졌다.

"좀 더 일찍 말해주지 못해서 미안해."

마르티니크가 샬로테의 뺨을 어루만지며 말을 이어갔다.

"오늘 밤에 정말 혼자서 있어도 되겠어?"

샬로테는 고개를 끄덕였다.

"네. 일단 읽어본 다음에 곧바로 잘 거예요."

"알았어. 그럼 내일 봐. 그리고 이야기할 사람이 필요하면 언제든지 전화해."

"그럴게요. 고마워요."

샬로테는 주방에서 나와 샘에게 짧게 손을 흔들어 인사했다. 샘은 방금 계산대를 정리한 참이었다. 그녀는 마르티니크에게 자신이 찾아낸 사실을 이야기할 수 있어 정말로 감사한 마음이었다. 이 생각을 혼자서만 간직하고 있었더라면, 분명 미쳐버렸을 테니까.

샬로테는 눈을 비볐다. 지금은 기진맥진한 상태였지만, 방금 받은 편지가 손에서 화르르 타오를 것만 같았다. 아마도 이 편지 안에는 나름의 설명이 있겠지. 사라 이모가 내 아버지를 어디서 찾을 수 있을지 단서라도 남겨두지 않았을까?

머릿속에 온갖 질문이 가득 차버린 샬로테는 그만 계단 꼭대기에서 넘어질 뻔했다. 사라의 집 현관문을 열었을 때는 목덜미의 맥이 쿵쿵 뛸 지경이었다.

눈꺼풀이 너무나 무거웠지만, 샬로테는 그 편지를 무조건 읽어야 했다. 그래서 소파에 앉아 조심스럽게 봉해진 봉투를 뜯었다.

주저하는 손길로 손글씨가 적힌 종이를 펼쳤다. 사라 이모가 대니얼에 대해 나쁜 말을 적어놓았다면 어떡하지? 만약 그가 정말로 IRA의 일원이었다면? 혹시 그가 감옥에 갇혔거나 죽었다면? 아니면 이모가 엄마에 대해 나쁜 말을 써놓았다면?

그녀는 얼굴에 내려온 머리카락을 쓸어냈다. 사라가 크리스티나에 대해 써놓은 일기를 보았지만, 그래도 이제까지 샬로테는 사라가 친절하고 다정한 사람이라는 인상을 받았다. 일기장에 적힌 거친 말은 아마도 대니얼과 크리스티나 사이에 있었던 일에 대한 반응이었을 것이다. 게다가 일기는 다른 사람에게 보여줄 의도가 없이 쓴 개인적인 기록이니까.

샬로테는 신발 상자에 들어 있는 크리스티나의 편지를 보았다. 크리스티나는 사라와 헤어졌을 때 무슨 일이 있었던 것처럼 써놓았다. 동생과 대니얼이 자신을 배신했다는 걸 알았을 때 사라가 분노한 건 당연했다. 그래서 임신한 동생을 도와줄 마음이 없었을 것이다. 그래서 죄책감을 느꼈을까? 그래서 샬로테에게 이곳을 물려주었을까?

샬로테는 목을 문지른 다음 편지를 읽기 시작했다.

샬로테에게,

어떻게 편지를 시작해야 할지 모르겠구나. 일단 난 네가 이 편지를 읽어주어서 참 기쁘고 고맙단다. 네가 리버사이드 드라이브에 왔다는 뜻이잖니. 이 서점은 35년 넘게 나의 집이었고, 내가 세상에서 가장 사랑하는 곳이란다. 그리고 네게도 이곳이 중요한 장소가 되기를 바란단다.

내가 기적이란 걸 믿었다면, 난 이 서점에 특별한 치유력이 있다고 생각했을지도 모르겠구나. 그게 뭐든, 나는 이 집과 서점을 통해 내가 받았던 이 모든 평화와 안정, 사랑과 우정, 또 용서를 너도 받게 되었으면 좋겠다.

나는 지금 몸이 아주 안 좋아서 남은 시간이 얼마나 될지 모르지만, 이 기회를 통해 너에게 설명해주고픈 게 좀 있단다. 크리스티나가 오래전에 너에게 나름대로 이야기를 해주었겠지만, 네 엄마가 뭘 얼마나 많이 말해주었는지 모르니, 나도 내 나름대로 너에게 설명을 해주고 싶어.

1982년에 네 엄마와 나는 새로운 인생을 살아보고자 런던에 왔단다. 우리는 어렸고 세상이 궁금했었어. 그리고 과거를 다 잊고 싶은 마음이 간절했단다.

얼마 후에 나는 대니얼 오코너라는 아일랜드 젊은이를 만났어. 크리스티나와 나는 머지않아 대니얼이 사는 집으로 이사했지. 바로 지금 서점 위에 있는 그 집이었어.

대니얼은 멋진 사람이었단다. 친절하고 아량도 넓고 배려심도 많았지. 자기보다 어려운 사람들 편에 서서 도울 줄도 아는 아주 이상주의적인 사람이었어. 하지만 우리 사이가 항상 화목하지만은 않았단다. 그리고 몇 달 뒤에는 네 엄마도 대니얼을 사랑하게 되었다는 걸 내가 알아버렸지.

당연히 그 이후에 나는 심하게 화가 났고 질투했어. 그리고 네 엄마가 나에게 임신했다고 말했을 때는 참을 수가 없었단다. 그래서 대니얼이 직장에 있는 동안 그 애를 집에서 내쫓았어. 그리고 크리스티나는 스웨덴으로 돌아가서 너를 낳았단다.

이제 와서 생각해보면, 나는 너와 네 엄마에게 한 짓이 너무 부끄러워. 난 그때 대니얼을 사랑하고 있었고, 너무 순진하게도 그이와 나의 관계가 다시 좋아질 수 있을 거라 생각했었단다.

널 만나지 못해서 정말 미안하구나. 하지만 멀리서나마 네가 어떻게 사는지 알아보면서 네가 성공해서 참 기뻤어.

네 엄마에게 사랑한다고, 또 일이 이렇게 되어버려서 정말 미안하다고 전해주렴.

너의 이모 사라가

샬로테는 창밖으로 보이는 타워 브리지 꼭대기를 멍하니 바라보았다. 일단은 대니얼이 처음에 생각했던 대로 아일랜드 테러리스트가 아니라서 다행이란 생각이 들었지만, 그래도 이 편지에는 너무나 많은 의문점이 있었다. 그럼 대니얼은 사라 때문에 나와 엄마에게 연락하지 않은 걸까? 대체 대니얼에겐 무슨 일이 있었던 거지? 아직도 영국에 살고 있을까? 혹시 새로운 가정을 꾸렸을까?

그녀는 고개를 저었다. 사라는 크리스티나가 아직 살아 있다고 믿는 듯했다. 만약 엄마가 세상을 떠났고 런던에서 살았던 시절에 대해 아무 말도 해주지 않았다는 걸 이모가 알았더라면, 더 많은 것을 설명해주었을까?

샬로테는 신발 상자를 들어 안에 든 편지를 모두 훑어보았다. 아직도 알쏭달쏭한 부분이 많았고, 전체적인 이야기를 다 파악할 수 있을지도 알 수 없었다.

더 많은 정보를 찾아내기 위해 엄마의 편지부터 대충 읽어보았다. 편지는 샬로테의 어린 시절부터 시작해 나중에 베르틸과 결혼하게 된 이야기까지 담고 있었다. 크리스티나는 종종 본인 이야기도 하면서 단편적인 일상을 들려주었다. 그리고 샬로테가 어떻게 걷기를 배웠는지, 어떤 노래를 즐겨 부르는지, 또 유치원 친구들 이름은 무엇인지도 적었다. 어떤 편지는 사라에게 보냈고, 또 어떤 편지는 대니얼을 위해 영어로 쓰기도 했다.

문득 샬로테는 왜 엄마가 자신의 사진을 다 보냈는지 깨달았다. 아이의 아빠에게 아이가 자라고 있다는 걸 계속 알리려는 크리스티나의 방법이었던 것이다.

다시금 눈물이 글썽여서 옷자락으로 눈을 닦았다. 사라와 대니얼이 둘 다 등을 돌린 뒤로 엄마는 얼마나 외로웠을까. 살아남으려고 열심히 몸부림치며 얼마나 힘들었을까.

그런데 상자 바닥을 보자 아까는 미처 보지 못했던 게 있었다. 다른 편지와는 아주 달라 보이는 편지 한 통이었다. 더 작고 짙은 색 편지의 글씨는 크리스티나의 필체가 아니었다.

샬로테는 조심스럽게 편지봉투를 꺼냈다. 그것 역시 수신자는 사라였다. 그녀는 천장 등의 불빛 아래로 편지를 들어 올렸다. 그리고 금방이라도 바스러질 듯 노란 얼룩이 진 종이 위를 손가락으로 쓸며 발신자의 이름을 읽었다. 하지만 도무지 믿을 수가 없어서 그 이름을 읽고 또 읽어야 했다.

샬로테는 눈을 감고 심호흡을 했다. 감당하기가 너무나 힘들었으니까. 그녀는 마른침을 삼키고, 눈을 다시 뜬 다음 대니얼 오코너의 편지를 지그시 바라보았다.

양털 담요를 덮었지만 온몸이 파르르 떨렸다. 고맙게도 테니슨이 옆자리에 딱 붙어 온기를 나눠주었다. 바깥에는 어두운 밤하늘을 밝히는 수천 개의 불빛이 일렁였다. 샬로테는 인공적인 불빛이 때때로 거슬린다고 생각했지만, 지금만큼은 자신이 혼자가 아님을 알려주어 고마울 따름이었다.

윌리엄의 현관을 두드려볼까도 여러 번 생각했었다. 하지만 아직 *그가* 집에 있다면 또 무슨 말을 해야 할지 알 수가 없었다. 윌리엄이 집을 나가겠다고 말한 뒤로 한 번도 본 적이 없으니 그는 이미 누나의 집으로 갔을 것이다.

그렇다고 이 밤중에 마르티니크에게 전화할 용기도 없었다. 응급 상황이 아닌데 전화를 한다는 건 이상했으니까. 그럼에도 샬로테는 누군가와 반드시 전화해야겠다는 다급한 필요를 느꼈다. 자리에 눕자마자 심장이 빠르게 뛰었다. 이래서 자신에겐 반드시 친구가 필요하다고, 앙네타가 귀에 못이 박히도록 말했던 걸까. 샬로테는 씁쓸하게 생각했다.

테니슨이 깰세라 그녀는 조심스레 소파에서 몸을 돌렸다. 고양이는 샬로테의 말을 참고 들어주지 않았다. 무슨 말을 하려고 할 때마다 눈을 꾹 감고는 고개를 돌려버린 게 한두 번이 아니었다.

샬로테는 마른침을 삼켰다. 가슴이 시시각각 더욱 심하게 죄어드는데, 이 밤은 끝이 없이 이어지는 것만 같았다. 시계를 계속 봐도, 시간은 달팽이처럼 느릿느릿 흐를 뿐이었다.

샬로테는 옆에 둔 편지를 쥐었다. 이미 열 번도 넘게 읽은 편지였지만, 마음에 안정을 주는 건 이 편지뿐이었기에 그녀는 다시 편지를 펼치고 불을 켰다. 테니슨은 한숨을 쉬더니 이불 아래로 고개를 박았다. 샬로테는 미안하다는 표시로 고양이의 배를 슬쩍 두드려준 다음 다시 편지를 읽기 시작했다.

1984년 4월 런던

사라에게,

이런 편지를 써야 하는 게 무척 슬프네. 우리의 마지막 대화가 그렇게 끝나버려서 정말 미안해. 너에게 상처주고 싶지 않았어. 네가 항상 내 마음속에 있다는 거 알아주었으면 해.

인생이 어디로 흐를지는 아무도 모르잖아. 갑자기 무슨 일이 생기면 완전히 새로운 방향으로 살게 되는 게 인생이지. 우리가 함께했던 시간이 참 고맙지만, 너도 알다시피 나는 크리스티나를 향한 마음이 아주 커. 그 애가 우리의 아이를 낳았다는 걸 알게 되니까, 모든 게 바뀌더라. 이젠 그 어떤 것보다도 아이가 가장 중요해졌어.

나는 오늘 저녁에 스웨덴으로 갈 거야. 그러니까 당분간은 날 볼 수 없을 거야. 내가 돌아올 때까지 집에 내 소지품을 남겨두었으면 좋겠지만, 네가 싫다면 다 버려도 괜찮아.

크리스티나와 같이 지내면서 앞으로 어떻게 할지 좀 생각해볼 거야. 다음 달 집세를 낼 돈은 집에 있을 거야. 혹시 무슨 문제가 생기면 우리에게 편지를 써. 그러면 방법을 찾아볼게.

네가 날 영원히 미워하지는 않았으면 해. 우리는 언젠가 아이를 위해서라도 친구로서 다시 만날 수 있겠지. 내가 아빠가 된 것만이 아니라, 너도 이모가 되었잖아!

비록 이런 일이 일어났지만, 나는 아주 행복해. 그리고 희망찬 미래도 기대하고 있어. 내가 무슨 말을 했든지 이젠 괜찮아. 네가 크리스티나의 편지를 가로챈 거 다 용서할게. 내가 저지른 배신이 훨씬 더 크니까. 널 배신해서 부끄러워.

그럼 잘 지내길 바라. 부디 날 용서해줘.

대니얼

샬로테는 조용히 한숨을 쉬었다. 대니얼의 편지는 이제껏 자신이 알고 있던 그의 모습을 모두 뒤집어놓았다. 대니얼이 크리스티나와 아이에게는 아무런 관심이 없다고 했던 사라의 편지는 거짓말이었다. 대니얼은 크리스티나가 임신했다는 걸 몰랐고, 사라가 크리스티나의 편지를 가로채 숨겨서 크리스티나의 소식을 알 수가 없었다. 사라가 무언가를 보상해야 한다고 생각했던 건 당연한 일이었다.

샬로테는 펼쳐놓은 편지를 바라보며 웃었다. 이 편지는 자신의 아버지가 쓴 것이었다. 아버지는 우리를 원했기에 심지어 스웨덴으로 오려고 노력하기까지 했다. 하지만 그 후로는 어떻게 된 걸까? 왜 오지 않았을까?

그녀는 소파에서 몸을 일으키고는 테니슨을 깨우지 않고 깔고 있던 양털 담요를 잡아당기려 했다. 잠이 오지 않았다. 대니얼이 어딘가에 살아 있다면, 반드시 찾아야 했으니까.

힘겹게 자리에 앉으니 현기증이 나면서 이 사실관계에 압도되는 느낌이었다. 하지만 더는 기다릴 수가 없었다.

팔을 뻗어 거실 탁자에 놓아둔 휴대폰을 찾았다. 경찰과 연줄이 있는 사람은 단 한 명 알고 있을 뿐이었지만, 샘이 새벽 2시 반에 전화를 받는다면 과연 뭐라 반응할지 알 수가 없었다. 그저 자신과 샘이 그간 많이 친해졌으니 기꺼이 도와줄 거라고 막연하게 바라는 수밖에 없었다.

마침내 샘의 번호를 찾아낸 샬로테는 한 번 더 망설이고 나서 전화를 걸었다.

시간이 좀 걸렸지만, 결국 전화가 연결되면서 졸린 목소리가 들려왔다.

"여보세요?"

"안녕, 나 샬로테예요. 이렇게 전화해서 정말 미안한데, 날 좀 도와주었으면 해서요."

샘은 하품을 했다. 당장 전화를 끊었더라도 샬로테는 얼마든지 이해했을 터였다. 하지만 소리를 들어보니 샘은 자리에서 일어난 모양이었다.

"아, 알았어요."

샘이 갈라진 목소리로 말하자, 뒤편에서 누군가 한숨을 쉬었다.

"누구야?"

"아, 런던 경찰청 형사과에서 전화했어. 나의 전문 지식이 또 필요한가 봐. 계속 자. 금방 통화 마치고 갈게."

샬로테는 샘의 농담에 미소를 지었다. 한밤중에 전화를 받고 일어났는데도 진지해지는 법이 없구나.

샘은 문을 닫는 것 같았다. 이윽고 커다랗게 헛기침을 했다.

"자, 샬로테. 이제 침실에서 나왔어요. 무슨 일이에요?"

샬로테는 마른침을 삼켰다.

"여기서 살면서, 사라의 집에서 편지와 수첩을 많이 발견했어요. 사라는 우리 엄마와 함께 80년대에 런던으로 이사 온 것 같아요. 그리고 여기서 우리 아버지를 만났나 봐요."

그녀는 잠시 말을 멈추고 샘이 잘 듣고 있는지 확인한 다음 말을 이었다.

"나는 친아버지가 누군지 몰랐어요. 하지만 지금 보니 이름이 뭔지 찾아낸 것 같아요."

"와, 대박!"

샬로테는 고개를 끄덕였다.

"맞아요. 샘을 깨워서 미안한데요, 난 지금 제정신이 아니거든요. 그래서 아버지를 찾아야 하는데, 샘이 좀 도와줄 수 있지 않을까 하는 생각이 들더라고요."

샘은 길게 숨을 내쉬었다.

"당연히 도와줄 수 있죠. 그분에 대해서 아는 게 뭐예요?"

샬로테는 어깨에서 무거운 짐을 내려놓는 기분이었다.

"그분 성함은 대니얼 오코너예요. 아일랜드 출신이고 1983년에 스물다섯 살쯤 됐던 것 같아요."

"어디서 태어났는지, 아니면 어디서 일했는지는 모르고요?"

"몰라요."

여기까지 말한 샬로테는 샘이 무슨 말을 할지 몰라 초조하게 기다렸다.

"내가 듣기로, 이름만 가지고는 사람을 찾기가 쉽지 않다고 알고 있어요."

샬로테는 한숨을 쉬며 눈을 감았다.

"나도 그럴 것 같아서 걱정했어요."

"신원에 대해 더 알아낼 수 있을 만한 게 없어요?"

샬로테는 곰곰이 생각해보았다. 어쩌면 임대차 계약서에 뭔가 있으려나?

"잠깐만 기다려줘요."

그녀는 소파를 돌아 사라의 서류철을 보관해둔 사이드보드로 다가갔다. 그리고 재빨리 사라와 대니얼의 이름이 적힌 계약서를 찾아 훑어보았다.

"아뇨. 계약서를 봤는데도 별다른 내용은 없어요."

그녀는 실망한 기색으로 말했다.

"국가보험번호 같은 거 없어요?"

샬로테는 입술을 깨물었다. 국가보험번호라. 말하자면 영국에서 일할 때 필요한 개인 식별 번호 같은 거겠지? 언젠가 마르티니크가 런던에서 살고 싶다면 국가보험번호를 신청해야 할 거라고 조언해주었던 기억이 났다.

"그 번호가 어떻게 생겼어요?"

"일단 알파벳 두 글자에다 숫자 여섯 자리, 그리고 마지막에 숫자 하나가 더 붙어요. 그 번호를 알면 신원을 파악할 수 있어요."

다시금 계약서를 살펴보자, 이번에는 대니얼의 서명 아래에 작은 글씨로 기록된 아홉 자리 코드가 보였다.

"알아낸 것 같아요!"

샘은 쉰 목소리로 웃었다.

"진짜로요?"

샬로테는 고개를 끄덕이고서 번호를 읽어주었다.

"진짜 국가보험번호가 맞는 것 같네요. 그걸 보내주면 뭘 알아낼 수 있는지 볼게요."

"고마워요, 샘! 그리고 정말 미안해요. 이 일 때문에 내가 정신이 없어도 너무 없네요!"

"괜찮아요! 친구는 이러라고 있는 거잖아요?"

샬로테는 미소를 지었다.

"그럼 내일 봐요."

"그래요, 내일 봐요. 잘 자요!"

전화를 끊고 난 샬로테는 다시 소파에 앉았다. 하지만 아까와는 달리 지금은 마음이 훨씬 더 차분해졌다. 일단 단서를 발견했으니, 운이 좋다면 대니얼을 찾을 수 있을지 모른다. 그 생각에 그녀는 희망을 품었다.

이윽고 샬로테는 조심스럽게 테니슨 옆에 몸을 누이고 폭신한 베개에 머리를 댔다. 어쩌면 샘이 자신의 아버지를 찾아줄지도 모른다. 비록 세월이 많이 흘렀어도, 어쩌면 아버지를 만날 수 있게 될지도 모른다. 그 생각에 샬로테는 그만 아찔해졌다.

39

대니얼은 단골 술집에 들러 단골 전용 좌석에 앉았다. 떠나기
전에 마음을 가다듬어야 했기 때문이다. 빌이 킬케니 크림 에일을
가져다주자, 대니얼은 그에게 펜과 종이를 좀 빌려달라고 했다.

그는 크리스티나의 편지 옆에 빈 종이를 놓고 봉투 뒷면에 적힌
주소를 다시 읽었다. 자신이 가고 있다고 크리스티나에게 편지를
써야 할까? 무슨 일이 있었는지, 왜 아무런 답장이 없었는지 설명
해야 할까? 아니. 그럴 필요는 없다. 편지가 도착하기도 전에 먼저
스웨덴에 가 있게 될 테니.

대니얼은 술잔을 들고 한 모금 마셨다. 사라를 그런 식으로 두
고 와서 마음이 편치 않았다. 그러니 편지를 써야 하겠지. 자신의
마음이 어떤지 설명하고, 그녀에게 마음을 정리할 기회를 주어야
겠지. 둘 사이의 관계는 끝났다. 대니얼은 편지를 가로챈 사라를
용서할 수가 없었다. 하지만 그녀의 마음도 어느 정도 이해는 되
었다. 언젠가는 다시 이야기하게 될 것이다. 특히, 대니얼은 아직
도 주소지가 리버사이드 드라이브로 되어 있었다. 하지만 그 일은

나중에 처리해도 좋다. 지금은 더 중요한 일이 있으니까.

생각하면 할수록 대니얼은 온몸에 기쁨이 내려앉는 느낌이었다. 아이라니! 믿을 수가 없었다. 비록 어려운 시기가 다가오고 있다는 걸 누구보다도 잘 알았지만, 그는 어쩔 수 없이 미소를 짓고 말았다. 자신이 아빠가 되었다니. 그 아이를 낳을 사람이 바로 크리스티나라니.

그녀가 자신에게 얼마나 오랫동안 편지를 썼는지 생각해보았다. 혹시 이곳을 떠났을 때 임신한 사실을 알고 있었을까? 제발 그건 아니기를! 만약 알면서도 떠났다면 너무 끔찍한 일이었다. 내가 임신 사실을 듣고서 좋아하지 않을까 봐 두려워했다는 뜻이니까.

크리스티나가 그의 도움도 없이 홀로 겪어야 했을 일을 생각하니 마음이 아팠다.

대니얼은 다시 술을 한 모금 마셨다. 어렸을 때, 자신은 결코 아버지 같은 인간이 되지 않겠다고 맹세했었다. 그러니 이제부턴 항상 딸을 위해 살아갈 것이다.

딸이라는 단어를 조용히 말하자, 가슴이 죄어드는 것 같은 기분이었다. 그는 다시금 편지를 손에 들었다. 아이가 딸이라고 했었지? 그는 재빨리 편지를 훑어보며 '여자아이'라는 단어를 찾아냈다. 아직은 본 적이 없는 아이인데도 전에는 한 번도 느껴보지 못했던 강한 그리움이 몰려왔다.

그는 다시 편지를 치우고 크리스티나가 자신을 어떻게 볼지 곰곰이 따져보았다. 그녀가 짧게 쓴 편지에서는 자신에 대한 마음이 별로 드러나지 않았다. 그저 잘 지내고 있다는, 그리고 사라와 자신에게 계속 연락하겠다는 내용뿐이었다. 아마도 크리스티나는 자신에게 화가 났을 것이다. 사라와 헤어지겠다고 크리스티나에게 약속했지만, 그러지 못했으니까. 사라와의 관계를 끝내는 건 생각보다 훨씬 어려웠기에, 너무나 오랫동안 미뤄왔다.

때때로 그는 크리스티나가 그걸 참지 못하고 떠났다고 생각했다. 자신이 약속을 지키지 않았으니까. 그리고 자신과 사라가 항상 싸우는 소리를 들으며 지겨웠을 테니까.

대니얼은 얼굴을 문질렀다. 그는 용감하게 약속을 지켰어야 했는데 그러지 못했다. 그랬다면 크리스티나는 떠나지 않았을 것이고, 그는 아이가 태어났을 때 그녀의 옆에 있었을 텐데.

대니얼은 술잔을 비우고 펜을 들었다. 사라에게 편지를 써야지. 다시 사과하고 그녀에게 참아달라고 부탁해야겠다. 솔직히 말해서 사라도 자신이 딸보다 그녀에게 더 끌릴 수는 없다는 걸 이해해줄 것이다. 자신이 이토록 크리스티나와 딸을 실망하게 한 상황에서 그럴 수는 없었다.

사라 몰래 자신과 크리스티나가 저지른 짓을 생각하니 한숨이 나왔다. 그건 너무한 일이었다. 하지만 두 사람의 잘못을 죄 없는 아기가 치러야 하는 것은 아니다.

대니얼은 천천히 편지를 썼다. 모호한 내용이 없도록 세심하게 단어를 골랐다. 사라는 분명히 슬퍼하겠지만, 그것도 다 시간이 흐르면 괜찮아질 것이다. 그리고 사라는 아직 젊고 아름다우니,

곧 새로운 연인을 찾게 되겠지.

편지를 다 쓰고 접은 대니얼은 노란 배낭을 어깨에 멨다. 바깥은 이미 어둑어둑해지기 시작했고, 술집은 퇴근 후에 한잔하러 온 남녀들로 붐볐다. 그는 숨을 깊이 들이쉬며 담배 연기와 음식 냄새를 맡고는 시원한 밤거리로 나갔다.

자그마한 담배 가게에서 봉투와 우표를 산 다음 편지를 부쳤다. 그리고 평소처럼 템스 강변으로 가서 워털루 방향으로 향했다. 워털루역에 가서 해안까지 기차를 탄 다음, 배를 타고 스웨덴으로 갈 계획이었다.

강바람이 세차게 불어왔다. 지금 대니얼은 산업 단지를 지나고 있었다. 가로등 불빛이 강물에 반사되는 모습을 무심코 보다가 퍼뜩 이런 생각이 들었다. 아마 앞으로 오랫동안 템스강을 볼 수 없겠지. 이번을 마지막으로 또 언제 보게 되려나.

그 순간, 뒤에서 인기척이 나서 대니얼은 고개를 돌렸다. 저 멀리 두 사람의 그림자가 보였다. 불빛이 없는 어둑한 지역이었다. 두 사람은 천천히 그에게 다가왔다.

대니얼은 눈을 가늘게 뜨고 그들을 자세히 살펴보려 했지만, 별 소용이 없었다. 그러다 10미터 앞까지 가까워졌을 때에야 그들이 제복을 입었다는 사실을 알아챘다. 대니얼이 슬며시 뒤로 물러나려는데, 그중 하나가 이름을 불렀다.

"대니얼 오코너?"

그는 놀라서 주위를 둘러보았다. 내가 누군지 어떻게 알지?

"배낭을 당장 내려놔!"

머릿속에서 온갖 생각이 빙글빙글 돌았다. 저들이 자신의 이름을 안다는 건, 아일랜드인이라는 걸 안다는 뜻이었다. 대니얼은 이다음에 무슨 일이 벌어질지 정확히 알고 있었다. 경찰은 아무 근거도 없이 자신을 체포할 권리가 있었다. 하지만 지금은 위험을 감수할 수가 없었다. 크리스티나에게 가야 했으니까.

경찰들은 걸음을 멈췄다. 자신을 부른 사람은 나이가 더 많은 쪽으로 턱수염을 기르고 있었다. 하지만 옆에 선 사람은 매끈한 얼굴로 초조하게 권총집을 만지작거리고 있었다.

대니얼은 조용히 두 손을 들고서 주위를 둘러보았다. 바로 코앞에 어두운 그림자가 드리워진 공장 건물이 있었다. 저기로 갈 수만 있다면 경찰의 손에서 벗어나 흔적도 없이 사라질 수 있을지도 모른다.

나이 든 경찰관이 소리를 높였다.

"배낭을 당장 내려놔! 어서!"

대니얼은 망설였다. 그리고 눈대중으로 건물까지의 거리를 가늠해보았다. 성공할 수 있을 것도 같았다. 경찰을 슬쩍 보자 자신만큼 긴장한 것 같아서, 그는 아무런 경고도 없이 배낭을 버리고 도망치기 시작했다.

경찰관 둘 다 뒤에서 그를 불렀다. 나이 어린 경찰이 권총을 꺼내 들었다.

"거기 서! 안 서면 쏜다!"

그가 고함을 질렀다. 하지만 대니얼은 거의 탈출하고 있었다. 광기 어린 행복이 온몸을 휩쓸었다. 그들에게서 도망칠 수 있다는 걸 알았으니까.

잠시 대니얼의 눈앞에 크리스티나가 떠올랐다. 이제 곧 그녀와 함께 있을 수 있다. 그 순간, 탕 소리가 들리더니 그의 등에 타들어가는 고통이 느껴졌다.

대니얼은 쓰러졌지만, 아스팔트에 쿵 부딪혔는데도 충격이 느껴지지 않았다. 귓가에 이명이 들리면서, 저 멀리 흥분한 목소리가 귀에 들어왔다.

"제길, 이게 무슨 짓이야? 저놈을 쐈어?"

"멈추질 않았으니까요!"

"아니, 그냥 도망친다고 해서 사람을 쏘면 어떡해!"

그들의 발걸음이 바닥을 울렸다. 이윽고 대니얼의 목에 차가운 손가락 두 개가 닿았다.

"죽었어요?"

"모르겠어. 기다려봐!"

"이게 다 무슨 일인지 모르겠어요. 난 그냥……. 하지만 우리에게 제보했던 사람이 그랬잖아요. 이놈이 IRA의 일원이라고. 게다가 노란 배낭을 메고 있었고요."

"안에 뭐가 있나 봐."

"뭐라고요?"

"안에 혹시 폭발물이 있는지 확인해보라고."

대니얼은 그들이 배낭을 뒤지는 소리를 들었다.

"아니야. 옷밖에 없어요."

"이놈 맥박이 안 느껴지는데."

"제길! 이제 어떡하죠? 이것 때문에 감옥에 갈 수는 없어요! 데 보라 혼자서는 애들을 제대로 키울 수 없다고요."

"조용히 해. 감옥은 무슨 감옥이야? 이놈이 의심스러운 행동을 해서 도망치는 바람에 이렇게 되었다고 하면 돼."

"그래도 처벌받게 되면 어떡하죠?"

"그럼 어떻게 하자는 거야?"

"이놈이 물에 빠질 수도 있잖아요? 여긴 물살이 꽤 세다고요. 아마 해 뜰 무렵에는 공해까지 떠밀려갈 텐데요."

"무슨 소린지 모르겠는데……."

"해리슨, 제발 부탁이에요! 날 좀 도와줘요. 난 해고되면 안 된 다고요. 우리 애들 생각 좀 해주세요. 이런 제길!"

"알았어. 그럼 내가 아무도 못 오게 망을 볼게. 하지만 시체는 네가 알아서 처리해."

"고마워요! 일부러 그런 건 아니었다고요. 하지만 놈이 도망쳤 잖아요. 죄가 없으면 왜 도망쳤지? 뭐 이런 멍청이가 다 있나!"

정신이 돌아온 대니얼은 얼굴이 긁히는 느낌을 받았다. 지금 그 는 바닥에서 질질 끌려가는 중이었다. 자그마한 돌과 자갈이 입에 들어와 뱉어내고 싶었지만 그럴 수가 없었다.

누군가 자신을 잡아당기고 있었다. 등에 느껴지던 타는 듯한 통 증은 사라졌다. 아니, 모든 감각이 사라져서 아무것도 느껴지지 않았다.

말하고 싶어 애써 입을 벌렸지만 아무런 소리도 나오지 않았다.

멀리서 사람들의 비명이 들려왔다. 하지만 어디서 나는 소리인지 보고 싶어도 고개가 돌아가지 않았다. 대니얼은 생각했다. 저들이 날 도와줘야 하는데. 나는 스웨덴에 가야 하는데.

온 힘을 다해 팔을 들어 올리려 했지만 팔도 말을 듣지 않았다. 누가 구급차를 불렀을까? 몇 주나 병원에 누워 있을 여유는 없는데. 크리스티나와 아이를 보러 가야 하는데.

누군가 욕설을 지껄이더니, 바닥 위로 둔탁한 무언가가 떨어졌다. 혹시 내 다리인가? 하지만 발에도 아무런 느낌이 없었다.

시야 저 끝으로 템스강이 보였다. 밤의 불빛이 일렁이는 어두운 강물이 조용히 물결치는 소리를 냈다. 그런데 옆에 있는 남자는 누구지?

대니얼은 도움을 요청하려고 다시 시도했다. 있는 힘을 다해 소리를 내보았지만, 한 마디도 할 수가 없었다.

누군가 담배에 불을 붙였다. 성냥갑 위로 성냥을 긋는 소리에 이어 불꽃이 타오르고 담배가 타들어가는 소리가 들렸다. 그는 연기를 들이마시면서 격하게 숨을 쉬었다. 구급차는 빨리 오려나?

가슴이 너무 답답하고 숨쉬기가 힘들어졌다. 대니얼은 눈을 깜빡였다. 왜 이 남자는 나에게 말을 걸지 않지? 왜 아무 말도 없지?

대니얼이 말을 할 수 있었다면, 왜 도망쳤는지 설명했을 것이다. 어린 딸을 보러 스웨덴에 가야 해서 서둘러야 했다고, 벌써 아이가 태어나고 몇 달이 지나버렸다고, 하루빨리 아이를 보고 싶다고 말이다.

담배 연기가 콧속으로 스몄다. 대니얼은 기침하고 싶었지만, 그조차도 할 수 없었다. 여기에 얼마나 더 누워 있어야 할까?

그러다 일이 일어났다. 남자가 움직이더니 대니얼의 몸에 발을 올려놓았다. 남자의 발이 닿은 느낌은 거의 없었고, 촉감을 더는 느낄 수가 없었다. 이 남자는 자신을 밀려는 건가?

발이 그의 허리를 눌렀다. 몸을 뒤집으려는 건가?

남자의 발이 다시금 느껴지면서 이번에는 자신의 몸을 힘차게 든 것 같았다. 대니얼은 옆으로 굴렀고, 이어서 강둑 너머로 물에 빠지는 자신의 몸뚱이를 느꼈다.

강물은 차갑고 어두웠다. 그는 빠르게 가라앉았다. 저항하고 싶었지만, 몸이 말을 듣지 않았다.

귓속이 윙윙댔다. 대니얼은 눈을 감은 채 마음을 침착하게 가라앉히려고 갖은 애를 쓰며 크리스티나와 아이를 생각했다. 갓 난 딸이 얼마나 귀여울지, 그 애를 품에 안으면 어떤 느낌일지 생각했다.

그 생각을 마지막으로, 대니얼의 모든 것은 꺼져버렸다.

40

10월 21일 토요일

샬로테는 몇 시간도 못 자고 일찍 일어나서 서점으로 내려가 초조하게 샘을 기다렸다. 그녀에게 또 전화하지 않으려고 정말이지 온 힘을 다해 마음을 다잡은 채로, 서가 사이를 거닐며 오래된 종이와 바닐라 향기를 맡으면서 다른 생각을 해보려고 했다. 그러다 줌파 라히리의 단편집인 『그저 좋은 사람』을 우연히 발견하고는 아침 식사를 하며 읽으려고 서가에서 빼냈다.

주방에 가서 버터를 바른 빵과 차를 식탁에 놓은 다음 그녀는 책장을 넘기기 시작했다. 샘은 언젠가 책을 많이 읽는 것의 장점은 멀티태스킹 기술을 익힐 수 있는 것이라고 말했다. 숙련된 다독가는 책에서 눈을 떼지 않으면서도 음식을 먹고 음료를 마시고 페디큐어도 할 수 있다나. 그래서 샬로테는 오른손에 토스트를 들고 왼손으로는 책장을 넘겼다.

몇 시간 동안 책에 실린 단편소설을 여러 편 읽자 드디어 샘이 나타났다. 소설마다 너무 흥미진진해서 시간 가는 줄 모르고 읽었지만, 샘이 열쇠를 문에 꽂는 소리를 듣자마자 책을 내려놓고 서

둘러 가게로 나왔다.

샘은 와인 빛깔 깔개 위에 서서 투명한 우산을 접었다.

"날씨가 뭐 이래."

샘이 우산을 털며 말했다. 바깥에 비가 오는 줄도 몰랐던 샬로테가 재빨리 거리로 눈을 돌리자, 머리를 신문지와 서류 가방으로 가리고 지나가는 사람들이 보였다. 하늘은 불길하게 우중충했고, 거센 바람을 타고 빗방울이 공중에 휘몰아쳤다.

"으, 수건 줄까요?"

샘은 머리를 털더니 귀에 물이라도 들어갔다는 듯 장난삼아 귀를 두드렸다.

"아뇨. 그나저나 수영복을 가져오지 않아서 아쉽네요. 오늘 오후에는 집까지 헤엄쳐서 갈 수 있을 것 같은데."

그 말을 듣자 샬로테는 샘이 수영복 차림으로 서점을 돌아다니는 모습을 상상했지만, 잠시 후에야 그게 농담이었음을 깨달았다. 그녀는 피곤함을 느끼며 이마를 문질렀다.

"좀 잤어요?"

샘은 이렇게 물으며 번쩍번쩍 빛나는 재질의 커다란 꽃무늬 원피스를 매만졌다. 80년대에 신부 들러리가 입었을 법한 디자인에다 치마 부분이 중력을 거스르는 것처럼 보였다.

샬로테는 얼굴을 찌푸리고는 대답했다.

"조금요. 간밤에 깨워서 미안했어요."

샘은 활짝 웃었다.

"괜찮아요! 나한테 이제 언제든지 전화해도 된다는 걸 안 것 같아서 기쁘네요. 다음에는 내가 인간관계에 문제가 생기면 샬로테에게 전화할게요."

샘이 윙크하자 샬로테는 미소를 짓고 나서 조심스럽게 물었다.

"혹시 그동안 알아낸 거 있어요?"

샘은 곱슬머리에 손을 대고서 쭉 펴며 말했다.

"경찰은 우리보다 훨씬 일찍 업무를 시작하긴 하죠. 그래서 린제이가 몇 가지를 벌써 알아내긴 했어요."

샘은 커피 주전자를 머릿짓으로 가리키며 물었다.

"커피 남았어요?"

샬로테는 컵 하나를 가져다가 블랙커피를 채웠다.

"와, 대단하네요. 정말 빠르네요! 뭘 알아냈대요?"

그녀는 이렇게 말하며 곧바로 몇 모금 커피를 마시는 샘을 바라보았다. 샘은 컵을 내려놓고서 비뚜름히 웃었다.

"그런데 좋은 소식이 아니에요. 그래도 듣고 싶어요?"

샬로테는 오싹한 기분으로 계산대에 몸을 기댔다. 린제이는 뭘 알아냈을까? 대니얼은 IRA의 일원이었을까? 혹시 범죄 용의자였을까? 하지만 사실을 제대로 알지 못하는 게 더 나빴다. 무슨 일이 있었는지 알아야 했다. 그래서 샬로테는 단호하게 말했다.

"네, 아는 걸 말해줘요."

샘은 커피를 한 모금 더 마셨다.

"그 국가보험번호로 조회해보니 대니얼 오코너는 1984년 5월에 실종신고가 됐어요. 회사에서 신고했죠."

샬로테는 눈을 깜빡였다. 그렇다면 그가 떠난 후였을 게 틀림없었다. 사라진 게 아니었을지도 몰라!

"그분이 스웨덴으로 간 뒤였을 거예요. 사라 이모에게 보낸 편지엔 그렇게 쓰여 있었거든요."

샬로테는 밝아진 목소리로 말했지만, 샘은 안쓰럽다는 눈빛으로 그녀를 바라보았다.

"대니얼이 거기 간 건 아니었을 거예요. 7년 후에 사망 처리가 됐거든요."

샬로테는 고개를 저었다.

"죽었다고요? 하지만 시체가 발견되지 않았잖아요?"

"시체는 없었죠. 하지만 사망 처리를 하려면 일단 철저하게 수색이 이루어져야 해요. 그리고 린제이 말로는 스웨덴 경찰에도 연락했다는 기록이 남아 있대요. 대니얼이 사라진 뒤로 아무도 소식을 들은 사람이 없었어요."

샬로테의 눈에 저도 모르게 눈물이 글썽였다.

"그럴 리가 없어요! 어떻게 이렇게 사라질 수가 있어요? 우리 엄마를 보러 오고 싶어 했던 분인데!"

샘은 탁자 이편으로 다가와서 샬로테에게 어색하게 한쪽 팔을 둘렀다.

"정말 마음이 아프네요."

샬로테는 두 손에 얼굴을 묻었다. 그럴 리가 없어! 이제 아버지에 대해서 아무것도 알지 못하게 되었다니. 아버지가 사라져버렸다니.

엄마를 생각하자 가슴이 찢어지는 것만 같았다. 대니얼이 자기를 보러 오려고 했다는 걸 엄마는 알고 있었을까? 아버지가 되어 기뻐했고, 그녀를 다시 보고 싶어 했다는 걸 알았을까? 아니면 그저 작은 집에 앉아서 자신이 버림받고 사랑받지 못한 처지라고만 생각했을까?

"이럴 수는 없어요. 마침내 아버지가 누구인지 알아냈는데."

샬로테가 격한 감정을 토로하자, 샘은 고개를 끄덕였다.

"그 마음 알아요. 정말 어렵네요."

샬로테는 귀걸이를 만지작대며 물었다.

"다른 사항은 또 없나요? 경찰은 그분에게 무슨 일이 일어났다고 보고 있어요? 그에 대해 어떤 짐작 가는 설명은 없었나요?"

샘은 고개를 저었다.

"아뇨, 내가 아는 한은 없어요. 하지만 린제이가 계속 알아보겠다고 약속했어요. 더 알게 되는 대로 바로 말해줄게요."

그 순간, 마르티니크가 문으로 들어왔다. 행복한 표정으로 즐겁게 콧노래를 부르며 나타난 그녀는 손에 커다란 접시를 솜씨 좋게 들고 있었다. 랩으로 싼 접시에서 녹색 마지팬과 다크초콜릿이 번뜩였다. 하지만 샬로테를 보고는 접시를 내려놓고 얼른 다가왔다.

"샬로테, 왜 그래?"

샬로테는 숨을 깊이 들이쉬었다.

"샘이 도와줘서 우리 아버지를 찾았어요. 하지만 그분은 세상을 떠난 것 같아요."

"사망 처리가 되었더라고요. 1984년에 사라져서요."

샘이 정확하게 말하자, 샬로테는 흐느껴 울며 말했다.

"내가 태어난 지 반년 뒤였어요."

마르티니크가 두 팔을 뻗자 샬로테는 그녀의 품에 안겼다.

"불쌍한 샬로테! 아침부터 너무나 슬픈 소식을 들었구나!"

샬로테는 아무 말 없이 그저 감사한 마음으로 마르티니크의 부드러운 어깨에 고개를 댔다. 이 사실을 모두 알게 된 다음에 혼자 있었다면 얼마나 끔찍했을까. 하지만 지금은 위로를 받을 수 있어서 다행이었다.

그동안 샘은 접시에 다가가 랩을 벗기고 고개를 숙여 비스킷을 보았다.

"이건 뭐예요?"

마르티니크는 샬로테의 머리카락을 쓰다듬으며 그녀에게 다정하게 물었다.

"저게 뭔지 알겠니?"

샬로테가 눈을 깜빡이다 소리쳤다.

"이건 푼슈 롤*이네요! 직접 만들었나요?"

마르티니크가 고개를 끄덕였다.

"그래. 앤절라와 같이. 당연히 스웨덴식 조리법으로 만들었어. 우리 북카페에서 팔면 어떨까?"

샘은 미심쩍다는 표정이었다.

"이거 무슨 맛이에요?"

---

* 스웨덴에서 먹는 원통형 페이스트리로 녹색 마지팬 롤에 초콜릿을 묻혀 만든다.

"초콜릿과 마지팬, 럼이 들었어."

"럼! 진작 말하지 그랬어요! 술 들어간 빵이라면야 절대로 거절 안 하죠."

샘은 이렇게 말하며 푼슈 롤을 하나 집었다. 마르티니크는 눈썹을 치켜떴다.

"럼은 향만 나는 거야."

하지만 샘은 푼슈 롤을 씹으며 말했다.

"더 좋네요. 진짜 술처럼 취했다가는 여기 오는 노인네들이 문에 뛰어들다가 쓰러질 거 아녜요."

마르티니크는 샬로테에게 푼슈 롤을 하나 주었다.

"너도 이거 하나 먹어야겠어."

샬로테는 푼슈 롤을 받아들고 한 입 먹었다. 마치 고향에 온 듯한 맛이었다.

"그럼 이제 어떻게 되는 거니?"

마르티니크가 묻자, 샬로테는 고갯짓으로 샘을 가리켰다.

"린제이가 더 많은 정보를 알아내준다고 했어요."

"그분이 실종된 데 더 많은 정보가 있을지 누가 알겠어요."

샘은 손가락을 핥으며 말하다가 마르티니크를 보며 덧붙였다.

"이거 진짜 맛있네! 하나 더 먹어도 돼요?"

"그럼! 당연하지!"

샬로테도 고개를 끄덕였다.

"진짜 맛있어요! 그런데 앤절라가 도와주었다고 하셨죠?"

마르티니크는 자랑스레 웃었다.

"응. 갑자기 딸애가 나랑 빵 굽는 걸 좋아하게 된 것 같아."

마르티니크의 눈빛에서 기쁨을 보자 샬로테는 마음이 따스해졌다. 며칠 전까지만 해도 앤절라가 엄마와 전혀 말을 하지 않는다고 마르티니크가 말했던 게 떠올랐다.

"앤절라가 우리 낭독회에 아주 큰 도움이 되었어요. 가끔 와서 도와주면 어떨까요? 우리가 휴일이나 휴가철에 큰 행사를 열 때 말이에요. 어떻게 생각하세요?"

마르티니크는 열렬히 고개를 끄덕이다가, 다시금 심각한 얼굴이 되어 물었다.

"하지만 우리가 그런 행사를 감당할 만한 여력이 돼?"

샬로테는 입술을 꾹 다물고 진지하게 말했다.

"제가 보기에는 돼요. 그리고 마르티니크가 만든 스웨덴식 빵들이 유행을 선도하고 있는 것 같고요."

샘도 맞장구쳤다.

"맞아요. 거의 매일 사람들이 들어와서는 '스웨덴식 피카'가 뭔지 물어본다니까요. 어제 만든 빵은 매진이었어요."

"은행에선 뭐래?"

마르티니크가 샬로테에게 물었다.

"아, 내가 아직 말 안 했던가요? 죄송해요. 지금 너무 일이 많아서요. 하지만 잘될 것 같아요. 새롭게 상환 계획을 짜자는 데 동의했거든요."

"그러면 이 서점 안 파는 거죠?"

샘이 불쑥 묻자, 샬로테는 웃었다.

"그건 내가 이미 말했잖아요! 난 이 서점을 유지하기 위해서 뭐든 할 마음이에요."

"햄버거 체인점 따위 지옥으로 꺼지라고 해요."

샘은 이렇게 말하더니 교활하게 덧붙였다.

"그럼 말이죠, 약간의 임금 인상도 가능하지 않을까요?"

"샘!"

마르티니크는 샘을 비난하는 눈빛으로 바라보았다.

"왜요, 그냥 물어볼 수도 있지!"

샬로테는 계산대에서 빵 부스러기를 쓸어내며 말했다.

"사정이 되는 대로 그것도 노력해볼게요. 약속해요."

그러자 샘은 장난기 어린 목소리로 말했다.

"봤죠, 마르티니크? 샬로테가 노력해본다잖아요."

샘은 이제 샬로테를 바라보며 말했다.

"그럼 크리스마스 전까지 임금 인상이 되었으면 좋겠어요. 여자친구에게 제대로 된 멋진 선물을 사 주고 싶거든요."

마르티니크는 눈을 흘겼지만, 샬로테는 웃고 말았다.

"린제이랑은 잘되고 있는 거 맞죠?"

린제이가 화제에 오르자마자 샘은 크게 한숨을 쉬었다.

"내가 예상했던 대로예요. 린제이는 우리가 서로에게만 충실한 관계가 되기를 바라고 있어요. 어제는 나한테 동거하고 싶은지 물어보더라고요."

"정말 잘됐네. 그러니까, 솔직히 너 부모님 댁에서 나올 때가 한참 지나긴 했잖아?"

마르티니크의 말에 샘이 씨근거렸다.

"봐서요. 내가 나가면 우리 아빠는 허탈해할 거라고요. 온종일 날 돌볼 필요가 없게 되면 아빠가 이제 무슨 할 일이 있겠어요?"

"뭐라도 하시겠지."

마르티니크가 대꾸하고는 첫 손님들이 커피를 마시러 왔을 때 내놓을 잔을 골랐다.

"그건 그렇고요, 나는 존 그린*이란 작가에게서 이메일을 받았어요. 그 작가님을 아시나요?"

샬로테가 묻자 샘은 뛸 듯이 기뻐했다.

"나 그분 너무 좋아!"

"정말 잘됐네요! 출판사에서 크리스마스 기간에 사인회를 열어 달라고 했어요. 신문에 난 우리 기사를 읽었나 봐요."

마르티니크는 조심스럽게 커피잔을 쌓았다.

"앤절라가 그러는데, 인터넷에도 우리 기사가 많이 떴대."

"그럼 우리는 존 그린 작가님을 불러야 한다는 거죠?"

마르티니크와 샘이 고개를 끄덕였다.

"당연히 불러야죠! 그러면 이제 다음 행사를 준비해야겠네요?"

샘이 희망에 차서 말하자, 샬로테는 어깨를 으쓱였다.

"그래야겠죠? 하지만 조앤 머리 작가님이 오셨을 때만큼 사람이 많이 오지는 않을 거라 생각해요."

---

* 미국의 작가로, 대표작으로 『잘못은 우리 별에 있어』가 있다.

"J. K. 롤링이라고 해주세요."

샘이 샬로테의 말을 고쳐주었다.

"그래, 맞아요. J. K. 롤링 작가님. 어쨌든 내가 보기엔 그래도 계속 차분하게 다음 행사를 계속 진행해야 해요."

마르티니크도 동의했다.

"나도 그렇게 생각해. 샘, 최근에 신간을 출간한 작가님들 목록을 만들어줄 수 있겠어?"

샘은 구두 뒷굽으로 바닥을 쳤다.

"알겠어요! 바로 시작할게요."

샘은 마르티니크가 접시를 손이 안 닿는 곳으로 옮기기 전에 재빨리 푼슈 롤 하나를 더 집어 들더니, 샬로테에게 윙크하며 말했다.

"그 전에 이거 하나만 빨리 더 먹고요."

49

11월 1일 수요일

"무슨 말을 하려고 했어?"

헨리크의 목소리가 너무나 낭랑하게 들려왔다. 이곳에서 천 킬로미터 넘게 떨어진 타국에 있다는 걸 믿을 수 없을 정도였다.

샬로테는 휴대폰 케이스를 만지작거렸다. 지난주에는 참 많은 생각을 했었다. 그녀는 런던을 가로질러 산책을 했다. 워털루 다리를 건너 코번트가든까지, 그다음에는 내셔널 갤러리까지 걸었다. 이 구역까지 걸어온 그녀는 노팅힐로 가는 버스를 타고 리젠트 파크를 지나 하이드 파크까지 갔다가 마블 아치로 돌아왔다.

그러면서 지난 몇 년간 있었던 일들을 되새겨보았다. 알렉스 생각을 하면서, 그들이 함께 살았던 삶이 갑자기 끝나버린 것과, 만약 지금 알렉스에게 조언을 청한다면 과연 무어라 말했을까 곰곰이 생각했다. 알렉스는 항상 샬로테에게 세상에 나가 새로운 걸 시도해보라고 용기를 북돋아주었었다. 그러면 샬로테가 스스로를 위한 기회를 놓치지 않기를 바랐을 것이다.

"내 친아버지가 서점 위에 있는 집에서 살았대."

그녀가 쉰 목소리로 말하자 헨리크는 침묵했다. 샬로테의 귓가에 피가 확 몰렸다. 헨리크에게 실망을 안겨주고 싶지 않았다. 하지만 생각하면 할수록, 런던이야말로 자신이 살고 싶은 곳이라는 확신이 들 뿐이었다. 이 서점이 마음에 들었고, 대니얼을 계속 찾아보고 싶었다.

"샬로테, 너 괜찮아?"

"응. 괜찮은 것 같아. 하지만 난 여기서 살고 싶어."

헨리크는 볼멘소리를 냈다.

"그럼 BC뷰티사에는 뭐라고 해?"

샬로테는 이를 악물었다. 이제는 말을 해야 했다.

"나 c/o 샬로테를 매각하고 싶어."

헨리크가 헛기침을 했다.

"그럼 안 돌아올 거야?"

"응. 정말 미안해. 네가 나와 알렉스를 위해서 얼마나 많이 애써주었는지 알아. 하지만 이젠 벗어나고 싶어. 너랑 다른 사람들에게 실망을 주어서 정말 속상하지만……."

그때, 헨리크가 말을 잘랐다.

"샬로테. 괜찮아. 우리는 아무 문제 없어. 솔직히 말해서 난 오늘 같은 날이 올 거라고 예상했는데, 네가 지금껏, 이토록 오래 버티다니 놀라울 지경이라고."

샬로테는 안도의 한숨을 쉬었다.

"고마워. 정말로 회사를 포기할 생각은 아니었어."

"넌 포기한 게 아니야. 새로운 걸 시도하고 있는 거지. 그리고

c/o 샬로테 걱정은 하지 마. 내가 다 알아서 처리할게. 네가 할 일은 BC뷰티사가 나한테 재량권을 주게 하는 거야."

샬로테는 웃었다.

"당연하지. 내가 계약서에 그렇게 적어놓을게."

"좋아. 네가 그렇게 말하다니 기쁘네. 자신감 있는 목소리 들어본 지 정말 오랜만이다."

헨리크와의 통화를 마친 샬로테는 거실 창문으로 다가갔다. 바깥에는 눈부신 가을 날씨가 펼쳐져 있었다. 템스강 위로 항해하는 배들, 강변을 따라 걷는 사람들, 빨간색과 황금색으로 왕관을 쓴 듯 빛나는 낙엽수들, 햇살에 반짝이는 은빛 창문 수천 개가 모두 다 그저 아름다웠다.

바깥 풍경을 볼 때마다 가슴이 설렜다. 지금 이곳에 살고 있다는 걸 믿을 수가 없었다. 회사를 매각하자마자 강좌에 등록해 새로운 걸 배울 작정이었다. 미술 강좌는 어떨까. 오래전부터 회화와 작곡을 많이 배우고 싶었으니까.

샬로테는 자그마한 주방을 바라보면서 윌리엄이 자신을 위해 만들어주던 온갖 맛있는 음식들을 떠올렸다. 그동안 테니슨은 식탁으로 뛰어올라 그녀에게 부드럽게 몸을 비볐다. 샬로테는 울컥한 마음을 참았다. 일주일 동안 참을성 있게 기다린 다음, 주말에 윌리엄에게 문자를 몇 통 보냈지만, 그때마다 그는 짧게 거절하기만 했다. 낭독회 다음 날 아치 주방에서 있었던 대화를 떠올리자 알렉스가 세상을 떠난 뒤로 자신이 얼마나 철저하게 외로웠는지 실감이 났다. 그때 자신은 어떻게든 상황을 바로잡으려고 그저 기계처럼 살았다. 모든 감정을 다 차단하고 그저 일에 파묻혀 살았던 그때. 다시는 그때로 돌아가고 싶지 않았다.

그녀는 테니슨의 등을 쓰다듬었다. 윌리엄이 너무 보고 싶을 때마다 마음을 달래려고 항상 고양이와 함께 있었다. 윌리엄과 어떻게 헤어졌는지 떠올릴 때마다 샬로테는 속이 뒤틀리는 기분이었지만 동시에 차라리 이게 낫다고 애써 스스로를 설득하려 했다. 둘은 미래에 대해 구체적으로 이야기해본 적이 없었지만, 그래도 샬로테는 서로가 같은 미래를 원하지 않는다는 건 알고 있었다. 자신은 아이를 갖고 안정된 삶을 바라지만, 윌리엄에게는 무엇보다도 자신의 글쓰기가 우선이었다. 만약 두 사람이 함께한다면, 언젠가는 결국 상처만 남기고 헤어지게 되겠지.

샬로테는 머리를 단단히 모아 포니테일을 만들었다. 머릿속으로 한참을 생각한 또 다른 사람은 바로 대니얼이었다. 이제 다시는 만날 기회가 없어졌다니 믿을 수 없을 만큼 괴로웠지만, 그래도 사라 덕분에 마침내 친아버지가 누구인지 알게 되어 고맙기 그지없었다. 이모가 말한 대로, 서점은 그녀의 역사를 이루는 한 부분이었다.

탁자 위에는 대니얼과 관련한 모든 것을 모아놓은 상자가 있었다. 샬로테는 그 상자를 소파에 놓았다. 그리고 사라의 방 앞 현관에 걸려 있던 사진을 조심스럽게 꺼냈다. 그녀는 이 사진을 몇 시간이고 계속 바라보곤 했다. 대니얼과 눈이 마주칠 때마다, 온몸 구석구석 이분이 자신의 아버지라는 게 느껴졌다.

대니얼과 크리스티나가 함께 찍은 사진은 감히 손에 들 수가 없었다. 혹시나 사진이 망가질까 봐 무서웠으니까. 시간이 나는 대로 사진의 복사본을 만들어야겠다고 마음먹었다.

오랫동안 아무것도 모르고 있던 샬로테에게 부모님이 함께 찍은 사진이 생겼다는 건 아주 특별한 느낌으로 다가왔다. 만약 대니얼이 실종되지 않았다면 어떻게 되었을까? 샬로테는 계속 생각할 수밖에 없었다. 그랬다면 아버지는 엄마가 있는 고르스통아에 왔을까? 그랬다면 나도 평범한 가정에서 그러듯 부모님 슬하에서 자랐을까?

샬로테는 등을 기대고 앉았다. 린제이가 조사를 시작한 지도 벌써 열흘이 지났지만, 아직 새로운 소식은 없었다. 그리고 샬로테는 이제 더는 정보를 얻을 가능성이 거의 없다는 걸 알고 있었다.

생각에 잠긴 샬로테는 소파에 손을 얹었다. 윌리엄과 여기서 많은 것을 함께했는데! 그는 두 번 다시 자신을 품에 안지도, 따스한 입술로 입 맞춰주지도 않겠지. 다시는 그의 목덜미에 얼굴을 묻고 살갗의 체취를 마시지 못하겠지.

그녀는 이를 악물었다. 지금도 윌리엄이 돌아와서 서점 문을 벌컥 열어젖히고 이 모든 게 그저 어리석은 오해였다고, 샬로테를 사랑한다고, 그래서 같이 있고 싶다고 말해주기를 바랐다. 하지만 이미 그럴 기회를 놓쳐버린 것 같았다.

새로 닦은 창문으로 햇살이 비쳐 든 빈집을 둘러보았다. 이제는 산책하러 가볼까 싶던 순간 휴대폰이 울렸다. 혹시 윌리엄일까? 재빨리 문자를 확인했지만 샘이 보낸 것을 확인하고는 실망하고 말았다. 하지만 문자를 제대로 읽자 실망은 곧바로 희망으로 바뀌었다.

내려와요! 샬로테에게 아주 중요한 소식이 있어요!

샬로테는 문자를 가만히 바라보았다. 혹시 대니얼 소식을 더 알아냈을까? 목덜미의 맥박이 두근두근 뛰는 가운데, 그녀는 현관으로 달려가 신발을 신고 계단을 내려갔다. 샘과 마르티니크가 계단대에 서 있었는데, 그들 옆으로 낯선 남자가 보였다. 하늘색 셔츠를 입은 남자는 군데군데 희끗희끗해진 짙은 금발 아래로 턱수염을 잘 손질한 얼굴이었다. 남자가 굵은 목소리로 이야기를 하고있었다.

샬로테는 처음에 그가 경찰이라고 생각했지만, 남자는 샬로테를 보자마자 환하게 웃었다.

"샬로테, 빨리 내려와서 다행이네요!"

샘이 즐겁게 말하자, 샬로테는 주저하면서 가까이 다가갔다.

"안녕하세요. 그런데 이게 무슨 일이죠?"

마르티니크는 눈빛을 환하게 밝혔고, 샘은 너무 흥분해서 안절부절못하는 것 같았다. 샘이 엄숙하게 소개했다.

"여기 이분은 마크 오코너 씨예요."

남자는 다시 미소를 지었고, 샬로테는 당황해서 그를 빤히 바라보았다.

"아, 네."

그녀는 간신히 이렇게만 말했다. 마르티니크는 그녀의 어깨에 손을 얹으며 설명했다.

"대니얼의 동생분이야. 너의 삼촌이라고. 린제이가 찾아낸 정보로 우리가 연락했는데, 곧바로 오신 거야."

샬로테는 이맛살을 찌푸렸다. 대니얼에게 형제가 있었다고? 편지에 그런 말은 없었는데.

남자는 앞으로 다가와서 손을 뻗었다.

"안녕, 샬로테! 네가 놀란 만큼 나도 무척 놀랐다. 하지만 이렇게 만나게 되어 참 반갑구나!"

샬로테는 눈을 깜빡였다. 대체 어떻게 반응해야 할지 알 수가 없어서, 그저 속삭여 인사했다.

"안녕하세요."

두 사람은 조용히 서서 서로를 바라보았다. 이윽고 남자가 두 팔을 벌리더니 조심스럽게 샬로테를 안았다. 그녀는 마른침을 삼켰다. 정말이지 압도적인 기분이었다. 이런 순간이 오리라고는 전혀 예상하지 못했다.

마크는 다시 한 걸음 뒤로 물러섰다.

"샘이 전화를 주었을 땐 정말 놀랐다. 대니얼은 오래전에 실종되었거든. 난 형에게 아이가 있는지 몰랐어. 알았다면 진작 연락했을 텐데!"

샬로테는 고개를 끄덕였다.

"그럼 아버지는…… 아버지는 정말로 돌아가신 건가요?"

마크는 슬픈 기색으로 고개를 끄덕였다.

"그래. 안타깝지만. 형은 가족이 있다는 걸 알았다면 절대로 저버릴 사람이 아니야."

"아버지에게 무슨 일이 있었는지 아세요?"

마크의 눈빛이 어둡게 변했다.

"아니. 몰라. 하지만 그때는 지금과는 완전히 다른 시절이라서, 아일랜드인이 여기 런던에서 살면 쥐도 새도 모르게 끌려가곤 했었지. 나도 알 수 없는 이유로 사라진 사람을 많이 알고 있거든."

마크는 그녀를 보며 다시 웃었다.

"너는 크리스티나도 닮고 사라도 닮았구나."

샬로테의 얼굴이 환해졌다.

"우리 엄마를 아세요?"

"한 번 만난 적이 있었어. 아주 좋은 사람이었지. 대니얼도 마찬가지였다. 나는 둘이 서로 끌렸다는 걸 사실 얼마든지 이해한다."

그는 샬로테의 손을 잡았다.

"대니얼이 널 봤다면 무척 자랑스러워했을 거야. 형과 네가 만나지 못해서 정말 안타깝구나."

샬로테는 목이 멘 채로 고개를 끄덕였다.

"감사합니다."

그녀가 대답하자, 마크는 조금 더 활기찬 목소리로 말했다.

"하지만 그래도 이젠 내가 있잖니. 그리고 우리 가족도 있고."

"자녀가 있으세요?"

샬로테가 수줍게 묻자, 마크는 고개를 끄덕였다.

"둘 있어. 린은 네 나이쯤 되고, 톰은 너보다 몇 살 어리지. 그러니까 네 사촌들이야. 그리고 손자도 세 명 있단다. 린에게 아들 하나랑 쌍둥이 딸이 있거든."

샬로테는 뭐라 말해야 할지 알 수가 없었다.

"저도 만나봐도 될까요?"

"그럼! 되고말고! 린은 벌써 오는 중이야. 그리고 톰은 근무 끝나면 올 거다."

샬로테는 열렬히 고개를 끄덕였다.

"그럼 가서 제 핸드백 좀 가져올게요."

"그래. 난 밖에서 기다릴게."

마크가 문을 나서자마자 샬로테는 샘과 마르티니크를 바라보았다.

"도무지 실감이 나지 않아요!"

샘은 고개를 끄덕였고, 마르티니크는 눈가에서 눈물을 훔쳤다.

"둘 다 정말 고마워요. 이게 나한테 얼마나 중요한 의미인지 모르시겠죠."

샬로테는 그들의 손을 잡았다. 그러자 마르티니크가 갑자기 큰 소리로 흐느끼며 말했다.

"아, 샬로테. 우리에게도 무척 중요한 의미가 있단다."

샬로테는 핸드백을 들고서 다시금 샘과 마르티니크를 보며 엄숙하게 선언했다.

"난 그럼 가족을 만나러 가볼게요."

"즐거운 시간 보내."

마르티니크는 손 키스로 그녀를 배웅했고, 샬로테는 화창한 오후의 햇살로 발걸음을 내디뎠다.

***

파넬라는 잔을 다 비우고 나서 마르티니크에게 커피를 더 채워 달라며 내밀었다.

"그럼 이제 샬로테가 다 알게 된 거야?"

"네. 적어도 내가 알려줄 수 있는 건 다 알게 됐죠."

파넬라는 마르티니크를 계속 바라보면서 커피잔에 우유와 설탕 두 조각을 넣었다.

"하지만 이토록 세월이 오래 흘렀는데 마크를 찾아냈다니 믿을 수가 없는데."

"그건 전적으로 린제이 덕분이에요. 경찰 조직을 이용하지 못했 다면 훨씬 더 오래 걸렸겠죠."

"마크가 갑자기 나타났을 때 샬로테가 뭐라고 했어?"

"당연히 기뻐했죠. 놀라기도 했고요. 생각지도 않은 가족을 찾 아낸 거니까요."

"대니얼이 죽었다는 걸 알았을 땐 아주 힘들었을 거야."

마르티니크는 보온병을 치웠다.

"그랬죠. 사라는 저한테 아무 말도 안 했어요. 그냥 언젠가 대니 얼이 사라졌다고 알려주기만 했죠."

초록색 구형 포드 화물차가 덜컹거리며 길을 지나갔다. 파넬라 는 저 아래 강변 산책로를 바라보았다. 마르티니크는 그녀를 말없 이 지켜보았다. 사라와 가장 오랫동안 알고 지낸 친구인 파넬라는 아마도 대니얼 이야기를 더 알고 있을 거라고 생각했지만, 마르티니크는 그녀에게 비밀을 말하라고 다그치고 싶지 않았다.

"하지만 참 이상하게도 사라는 아무 말이 없더라고요. 대니얼이 결국 사망 처리가 되었다는 걸 분명히 알고 있었을 텐데요."

마르티니크의 말에 파넬라는 부드럽게 대꾸했다.

"아마도 사라는 인정하고 싶지 않았겠지. 나는 사라가 오랫동안 대니얼을 찾았다는 걸 알고 있어. 언제부터인가 사라는 대니얼이 어쩌면 아일랜드로 돌아갔을지도 모르겠다고 생각했어. 심지어 벨파스트까지 찾으러 가기도 했고. 런던 경찰에다 편지도 수없이 썼지. 대니얼이 사라진 게 경찰과 무슨 관계가 있을 거라고 의심하더라고. 하지만 그 문제를 말하고 싶어 하진 않았어. 내가 보기엔 죄책감을 느끼고 있었던 것 같아."

마르티니크는 계산대에 기댔다.

"사람이 갑자기 사라졌는데 무슨 일이 일어난 건지 알 수가 없다면 얼마나 무섭겠어요. 내 가족이 그랬다면 난 미쳐버렸을 거예요."

"그래. 게다가 사라가 동생과 화해할 수 없게 되다니 영원히 슬픈 일이었지. 사라는 크리스티나가 임신했을 때 일어난 일 때문에 정말 죄책감을 크게 느꼈어. 그 뒤로 다시는 만날 수가 없었다는 것도 상당한 부담이 되었지."

마르티니크는 한숨을 쉬었다.

"사라는 저한테도 그 문제에 대해 전혀 말해주지 않았어요. 제가 보기에도 둘 사이가 냉랭해 보이긴 했지만, 그래도 가끔은 편지를 주고받을 줄 알았거든요. 사라는 샬로테 사진을 참 많이도 갖고 있었으니까요!"

검은 머리를 깔끔하게 빗어 넘긴 꼬마 하나가 계산대 옆을 휙 지나갔다. 뒤에서 꼬마의 아빠가 바짝 따라가면서 필사적으로 소리쳤다.

"안 돼! 책꽂이에 올라가지 마!"

하지만 꼬마는 신나서 꽥 소리를 지를 뿐이었다.

파넬라는 고개를 저었다.

"사라는 크리스티나와 다시 연락하려고 몇 년이고 애를 썼지만 결국 답장을 받지 못했어. 그건 동생이 사라를 용서할 수 없었다는 뜻이라고 봐야 했지."

마르티니크는 곰곰이 생각했다.

"샬로테 말로는, 엄마와 같이 이사를 갔댔어요. 그리고 크리스티나가 재혼한 다음에는 남편의 성을 따랐다고 했고요. 그러니 사라의 편지를 받지 못했을 수도 있어요."

"그럴 수도 있겠지."

그때 빨간 롱코트를 입은 여자가 서점으로 들어왔고, 마르티니크는 여자에게 기쁘게 손을 흔들었다.

"안녕, 앨리스. 어머니는 좀 어떠셔요?"

"잘 지내세요."

파넬라가 헛기침을 했다.

"어머니 고관절 수술은 잘됐어?"

"아주 잘됐어요. 어머니는 다시 걸을 수 있게 됐어요."

마르티니크가 손뼉을 쳤다.

"정말 다행이에요! 혹시 어머니가 쇼핑이나 요리 같은 일에 도움이 필요하다면 알려주세요. 우리가 도와드릴게요."

"고맙습니다!"

"어머니가 다시 외출할 수 있을 만큼 몸이 회복되면, 여기에 꼭 커피 마시러 오라고 해."

파넬라도 덧붙였다.

"꼭 전해드릴게요."

여자는 아동도서 코너로 사라졌고, 마르티니크는 다시 파넬라를 바라보았다.

"어쨌든 저는 샬로테에게 마침내 대니얼 이야기를 해줄 수 있어서 좋았어요. 크리스티나가 대니얼과의 사이나 사라와의 사이에서 일어난 일을 전혀 말해주지 않은 모양이더라고요. 그래서 샬로테는 여기에 와서야 모든 게 어떻게 연결되어 있는지 알게 됐죠. 그건 좋은 일이었어요. 이제 자신의 뿌리에 대해서 알게 되었으니까요."

파넬라는 고개를 끄덕였다.

"나는 사라가 샬로테에게 그걸 알려주고 싶어서 서점을 물려주었다고 생각해. 자기가 저지른 짓을 보상하고 싶었던 거야."

그녀는 천천히 커피잔을 젓다가 불쑥 물었다.

"그런데 너는 동생이랑 어떻게 됐어? 다시 이야기는 해봤어?"

마르티니크는 고개를 저었다.

"아뇨. 마샤는 내가 거절한 이후로 아무런 부탁을 하지 않더라고요. 지금은 걔가 그리울 지경이에요."

파넬라는 위협적으로 손가락을 폈다.

"바보 같은 짓 하지 마! 걔가 너한테 힘든 일을 마구 부탁하는 바람에 너 완전히 망가질 뻔했잖아. 이제야 좀 쉬게 되었고!"

"맞아요. 하지만 우리 사이가 사라와 크리스티나처럼 끝나기를 바라지는 않거든요."

"그래도 크리스마스 때는 볼 거잖아?"

마르티니크는 고개를 끄덕였다.

"그땐 보겠죠."

"그럼 됐어! 조금만 더 참으면 돼. 그럼 마샤가 양심의 가책을 느끼고 너한테 아주 좋은 선물을 사 주게 될 거야."

마르티니크가 웃었다.

"그래요. 내가 이제까지 해준 게 얼만데, 그 정도는 받아야겠죠."

파넬라는 입을 팔로 막고 기침을 했다.

"앤절라랑은 좀 어때?"

"생각보다 좋아요. 이제 나랑 대화를 거부하는 일은 없어요. 어제는 같이 영화를 보러 가기도 했고요. 앤절라가 크리스마스 방학동안 서점에서 아르바이트하면서 돈을 좀 벌게 되면 무척 좋아할 것 같아요."

파넬라가 고개를 끄덕였고, 마르티니크는 파넬라에게 손을 얹었다.

"이제 모든 일이 다 잘 풀렸네요! 여름에만 하더라도 정말 무서웠거든요. 이 서점을 어떻게 운영해야 할지, 샬로테와는 어떻게 지내야 할지 전혀 몰랐으니까요. 샬로테가 이곳에 이토록 잘 적응할 줄이야. 걔가 이 서점을 위해 얼마나 많은 일을 했는지 아직도 실감이 안 나요. 샬로테가 평생 여기 살았으면 좋겠네요."

파넬라는 마르티니크에게 음흉한 눈빛을 보냈다.

"어쩐지 그렇게 될 것 같은 느낌이 난 드는데."

그녀는 떡갈나무 계산대를 세 번 두드렸다.

"여기 리버사이드 서점에서는 모든 게 다 잘되는 법이라서 말이야."

＊＊

샬로테는 강변 울타리에 기대어 템스강을 바라보았다. 뒤편으로 차와 버스가 지나가는 소리보다 물결치는 소리가 더 크게 들려왔지만, 묘하게도 그 소리에 샬로테는 마음이 편안해졌다.

건물 뒤로 뉘엿뉘엿 해가 졌다. 방금 샬로테는 삼촌인 마크 오코너가 아내인 메리와 함께 사는 집에서 나선 참이었다. 그들의 집은 리버사이드 드라이브에서 몇 블록 떨어진 하얀색 빅토리아풍 연립주택이었다. 마크와 메리의 딸 린도 함께 자리했다. 메리와 린은 둘 다 수다스러웠고, 빨간 머리를 예쁘게 드리운 상냥한 얼굴을 하고 있었다.

처음에 샬로테는 긴장한 채로 어디에 눈길을 둬야 할지 몰라 하며 폭신한 연분홍 소파에 앉아 있기만 했다. 하지만 곧 메리와 린은 상대방을 무장해제시킬 법한 미소를 지으며 호기심이 담뿍 묻은 질문을 던져 그녀의 긴장을 풀어주었다.

다들 함께 차를 마시고 세모꼴로 자른 오이 샌드위치를 먹으며 서로의 삶에 대한 소소한 이야기들을 나누었다. 린이 샬로테가 어디에서 자랐는지 묻자, 샬로테는 스웨덴과 엄마에 대해 이야기했다. 그리고 어떻게 런던에 오게 되었는지 말하면서 서점에 대해 아주 상세한 설명을 늘어놓았는데, 나중에 생각해보니 좀 부끄럽기도 했다. 관계자가 아닌 사람이 듣기에는 서점의 재고 현황이나 앞으로의 작가 낭독회 같은 이야기가 그다지 흥미롭지 않았을 게 분명하니까.

마크는 샬로테의 아버지 이야기를 다시 들려주었다. 대니얼에 대해 설명하는 마크의 모습에 샬로테는 깊이 감동했다. 마크가 형을 무척 사랑하고 그리워하는 게 선연히 드러났고, 샬로테를 보면 대니얼이 생각난다고 말하자 그녀는 눈물을 참을 수가 없었다.

헤어지기 전에 메리는 샬로테를 가족이 모이는 일요일 저녁 식사에 초대했다. 그녀는 샬로테가 꼭 와야 한다고 우기면서 오랫동안 꼭 안아주었다. 마크는 다락방 창고에서 대니얼과 벨파스트에 있는 친척 사진을 찾아놓겠다고 약속했다. 린은 샬로테의 손을 잡고는 일요일에 자신의 세 아이가 올 거라며, 그때는 분위기가 아주 정신없을 테니 각오하라고 말하며 웃었다.

샬로테는 웃으면서 아이들을 만날 날을 기다리겠다고 답했다.

그렇게 막 떠나려던 순간, 린의 동생 톰이 들어와서 그와도 짧게 인사했다. 톰은 일요일 저녁 식사 자리에서 온 가족의 끔찍한 비밀을 폭로해주겠다고 약속했다.

온 가족이 계단에 서서 손을 흔들며 작별 인사를 한 다음, 샬로테는 행복하게 집을 떠났다. 이제껏 일어난 일이 아무리 생각해도 실감이 나지 않았다.

오코너 가족을 생각하면 곧바로 마음이 따스해졌다. 삼촌과 숙모, 사촌들과 조카들이 있다니. 갑자기 머리가 아찔해졌다. 언제나 이곳에 존재했던 이들이었는데, 이제껏 아무것도 모르고 살았다니.

강 위로 지나가는 화물선을 따라 샬로테는 강변을 걸었다. 마음속에 가득 차오른 기쁨과 기대감에 가슴이 터질 것만 같았다.

샬로테는 서점으로 이어지는 길을 슬쩍 바라보았다. 운이 좋다면 아직 샘과 마르티니크가 있을지 모른다.

그녀가 단호하게 휴대폰을 꺼내어 전화하려던 순간, 갑자기 드는 생각이 있었다. 이 모든 사실을 가장 먼저 알려줘야 할 사람은 따로 있었다. 샬로테는 액정을 내려서 그의 이름을 선택한 다음, 심호흡을 하고 녹색 통화 버튼을 눌렀다.

심장이 두근거렸다. 두근대는 마음으로 휴대폰을 귀에 대고 발신음을 들었다. 하지만 윌리엄은 전화를 받지 않았다. 영원히 이어질 것만 같은 몇 초가 지난 후, 음성사서함으로 넘어가자 화가 나서 한숨이 나왔다. 그녀는 녹음된 윌리엄의 목소리를 조용히 들었지만, 따로 말을 남기진 않고 전화를 끊었다.

다시금 샬로테는 강변의 울타리에 기댔다. 바람이 머리카락을 스쳤다. 마음속 어딘가에는 아직 자신과 윌리엄 사이가 끝난 게 아니라는 믿음이 있었건만, 아무리 봐도 그 믿음은 틀린 것 같았다. 윌리엄은 그녀와 통화 한번 하는 것도 바라지 않았다. 그녀는 리버사이드 드라이브를 향해 무겁게 발걸음을 옮겼다.

가게 문을 닫은 지 한 시간이 지났는데도, 서점에는 아직 불이 켜져 있었다. 도착해보니 문도 잠겨 있지 않았다. 안으로 들어간 샬로테는 언제나처럼 같은 자리에 있는 테니슨을 발견했다.

"안녕, 우리 귀염둥이."

그녀가 인사하는 순간, 고양이가 어쩐지 자기를 보며 미소를 지었다는 느낌이 들었다. 하지만 이내 테니슨은 벨벳 쿠션에 고개를 얹었다.

샬로테는 주위를 둘러보았다. 커피 테이블 하나 위에 접시와 와인잔, 초가 놓여 있었고 주방에서는 음식 냄새가 났다. 그녀는 천천히 스카프를 벗었다. 사람들이 나 모르게 저녁 식사를 준비한 건가?

"샘? 마르티니크? 여기 있어요?"

그녀가 소리쳐 불렀지만 대답은 없었다. 다만 주방에서 덜컹거리는 소리만 들려왔다.

샬로테는 테니슨을 바라보았다.

"이게 무슨 일이니?"

물어봤자 고양이는 그저 게으르게 꼬리를 흔들 뿐이었다.

그 순간, 윌리엄이 문가에 불쑥 나타나서 샬로테는 그만 심장이 쿵 떨어지고 말았다.

"여기서 뭐해요?"

그녀가 놀라서 물었다. 뭔가 잊고 간 물건이 있어서 가지러 왔을까.

윌리엄은 기대에 찬 눈빛으로 그녀를 바라보았다.

"당신을 보고 싶었어요."

그녀는 천천히 재킷을 벗었다.

"아, 그래요? 그러면 왜 이제껏 연락을 안 했죠?"

그는 고개를 저었다.

"미안해요. 그 전에 먼저 몇 가지 정리를 해야 했어요."

샬로테는 윌리엄을 계속 바라보며 계산대에 핸드백을 놓고는 물었다.

"뭘 정리했는데요?"

그는 손으로 머리를 쓸어 올렸다.

"직업도 없고 집세도 못 내는 무능한 인간이 또 되고 싶지는 않았어요."

샬로테는 팔짱을 꼈다. 윌리엄을 다시 보게 되면 기쁠 거라고 생각했건만, 지금은 갑자기 실망과 분노가 벌컥 솟기만 했다.

"왜 나한테 아무 말도 안 했어요? 그렇게 가버리면 어떡하라고요!"

그는 죄책감 어린 기색으로 어깨를 으쓱였다.

"미안해요. 내가 너무했죠. 하지만 나 자신에게 너무 화가 났어요. 그리고 마음이 심하게 불편했어요. 당신을 잃을까 봐 무서웠고요."

"그 사실을 알려주려고 그냥 사라지다니, 참 재밌네요."

그녀가 중얼거렸다.

"알아요. 하지만 당신이 아직도 스웨덴으로 돌아갈 생각을 했다는 게 이해가 안 가서 그랬어요. 난 우리가…… 특별한 사이라고 생각했거든요."

샬로테는 마른침을 삼켰다. 윌리엄에게 다가가서 그를 안아주고 싶은 기분이면서도 그럴 수가 없도록 망설여지는 게 있었다.

"윌리엄, 나는 당신이 정말 좋아요. 우리는 함께 즐거운 시간을 보내기도 했죠. 하지만 난 우리가 바라는 게 너무 다르다고 생각해요."

그는 상을 차려둔 탁자를 향해 손짓했다.

"저기 좀 앉을래요?"

샬로테는 고개를 저었다.

"왜요?"

"부탁해요. 나랑 같이 저녁 식사는 해줄 수 있잖아요. 내가 다 설명할게요."

그녀는 주저했지만 결국 자리에 앉았고, 윌리엄은 다시 주방으로 사라졌다.

그는 자신이 준비한 냄비와 접시, 그릇을 가지러 여러 번 주방을 들락날락거려야 했다. 조심스레 가져온 음식을 계산대 위에 놓고서 엄숙한 자세로 차례차례 상을 차렸다.

"미트볼을 만들었어요. 그리고 사슴고기 스튜도 있고요. 이건 딜 버터로 구운 감자랑, 캐비아 감자전이랑, 게살 샐러드, 훈제 연어입니다."

샬로테는 말없이 그를 바라보았다. 무슨 말을 해야 할지 알 수가 없었다.

"얀손스 프레스텔세*고요. 구베뢰라입니다."

"이건 구브뢰라**라고 해요."

"내가 그렇게 말했잖아요. 구베뢰라. 발음이 이상해요? 어쨌든 와인 한잔하겠어요?"

"그것도 스웨덴산인가요?"

윌리엄은 고개를 저었다.

"아뇨. 안타깝게도 아니에요. 하지만 누비는 있어요."

"혹시 누베*** 말이에요?"

"응, 맞아요!"

샬로테는 그를 바라보았다. 그를 만지고픈 간절한 마음이 손끝까지 뻗쳤지만 그럴 수는 없었다. 윌리엄이 자신을 어떻게 생각하는지 먼저 알아야 했다.

"알았어요. 그럼 이게 대체 무슨 뜻인지 설명해봐요."

그가 크랜베리 그릇을 내려놓았다.

"당연히 당신이 보고 싶었다는 뜻이죠."

윌리엄은 커다랗고 검은 눈으로 그녀를 똑바로 바라보았다. 하지만 제아무리 심장이 또 빠르게 뛴다 해도, 그녀는 서로가 얼마나 상처를 주고받았는지 잊을 수가 없었다.

---

* 감자에 양파, 빵조각, 크림 등을 넣은 스웨덴의 전통 캐서롤 요리.

** 삶은 달걀과 앤초비, 허브를 넣어 으깬 샐러드의 일종.

*** 스웨덴산 술의 일종.

"나도 보고 싶었어요. 하지만 우리가 같은 걸 바라고 있다는 생각은 들지 않아요."

샬로테가 중얼대자 윌리엄이 그녀의 눈을 지그시 바라보았다.

"나는 당신을 사랑하게 됐어요, 샬로테. 상황이 복잡하다는 건 알지만, 그건 상관없어요. 난 복잡한 걸 좋아하니까! 맙소사, 나는 책을 쓰는 걸로 먹고살죠. 아니, 정확히 말하자면 그러려고 노력 중이에요."

샬로테는 마른침을 삼켰다.

"내 지금 모습은 이래요. 난 한동안은 불안정하게 살 거라고 생각하지만, 언젠가는 가정을 이루고, 집도 사고, 생활비를 제때 다 지출할 수 있는 안정된 생활을 할 거라고요."

샬로테는 입술을 깨물었다. 그녀는 윌리엄의 마음을 아프게 하고 싶지 않았고, 자신이 했던 말에 온몸으로 저항했지만, 동시에 그게 꼭 필요한 말이라는 걸 알고 있었다. 10대 아이들처럼 소파에서 서로 꼭 껴안은 채로 세상 모든 게 얼마나 새롭고 흥미로운지 알아가는 순간은 참 아름다웠다. 하지만 서로가 같은 걸 바라고 있다는 확신이 없는 한, 다시 예전처럼 돌아갈 수는 없었다.

그녀는 윌리엄이 바지 주머니를 뒤지는 모습을 말없이 지켜보았다. 아주 잠깐, 그가 청혼할 거라는 생각이 들었다. 하지만 마침내 꺼낸 게 작은 책인 걸 보고, 안도의 한숨을 쉬었다.

"이건 미니 사전이에요. 익히는 중이죠."

그는 샬로테에게 사전을 들어 보였다.

"왜요?"

윌리엄은 음식을 가리켰다.

"왜라뇨. 당신과 스웨덴에 가려고 그러죠. 난 일할 때 필요한 단어를 모두 외울 겁니다. 미트볼, 구베뢰라라. 알면서 물어요? 내일부터라도 레스토랑에서 일을 시작할 수 있다고요."

샬로테는 뭐라 말해야 할지 알 수가 없었다. 나를 위해 다 이러는 거라고? 나랑 같이 스웨덴에 갈 준비가 되었다는 거야?

윌리엄이 일어섰다.

"나 벌써 단어 많이 외웠다고요. '렌사 타크렌나 포 슬로트(성의 홈통을 청소하시오).'"

그는 어눌한 스웨덴어로 말했다.

"칼 16세 구스타프가 나를 써주겠다면, 난 준비가 다 됐다고요!"

샬로테는 웃었다. 정말로 런던의 삶을 포기하고 나와 함께 스웨덴으로 이주할 생각인 건가?

"진심이에요?"

윌리엄은 탁자 위로 손을 뻗고서 그녀를 잡았다. 그 손길에 등줄기에 오소소 전율이 일면서 배 속이 파르르 떨렸다.

"그렇기도 하고 아니기도 해요. 출판사에서 일하는 샘의 친구에게 원고를 보냈거든요. 그런데 어제 그 친구가 전화를 걸어서 원고를 읽고 무척 흥분했다고 했어요. 그래서 내일 출판사와 회의가 있어요. 하지만 이번 책이 어떤 이유로든 크게 성공하지 못한다면, 난 다른 직업을 찾아서 스웨덴으로 이사할 준비가 되어 있어요. 당신이 원한다면요."

그는 미소를 지으며 덧붙였다.

"내가 말했잖아요. 당신을 사랑하게 됐다고. 내가 함께 아이를 갖고 싶은 사람이 있다면, 바로 당신이에요. 난 샬로테 당신과 뭐든 같이할 거예요. 당신은 정말 멋진 사람이니까!"

샬로테는 고개를 저었다. 심장이 너무 빠르게 뛰어서 숨을 쉴 수가 없었다.

"생각지도 못한 말이네요. 그런 줄은 몰랐어요."

윌리엄은 어깨를 으쓱였다.

"그야 당신이 물어본 적이 없었잖아요."

그녀는 저도 모르게 눈물을 흘리고 있었다.

"소설이 채택되다니, 정말 멋지네요! 진심으로 축하해요!"

"고마워요! 아까 전화가 왔을 때 당신에게 제일 먼저 알려주고 싶었어요. 그건 그렇고, 항상 폴리아모리를 주창하던 샘이 나한테 여기서 요리하라고 제안을 하더라고요. 샘이 그토록 낭만적으로 변했다니 알다가도 모를 일이네요."

샬로테는 그에게 미소를 지었다.

"내가 여기 올 줄 어떻게 알았어요?"

윌리엄은 그녀에게 다정한 눈길을 보냈다.

"당신, 여기 매일 밤 있지 않았어요?"

그녀는 아니라고 말하고 싶었지만, 사실이었다. 지난 며칠 동안 그녀는 차 한 잔과 초콜릿, 좋은 책 한 권을 준비해서 사라의 낡은 소파에 앉아 무릎에 앉은 테니슨의 골골대는 소리를 들으며 저녁 시간을 너무나 즐겁게 보내고 있었다.

샬로테는 탁자 위로 몸을 굽혔다.

"나도 그간 일이 좀 있었어요. 엄청난 일이었죠."

윌리엄은 그녀의 손을 꼭 잡아주었다.

"그랬군요. 뭐였어요?"

그녀는 심호흡을 하고서 낡은 신발 상자에 들어 있던 편지 이야기를 했다. 그리고 대니얼의 자신의 아버지였음을 알아냈다고, 또 샘의 도움으로 대니얼의 동생을 찾아냈다고 말했다.

잘 차린 음식을 함께 먹으며 윌리엄은 주의 깊게 이야기를 들었다. 샬로테만큼이나 그 역시 이야기에 흠뻑 빠진 것 같았고, 샬로테가 마크의 가족을 만났다는 말을 하자 얼굴을 환하게 밝혔다.

"그래서 오늘 그분들을 만났어요?"

"응. 지금 거기 갔다가 오는 길이에요."

"믿을 수 없을 만큼 놀랍네요!"

샬로테는 고개를 끄덕였다.

"그렇죠. 나는 여기에 가족이 있을 줄은 꿈에도 몰랐어요."

윌리엄은 손을 내밀어 그녀의 뺨을 부드럽게 쓰다듬었다.

"나는 당신이 어디서 살고 싶든 거기 같이 있을 겁니다."

샬로테는 그를 바라보았다. 그리고 일어나 탁자 너머로 다가가서는 그의 목을 그러안았다.

"나도 그래요."

그녀가 윌리엄의 귀에 속삭였다. 안도감이 온몸에 퍼지는 느낌이었다.

음식을 정리하고 서점 문을 닫은 후, 둘은 함께 완두콩 색 계단으로 올라갔다. 테니슨은 졸린 기색으로 몸을 쭉 뻗더니 그들 뒤를 잽싸게 따라왔다. 샬로테는 커다랗고 토실토실한 고양이를 바라보았다. 테니슨이 계속해서 윌리엄의 발을 밀어대는 바람에 그는 하마터면 넘어질 뻔했다.

"당신 알고 있죠? 내가 가는 곳에 테니슨도 덤으로 따라온다는 거? 날 갖고 싶다면, 테니슨도 데려가야 해요."

윌리엄은 한숨을 쉬면서 샬로테의 허리에 팔을 감고 오랫동안 키스했다.

"쟤랑 같이 사는 법을 배워야겠죠."

윌리엄은 그녀를 꼭 안았고, 샬로테는 그의 비단결 같은 머리카락을 손가락으로 쓸었다. 자신이 얼마나 운 좋은 사람인지 믿을 수가 없었다. 그녀는 사라를 떠올렸다. 이 모든 게 다 사라 덕분이었다. 이모가 서점을 물려주지 않았다면, 자신은 런던에 올 일이 없었을 테고, 친아버지가 누구인지 영영 알 수 없었으리라. 마크의 가족과도 만날 일이 없었을 테고, 윌리엄과도 역시 만나지 못했음은 물론이었다. 샬로테는 이모에게 고맙다고 말하고 싶었다.

샬로테는 윌리엄의 가슴에 기댄 채로 생각했다. c/o 샬로테를 매각하고 런던으로 이사 올 거라고 마음먹었다는 이야기는 언제쯤 하면 좋으려나. 하지만 서두를 이유는 전혀 없었다. 윌리엄이 요리 연습을 좀 더 해도 좋을 테니까. 아주 맛있는 미트볼을 만드는 연습을 계속하게 두자.

윌리엄이 그녀의 손을 잡고 위층을 가리키자, 샬로테는 미소를 짓고는 그에게 열쇠고리를 건넸다.

"먼저 가 있어요. 금방 갈게요."

행복에 부푼 샬로테는 가만히 서서 익숙한 소리를 들어보았다. 삐걱대는 나무 계단을 오르는 발소리, 오래된 열쇠 구멍에 열쇠가 들어가는 소리, 사라의 집 문이 열리는 소리와 윌리엄을 따라 현관으로 들어가는 테니슨의 발이 자박대는 소리가 들려왔다.

샬로테는 천천히 낡은 계산대로 다가갔다. 어서 정리하고 싶은 책들이 한 무더기 쌓여 있었다. 이제 그녀는 서점에서 길을 잃지 않았고, 모든 책을 제자리에 놓을 줄 알았다.

지난 35년간 사라가 똑같은 일을 해왔다니 믿기지 않았다. 그녀의 손도 책을 들어 올리고, 서가에 있는 접이식 사다리를 밀고, 불규칙한 무늬로 배열된 마룻바닥을 닦았으리라. 그리고 똑같이 따스하게 빛나는 등불의 불빛을 받으며 똑같이 강변 산책로를 바라보면서 똑같이 짙은 종이 냄새를 맡았으리라. 사라의 유령이 서점에 감돈다고 했던 마르티니크의 말이 무슨 뜻인지 그녀는 처음으로 이해할 수 있었다.

업무를 모두 마친 샬로테는 계단을 올라가서 다시금 서점을 내려다보았다. 수천 권의 책등을 훑고 지나는 눈길은 차례대로 천장에 달린 녹색 램프와 독서용 의자, 계단 아래에 샘이 만든 어린이 독서 코너를 바라보았다. 다른 이들의 눈이 이곳에서 그저 낡은 가구와 찢어진 봉투를 볼 때, 샬로테의 눈은 그저 사랑만을 보았다. 다시금 이 서점의 모든 곳을 눈에 한껏 담자, 그녀의 내면에 고요함이 가득해졌다. 이 서점은 특별한 장소였고, 그녀에겐 진정한 집처럼 느껴졌다. 먼지투성이 구석구석까지도 모두 사랑하게 되었다.

샬로테는 미소를 짓고 나서 불을 껐다. 비록 매우 좁긴 해도, 두 사람은 사라의 집에서 일단 살 수 있겠지. 하지만 가구는 새로 사야 하리라. 적어도 사람 둘과 고양이 하나가 모두 올라갈 수 있는 제대로 된 침대가 있어야겠지. 둘이 가장 좋아하게 된 책들을 꽂아놓을 새 책꽂이도 필요했다. 그러면 주방 찬장에다 책을 보관하지 않아도 될 테니까. 그리고 좋은 주방 시설도 갖추어야겠지. 앞으로 윌리엄이 계속해서 아침을 요리할 수 있도록 말이다.

샬로테는 숨을 깊이 들이쉬고는 매끈한 나무 난간을 쓰다듬었다. 어서 내일이 오기를, 모두에게 좋은 소식을 전하고 싶어 견딜 수가 없었다.

위에서 윌리엄이 부르는 소리가 들리자, 행복한 마음이 온몸을 휘감았다.

"갈게요."

그녀는 대답하고 나서 다시 서점을 바라보며 어둠 속으로 속삭였다.

"잘 자요. 내일 봐요."

감사의 말

먼저 나의 책을 출판해준 로우이세 베켈린에게 감사하고 싶다. 그녀는 나와 이 책을 믿고 함께 이 모험에 동참해주었다. 또한 『템스강의 작은 서점』 작업에 지대한 공헌을 해준 편집자 헬레나 엔센을 비롯해 다양한 방식으로 일해준 LB 출판사 여러분에게도 감사를 전하고 싶다.

엔베리 에이전시의 마리아 엔베리는 언제나 내 편에서 열심히 일해주었다. 그래서 내 책들을 세상의 많고 많은 독자에게 선보일 수 있게 되었다. 정말 고마운 일이다!

육아와 가사에 도움을 받지 못했더라면 소설을 절대로 쓸 수 없었을 것이다. 그래서 나의 부모님인 에바와 비에른에게 특히 고맙다고 말하고 싶다. 두 분은 언제나 날 버려두지 않으셨고, 또한 어머니는 언제나 나에게 언어에 대한 조언을 해주셨으며 아버지는 회계 업무를 도와주셨다. 절대로 과소평가해서는 안 되는 귀중한 도움이었다!

나의 앞으로의 인생에 중요한 인물이 있다면 바로 내 남편 안토

니오다. 그는 거의라 봐도 좋을 만큼 창작의 고통을 겪는 나에게 크나큰 인내심을 보여주었다. 나를 지지해주고 또 항상 믿어주는 남편에게 고맙다. 또한 나의 두 딸인 틸다와 클라라에게도 고마움을 표하고 싶다. 딸들은 내 삶의 큰 기쁨과 힘이 되어주며, 내가 아침마다 너무 늦잠을 자지 않도록 신경써준다.

나의 형제자매인 에리크과 마리아, 요한나, 그리고 또 모든 친지와 친구에게 무척 감사드리고 싶다. 내가 때때로 얼마간 슬럼프에서 허우적댈 때마다, 다들 나의 책을 읽고 널리 알려주며 이해해주었다. 무엇보다도 이들이 없었다면 지금의 나는 없었을 것이다! 특히 고마운 사람은 내가 소설을 쓰는 동안 읽어주며 소중한 피드백을 해준 마리아다.

그리고 마지막으로 정말 중요한 분들, 나에게 용기를 주고 지지해준 나의 SNS의 팔로워들에게 감사하고 싶다. 페이스북과 트위터, 인스타그램 친구인 분들에게 모두 고맙다! 여러분의 존재는 내게 상상하는 것보다도 훨씬 더 소중하답니다!

룬드에서,
프리다 쉬베크

템스강의 작은 서점

초판 1쇄 발행 2023년 10월 5일
초판 2쇄 발행 2024년 6월 20일

지은이 프리다 쉬베크
옮긴이 심연희
펴낸이 정중모
펴낸곳 도서출판 열림원

출판등록 1980년 5월 19일(제406-2000-000204호)
주소 경기도 파주시 회동길 152
전화 031-955-0700
팩스 031-955-0661
홈페이지 www.yolimwon.com
이메일 editor@yolimwon.com

페이스북 /yolimwon
트위터 @yolimwon
인스타그램 @yolimwon

기획 민병일
편집 박지혜 김은혜 김혜원 정소영
디자인 강희철
마케팅 홍보 김선규 고다희

온라인사업 서명희
제작 윤준수
영업관리 고은정
회계 홍수진

ⓒ 프리다 쉬베크, 2023

ISBN 979-11-7040-213-8 03850